赤爱途

陈若琳◎著

SPM 南方出版传媒、花城出版社
中国·广州

图书在版编目（CIP）数据

赤爱途 / 陈若琳著. -- 广州 : 花城出版社,
2018.10
ISBN 978-7-5360-8759-0

Ⅰ. ①赤… Ⅱ. ①陈… Ⅲ. ①长篇小说－中国－当代
Ⅳ. ①I247.5

中国版本图书馆CIP数据核字(2018)第222992号

出版人：詹秀敏
责任编辑：陈诗泳
技术编辑：凌春梅
封面设计：刘红刚

书　　名　赤爱途
　　　　　CHI AI TU
出版发行　花城出版社
　　　　　（广州市环市东路水荫路11号）
经　　销　全国新华书店
印　　刷　佛山市浩文彩色印刷有限公司
　　　　　（广东省佛山市南海区狮山科技工业园A区）
开　　本　787毫米×1092毫米　16开
印　　张　24.75　1插页
字　　数　445,000字
版　　次　2018年10月第1版　2018年10月第1次印刷
定　　价　63.00元

前言

如果说爱情是世界上最让人无法自拔的情感，请让我在这一刻沉沦至深。我是那么的一个女子，无法在世俗的纷纷扰扰中安然自若地用那纤细无力的手去撩起那无尽地缠绕着烦恼的青丝，任由它纠缠打结然后黯然坠地。我毫不迟疑地拿起那张照片，然后顷刻间，让它化作回忆的碎片，同时也渲染上那世界最艳丽的红色，作为祭奠的供品。只是照片上那陌生而灿烂的笑容，让我妄想以婴儿蜷缩着的姿势沉睡万年，来感受那种无法遗忘的爱。

我用尽全身的力气，去挣脱那束缚在我心脏的枷锁，哪怕换来停止呼吸般的延绵苦痛。它却如同无法摆脱的梦魇，在黑暗和隐晦中掐紧了我的咽喉。

我独自在尘烟中飘零，久久不愿意坠地，远在无边的天际，俯视着人间的苦痛和别离。愿此刻，能带着我深至骨髓的爱，找个地方，安然落下，深埋在万年的积雪之下，永不苏醒。

应该没有哪个谁，能够让我留恋这个世界；也应该没有谁，能够留恋着我。哪怕是脑海中对我的影子有模糊印象的人们，都早已化作一缕轻烟。

而我只想用遗留下来那点仅有的微薄力气，缓缓说出一个关于我的故事。

目录
Contents

第1章 童年

1

如果全世界的伤痛都可以交换，瑾说，她只要自己的那一种，因为那种痛能够透彻心肺，或是阵痛，或是烈痛，无论如何挣扎，久久不会散去。没有比这种痛更能让人感觉到自己真实地存在过。瑾说，她是天生注定要痛，只要是痛至死，那就是她最优美的哀悼。

瑾在那个温暖的皮囊里感受到了人生的第一种痛，虽然她手足蜷缩，游弋在平静安宁的海洋，享受着痉挛带来的微弱颠簸。但是瑾没有像其他的婴儿一样，能在这个世界上最温暖的地方待上十个月，再破茧而出。她只是在一阵猛烈的撞击下，顺着巨大的波浪，被积压，被排斥，然后带着无尽的留恋，降临到这个将带给她痛苦的世界。

瑾是个可怜的早产儿，她柔弱无力地躺在了一床旧棉被里，紧紧地闭着双眼。幼小的手攥成拳头，以捍卫自己的方式放在脑袋旁。微弱的气息仅证明她还存活在世上。

“爸爸，你说她还活着吗？”娟无力地说道，她的脸上满是晶莹的汗珠，在阳光的折射下，闪烁着母亲的光辉。

“她很好，你看那可爱的小脸，像极了你，长大了，就像花儿一样漂亮，瑾，她叫瑾好吗？”

“就像花儿一样，爸爸，她就叫瑾。”

娟看着这个像花儿一样的婴儿，带着她所有的爱，沉沉睡去。

瑾应该是从这一刻开始知道痛的感觉，她所感受的第一次的痛来自她的爸爸。那个叫爸爸的人，把她和她的妈妈推下了十多级的楼梯，为的是几张花花绿绿的钞票。

瑾，你是我最可爱的天使，你怎么来得那么突然呢？爷爷没有为你准备最舒适的小棉被，也没有在你的枕头下面放好吉祥如意的红包。你不知道你是多么的漂亮啊！长长的睫毛，弯弯的眉毛，红红的小嘴。你知道我们有多爱你吗？如果可以，爷爷愿意把生命也给你。

亲爱的瑾，你知道吗？你的爸爸不是故意的，他只是着急了，只是想绕过你和妈妈。他没有看见你的妈妈没有站稳，也没有看见她拉着自己的衣角，他轻轻地，就让你以这种方式来到这个世界上。瑾，他是爱你的，你感觉到当你在无声无息中长大的时候那摩挲的温暖吗？你听到当你昏昏入睡的时候那悠长而深沉的歌声吗？瑾，那是爸爸，他自从知道你的存在，就变了，变得温存而且祥和。他说，他会努力赚钱，给你买世界上最漂亮的衣服和玩具，给你买让其他小朋友都羡慕的自行车，他会带着你去溜公园，看着树上的小鸟叽叽喳喳地飞过你的面前，也会带着你去看秋天的黄叶落在镜子一样的湖面。

瑾，你要记住，爸爸他爱你，他爱你胜过爱他自己，正如我一样。就在他知道了你是个可爱的小女孩的时候，他对我说，他还是那么爱你。

瑾，你没有见过奶奶，她在你来之前的很多年，就去了一个很远的地方，她说，她在那里等着我。不知道多少回，她在梦里对我说，她等了我很久很久，银白的头发也长至腰际。我很想去找你的奶奶，她实在是太孤单，我总是不能忘记，她瘦弱的身体依靠在树旁，身上穿着单薄的衣裳任由风儿吹着的模样。我多想陪着她，远走天际。但是瑾，你却来到这个世界上，我只能告诉你奶奶，再等等我，再等等。

你也许不知道奶奶长什么样，她年轻的时候，很漂亮，有一双乌黑的眼睛。你知道吗，你的眼睛像极了她，那是你奶奶送给你的礼物。她的头发很黑也很亮，常常梳成两条麻花辫，摇晃在胸前。她是我见过的最美丽的女子，就像从画里走出来的一样。瑾，你应该像她，如水一般的宁静，如雪一般的纯洁，如梅一般的高贵，如莲一般的清雅。世界上的每一种美都不能超越你，世界上的每一种爱都将覆盖着你。亲爱的瑾，你应该知道，你是被爱围绕着来到这个世界上的，你也应该知道，你一定会很幸福。最爱你的，爷爷。

2

瑾从来不知道，爸爸是谁。是那个每天深夜里吸着烟，浑身散发着恶心的酒臭，然后推搡着妈妈，使劲地拽着妈妈脖子上那条比头发丝还要细的金项链的人吗？还是那个早上才回来，然后大声把爷爷喊起来说要吃早饭的人？

在她很小很小的时候，她清楚记得，家里很昏暗，只有一盏微弱的小黄灯照亮着一小块地方。那一小块地方放着一台很破旧的缝纫机，上面布满了灰尘和布屑，还有五颜六色的线梭。瑾常常在深夜里，看见妈妈坐在缝纫机前，透过暗黄暗黄的灯光，低着头，蜷着腰，双脚使劲地踩着踏板，把一小块一小块的布连接在一起。那缝纫机呼呼的声音总是让她久久不能入睡，也总是在第二天的枕旁，整齐地放着一件款式新颖、手工细腻的新衣裳。瑾在童年的时代总是那么的快乐，款式从来没有重复过的那些衣裳让她在孩子们中间是那么的显眼，那么的漂亮。尽管家里很穷，但是瑾却没有为此自卑过，因为她知道，她有一个爱她的妈妈，一个爱她的爷爷，这是她童年所有的记忆。只是后来，爱她的人都不复存在了。

瑾长大后，总说“我是一个缺乏爱的孩子”。她总是那么渴望爱所带来的欢娱和快乐。可能时间的流逝总会把某些感情记忆渐渐磨灭掉，抑或是太过于渴求以至于内心深处的自然回避。其实自瑾出生后的整整五年的时间里，她都是被爱所泡大的，应该就是跟爱的别离，让她至今无法忘怀那种任何物质都无法比拟的感觉。

爷爷很爱瑾，他是一个头发花白的老头。他的腰不那么直，像一只虾米一样微微地弯着，以至于他常常要使劲地伸展腰肢来纾解呼吸不顺畅带来的疼痛。他走路的时候，身子一直颤抖，只能慢慢地挪动步子，瑾和他逛公园的时候，常常是自己先跑到前面，然后大声地叫道，爷爷，你怎么不快点啊，卖棉花糖的叔叔就要回家啦，你快点啊。然后她又跑到爷爷的身边，蹲在一旁，看着像蜗牛一样挪动的爷爷，按捺不住，在爷爷的衣兜里，翻出来几个碎钱，跑到卖棉花糖的叔叔面前，看着白花花的糖絮绕到竹签上。瑾会拿着棉花糖，轻轻地撕下几缕，然后放在爷爷的嘴里，问道，爷爷，爷爷，甜不甜？这个时候，爷爷会伸出舌头，在嘴边舔一舔，说道，真甜。瑾笑了，像春天一样。爷爷说，那是他看过瑾最幸福的表情。

家里很穷，瑾那个时候，并不知道穷是什么，但是她看过别的小孩子有她没有看见过的、最神气的玩具。那个玩具在多少年以后，瑾在自己的房间里堆了满满一个衣橱，来弥补童年时候最奢侈的梦。那是一个娃娃，准确地说是一个塑料做成的娃娃，有着长长的卷卷的头发，修长的身体，可以穿上任何衣服，还有高跟鞋和手提包。瑾常常看着别的小女孩围在一起，为这个娃娃穿上各种衣服，然后脱下来，再穿上。她不出声响，静静地在一旁，幻想着自己的手里拽着那个可爱的娃娃。有一次，她看见，那个娃娃被两个小女孩争抢着，那可怜的面容、扭曲的脑袋几乎脱离了身体，卷卷的头发也被揪下了几缕。她几乎是扑上去，死死的夺下了那个可怜的娃娃，紧紧地抱在怀里。她的举动吓坏了那两个小女孩，其中的一个还被绊倒了，倒在地上哇哇大哭。她们的妈妈闻声而至，看见自己的女儿哭得稀里糊涂，再看看那个肮脏的小女孩抱着那个抢来的玩具，不由分说，把瑾摁在地上，死劲地抽了她几个巴掌。那个小女孩居然马上自己爬起来，没有乞求，也没有哭，只是死死地抱着那个娃娃，两只渗着冰凉的眼睛直直地盯着她们。

那两个女人就像见了勾引自己丈夫的狐狸精一样冲了上去，再一次把瑾推倒在地上，使劲儿地揪着她的头发，用那锋利的指甲掐着她红扑扑的脸蛋还有大腿，在她柔嫩的肌肤上留下了鲜红的痕迹。瑾的脸贴在地上，没有任何反抗，她就像麻木一样忍受着痛，她甚至不知道这两个女人打她的用意。直到她们觉得把那股莫名的怨气发泄出来，才缓缓放开瑾。瑾拨了一下凌乱的头发，又拍了拍身上的尘土，她把手里的娃娃递给了那个正在哭着的小女孩，说了一句，别揪她，她会痛的。然后在那两个女人无比惊讶的目光下回家。

莫瑾的性子天生就执拗，常常对自己的喜好异常执着，虽然她并不知道该如何去表达，只会简单地用行动去维护，但这种固执的性格一直伴随着她的整个人生。

家里吃的饭菜很简单，但瑾觉得那是她吃过最香的饭菜。爷爷常常把粥熬得绵绵的，上面有一层亮晶晶的粥油。爷爷先是把上面的粥油小心翼翼地舀到碗里，然后再捞上一点粥花，撒上颜色翠绿的小葱粒。瑾拿着碗，呼出气，吹了吹，然后喝上一口。爷爷说，小心烫，慢点喝。瑾总是笑着，然后把粥油用汤勺喂到爷爷的嘴里。

爷爷常说，世界上最有营养的就是粥油了，很多需要续命的穷人总是喝它来延续生命。瑾觉得最后悔莫及的一件事情是，她没有为爷爷熬过粥，也没有为等着续命的爷爷端上一碗粥油。

那大约是只有爷爷才会熬的粥油。妈妈总是在粥都凉了以后才回来，她的肩上、手上总是有一包一包的衣服。这是她揽的活儿，给别人缝缝补补，在这个时候，她会在口袋里掏出几张钱，小声对爷爷说，别让他知道，都藏好了。爷爷很谨慎地点了点头，然后脱下鞋，颤抖着翻开鞋垫，小心翼翼地把钱叠好，放在鞋垫的下面。瑾那个时候想，爸爸在爷爷还在世上的时候，从来没有在家里翻出过钱的原因应该就是如此。瑾还常常妄想着去翻开爷爷的鞋垫，但是她从来没有做过，爷爷的鞋实在太破了，她害怕太用力把鞋弄坏了，爷爷会没有鞋穿。爷爷的脚指头是瑾见过的最丑陋的脚趾头，长长的脚趾甲镶着岁月的尘土，黑黑的，脏脏的。瑾常常问爷爷，你为什么不剪脚趾甲？妈妈说要做个爱干净的好孩子。爷爷总是乐呵呵地笑。瑾直到现在才知道，在那个时候，爷爷的腰已经不能弯曲到可以剪到脚趾甲的地步。爷爷的脚趾头就是那样丑陋地露在鞋子面上那个大大的洞外，陪伴瑾走过了年年岁岁。

莫瑾的童年都在懵懵懂懂中滋养着矛盾且又对立的个性，自她懂事以来，家里就常常会在那个男人的狠心揉拧下产生不合比例的眼泪和哭喊。妈妈的眼泪就像黑夜里的雨一样，落得让人觉得很绝望。她那抑制不住的悲伤表情都让年纪轻轻的莫瑾读懂了很多成年人才有的忧伤。莫瑾很敏感，很害怕失去，甚至害怕各种各样的夜晚，那种黑，让人的心一直往下沉，永不超生。

3

娟是一个很美的女子，她的美不会随着年月而消退，也不会被疾病和贫困所摧毁，她的美总是那么透人心扉。人们总是说，那是一个狐媚一样的女子，会把男人的魂魄给勾走。女人们总是偷偷看着娟的胸脯，然后狠狠地说她是一个害人的妖精。男人们总是在私底下讨论娟的曼妙身材，然后感叹世界上怎么会存在这种尤物。可惜的是自古红颜多薄命，她的命运便是如此，苦涩得难以下咽。

娟是那种犹如水一般洁净的女子，她总是淡然地看着你，浅浅一笑，脸上随即出现两个迷人的酒窝。她从来不随波逐流，也不爱慕虚荣，她只是安静地等待那个主宰她命运的男人出现。

娟在很小的时候，爸爸和妈妈就抛下她，双宿双栖被埋在那个山边的坟头。上面长满枯草，也爬满荆棘，像是把他们永远掩盖，也永远远离世上的尘埃。

他们都不了解那夫妇俩，有的人说他们是外省过来的民工，有的人说他们是来投奔亲戚，甚至有的人说他们是逃犯。娟都不相信，她的王婆婆对她说过，她的父母亲是世界上最可爱的人，他们也是最爱她的人。

多少年以后，娟才知道，她的爸爸只是一名普通的门警，甚至不能称之为“警”，确切地说，他只是一个看门的人。而她的妈妈是一个普通的妇女，每天按时为自己的丈夫送饭菜。但是王婆婆说，她每天都是笑着去的，她的笑声像铜铃，清脆而且好听。他们一家人是在一个晴朗的早上，搬到这一个小小的散发着雨后泥土芬芳的地方，离城镇并不远。他们就住在王婆婆家的旁边，房子是精心收拾过的，矮矮的篱笆墙，上面缠绕着藤蔓，微风袭来，一阵阵清香。

娟是在一个下着小雨的天气来到这间小房。妈妈对王婆婆说，她粉红的颜色，就像杜鹃花一样好看，就叫鹃吧。王婆婆说不好，叫小鸟的名字一辈子都会颠沛流离，叫娟吧，多好听的名字啊。

在娟的印象里，只有过像王婆婆说的那种，像铜铃般的笑声，除此以外，她几乎不能想起父母的样子。在梦里，娟透过薄薄的雾，看见那陌生的背影，一个男人，高高的个子，很瘦很瘦，他的手轻轻地搂着一个微胖的女人。她的头上戴着一朵很鲜很红的杜鹃花，发出幽雅的光，很扎眼，但是很迷人。是一种什么样的眷恋让娟在梦里每每伸出柔弱的小手，使劲地去抓那模糊的影像。梦里醒来娟早已经是泪流满面，她假装着很坚强，一直强迫自己长大，她希望自己的双手能充满了创造生活和希望的力量。同样坚强的血液，以后也会缓缓地流淌在瑾的身体里。

娟是靠着王婆婆的施舍长大的，她就像被丢弃的小狗一样，每天眼巴巴地盼着那几乎是白开水里漂浮着的几颗米花。王婆婆没有儿女，她是“五保户”，每月只能领少得可怜的生活费。就是这样，她也从自己的口粮里挤出一点，喂养这个孩子。娟一直在自己的家里面住着，她说，只要她在，就还能留住爸爸妈妈的气息。那里有爸爸的衣服，有妈妈的镜子，有他们很多很多的回忆。那是一个时间遗留下记忆碎片的匣子，收藏着很多关于悲伤回忆。

娟没有见过死人是什么样子的，是王婆婆去领那两具烧得焦黑的尸体。听说死了就是一团腐肉，什么都不会再有了。

多少年以后，王婆婆抱着娟说：“他们走的时候，特别安详。他们还牵着手呢，没有人能把他们分开，直到埋在土里，都要腐烂在一起。”不要分开的父母，却留下了孤孤单单的娟。小时候的娟特别困惑，为什么父母不把自己带走？只留下家里的一面锦旗，上面大抵上把娟的爸爸追认为“人民的英雄”。

大火来的时候静悄悄，就像一条潜伏着的虎视眈眈的毒蛇，猛然扑出的时候，让在场的人们都不知所措。他们呼喊着，大叫着，四处寻找着一线生机。但是滚滚的黑烟疯狂地蔓延，不断地把人们卷入自己的腹中。只听见噼里啪啦的火烧的声音，就像在咀嚼着骨头一样，不断传出浓烈的难闻的气味。

是爸爸冒着炙热的烈火，从火场里拉出来了几条鲜活的生命。火势一发不可收拾，浓烟笼罩着整个厂房，人们的呼喊声随着烈火越来越稀薄。很多人吸入了大量的浓烟后倒地，高温煎炙着他们的肌肤，传来一阵一阵烧焦的臭味。这却没有阻挡了他的步伐，他仍旧一次又一次地来回于生死之间，去救那些生命。

可是当他吸入浓烟晕倒在火场里的时候，娟的妈妈像疯了一样扑进去。人们还没有反应过来的时候，她已经被熊熊烈火燃烧成一个火球，却仍在摸索那个倒下的身影。

那面锦旗似乎丝毫经不起岁月的沧桑，它已经褪去了昔日那种光荣的色彩，只留下残缺的记忆给娟。生命就是这样珍贵，却单薄得只剩下一块锦布的重量。娟只记得“人民的英雄”几个字，哪怕是黑夜也无法掩盖它夺目的灿烂。

娟总是喜欢坐在那张破旧不堪的梳妆台前，其实这是娟给起的好听的名字，它只是一张很普通的桌子，上面放着一面旧镜子。王婆婆说，女人总是喜欢端详自己的模样。那到底是怎么样的一张脸，那细微的但是翻天覆地的变化是如何嵌入的？

娟看着镜子里的自己，她觉得里面应该呈现出爸爸和妈妈融合在一起的模样。所以她喜欢照镜子，至少，能够让她依稀想起那两张陌生而熟悉的脸。

娟没有上过学，一天都没有。她甚至不敢去靠近那个神圣不可侵犯的地方。那个地方是天堂吗？她总是在想。里面的小朋友脸上洋溢着天真烂漫的笑容，只有天堂才可以孕育出那般笑容。她悄悄去偷看过一次，但是当里面的孩子们发现了她那张黑乎乎的脸以后，大声地嘲笑她是个野孩子。

“我只是想在课室门外看看。”娟很沮丧，她觉得野孩子不应该出现在这种美好的地方，她根本不配进去。

老师会摸着她的头说：“让你的父母把学费送过来，或者，粮食也行，那边的那个位置可以给你。”

“我们家没有钱，也没有粮食。”娟低着头说道。她光着的脚丫不断地摩挲着课室外光亮的水泥地，这触感真好，不硌脚。

“那你就不能进课室里来了，小姑娘。”老师也只能摇摇头。

王婆婆知道了，她对娟说，生活是苦的，但是至少我们应该昂起头来。

那只干枯而温暖的手轻轻地抚摸着娟的头，一下一下地，仿佛想抚平她所有的困惑和痛苦。“娟，我们不能低头，因为这样，你就会看不见以后的路该怎么走，我们挺起腰，总会有路可以走的。”

娟点点头，从此以后，无论见到谁，无论谁家的孩子耻笑她，她从来没有低过头，就算是在以后的日子里，也没有。

王婆婆说，她小的时候，家里条件非常优越。她坐过大轿车，她也上过学，那是她一生中最美好的生活，每每说起，王婆婆总会掉下一两滴浑浊的眼泪。娟总是不相信的，她尝试着去想象那种美好的生活是什么样子，但无论她怎么使劲也勾勒不出一个具体的形象。但是当王婆婆从旧抽屉里面翻出来两本已经旧得看不出封面的书的时候，娟相信了。原来美好的生活是有很多很多的书，就是像天堂一样的地方。

王婆婆就是拿着那两本旧的书，教会了娟认上面所有出现过的字。娟觉得字就像是精灵一样，在她童年的记忆里留下无数快乐的时光。

“娟，我们得认字，懂吗？只有知识，可以改变我们。也许，命运对我们并不慷慨，可能有太多的人需要眷顾了，所以把我们遮挡起来。但是我们要让自己发光，这样，命运才会看见藏在人群中的我们，给我们一点点幸运，那么一点点就够了。”

“婆婆，认字是不是就能看懂很多的书？”娟看着她那双浑浊却又带着光辉的眼睛问道。

“是的，我们要看很多的书，这样人生遇到的很多问题，书里面都会有答案的。”

娟点点了头，她想要活下去，想要看看外面的世界。她对这个世界充满好奇心，她想要祛除内心那种空洞的寂寞感，想要对很多的情感有具体的认知，想要真实地活在这个世界上。

4

王婆婆去世的时候，娟已经出落成一个美丽的姑娘。没有人知道王婆婆是怎么走的，人们是听到一个女子撕心裂肺的哭声的时候，才知道那个被人们遗忘的老人悄然离开了人世。

娟说，王婆婆是一个好人，所以她没有受到什么痛苦。她是在睡梦中离去的，很安详。就是在这个时候，人们除了发现床上那具僵硬的尸体，还发现了那个满脸泪水的狐媚一般的女子。她长得实在是太好看，那弯弯的眉毛轻轻的、淡淡的，那含泪的眼睛大大的、亮亮的，抽泣的面容让人们的心都似乎痛得揪起来。

很多男子争抢着帮娟埋葬王婆婆，有的人甚至还提议自己出钱立一块体面的墓碑。娟婉言谢绝了所有的好意，她只是借来了一辆手拉车。

夜里，她仔仔细细地给王婆婆洗净了身体，为她穿上了那件她生前都不舍得穿的旧棉衣。娟纤细的手指穿梭在那银白稀疏的发间，把头发都捋在一起，整齐的，体面的。王婆婆是个爱美的女人，每天早上，她总是喜欢把头发梳得油亮。她的眼睛紧紧地闭上，面色苍白，但是嘴角微微上扬，看起来就像沉溺在一个美梦之中，久久不愿意醒来。娟用劲全身的力气把王婆婆沉重的身躯压在自己身上，她小心翼翼地挪着步子，生怕一不小心就会把王婆婆颠醒。手拉车上，娟特意铺上了一层棉皮，她不愿意雾水打湿那给了她无数温暖的身躯。

娟把王婆婆葬在了她父母亲的坟旁，三个土堺紧紧地挨在一起，他们一点都不孤单。王婆婆说过，一辈子，她经历了太多，但是她的腰杆子直直的。她不惧怕任何的苦难和险恶，她只是怕自己走的时候，没有一个亲人会为自己筑起一座坟，插上一把香。她特别害怕孤单，很多次在夜深的时候，她猛然醒来，总是竭尽全力地去呼喊一个字，娟。娟在坟头撒下一把黄土，她默默地念道，婆婆，我亲手为你筑了坟，你就安心地住下吧，告诉爸爸和妈妈，我一直很好，就不用挂心啦。这里山很绿，水很清，有花，也有草，是个好地方。将来，我也会长眠在此，你们不会孤单的。

往后的很长一段日子里，人们总会听见山的边上传来一阵阵凄凉的哭声，但是一点都不瘆人。女人们说，那是狐狸精在作怪，在夜里幻化成人，要吸取男人的精气神，然后得道成仙。男人们总是不相信这些神鬼之说，他们之中有人亲眼看见过，那是一个纯白的女子，头上戴着一朵白花，趴在那几座孤坟上哭泣。

娟一个人仍然住在那两间破旧的小砖房里面。房子收拾得很干净，虽然没有任何的家具和摆设，但是一尘不染。娟常常把鲜花插满自己的园子，五颜六色，煞是好看。娟自从王婆婆走了以后，就不再孤独。因为许多男人总是寻上门来，他们妄想把这个女子据为己有，尽管有些男人家里已经有个持家有道的妻子，但是仍然像丢了魂一样，眼巴巴地看着那间透着迷人香气的小砖房。

女人们开始嫉妒起来，她们想着法子去守护着自己的男人，她们不允许自己的男人靠近那个隐讳的地方。她们甚至诋毁地说不止一次看见有男人在夜深的时候爬进那浅浅的篱笆墙。当她们看见娟在她们面前露出慑人的笑容的时候，她们不约而同地说那是勾引男人的伎俩。

娟安静地待在只属于自己的一个狭小空间里，她默默地等待着那个主宰她命运的男人突然出现。那会是一个怎样的男人？娟想他一定不会像老王那样，会偷偷抓她的屁股；也不会是阿强那样，把钱甩在她脸上，问多少钱睡一晚。他应该是一个像火一样的男子，能够顷刻之间把她燃烧，他的眼睛能把她内心世界看穿。或许，有那么一天，他会拉着她的手，把她从这个冷漠的地方带出去，连根拔起。

她拿起那面镜子，看着自己那如画中人儿一样的容貌，她精心地梳理自己乌黑油亮的头发，穿着干净整洁的衣服，每天如此。因为她知道，某一天，那个男人来临的时候，她都能一如既往的美丽动人。

她每天都会去附近的一个城镇里揽活，她的双手灵巧，无论是编制草帽还是藤制的工艺品，或者一些缝缝补补的小活都会完成得近乎完美。

娟总是换了工钱以后就去一家面店里面吃一碗小葱拌面。那家的小葱拌面都是老板每天新鲜做的，香喷喷的麻油混着绵糯的手工拉面，伴着翠绿的小葱粒，特别的好吃。

“老板，来一碗小葱拌面。”娟笑着向老板喊道，她抱了一下今天揽的活，掂量了一下数量，然后心里默数了一下自己能赚的金额，不禁笑了。今天可是揽了很多活呢，这个月都能吃上好几次的小葱拌面。

“姑娘，你这个月来两回了啊，才月头，生意不错啊。”老板笑着给娟端来了一碗热气腾腾的小葱拌面。

“赶紧着吃，我加了猪油，可香着呢。”老板是一个特别和善的中年人，他们一家人都在这个小面馆里生活，两代人了。

“哎，谢谢老板，我说为什么今天的味道不一样，特别滑，特别香。我一天不吃都不舒服呢，每天都是想着你的面睡觉的呢。”娟用筷子卷起了一小撮面，伴着油，吸进嘴里，整个口腔里都是浓烈的香味。她满足地笑了，就是这个味道，吃着面，看着老板一家人，这就是家的味道吧，特别得让人不愿意走。

每一次，娟都会吃得特别慢，不知道是不是这样的时光特别让人留恋，但就是这样的每一分每一秒，她都很珍惜。

她太过于专注这温馨的场面，全然不知道她的笑容，还有那银铃一般清脆好听的声音就这样深深地进入了一个小伙子的心房，他就这样呆呆地看着这个姑娘，怎么会有这么好看的人儿啊。

她是哪里来的，她是谁，她叫什么名字，小伙子心里很煎熬，他就想这样看着她，看她把一碗面安静地吃完，然后离开。他觉得自己的灵魂好像都被带走了，我要找到这个姑娘，然后带回家做媳妇儿。小伙子暗暗地想到，他想对她好，每天都看她吃小葱拌面，听着她爽朗的笑声，这样的日子该是多么快活啊。

5

不知道从哪一天开始，娟看见一个陌生的脸孔常常出现在窗外。那张脸很普通，让人无法记住的五官。有时候，娟会莫名其妙地感觉到一阵燥热，那双眼睛总是把她的后背烧得火辣辣的。有时候，门前总是多了一篮子的鸡蛋，在篮子的下面能找到一本包装精美的小说。娟不能认识里面所有的字，但是她勉强能把小说读懂。小说里面都是那些让人向往的爱情，纯粹、洁净，没有伤痛，没有眼泪。

莫翔，是一个非常普通的男人，没有家势，也没有羡人的才能。一张见过就会忘记的脸。身材矮小，甚至没有一个男人所谓的伟岸。他只有高中毕业证，也能挣着刚好能糊口的工钱，家里还有一个等着他养活的老头。他从来没有妄想任何惊人的成就，只是想过着平淡的生活。

但是有一天，他回老家的时候，看见了一个梦一般的女子，从此，他便夜不能眠。她的发梢撩动了他的心弦，她的微笑触动了他的神经，她便是那前世欠下的一笔债，注定他这辈子要无尽地偿还。那间破旧的小砖房里，又如何能容下这样的女人？她又为何会突然黯然失色，独自落泪？她常常安静地坐在园子里，任由阳光亲吻她每一寸肌肤，如一潭清泉般让人神往。每每梦里，那个独一无二的身影总是挥之不去，遥不可及。他想，如果能和她在一起，就是要他沉沦万年，永不超生，他也愿意。

于是，他决定就在这一刻，把自己的所有通通奉献给那个女神，用自己的生命来守护她。自己犹如一缕轻烟，悄悄地把她抱紧，拥入怀内。他会用自己的生命化作泥土，去浇灌这朵绝世的鲜花。

他悄悄地送去鸡蛋，在里面夹着一本优美的爱情小说，那会是她向往的吗？每当他看见她轻轻地敲开鸡蛋的壳，细心剥下，轻轻放进嘴里，慢慢咀嚼，缓缓咽下的时候，那种幸福的感觉便会涌上他的心头，吞下的唾沫，也是甘甜的。他会帮她把水蓄满，也会帮她把倒了的篱笆墙扶好。他就是想默默无闻地关爱着她，如诗如画。他并不想她察觉到自己的存在，在她的美丽面前，自己像蝼蚁一样渺小。他不敢奢望她会给他一个暧昧的眼神，更不敢期待她会为他停留片刻，他只是希望她在某年某月某日，为他掉下那个充满秀发气味的发圈。从此以后，莫翔就像是观莲一样，远远地看着那朵洁白的莲花，任何肮脏和污秽都不能把她沾染。

娟看清了那张脸，瘦瘦的，干干的，但是很精神。眼睛没有像火一般的炙热，但是有水一般的柔情。他会帮她把水蓄好，让她在清晨洗净面容；也会帮她把篱笆墙扶好，让她种的指甲花盛放。他不是梦里徘徊的那个人，但是他留在房子周围的气息总让娟很陶醉。他没有强而有力的臂膀，但是他的手却温暖如春。她开始怨恨这个胆小如鼠的男人，为什么如鬼魅一般飘浮在自己身边，却不愿意光明正大地出现在自己眼前。她开始迷恋那个身影，也开始期待他的降临。

一年过去了，莫翔对她的好，就像春天的细雨一样，慢慢地、深深地灌溉了娟的心田。他从来没有间断地为她奉献着自己，无私地，一如既往地，用自己微弱的力量让这个女子能够在寒夜中获取温暖。

有一天，那个男人终于出现在娟的眼前，他很窘迫，脸也憋得通红，他站在屋里一动不动，空气就像瞬间凝结。娟看着他，然后指了一下凳子，说：“坐。”

那个男人很紧张地挪了一下说：“嗯。”

他坐下以后，吞了一下唾沫，低着头，不敢看那张美丽的脸。

“你，愿意跟我走吗？我找到了一份很体面的工作。”他小声说道。

“去哪？”

“去城里，我有房。”

“我为什么要跟你去？”娟低下头，双手不停地揉着衣角。

“我有房，有工作。”男人激动地说。

“但是，我不想走。我走了，这里就要被丢荒了。”

“我会对你好，我们有钱了就会回来。”男人说。他连忙从衣服里面掏出一个深红色的锦盒，双手很虔诚地把它递到娟的面前。

娟轻轻地接过锦盒，把它打开，里面是一条金项链，虽然细得像头发丝一样，但是它闪烁着耀眼的光辉。那一瞬间，娟被那光辉灿烂所融化。她拿起那条项链，走到梳妆台，在镜子里，她左右比画着，觉得这应该是一条神奇的有魔力的项链，不然，怎么会让她像落入凡间的仙女一样的动人心弦？

“你说我好看吗？”娟问道。

“好看，真好看。”男人回答，那声音回荡在小小的空间里，久久不能散去。

“城里的家不大，只有我爸爸，他很好相处，你跟我走吧？”男人细声询问。

“不走。”娟低着头说，她的脸晕染了一层淡淡的像晚霞一样的红晕，很是好看。

男人愣住了，他不知所措，他满头大汗。

娟看见了，捂嘴偷笑，细声说着“真傻”。

男人听了，不好意思地挠了挠头，也跟着呵呵地笑了起来。

不久以后，人们才渐渐发现，那间透着芬芳的小砖房不再盛开指甲花，那个像狐媚一样的女子也不再出现在人们的面前。大家议论纷纷，有的说，看见她在夜里成一股青烟，不知所终，得道成仙；有的说，看见她在夜里进了山沟沟里，就再没有出来过。

最确切的说法是，她跟着一个男人走了，走的时候，头上别了一朵红色的花。不管最终的说法是什么，女人们总算是松了一口气，那只狐狸精最终没有勾引上自己的丈夫。男人们却叹了一口气，那如花的人儿啊，为何昙花一现？就算是得不到，只是在那里供人观赏，也是一件极其快乐的事情。

6

当莫翔把娟带到自己父亲面前的时候，老人拉着娟的手，老泪纵横。他看着这位像画里走出来的美人儿，一句话都说不出来。许久，他说，这真是造孽。

老头根本不愿意相信，像自己儿子那样的人，居然会娶到这么一个美人儿。她，笑靥如花，手指修长纤细，嫩如青葱，如果说除了这些，娟那种平和的个性更是让老人欢喜。娟从来没有不笑的时候，当她走进这间破旧的小阁楼，看着地上漆黑的地板，还有零乱的床铺，她只是淡淡地笑了。家里根本没有什么值钱的玩意儿，只有一台缝纫机，还是翔的妈妈留下的嫁妆。老头子说，那玩意儿卖不得，他只要一看见，就会想起她。

娟马上就融入了这个本来就简朴的家，当时她觉得自己是世界上最幸福的人，在失去亲人后的多少年里，她日夜盼望的，就是这样的一个地方。早上，娟早早地起来，她把辫子简单地一盘，就开始做早饭。先是把滚烫的煎饼放在老人的床头，然后再把剩下的放入饭盒。在这个时候，翔总是匆匆忙忙拿起饭盒，快步跑下楼梯，然后骑着一台咯吱响的自行车去上班。娟把家里里外外地收拾一遍以后，就会拿着一个篮子，里面装着针线，到街上去揽活。她会赶在下午的时候回家，做好晚饭，然后在房间里静静地等着那咯吱的声音。

晚饭的时候，是娟最快乐的时候，翔会一边吃饭，一边和她说工作上遇到的各种各样的事情，比如说克扣他工资的老板是如何把脚给摔破的，又说李大姐的儿子上课的时候是如何的调皮捣蛋。每说到乐处时，娟总是微微地笑，老头子也会跟着哼哼地笑。莫翔看见了，就会更得意，说得更起劲。

夜里关上灯，娟喜欢枕在莫翔的手臂上，静静地听他描绘以后无限光明的日子。莫翔总是说，他最近工作特别出色，卖出的产品也比别人多，老板说了，像他这样的人才会着重培养。在不久的将来，他就会当上营销组长，再接着是经理，官当大了，自然就会有很多的钱。他们就要离开这间小破房，自己去买一间三房两厅的大房子，里面要有自己的厨房，也要有自己的卫生间。

他会给娟买一只钻戒，闪闪发光。娟会问，什么是钻戒啊？他笑着说，就像星星一样会发出五颜六色的光芒，每个女人都想要。娟说，那要很多的钱吧？他说："那都不如你值儿。"然后两个人便翻滚在一起。

在拉着帘布的另一边，老头总会尴尬地用被子盖住自己的脑袋，但是他却又不住地想，要是生的是个女娃娃，像娟一样，那该多好啊。

日子是柴米油盐，它能够在不知不觉中把你对生活的一切希望都给磨灭掉，当你无可奈何的时候，它又同时会把你变得苍老和狼狈不堪。莫翔说的那种日子一直都没有来临，反而是他被老板给辞退了。理由相当充分，他连续半年的销售额都没有达到指标。

莫翔不得不每天在城市里面转悠，他希望自己能够抓住机遇的尾巴，突然间暴富，也希望自己能够中六合彩，从此和贫穷分道扬镳。但是终究都没有实现。他很沮丧，也很颓废。尤其是回到家，看见娟那充满期待的眼神，他就觉得无地自容，甚至觉得自己是个彻底的失败者。

而最让他不能忍受的是，娟丝毫没有被生活的困苦所压倒，她越来越漂亮。她在揽活时，见识了城里女人们时髦的穿着，她会很仔细地看，然后记下来，在自己松垮垮而且颜色陈旧的衣服上修改出各种花样。她的衣服总是修腰而且贴身，把她的美好身段展示出来。她总是在衣服的这里或者那里钉上一朵或几朵碎布做的小花，错落有致。她在阳台上种满了指甲花，路过的邻居总会惊叹，她是花仙子。娟变得开朗了，她比刚来的时候更愿意和别人交谈，她总是会微笑，然后很认真地聆听别人说的话，大家都很喜欢她。

翔不止一次看见，楼下的小青年对着正在浇花的娟吹起了响亮的口哨，也不止一次听见，他的朋友们、邻居们问道，你是用什么迷魂术把这个美人儿骗到你的穷窝窝？他甚至觉得，娟在他离开家以后，会有不可告人的秘密。

就是这样，翔惶惶不可终日，他开始崩溃了。但是在他的意识里，他还是那么爱她，他不忍心去伤害那个当初被他视为生命的女子。

他开始选择逃避，他不再在吃晚饭的时候说逗人的笑话，也不在睡觉的时候勾勒他梦想中的生活。

但是娟却浑然没有发觉，她只是沉浸在无比的快乐之中。她觉得幸福离她太近了，就在眼前。

翔开始失眠，在漫漫长夜，他睁开双眼，手紧紧拉着娟的手，害怕一松手，娟就会不见。他透着月光，端详娟熟睡的脸，然后讥笑自己的无能。当初自己是凭什么把娟拥入怀内？难道就凭所谓的真心实意吗？就凭那条城里的女人看见都会不屑一顾的金项链？还有那些自己听了都会觉得可笑的未来生活？不是的，像她这样的女人，一定另有所图，怪不得在老家里，女人们都说她是狐狸精。翔的脑袋里面开始沸腾、膨胀，他陷入了无边的痛苦之中，不能自拔。他发现自己开始大把大把地掉头发，开始疯狂地长皱纹，他在以一种疯狂的方式迅速衰老。

在莫翔游荡了好些日子以后，他看见一家工厂在招保安，他觉得这份工作实在是太委屈自己，但是为了交付房租和养活家里的几口人，他决定去应聘。

招保安的那个部门经理实在是不想要莫翔，一看他的样子就像一根发育不良的豆芽菜。但是翔有高中毕业的文凭，作为保安，还是可以应付工作的，厂长不止一次说，工厂需要高素质的员工。就这样，莫翔领到了一套像样的保安制服，穿起来居然也英姿飒爽。

莫翔很高兴，虽然不是个体面的工作，而且工资也没有以前的高，但是总算不用拿着个饭盒在大街小巷里漫无边际地寻找所谓的希望。

他在街上，给娟买了一瓶劣质的香水，只花了几块钱，味道有点像肥皂沫。但是翔还是精心把它包装起来，那是茉莉花的香味，是他女神的香味。他觉得自己可以做得很男人，他可以养活一家人，可以将这美丽的女人一直禁锢在这个一穷二白的家里。

7

娟每天把那套保安的制服叠得十分平整，在她看来，莫翔穿什么都很精神。她明白，靠着自己微薄的收入，只能为家里添那么几把盐，家里必须靠他出去辛苦工作才能养活全家。她很感激，同时也觉得自己那么年轻，应该学点什么，或者做点什么。那一年，娟才二十一岁。

她开始看书。在没有活儿干的时候，她都会拿起一本路边摊买来的杂志或者书，她孜孜不倦地吸取里面的养分，像一棵小草一样努力地伸展着自己的身躯。

在邻居们的指导下，她买了一本字典，然后慢慢开始自学。娟开始对自己的生活充满更多的期待，在她的梦想里，比翔描述的生活，不知道还要美好多少倍。

她开始常常停留在有广播电视的橱窗，也开始购买报纸关心国家大事，娟记得王婆婆告诉她的话，知识能够改变命运。

但是莫翔却在娟的眼里渐渐失去了以前的模样。他总是拿着饭盒吊儿郎当地去上班，他整天坐在那里一动不动，像一尊佛像。他常常下班了也不回家，总是推托说老板要求加班，然后深夜里浑身酒臭地倒在床上，发出刺耳的呼噜声。娟盼望着翔能够努力工作，就算是往他们的梦想跨出一厘米，她都会欣喜若狂。

但是翔丝毫没有了以前的动力，他安于现在的生活，不止一次表达出他怀才不遇的心情，却满足于这种不需要思考，也不需要低声下气的工作。

娟看着凋落的指甲花，她相信，来年的这个时候，它仍然会开出烂漫的颜色。

莫翔的工作非常单一，在一个冬天像冰柜，夏天像蒸笼的保安亭里用目光来回盘查着每一个出入的人。这种没有技术含量的工作，让他很急躁。来来往往的人们和一成不变的生活无一不是在宣告他做人的失败和无能，但是他不想迈出半个步子去改变，他没有办法承受生命里任何的挫折，这几乎是挤压着他每一根脆弱的神经，濒临崩溃的边缘。

那是个炎热的中午，翔目不转睛地看着每一张进来的熟悉的面孔。人们通常都不会留意这个站在门外的保安，有的工人认为自己的工作比保安高尚。他们进门的时候都是昂首阔步，连一声招呼都不屑于给这个保安。这个时候，有一个胖胖的男人匆匆忙忙地走过来，他肉乎乎的脑袋上面满是油珠，身上穿着一件粉红色带黑色条纹的衬衫，一条深色的西裤，还有一双满是灰尘的皮鞋。他直接走进了门，翔把他拦住了。

莫翔扶正了自己那戴得歪斜的保安帽："请你出示证件。"

男人说："我找你们厂长，有急事。"

莫翔看了他一眼，回答道："厂长没有给我指示。"

男人说："你不要给我拖时间，说了找你们厂长，有急事。"

"我打个电话，确认一下。"

男人说："打个屁，你不认识我？"

翔摇了摇头，刚想转过身去打电话，突然间迎面就来了一拳。翔觉得自己的鼻子热乎乎的。太阳穴的地方疼得厉害，导致他没有站稳，砰的一下，就倒下了。那个男人在翔的大腿上又狠狠地踩上两脚，然后大摇大摆地走了进去。

翔后来才知道，他是厂长的小舅子，他打自己的原因是，自己摇头的动作和姿势让小舅子感觉被轻视。翔一点都不觉得冤，那是啊，当时他摇头的时候，态度很不诚恳，而且眼睛还露出过多的眼白。自己活该被打。

晚上回家的时候，莫翔下午被打的脸，开始肿起来，一个拳头大小，不多不少。他的五官都被强烈地挤压着，跟一个小丑一样，特别的滑稽可笑。

娟看见了，就流眼泪，她觉得翔特别胆小怕事，脸都被打肿了，还弯下腰给那个男人道歉。而且莫翔说这事的时候，就跟不是在说自己的事情一样，特别平淡。

娟很生气，记得王婆婆说，什么时候都要挺起腰板，她不允许她的男人给别人把腰弯成九十度，为的就是那每个月少得可怜的工钱。

"他为什么要打你？"

"需要理由吗？像我们这种蚂蚁一样的人，还不是别人想怎样就怎样。"

"你没有去找厂长评理？"娟觉得完全不可以理解，穷就要挨打？

"找厂长？你事不要太多，这个饭碗丢了，我们全家都要吃西北风。"莫翔摸了一下自己的脸，窝囊地低着头。

"人怎么能白被打？不行，明天我和你理论去，我就不信了。"

第二天，她就领着莫翔去找厂长，她怒气冲冲地闯进去厂长的办公室，娟直视着这个坐在办公室里的矮小的中年人。她先是很有礼貌地说明自己的身份，然后把这件事情的始末说个清楚，再接着把翔脑袋上的那个包给厂长看个明白，最后她要求厂长赔偿翔的医药费。

出乎意料的，厂长静静地听完，他只打了个电话，门外的秘书就把一千大元送到了翔的手里。而且秘书说，莫翔因为工作负责，而且有原则，被提拔为保安队队长。

事情的发展让娟很高兴，她说社会是公平的。莫翔吐了一口唾沫，说，公平算个屁。

往后的日子里，翔不用在站岗值班，他也有了一间小得可怜的办公室，他手下也有可以听他调度的人。工钱也涨了，虽然不多，但是翔很得意。没过多久，这种感觉就烟消云散了。他发现，厂长每次见到他总会有意无意地提到娟。厂长说，你家的老婆那叫一个美啊，比我养的那几个女人都要漂亮，她生气的时候很有味道，很有味道啊。然后意味深长地拍了拍翔的肩膀。

翔觉得自己还是站在厂门前那个贫困潦倒的保安。厂长肥胖的脂肪一直油腻腻地充斥着他的心脏，像网一样时不时地收紧，他觉得自己挣脱不掉，用力去挣扎，满手的肥油。

他看着娟的脸，觉得已经不再是昨天的那张清纯如水的脸。他才惊觉在谈话的那天，他用余光分明看见，娟对着厂长抛了几个媚眼，她说话的语气在愤怒中隐藏着矫作的暧昧。

莫翔觉得，把这样的一个女子想得太简单，必然是自己的错。他痛苦地用力去揪自己的头发，猛然发现，头发已经在不知不觉中，如秋天的黄叶般枯萎而掉落。

他在镜子里看见，一个面色昏黄，满脸胡子拉碴的落魄男人，头上只有稀稀拉拉的头发，头皮暴露在外，丑陋得就像一只蛤蟆。他讥笑着镜子里面的男人，你才不到三十啊，真窝囊。

翔渐渐开始觉得娟是一个晦气的女人，要不然的话，她父母亲怎么会双亡，而王婆婆也离奇地死在睡梦之中？这一切未免太过巧合了。他又仔细地琢磨，自己本来工作顺利，自从娶回来这个女人以后，不仅丢了体面的工作，失去了升迁的机会，还被别人羞辱。再看看家里，老头子的手脚是越来越不利索，而且来了那么些日子，也不见她怀上个宝宝。

娟觉得翔最近变了，变得实在是让她都不敢相信。他好久都没有回家吃晚饭，也没有给她每个月足够的生活费，甚至对她冷言冷语。

“就你长的那模样，怪不得外面的那些男人总盯着你看。骚。”

“没事天天穿得跟赛凤凰一样，你就是想别人看你，勾搭你，对不对？”

娟没有还过一句话，她也没有哭。她知道翔心里别扭。娟觉得那个嘘寒问暖的男人，竟然就在生活的细枝末节中离她越来越远，为什么会变成这样？她很疑惑，并且努力地回想着这些年的每一个细节，她努力地生活了，为什么还是会变成如今的这个样子？那种空洞的感觉，好像在撕咬着她的皮肉，她叹了一口气，也许，命运根本就不会看到像他们这种被贫穷包裹着肢体的人。

8

娟觉得自己最近身体一直不好，老是干呕。她很害怕，觉得自己要生一场大病。她想，要是死了，那反倒干脆。要是没有死，就难为她的公公了。她摸了摸大腿，那块瘀青，真痛啊，她捂着心脏，强忍着刀割一般的痛感。翔动手打她，已经不是第一次了。

翔终日和那群保安混在一起，他学会了赌钱，学会了抽烟喝酒，更学会了嫖娼。

他的那些兄弟老是揶揄："哥们，听说你家有个美娇娘？"

他哼哼地笑。

"什么时候让兄弟们见识见识？"

他还是面不改色地哼哼地笑，笑起来上气不接下气。

"就她那种货色，从头到脚都是农村里的泥腥味，还不如发廊里的小姐。"说完翔拿起一支烟，狠狠地吸了一口。

一群男人哄然大笑，然后大声地讨论今天晚上去哪潇洒一把。

翔觉得这样的生活才像个真男人。

他沉醉在这种红红绿绿的世界里面，觉得自己快乐得要飞起来。醉生梦死，他领悟到其中所蕴含的道理。

娟在他的眼里彻底就是残花败柳，他琢磨着在他不在家的时候，她都不知道偷了多少男人。

他讥讽她，侮辱她，但是无论他怎么样，娟就是不出声，也不还击，逆来顺受。他开始打她，他忍受不了她的嘴脸。他把杯子摔在她的身上。他觉得真痛快，然后他扇了她几个响亮的耳光。他开始麻木。

接下来，翔觉得这个女人活该被打。

莫翔觉得这种痛的转嫁就像是一种毒，让他不能自拔，他不能忍受如此落魄丑陋的自己和沉鱼落雁的娟。她就像贴在自己身上的一个巨大伤疤，无时无刻不在向世人宣告着自己的无能。她不是一个甘于平淡的女人，眼眉之间的目光流转都是那么妩媚撩人。

她天生就是克星，自己容不下这个女人。

娟每次都咬咬牙，没有流下一滴眼泪。伤心和失望的次数多了，她已经学会用沉默和无言来对待莫翔，这种难以言表的苦楚已经麻痹了她仅有的爱，她开始质疑自己是否曾经爱过这个男人。

娟没有打算走，看着手脚不灵便的老头儿，她不忍心。后来，她发现有个生命在她的身体里滋长，缠绕着她的神经，就像一双黑夜里伸出来的手，紧紧地拉住了自己想要奔跑的双腿，她想逃，却无可奈何。仿佛有一双期盼的双眸在看着她的内心，让她留下，一起在无边的苦崖里不得超生。

但是娟怎么也没有想到，她会在这种情况下遇到生命里的第二个男人，好像是天注定的一样。也不知道这是幸运还是不幸，所有的一切就像是火车的轨道，从一条接到另一条，却不知道终点究竟会停在何处。

娟很喜欢菜市场对面的那间书店。书店的老板对她很好，就是因为这样，那个可怜的中年男人老是被他的老婆扭耳朵。他的耳朵常年都是红红的，娟跟他说话要用喊的。

他的老婆也对娟说话，但是只有那两句：看书就要给钱，不然我的书店白开啦？这个时候，老板就会对着娟很尴尬地笑。老板偷偷告诉她，星期三的时候，下午来，她去学跳舞，不在。然后娟就会微微地笑，她的脑海里不住地想，老板娘上下翻腾的脂肪。

每个星期三，她都会去书店，在书架上拿起一本书，然后细细地看。她总会在某个时刻听到一把很厚重的声音："老板，给钱。"

几乎每次都能听到。娟很好奇，她总想看一眼，这个男人是谁。他的声音就像磁铁一样，紧紧地把娟吸引住。后来，老板说，他是一个讲师。他在一所大学里面讲中国现代文学史。再后来，老板说，他离了婚，没有孩子。是前妻抛弃他，说他是个木头人。

娟说道："你怎么知道那么多？"

老板笑着说："我老婆认识他老婆。"

讲师，娟一直在想，那应该是一个很有文化的职业，温文尔雅。她摸了摸自己的肚子，想到，要是宝宝以后能当老师，那是多大的出息啊。那个小肉团就像火一样，从娟的身体深处满满地燃烧，发光。

莫翔每次打娟，娟总会用背来承受，她本能地用双手保护着肚子，她害怕翔那无情的力道会把肚子里的那块肉给打下来，然后化为一摊血。夜里，娟都不敢闭眼，她也害怕一觉醒来，肚子就会变得平坦。无边无际的恐惧中，那个微小的但是顽强的生命却拼了命地吸取营养，她寄生在母体里，就这样，一直持续生长到第七个月。

她从楼梯上滚下来，是头着地的，额头磕出了一个洞，在汩汩地冒着血。在她失去意识之前，她感觉到滚烫的液体从她身体里倾泻而出，她还看见一地的鲜血。娟感觉到脖子以下的身体都不能动弹，还依稀听见老头儿喊救命的声音。眼泪就这样滚了下来，不由自主，也控制不了，娟使劲地紧缩着，夹紧双腿，害怕一放松，那块肉就会顺着液体流出体外，离她而去。

疼痛猛烈地袭来，一阵一阵地企图麻痹她，摧毁她，像猛兽一样使劲地撕咬着她的肌肉和纤维，娟的眼前出现了好多张脸，有爸爸妈妈，有王婆婆，有翔，有老头儿，还有一张，看不清楚，很模糊，伸手一抓，散掉了；又出现了指甲花，阳光，小砖房，还有坟。三个，四个，怎么多了一座坟，土是新的，松的，拨开，使劲地，一层一层，看见了，里面躺的是自己。脸上沾满了泥土，还有昆虫和蛆在上面蛹动，爬进了她的嘴里、眼睛里。还有一个小包袱放在她的身边，轻轻地掀开裹布，里面是一块肉，上面还有一层膜包裹，黏糊糊的，里面透着一只小手，那只手还在慢慢地伸展着手指。

娟猛然睁开双眼，她看见一个婴儿躺在身边，老头儿说，她叫作瑾，长得很漂亮。眼皮自己覆盖了娟的眼球，尽管她不愿意，多想再仔细地看看婴儿，她长得多美啊。

娟觉得自己的世界都被她点亮了，这个小家伙可不怎么好看，皱巴巴的样子，像极了一个小老太太。她紧紧地闭着双眼，纤细的长睫毛轻轻地覆盖着，小巧精致的鼻子，还有粉红的指甲花瓣一般的嘴唇。长大了一定是个很可爱的小姑娘。

她看着病房的门，许久，都未曾看见莫翔。原来以为自己的心会像被皮鞭抽打千万遍的痛，可是全然只有空洞的落魄和失望。什么时候，自己和莫翔已经到了这种地步，好像自己并没有做错什么。抑或是从来就没有做对过？回头看看自己走过的路，一路走来一路落魄。

身体上慢慢开始缓解的疼痛，却让内心深处那一阵又一阵的撕裂感更加明显和清晰，一下又一下地用布满荆棘的绳索捆绑着她挣扎着的灵魂，死死地困在了地狱的十八层，哪怕是她用尽全力呐喊，也无人能听见她的呼救。

她开始迷茫，什么是爱？不挣扎，不挽回，不也是一条出路？

9

娟说，他是一个好人。

瑾不知道他是谁。五岁的她并不知道什么是好人和坏人，但是她知道爸爸会打她也会打妈妈，狠狠地。她觉得妈妈是个铁人，每次爸爸揍她的时候，爸爸总是咬紧牙，皱着眉头，随手拿起什么就往她身上抡。妈妈不躲也不哭，只会说，离婚，我们离婚。

瑾会躲在一个角落里，冷冷地看着。她知道，下一个目标就会是自己，她不说话，静静等待着将要来临的痛苦，视死如归的表情。爸爸会咆哮如雷地说，你走，我就折磨她，我不会让你们好过。然后爸爸像抓小鸡一样把躲起来的瑾拎起来，狠狠拽到地上。开始的时候，瑾会躲，也会跑，但是她发现，越反抗，爸爸就会打得越凶，往死里打。这个时候如果妈妈过来护着她，那么像雨点一样的拳头就会落在她们的身上。爷爷就会使劲地拉爸爸，但是爸爸疯起来会把爷爷也推倒，到最后，一家人就都像有免疫力一样，集体麻木，相互折磨。

瑾会坐在阳台的花基上，一整天。她会不时地动一下，很轻。晚上的时候，瑾都是不睡觉的。她会竖起耳朵听着楼道里的声音，只能这样度过漫漫长夜，睡着了便是无边无际的噩梦，那种可怕的阴森的感觉，占据了瑾的睡眠。这种无法言语的恐惧造就了瑾以后的性格缺陷。

娟生下瑾不久后，便在一个偶然的机会遇见了那个忠厚老实、温文尔雅的男人。他个子高高的，戴着一副眼镜，面色很白，干净。他常常穿着一件格子外套，在胸前左边的口袋夹了一支钢笔，外套里面还加了一件白色的衬衣，但是衣领上泛黄，显得有点旧。

他笑起来没有声音，就是嘴角上扬，露出牙齿。那天他们很简单地遇见了，娟朝他笑了一笑，轻而易举地就俘虏了这个高级知识分子。他便开始四处打听，来书店的频率急速增加，他开始在书店里面每个角落寻找娟遗留下来的每根头发。他记录下娟看过的每一本书的名字然后再反复阅读。

他无可救药地爱上了娟，他对老板说，娟哪里是在对他笑啊，那简直是把他的灵魂都给吸走了，只剩下了一个躯壳，要是不从她那里把魂儿要回来，他也活不成了。

后来，他如愿以偿地得到了娟的手，然后是腿，最后是全部。娟身上布满了伤痕，他说，他疼，然后娟便开始掉眼泪。娟开始迷惑了，她想不明白自己在最开始的时候究竟有没有爱过莫翔。不然，自己怎么会那么容易就为别的男人掉眼泪呢？她使劲地回想她和翔一起的日子，除了他落下的拳头，她终究什么也没有想起来。

这种让人不齿的事情自然会有散播的渠道，就像天网恢恢、疏而不漏的道理一样。莫翔知道了以后，他笑了，他终于证实了自己的猜测，她确实是一个婊子，彻底的。

他断定家里面那个和他长得一点都不像的小畜生是别人遗留下来耻笑他的勋章。莫翔苦笑着自己的无奈，怪不得从出生到现在都没有叫过我爸爸，她就是要债来的。

莫翔更想不到的是，娟说要离婚。他无法忍受不能折磨她的日子，那种没有了快感的日子该怎么度过啊？他决定要报复她，要毁灭她，要她体会到世界上所有的痛苦，就算这样也抵偿不了他所受到的伤害。

他开始变着法子来折磨娟，他用鞭子打遍了她身上每一寸肌肤，他往她脸上吐唾沫，用脚踹她的脸，他恨的就是这张脸，这张勾人的脸。

“贱人，你为什么不去死？”莫翔像一只失控的猛兽，他使劲地去殴打这个曾经让他爱入骨髓的女人，最深的爱意，在催化成最浓烈的仇恨。

“让我走吧，莫翔，让我们离开这里，好不好，放过我们吧？”娟不止一次地哭喊道。

“不可能，你想和那个男人双宿双飞？门儿都没有，我耗死你们。我不好，你们谁都别想好过。”

“莫翔，我们离婚，离婚吧。”娟不知从什么时候开始，已经连眼泪都没有办法流出来了。

瑾默默地看着，她不敢发出任何声音。她像一只受了惊的小兽一样，惊慌失措地紧闭着眼睛。

有一次，她看见妈妈倒在地上一动也不动，尽管爸爸还在用力地踩着妈妈的手指头，但是妈妈就是不会动。她想，要是我也能晕倒该多好，这样一来，再怎么打都不会觉得痛了。

她开始渴望自己能够在某一天突然倒下，爸爸的拳头就再也打不痛她。

终于有一天，妈妈对莫瑾说："我很爱你，宝贝，妈妈很爱你，你知道吗？"

瑾似懂非懂地点了点头。她紧紧地拉着妈妈冰冷的红肿的双手，有一种不寒而栗的感觉溢满她的心坎。

妈妈说，瑾，你要记得妈妈。

瑾似懂非懂地点了点头。

妈妈拿起了一件莫瑾经常穿的衣服，对瑾说，你要好好地跟着爸爸和爷爷，好好听话知道吗?

然后她头也不回地走了。

瑾追了出去，看见妈妈的背影，她数着妈妈那急促离去的步伐，如果妈妈回头，她就追出去，祈求妈妈把她也带走。可是直到背影消失在昏暗的道路尽头，妈妈竟然都没有回头。

莫瑾没有哭，也没有叫，她只是想，妈妈走了，爸爸只会打我一个人了。

10

瑾在上学以前，从来没有想过外面的世界会是什么样，她只知道自己那无边的痛苦。除了爱她的爷爷，她什么都没有了。

就连妈妈仅存的味道也随着时光的流逝渐渐散去，就连妈妈以前种指甲花的花基也被爸爸全扔了。直到现在，瑾才相信，妈妈确实已经走了。妈妈走的时候说的话，瑾一直都不相信，如果她爱我，怎么不带我一起走呢?

莫翔一直都不愿意让瑾上学。其实那么多年了，他实在是没有力气再打那个已经长大了的瑾。那个小畜生的眼，会一直盯着他，直到翔心里发毛。而且她长得实在是太像娟，每次把瑾打趴下的时候，她都不会哭，也不反抗，一直让他打，直到翔打累了，把她放开，她会自己爬起来，像什么事情都没有发生过一样。

居委会的人找上门来以后，翔只能让瑾上学去，其实这样也好，那么些年，他也实在是累了。

瑾上学的第一天，在路上花了两小时。爷爷走得实在是太慢了，但是他坚持要送瑾上学。其实上学的路很近，拐两个路口就到，但是瑾却紧紧地拖着爷爷的手，走过了她人生第一段通向未来的路。

瑾第一天上学的时候，老师们就特别喜欢她。那是个多可爱的小姑娘啊，像洋娃娃一样的脸。莫瑾很安静，整整一天的时间里，她只说了自己的名字，而且还不带姓的。

老师问她：“小朋友，大家都说了自己的名字，你是不是也要向大家说说你的名字啊。”

她说：“瑾。”然后就坐下了。

所有的小朋友都笑了，他们说，真奇怪，她的名字只有一个字，怎么没有姓啊?

老师对着瑾笑了："小朋友，大家的名字都是由两个字、三个字，或者更多的字组成的，而你的名字里的第一个字就是你爸爸名字的第一个字，是父亲送给孩子的礼物。不过呢，也有的小朋友会随妈妈姓的，那你的第一个字是什么呀？"

瑾不说话，头转向窗外，就像刚才根本没有人说话一样。

老师笑了笑说："瑾害羞，下课的时候告诉可以悄悄地告诉老师。下一个小朋友，你叫什么名字啊？"

瑾就这样成为班里面的怪小孩。她不说话，也不和别的小朋友玩，她静静地坐在座位上，有时候一坐就是一整天。上课的时候，老师总是发现瑾的眼睛会被窗外的一切所吸引，目不转睛地盯着，而一盯就是一堂课。

瑾要不就是不说话，要不就会突然间表现得很暴躁。有一次，有个小男孩不小心把瑾的书碰掉了，他转过头刚想帮她捡起来，瑾就把桌上的书狠狠地甩到那个男生的脸上，那个小男孩痛得哇哇地哭起来。瑾就像没事情发生一样又看着窗外。老师去找她谈话，发现瑾只是低着头，没有任何反应。后来调查瑾的家庭以后，老师们都摇摇头，说这孩子被害了。

瑾却觉得自己过得很好，那是多快乐的日子啊。她享受着生活的宁静，树上的鸟儿总是不停地出现在她的眼睛里，以不同的姿势，跳着舞。云朵，慢慢地流动在天上，像棉花糖一样，真甜。鸟儿那么快乐，应该是因为它们可以飞到云朵里，把云朵含在嘴里。秋天的时候，瑾会数着从树上落下的叶子，许久才会落下一片，风儿温柔地托着黄叶，缓缓落下，真美。

瑾就像一个鬼影，悄悄地来了，又悄悄地走。没有人会再留意那个小女孩，她的存在或者不存在都无伤大雅。世界上本来就有那么些人，就算被抛弃了，被遗忘了，也只会化作尘埃，随风飘散。或许人们会呼吸夹杂着这些尘埃的空气，却依然不会嗅出任何的气息。

瑾就是这样没有感觉地活着，但是当爷爷也要离她而去的时候，她瞬间崩溃了，幼小的心灵已经无法承受失去的痛苦。

爷爷的倒下没有任何征兆。瑾拉着爷爷的手，漫步在公园，爷爷呵呵地笑，给她讲着一个没有完结的故事。突然间，他倒下了。瑾看着爷爷两眼翻白，手脚不停地颤抖，嘴里面还流出很多泡沫。她就站着，看着爷爷，一动不动。直到好心的路人打电话叫来救护车，把他们爷孙俩都送进医院以后，医院的医生说叫莫瑾把父母找来，她才突然间像发疯一样冲出医院去找爸爸。

莫瑾一直跑一直跑，她从来都不知道爸爸在哪里，她只知道他很少回家。所有瑾能想到的地方都跑遍了，哪里都没有那个陌生人的身影。

她开始在街上大喊，爸爸，你在哪里啊？撕心裂肺地喊，用尽全身的力气，似乎把埋在深处的那个自己都要喊出来。声音让很多的路人都停下来了，他们看着这个像疯了一样的小孩。有的人冷冷一笑，真没有教养的孩子；有的人，欲上前去询问缘由，但是瑾根本没有任何反应，只是在大声地喊；再有的，看了一下热闹，也就走了。瑾看着这些人们，她多想爸爸会在他们中间走出来，但是当她再也喊不出来，也哭不出来的时候，他仍没有出现。

莫瑾擦干眼泪，她又冲向医院。医生对她说，晚了，人走了。瑾不懂，说爷爷呢？医生说叫你的父母赶紧来吧，把尸体拉回去。瑾问，爷爷刚才是睡这张床的，那个头发很白，很瘦的，是我爷爷，他去哪里了？医生看了看瑾说，小朋友，你回去吧，这些事情，你不懂，叫你的父母来。

莫瑾就开始把刚才储蓄起来的眼泪一下子倾泻而出，她使劲拉着医生的手说："你把爷爷还给我吧，求求你了，叔叔，叔叔。"医生摸了一下她的头，对她说："小朋友，爷爷会回去的，你也回去吧，记得，叫你的爸爸妈妈赶快来，时间越长，太平间的费用越高，还是赶紧领回去吧。"

瑾看着那张空空的床，她想，爷爷一定是被他们收起来了，我一定要把爷爷救出来。

她独自在家里等了三天，终于等回来那个醉醺醺的爸爸。

她说："爷爷晕倒了，在医院，你赶紧把爷爷领回来吧。"

"老头怎么会在医院？"他使劲拍了一下自己晕晕的脑袋。

"三天了，医生说要你把他领回去。"瑾的眼泪不争气地流出来的。脸上那两条眼泪流过的痕迹清晰可见。

"那得花多少钱啊，死了倒干脆。"

"爷爷没有死，他不会死的。"瑾向着他大吼。

啪，啪，瑾被狠狠地扇了两巴掌。

"小王八蛋，你敢再吼，我就让你好看。"

然后他摇摇晃晃地倒在床上，瑾一看就着急了，她冲上去，使劲摇着他，说："别睡觉啊，先把爷爷领回来吧，我求你了。"

不管怎么喊，怎么摇，他还是发出了打雷一样的呼噜声。

莫瑾绝望了，她看着这个男人，那种怨恨无法发泄。那个时候的她应该还不能完全了解恨是什么，但是她使劲地用指甲抠她的手臂，把皮抓破，一道一道的。用嘴使劲咬着嘴唇，甚至她用力地揪着自己的头发，一把一把地揪，满地都是她那长长的头发。她觉得，如果爸爸死了，爷爷还活着，这将是件多美好的事情。

第二天，莫瑾迷糊地睁开双眼，她使劲地揉了揉，看见爸爸坐在那里，很清醒的样子。

“爷爷呢？”瑾小声地问道。

但是他没有回答，他看着瑾，就这么一直地看着。

“爷爷在哪里啊？”莫瑾再问了一遍。

不知道为什么，翔看着瑾坐在地上，满手是血痕，还有那一地的头发。他很害怕，开始恐惧这个他一直折磨着的人。她今年只有九岁啊，她该有多恨，她该有多怨，才能把自己的头发一把一把地拔掉，把自己的手臂硬是抠出血来啊。他甚至不敢看她的眼睛，空洞无物，就像能把人给吸进去一样，她是怪物，她真的是怪物。

翔其实一大早就去了医院，他的爸爸死了。他一点都不惊讶。那个老头早该死了。一身子的毛病，还有晚期的肝癌。老头对他说，我活着也就活受罪啊，早就该去见你妈了，她等了我实在太久了。可是，我放不下莫瑾啊，你是她的爸爸，你怎么能不爱她呢？

翔没有说话，他不知道该怎么面对瑾，他从开始的时候，就一直恨着这个不知道是哪个男人留下来的祸害。娟跟别的男人跑了以后，他又把所有对娟的爱、对娟的怨发泄到她的身上。

娟一直以来给瑾寄来很多衣服还有钱，但是每次，翔都会把寄来的东西扔掉，只留下钱。他就是要莫瑾恨她，就是要娟永远失去这个女儿。直到那张离婚协议书真正到了他手里的时候，翔觉得无能为力，但是他奢望着只要能留下莫瑾，娟再怎么样都会回来。于是他又经历了漫长的争取瑾的抚养权的过程，后来娟来了一通电话，她说她放弃瑾，她家里也容不下瑾，只是希望翔能好好对瑾，就算是她千错万错，但是她愿意用生命发誓，瑾确实是翔的女儿，她还说，翔可以去做亲子鉴定。如果终有一天，你不要她了，你就把瑾给我，我再怎么难，也会把瑾留下。

翔流泪了，他就是这样一个可悲的男人啊，多少次，他都妄想自己会对莫瑾好一些，至少不要再打她。可是他不能啊，她长得实在是太像娟了，连毛细血管都像，他放不下这个女人，当然也就放不下瑾。可他控制不住自己。他多希望自己能够死去。

“爷爷呢，我爷爷呢？”瑾开始大吼起来。

“他，他死了。”翔说。

“爷爷怎么会死呢？爷爷不会死，你骗我，我恨你。”瑾使劲地揪自己的头发。

“他就是死了。”

“你才应该去死。”

“我也想死，但是我死不了，我带你去看你的爷爷吧，也该送送他，老头也不容易，摊上我这么个儿子。”莫翔点起一根烟。

瑾看着他，面无表情。

医院里那种消毒药水的味道，瑾一辈子都忘不了。那种味道钻进她的鼻孔，一直涌上大脑，把所有的记忆都浸泡起来，侵蚀，糜烂。

在一个铁柜子里，爷爷就那样躺在里面。他的样子就像倒下前一样，面容痛苦。他变成了暗紫色，硬邦邦的，没有弹性，像一根枯枝。

瑾看着那个最爱她的人就这样躺在这个冰冷的地方。爷爷是多爱瑾啊。每当邻居的小孩用石头扔她，说她是一个没有妈的小孩，说她是神经病的时候，爷爷总是用扫把追着打他们，尽管他没有一次打着，但他就是这样用自己微薄的力量保护着莫瑾。每天夜里，爷爷为她盖上被子；早上做好早饭，爷爷总是把鸡蛋剥好放在她的碗里，也总是带她去吃棉花糖。而现在，世界上只剩下孤零零的自己。

莫瑾觉得自己真的是一个很多余的人，拖累了身边所有的人。

她不想活了。

11

在爷爷死后的某一天，那个女人来接瑾了。瑾已经不太记得她的面容、她的声音和关于她的一切。瑾只是想找个地方待着，一个没有痛苦的地方，哪怕只是一小块肮脏的能容她安身的角落。

翔终于放弃了瑾，他回了老家一趟，把老头安葬在他生前就一直惦记着的地方。他说过就把他放在那棵槐树下的那个土堆旁，种上几棵荆棘、藤蔓，不需要墓碑。莫翔照做了，当他看见那个旧坟和新坟紧紧地靠在一起的时候，他想，放手吧，十年都过去了，是时候放手了。莫翔回来以后，就按照回邮的地址写了一封信，很简单的几个字：回来把她带走吧。

娟接到这封信的时候，很为难。她不是不想接瑾，只是那个一房一厅的家里，容不下瑾。确切地说，那个男人的心胸容不下瑾。他是个儒雅的男人，有着令人钦佩的学识，也有让人羡慕的才华，却恰恰没有可以让瑾容身的胸怀，真是讽刺。这个男人叫许文杰，在以后很多年里，瑾寄居在这个犹如炼狱一般的家里的时候，她都叫着这个名字，哪怕是在梦里。

是炼狱吗？莫瑾长大后每每想起，总会觉得从心里伸出了一只蹿动的手，揪起她的神经，连根拔起，沉痛至深。许文杰没有像翔一样，给瑾带来可以痊愈的伤口。身上的伤终有退去的一天。但这种痛啊，瑾无法回首，她甚至觉得她活着只是上天犯下的一个错，侥幸的错。一个多余的人。她从一层地狱再堕落到另外一层。

娟再次回到那个家的时候，她眼睛里的所有情景和走的时候一样，冰冷，孤寂。墙上仍旧是那张发黄的旧照片，里面的她笑靥如花。残旧的藤摇椅落寞地躺在角落里，它像一双无形的手，意图把坐在身上的人死死地缠在自己的怀里，像毒蛇捕猎一样，缠到生命枯尽的那一刻。还有那张单薄的旧木床，娟仿佛听见以前躺在上面的时候所发出的像鬼魅嘶喊般的声音。

这里的每一件物品，每一个细节，每一颗灰尘，都是那么让人厌恶。娟无意识地往门外一推，恰巧被那个颓废肮脏的男人看见了。他讥笑个妄自高贵的女人，而实际上她只是一个低贱的妓女。他又看看自己，自己其实也不过是一条扭曲着身体的肥蛆。

“来啦，怎么不坐坐？”翔指了指那张旧藤摇椅，然后猥亵地笑了笑，那个摇椅也记载着他们曾经的风花雪月。

“不了，她在哪里？”

“她就在房间里，你找。”莫翔用手指揉着自己的脚趾缝，他觉得自己要尽可能的猥琐，他就是这样的一个废人。

娟使劲地看了看，房间里没有阳光，似乎连阳光都不眷恋这个地方，潮湿，灰暗，臭气冲天。莫瑾就躲在这里面，她隐藏得很好，或者说她和这个环境融为一体，肮脏，灰暗，同样的臭气冲天。娟往房子里喊了一声：“瑾，妈妈来接你来了，在哪里啊？”然后是寂静，黑暗迅然把声音吸收进去。

娟又接着喊了几句，娟认为她的声音应该是动听的，蕴含着母爱的力量，纵然是当初她有再多的错误，但是她多么诚恳，她觉得瑾至少要感激她今天的决定。她是一个伟大的母亲。许文杰用他知识分子的所有力量去压制着娟这个愿望，他无所不用，是的，他可以穿别人的漂亮的破鞋，但是不能再让一个时时刻刻都提醒他穿破鞋的定时炸弹跟随他往后的日子，这是不能容忍的耻辱。娟是偷偷来接瑾的，她觉得她已经把莫瑾放在了唯一的高度，那个像极了她的女儿。

翔看着那个曾经他深爱过的女人，他觉得很讽刺。他自己是一个什么人？彻底的可怜虫，从头到脚，一个被唾弃的可怜虫，他应该在掩埋老头的时候也一头栽到那个洞里。那么至少可以少了无数个醉酒街头的夜。

莫翔摇摇晃晃地站起来，走到床前，从那堆炭黑般的棉被里揪出一个瘦小的哆嗦的身体，她一动不动地，任由翔一把把她拽到门前，她依然保持着蜷缩的姿势，双目紧闭，头发又脏又臭，脸上满是黑黑的道道，划破了她稚嫩的脸庞。

“老头走后，她一直这样，神经病。”莫翔拖着那双断了鞋帮的拖鞋，慢慢地走回那张靠阳台的凳子，坐下去，顺手拿起一瓶啤酒，打开，灌上一大口。

“瑾，妈妈来了。”娟伸出手。娟身上有一种花的味道，像百合花，哦，不是，是姜花吗？那种味道瑾没有闻过，像百灵鸟穿过众山时留下的鸣叫，像雨露滴落时溅起的尘埃，或真实或缥缈地缠绕起瑾儿时无数的对快乐的回忆，那种无法逾越的快乐带领她坠落。那是怎样的感觉？瑾不知道，但是她无法拒绝那只向她伸来的手，她咬紧了牙去抗拒自己那火焰一般灼热的念头，她无法忘记那转身离去的背影，也无法忘记和爷爷在这个噩梦里度过的每一天，爷爷的味道还没有散去，尽管那是一种霉烂腐朽的味道，却是唯一种闻过的叫作幸福的味道。

“瑾，妈妈知道以前丢下你，是妈妈不对，你现在能不能原谅妈妈？你跟妈妈走吧。”

瑾当时不确定爱是什么，以至于在往后的人生中对爱苦苦纠缠。瑾只在爷爷的嘴里听过这个世界上最具强大力量的字，她常常在想，爱是什么？是一个动作，一个表情，一种声音？瑾当然不懂，但是她却分明地知道什么叫恨。恨就是期盼着那个天天给自己带来疼痛的男人的生命可以换来爷爷的片刻残喘。在脆弱的生命面前，瑾只能用泪水去冲洗自己的内心，一遍一遍地去冲洗那已经发炎的伤口，然后妄想会自我痊愈。但是那种无法放弃的感觉，那种在幼小内心残忍纠结的感觉把她死死拽在那片无边的黑暗，不曾放手。

“宝贝，妈妈真的……”

“你走，我不想见到你！”

瑾冷冷地说道。她打开那个巨大无比的衣柜，钻进去。她把身子尽量地蜷缩，发出沉闷的声音。

“瑾，你出来吧，妈妈给你带了好多好吃的，你从来都没有见过的，你不是很喜欢布娃娃吗？我给你带了一个，可漂亮了，你出来看一看，保准比其他小朋友的都漂亮。”

“你走，我恨你！”

娟愣愣的，眼泪不住地流下来，她伸出的手就这样冻结在空气中。是的，她最爱的女儿说恨她。她活该被恨，她怎么能为了自己的幸福就去牺牲瑾的幸福呢？当初她早该想到这一点。因果报应。但是一个那么小的孩子，怎么知道恨呢？她不敢去想。

莫翔发出一声冷笑，他讥笑着这一刻。多少年来，他处心积虑地想瑾恨她，如今他做到了，这是何等的快事。三个血肉相连的人相互恨着对方，那是他梦寐以求的事情。他知道瑾躲在哪里，她一直把自己关在那个旧衣柜里面，用那些又霉又旧的衣服包围自己。她甚至还把自己深深埋在衣服堆里。多少个夜里，翔都怀疑瑾那微弱的气息就这样渐渐散去，他害怕去打开衣柜，害怕一打开就看见瑾那爬满蛆的脸。但是她就这样一直活着，像鬼魅一样，每每只出现在他深夜的梦里。

他实在是不能再和瑾生活在一起，那种感觉生不如死。他走到旧衣柜前，用脚大力地踹着，衣柜那残旧的身躯无法经受重创，衣柜的门就那样无力地掉了下来，坠在地上，发出沉闷的声响。他粗暴地往衣服堆里使劲一推，然后再用力一抓，把莫瑾的小手拽了出来，然后再用力一拉，她就这样被生生地拉了出来，摔在地上。显然这一切发生得很突然，瑾就这样没有重心地被摔在地上。她的脑袋磕在柜门上，血马上汩汩地流出来。她就这样倒在地上，一动不动，任由头发就着地上的灰尘和鲜血糊成一团。

娟根本来不及反应，就看见瑾像一根木头一样被甩在了地上。

翔看见瑾躺在地上不动，以为她装的，还使劲踹了一脚，说道："你还装，我看你还装，你别想赖在这里不走，我告诉你。"

莫瑾只是发出一丝微弱的声音，说道："我恨你们，打死我吧，我想找我爷爷。"她产生了死这个念头，这一年，瑾还很小。

娟哭着扑向莫翔，她像疯了一样去打他，揪他的头发，甚至去啃咬他的手臂，翔来不及躲避，倒在了地上，然后他也开始像疯了一样去还手。但是那天的娟就像受伤了的母兽一样，用歇斯底里的力量和翔殴打着，她又哭又笑，翔招架不住，头发被揪下来好几缕，眼睛也被打肿了，手上脸上满是伤痕。

娟怒吼着："你怎么可以这样对她，她是你的亲女儿呀，你可以恨我、打我，但是你怎么能这样对她！"

莫翔也怒吼着："我乐意，我就是打死她，你也管不着，你们一起去死吧！滚出去，别再让我看见，我见一回打一回，今天你不把她带走，我明天就让她去找那死鬼老头，下次你就给她烧香吧你。"

娟发出一声凌厉的哭声，她抓起一个花瓶，朝着翔的腿死命砸去，一次两次，直到自己的手和他的脚都血肉模糊。翔根本来不及叫喊，就被砸来的花瓶碎片扎进了腿。然后娟拿起扎在他肉里的碎片，再一次扎进去，一直持续到邻居叫来了警察，才把这惨不忍睹的场面控制。一个躺在地上虚弱无力的女孩，一个发狂的女人，一个血肉模糊的男人，一个支离破碎的家庭，一种没有完结、没有终点的伤痛。

第2章

寄生

1

瑾走进了一个陌生的家，尽管她不愿意，但是她开始相信妈妈其实是爱她的，不然的话，那个男人不会至今还躺在医院里。据说他的腿完全没有康复的可能，也就是说他应该是不能再追着她来打了。他那条筋骨断裂的腿不会再追她，那是一件美好的事情。

莫翔的医药费是许文杰给掏的，他还给了一笔可观的补偿费。莫翔自然不会去起诉娟，尽管废了一条腿，他也不会傻得自找麻烦。但他实在是被娟震慑了，那个曾经温柔似水的女人，居然拿着玻璃碎片往他的大腿和小腿扎了三十几下。再多的恨也已经扎在了他的骨髓里，翔觉得腿上的痛，终于能把常年积累的苦给淹没了。

许文杰把钱甩在了莫翔的脸上，那一刻的他完全没有了昔日温文尔雅。五万元换来一个神经病一样，而且满身是毛病的女儿，他怎么都不觉得这是一笔划算的交易。他从一开始就没有打算把这个女孩往家里塞。她粗俗不堪，就像农村里来的霉娃娃；身上老是发出一股臭味，而且还很脏。在他洁白无瑕的家里面，她就像一个霉点，有碍观瞻。他是大学讲师，身份无比高贵，居然有个流氓生的后女。他不能接受，绝对不能接受。

许文杰是一个讲师，所以他应该具有文人一样让人崇敬的作风，他努力地克制自己的想法，尽量伪装自己，在人前人后扮演一个好爸爸的角色。

他想，瑾，只能像被丢弃在路边的小猫小狗一样，寄居在他伟大广阔的胸襟之下。她应该感激，也必须感到无比的荣幸和幸福。像她这样的生命，给她一点阳光，就必须要灿烂。人和人之间必须具有差异性，这样才能比较出谁比较高尚，谁比较下贱。与她的亲生父亲相比，许文杰的形象就像活雷锋一样，浑身上下散发出人性的光辉，我是你的救世主，莫瑾，你必须记住。而且，你要感恩戴德地与我生活在一起，为我无比高尚的行为加上一个完美的注脚。

其实瑾觉得自己就像一个麻布袋，被使劲地甩来甩去，狠狠地。她很努力地使自己去相信，这世上会有那么一个人终究不会离她而去。那个人不一定要对她很好，给她好吃的零食，或者是那个梦寐以求的娃娃，又或者是漂亮的公主裙。只是在漆黑的夜里她猛然惊醒，那个人会睡在她的身旁，她可以悄悄地拉着那只温暖的手，然后安然入睡。每次想起，瑾就感觉到那个瘦弱无力的身影，那个把她看得比生命还要重要的爷爷的身影就在身旁，那只干枯的大手仿佛在摩挲着她的脑门，给她力量和安慰。光凭想象是不足以慰藉那寥寥数十年的光阴的。瑾从很小的时候就知道，要找到，无论任何时候，都不会抛弃她的人。

许文杰的家是一个优雅的地方，既不在市中心，也不在市郊，只是恰如其分地处于两者之间。一栋六层高的矮楼中间的那层，不高不矮，既不够看见远处的喧闹繁华的市区，也不能瞧见蓝天和白云。一房一厅的居室，既不宽敞，也不狭小。大城市里应该有的高档电器和家私，它一概没有，但是却被许文杰形容为雅居。而全屋子里，最雅致，也最为许文杰自豪的应该是厅里自成一角的书房。它并没有墙的阻挡，但是四个面如墙高的书架把中间三个平方米大小的小书桌紧紧拥抱在怀中。

每当许文杰沉浸在书海之中的时候，他就觉得自己脚下的世界是如此的宽广，如此的伟大。而他作为一个老师，每次把知识授予他的学生的时候，他深深地感觉到，生命是如此绚烂无比，是一种与知识交汇而成的扭结，是意识和行为的重新构造，而人性的构造必须经过知识的熏陶和解构之后的再重建，才能够真正地体会出生命的真正含义。任何人没有在真正的自我意识中遨游，不能找出真我所在，不知道对于生命而言什么最宝贵，那么也只不过是这个世界上的一具空皮囊而已。而他就是那把唤起真知的声音，那把开启自我门锁的钥匙。这不仅是一个教授应该肩负的职责，也正是因为这样才能突显出自己与众不同的崇高姿态。

许文杰确实是一个很难得的老师，他对自己的学术研究一不造假，二不抄袭，三不假手于学生，所以那么多年来所发表的学术文章寥寥可数，弥足珍贵。对于学生的提问他也是有问必答，可惜的是现在的学生都很乖张，总是提一些课程提纲以外的问题，尽管许文杰使了九牛二虎之力，可是也不能回答出个所以然来。

但是有个学生却让许文杰有了做老师的无比的兴奋感，也从而坚定了他做老师的信心。那是个花季少女，长发披肩，大大的眼睛好像总是含着一汪眼泪。许文杰坚信自己对女人的眼泪没有一点儿抵抗力，他总是无力地去面对这些会噼里啪啦掉眼泪的雌性动物。他以为自己是一个只会对娟动情的男人，但是原来他面对所有的女人都是如此。

那个女学生总是抱着很多的书，然后低着头，一路向许文杰走来，在快要碰到他的时候，会用很柔绵的声音对他说老师好。总是那样无助，总是那样的一脸清纯。这样的女学生相信在每个人的眼睛里都会觉得她与众不同，是的，不是与众不同的清纯，就是与众不同的隐晦。

每个人都应该有一颗别人不会了解的内心，尽管每一张脸都是如此的天真无邪。她会不偏不倚地恰好把目光投在许文杰的脸上，然后粲然一笑。那一刻，许文杰觉得春天来了，暖暖的春风轻拂在自己的脸上，连呼吸都有了无限的活力。就是这样的一个女孩，一个看起来比春天还要明媚的女孩，居然患有严重的抑郁症。

许文杰的爱心随着时间的推移快速膨胀，他想要把这个女学生的问题弄清楚，救她于水深火热之中。抑郁症是什么，他当然弄不清楚，不是说博学多才的人就必须要了解这种常见的心理疾病的病理成因和治疗方法，他只是根据普通人对抑郁症的了解，单纯地认为，凡是得了这种病的人都会厌世，会自寻短见，会郁郁寡欢，而且随着时间的推移，病情会加重，无药可治。他怎么能够看着这个水一样的女孩堕入地狱，他怎么可以任由她在痛苦的深渊中久久挣扎？

他开始留意起这个女学生，开始关注她的一举一动，甚至，作为一名老师，他居然去阶梯教室附近游荡，四处张望。每当他的目光搜寻到她的踪影的时候，他的思绪总会跟随着她跳动的脉搏上下起伏，忐忑不安。他不了解这种不安是什么，但他总是会强烈地压抑自己内心那股蠢蠢欲动的力量，如果不是那么奋力地去压制，那股力量就快要把他搅碎成浓稠的汁液。

在这种无止境的纠缠当中，许文杰渐渐发现她的抑郁症是其衍生物而已。首先是她的背景很卑微，父母都是下岗职工，靠着微薄的收入去支持她的未来，那种摇摇欲坠的感觉让她有着极度的自卑和不安全感。面对着物欲横流的社会，她的女同学都是那么花枝招展，而她只可以穿着洗得发黄的旧衬衫、款式老旧的阔脚牛仔裤和一双旧布鞋。

纵然她是成千上万的穷学生中的一员，纵然她把自己藏身于校园最灰暗的一个角落，总会有人把她拽到太阳下暴晒，烤干她的自尊心。比如说把她只有咸菜的盒饭拿出来嘲笑，又或者当众指出她的衣服上有个很大的破洞。她就像一只蜷缩在洞穴里的小动物一样，一点动静就会扯动她的每一根神经。

再后来，她的父亲卧病在家，不久就离开人世。而母亲也只能靠帮别人做保姆，赚取一些生活费。如果，她是很平凡，很普通，只是一个让人过目即忘的女学生，也许她并不需要去承受那些附加的伤痛。而她偏偏有动人的眼睛，那种沉默的表情，那种自然而然的吸引力，是那么不协调地镶嵌在她的生命里。

那是一种推她堕落的力量。堕落容易吗？她说，只是一闭眼，一睁眼的时光，已经让你堕入足够深的沼泽里了。会不会有人因为她是为了母亲而堕落就对她产生一点点的同情？如果有，那也只不过是一种轻于鄙视的嘲笑而已。抑郁症是什么？据她自己的解释是一种想放弃自己的状态，想死却不能死的郁闷，对别人的指责和鄙视担惊受怕。

许文杰不知道她的堕落，所以在他的眼里她仍然是一个纯洁无比的女学生。他只是悄悄地给了她很多很多励志的书，鼓励她勇敢地去面对自己的不幸。正是因为还有那么一个人能看得起自己，她也很努力地不去放弃自己，也努力地从沼泽里爬出来，尽管满身的泥泞。

她毕业的时候，拉着许文杰的手，只说了一句谢谢。但许文杰觉得那是最有力量的一句谢谢。不知道为什么，许文杰在以后的时光中，总是念念不忘那一句谢谢。他觉得谢谢不仅代表着一种感谢的情感因素，应该还有更多。

2

瑾开始了自己的新生活；一个妈妈和一个后爸。而她渐渐开始明白一个事实，为什么妈妈当年要把自己留在家里，因为她是后爸和妈妈生活里一个最碍脚的污点。后爸一点儿都不喜欢自己，这是她第一天到这个新家的第一感觉，虽然她再也不必承受肉体上的疼痛，但是瑾觉得屋子里好冷、好空，只要呼吸，心就会感觉到痛。

“瑾，叫爸爸。”娟总是一脸尴尬地嘱咐。

“不用叫爸爸，叫叔叔就可以了。”许文杰很严肃地说道。

“还是叫爸爸吧，不然一家人在一起不够亲切啊。瑾，叫爸爸，快叫爸爸啊。”

“说了不用叫就不用叫，我才没有这种福气。”

“瑾，快点叫！”娟很坚持地和他争执着，为什么不能让瑾叫爸爸？难道他从来就没有打算去接受这个女儿吗？

“你以为她叫了我爸爸，我打心里面就会真的把她当成女儿一样看待吗？你应该把她送到孤儿院，她根本是行为怪异的怪物你知道吗？每天晚上只要一想到她的脸，我就睡不着觉。”许文杰近乎咆哮。

“她只是一个孩子，你知道吗？她以前生活的环境很不好，她才会那么自闭，不是行为怪异。你为什么就不能接受她？接受一个孩子，她是我的孩子啊！”

“是你和他的孩子，不是我的孩子，这个问题你必须要明确。”

“你接受我，也必须要接受她！”娟觉得这个问题必须要明确，不然的话，瑾永远不会在这个家庭获得一点儿属于她的温暖。

“我想你必须要明白一件事情，当初我答应让你把她接回家里纯粹是因为看在你的分上。当然，我也愿意去养她，但是我并没有打算承认她是我的继女。你自己好好看看她，除了窝在房间里玩那个布娃娃以外，她什么都不会，根本不像是一个正常的十岁小孩。她吃饭的时候居然是用手抓饭吃，而且从来不会主动去洗澡，浑身发臭。你有没有想过，她除了那个不正常的童年，她也许也是一个不正常的人，根本无药可救。我是一个大学老师，你知道吗？我带这样一个小孩出去会有多丢脸，你知道吗？”

“你会觉得丢脸是因为你从心里根本就没有想过要去接受她！”

“对啊，那又怎样？我能让你带她回家已经很仁慈了，你最好记住这一点。”

娟不再说话，因为她知道，她每个月还必须去问他拿生活费，还要靠他去改变生活，继续地与他纠缠这个问题只会换来瑾更多的伤痛。既然这样，还不如迁就着，让时间去修复这个问题。看着瑾大大的眼睛，里面全是对世界的恐惧还有无际的空洞，那不该是一个十岁小孩子的眼睛。

娟的心在滴血，她开始后悔当初不应该把瑾留下来，自己的软弱无能和逃避，竟然造成今天那个她无法辨认的瑾。娟暗暗地对自己说，要把自己所有的一切都给瑾，一点不留。

瑾其实不是不想说话，她只是害怕，她害怕那个在家里严肃的男人。他总是不说话，也总是瞪着她。每天夜幕降临的时候，他就会回来这个家里。然后妈妈就会恭恭敬敬地端上一桌的饭菜，也总是等他吃完了，妈妈才会把碗里的剩菜给她吃，自己再拌点菜汁吃剩饭。然后他就会在那个堆满书的角落里，一直待到深夜，家里不允许发出一点声音。

记得有一次，她不小心把桌子上的碗碰了下来，那哐当的声响把那个男人惊动了，他很生气地大声和妈妈说话，然后妈妈偷偷地躲起来流眼泪。瑾知道他不喜欢自己，当然她也不喜欢这个男人。她完全不明白为什么妈妈一定要自己叫他爸爸，而“爸爸”这个名词在她的心里就像是午夜的恶魔一样，一到黄昏就会张牙舞爪地去抓破她的脸，把她拉进一个无比黑暗的世界，那里空无一物，只有一双狰狞的眼睛在注视着她，四周都是刺骨的寒风。为什么会有爸爸这个人存在这个世界上？如果死亡就像是爷爷一样，永远不会出现在自己的生命里的话，她开始希望那个爸爸又或者这个爸爸可以去死，只有妈妈和自己，该有多好！

娟开始帮瑾找一间新的学校，她开始怀疑瑾是否有上过小学，正常的十岁小孩都会好多的字和算术，但是瑾连自己的名字都写得歪歪扭扭。而且之前学校的老师对瑾的评价很差，说她上课的时候总是发呆，和同学们根本相处不来。她不爱说话，也不爱课外活动，她甚至功课都不会按时交。班主任提议娟把莫瑾带去看看心理医生，看看是否患有严重的自闭症又或者是智力低下。

娟看着那个低头不说话的瑾，她总是悄悄地抹眼泪，但是如今的自己是多么软弱无力。她既不能去修补瑾的过去，也无法给她一个未来，只能在此时此刻，为她做点什么。娟开始明白，没有谁能让她再次放弃这个女儿。

终于，在无数次的恳求和刻意的奉承之下，许文杰动用了他仅有的、能派上用场的社会关系。瑾进入了本市一所很不错的重点小学去读她的四年级，当然以她的程度，老师极力地要求她留级。在娟差点给校长跪下的情况下，瑾不但不用留级，而且分到了一个很好的座位。但条件是学期末的时候她必须要进入全班前十名。瑾虽然不明白拜托恳求是什么意思，但是她看见妈妈给别人鞠躬，也看见妈妈卑微的脸，她知道有的东西是得来不易的，比如说和妈妈相处的每一分每一秒。

许文杰当然也不是纯粹地想去帮助娟而让瑾进这所重点小学。说实话，许文杰虽然没有钱没有势，但是他也从来没有去求过别人。在这件事情上，他愿意做出了很大贡献的原因是，那是一所可以选择寄宿的学校。如果把瑾弄进去这所小学，也就意味着这个怪物会离开这个家。人前人后，他这个后爸也能说得过去，而在娟面前，他更是有使不完的劲儿了。所以，他也的确用心去办这件事情了。

瑾其实什么都懂，她知道很多很多不属于她这个年龄需要知道的事情，比如说她知道为什么妈妈总是对这个看起来一点都不友善的男人卑躬屈膝。因为他高兴了，妈妈就会有钱去给她买文具。所以，她觉得顺从是妈妈唯一能在这个家安稳地待下去的一个固定形态。

她并不想这样，她讨厌去奉承那些她并不喜欢的人。妈妈总是在莫瑾的面前说很多许文杰的好话，说爸爸并不是不爱她，只是他们相处的时间太少了，以后相处久了，就能知道爸爸是一个很好的人。莫瑾知道，她有两个爸爸，这个爸爸和她一点血缘关系都没有，而且这一辈子都不可能有。他的笑脸并不会因为她的乖巧而出现，这是一件很正常的事情，只要这个男人不打她，她便觉得这和以前相比是天堂一样的生活。

“妈妈，我想上学了。”瑾看着妈妈忙碌地帮她收拾着行李，她想说点让妈妈高兴的话，但是瑾不知道该说些什么。她知道妈妈希望她能好好读书，所以她表达自己的决心，妈妈会感到些许的欣慰吗？

“读书好啊，瑾，你要好好珍惜读书的机会，这来之不易啊，你知道吗？在学校里不要和别的孩子争，除了成绩，我们什么都不和别人争，你明白没有？”娟嘱咐道。

“妈妈，我什么都不会和别人争的，你放心吧。”瑾很谨慎地说道。

“不争就好，还有不要怕吃苦，知道吗？妈妈对你就只有这一点要求。好好读书，钱的问题你不要想，妈妈有的是钱，你尽管放心去好好读书就行。”

“嗯，我一定会好好读书的，那叔叔呢？”

“叫爸爸，以后，不管他高兴不高兴，你都要叫他爸爸。你要知道读书的钱是他给的，他也很关心瑾。只是爸爸不会像妈妈一样，他会很严厉地对你，但爸爸是为了你好，知道吗？”

“那爸爸会和你一起常常来看我吗？”

“当然会啊，我们会常常来看你的。瑾，还会有个小弟弟或者小妹妹一起来看你，好不好？”

“好啊，我会带他去逛公园，带他去吃棉花糖。妈妈放心吧，我不会欺负他的。”

娟笑了，她知道瑾只要远离那个给她无尽伤痛的男人，她就会渐渐地开朗起来。她是一个多好的孩子啊，应该有一个属于她自己的快乐天空。

3

这所小学环境很优雅，是个让小朋友流连忘返的地方，里面绿树成荫，有无数让孩子们觉得好奇的角落，还有彩色的滑滑梯和秋千。课室里传来了阵阵读书声，瑾在这里看到了无数的笑脸，天真的，快乐的，自信的。多好的一个地方啊，瑾很用力地呼吸着这里的空气，也很用力地想把这里每一个片段都牢牢地记在心里，她也在学生宿舍里找到了那张属于她的小床，上面有妈妈帮着铺好的床单和被子。瑾突然间觉得自己拥有了好多好多的东西。

瑾在被班主任带进课室以后，就再没有看见过妈妈了。她知道，妈妈属于那个家，而自己属于这里。课室里面有好多小朋友，他们都在认真地上课，其中有一个叫作莫珍妮。这个坐在她前面的女孩子长得很好看，她扎着两条很好看的长长的辫子，上面还有两颗闪闪发亮的发珠，随着阳光的折射发出五颜六色的光芒。上课的时候，她总是用手托着头，那颗珠子在瑾的面前发出了诱人的闪亮。

王老师是个好老师，她对瑾却不太热情。可能瑾既不是那种品学兼优的学生，家里也没有任何背景，甚至听别人说，那个托关系把她弄进来学校的男人不是她的亲生父亲。确实，在一个班三十多个学生里，王老师并没有多余的精力浪费在像瑾这样，某天在班里消失了也不会有人发现的学生身上。但是莫瑾那种忧郁的，不属于一个小孩子应该有的眼神让王老师总是觉得有一种油然而生的愧疚感，尤其是看见瑾低着头很认真地在写着作业，然后端详着自己歪歪扭扭的字体，又小心翼翼地把它擦掉，然后轻轻地吹走上面的橡皮屑，再次仔细万分地写的时候所流露出的神情。她总是觉得这个小女孩，终究不一般。

王老师下课的时候送了一本字帖给瑾，瑾表现出一种惊慌失措的神情，只是愣愣地接过字帖，低着头，不说话。

“瑾，以后别人送你东西，你要说谢谢，知道吗？”

“从来没有人送过我东西，王老师，您是第一个，我不知道应该怎么做。但是现在我知道了，谢谢您。”瑾总是恰如其分地表现出一种乖巧，其实她那扑闪扑闪的大眼睛和精致的鼻子，还有那如雪一般的皮肤，足以让她成为一个人见人爱的小女孩。但她总是低着头，永远像个做错了事情的孩子一样，没有活泼也没有自信。

“你回去好好练字，老师希望你能有一手漂亮的好字，都说见字如见人，你好好把字写好，别人看见了就能想象出你是个可爱惹人喜欢的孩子，知道吗？”

“嗯，好。”瑾低着头，把字帖放进书包，头也不回地走了。

从那天开始，瑾每天都很认真地练字。她希望能让妈妈看见自己的进步，那样也许，每个周末等来的都不会是失望的眼泪还有自己和夕阳一起孤单的背影。

“妈妈，你已经一个月没有来看我了，你和爸爸好吗？今天老师表扬我的字写得很工整，还把我的作业贴在了墙报上，你会来看看吗？”

“妈妈，今天学校发了成绩表，我已经不是全班最后一名了，老师说我有进步，你这个周末会不会来看看我？”

“妈妈，这个周末，你会来看看我吗？”

瑾每周都会在传达室让李伯伯帮她寄一封信。当然她没有钱，都是李伯伯替她寄出去的，条件是每个周末，她都要来传达室陪李伯伯听收音机和聊聊天。

每个周末，这所小学的大门都会被各式各样的小汽车挤个水泄不通。每个孩子都昂首挺胸地走去属于自己的小汽车，而父母们总是又帮着拿书包又忙着递饮料，只有瑾孤孤单单地站在大门前，期待看见那熟悉的身影。只是她每一次都只能失望地回去。虽然也有很多孩子是来自外地的，周末也不能回家，但是父母总会送好多好吃的东西，也总是嘘寒问暖。相比起来，瑾只是一个被遗忘的人，一个多余的人。

开始的时候，瑾写信总是写尽量多的字，但是后来，就只有“妈妈，什么时候能来看我”又或者是“妈妈，这个周末是否有空”，当然不管写什么，都没有任何回音。她不想打电话，因为如果妈妈想她就一定会来看望她，所以妈妈根本已经忘记了瑾的存在，她只是把瑾再一次抛弃在一个她认为可以减轻她内疚感的地方，但是这样有用吗？

莫瑾觉得“妈妈”这个词是一个永远的谎言，里面只有抛弃，任何对母亲的赞美，在瑾看来都不过是一个天大的笑话。瑾常常会问自己那个众多被抛弃的孩子一样的问题，既然你们根本没有打算好好地养育我，好好地爱我，那么当初为什么要把我生出来？你们痛苦，我也痛苦。你们有没有想过，那种无边的孤独感和恐惧感已经慢慢把我腐蚀成一个可怕的恶魔，我从内心里仇恨着你们，仇恨着这个把我遗弃的世界。

娟每个月都会为了瑾的学费发愁，她其实很明白，现在的她，可能一点办法都没有，只能靠那个男人，那个给过她很多承诺的男人。娟本来不想再要一个孩子，她没有办法去分配那本来就不多的爱。每次收到瑾的信，她都很狠心地放在一旁，然后顶着个大肚子，在超市里把货物放到货架上。她好不容易才找到的一个活，虽然只是偶尔的替班，而且还要整天地弯腰，但是至少能多挣一点零花钱。娟还特意穿很肥厚的大衣，故意把肚子掩藏起来，不然，她马上就会被辞退，哪个超市都不敢拿两条人命来开玩笑。而许文杰什么都不知道，他不知道他的妻子每个星期总有两三个下午不在家，但是会准时把饭菜放好在桌面上等他回来吃。他总是乐滋滋地等着那个真正属于自己的宝宝出世。像生孩子这样的活，他还是想亲力亲为。像莫瑾那样的野孩子，简直就是一个负累，她从根本上缺乏优秀的基因，她的骨髓里流着的都是流氓的血液。这个从本质上就无可救药的孩子真是看一眼就让他心烦意乱。

许文杰不是不喜欢孩子，也不是没有爱心，他甚至辅导过很多单亲家庭的孩子，还给予他们生活的希望，但是面对着莫瑾，他除了厌恶还是厌恶。他讨厌那双可怕的眼睛，好像把他看透了一样，像魔鬼一般纠缠着他的灵魂。

许文杰不止一次警告娟，那个野孩子不属于这个家，我们将会有自己的孩子，我们会有一个自己的未来，而瑾不属于这个未来的任何一个细节。娟很难过，但是她没有办法，她甚至开始后悔跟了许文杰，那个曾经看起来无比温暖的男人。但是此刻的她别无选择。

自从许文杰知道娟怀孕以来，他确实想得比以前多。他想要做一个很好的父亲，想给自己孩子在生活中呈现出最多的可能性，想让他和别的孩子不一样，在人群中闪闪发亮。那是一种对生命的无限重新塑造，塑造出一个完美的人格，一个完美的生命体，仿佛是一件值得他耗费毕生的心血去精心雕琢而成的艺术品，他觉得这是一件非常让人愉悦的事情。

“娟，你没什么事就坐着，碗我来洗。”

“娟，叫你不要老是蹲下，你听见没有，东西掉地上了，你叫我来捡。”

“娟，刚炖的鸡汤，你喝了没有啊？”

一次次地，许文杰竭尽所能地去给娟无微不至的爱护，甚至她小小的一声咳嗽，他都会大惊小怪，拉着娟的手说一定要去医院看看。娟不止一次掉眼泪，她想，只要百分之一，许文杰把他对自己和宝宝的爱，分百分之一给瑾，她就心满意足了。但是她知道，这不可能，这绝对不可能。

“文杰，你说，宝宝以后会像谁？”娟摸着自己的肚子说道。

“当然是像我啊，你看，宝宝要是像我，他读书肯定是过目不忘，你知道这些都是天分，他啊，一定是一个天才。”许文杰很自豪地说。

原来人都是自私的，连爱也是。娟从来不明白什么叫爱情，她总是觉得自己应该爱过。她其实只想有一个很坚强的肩膀，可以依靠，但发现她找的肩膀总是很不牢靠。不靠别人，那么她可以靠谁呢？

也许突然的某一天，娟会开始厌倦这种永远依靠别人赐予希望的日子，她会想办法挣扎，把希望紧拽在自己的手中。

4

瑾清楚地记得，她小时候，曾经很憎恨某个人。那是一种很难让她幼小心灵逾越的障碍。就像有一个盒子，里面装着她的潘多拉，而那个人，把最邪恶的潘多拉释放出来，占据了她的整个灵魂。她却一点都不想控制那种邪恶的念头，甚至任由自己被这种念头包裹，至少它能形成了暂时的保护甲，保护了她幼小的心智。瑾不想再被伤害，一遍又一遍，体无完肤。

她很清楚这种感觉是何时而起，却不知道何时而止。当那个被自己称为妈妈的人，终于在一个学期的期末来到学校看她。她看见妈妈隆起的腹部，还有她一次又一次轻轻地抚摸着自己的肚子，虚伪地问瑾是想要一个妹妹还是一个弟弟的时候，她明白为什么妈妈这么久都不来看她，因为将来会有一个人彻底取代自己的位置。瑾已经觉得自己的命运犹如芦苇一样的随风飘摆，任由别人的决定而漂泊不定，没有一个人把她当成珍宝一样的珍惜，甚至连她自己都对自己很是鄙夷。而这个还未出世的宝宝，却是那样的幸运，并且轻而易举地获得那瑾穷其一生都无法获得的珍视。

人和人之间是如此的大相径庭。有的人出生在阳光普照的世界里，繁花绿茂，欢声笑语；有的人却出生在阴湿黑暗的角落，颠沛流离，无所依靠。瑾渐渐明白，不能和别人比较这个道理，贵贱自知，人总要有自知之明。

瑾不想妈妈有小孩，这无时无刻不在刺激她的神经，让她每天都活着妒忌里面。但是她却无能为力，所以每一次妈妈问她有关宝宝的问题，她都避而不谈。瑾嫉妒这个宝宝，不费任何功夫得来的东西终究是幸福的。

瑾常常坐在学校的一个安静角落里发呆。看着其他的孩子快乐地追逐打闹，她会觉得非常愉悦。那种置身事外的感觉非常美好，安静而平和。每每看见那个头上扎着好看的头花的小女孩，瑾总会特别羡慕。好像瑾的人生就只有嫉妒和羡慕，虽然如此，她却从来没有任何的非分之想。她知道，那种幸福她苛求不来。莫珍妮，和瑾一样姓莫。但是她却像一个小公主一样高贵，总是有让全班女孩子羡慕的玩具，让人看了眼花缭乱的裙子，还有气质高雅、地位显赫的父母。瑾知道自己不能和她比，自己是灰姑娘，是一个永远都不会有南瓜车的灰姑娘。

又是一个平凡的下午，下课后，瑾依旧在那个角落里看书，与世无争。猛然一抬头，看见几个高年级的女孩子围着莫珍妮在小声地说什么，莫珍妮一脸的倔强，头高高地昂着，毫无退缩的表情。突然其中一个女生猛地推了她一下，高年级的女生足足比莫珍妮高出一个头，她没站稳，就重重地摔在地上，泥巴蹭到她漂亮的裙子上，十分碍眼。另外一个女生正要伸手去揪莫珍妮的头发，突然被一个身影推倒在地上。莫瑾什么也没有想，就直接冲了过去，没有一点犹豫。高个子的女生没有留神，被瑾一下撞倒在地上，接着，她一抬头就看见瑾那双空洞、阴暗的大眼睛。她猛地一下把瑾推开，用脚使劲地踹瑾的胸口。其他几个女生一下子都反应过来，也使劲地用脚踹瑾和珍妮的身子。两个小女孩自然只有被打的份，但是莫瑾本能地紧紧抱住珍妮，用自己瘦弱的身体去保护她。瑾自己也不知道为什么，就像用自己微薄的力量去保护这个公主是她这个灰姑娘的分内事。

莫瑾被狠狠地踹了几下，然后她猛然站起来，拉着珍妮使劲跑。她们拖着手，一直向教师办公大楼跑去，那几个高年级的女生自然要追，但是一看快到办公大楼的大门，只能害怕地往回跑。两个女孩子披头散发地在大门旁边喘气，珍妮看了看瑾，她脸上摔破了一大块皮，还流着鼻血，灰尘泥土蹭了一脸。珍妮说："瑾，谢谢你。"

瑾摇了摇头，不说话，只是很认真地拍了拍珍妮裙子边上的泥土，又笑了笑。珍妮突然就哭了，她抱住瑾，把鼻涕眼泪都糊在了瑾的脸上，瑾一直抱着珍妮，一直到天都黑了。

那几个高年级的女生被开除了两个。从这以后，瑾不再孤单，珍妮这个骄傲的公主把瑾当成了自己最好的朋友。两个人好得就像姐妹一样，珍妮上哪里都带着瑾，瑾就像一个小保镖一样，什么事情都护着珍妮。友情是瑾开始明白亲情以外的另一种情感。珍妮对她的好，瑾不知道怎么去还，只能无论珍妮做什么，开心还是不开心，瑾都静静地陪着，就像一块绿叶一样，努力地去衬托娇艳的鲜花。

莫瑾，我们永远都是好朋友对不对？

莫瑾总是会很用力地点头，然后就看着莫珍妮傻傻地笑。自己不配得到的东西，都双倍地加在了这个小公主的身上。

莫瑾知道自己是羡慕，而不是嫉妒。这有着本质的区别，她羡慕着莫珍妮的一切，但是完全没有想要去掠夺的想法。

她是一个绝缘体，和世界上一切美好的事物绝缘。这样其实很好，莫瑾常常安慰自己，就比如母爱，她并不害怕失去，而是害怕得到后却再次失去。这是一种更可悲的活法。若是没有尝试过它的美好，就不会有丝毫眷恋。

5

“许文杰，我跟你说过很多遍了，我没有去工作，没有私己钱，你到底怎样才相信？”

“我告诉你，你就编吧，不然你说说，这流产是怎么一回事？”许文杰咆哮道，“你真行啊，流掉一个儿子！你去超市里打工你以为我不知道，家里钱不够你花吗？为什么去搬重货，你不知道这样会流产吗？脑子有毛病吧你，你挣这些钱干什么？去救济你那可怜的瘸腿的前夫？还是你那神经病的女儿？居然用我的儿子作为代价，你有没有毛病啊你？当初怎么就看上你这个朝三暮四的女人，低素质，没文化。”

娟无话可说。

是的，莫翔来找她要过钱，可她没给。他比原来更落魄，还有一条被自己打残了的腿，一脸的晦气。可是又碰巧被许文杰撞见，她解释不了。去超市打工导致滑胎，她也没有想过。那天她一用力，就觉得两腿间一股热浪蜂拥而出，然后看见一地的血，超市里的人推推嚷嚷地把她送到医院，没有一会儿工夫医生就告诉她孩子没了，还是个男孩。

许文杰一听，当场就气晕了，使劲地去掐娟的大腿，娟哼都没有哼一声，比起肉体上的痛，她心里的痛更撕心裂肺。她不是故意的，可是瑾需要一笔升学的赞助费。好的私立学校，升初中的时候都要交赞助费，但是许文杰没有一点儿要出钱的意思。她不想让瑾辍学，瑾现在学习有很大的进步，和同学相处得很好，也比以前开朗了。娟想用自己的力量去维护瑾那小小的幸福。她没有想过用自己的另一个孩子作为代价。

“我不想这样的，我也很伤心，那也是我的孩子。”

“你的孩子？你心里只有那个神经病女儿，这些年我对她还不够好吗？吃的穿的都是我的，我没有抚养她的义务。”

“对，你说得很对，你没有抚养她的义务。可是我有，我是她妈妈，我要想办法让她幸福，这个问题我一早已经跟你挑明了。你当初要是接受不了她，就应该明说，我可以带着瑾走，可是你偏偏要我留下来。既然是这样你就要对她好，就算你没有义务对她好，可是你没有权利阻止我对她好。这些年，我亏欠这个孩子已经太多太多，我存钱也是为了她，难道这样也不对吗？你怎么说也是一个知识分子，为什么就不能对这个孩子宽容一点？”

“因为她的基因有问题，她从上到下，从内到外没有一个地方不是渗透着恶劣的基因。我告诉你，你要赔我儿子，你这一辈子都还不了这个债。我还告诉你，你不会好过，她更加不可能好过！”许文杰快疯了，家里两个老人开始的时候并不看好他的这桩二婚，第一个老婆长得不老实，也看不上他，跟别的男人跑了，现在这个花枝招展的女人就更加是个祸害。但是后来听说怀上了，还是个儿子，两个老人就乐开了花，每次打电话来都兴高采烈地嘘寒问暖。现在说儿子没了，愣是一个打击，老头儿闷闷不乐就病倒了。当然所有的罪过都在娟一个人身上，莫瑾也逃不了关系。

“你说，说我要怎么办？”

“以后不许再去看那个野种！你跟我老老实实地待家里。”

“不行，我要去看瑾，她现在只有我，她不能一个人孤单地活着。”

“让她爸管去，你管不着。”

“不行，她爸不能管，只能我管。”

“你再顶嘴，你看我怎么收拾你！”许文杰近乎咆哮。

“打呀，你能耐的话你就打，我告诉你，我不会丢下瑾不管，我不能对不起这个孩子。”娟已经无所畏惧，再打也不过是那几下子，痛又怎样，只要女儿好，她不在乎。

噼啪，许文杰狠狠地扇了娟两个大耳光。娟眼冒金星，没站稳，摔在地上。许文杰还不解恨，狠狠地踹两脚，嘴里还不断骂脏话。娟哭着笑了，看不出来啊，一个外表温文尔雅的男人，内里却小气低俗。为什么就容不下瑾？如果许文杰你能视她为己出，我愿意为你做牛做马。但是为什么就不能？是不是自己从未摆脱过宿命，她对不起这个女儿。

“我告诉你，蒋文娟，我现在明确地告诉你，你可以不这样做，你可以滚，我不拦着你。但是如果你想要留在这个家里，你要明白，我是一家之主，我说了算，你没有讨价还价的余地。”然后又是两脚。

娟擦了擦眼泪，慢慢地起身，然后拖着被踢得生疼的脚去做饭。是的，她连滚的自尊都没有，她没有用，只是一个妇女，没有钱，她连自尊都没有权利拥有。娟开始明白，靠男人，无法改变自己的命运。她发誓自己以后要昂首挺胸地去面对明天。

“瑾，这个是我爸从美国拿回来的裙子，你一条，我一条。以后，我有什么，你就有什么。”珍妮很认真地说。

“我妈妈说不能要别人给的东西。”瑾咬了咬嘴唇。

“莫瑾，你要记住我永远不会是你的别人。我是你姐，以后我的东西你都可以要，知道吗？”

“姐姐？我真的可以叫你作姐姐？”瑾睁大眼睛看了看珍妮。

“是的，我是你姐，你记住，我永远对你好。”珍妮把裙子往瑾身上一推，然后头也不回地走了。

“姐。”她说她是我姐，永远对我好。瑾哭了，第一次有一个人说要对自己好。因为这样一句话，莫瑾愿意为了她赴汤蹈火。

往后，莫珍妮真的说到做到，她把莫瑾当成自己最好的朋友，也是最好的姐妹。她不允许别的男同学欺负瑾，总是为瑾出头。莫瑾第一次感受到，有一个人，居然无条件地为她挡住拳头，用自己的身躯保护她。

莫珍妮真把莫瑾当妹妹，她是独生子女，小时候就特别有正义感，而且家庭条件优越，却没有人愿意和她分享。有莫瑾就不一样了，她是一个很讨人喜欢的女孩子，沉默。很多时候，都是莫珍妮在叽叽喳喳个不停，而瑾就静静地在一旁看着。莫珍妮说，瑾，你想从姐姐这儿要啥我都给你，真心都给你。

6

时间过得很快，瑾已经习惯没有妈妈来看自己的日子。妈妈就像某天突然消失了一样，不再出现。她借莫珍妮的电话打给家里，后爸总是碰巧地接电话，也总说妈妈没空。电话的另一头异常冷漠，瑾都怀疑自己是不是打错电话了。渐渐地，她根本不奢望妈妈会来看自己，没有关系，那个女人和自己无关。是妈妈一次又一次地遗弃自己，她知不知道被遗弃是怎样的感觉？就像一张被用过的废纸，扔在垃圾桶里，不足为惜。

恨她吗？莫瑾常常问自己。怎么能不恨呢？天下应该找不到像她这样的母亲，为了自己的幸福生活，把这个多余的绊脚石遗弃是理所当然。没有她，现在不也很好么？莫珍妮对瑾非常好，两个人形影不离。如果不是年后，有一个叫白杨的人硬生生地介入她们之间，恐怕她们对彼此的情感都不会有什么波澜壮阔的变动。

莫瑾对莫珍妮真的是无以为报。莫珍妮是一个天生的英雄主义者，拯救莫瑾这样一个弱者让她内心有一种无限的自豪感和满足感。她成了同学们和班主任表扬的焦点，一帮一的典范。莫珍妮的光芒万丈和莫瑾形成强烈对比，就像黑白配一样，黑的显得更黑，白的更白，相得益彰。

别人私底下也会常常问瑾，你怎么可以和这样的女孩子做好朋友，不会感到自卑吗？不嫉妒吗？瑾从来都是摇摇头。她也想嫉妒，可是她连这样做的自尊心也没有。她觉得衬托珍妮，是自己一辈子做的最有意义的事情。她喜欢这个阳光明媚的女孩，她身上有一切自己梦寐以求的事物，有宠爱她的父母，有优越的家境，长得漂亮而且学习出色，能歌善舞。自己站在这样一个女孩子身边，犹如蝼蚁一样渺小。可是她满足了，能够有这样的朋友，瑾觉得已经足够了。

她们都迫切地想长大，珍妮总是把瑾保护得好好的，什么活动都拉着她，什么事情也都护着她，总是把妹妹挂在嘴边，也总是对瑾说，姐挺你，你可以的。瑾从来都不答话，静静地看着她，点点头。凡是珍妮让她去做的事情，瑾拼了命地为她去做。就是这样，瑾觉得至少这个世界上，有一个人，在她累了，受伤害了的时候可以依靠也可以哭泣。

在大部分的时间里，瑾都是压抑的，她很敏感，或者说是过于敏感。她非常害怕被丢弃，就像一个热气球，天空虽大，却不知道可以降落何方。瑾尽量去掩饰自己内心某时候产生的卑微的想法，她想做一个外表看起来清高一些的人。毕竟她已经上初中了，和莫珍妮度过了一个时间不长，但是足以让她掏心掏肺的小学以后，莫瑾也顺理成章地升到了初中，而且和珍妮分在同一班、同宿舍、同桌。她不知道这种状况可以维持多久，但是她喜欢和珍妮腻在一起的感觉。

珍妮可以毫不掩饰地就指出瑾内心一些消极的想法，她总是直来直去："瑾，想要就争取，一个宣传委员而已，你比那乔丽强多了，羡慕有用吗？"

"瑾，你自己觉得自卑的话，就要做一些让人看得起你的事情，你躲不了一辈子。"就是这样，只要和珍妮一起，瑾就觉得自己被暴露在阳光之下，赤身裸体，毫无遮掩。瑾有时候觉得自己在珍妮的眼睛里，就是一个连五脏六腑都被她看清的可怜虫，连蜷缩的资格也没有。

在非常漫长的一段时间里，瑾没有听到过任何有关妈妈的消息，这个女人居然像消失了一样，不再出现在她的生命里。但是学费会按时打到她名下的账户上，伙食费充裕。就连班主任也习惯没有家长参加莫瑾的家长会，在老师们看来，这件事情居然就像一日三餐一样那么自然而然。好几次珍妮想问瑾的妈妈，瑾也只是说死了，然后就沉默不言。再后来，妈妈给瑾来过一通电话，说有了个小妹妹叫许静。一个年纪相差十三岁的妹妹，毫无感情可言。

"瑾，你妈为什么和你爸离婚啊？"

"瑾，你妈和你后爸有了你妹以后，还会不会疼你啊？估计是连家也不想你回去了吧？"

珍妮总是不经意地问道，她觉得这些问题就像打招呼一样，像问候语一样正常。可是瑾不想说，因为这些问题她也不知道答案，她不想回那个家，也不想看那个素未谋面的妹妹。可是每当珍妮问一次，她的心就痛一次，自己的痛苦和无奈，在珍妮的眼里也许只是一个笑话而已吧。

只要别人一谈到家庭，瑾就觉得无地自容。甚至有一次，在课堂上讨论亲情，讨论自己的爸爸妈妈的时候，珍妮发言的时候就说，凡是家庭破碎的孩子在心理上都会有问题，他们缺乏安全感，缺乏对人的信任。瑾当时就如坐针毡，手心冒汗，仿佛说的就是她，一个心理缺失、有问题的人。

整个初一，莫瑾就像一只受惊的小兔子一样，四处躲闪，害怕别人像猎人一样的眼睛，害怕别人一把把她从人群里揪出来，然后大声地问，你爸呢？你妈呢？莫瑾说，自己是惶惶不得终日。

暑假的时候，妈妈居然来学校接莫瑾回家，说一家人好好聚聚，让瑾见见那个妹妹。瑾不想回去，但是她也没有地方可去。

许静是一个非常可爱的小孩，粉嘟嘟的小脸，眉清目秀。她长得很像蒋文娟，一个模子。许文杰开始的时候，知道是个女儿，一点也不觉得高兴，他认为蒋文娟欠他一个儿子，这是她一辈子也偿还不了的事情。

但是当女儿出生的时候，许文杰的感情就起了很大的变化。首先，许静一出生，就被医院里的医生护士们称作“最漂亮的小天使”，甚至一个最老的助产士说她接生了一辈子的女娃娃，也没见着一个这么漂亮的。这自然大大地满足了许文杰的虚荣心，自古英雄难过美人关啊，一般的美人也只是倾国倾城，而这个漂亮的小美人，可以说是祸国殃民，许文杰心里欢喜得不得了。其次，这个小姑娘特别懂事，谁抱都哭，但是只要一看到爸爸就笑个不停。连牙牙学语，第一声发音也是爸爸。只要许文杰把女儿抱到街上，人们就一个接一个的不由得发出惊叹：“呦，小美人又出来了呀。”而且还吸引很多各个年龄层次的妇女，驻足观望。许文杰越来越喜欢这个可人儿，他觉得这个女儿是他的希望。

其实许静长得和莫瑾非常像，因为两个人都像妈妈，莫瑾也是一个非常漂亮可爱的女孩子，只是她常常蓬头垢面。长长的头发也不常修剪，全部耷拉在她清秀的脸上，显得非常不协调。莫瑾一点都不喜欢这个妹妹，她们从一出生就注定了命运迥异。许静是爸爸的心头肉，手里宝，而莫瑾只是一个遭人唾弃的讨厌小孩。

有一次，宝宝哭着要吃鱼肉粥，莫瑾帮着妈妈喂。可是她第一次不懂得掌握温度，粥稍微烫了一点，宝宝的嘴巴受不了，就哇哇地大哭起来。许文杰听见了，直接赏了莫瑾一个大嘴巴，说她是你妹妹，就不知道心疼一些？你看把宝宝烫成什么样子。一把从娟怀里抢过宝宝，心疼地哄着，宝宝脸上全是泪花子。莫瑾从此以后都不敢靠近许静，半米之内，是她自己规定的范围。她害怕自己一个闪失，宝宝受一点点的伤害，她都脱不了干系。可是宝宝却很喜欢这个姐姐，总是想方设法地去扒拉姐姐的手或者是长长的头发，然后也会愣愣地看着姐姐笑。

娟其实也不知道许静的出生是不是一件好事，她只是觉得她前辈子应该欠了很多的债，这辈子是来还债的。莫瑾来讨她的债，许静也来讨她的债。她亏欠太多了，怎么还也还不了。她掉了第一个孩子的时候，虽然对许文杰非常愧疚，却松了一口气。她根本没有多余的爱可以分给别的孩子了。她常常半夜醒来，看着窗户外的月亮，想起自己没有父母的日子，想起自己小时候常常受其他孩子的欺负，那时候她就想要是自己做了父母，一定竭尽全力地给孩子们创造一片美好的天地。

可是她没有想过原来自己的力量是如此的渺小，当她不得不放弃莫瑾，鼓起勇气离开莫翔，再嫁许文杰的时候，就深深明白很多的无奈。如果再有一个孩子，也许自己什么也给不了她。她害怕下一个孩子重蹈覆辙，她是一个没有用的妈妈。

突然发现又怀孕了以后，蒋文娟没有说一句话，要讨债来的，始终得来，躲不了一辈子。后来许静出生以后，蒋文娟觉得自己很幸运，有了一个天使一样的女儿，纵使辛苦，但是每当她看见女儿的笑脸，就会想起莫瑾，她心里还是甜的。

刚坐完月子，她就自己倒腾一些小生意，去倒卖水果。她在超市工作的时候，人缘特别好，其实除了自己工作勤奋，也还是靠她一张美丽的脸。经理常常不由自主地对她特别关照。但是蒋文娟很聪明，每一次经理有意无意地暗示，她都可以巧妙地躲过去。因为好几次她都能及时为经理处理一些供销商问题，而且又不得罪人，所以渐渐地经理也敬她三分。后来她因为工作期间意外流产，许文杰就一直在提及如何让超市赔偿，好几次把经理堵门口了，拿着几本法律的书，大声地嚷嚷要赔偿。还是蒋文娟把许文杰给拖回去，每天都小心翼翼地伺候，然后动之以情，晓之以理地告诉许文杰，这完全是自己的责任。就算他去打官司，也不见得有很大的胜算，而且要是官司打输了，律师费等的费用是要自己全负责的，那是很大的一笔钱。孩子没有了，自己还年轻可以再有，但是没有必要把官司扯上身。毕竟你许文杰是一个大学里有名的老师，老婆在超市工作滑掉了孩子，也不是一件光彩的事情。

许文杰最后豪爽地放弃了追究这件事，而蒋文娟更深得超市经理的信任。经理说，这是间私人开的超市，只要水果蔬菜的品质你能严格把关，他就有把握在超市的采购名单里加上蒋文娟这一家。

蒋文娟自然是欣喜若狂，她每天亲自去采购蔬菜水果，然后雇一台车亲自送去超市里。由于价格不高、品质也能保持一定的水准，所以很快蒋文娟就开了一间公司给超市提供水果蔬菜的采购服务。许静开始的时候就让许文杰的父母带着，老人家自然是不高兴的，凭什么娶了个媳妇不好好待在家里，却天天往外跑，和一些小商贩打得火热。但是后来看她每天辛苦地经营一家小公司，回家后也小心翼翼地伺候自己儿子，过年过节总是大方地给俩老人又是添衣服，又是红包的，也就不好再说什么。

莫瑾自然不知道这些，她只是觉得妈妈忙，不是忙妹妹就是忙后爸。她这个女儿待在家里，只是既不多也不少的摆设品。十三岁的莫瑾，满脑子想的就是快点长大，然后离开这个没有爱的家。

7

初一的时候，学校转来一个学生，一个高个的男孩，长得很帅气。他第一次被班主任带到班级的时候，莫瑾就呆住了。这个男孩有一双非常清澈的眼睛，高挺的鼻子，一脸的不羁。班主任说让他自我介绍，他就耸了耸肩，说我叫白杨，然后就不说话，还把耳机从裤兜里掏出来塞耳朵里。班主任摇了摇头，然后指了一下课室最后的一个位置。白杨就走过去，把书包一扔，头埋在书包里，打起呼噜来。

莫珍妮偷偷地瞟了白杨一眼，说太肤浅。莫瑾点了点头，但是也偷偷地看了看这个男孩酷酷的脸。很多人都说爱情到底是什么，是人和人之间微妙的化学作用？还是味道的相互吸引？一见钟情还是海誓山盟？人生中会有很多老师，任何你不会的东西都可以找到方法去解决。但是却没有一个人会说爱情有老师。有的人终其一生也学不会如何去爱一个人，也无法去别人的爱情观里总结经验，然后越战越勇。爱情就像一颗毒药，你不吞下去，割舍不了，但是你吞下去了，却后悔不了。莫瑾不知道什么叫爱，但是那个坐在她旁边的男孩，她总会不由自主地去关注，去留意。

白杨是一个非常聪明的孩子，上课的时候他永远在听音乐、看漫画，考试却名列前茅。他几乎和班上每一个男孩子都合得来，一呼百应。男孩子们总说他是精神领袖，有人格魅力。莫珍妮作为班里的班长，自然觉得心里不舒服，凭什么大家都听这个白杨的话？莫珍妮处处刁难白杨，比如说老师布置的作业，作为数学兼物理课代表的白杨自然要去送作业给老师，但是莫珍妮就老拖着几个女孩子迟交，老师问起的时候就说白杨布置得不清晰，她们不知道该怎么做。

白杨总是一句话都不说地笑笑，然后老师怎么责怪，他也只是点点头，说下次改正。在班务上，大扫除这样吃力不讨好的事情，莫珍妮总是推给白杨，但是文艺表演这些活动莫珍妮就自然地揽下来。可是无论她为班级拿多少奖，每次班委的选举，白杨总是和她平票。直到学校要选学生会主席一职，让他们的竞争开始白热化。

开始的时候，莫珍妮也是信心满满的，她觉得自己肯定胜券在握，学习成绩名列前茅，大大小小的奖项获得无数，而且一直是老师眼里的学习尖子，再说和同学们的感情，大家都是小学升上初中的，而白杨是初一才转学过来的，在这一点上，莫珍妮完全可以打感情牌。但是结果出乎她的意料，白杨的选票居然遥遥领先。莫珍妮直接去找白杨，说："你凭什么当选学生会主席？"

白杨抬头看了看莫珍妮说了一句："你要喜欢你拿去。"然后低下头接着看他的漫画。莫珍妮一把把他的漫画书夺过来说："咱们凭实力啊，你用不着跩，我肯定赢。"

白杨抬起头又看了看莫珍妮，说了一句，随你喜欢，就又低下头睡觉。

莫珍妮咬了咬牙，铆足劲去争取学生会主席一职，结果出乎她的意料，白杨居然退选。莫珍妮自然去问他为什么，白杨还是一脸的无所谓，说了一句，你喜欢就给你啊。那一刻，一向得理不饶人的莫珍妮，第一次一句话都说不出来。莫瑾也不知道为什么有这样的结果，她问珍妮，白杨为什么退选啊？他要是没退选，这位子是谁的也说不准的呀。珍妮脸红红地回了一句，他说我喜欢就给我。

从此，珍妮不但对白杨的态度有了一百八十度的改变，而且对白杨的事情非常关心，异常热情。这个骄傲的小公主，放下了她的身段去捕捉有关白杨的一切事物，而且与之有关的都可以触动她的每一个细胞。

在篮球场上，凡是有白杨的身影，必然就会出现珍妮和瑾。珍妮就是这样落落大方地去看，然后歇斯底里地去呐喊助威，还把提前准备好的水随时看准时机，准确地交到白杨的手里。而白杨也是随意地就往嘴里灌，一脸的水花四溅，然后又把水瓶子交到珍妮的手里，像是一种默契。

莫瑾知道，这个大男孩很特别，她希望能够悄悄地去触摸他那被阳光勾勒出来的在球场上闪闪发光的身影，她希望能够接住他挥洒在球场上的晶莹汗滴。他是那么的耀眼，那么的神圣，那么的不可接近。

白杨，是一个很奇怪的人，优越和自卑的结合体。优越是因为他的父亲是本市赫赫有名的大商人。白洪托了改革开放的福气，从很低微的地位开始一步步地匍匐，爬到如今的地位，他大起大落，经历了太多的世间疾苦，由于为人正直善良，又甚得人心，一路上尽得贵人相助，如鱼得水。在短短的十年间，他就已经是当地最有名的民营企业家，其中涉及房地产、建筑、酒店等。白洪一生经历过了一次大波折后的日子还算是顺风顺水，却是在晚年才得子。

所以在白杨小的时候，白洪对他是千依百顺，如获至宝。白杨小的时候就是聪明乖巧，过目不忘。想想这样的一个富二代，又是独生子，白洪对白杨寄予了很高的期望，但是在白杨小学的时候，他经历了人生中最大的波折。整个企业几乎颠覆得体无完肤，每天各种各样的争吵，债主上门，还有黑道白道的追查，让白杨经不住精神上的折磨，大病了一场。当白杨来到这所学校，大家只知道他是本市赫赫有名的大老板白洪的儿子，每个人对他都毕恭毕敬，感觉就像是，不是你老子，你连个人都不是。

这个社会的世态炎凉，白杨也许早早就懂得，没钱，你就是一个屁。白杨是一个很聪明的人，他自小就在爸爸身上看尽人情世故，所以他对每个刻意阿谀奉承的人都特别小心翼翼。他不想看见那个可以呼风唤雨的老爸在每个晚上失眠落泪。所以他希望好好学习，只有自己变强，才可能解决公司里最根本的危机。

珍妮之所以对白杨有了突然的转变，其实一个关键的转折点是她的妈妈欧艳在某个机会看见白洪参加了家长会。欧艳马上眼前一亮，她刻意在珍妮面前多次谈起白洪和白杨。她是多么的希望，去造就一对青梅竹马。

8

娟在超市的生意做得红红火火，她心里很敞亮，觉得每天就像漫步云端一样愉悦。她并没有想太多，只是希望有一个大一点的房子，瑾就可以拥有自己的房间。房间里不会有很多属于她这个年龄段的摆设，但墙漆一定是要粉红的，然后配上欧式的白色铁艺床，上面铺上软软的公主式的床单，床头边上是一个碎花的落地灯，还有可爱的玩偶。当然必须要有一个像样的衣柜，里面全部摆放着五颜六色的公主裙和各种各样的鞋子。

她希望瑾可以漂漂亮亮的在这个房间里，度过每一个晚上。她可以弥补童年时期没有为瑾讲过的童话，或者是为她梳上一条漂亮的羊角辫。娟知道自己错过了太多太多，她想要去抓，但是每次她发现自己手里的、心里的全是空气，还有瑾那双毫无感情的眼睛。

娟很想为自己的自私去找一个冠冕堂皇的借口，她很想让自己千疮百孔的内心得到一丝宽慰。她设想过千百万个理由，比如说当初不跟许文杰一起，不把瑾留在那个支离破碎的家，现在的她们会是怎样？瑾会不会依然恨她？其实没有那么多的如果，如果只是一个假设性命题，只是千万个可能中的一种。娟心里明白，有的事情可以重来，有的事情不可以。

娟努力回想当初自己走出小村庄时的模样，她记不起当初在家院前种的究竟是哪一种花，山上常常是哪一种鸟在悄悄哼唱，经常走的小路在下过雨后会有多泥泞，还有小房子在没有光亮的时候会有多么的黑暗。她只是依稀记得回家的路，那么多年了，竟然从来没有想过要回去那个小小的房。

娟明白了，记忆是随着本体的意愿而流动的，你愿意记住的东西都异常深刻，不愿意记住的都是那么浅显。她并不想生活究竟有多少盼头这样无关痛痒的问题，生活的前景只是一种“可能的生活”。

她发现自己最常说的一句话是，你不要和我说这些话，根本没用。对于许文杰这种永远依靠想象力，永远依靠强大内心的人来说，现在他们两个人的相处就是四个字：自讨没趣。

这种形容一点都不为过，本来两个人之间的差距就是一条无法逾越的沟渠。许文杰文质彬彬，喜欢文绉绉地耍耍嘴皮子，希望在别人的仰望下生活。他崇尚知识就是生产力，虽然他学富五车，但是究竟不懂社会运作。

他本本分分地拿着不多的工资，然后过着他清贫而又清高的生活。许文杰认为，他这辈子最大的财富就是他那个闺女许静。他没事就像个现代化高素质的辣妈一样，研究育儿经，带着闺女去转菜市场，和一大群家庭主妇闲聊如何给闺女补充各种营养，让她皮肤白里透红，眼睛漆黑明亮。他每天就想着如何把闺女培养成一个通晓琴棋书画的大家闺秀。

娟不一样，她没有什么文化，想的首先是如何改善家庭里的生活环境，她每天起早摸黑地工作，硬是把一双白如凝脂的手操持成一双像老树干一样的大手。

每当许文杰和她说那些花前月下的话的时候，娟总是鄙夷地看着他，然后嗤一声，从鼻孔里发出很蔑视的音调。“你说那些干吗？根本没用，你就指望着院领导会重用你？要觉着你好，老早就提拔你了，尽想些没用的，赶紧该干吗干吗去，我洗洗睡了。”然后就把自己的一床棉被盖住头部，打起了非常不协调的呼噜。

许文杰通常是憋得满脸通红，然后半天说不出一句话来，他也就心里嘀咕一句没劲。如果只是这样的话，两个人将就着过倒也问题不大，可是两个人的核心问题在两个女儿身上，这就显得特别突兀，使得整个家庭非常不协调。

许文杰认为，一个无赖的女儿根本就是社会的污点。他总是强调任何事情都必须讲究科学，却认为一个无赖的基因会无比强大地遗传给他的每一个直系后代，然后生生不息，代代相传。他每次看见瑾，总是那么轻蔑，感觉就像是看见了一面雪白的墙上的那个污点，有强迫症一样地想去把这个污点抠掉，他极度厌恶这种不协调。同时他也像害怕传染病一样害怕瑾，他觉得她每一个肮脏的细胞里都充满了病菌，会传染给他的宝贝女儿。她说话的语调，是多么讨厌，她吃饭的时候会吧唧嘴，她走路的姿态很别扭。总之他看瑾就像一个肿瘤，他很想把她连根拔起，让她无法复发。

所以当初他毅然地把这个小畜生送到那所寄宿学校，这样一劳永逸。可是当他有了许静，情况就不一样了，他认为他微薄的工资必须全部成为许静的给养。他得给他的小公主最好的，他得送小公主去学习芭蕾，还有画画，是油画还是国画？各种兴趣班，各种培养，许文杰觉得力不从心。他不能拿自己宝贵的资源去供养那个无赖的女儿，她对于这个社会是有百害而无一利的。

他开始对娟发牢骚："你能不能让瑾退学啊，你看她的学习根本就没有什么进展嘛，那个蓝天中学不也挺好的吗，还是公费学校。"

娟常常是不屑一顾地说："不行，就算瑾学习不好，我就爱让她在最好的学校里待着，我心里舒坦。"

许文杰一听火了："我跟你说，你这样违背了优胜劣汰的原则，你知道吗？那个臭流氓的女儿，你留她干吗，那学费得有多贵啊？难道你这双庸俗的眼睛看不出来谁更适合重点培养吗？"

娟轻蔑地看了他一眼："两个都是我的女儿，都必须重点培养。再说了，就你那点工资，你还想要培养？能养活家里的老头老太太你就偷着乐吧你，还培养。我跟你说，你想这些根本没用，有用的话，就拿钞票，钞票你知道吗？"娟以缓慢优雅的姿势从抽屉里拿出一大沓钞票，甩在许文杰的脸上。

她以前不这样，娟本就是一个谦卑温存的人，但是她被现实击倒了。是的，谁辱骂我，我辱骂谁，遇强越强才是生存之道。许文杰越是用高傲的眼神看不起她，她越是要在他的脸上甩钞票。现在的社会是钱说话，谁有钱，谁就可以一览众山小。

许文杰的自尊心一下被击倒了，他居然像一个做错了事情被妈妈训斥的小孩一样，哇哇痛哭："你，你，你太过分了，有钱又怎样？你那钱怎么来的我还不知道呢。如今你居然用钱来甩我，我跟你说，你庸俗，你恶心，你无可救药。"

娟笑了笑："你说这些没用，有本事拿钱来啊！你看看你那熊样，有本事你别花我的钱啊，你看看你自己，一年到头能有多少收入，站着说话不腰疼。我告诉你，老头老太太的药还有日常开销是我给的，家里的日常开销也是我给的，这一大家子人的吃喝拉撒全是我给的。你爱过就过，不过拉倒，有本事别花女人钱，我呸。"

许文杰脸都青了，憋了半天，一句话都说不出来。他无话可说，都说两袖清风，两袋就空空。他无奈地低下头，不禁卑微地想到，把一床的钱都捡起来，然后数数，应该够给许静报两个兴趣班。优胜劣汰本来就是天经地义，他不过是替天行道。他只是想把全部的爱都浇灌在这个宝贝女儿身上。他毫无保留，就算尊严全无，就算卑躬屈膝，就算委曲求全，只要女儿可以受到最好的教育，他可以全然不顾。

娟却笑了，是的，有钱就有话语权，自古就是这个道理。不是这个社会太现实，是人的本性如此，他们习惯于去仰视权力和财富，他们希望被权力和财富所奴役。人心的复杂性就在于，对欲望的无法自拔，对情感的无法自已。什么是生活中真正具有意义的东西？它既给生活带来幸福、愉悦，同时也让人痛不欲生。幸福感到底是什么？它就像冷暖之感一样，可以感应但是不可分析。关于幸福的问题实际上就是关于生活方式的问题，也就是何种生活才具有现实意义，从而得知，有意义的生活才能引发幸福感。

所以，许文杰的生活是具有意义的。他人生的意义就在于培养他这个女儿，因此他能够感受到幸福感。他不断在这个不会停歇的幸福感中吸取能量，然后去掩盖他在这次婚姻中的挫败感，周而复始。这就像是一条永恒的定律，必须有一才有二，也许，也是他维护自己仅有的精神支柱的唯一支点。娟呢，她不一样，她的实际问题并没有一个抒发的缺口，她一直被缠绕，被困扰，被压迫。她希望女儿过得好，却没有办法让女儿的心得到救赎。

娟是多么怨恨自己，她希望许文杰能像爱护许静一样爱护瑾。所以当初许文杰说许静的名字的时候，娟心里就希望两个发音都那么相像的名字能够让许文杰用余光瞄一下这个可怜的孩子，但是事与愿违。所以她的生活并没有意义，她一直在做无用功。娟没有一点儿幸福感，她每时每刻都过得如坐针毡。娟说自己是一个很可怜的人，因为她从来都不受上天的眷顾，但是她希望用自己的绵薄之力，为瑾撑起一片天。她希望瑾知道，妈妈很爱她。

娟在超市承接的生意越来越好，基本上大部分的蔬菜水果都从娟注册的一家公司里取货。娟每天都必须起早摸黑地经营，她的心很野，她尝试了金钱带给她的愉悦之后，开始依赖它。所以，她想拿手上的积蓄去壮大自己的事业，这样也许她就可以不被别人的精神力量所奴役。

通过了不断疏通，娟得到了一个确切消息。其实这家本地的超市是一家连锁公司所拥有，他们老板叫钱治，特别俗气。寓意很明显，钱才治得住他。

钱治是一个土农民出身，开始的时候拿积蓄在村门口开了个小杂货铺。但是由于拿货眼光不错，而且价格公道，就算村里的人只是买一个小止血贴，他都愿意不辞劳苦地送货上门，所以附近的村民都很喜欢去他的杂货铺。钱治也开始有了自己的第一桶金。

钱治是一个长得很寒碜的男人，虽然年纪并不是很大，但看起来就像是一个小老头，阳刚之气严重不足，像一根小豆芽菜。很多人说，钱治如果不是因为长得丑而且家里穷，村里的那个小美人早就当他的媳妇儿了。

从那个小美人上学开始，钱治就一直跟在她的后面，像一个跟屁虫。原因就是他们两个人的老爸是战友，很久以前就说如果生一男一女的就让他们结个娃娃亲。所以钱治从小就认为这个像鲜花一样的小美人是自己的媳妇儿，他生怕别人把媳妇儿抢走了，和她一直形影不离。

后来钱治的爸爸退伍后回到老家，在一个工厂里当保安。有一次工厂失窃，他爸爸为了保护工厂的利益去追小偷，结果没走出多远就被几个小偷同伙扎死。工厂后来给钱治一笔抚恤金了事。还当着钱治的面说，小偷偷走的东西还没有抚恤金值当。钱治他爸真的没事找事，连命都没了。

年轻的钱治带着老母亲和弟妹去投靠小美人的爸爸，说希望以这笔抚恤金作为聘礼，早日娶小美人为妻子，也好早日了了爸爸的心愿。毕竟弟妹还小，老母亲身体也不好，需要一个儿媳妇去把持一个家。

结果，很简单，钱治到现在还是孤身一人。小美人的爸爸当年是如何像赶狗一样，把他们全家给轰出门去，老母亲是如何在推推搡搡中摔破了脑袋，他记忆犹新。小美人出嫁的那天，全村都特别的热闹。据说她嫁给了一个部队首长的儿子，还说那个儿子也是一个军人，长得英姿飒爽。一台黑色的小轿车把钱治的媳妇儿接走了，那天小美人穿得红艳艳的。她的脸上没有出现钱治所希望看见的落寞伤感的神情，相反地，她的脸上姹紫嫣红。既有新娘子因为娇羞而出现的红晕，又洋溢着幸福快乐的喜悦。

钱治就这样看着他一直守护的爱人被别人接走了，他心里很痛苦，但是他没有说一句话，只是躲在一棵老槐树边上，默默地送她离开。钱治知道自己丑，又没钱。他想了半天，认为自己长得丑，实在是没有办法改变，于是他希望通过钱来改变自己的命运。后来他有钱了以后，也遇到过形形色色的女人，但是他却无一所爱，他认为会爱的自己已经在那天死去，现在剩下的只有一个剩下钱的钱治。

好运来超市是钱治的第一家超市，后来也因为经营情况非常良好，财源滚滚，客似云来。好运来也正如它的名字一样，运气不断来，分店开了一家又一家。钱治终于成了员工们嘴里毕恭毕敬的钱老板。

钱治自己说了，人啊，就是贱，就是得有几个臭钱，不然谁都不把你当人看。他硬是风风火火地开着豪华小轿车回老家。小轿车屁股后面浩浩荡荡地跟了几十个人，敲着锣，打着鼓，还不断放鞭炮。逢女人给精致的糕点，老人家给新鲜水果，男人给好烟，小孩子给五颜六色的糖，那情形着实把村里的所有老老少少给镇住了。谁也没有见过这样的架势，一大伙人冲到钱治家的小院子里，看着钱治从一间小平房里毕恭毕敬地请出了老母亲，然后吧唧一下跪下，就哭了个稀里哗啦，嘴里一直念叨："儿不孝啊，这十年，妈您受苦受累了呀！儿没用啊，让您受那么大委屈呀！儿现在接您去城里享受生活呀，我想您呀，老妈妈。"

顿时村里上上下下都泪眼婆娑。接着，钱治抹了把眼泪，打了一个眼色，只见好几十人列好了队，大声地说"老太太您吉祥"，整整齐齐，毫无杂乱。老妈妈哪里见过这架势，她只是知道儿子在城里长出息了。他说过，一定要风风光光地回村里接自己去城里享福，谁知道，儿子真的长大了出息了。她激动得硬是说不出话来，浑身上下颤抖血液沸腾。年纪大了，她老人家身体也不是太好，这一来一回，由于过度激动，一下就晕了过去。

这下把钱治给吓坏了，赶紧把老妈妈拉去医院，仔细一查，老妈妈是脑血管破裂引起的急性中风。在见过儿子的无限风光之后，她一天好日子没有享受过，就住到医院里了。半年过去了，没有再起来过，一直躺在床上不能动弹，也不能说话，活受罪。钱治这下蒙了，怎么这天大的喜事，硬生生地就变成了坏事呢？有的人，没有享受过荣华富贵，但是拥有健康的身体。有的人，天天锦衣玉食，但是英年早逝。所以做人不能太贪心，才能承受起生命中的财富，切忌大悲大喜，有害无益。所以一夜暴富，例如中彩票的人，据说都没有过得特别舒心的。

钱治想，要不娶个媳妇儿吧，给老妈妈冲冲喜。自己单身多年，以前被那个魂牵梦绕的小美人弄得茶饭不思，一门心思非她不娶。现在回头看看，再美的女人关了灯都长一个样，凑合过日子也就完了，重要的是生个大胖儿子给老妈妈乐呵一下，搞不好，她老人家就好了呢。

钱治想立马娶一个老婆，他心想，有了钱还怕找不到真爱吗？于是他走马观花似的选老婆，今天看一个，明天看一个，城东城西地跑来跑去相对象。后来钱治想了想，不对啊，以前爷没有钱，腰杆儿挺不直。现在可不一样了，得她们来求爷，爷们儿我还是那只癞蛤蟆，我就是要一群天鹅挨着给爷选着吃！

钱治在城南特别雅致的小别院里包了个包间，长期供他选对象用。他还笑着对他的手下说，这是海选，还要对象正儿八经地给他弄一份个人资料，里面都是他通宵了好几晚上才琢磨出来的问题，得让过来相亲的对象认真填写，以免看对眼了以后又发生纠纷。个人简介就不用提了，是指定问题，钱治想要提出一些核心问题，以便于体现出他的个人水平和思想素养，更重要的是体现鲜明的立场。

三个问题，钱治甚是觉得沾沾自喜，既能在万无一失的情况下考核出此女人的人品，又能从根本上治理他对感情的不信任感。钱真是个好东西，人人都爱，问题是她到底是爱钱呢，还是爱钱治这个人呢？第一个，是否同意婚前财产公证。这个一问，立马把一大部分想撒网捞鱼的分子先剔除出去。你想，要是说不同意，立马表现出自己的居心叵测。如果说同意，那么可以免除你向钱冲的可能性。只要做了婚前财产公证，就算她是灰太狼，也吃不了钱治这个喜羊羊，一举两得之计。

第二个问题，愿意生几个孩子。钱治想，写一个的没有诚意，万一是女孩子，那老钱家的钱不就都扔到别的男人口袋里了？老钱家的钱，只能给钱治的儿子，然后是孙子。所以最少都得有一个儿子。钱治想来想去，觉得孩子的数量填得越多，那么代表老钱家以后就越繁荣昌盛。这可以体现出女方对男方的诚意和她愿意做出的贡献。

第三，最关键的一个问题，就是礼金的多少。这个题目很具体地体现出那个女人是否务实，多要了就贪婪，不要就暴露出虚伪。多少年轻的小恋人就是在给礼钱这个节骨眼上各散东西。钱治想，不是说多了给不起，做了我钱治的女人，当然是想要什么有什么，吃香喝辣的。但是不能贪婪，人性的丑恶之处就在于贪婪，那欲望会把人拽到深不见底的深渊，不能自拔。

钱治就是希望某个女人，不美不丑，满分地完成他的答卷，然后两人相亲相爱，共度一生。当他乐滋滋地等着做神仙眷侣的时候，才猛然发现，络绎不绝上门相亲的女人一下子就都跑了，不是嫌他小气的，就是害怕捞不着钱没有保障，大气一点的又嫌弃他又矮又丑。

好不容易来了一个年轻的女的，长得还算凑合，一坐下来就问钱治，你这个婚前财产公证是怎么个意思啊？根据现行《婚姻法》第四十二条，离婚的时候，如果一方生活困难，另一方应从其住房等个人财产中给予适当的帮助。也就是说，如果“一方的生活困难”，是指依靠个人财产和离婚时分得的财产无法维持当地基本生活水平，一方婚后没有住处的，属于生活困难。离婚的时候，一方以个人财产中的住房对生活困难者进行帮助的形式，可以是房屋的居住权或者是房屋的所有权。所以就算是认定的婚前个人财产，也有可能会失去房屋的所有权。我简单一点来说，我现在的生活非常困难，而你，住的是什么房子？小孩子我无所谓，你养得起，我生得起。礼金不少于当地富裕人家的水平，多了我不要，少了你也没有面子。

钱治听得一愣一愣的，仔细再一看，法律专业的本科生，再问问，你怎么没有工作？那女孩子就说读完书以后，学校就没法待下去了，她就喜欢好吃懒做，找个有钱的大叔照顾一下，也没有什么不可的。钱治总算长见识了，小姑娘正把着你这个大叔玩了呢，有水平有学识的人现在才有资格好吃懒做，这也是个技术活。

钱治觉得自己很悲哀，原来爱情有时候并不是想就会有，不论你付出多少期盼，它就是那样静然，保持着一臂的距离。你能够看见它千万种的美好，它姹紫嫣红的脸，各种娇羞的形态；它也像空气一样，时时刻刻地存在，无可取代地牵扯着你的生命。

9

瑾发现自己得了一种病。那种病无可救药，她没有办法忽略一个叫白杨的人。那个上课只会睡觉，但是每一门功课都名列前茅的天之骄子。

有一次，瑾在课堂上悄悄地用课本遮掩了自己迷茫却又谨慎的眼，去打量他那张帅气的脸。他的脸很干净，很纯粹，没有被世俗污染过的纯净。挺立而又有力的眉毛，衬托着他那双紧闭的大眼睛，恰到好处。他有着洋娃娃一样浓密卷翘的睫毛，这遮掩了他内心不可一世的自信，显得很单纯，还有那高挺的鼻子和一年四季都是柔润的唇。白杨长得真的很好看，怪不得每一次他经过其他年级的教室，都会有各种各样注视目光，或是羡慕，或是嫉妒，又或是爱慕。

他就是那样优秀，永远的成绩优秀，体育全能，却又是那样的纨绔不可教。老师们对他都只有摇头，没有任何办法。对于这样省心的学生，老师又爱又恨。

瑾只有那一次，敢这样仔细地去看白杨，不然她连偷看的自信都没有，因为那样优秀的人，她只能远观，稍近都会自惭形秽。在有生之年，和你只有一张书桌的距离应该已经耗尽了一辈子的福分吧。这样的年纪，瑾应该不懂什么是爱，毕竟这是她最奢求的东西，曾经爱她的爷爷，已经永远不在了。

而她的母亲，不止一次地遗弃她，她记忆中只有那个决然离开的背影，那个冷漠得没有一丝犹豫和留恋的背影。当然还有一个后爸和一个小公主一般的妹妹。哦，她差一点忘记了，还有一个把她恨之入骨的父亲，这就是她这副臭皮囊带来的所有家当。

如果有一天，我自己也有了一个我珍视为生命的人，我一定全力去守护他，穷我一生所有的力量，把他深深地刻在我的生命里，时间和痛苦都不能将之磨灭。

“瑾，你知道吗？白杨真的好厉害哎，怎么会有这么厉害的人啊，他代表我们学校参加了亚太英语大赛，一等奖，毫无悬念。”

“白杨参加了华罗庚数学比赛，你猜一下结果是什么？其实没有什么好猜的，他又是第一哎。”

“这个人如果不是天才，就是他回家后拼了命地学习吧？我严重怀疑他回来学校只是补眠的呀，这次期中考，又是六科满分。他真的是颜值超高的学霸呀，上天好不公平啊，怎么智商和美貌兼备了。”

“珍妮，你是不是也花痴了呀，你不是不喜欢白杨吗？你不是说他很会装吗？不是说他不可一世，看不起人，还特别清高吗？”莫瑾在珍妮这种无数次的磨叽里，已经深深地明白，这个好朋友是有多把白杨看在心里了，虽然她心里很不喜，有人会这样大胆地和她描述自己究竟有多么崇拜白杨，她只是想再确定，是单纯的崇拜，还是和自己一样的那种喜欢。

珍妮一脸坦然地抱着瑾说：“瑾，你知道我有多喜欢白杨吗？我喜欢他就像我喜欢你一样。你们是我最喜欢的人了。”

“珍妮，我也一样。”瑾心里揪了一下。对啊，莫珍妮，我们这所贵族学校里的级花，同样的优秀，她没有一点点富家女孩子的矫情和娇气。她不仅学习非常好，而且她的为人、她的性格都是完美的。她从来没有因为家势而看轻自己，每天晚上会拉着瑾去钢琴房练琴，也会带着她去学校的一角写生或者练习英语。她是那样积极向上，用珍妮的话说，就是她要用尽全力才可以显得毫不费力。

珍妮就是这样努力地拉近着自己和白杨的距离，能够看到年级的成绩公告板上，自己的名字和白杨的紧紧靠在一起，她就觉得是最大的荣耀。

莫瑾觉得这样的努力，让她很惭愧，因为她连承认自己喜欢他的勇气都没有。她也不需要离他很近，一张书桌的距离便可以了。近了就让她的自尊支离破碎。所以在更多的时候，瑾就是那样安静地陪伴着身边的这个少女，在她为自己铺垫的所谓少年时期必须轰轰烈烈地暗恋一个人的道路上，勇往直前。

莫瑾有时候也很困惑，学校里都会严格禁止早恋。这早恋就好像青春期发育就一定会长青春痘一样，是一种附带的产物。就算你知道它有害或者无害，它都必然会存在。谁在年轻的时候，没有毅然决然地全身心去爱慕一个人？那种情感就好像大雨滂沱后的决堤一样，来势汹汹，你没有办法用理智疏通。

所以，莫瑾只是让这种感觉慢慢地充裕着自己的青春期，感受着它的存在，但是无所作为，它就那样的存在，不远不近，不求回报。可能有生之年，在懵懵懂懂的年纪，能够横冲直撞地不计较得失去爱过一个人，已经是人生的一种馈赠了，等到白发苍苍的时候，想起自己那种执着的爱恋，会不会有一种不枉此生的感觉？

所以，早恋在于你怎么看待它。有时候，没有或者有，都会是一种遗憾。珍妮的情感炙热烫手，但是她从来没有想过去告白。她也是在用自己的努力和态度爱慕这个少年，谁的十六七岁，没有一个你想靠近的人？珍妮和瑾都无可救药地注视着这个少年，都一样被自己画下的圆圈所桎梏，仅此而已。

不同的是，瑾把自己隐藏得很好。问题是生命的转轮，一直不停地转动着，一不留神，就会停在了你的生命里，挥之不去。

那天，天很晴。老师说调整一下座位，瑾就坐在了白杨的旁边。他们之间第一次突破了一张书桌。瑾一下子就懵了，他要坐在我的旁边？她内心大声呼喊着："这也太造化弄人了吧，近到可以呼吸到他的气息，真的罪孽深重啊。"于是她开启了自己的刺猬模式，坚决不和他有太多的交集。

"莫瑾，你铅笔借我用一下。"白杨在画一个几何的图形，突然笔尖断了，他按住了尺子，头都没有抬然后伸手就向瑾的桌面摸过去。

"不。"瑾就回了一声。

白杨太过专注，而且是课间的时候，课室周围都很喧哗，他完全没有注意到，瑾那一声若有若无的"哼"。一不小心，碰到了瑾的手肘，瑾猛然站起来，由于动作太大，她把书桌上的一堆课本和笔盒全部震掉了一地，把白杨吓了一跳。

莫瑾恶狠狠地瞪了白杨一眼，转头弯腰捡起自己的课本和一地的铅笔。白杨只是回瞪了她一眼，然后转头看也不看地从瑾刚捡起来的铅笔中抢过一支，说了一句："你该不是来那个了吧，反应这么大，需要太太口服液吗？"

"白杨，你，你，哼！"瑾气得一句话也说不出来，居然让我喝太太口服液，不明摆着说我更年期吗？

紧接下来的状况真的不是一般多，瑾发现这个白杨，还是睡觉的时候比较好，其实他是一个非常难缠的人，尤其是自己还很喜欢他的时候。

他动不动就会问几点，一天可以问二十几次。课室里明明悬挂着一个偌大的壁钟，他喜欢动不动就闭着眼，然后一伸手，拍在瑾的书桌上，然后撂下一句："几点？"如果瑾不回答，他就会不断地在她的桌面左右扫动，把瑾的东西扫到地上，一直扫个干净，瑾没有办法只能一直不停地弯腰捡东西，只能妥协了。

"九点十五分。""十点二十分。""还有五分钟下课了。"白杨好像有强迫症一样不停地问，但是只要瑾回答他，他就会嘴角轻轻上扬。瑾觉得莫名其妙。

珍妮看到瑾和白杨同桌后，一脸的羡慕嫉妒恨，没有过几天，就开口让瑾帮她办事了。

“瑾，我现在有一个特殊任务给你，能不能帮我完成啊？”珍妮一脸的期待。

“干吗，你该不是让我帮你绑架白杨吧。这种事情，我可干不来啊，还有啊窃玉偷香这些我也做不来的，要不你和老师提议一下我们换位吧。”瑾捂嘴笑着。

珍妮一下子脸就红了：“什么窃玉偷香啊，你也太诗情画意了吧，我想你帮我偷白杨的那本草稿本，可以吗？”

“草稿本？不是吧，你拿那个东西干吗呀？

“珍妮，我可是为了你豁出去了啊，你最好给我整点动静出来，不然我可是白偷了，再说，你拿他的草稿本做什么呀？”

“我想用来做书签。”珍妮笑了笑，然后再说：“他的草稿打得很漂亮，上次我们在阶梯教室的时候，我刚好坐在他的上面一排，看见他在做几何和代数的作业，他的字真的很漂亮，我想用来做书签。”

“我看你真的是脑子进水了吧。好吧，看在我近水楼台先得月的分上，帮你这回啊。”

“瑾，我好开心呀，你真仗义啊，不愧是我桃园结义的好姐妹！我就去复印一下，然后你还回去，神不知鬼不觉的，一定不会拖累你的。”

瑾很无奈地一直在想什么时候去做这件事情比较好，看来只能是体育课的时候了，装肚子痛去洗手间，然后偷偷回课室拿。这个白杨的草稿本，好像就放在他的抽屉里吧，还是书包里啊？书包里我可不敢拿，待会儿以为我是小偷怎么办啊？

瑾没有办法，只能上一节课就看好了白杨把草稿本放在抽屉里，然后等着体育课回来拿走他的草稿本。事情倒是没有什么波折，瑾很容易就拿到了草稿本，然后放在了自己的书包里，就等放学的时候，交给珍妮。

但是体育课上完，大家都回到课室，准备午休的时候，同班的乔丽突然发现自己放在书包里的一千多块钱没有了，那是用来交校服费的。

“怎么回事啊，我的钱不见了。”她突然间这么一说，同学们都围了过来，都询问怎么了，怎么会发生钱丢失了这样的事情。大家就七嘴八舌地议论起来：“怎么会这样啊，乔丽你先找清楚，到底是真的不见了还是你忘记了放在哪里呀？”

“我们学校从来没发生过这样的事情啊，怎么会失窃呢？”

“对啊，而且数额也不小，要不先告诉老师吧，这样的事情应该要老师或者教导处处理的，很严重的恶意事件呀。”

在这个时候，有人说出了一句话，让大家都很惊愕：“我们这是贵族学校，都是家庭背景好的学生才可以进来读书的，谁会在乎那一千多呀。要说偷，就是那些找后门，其实也就是硬撑着才能进来我们学校读的人才会有偷的必要吧。”

顿时鸦雀无声，大家心里面都知道是谁。瑾猛然抬起头，然后一句都不反驳，也不敢动，她只是紧紧地抓着自己的书包。“再说了，体育课的时候大家都在做运动，谁会有机会回课室拿呀。有人会有办法啊，对吧莫瑾。”乔丽不怀好意地看着瑾。瑾咬了一下嘴唇，还是一句都不辩解。

不是她不知道怎么去辩解，而是那一句，谁才有必要去偷让她哑口无言。她知道像她这种走后门才能进这所学校的学生凤毛麟角。首先就是这种刻意的诋毁和看不起，让莫瑾心里非常难受。她并不能选择她的出身和背景，所以她一直都是这个班里异常安静的人，和她交集最多的就是莫珍妮，当然还有那个某一天突然间坐在她旁边的白杨。

莫瑾觉得自己应该拥有的是乐天而又爽朗的性格，但是她的经历已经把这种个性打磨得只剩下冷淡和孤僻了。这个学校自然也有着汰弱留强的生存守则，像她这种学生，为了要得到奖学金，自然也是要有自己的特长的。

所以她的学习成绩也是非常靠前，绝对不会掉出全年级前二十名，不然她的奖学金就岌岌可危。除此以外，就是安静，不惹事，最好能淹没在所有人的视线里，除了年级排名以外，最好一点痕迹也不要留下。她最多的时候也就是陪着珍妮说几句话，她这样淡然的性格，自然也没有办法跟上珍妮那些丰富多彩的学生会活动。

她只想安静地待到高三毕业，去一个离家远一点的大学，然后可以安然地去读大学，打工养活自己。仅此而已。如果这件事情，自己没有办法解释，那么会给她带来怎样的影响？瑾那一刹那真的没有办法去权衡利弊，不知应该怎么做。因为她有不能解释的理由，确实在这个时候回到了课室里。她不由得紧张起来。

“现在不然就叫班主任来吧。这种事情由教导处处理最好了。”有同学提议。

“要不然，瑾你现在打开书包让我们检查一下吧，这样可以第一时间免除大家的疑虑，上体育课的时候也就你一个人说不舒服离开了。”乔丽说着，走上前一步，紧紧盯着莫瑾手里拽紧的书包。

“这种事情，是不是应该由我这个副班长来呀？班长去领下午的数学试卷了。”白杨坐在座位上，淡淡地说了一句。

“你来？白杨，什么时候你开始喜欢帮人出头了呀？”乔丽看了一眼白杨。

“哎呀，我们就是应该为全班同学服务的嘛，别不好意思啊！”白杨刚做完运动，一脸的水汽，脸红通通的，很是好看，但是这个时候他却没有一丝笑容。

“不能搜，不是我。”瑾很小声地回了一句。

“做贼心虚吗？害怕了吗？”乔丽迫不及待要出手去抢瑾的书包，那个她用了六年，已经很旧的书包，洗得有一点发白。“噝”一声，书包被乔丽出其不意地一拉，一条肩带裂开了一个很大的口子，像一个怪兽的血盆大口一样，很丑陋。

瑾一惊，然后也往后一拉，书包的拉链也被撕裂开，乔丽用力一翻，里面的东西全部被她用力甩了一地。草稿本和其他的东西都裸露在了空气里，大家都愣了一下。白杨的草稿本其实并不好认，很普通，也没有写名字，所以大家也没有注意。但是白杨看到了，轻轻地皱了一下眉，但是没有说话。

瑾不由得把手一松，书包应声掉在地上，她知道白杨看到了，她也就没有什么害怕的理由了，她轻轻说了一句：“那你搜吧。”乔丽一下愣住了，她当时确实觉得瑾很可疑，但是突然说让搜了，感觉又应该不像是瑾。

“既然如此，我就来了啊，也是为了还你清白，别用那个眼神看着我，感觉你比窦娥还冤。”白杨上前，拿起那个很可怜的书包，甩了一下，抖个干干净净。然后转身对乔丽说：“你看，大家都看见了，书包里面什么都没有，这下可以了吧，都是同学，没有必要这样去欺负她。”

“哼，谁知道啊，她什么情况，大家又不是不知道，可能她把钱放在身上，还来不及放在书包里呢，搜身吧。”

瑾一听，整个人都僵住了。搜个书包，她觉得自己可以承受，搜身？在全班同学面前，搜身等于就是抽她的脸，原来大家都是这么看她的吗？

“乔丽，大家都是同学，你这样做过分了啊。”谢晓帆看不下去了。

“她要是没拿，怕什么啊，再说了，待会班主任来了，看见她这个柔柔弱弱的样子，肯定也就是相信不是她了，学校也不会做出搜她的动作，那岂不是变相地维护了她吗？”

白杨看了瑾一眼，就说：“行，乔丽，你搜吧，要是莫瑾身上没有，你要和她道歉。”

“不行，我不让搜。”珍妮大声地喊了一句。她手里拿着一大卷试卷，急急忙忙跑进了教室。

“让她搜吧，不是我，我不需要掩饰什么。”瑾一边说一边把校服外套脱下来，然后递给乔丽，脱掉外套后，显露出她极其瘦小的身板，很薄，好像一戳，就会把她整个人贯穿，毫不费力。她只穿了一件很单薄的白色打底背心，没有花纹，很旧，但是非常干净。乔丽翻了一下，外套口袋里什么也没有，她一脸狐疑地又弯下身去摸了一下瑾的校服裤袋子，同样也是什么也没有，然后冷冷地说了一句：“鞋子脱掉。”

“哎，乔丽，你怎么回事啊？过分了啊，怎么能这样，钱还能藏在鞋子里了是吗？”珍妮用力地把试卷都甩在了讲台上。

“我脱，没事，珍妮。”瑾淡然地回答，她把那双洗得发白的球鞋一脱，露出了那双已经破洞了的袜子。她的小脚趾从洞里穿了出来，触碰到空气后不由自主地往里缩了一下，“你翻还是我翻？哦，还是我来吧。”瑾把鞋垫一下子抽出来，扒拉个干净。

“哼，不要让我发现真的是你偷的，不然我叫你好看。”乔丽用力一推，把瑾的书桌也推翻了，课本散了一地。她刚想转身走，突然一个臂膀拦住了她。她抬头一看，白杨一脸严肃地瞪着她。

“道歉。”

“凭什么让我对她道歉？像她这种人，除了会读点书以外，还能怎么样？以后到了社会，还不是得替我们打工？”乔丽抿嘴笑了一下。

“道歉，不要让我说第三次。乔丽，你家最近不是要投标我们鼎丰国际的一个酒店基建项目吗？我觉得你们可以连标书都不用提交了，像你这样的品行，想必你父亲也是一个非常有信誉的建筑商，这样的公司提交的标书，投了也是白投吧？”

乔丽一听，脸就拉下来了。她的爸爸是市里小有名气的建筑商，也就是大家讲的包工头，最近确实参与了白杨家里的一家酒店的基建项目。她的爸爸知道白杨是她的同班同学，还一直怂恿她能不能打同学家庭聚会的牌，把同学们都叫出来，顺便把家长也带上混个脸熟呢。

她极其不情愿地看着瑾：“抱歉，我误会你了。”然后白了瑾一眼，想掉头就走。

“把地上的书都捡起来。”白杨继续说。

珍妮这个时候已经把外套套在了瑾单薄的身上，她触碰到这个瘦小的身体，感觉异常冰冷，但是一个疑惑也不禁油然而生，白杨怎么会帮瑾出头？地上那本不是他的草稿本吗？他看见了怎么会不说，反而帮瑾出头呢？

乔丽哪里试过这样，眼睛里已经泛起了一层水汽，她看了瑾那张毫无表情的脸，弯下腰，把课本用力地叠在一起，然后用力地拍在桌子上。她一脸委屈地看着白杨："满意了吧？"然后推开所有围观的同学，跑了出去。

珍妮拉着瑾的手，很小声地说了一句："对不起，让你受委屈了。"瑾摇了摇头。什么也没有说，坐下来把鞋子穿上，然后背上书包，一个人走出了课室。

瑾心里真的很难受，她就像被人从里到外翻了一个干净，隐藏得很好的仅存的那一点点自尊，也让别人抽丝剥茧地拉扯个干净。她根本就不应该在这种学校的，这里的人天生就有无尽的优越感，他们所拥有的一切，瑾都不敢想象，也不敢逾越，好像一不小心就会粉身碎骨，体无完肤。

她失落地逛到了学校那条静僻的林荫小路，这条小路有一个很优雅的名字，叫勤雅。两边都是密密麻麻的刚种上的应季小花，星星点点，一路连接着图书馆。

瑾并不想哭，她抬头看了看天空，有很多东西都是很奢侈的，她并不奢求，她从小学会的单词里，除了孤单寂寞，还有的就是自知之明。

"喂，这位同学，方便过来一下吗？"

瑾站住了，是有人说话吗？她看了一下四周，没有人啊。她刚迈开腿，想往宿舍的方向走去的时候又听到了，"同学，能过来一下吗，我摔倒了，好像骨折了。"

瑾不由得往草丛里看去，有一只腿隐隐约约地伸出来，晃了一下。她走去草丛的另一面，看见一个很高很壮，戴了一副黑框眼镜的男生倒在地上。他四仰八叉地躺在草丛里，脸上布满了细细的汗珠。

"你怎么啦？"瑾走了过去，用脚不停地四周撩拨着，最后捡起了一支小树枝，然后蹲在了男生的旁边，用小树枝戳了他的肩膀一下，看看他还能不能动。她猛然发现这个男生穿的不是自己学校的校服，感觉很害怕，是不是社会上什么不良分子要来学校绑架小孩啊。

莫瑾一惊，摔跌在草地上，她想马上起身开跑。还没有站起来，就又被人拉住校服，又坐在了地上，可恶的是她一屁股坐在了一个凸起的石头上，她突然哎呀一声，痛得直冒汗。她嘴里还一直念着："不要绑架我啊，我家特别穷，上有老下有小的，没有钱给你的。"

"哎，你没有问题吧，我怎么看都不是来绑架的吧。"那个男生忍不住笑了。

"谁知道啊，你不是我们学校的，你来干什么？我要喊了啊，这里有学校的保安，抓住你，你就死定了。"瑾一边说，一边准备大声喊救命。

"哎，别，别同学，你不会看看我也穿校服吗？哪有绑架的人这么年轻帅气啊，你什么眼力啊。真是奇葩了你。”男生推了一下眼镜，接着说，“我是旁边隔两条路的那间×国际学校的学生，我今天翻墙过来的，想不到一下失手了，从那里摔了下来，你能不能帮我一下，我可能是动不了了，你帮我翻墙出去，告诉外面的兄弟让他们把我搞出去啊？”

“才不要，开玩笑啊，我翻墙出去，你怎么想的，我们学校要记大过的。我要走了，你自己躺着吧。”瑾马上起身要走，手还一直揉着可怜的臀部。

“别啊，我们学校也是要记大过的呀，时间不多了，我要赶回去，你帮帮我吧，我以后肯定会报答你的，你信吗？”男生一脸委屈，可怜兮兮地看着她。

“你骨折了，我怎么帮你啊，你个子那么大，我也没有办法移动你啊。我听班里的同学们说，我们学校后门那里的铁门有个缺口，经常在那里交接外卖。你要是能够移动的话，我带你从那里出去，中午时间，没有保安，能够过去的。”瑾看了他一眼。

“没有骨折，我估计是扭到了，我这只脚以前打球的时候伤过，刚才没有想到翻墙技术含量那么高，一蹦下来的时候，没有把握好，所以动不了。”

“那你等我一下吧，我很快回来。”瑾用小树枝戳了戳他双手捂住的那只脚，然后起身准备走，还一边揉着自己的臀部，一歪一扭。

“你要快点回来啊，记得救我呀！”男生看着她的背影，压下声音把另一只脚缩回了草丛里。

瑾一会儿就回来了，她拿了一把伞，还有她的校服。她迅速地把男生的外套脱下来，放在自己那个只有一边肩带可以背的书包里。然后套上自己的校服，假装是自己学校的学生应该不会有保安发现。她慢慢扶起他，坐在了花基边上，把伞给他，还有一片止痛贴。

她对男生说：“我们午休时间到了，我要回去宿舍了，你看着那边的图书馆，在图书馆的背面就是后门，你能出去的。明天中午的时候你把校服和雨伞扔过这面墙，我会自己过来拿，我只有两件校服，没钱再买来新的，你记得要还给我啊。”然后瑾就起身要走了。

“你叫什么啊？”男生看着她笑了一下。

“问那么多干什么？和你有关系吗？赶紧把校服和雨伞还我，不要弄坏了！”瑾想了一下，再说道，“还有十五分钟，我们午休时间就到了，如果你来不及走到图书馆，就会碰到保安，如果他们问你是哪个班级，你就说是初一（4）班的白杨。赶紧走。”

“你不问我来你们学校干什么吗，就那么相信我？”

“问那么多，和我有关系吗？”瑾头也不回地走了。

男生看着她的背影，很无奈地摇摇头。她大概不记得，把他的校服塞自己的书包里了。而且，这件校服这么小，怎么看都不合身。这所学校里的学生没有钱买校服，她真的很有意思啊。初一（4）班，白杨吗？那个和自己一起在亚太地区的英语大赛一起拿第一名的学霸吗？男生笑了一下，闻了闻校服，有淡淡的肥皂的味道，然后他一瘸一扭地用雨伞撑着走向图书馆的方向。

10

瑾回到宿舍的时候，就看见珍妮在寝室里很焦急地徘徊，一看见瑾就迫不及待地上前抱住她。瑾就那样被她抱着，轻轻地对她说："不要为我担心，那伤不了我什么，我的自尊早就不值钱。"

"不要那么说，你在我的眼里，不一样。那时我们还那么小，你却已经这样护着我了，瑾，你的自尊在我这里，很值钱。对不起，因为我，让你不能为自己辩解。为什么不解释，白杨分明看到了自己的草稿本，你为什么不为自己说一句话？"

珍妮看着瑾，想起中午的那一刻，她很后怕。实际上，她了解面前的这个瘦弱却又倔强的女孩。她刻意地埋没了自己的个性，那样安静淡然，并不是她不在乎，而是瑾太过在乎了。

她和这个大环境格格不入，造就了她这种表里不一的性格，如果这种事情发生在别人身上，当着全班同学的面被羞辱，早就哭得一塌糊涂了。但是瑾从来不在别人的面前流眼泪，哪怕自己遍体鳞伤，她也不愿意显露出自己内心的一点恐惧和不安。

因为她知道，如果卸掉了那一层厚厚的防护壳，透露出了里面的满目疮痍和支离破碎，她将会顷刻坍塌。那种无助和迷茫会瞬间把她的所有淹没，面对这样的自己，瑾没有勇气走下去。

"珍妮，从我认识你那天开始，我们这辈子就是好朋友了。这点事情在别人那里，肯定会难过，会崩溃，会伤心，如果我说我一点感觉都没有，那肯定不可能。但是这种难过的感觉就像是我吃饭的时候，卡住咽喉的那条鱼刺。痛，但是你用力往下咽，就下去了。这是白杨的草稿本，给你，下午上课的时候，我会还给白杨的，你不要担心我，你妹妹我强大着呢。"

"瑾，我知道，我都懂。如果，如果我还有一件事情希望你能帮我呢？"珍妮握住瑾的手，一脸认真地看着她。

“看来真的是无事不登三宝殿呀。说吧，怎么帮，只要是我能为你做的，我都会尽力的，我一直都是这样，你的事情就是我的事情啊。”

“嗯，小事情而已，你能不能帮我送给他两封信，要隔一天偷偷地放在他的抽屉里，夹在课本里可以吗？”

“怎么的，现在就迫不及待地想要表白啦？我可是记得你和我说过，上大学之前不早恋哦，影响学习呢，要破戒了吗？”瑾忍不住弹了珍妮光亮的额头。

“哎呀，好痛啊，那就是答应了啊，大恩不言谢了哦。”珍妮笑着跑了出去。

当瑾把草稿本还给白杨的时候，他什么也没有说，只是看了瑾一眼，把草稿本扔进了抽屉。他就那样继续一脸专注地看着课本，还是那样不断地问瑾几点钟。只是从那天以后，白杨对瑾更加冷淡，他不会去关注瑾的任何事情，就好像瑾从来没有存在过一样。除了每天问几点钟，绝对不会有其他的交流。只是，他时不时会拿走瑾的铅笔或者其他文具，用完以后会放回原位，好像那些都是他的东西一样，非常自然而然。瑾也没有说任何一句话，她自己不是也不问自取吗？别人也只是以其人之道还治其人之身而已。

还有那个黑框眼镜男的校服，装在自己的书包里却不知道应该怎么还给他。这个死小孩，说好第二天把校服还给自己，结果第二天等了很久，连个影子都没有，害得自己校服外套都不敢洗，得撑到周末。看来×国际学校的校风也不怎么样嘛，言而无信。

莫瑾也帮珍妮隔天放了两封信在白杨的课本里，也暗暗观察了白杨，他好像完全没有发现一样，没有一点异常。说来也对，白杨这样的学生，一年得收多少情书啊。毫不夸张地说，他的情书摞上一摞，收垃圾的都能卖出好些钱。他必然是目空一切的。

据说白杨回到寝室也是特别安静，他睡在上铺，经常都是放下蚊帐，躲在里面一动不动，然后会传来很平静的呼吸声，还有沙沙的翻书声。同班的男同学都笑他无趣，私底下都叫他学习的机器人。

这个男孩虽然是市里赫赫有名的私企老板的儿子，却没有一点点富家公子的作风。周末放学的时候，虽然学校有校巴，但是同学们都是让家里开好车来接，各种豪车还是把学校的各大操场挤了个水泄不通。他却从来都是等校巴，没有人看见他家里有人来接他。课室大扫除、运动会、学生会的各种活动需要帮忙或者出力的时候，他总是义不容辞。所以，白杨在学校里很有名，很让老师们喜欢。

但是白杨也有很奇怪的习惯，他有很严重的洁癖。他必须每天一套新的校服，还分周一到周五，周末拿回家用消毒水洗，衣服要泡一个晚上。他的球鞋必须全白，没有一点污渍。他随身会带很多纸巾，所有的门把，他都用纸巾轻轻包着才会用手开。他还拒绝教任何同学功课，就算是老师强硬安排一帮一，一定要面对面的说话或者指导，他会一直用纸巾捂住自己的鼻子和嘴巴。他说他害怕唾沫星子。还流传着一件关于他的很奇葩的事情，据说有一次学生会的干部们为了国庆的活动，约定在市里的一家咖啡厅商量活动里的一些细节。白杨突然说想上洗手间，会开不下去了，他要回家。大家就纳闷了，咖啡厅里有洗手间啊，而且男生哪里有那么多讲究，大家各种挽留，毕竟白杨也是核心的领导人物啊。结果他推脱不了，只好说出他认马桶的习惯，大家听了也是暗暗流了一身汗。

瑾对这些也只是听珍妮念叨而已。对于白杨，瑾佩服的就是他学习的韧劲。多少次，她看见这个男生，居然在背牛津大字典里的英文单词，一页一页地，从上到下，有条不紊。想想像白杨这样的天之骄子都如此的认真学习，如果自己还不努力，真心汗颜。

那是两个星期后的一节晚自修，高一个年级的陈扬突然间来到瑾他们的教室，往里看了一圈，问道："哎，莫瑾是谁啊？有人叫我来送东西啊，快出来。"

全班同学都抬起头来，有的同学不禁看了一眼莫瑾。莫瑾却莫名其妙，自己不认识这个高年级的男生啊？帮别人送东西？自己在这个学校里连朋友都不多一个，就更别说高年级的男同学了。她正奇怪着呢，却也应了一声："是我，怎么了？"

陈扬闻声看去，一看到莫瑾的样子，笑了笑，露出很白很整齐的牙齿，他的眼睛笑的时候是弯弯的月亮的形状，很是好看。

"这个给你的，哦，对了，他说了，周末有空的话，请你吃饭，感谢你不杀之恩。"瑾接过袋子，一看，雨伞突兀地杵在袋子里，里面还放着一件旧校服，一件新校服。瑾看了一眼，很满意，这死孩子还挺会来事的。好吧，初中以来就没有买过新的校服，这好意就收下了。莫瑾拿出自己那件旧的校服，把身上那件没有洗的换了下来，一股淡淡的百合香立马钻进了鼻孔，好香嘛。

顺手一摸口袋，里面有一张字条，上面写着：莫瑾，我叫王景逸，有空的话周末请你吃饭，没空的话一个月后见。"什么嘛，见啥见啊，死小孩，这种做派分明好像他说见就一定会见。"猛然她觉得身边有一道幽幽的目光死死地盯着她，转头一看，白杨马上低下头，用纸巾捂住鼻子，然后不自然地打了两个喷嚏："真是的，什么怪味，好难闻啊，我的花粉症都要发作了。”

瑾看见他不住地打喷嚏，又大又响，引得其他同学频频看过来，她不好意思地伸了一下舌头，马上脱下来，换上自己原来那件脏脏的，继续低头写作业。白杨的嘴角不由得上扬了一下。

课室里很安静，只有沙沙的写作业的声音，时不时有同学相互询问着一些不会做的习题，时间一分一秒地流逝，毫无知觉。瑾已经被困在一道物理题上快一小时，她不禁长叹了一声，从小到大，最吃力的就是数理化，感觉这个数理化跟自己八辈子前肯定是恶交的，不然这辈子，怎么会互不相认呢？

莫瑾自觉自己并不是学霸型的，她更明白笨鸟先飞的道理，所以在这方面下了狠功夫才维持住现在的排名。她总是相信，别人做一遍就会的东西，自己做十遍，总不会忘了吧。所以每逢考试，基础部分，她还是可以稳打稳扎地拿满分，可是拓展部分，她是吃的大亏。因为拓展部分是加分的，所以额外灵活，瑾就感觉自己的智商明显不够用了。别的同学都有周末补习的家教或者额外的补习班，她只有自己。

而数理化的老师通常都比较死板，没有文科老师的温柔似水，所以偶尔问一下可以，经常问，是很考验自己的心理承受能力的。她的眉头就那么一直紧皱着，好像一个愁眉苦脸的老太太。啪，一本作业本甩到了她的面前，瑾一转头，白杨马上站起来，搭着其他男同学的肩，快步走出了课室，此时下课铃响了。

瑾看着他的背影笑了一笑，嘀咕了一声矫情。打开一看，天哪，这字写得也太好看了吧，工整而又大气，笔画间，横竖的末端都是重笔，字与字之间的距离恰到好处。

莫瑾不懂，但是也明显看得出来是刻意练过的。白杨的数理化可以说是全级最好，虽然初一的知识也不是很难，可是这小子包揽了华罗庚各大比赛的第一名。这就是人和人之间的差距啊，长得好，家境好，让人接受不了的是，怎么学习也好啊，像他这样的高富帅，不成为纨绔子弟，都没有天理啊。而白杨偏偏就不是，这样的孩子长大了，应该是被仰视的吧。

莫瑾再仔细看她不会的那道题，白杨用的方法果然比老师的解题思路更好，清晰明了，而且简单易懂。他还特意圈出了瑾被卡住的部分，写下了在课本里具体公式的页码。瑾不禁用牙咬了一下笔头，她突然间有了和珍妮一样的想法，就算是靠近他一点，也是多么让人感到心情愉悦啊。

最近一段时间，珍妮整天闷闷不乐，心事重重。在饭堂吃午饭的时候，看见她都是那种筷子左右撩拨一下，夹起几颗饭粒，象征性地放在嘴里。

同学们都是自己结伴的固定人选，每天都是那么几个人坐在一起，无论寝室、上课还是饭堂吃饭，三人行或者两个，勾肩搭背，或者女孩子手拖手。但是，绝对不会有男女孩单独的搭配，总是男生一边，女生一边，井水不犯河水。饭堂里有很多老师一起吃饭，在老师眼皮底下折腾，没有一小时，教导主任就能把家长给叫到学校。

莫瑾有时候会和珍妮她们一起，但更多的时候是一个人。谢晓帆、吴桐和珍妮是固定搭配，班长、学习课代表和文娱课代表。瑾经常笑自己是人民群众，要紧紧团结在领导的核心力量周围。

“你怎么了啊，最近药停了呀，这么不兴奋。”谢晓帆看着珍妮，从她的碗里夹走一块鸡肉，放在自己的嘴里，慢慢咬着。

“她中毒了，得吃相思药。唉，珍妮你也有今天啊，当初当着告白男生的面撕掉情书，还有一天内拒绝两位数以上男同学的邀请去学习双人广播体操比赛的那股子匪气去哪里了啊？”吴桐也顺手夹了一块鸡肉。瑾只顾着看自己的饭，很认真地挑里面的猪肉，然后放在嘴里。

“哎，你们瞎想什么呀，今年的三校联赛，我不知道能不能选上，好烦啊。”

“选手都是出自初三年级和高三年级的，因为面临升高和考大学，最能体现学校的整体实力，所以学校领导们都很重视呢。”谢晓帆点了点头。

三校联赛历来都是全市最关注的一项比赛，从这三间学校创立开始就一直延续到现在了。全市里私立学校就这三所最负盛名，分别是×私立学校，×国际学校和×大学附设学校。据说当时三个学校的校长都认为自己创立的学校是最好的，但是他们都不约而同地认为统考并不能真正地体现出学校和学生的具体实力，三个老头子谁也不服谁，所以约定了每一年举办一次三校联赛，一决高下。

延续到现在也快十年了。每一次胜出的学校，来年的招生都会高质量高速度的完成。渐渐地，就不只是较量学术这么简单了，学校的领导都是严阵以待，把比赛作为学校的一项重要招生工作来做。毕竟私立学校都是自主招生的，有生源自然就有了源源不断的生命力。后来就是连市教育局的领导都非常重视，毕竟每一届胜出的学生，以后都会是中考或者是高考的杰出代表。但是几年前，由于出国留学之风越来越鼎盛，很多好的学生都选择了出国深造，或者去香港，市局的领导都感到很可惜。

“三校联赛共四项比赛，分别是英语个人演讲、集体辩论大赛、才艺比赛，最后是四人学科比赛。想想都觉得压力山大，千万别选我啊，丢人丢大了。”谢晓帆嘟起嘴。

“说得好像真的和你没有关系一样。姐姐，六个班级的文娱课代表是必须要参加的好吗？就算最后决定的项目不用参加，出谋划策肯定是少不了的，你别给我们丢脸可以吗？”吴桐用肩撞了她一下。

“哎呀，说得也对啊，你这个学习课代表也是深陷其中的呀，四人学科比赛可不也是学习课代表和各科课代表里面选出来的吗？我就爱看你出丑。”谢晓帆捂嘴笑了，差点把里面的饭粒混着肉喷出来。

瑾想，自己肯定是上辈子拯救了地球，这样的好事和自己一点不沾边，那真的是何等乐事啊。记得之前两届，自己也去看了，不禁觉得现在的学生也不都尽是只会读书的书呆子，比赛的学生都是那样的出类拔萃。据说英语个人演讲比赛里面的学生雅思都是极其高分的。高三的那几位，都是7.5分以上，牛津剑桥这些世界一流大学对留学生的理科英语要求也是7.5分以上，相当不容易啊。她不禁想起白杨，初三就开始自主背牛津英语词典的人，到了高三，这样的词汇量，考7.5分，明显不是“一块很大的派”。

“白杨肯定是会代表我们学校出赛的呀，我也想和他并肩作战，哎。”珍妮挠了一下脑袋，很苦恼的样子，“其他班的选手很强悍啊，这次好像是十周年，他们个个削尖了头想往里钻。表现好了，高一就能直接进入重点班，就算中考失手了，这个也是学校内部一条保险线。我不想和白杨在高中的时候分班，高中可是有八个班，这样的概率，想想都想哭。对于我这种逢赌必输的人来说，生不如死啊。”

“你是我们初中部的学生会主席啊，怎么算都肯定有你，放心吧。”吴桐帮珍妮捋了一下她凌乱的头发。

“那也是白杨退选给我的，不光荣。”珍妮嘴上说说，心里却是开心得很，那一句“你喜欢就给你啊”，让她很多个晚上都因一阵一阵的悸动而失眠。

“我们赶紧回去吧，这一两天，初选名单就该出来了。根据这次的期中考分数，说不定我们在座的都会在名单上呢。”

瑾差一点把碗里的汤泼了出来：“什么以期中考试的成绩来参考，这种事情，我怎么从来没有听说？”

“瑾，你可是有所不知了，对于你来说，参加这个比赛还有一个非常吸引人的条件，我觉得你听了肯定非嚷嚷参加不可。”吴桐捏了一下莫瑾几乎没有肉的消瘦脸颊，“单项胜出的小组，有奖学金！高中升学还有加分！”

瑾听了眼睛都睁得圆圆的："可是会拿到一等奖学金啊？是不是连剩下的几万元都不用交，就是交公费生的那种一等奖学金？"

"没错，直接加分，你数理化吃的亏，可以一并在这里补上哦！怎样？要知道你这些年，拿到的都是三等，最好的一次二等，学费还是要大把地交，如果是一等奖学金，那等于不用交了，是不是很想参加？"

瑾点点头，眼泪都快出来了，一等奖学金啊，那代表，妈妈不用每个学期都紧巴巴地筹出她的学费。家庭费用会松动很多，这种好事情，就是想想都很开心啊！

"吴桐，你怎么不早说啊，早说我拼了老命也会考个高一点的分数啊，整天被你们几位大小姐踩在脚下的感觉，非常不好哎。我可是看在领导的大面子，才一次又一次地屈居其下呢！"瑾挺了一下干扁的小身体，那发育得非常不完善的胸脯，完全没有看头。

"这次没有上榜的，大操场十个圈如何？"谢晓帆伸出手，看了看她们。"好！十个圈就十个圈。谁怕谁。"其余三人也把手伸出来，大家相互抓住，紧紧地。瑾仿佛抓住了那梦寐以求的奖学金。

11

“姐姐。”许静用自己的小手拉着瑾的辫子，然后笑了。天真无邪。

这个小妹妹长大了，红扑扑的脸蛋非常好看，透着健康和无尽生命力的眼睛常常眨呀眨的。姐妹俩虽然是同母异父的姐妹，但是都不约而同地随了妈妈的长相，是非常好看的美人坯子。

但是瑾很瘦小，像一根麻秆儿一样，好像稍微一点冬风就能把她刮跑，头发稀稀拉拉的，感觉没有营养。由于晚上学，她的基础不好，上小学的时候学习就非常地吃力，为了赶进度，她硬是在五年级的时候赶上同班同学的平均分。当时进这所学校的时候，许文杰是花了大力气的，为的就是要她待在这所全寄宿学校里一直到高中，考上大学也就自然而然地离家，一干二净。

但是当时也说好了，她的成绩绝对不能低于全班的前五名。学校也是提供一定金额的奖学金的，对于许文杰这样的家庭来说，无疑是一个非常好的条件，他也非常尽力地帮瑾复习过一段时间。瑾的记忆力非常好，这让许文杰有一点小惊喜，基本上她听过的或者看过的知识，都能记住百分之八十以上。这个小女孩也是很坚韧，她非常刻苦，常常看书学习到很晚的时候才会休息。小小年纪，眼睛的下方却有一圈淡淡的青色。也许她比许文杰更加不希望待在家里。

许静却很喜欢这个小姐姐。她常常挥动小手去抱姐姐的脖子，然后吧唧在她脸上亲一口。虽然她不明白为什么爸爸不喜欢她，常常骂小姐姐，但是她看不出小姐姐眼眸里有一丝对自己的厌恶和恶意。无论自己怎么折腾她、揪她的头发，或者是把她的作业本撕个稀巴烂，姐姐也只是摸摸她的头，笑一笑。

她对自己很冷淡，还有刻意的距离感。比如说，如果不是自己去找小姐姐，她是绝对不会走近自己的，小心又谨慎。在家里小姐姐很少说话，她会在家的一个角落，安静地看着书，时不时会抬头看一下自己，然后笑一下。她觉得和小姐姐一起，安静的时候很多，所以她会刻意地去制造一些声音，比如说把杯子故意摔到地上，或者扔手里的玩具、勺子。但是小姐姐都是淡然地帮自己把东西捡起来，放在自己的手里。无论这一系列动作重复多少次，小姐姐都不会有一丝的不耐烦。所以许静从小就很喜欢腻着小姐姐。

而对于瑾来说，这个妹妹却是一个炸弹，稍有不慎便会让自己粉身碎骨。继父很敏感，他常常是绷着十二分的精神去对待许静，含在嘴里怕化了的感觉让瑾无时无刻不神经紧张。有时候，妈妈和他会叫自己看着妹妹，妹妹会很调皮地故意去逗她，把手里拿着的任何东西扔在地上，然后看着瑾，示意她去捡。就算瑾多么地烦闷，都不会流露出一点的不耐烦，这种善意的表达，是她非常刻意去营造出来的，并不是真心。

她不想母亲和继父为了自己的问题吵架，虽然自己尽量周末也不回家，但是但凡她在家里，看到的就是继父一直百般呵护妹妹，一会给她吃这个，一会给她喝那个，忙个不亦乐乎。而妈妈却是有时候连晚饭后才会回来，一脸疲惫。然后继父哄好了妹妹睡觉，就会闲下来和妈妈吵一点鸡毛蒜皮的小架，无关痛痒，话题无非是各种花销，各种钱。无论他怎么说，妈妈还是雷打不动的坚持让自己继续上这所好学校，怎么折腾都不松口。继父说不动妈妈，就会恶狠狠地盯着自己，非常厌恶。瑾从那个时候开始，就决心一定要获得奖学金，并不是因为什么高尚的理由，而是，她厌倦家里的一切。但这一切她并不想向任何人流露出来。

珍妮却有一个非常温暖的家，她的妈妈和爸爸都是做生意的，市里有名的塞诺菲制衣就是他们家的企业，全国有近四十家分店和加盟店。珍妮也会说起自己家里的事情，说她的爸爸妈妈也是蹭上了改革开放的小弄潮发家致富的，那个时候她的爸爸和妈妈去倒腾批发，一起扛起了风雨，才有了今天。

珍妮的妈妈是一个非常有主见的女性，她的社交能力非常强，在她的眼里，女孩子只有增加自己的核心竞争力，才有可能在这个社会立足。她看过太多的女孩子凭着自己的外在条件，如鱼得水，但是这种刹那芳华也犹如昙花一现，存在却不永恒。她对珍妮的培养可谓是殚精竭虑，琴棋书画样样精通，还鼓励她参加学校的各种活动和社团，借此来训练珍妮的各种应变和生存能力。珍妮不是那种一看见就会让人念念不忘的女孩子，但她的内在就像巷子里的一坛美酒，吸引着你慢慢地步入，驻足。

和瑾非常不一样，她足够强大，所以她是非常自信的。瑾就是个书呆子，无趣，和白开水一样，没有色彩，没有欲望。莫瑾就是这样看着珍妮一步一步地去争取任何她希望得到的东西，而她自己绝对没有任何欲望。她就像一个定点的火车，从开始到终点，没有任何悬念。

许文杰心里的小算盘打得很响，他决心要把他的小公主培养成大家闺秀，所以渐渐地，他也会鼓励文娟去倒腾她的小生意。文娟过得很艰苦，送新鲜的蔬果并不是一件女人能够轻易驾驭的事情。她愣是跑了很多的蔬果批发才找到几家价格适宜又新鲜的商家，然后每天都要租货车去拉货，天还没有亮就要到批发市场。点货，给钱，然后再搬上货车送到市里的几家好运来超市，等到晚上，她要拉走剩下的蔬菜。

换句话说，她是变相租借了好运来的蔬菜果柜位，好坏全凭她自己，好运来并不负责包销，自然也不会承担亏损。所以，文娟每天都是怀着紧张的心情去拉滞销的蔬果，如履薄冰，不容有失，她赔损不起。所以她学会了市场调查，总是先去观察什么季节的什么蔬果比较好销，而且她尽量选择应季节的蔬果而不屑选择反季节的。娟细心观察和慢慢积累的经验，让她几乎都没有滞销的蔬果，所以她渐渐站稳了脚跟，而她也清楚，好运来是一家制度不完善的企业，他们的入货渠道很不统一，甚至出售的价格都不一样，每一家的经理都可以各自为政，而且都是同一个地方出来的老乡，都不约而同地需要文娟按月表示。这样的企业，文娟自己也不好把握可以做多久。有时候，她会很焦虑，这种焦虑来自不稳定和不安全感。从小她就是一个没有安全感的人。她很少那么热切需要一个东西，那种需要的感觉，就好像一个重病的病人需要一剂良药，又或者一条搁浅的鱼需要一滴水那样的渴望。她惶惶不可终日，却又是那么无力。她常常回到家了，连说话的力气都没有，满手都是搬果箱的老茧，对比许文杰那双文人的纤纤玉手，文娟的手简直不能拿上台面。

娟开始对这种生活厌倦，当她耗尽自己的精力去维持生活的同时，却也失去了对生活挣扎的能力。她甚至不能再放下身段去随波逐流，只要一瞬间的无力，她瞬间就会被淹没。所以除了逆流而上，别无他法。

她开始去寻觅更好的办法去赚更多的钱，毫无退路，居安思危。当她辗转知道了好运来的老板钱治的时候，她突然间有一个想法，能不能找他谈一下合作？这种毫无保障的合作，让她感觉就像时时刻刻都有人捏紧了她的咽喉。她需要钱，需要很多的钱，才能保障自己和两个女儿的生活。

当她开始打听这个钱治的时候，她并不刻意，就像聊闲话一样。好运来要是跳过了这些经理，回扣肯定是可以免了，而且最重要的是把价格压下来，提高销售额，从而把销量提上去。有了大的销量，入货的价格自然也可以再压多一手。更何况有了一份正式的合同，文娟就可以更加放心地放开手脚了。所以她很迫切地需要这一切，刻不容缓。

12

果然不出两天学校就公布初赛的名单。瑾没有去看，她觉得初赛的名单根本算不上什么，最终的名单才是关键。操场跑圈？绝对不会发生在她的身上。倒是吴桐下课的时候跑来和她打起趣来。

“瑾，四朵金花入围，毫无悬念哎。不过倒是你，这次很出彩，成绩居然把珍妮打下去了，她看见了可是眼圈红了一阵啊。你厉害啊，深藏不露嘛，什么时候进步了啊？”瑾听了心里不禁暗喜，但是听到珍妮不开心，倒是也没有表露什么。毕竟，她希望珍妮可以哭，可以闹，但是绝对不能因为她而产生任何负面的影响。

这段时间数理化的提高，明显就是那个白杨不经意地帮助嘛。他从来都不和她多说一句话，就算是同学之间普通的客套都没有，他们就像生存在完全不同的两个空间，永远不会重叠。但是，他每次都恰如其分地指导她最薄弱的环节，抓得紧紧的，甚至有时候上课，她会瞬间发呆，下一秒，白杨就会发出各种不同的声音引她回来，不是掉笔，就是拿涂改液。他就是那么刻意却又不经意去提醒她。白杨好像一道清泉，浸润着莫瑾干枯萎靡的内心，没有目的，没有方向，将她的内心从焦虑到平静。

很多时候，莫瑾都是皱着眉头，像打了一个死结。尤其是听到家庭、父爱母爱、有钱没钱，这一类的关键词，她就会眉头紧锁。她自己其实是不自知的，那种忧虑是长期隐匿后，一种无法抑制的流露。瑾很容易紧张，她一紧张就会不自觉地咬笔头。白杨有时候看见那个残缺不堪的笔头的时候，都会很厌恶地扔回她的书桌，但是没有一会儿又会伸手拿。

白杨总是无声无息地，坐在那里，很干净，好像看透世间万物一样。阳光暖洋洋地抚摸着他的轮廓，镀上一层金色的线条，那一刹那，他好像会发光一样，闪耀着瑾的眼。瑾会睁不开眼，莫名地，自卑感就会浮现。从里到外，白杨和她就好像正负数，好像反义词，好像黑和白，泾渭分明，天上地下。瑾会有一种错觉，她历经了万般磨难和煎熬，忍住了炎热和寒冷，度过了十世轮回，为的，只是看清他的脸。瑾清楚地明白，有的人，这一辈子，只是为了能遇见，就已经耗尽了一辈子的福气。

“瑾，接下来，就是三个回合的淘汰，你可以吗？”吴桐看着她，有一点点担心。她倒是希望瑾可以拿到奖学金的，虽然瑾从来不说，可是谁看不出她的拮据呢？但是瑾从来不会要求任何帮助，哪怕是珍妮，她不愿意欠别人的，因为还不起。吴桐家里是书香世家，爸爸和爷爷都是省作协的会员，一个诗人，一个作家，一门双杰。吴桐自然也继承了家里的优良传统，她写的毛笔字就多次获奖。吴桐的爸爸现在从事连续剧的剧本创作，听说最近写了一部长篇，已经有电影公司看中了，可能会买断版权，拍成电影或者连续剧。这样家庭出来的她，怎么可能不是心地善良柔弱的呢？她很透，瑾一眼就能够看到底部，看到内心。

“其实，我这次也是靠运气，数理化的加分题，我碰巧都会，所以成绩能够有一点进步。但是说实话，接下来，我心里有点虚，毕竟你知道我的，很少去参加这样的活动，我怕人多，而且还有其他班的同学一起，我害怕。”瑾咬了一下笔头。

“不怕，我估计，珍妮肯定是入选的，但是不知道她会在哪一项出赛。毕竟她是学生会主席，每一年的主席应该都是免赛的。你要是害怕，拉着我的手就好了，我给你力量啊。”吴桐又想了一下，“笔试环节，你应该是没有问题的，我担心的是最后的面试，毕竟要体现我们学校的校风和学生的整体形象，所以回答肯定是要自如大方，不怯场才可以。你没有这个经验，很是让人担心啊。这样，你这几天先自己琢磨一下，三天后，下午的课外活动，我们帮你特训，我也不求回报，小美人你入围后以身相许吧。”

“真的？吴桐你们要帮我吗？谢谢，谢谢你们，我真的好开心，你们愿意帮我。我们这样是不是也算好朋友啊？”瑾很紧张地看着吴桐，毕竟以前和她也不过是吃过几次午饭和晚饭，并不算是非常熟络。“你想什么呢，我一直把你看作好朋友，原来你不是啊，心都要碎了。”吴桐捂着心，假装心痛状。

瑾不禁咯咯地笑起来。

接下来的时间很紧迫，几个人参加了两轮笔试选拔后，都一起进入了面试的环节。学校会准备两套人马，如果首选的选手临时出现状况，将会有第二人选替上，作为保险。无论是首选还是次选，最后胜出的，一样拥有加分和奖学金权利。但是除了三年前英语个人演讲，出现过临场意外，从来没有过首选退赛的事情。毕竟同学们觉得无论谁赢，都属于集体光荣，个人的荣誉只是锦上添花而已。

瑾知道自己到了最后的面试环节，内心是开心和担忧各半，拉扯着，思绪万千。开心的是，终于有机会，让妈妈和继父看到发光的自己，她再也不是当年那个不说话的小怪兽了。继父嘴里常常说她没有教养，没有希望，没有前途，甚至一无所有。而妈妈对自己也是不管不问，如果有机会，她希望能够让他们看到自己，她也能够挺着胸膛站在舞台上，和出身优秀的同学一起获得荣誉。

担忧的是，她很害怕在外人面前说话，尤其害怕别人凝视的目光，她会不安，紧张，然后结巴，脑袋一片空白。她几乎没有和同学们打过交道，在集体里的自己就像隐形人，无任何的存在感。这样的人，恐怕在面试环节就被秒杀吧。瑾低下了头，但是退赛，她又不甘心。从小到大，她第一次有了自己想要去争取的东西，豁出去吧，还有时间可以训练，她相信自己可以的。

白杨看着瑾的脸一下红一下白的样子，觉得这个人真的好奇怪，想什么呢，总是上课走神，怪不得数理化总是学不好。但是看见她不停地咬笔，然后额头上密密地出了一层细细的汗。后来她好像是做了一个重大决定一样，呼了一口气的样子，真的，很可爱。那种想求而不敢争取的样子，很像自己。他暗自笑了一下，这个小女孩，究竟经历了什么？为什么身上总是有一种很瘆人的孤独感，灰灰暗暗的，很抑郁。但是这不是以前的自己吗？自救而不可得，所以终日彷徨迷茫。她坐在那里一动不动，阴郁的气息也会散发出来，别人在感受到她的冷漠后刻意疏离。但是自己却是想要靠近，不由自主地想要去帮她，莫名其妙。

是有关三校联赛的事情吗？白杨其实也关注到了，毕竟自己肯定是逃不过的。他不否认，这段时间自己刻意去拉她的数理化成绩。因为他也想到了奖学金的问题。自从那天的事件后，他刻意不再提，其实是在维护瑾的自尊。他看见了她的窘迫，她的无助，但是居然没有看到她的眼泪。

就那样让人随意羞辱也不哭吗？被人肆意踩在脚下的感觉，也已经无法让你流眼泪了吗？如果不是因为已经哭不出来了，恐怕一个十几岁的小女孩，是不会吝啬几滴眼泪的。以她之前的成绩，肯定入不了复赛面试，数理化拖得死死的，就算她现在能过，也不过是靠着出色的记忆力。白杨真的怀疑她没有任何的解题能力，她是不是真的懂解题思路啊。她好像只是拼命把题目记住一样，只要出现过同样的题目，她肯定拿个满分，但是一遇到类似的题目，虽然都是大同小异，她却屡屡失手。硬吃下这几十张试卷的加分题吗？她就不会融会贯通？但是白杨还是没有小看莫瑾的，毕竟这么短时间，她也是下了功夫的。多少次，他看见那孤单瘦弱的小身影，一个人坐在课室里，低着头，不停地写，好像时间就那么静止了。她的脸很白，没有血色，也没有过多的表情，紧锁的眉头好像一个老太太。虽然五官非常精致，但是头发枯黄，没有营养地耷拉在她的耳边和后脑勺上。校服很旧，鞋子很旧，她就像一个过时的物件，真的很不讨喜，让人不想再看第二眼。但是为什么，白杨觉得她是那么的特别？他有点苦恼，这不像自己，自从他决定过一种不同的人生以后，他最讨厌的就是不确定感，他喜欢任何的事情都在他的意料之中。莫瑾就是那个意料之外吗？但是白杨疑惑的是，前段时间，他收到两封信，相隔了一天。第一封写着，六角楼见。KIM。第二封则是，风雨阶梯的三层楼梯见。白杨猜想应该是瑾放的，但是这个KIM是谁？他真的没有一点印象，字迹却一样的，地点却不一样，这是什么用意呢？第一天他看见后，没有去，觉得应该又是哪个女生闹的。第二天的那封，他去了，但是没有人赴约。他回来后，看见瑾没有一点异常，又感觉不像是她。后来比对了一下瑾的字迹，不是瑾的，那么是谁要这样做？还是只是瑾的一个恶作剧？他第一次希望，最后的名单里有莫瑾这两个字。

学校有很完善的硬件设施，不然真的对不起一年十几万元的学费。有两个地方是学校的展示窗口，第一个是学校的图书馆，可谓全市最大，比政府的公共图书馆有过之而无不及。对于一所十二年制的高收费学校来说，也算是放了血本的。但是这么些年来，很多家长还有毕业了的学生的捐赠也大大地增加了图书馆的藏书量。第二就是学校的礼堂，百艺礼堂是最近几年才建起的，能够容纳七百多人，分开上下两层。礼堂气势恢宏，迎接着每一届新来的学子，同时也在这里送出了很多优秀的毕业生。往年没有百艺礼堂的时候，学校都会租借很多的大巴，拉学生去×国际学校或大学附设学校的礼堂里参加三校联赛。这样多少都会因为不是自己的主场而打击士气。今年第一次在X私立学校新建的百艺礼堂里举行，所以对莫瑾这些新手来说，还是多少占了一点点地利的优势。

“瑾，好了，今天呢，我们来特训一下，这是我们在图书馆里找来的历年来三校联赛的资料。我们预测了一下，你有可能占有的席位：集体辩论大赛和四人学科比赛。咳咳，其余两个和你肯定是无缘了。”吴桐拉着谢晓帆还有珍妮，一起拿着一堆资料很严肃地看着莫瑾。

“这样说，我好伤心啊。不过确实是实话，我全身上下都没有一点艺术气质，这才艺肯定是不沾边的了。个人英语演讲那更是不用说了，我这中国式地方特色浓厚的口语，一开口就马上输了。”莫瑾苦笑了一下，自己真的很弱啊。

“好吧，那么我们就在这两个比赛里帮你加强，行不行就看你自己的造化了，施主。”

珍妮笑了一下，指着自己抱的那一大沓资料，然后说道：“集体辩论大赛的论题在这里，因为至今为止只有九届，其实你看的题目不多。但是我们有当年备份的所有正反方答辩文稿，你可以先看看他们的水平，然后你要做的，就是面对这个礼堂，尝试背一整段出来，还有气势和气度，这就要你自己去翻看图书馆里的录像资料了。”

“四人学科比赛呢，主要是全能的考核，题目千奇百怪，估计也得是博览群书的学生才能参加。但是要求反应快，拍按钮的技巧嘛，这个给你，好好收着，秘密武器啊，你回去拍个几百遍，这个反应能力就出来了。这是历年的题目，还有一个今年的题库。”吴帆手上和谢晓帆手上的总和。莫瑾看了冒了一头汗，这也太多了吧。

“面试呢，我们已经出动美色帮你打听好了。你的总成绩排名不错，但是单科排名有差距，所以我们三个猜想，你最后应该花落在集体辩论大赛。而我们三个呢，也各有去处，可能单打，可能混合双打，全看天意了，我们不想落下你一个哦，重点班的四朵金花，必须共同进退吧。”谢晓帆甩手把资料给瑾。珍妮也笑着把资料给她。瑾瘦小的身体马上感到自己承受不了了。

“好啦，我们三天后验收，帮你重点补给，你马上就要上战场了，有没有信心？”三个人看着瑾。瑾扁了一下嘴，大声回答：“必须有，坚决超额完成任务！”

莫瑾看了看这一大堆的资料，顿时头变成两个大。这真会折腾啊，读完这个都可以直接上大学了吧，哪里是能完成的任务？她吃力地把东西搬到一边，准备坐下来，然后选其中的一段试一下朗读。她看着三个远去的背影，唉，想着我也不想拖大家的后腿啊，只有尽力而为吧。三校联赛，能够争取一个替补，也是一个安慰吧。她盘腿坐下来，刚屁股落地，就觉坐到了一个硬物，哎呀就歪倒在一边，回头一看在场景帘里伸出来一只脚。

瑾想着自己的屁股怎么总是那么的倒霉啊。越想越生气，直接把那沓厚厚的资料扔在那只碍眼的脚上，只听到哎呀一声，脚马上往里一缩。瑾冷笑一下，看你欺负我可怜的屁股。“你怎么回事啊，不长眼吗？”白杨从帘后面走出来，还一边揉着自己受伤的小腿。瑾一看是白杨，呀地叫了一声，然后还不等白杨有下一句，资料都不拿，立马两脚起风地跑了，满脸通红，全身火烫烫的。

“莫名其妙。”白杨看见她瘦小的身影，跟一只兔子一样，一溜烟就跑了。

“嗯，三校联赛的资料？集体辩论大赛吗？”白杨笑了一下，这下子有意思了。

晚自习的时候，瑾一回到课室，就看见放在桌面的那沓资料。她想，这下闯祸了，把他腿砸了，这可怎么办呀。珍妮要是知道了，该不会把我处理了吧。一直到晚自习结束的时候，白杨都没有回来。

是瑾把辩论大赛的资料大致捋了一遍。三所学校果然是各有风格的，这么多年来，秉承着自己的教学理念，也自然形成了自己的独特学派。纵观三所学校，×国际学校的校风自由活泼，由于是国际学校，所以老师对学生的思想并没有丝毫的禁锢，反而是鼓励学生集思广益，通常一个论题，他们的论点鲜明独特，言辞犀利，原则性的问题喜欢死缠烂打，一旦抓住了对方辩手的一丝漏洞，就不会轻易让对方脱身。最重要的是，他们的学生非常灵活，喜欢抓着对方的论点借力打力，整体的灵活度非常高。而×大学附属学校是由公办学校再转私立的，现在虽然完全是私人老板投资，自主办学，但整体的师资比例还是公办学校占了绝大多数。所以他们更偏向于公办学校的风格，知识稳打稳扎。历年来辩论大赛都是由抽签决定正负方的，但是总体看下来，×大学附设学校大多数都是抽到了正方，他们擅长引经据典，古文诗词，名人名言、禅宗妙语，甚至广告用词、绕口令、歇后语等等，都巧妙地穿插在辩论中，而且他们的辩手大多现场表现的能力很强，每每唇枪舌剑到关键的时候，尤其被抓住漏洞而被对方咬住不放时，却能巧妙地回避过去，以慢伺机而制人。而我们自己的学校，却刚好在两者之间，在面对不同的对手的时候，一点也不吃亏。关键的位置每一次都有一个“灵魂辩手”，也就是第一主攻辩手。从资料来看，这个第一主攻辩手应该是由老师特别训练过的，具有非常强的洞察力、组织力和应变力。而其他三个辩手都是围绕主辩手存在的，整体队伍有高度的补缺漏洞的默契，通常一个辩手如果被咬住，下一个辩手会马上顺水推舟，表面上认同对方观点，再由第一主攻辩手设置某些符合情理的障碍，使得对方的观点在其障碍下不能成立，并由此得出相反的观点，从而得到对我方有力的结论。所以，能为这个“灵魂辩手”推波助澜的能力是一个非常关键的考虑。应该整个团队都是为了一个论题讨论出几套辩论路子，然后时而分时而合，千变万化却以第一主攻辩手为核心的。九届辩论赛下来，各赢三场，不分胜负，今年鹿死谁手，犹未可知呢。瑾大呼了一口气，看到各校学子的才学，着实让自己打了一个寒战，他们的知识量真的很大啊，涵括了心理学、社会学，甚至法律、政治的问题，光是一个辩论大赛，已经让她很汗颜了。

瑾下定决心了，这段时间好好地在图书馆待着，熏陶自己肤浅而又单薄的灵魂。

不过她确实很好奇，今年的第一主攻辩手到底是谁？无论是谁，这一战足以写在学校的伟大发展史里了。如果能够参与其中，那么三年的初中生活也有一个完美的谢幕了。

接下来，瑾反复斟酌辩论套路，由于题目非常广泛，抽签后必须在三天内就把辩论的资料准备好，然后分三天两两比拼，胜出的两校在第四天进行最后的一战。所以其实就是在四天内准备好所有抽签所得的题目，并记在脑海里，并临场出色地发挥。在这里面，瑾看准了一个并不起眼的角色，这个角色看起来可有可无，但是却起到了一个非常关键的作用——第四辩手。第四辩手的发言通常都会在最后，但是起到了一个总结概括的作用，而且必须狠抓住对方前三个辩手的所有论据和论点，看清对方所走的辩论路线，然后找到不利的论点，主导着战场上二辩手和三辩手攻击的方向和策略，并为整个团队的答辩方向做出重要的指引。这样说来，瑾还是有一点信心的，因为她可以在很短的时间里面记录下对方所有辩手的答辩内容，就算他们的语速快于正常语速的两倍以上，她还是可以轻松地复述一遍的。这样非常有利于自由辩论，因为中间有大概十分钟的时间让两校的辩手准备自由答辩的资料，那么现场上就要靠四位辩手迅速记录下对方在整个辩论过程中提及过的内容，记录得越详尽，就越容易完善己方的理论，并指出对方的谬误之处，或攻或防，至关重要。知道自己的优势了，接下来就是劣势的问题了。瑾完全没有辩论经验，她翻看了图书馆里辩论赛的录影资料，所有的辩手都有良好的嗓音条件和一定的朗诵水平，辩论过程中都有自己的语调和风格，抑扬顿挫，收放自如，能给评委老师留下赏心悦目的效果。这个自己要怎么提高呢？没有实战经验，而自己平常更是连话都不敢说。瑾感觉在这个位置被死死地卡住了，这可不是死记硬背能够迅速提高的。

瑾坐在座位上，伸了个懒腰，然后按住自己的头狠狠地挠了起来，还有两天就要面对另外三朵金花的验收了，这可怎么办啊。

这个时候，有三个高年级的同学站在班室的门外，带头的女生探了一下头，问道：“请问莫瑾同学在吗？我们找她有一点事情。”

全班同学三三两两地抬起头，怎么最近隔几天就有高年级的学生来找莫瑾？该不是她得罪高年级的哪个风云人物了吧？瑾一听，战战兢兢地站起来，回答：“是我。”然后走出了教室的门外。

带头的女生，一看到她，就笑得跟朵花一样，莫瑾的眼眸很清亮，睫毛长长的，好像看着她的眼睛，就能感觉到冬日里的那道暖阳。“哎呀，原来是你啊。”她说着就拉起了莫瑾的手，“嗯，我叫作杨丽欣，高一的，这位是我的同班同学，叫欧阳俊，还有这位是高二的李杰，现在见过面了，我们约个时间吧。这样吧，明天和后天的下午下课后，你去五楼的广播室，我们在那里等你。”瑾顿时一头雾水：“去干吗？”

“嗯？你不知道吗？看来有人还没有告诉你吧，没关系，我来介绍吧。我是第九届的第一辩手，也是同届的最佳辩手，欧阳俊是我们的广播站站长，同时也是第九届的第四辩手，李杰是第八届的第一辩手。本来第八届的第四辩手也要过来的，不过我们三个商量了一下，觉得我们训练你一个绰绰有余了，就没让他来。唉，那个浑小子和李杰整天吵架，太闹了，他们两个要在一起，光是听他们吵就得半小时。你说你们当年怎么搭配在一起的啊？李杰？就这样都获胜，感觉有点太扯了。”

“哪里啊，那个小屁孩整个话痨，我实在是忍不住才回敬他的，好吗？本来那个谁，说把第七届的第一辩手和第四辩手也找来，但是想想第七届是×国际学校赢的第一，所以水平没到，我们也没有去找。不然，这个学校里的三大辩手就集合了，唉，面子真大。”李杰苦笑着摇了摇头。

“你是杨学姐？欧阳学长？还有李学长？我没听错吧？你们太厉害，我完全没有想过你们真人比录像里还要帅哎，真的好崇拜你们。能不能在我这里还有这里签名啊？等一下，我去拿笔。”瑾高兴得都快蹦起来三丈高了，一转身就跑进去课室找油性笔，那么有代表性的人物，必须签名啊。

“呃，你们两个确定，这个女的，在三天内能够出师吗？”欧阳俊皱了皱眉头。

“她要是出不了师，我们三个就等着出事吧。”李杰立马摇摇头，长叹了一口气。

“我觉得她行，这个女孩子有热忱。她要是有信心，我就有。”杨丽欣看着她一阵风跑回来，气喘吁吁的样子说道。

“那么，我们明天见吧。”

瑾好像完全忽略掉是谁在背后帮她，而且知道她的目标是第四辩手。她自己却沉浸在天降神兵的喜悦当中，最近肯定是走狗屎运了。

13

瑾这两天几乎没有怎么睡过，浑浑噩噩的。一上课就忍不住老打哈欠，引得白杨不住地翻白眼。“你真的好吵唉，要不你请个病假回寝室睡觉吧。”他连头也不抬地说道。

“我也想啊，困死了啊。但是我要去百艺礼堂验收啊，明天就要决赛面试了，我失眠很严重，心一直蹦得老快了。要是待会我扛不住，晕倒了，你帮我叫救护车吧。”

“有病自己看去，谁管你。真是好笑，别和我说这些有的没的，没兴趣。”

莫瑾嘟嘟嘴，这人真的好没劲啊，刻薄鬼。但是说起来，在学姐学长们尽心尽力的魔鬼式训练下，自己确实突飞猛进。杨学姐果然不愧是最佳辩手，她的声线柔和却掷地有声，咬字极其清楚。她指出自己的站姿还有整体的形象不足，语音语调的缺乏变化和转折，当然还有在自由辩论环节里面不会运用极速变化语速营造气氛以及调节自己的气息。

而李杰则是侧重于指导她实战经验的。他概括了过往他们失败的原因和要点，同时也点出了他们具体的优势。在整体的战略性安排还有辩论架构，尤其是在接触到论题的那几天里，应该有哪些轻重缓急的准备工作，如何和队友们配合，辩论的环节和过程统统简单明了地解释给她听。至于欧阳俊作为第四辩手，他对瑾真的是刮目相看了，他用快于两倍语速朗读了一篇非常拗口又复杂的文章，瑾居然一次就能在完全没有记录情况下，写下了和原文约八成相符的信息。这已经是他们非常优秀的辩手才做到的，这需要高度的集中力，还有超强的记忆力。他稍微指点一下，瑾就能融会贯通，能做到九成以上，而且重要的内容和细节一点没有落下。她落下的信息都是可以剔除的，判断力非常好，看来这个小女孩的文科成绩应该名列前茅啊。

接下来还有更惊喜的地方，他发现瑾的声音条件非常不错，虽然开始的时候，她说话老是结巴，还紧张到两眼通红。但是和他们三个仅仅相处了一天后，瑾好像完全放下了戒备，她很认真地听他们讲解，还一直做笔记，时不时还会咯咯地笑，露出一边的小酒窝。再上手的时候，她就能模仿杨丽欣了，而且相似度有七成以上。虽然还是自信心不足，经验不足，各种状况的应变能力不足，但是两天下来，三人还是把悬在半空的心放了下来。开始他们听到要帮这个忙的时候都惊呆了，要在两天内加在一起不足十小时的时间里调教出来一个第四辩手，而且在那个人的描述下，瑾还是一个非常愚笨的、天资严重不足的人，他们觉得这绝对是在开玩笑呢吧，但是看到那个人决然的表情，又不能拒绝的时候，也只能硬着头皮扛下来，纷纷表示一定会尽心尽力。

现在回想起来，他们都觉得很好笑呢，这种和现实严重不符的描述，也只有他才能说出来。他们不约而同地觉得瑾完全可以成为一个非常优秀的第四辩手，游刃有余。这也算不辱使命啊。欧阳俊几乎想把瑾招揽到广播站，要知道杨丽欣做一次广播员，排场可不是一般大啊。如果捞到这个态度无比谦卑的小学妹，而她还是任劳任怨的话，这是一件多么美好的事情啊。起码不用看杨大小姐那张臭脸，谁让她的声音犹如天籁那么好听呢？有个七成像也可以啊。他们三个完成任务就赶回去复命了，有人应该要着急死了。

莫瑾出现在百艺礼堂的时候，着实让她们刮目相看。她落落大方地看了一遍一篇辩论稿，然后默念了一下，前后也就几分钟，然后就模拟起来，在语速的调节和音调的控制上，完全看不出来是新手。尤其是在质问的过程中，既没有咄咄逼人的气焰，却又据理力争。吴桐一看，不禁感到她好像在模仿一个人的辩论风格：“这不是杨学姐的风格吗？她还是第九届的最佳辩手呢，当时她的对手是一名男将，一火一水，一急一慢，以柔制刚。那男生语速超快而且气焰很嚣张，动不动就“我请问对方辩友”，杨学姐愣是不紧不慢地抓住他的七寸往死里打，据说当时辩得对方没有一点招架之力。老师们还评价杨学姐的气度超然，不愧是历年来最好的最佳辩手呢。”

“真的吗？杨学姐是我的偶像啊，不过我是看辩论的录像资料模仿的，所以四不像，能够有幸入围就好了，就是当个大备胎，也算没有拉你们的后腿啊。”瑾本来是想告诉他们这两天是受到了高人指点的，但是他们三个都嘱咐她不要说出去，以防大家觉得不公平。毕竟这届初中部的辩手选拔，选的都是新手。他们的目的就是让莫瑾入围，做到就可以了，没有必要节外生枝，而且，那个人也交代了不要提及任何有关他的事情。

“瑾，你让我感到很惊喜，真的，如果我们这次能够并肩作战，那么我就该要开心三天三夜了。”珍妮上前戳了一下瑾脸上那个浅浅的酒窝。

“所以说，强将手下无弱兵啊。瑾，要是你拿到奖学金，我也不讹你钱，每人一根冰棍可好？”谢晓帆说道。

“臣妾谨遵皇上圣旨。”

接下来就是敲定最后名额的面试了，莫瑾其实很紧张，手心都拽出汗了。她不断拍着自己的胸口，一下蹲下来，一下又站起来，突然间转圈，再不然就做几个俯卧撑。愣是把现场另外几个同学给折腾得一齐紧张兮兮的，最后还一起学习起了孕妇生产时候的深呼气、深吸气。

倒是轮到她的时候，一进礼堂里，面对几位老师和学校的领导，还有历届参赛的学姐和学长的时候，却突然间不紧张了，莫名地有一种很相熟的感觉。她的目光刚好落在了坐在一起的三人身上，他们所在的位置刚好在老师和学校领导的正上一层座位上，那么从老师的角度看起来，就像瑾一直落落大方地看着他们。当瑾一开口，三个人不约而同地向她点了点头，瑾顿时感觉自己好像打了鸡血一样兴奋。她缓缓流淌在现场的声线，把现场的老师和学校领导都给迷了个七荤八素的。他们一直窃窃私语，还不住地点头，随后就示意她下去了。

后来又隔了一天，学校的公布栏里出现了这次三校联赛的最终名单。英语个人演讲初中部派出了三名选手，其中有白杨。集体辩论大赛初中部的四名辩手为：第一辩手：白杨，第二辩手：莫珍妮，第三辩手：周则文，第四辩手：莫瑾。才艺比赛的领导小组初中部派出三位，其中有莫珍妮和谢晓帆；最后的四人学科比赛参加的选手中还是有白杨，而且还是队长，另外一位是吴桐。还有后备组员若干。

公告一出来，整个初中部都炸了锅。一个新转来的学生，居然扛了联赛的三支大旗？简直匪夷所思啊。大家都表示这次的比赛非常有看头，不大获全胜，就是满盘皆输。尤其第十届还是第一次在自己的主场地，哪位校领导走的一步险棋啊，这白杨该不是想一举获得学校最值得关注的风云人物排行第一吧。

莫瑾可没关注这些，她开心得说不出话来，不是后备选手，而是正选。她第一次走出来，站在大家的面前，这种兴奋感和愉悦感，充斥着她每一个细胞，每一个毛孔。那么她将会获得两张家长席位的门票，终于可以请妈妈和继父来学校看看自己的表现，她想用行动告诉继父，她不是孺子不可教也。她莫瑾也可以很出彩的。

白杨没有去看公告栏，他也是上晚自习的时候才知道的。当他知道自己要参加三个比赛的时候，闭着眼睛嘀咕道，这学校不是没人可用吧，这样得把我往死里整，这得多少天不睡觉啊。但是当他看见莫瑾的名字和他的名字同时出现在集体辩论大赛的时候，心里却是一阵阵的悸动。这个莫瑾，还有两下子嘛，看不出来，就她那种胆小怕事，整天一惊一乍的性格，居然还能稳当地选上第四辩手。她从下午开始就一直挂着难得一见的笑脸，还有她因为睡眠不足而不停揉眼睛的那个小动作，白杨觉得一点都不讨厌。

“白杨，你要关照我啊，现在我们可是坐在一条船上了，多多指教啊。”

“白杨，你说你得几天不睡觉来准备三场比赛啊，你不困啊？”

“白杨，你说另外两所学校的辩手是不是很厉害啊，我们有把握吗？你可是第一主攻辩手，领导人物啊，我可是听你指挥的。你不用对我客气啊，你就往死里训我，好不好？”

“莫瑾，你今天话好多，好像一只苍蝇在嗡嗡嗡，我怕我忍不住拍死它。”白杨翻了一下白眼。

“我打扰你啦，队长，我马上关小音量。”瑾吐了一下舌头。

还没过一会儿，她又来劲了：“白杨，我听说了，这次×国际学校的第一辩手也是一个很厉害的学霸呢。你说你们两学霸，火拼会不会很过瘾啊，尤其你还有我这个拖油瓶的学渣，看来你胜算不高啊。”

“白杨，那个我们明天开始训练还是后天啊，要不后天吧？我最近几天精神状态很不好啊，几天没睡，感觉自己在踩云。”

“莫瑾，你要是再不闭嘴，你信不信我一巴掌就能拍死你？”

瑾听到了白杨恶狠狠的投诉，瞥了他一眼：“真是矫情。”

莫珍妮这个时候也是非常兴奋的，终于可以和白杨站在一起了，这种感觉真的很好，接下来的三个星期，他们都将会经常一起。这种天时地利人和都上佳的情况下，要是能够稍微生一点情，哪怕是友情，就好了。

她心里其实一直都有结的。那天她在阶梯教室看到白杨的草稿本的时候，不是因为那告诉莫瑾的愚蠢理由，而是，她隐约看见了白杨在画一张速写的简笔画。而那张画分明是一个女生，而且画中的少女正是穿着自己学校的校服。所以，她想拿到手上看看，那到底是谁？可是当她拿到了的时候，却发现那张简笔画里的女孩是背对着蹲在地上的，根本看不出来画的是谁，然后她仔细地翻阅了一整本草稿都没有发现其他任何线索。草稿里都是一道道的算数题或者是物理化学题，时不时夹杂着一些课本里没有的英语单词，看来他在高强度地背着英语单词。在每一页的页眉都有日期，然后就是很多的时间，每一天都是不定时的十个不同的时间。这到底是什么意思呢？后来珍妮渐渐发现，白杨对瑾很特别，感觉好像特别不喜欢，很厌恶。她也说不上来是为什么，照理来说，莫瑾是非常担心怕事的个性，这些年她常常无声无息地在自己的身边，就像时时刻刻都守护着自己一样，只要自己需要，她都会在。

这样的人，怎么会招人讨厌呢，不过是像一杯白开水而已，你不喜欢，也不会有想倒掉的冲动。但是白杨却很厌恶，动不动就对她恶语相向，莫瑾好像也没有往心里去。这样的两个人不应该有交集。珍妮为了确定这件事情，特意叫莫瑾送了两封信给白杨。KIM，其实是她的英文名字，不过她很少用，知道的同学也不多。白杨转校过来的，他不知道并不奇怪。所以第一封信，他看到了没有去，很正常，谁会去赴一个根本不认识的人约呢？但是第二封署名是莫瑾，假设白杨是讨厌她的话，为什么他会赴约？这有点不合情理。根据珍妮对白杨的了解，他收到那么多的情书里，各个年级都有，有学妹也有学姐，但是他从来都没有特别关注过谁，甚至有人说，他情书一封都没有开封过。珍妮有一点不安，但是来日方长，总有一天白杨会知道，谁是KIM。

瑾，你可知道，你想要什么，我都可以让你。你是那么瘦小，无助，而那样的你却这样不顾一切地护我，如果可以，我什么都愿意无条件地让你，无条件地给予。我想对你做到无私，可是终究却是不能。要是以后的以后，我们最后成为擦肩而过的人，我想我应该会后悔的，因为我知道你的内心是怎样对我，你能做到舍，而我却只能得。

莫瑾，如果有千万的可能，我只想做到不伤你的心。因为我感同身受，我希望我们都能变得强大起来，强大到哪怕互伤，却永远不会遗忘对方。你说有可能吗？我不希望他的眼眸里凝视的那个是你。那么我就不会有那么多的顾忌。我能肆意地掠取，可以毫无顾忌地耍手段。但是我却不能这样对付你，求而不得，却又无能为力的失控感，很不好受啊。

珍妮暗自低下头，思绪万千，可是最后，她还是宽心了。这个小姑娘，已经不是那个第一次遇见的她了。那时候的小困兽，无时无刻不在防备，与生俱来的孤寂和冷漠，她眼里无尽的绝望，能够让人退之千里。有时候，她能这样坐着一整天都不说话。一块巨大的冰山，纵使夏阳如何炙热也融化不了的寒冷如冰的外表，终究在岁月中打破了桎梏而蜕变。这种破茧成蝶的成长，我该是有多么感恩。莫瑾，你一定要好好的，变得越来越坚强，哪怕以后我伤你了，你也会坚强不倒，也会坚强到不会忘记我，你说你能做到吗？

莫瑾这两天都闷闷不乐，这白杨是不是有点太不靠谱了呀？怎么也不见他组织一下队员们来个集合，然后让大家在他的英明带领下，进行个什么阿鼻地狱式的特训，再摇身一变成四大金刚，把那两间学校的辩手打个落花流水。为什么白杨每天上课的时候，睡觉的时间越来越少了，这死孩子以前一睡就三节课，动都不动。现在却是睁着眼睛频频走神？眼睛下一片瘀青，而且他怎么有一点手抖呢？感觉他抓笔的时候，都有一点迟缓，他到底怎么了？

"白杨，你还好吧？"瑾小心翼翼地询问，她的声音很小，小到她自己都听不见了。

"少多管闲事，你管你自己就好了，事真多。"白杨却还是听到了，他不紧不慢地回答道，还是那样的尖酸刻薄，不留情面。

"哦，你没事就好，时间不多了，如果你需要我做些什么准备，千万要往死里整我啊，我可是指望奖学金的人啊。"瑾两眼发光的求虐中，那种表情，就好像你今天要是不把我虐个死去活来，我就不放过你一样，滑稽搞笑。

白杨不禁嘴角微微地动了一下说道："你在四十八小时内，去把近半年内的所有社会热点话题，各种领域和范畴的都不要放过，重点在能够引起公众关注或者能够大范围造成公众讨论的。"

"得令，微臣一定不负皇上的厚望。"瑾双手合起，做伏下身的领旨状。

"就会古灵精怪。对了，还有一件事，你下课后去二班找一下周则文，他是三辩手，文笔极好，和×大学附设学校的辩论风格异曲同工。我们第一场要是对X大学附设学校的话，辩论的套路方面主要以他的意见为主了，见一下他，顺便体会一下自己的渺小。"

"你看来真的没有啥事嘛，安排妥当之余还不忘损我。"瑾用力拍了白杨的肩膀一下，然后咯咯地大笑起来。好久了，没有那么如沐春风。好像她的身边突然间出来了好多好多的人，或是朋友，或是学姐学长，或是队友，或是他。一刹那，十几年来的孤寂烟消云散。原来不是命运之神的不眷顾，而是她自己关上了那扇有一切可能和奇迹的窗。

莫瑾像打了高强度兴奋剂的运动员一样，开足马达地把半年以来的所有热点话题搜索了一遍，然后按照日期和地点以及造成的影响等因素做出了一个整理，从上到下，一目了然。她很满意地把所有资料放在了一个文件夹里，然后去找白杨，可是白杨下午课一上完就跑了。瑾绕着学校找了一圈都找不到他，通常这个时间，男同学们都会聚集在篮球场和足球场做运动，但是这两个地方也不见白杨的身影。他到底跑哪里去了？她想了想，脚下却不自觉地走向了百艺礼堂，感觉好像他就在那里。

果然去到礼堂的舞台，瑾就感觉背景帘后坐了一个人，不禁想起那次自己把一叠厚厚的资料扔在了白杨的小腿上。当她走到帘后，看到白杨的时候，她都快惊呆了。白杨满头大汗，脸色发青，头发都快润湿透了，然后拿着一堆稿件的手不住地一直在抖，身边放了几个矿泉水瓶，显然是他一直在大口灌水。这样狼狈的样子，好适合这个死孩子。瑾感觉下一秒自己都快笑出来了，但是她却又看见白杨另一只手抓着两瓶药，马上就笑不出来了，难道生病了吗？

白杨一看到瑾疑惑又迷茫的表情，张大嘴，半天都说不出来一句话的样子，感觉一点都不吃惊，好像他知道瑾会找到他一样，早有预谋。他放下手里面的稿件，然后从裤袋子里掏出来一包纸巾，拿出一张，很优雅地打开，擦拭了一下脸，马上纸巾就湿漉漉得能够拧出水来。

“来啦啊，真慢。”白杨淡淡地说。

14

“白杨，你到底怎么了？”瑾半天才挤出来一句话，感觉下半身都有一点麻了，她很缓慢地在白杨身边坐下了，中间间隔了一个人的位置。不远不近的距离，不亲不疏。

“反正不是绝症。”白杨自嘲道，他又继续喘了几口大气。

“我猜你也死不了。”

“少咒我，资料放下吧，我先看看。”白杨说完就把头往墙上靠，眼睛闭上。

瑾看着他，什么也不说，一直坐着，没有发出一丝声响。空气好像突然凝住了，不流动，让人感觉到闷热而喘不上气。白杨一只腿曲着，另外一只舒展着，两只手下垂，头倾斜着。他的脸很苍白，唇上很干，皱皱的、没有一点水分。礼堂外的喧哗声不断，但是在他们之间却是那么寂然。不知道过了多久，白杨睁开眼，转头看了看一动不动的瑾，她那么瘦小，身子很单薄，小手紧紧地拽着一份很厚的资料。她欲言又止的表情，搭配着她那光秃的额头，很不相称。白杨突然间觉得她咯咯笑的时候那个浅浅的酒窝很好看，好像百合花一样，内敛而不张扬。

“我其实，有病。”白杨顿了顿，他并不想让别人了解自己，那种感觉就好像被人抽丝剥茧，被解剖，外层的皮被生生地撕扯着。每个人都有属于自己的过去，不容外人窥视的阴暗面。但是他却想告诉瑾，他好像一叶扁舟，在漂泊了千万里后，突然看见一个码头，忍不住急切地想要靠泊。

“看出来了，你有精神病。不然为什么老喜欢虐我？”瑾不禁打趣，她想活跃一下气氛，她已经不习惯被这种死气沉沉的气氛所包围。那种丝丝缕缕拖人下坠的无力感，萦绕着，好像你越挣扎便越缠入其中，慢慢地越来越紧，直到呼吸不了。

“你怎么知道的？”白杨苦笑着，是啊，他那么不正常，她怎么就猜不出来呢，应该没有谁会一直问时间，明明有壁钟，却那么害怕看到。

“我，猜的。”瑾有点愣住了。白杨，是在和我开玩笑吗？

“我不是开玩笑。”白杨看着瑾那双其实很明亮的眼眸透露出的疑惑，他的脸上挂满了晶莹的汗滴。他是认真的，第一次想告诉别人，他也并不是无坚不摧，坚强如铁，无所不能。

“白杨，如果你不愿意，不要说。”瑾懂他，那种委屈，就算自己再受一百遍都可以一笑而过，唯独说出来，却比受着要难百遍。

“我有抑郁导致的强迫症，所以才转学的。有一段时间家里发生很大的变故，我的精神压力很大，每天晚上都会失眠，严重到我控制不住自己，直到有一天，才发现，我的精神状态已经崩溃了。后来接受了一段时间的治疗，已经好了很多，我也学会了放宽心看很多的事情。这个世界上没有什么事情是过不去的，也没有什么人没有了是活不了的。所以，我想强大起来。我不喜欢被控制，被掌控。我想保护那些对我来说很重要的人，成为他们最坚强的盾，为他们挡去一切的不幸。那种感觉很强烈，我就这么走过来了，恐怕自己还不够努力，还不够强大，还不能为别人遮风挡雨。我是不是很没用？我只要一看到时间嘀嗒嘀嗒的转动就会害怕，就会紧张，会说不出话。我很害怕它走了，而我却抓不住它。我不能自己看时间，却一直要别人帮忙告诉我，这样的我，是不是很失败？”

“但是，个人演讲，是要限时的，你无法避免要看倒计时器，你害怕对吗？”瑾看着白杨，猛然间才发现，那个外表如霜的少年，在自己第一次坐在了他的旁边的时候，他便已经全身心地卸下了所有的防备。他就那么一直不断地问自己时间，就那么嗜睡，就那么肆无忌惮地信任着自己。她那一刹那突然觉得，白杨和她一样，那么的懂对方却又不自知。

“嗯，我在练习，应该能克服的，不过现在还不行，如果看时间长了，会忘词，哈哈，我也会忘词啊，你说要是在现场的话，会不会很好笑啊，估计老师们要被我气吐血了吧。”

“白杨忘词，是会很好笑。像你这种背字典的学霸，临场忘词，估计你一辈子都会被笑话。”

“所以，吃镇静剂，会让我控制得更好。可惜，嗜睡很严重。恐怕扛不了那么多天，精神会有点崩溃呢。”白杨摇了摇手里的两瓶药剂，哗哗的声音掩饰了他的无奈。

“不要吃，我帮你。”瑾一手把药瓶抢过去，很坚定地说道，“白杨，你不是一个人，你还有我这个忠诚的队员，我们一起来想办法好吗？”

“有办法的话，我早想到了，你那个脑袋，能够想到什么啊？”

“总会有的，白杨，你不是一个人。”瑾把手里的资料递给他，然后咯咯地笑了，又出现了那个可爱的浅浅的小酒窝。

“好。”白杨点点头。

“作为交换，我也要告诉你，我的秘密，这样才算互不相欠啊。不然，我可保守不了你的哦。”瑾突然想什么都告诉他，那种信任感和依赖感莫名其妙地蔓延。心里一直有一个声音，大声地疾呼着两个字：信他。

“我的家庭很复杂，我妈妈结过两次婚。我有两个叫爸爸的陌生人，还有一个同母异父的妹妹。我的亲生父亲不喜欢我和妈妈，常常家暴，把我们打得死去活来，后来我妈妈为了可以离开他，所以就把我扔下了，她不要我了，跟别的男人跑了，我就一个人受着两个人的苦。后来唯一爱我的爷爷去世了，我爸也不想养我了，就让她把我接了回去。而现在的这个继父也不喜欢我，嫌弃我在家里弄脏了他的眼，所以我就来这里啦。我是一个妈不爱、爸不要的人。所以你说得对，世界上没有什么过不去的事情，也没有什么人没有了是活不下去的。那年我爷爷死的时候，我就知道了，再痛，也要一个人走下去，我们来到这个世界上，本来就没有想过活着回去，不是吗？”

“嗯，好好活下去，这点事情，还不至于让我们过不去的，大不了，就死回去嘛！”

“对，让那些小看我们的人睁大眼睛好好看看，就算是小草也有一天会变成参天大树的，宁欺白头翁，莫欺少年穷！”

“好，就让×国际学校和×大学附设学校的好好看看，杀他们个干干净净！”

两个人都被自己的豪言壮志笑到了，原来信任，很简单。

这一天，瑾很多年后还是深刻地记得，这个改变了她一生的少年说的那句话，没有什么人没有了谁是活不下去。从一开始，他就告诉她答案了。白杨掩盖的问题实际上要复杂很多。他的病并不是那么的简单，只是一直潜伏在阴暗处，蠢蠢欲动，就连白杨自己，都对生命或多或少有着疑惑。有一些情感，从青涩到成熟，从无到有，从浅薄到深厚，从疏离到亲密，从陌生到熟悉，有的人是一刹那，有的人却耗费了一生。

很快，还有一个星期就到三校联赛的日子了。参与其中的同学们精神都高度集中。在最后的一周里，班主任还批准了他们几个人的功课不需要上交的特殊待遇，还交代他们一定要放松心情，不要有任何的心理压力，轻装上阵。教导主任还预留了阶梯教室、舞蹈室、实验室和电教室给四个比赛项目的同学在下午下课后使用。白杨就比较辛苦了，他一个人要跑三个不同的课室，来回也耽误了不少时间。

午饭的时候，瑾一个人先去饭堂吃了，她刚一坐下，还没有吃两口，白杨就突然一屁股坐了下来。

莫瑾怔了："你干吗？赶紧滚回你们男生那边吃去。"

白杨刚想吃一口饭，猛然间听见莫瑾这么一说，不禁四周看了一圈，饭堂里的学生来来往往，倒也不是说很多人看见他们坐在了一起，但是看到的同学不禁目瞪口呆地看着他们，甚至有好些人开始窃窃私语。男生女生吃饭的地方，一直都是分开的，雷打不动的规矩。

白杨眉头一皱，他向男生的那一边看去，然后点点头。马上就有几个男生不情愿地拿着饭盘走了过来，然后在瑾和白杨的周围坐下来。

"这样可以了吧，就你这样的看起来跟个男人一样，没关系的，没有人看出来你是个女生。"白杨看了看莫瑾的"三无"身材，低头笑了一下。

"你，你赶紧滚，不滚是吧？不滚，我滚可以了吧。"瑾恶狠狠地瞪了白杨一眼，马上准备起身拿着饭盘走。

"坐下。"白杨不紧不慢地说道。

瑾一动不动，就那么站着，不依不饶。

"坐下，教导主任在你的十点钟位置走过来了，不想被发现的话，赶紧坐下。"

"不早说！"瑾一下被吓住了，赶紧坐下，低下头，使劲地把饭拨到嘴里。

这个时候，莫珍妮她们三个也到了饭堂，看到几个男生围着白杨和莫瑾在吃饭，白杨慢悠悠地吃着，举手之间，感觉是在享用着米其林三星的法国大餐，而莫瑾则是低着头使劲地扒拉着一堆饭，一片狼藉的桌面，就像在吃大排档。

"瑾，我们能坐吗？"珍妮看着低头猛吃的瑾。

瑾一抬头，满嘴的油还有饭，塞了满满的一口，她好像看见救星一样："坐，赶紧坐啊，吓死我了，教导主任走了没有？心脏病都要出来了。"她一边说，食物一边往下漏，满桌子都是。白杨看见了，一脸的厌恶，不禁拿出一张纸巾，捂了一下嘴。

珍妮看得一清二楚，她笑了一下，就和谢晓帆、吴桐坐下了。一堆人坐一起，各自吃着各自的，没有人说一句话，有一点尴尬。

"白杨，不介绍一下嘛，都坐一起吃饭了，我好像只是认识莫珍妮，学生会主席哎。”一个男生打破了沉默。他长得非常阳光，很健康的感觉，皮肤小麦色，头发是一边剃得很多，一边剃得很少的那种很流行的发型。他有一双眯眯眼，一笑的时候，眼睛几乎被埋没在面部肌肉里，鼻子高高的，很好看。

白杨不出声，他没有一边吃饭一边说话的习惯。倒是莫瑾马上紧凑地回答道：“这位同学好眼光，这位大美女就是我们鼎鼎有名的学生会主席，莫珍妮，这位是谢晓帆，而这位是吴桐，不知道你怎么称呼啊？你校队打篮球的吧，中锋吗？还是后卫？长得挺高的嘛。”

“我叫……”廖明宇还没有说完自己叫什么名字。白杨就眉头一紧，很大声地说道：“有空和帅哥搭讪，不如赶紧回阶梯教室整理资料去，不知所谓。”他故意提高音量，引得周围的同学都不住地回头往他们这一桌看过来。

“你喊什么啊，吓死我啦，这位同学啊，我们下次再聊啦，白杨要发作了，我赶紧得回去弄资料。”莫瑾不好意思地站起来离开。

“那你叫什么啊？几年级几班的呀？”廖明宇打趣道。

“我叫……”莫瑾还没有说出来自己叫什么，白杨又大声来了一句：“你有完没完啊，是不是要拖后腿啊，输了是不是你负责？”

瑾吓得一溜烟就跑了，头也不回，一百米冲刺的速度奔向阶梯教室。

莫珍妮她们看得一愣一愣的，看来，白杨真不是一般地讨厌她啊。

“白杨，我刚想找你来着，其他两校的参赛选手的资料我们已拿到，回头你看看吧，知己知彼才能百战不殆啊。”珍妮轻轻说道。

“好，回头我看看，你们慢慢吃啊。”然后也起身走了。剩下的几个人才呼出一口气，然后聊了起来。珍妮却只是有一句没一句地嗯着，也没有太多话说。

白杨看了看手里的资料，不禁皱了一下眉头，然后想了一下：“周则文，这个人，你了解吗？”周则文接过资料看了一眼，说道：“×国际学校倒是有一个学霸级的人物，但是没有见过，不知道是不是同一个人。”

莫瑾马上往前凑，一手拿过资料，不禁目瞪口呆：“白杨，你遇到对手了，他是上天派来打败你的吧，克星啊。”

“嗯，确实是个人物，一个人挑四项比赛，确实不容小觑。”珍妮回答道。

“同时他也是第一主攻辩手，看来和×国际学校有一场恶斗啊。”周则文不住地点头。

白杨翻了一下白眼，要不是他精神状态的问题，他挑四项比赛也是手到擒来的，哪里轮到他在耍宝啊？他用纸巾捂了一下嘴，然后说道："周则文，你去高一年级里找一个叫陈扬的学长，就说是我让你去找他的，他原来初中就是×国际学校的，后来高一转学过来的，问问他，这个人什么情况。"

"好，我马上去。"周则文转身出门。

"莫瑾，你把下面这二十个热点话题着重地梳理一下，把大众的观点偏向都具体罗列出来。"

"珍妮，你和我一起把辩论技巧再捋一下，晚自习的时候，我们两两对战，试一下大家的配合度。"珍妮点点头，眼睛里尽是佩服。

没有一会儿，周则文就气喘吁吁地跑了回来："领导，我回来汇报工作了。"大家都停下手上的工作，静静地听周则文说："这个王景逸是思科集团的太子，思科集团我就不用介绍了，我们市里唯一一家三甲私立医院就是他们集团旗下的产业，他们的手伸得很长，医药、医疗器械这些领域都有涉及。但是王景逸从小就受到了严格的教育，据说他小学有一两年就是在国外念的。他擅长多种乐器，能说一口很流利的伦敦腔英语，油画也听说多次获得国际上的奖项。他一进×国际学校，就已经一石激起千层浪了。而对我们最不利的就是，他从来没有过辩论经验，也没有表露过实力，所以我们根本不知道他能力的深浅，不过有一点可以肯定的是，×国际学校都已经放话出来了，这次的辩论大赛，他们如囊中取物，志在必得。"

"这也太厉害了吧，全才吗？这些人都不知道什么构造？"莫瑾用余光瞄了一下白杨。

"言过其实啊，我们不要长他人志气，灭自己威风，按照他们的打法，谁赢还不好说。"白杨缓缓说道。他心里一直念着王景逸，还是原来的那个你吗？那么多年没见了，不知道究竟有何长进呢？我倒是开始期待着与你相逢的日子了。

"白杨，你的英语个人演讲准备得可以了吗？"珍妮担心地询问，其实她想说，有什么能够帮忙的，不过这一句话呛住了，没有说出口。

"嗯，万无一失。"白杨回答道，但是却看了莫瑾一眼。莫瑾没有发现，正在埋头整理手中的资料，她觉得面对这么强的对手，不容忽视。

15

“同学们，明天我们就要参加三校联赛了，这一个月来，你们都付出了很多，明天就要到收获的时候了，你们准备好了吗？”教导主任拿着麦克风，大声而又富有激情地说道。

“时刻准备着！”台下的回答声震耳欲聋。

“再大声一点，我听不到你们的自信！”他继续鼓动。

“时刻准备着！”台下的回答声汇聚成一股巨龙，一直萦绕在礼堂的每一个角落，然后不断地回荡在每一个人的心房。

“非常好，我们明天就展示出×私立学校的校风和精神面貌给我们的对手们看看，无论输赢，以理服人。”

“大家回去好好休息，保证睡眠质量，明天七点，在百艺礼堂集合，这是本次三校联赛的时间安排表，各个年级的参赛队员自己要心里有数，每一项比赛前的两小时为集合时间，大家要严格遵守。要以集体的共同利益为前提，希望大家能够赛出水平，赛出风度，赛出成绩，为我们×私立学校增光。”副校长也用洪亮的声音说道。

大家摩拳擦掌，好像下一秒就要登台比赛一样兴奋。

解散后，大家都三三两两地回宿舍休息。白杨看了一眼人群中的莫瑾，笑着点了点头。莫瑾也很默契地向他点了点头，然后转身回宿舍。

夜里的风有点凉，已经过了十月，开始步入秋天。学校的花也随着季节的变换，重新换装。由于明天是非常重要的日子，花儿们都知晓人意似的纷纷展露柔美婀娜的身姿。晚风迎面拂来，沁人心肺。

莫瑾喜欢这样宁静安逸的秋夜，从礼堂回到寝室那段路变得漫长起来，她特意放缓了步子，大口呼吸夹杂多种气味的花香。明天的第一场英语个人演讲比赛，瑾不知道为何，万分期待。白杨一定会旗开得胜的，他优秀得足够亮瞎世人的眼，年轻的少儿郎终会有一天发出如火般炙热而永不熄灭的光芒。瑾开始有一点明白，世界上没有一种成功是可以唾手可得的。所有不为人知的艰辛和努力，堆积成山，最后才汇聚成别人眼里那种目空一切的胸有成竹。

白杨这几天几乎是靠红牛扛下去的，每天在图书馆里查阅大量的资料。他咬两口面包就着矿泉水用力咽下去，然后继续若无其事地拿着一堆稿件默念。他有一句话说得很对，人生并不可以重来，所以不要走让自己后悔的路。时间的轨道已经为我们无限的人生制定了很多有限的可能性，它是慷慨的，同时也是吝啬的。

就好像女人不可能在古稀之年还能怀孕一样，她只能在有限的年华里孕育和繁衍，残忍却决然而然。在少年的年华里，在拥有最好的时光和条件下，只有孜孜不倦地吸取那浩瀚而无尽的知识，让人生的厚度一层又一层地增加，才能获得别人无法窃取的财富。付出和得到未必是正比，但是努力过才能无悔。

莫瑾感谢那些人，让她贫瘠的人生增加一点点争取幸福的筹码。起码，她的内心之泉不再枯竭，人性的情感满满地填满那些横七竖八的伤痕，她仰望天空，感受自己的渺小。她是幸福的，伸手一抓，仿佛那救赎之绳已然握在了手中。

七点钟的天已经很亮了，不时有鸟儿的鸣叫刺破长空，此刻却是悦耳的。同学们已经按时在百艺礼堂前集合了，大家都是精神奕奕的，期待着另外两所学校同学们的到来。学生会也安排了三个部门帮忙，外联部、体育部和文娱部。外联部部长已经带领该部门的学生们到门外迎接；体育部部长则带领着各大体育项目的校队在维护现场秩序；文娱部部长则有条不紊地查看百艺礼堂里的各种设备、舞台布景以及座位安排，同时也负责各大学校的领导现场迎接的工作。瑾不禁感叹，高中的时候，自己也应该要找一个部门落脚，能够参与大型的集体活动，也是一种历练啊。就现在的自己，进入社会恐怕也未必能够生存，社交能力实在是太弱了。

这个时候，×大学附设学校的学生代表到了。他们的校服很正统，男生穿的是黑色的礼服，里面是白色的衬衫，打着带有校徽图案印底的粉红色领带，白袜子，黑皮鞋。女生是过膝的黑色长裙，白色衬衫，戴着同样花色的蝴蝶领结，白色袜子，黑色皮鞋。他们每个人都是一脸的高傲。初中部领队的正是他们的学生部部长——洪旭。他个子不高，一书呆子的样子，戴着一副厚厚的眼镜，很清秀、儒雅，不会让人感觉丝毫的压迫感。而他旁边站着的女孩子应该是学生部副部长赵之欢。未见其人已经听到了一阵阵风铃般清爽入耳的笑声了。她的五官很平均，但是凑在一起的时候，却是恰到好处，一看就是走气质少女路线的。她一边和身边的同学交流，感觉好像是在鼓励着，还是安慰着身边的一个女同学。他们队伍里倒是有一个人挺好认的，根据莫珍妮提供的资料应该就是身高最高的队员，同时也是体育部部长陈立辉了。他高高的个子，非常突出。他眼睛大大的，两条又浓又粗的眉毛，挺立的鼻子，还有微翘的嘴巴，虽然不是白杨那种第一眼就会吸引人眼球的帅气，但也是相当引人注意了。

瑾的队伍里有很多女生都在偷偷打量起他来，想起自己学校的体育部部长，纯一体育特长生，相比别人的能文能武，顿时矮了一截。这个时候，×国际学校的学生也到了，一看就不一样。他们的校服非常好看，集体走来，乍一看都是俊男美女，那强烈的青春气息，差一点能呛死人。细看之下，男生穿的是浅米色的格子衬衫，外面套了件很薄的白色针织背心，然后白色的西裤，黑色的牛津鞋。女生穿的就更好看了，白色的衬衫，外套一件薄的米色毛衣外套，然后浅米色的格子百褶裙，长度刚好到膝盖，长白袜加牛津鞋。走的完全是英伦风嘛。所以“人靠衣装马靠鞍”这句老话还是有道理的，光是校服这一道已经见了分晓。

莫瑾再看看自己穿的，白色水手装再加上蓝黑色格子的裙子，长度也是到膝盖，长袜子，黑皮鞋，虽然不是老气横秋，倒也不会活泼可爱，走的是中庸路线。倒是白杨穿得就格外显得英气十足，他个子本来在初中的男生里就显得高，不算很壮，一看就不是走体育路线的；穿着蓝黑色格子的西裤，白色衬衫，外加一件格子西装外套。他把裤子的裤脚叠高了一圈，本来宽松肥厚的难看西裤，一秒变吊脚西裤，然后搭配皮鞋，倒也是赏心悦目。他站在队伍的前面，淡淡地注视着前方，没有一丝的紧张和局促，想必他很有把握。

当×国际学校的队伍走近的时候，瑾一直在期待那个一人挑四个比赛的学霸到底是什么尊容，总该不会又是一个会读书又长得帅的吧，老天爷不带这样玩儿的。她刚想转过头问吴桐，谁是王景逸的时候，突然就被人大力地拍了一下肩膀。她吓了一跳，话还没有出口，一转身就看见一张非常帅气的脸，坏笑着看她，不怀好意。

“你谁啊？干吗拍我啊，我又不是大蒜。”瑾嘟起嘴。×国际学校的学生，很没有礼貌哎。

“你认不出我吗？可能我没有戴眼镜，今天为了比赛带了隐形。哎，赵耀明，你眼镜借我一下。”然后他一把抢下了一个矮个子男生的黑框眼镜就戴上了，然后很得意地说道：“那现在呢？”

莫瑾左右打量了他一下，然后捂着嘴嚷道：“是你，是你，那天那个跳墙男。”然后咯咯地笑起来了，“哎，你脚没事吧，没把你摔瘸了吧，还是脑袋顺带摔坏了？”

“跳墙男，你不是叫我吧，好难听啊，真丢脸。本来想着来学校比赛完再去找你的，没有想到在这里就找到你了。不错嘛，参加哪个比赛啊，想当我的手下败将吗？看在你救过我的分儿上，我就不让你输得那么难看，如何？”他看着莫瑾笑着说道。

“哇，口气真不小啊，跳墙男，鹿死谁手，还犹未可知呢。不要以为你们学校有那个叫什么逸的高手就稳赢，我们学校可是有白杨。”瑾看着这个男生，他身高和白杨差不多，没有白杨秀气的面部线条，但是他棱角分明，鼻子很高，笑起来会露出很白的牙齿，很阳光的笑容，眼睛大大的，双眼皮很深，一看到底的眼眸，深邃的眼睛里透露出那种得天独厚的自信，也是一个很帅气的男生。原来相由心生是很对的，他们的自信浑然天成，所以从里到外，都让人如沐春风。

“原来我的名声在外啊，真是好酒不怕巷子深。那就等着吧，让我看看，你，莫瑾有什么能耐，能不能让我也跌一下眼镜。”王景逸一边说一边把眼镜抛回去赵耀明的手上。

“还有，我不叫跳墙男，你从今天开始给我记住，我叫王景逸。”他转身就走到队伍的前面，他身边的女生，从上到下地打量莫瑾，然后翻了一个白眼，跟上了王景逸。

莫瑾眼珠子都快要跌出来了，她马上要动手给按回眼眶里面，他就是王景逸，玩我的吧？吴桐用手肘撞了莫瑾一下：“喂，你什么时候认识大名鼎鼎的王景逸啊？你该不是通敌卖国吧？莫瑾你现在能力真的不容小觑啊！”

“想不到王景逸长得很帅嘛，还是学霸，这种人真的会遭人嫉妒啊。”谢晓帆也打趣道。

莫珍妮只是注视着她身边的白杨，看见他注意到身后的动静，转头看了莫瑾和王景逸一眼，然后面无表情地又转过去。

三个学校的学生们都到齐了，各自站在属于自己的队列方块里，每个人脸上都是神采奕奕。白杨、王景逸先是相互看了对方一下，然后面对面走到了一起，相互击了一下拳头：“白杨，久仰大名啊，今日一见，不过如此啊。”“彼此彼此，我期待你今天出色的表现。”

然后洪旭也走了过来：“今天第一场比赛的是英语个人演讲赛，我没有参加，不过很期待你们两位的出色表现，不知道哪位更胜一筹呢。”他推了一下脸上的眼镜，笑着说道。

“待会就知道了，也不用费力做这些口舌之争。”王景逸想举手拍一下白杨的肩膀，但是手举起来又放下了，想必他也知道白杨有洁癖。毕竟他们是旧相识，白杨的喜好，他怎能不了解？不过能够和白杨同台竞技，也是一件让人激动的事情。

白杨转身回到自己学校的队伍里，那种懒洋洋的表情，让人看着有点不爽。百艺礼堂的大门一开，三个学校的学生就有秩序地进入了会场。然后是三个学校各个班级的学生代表、老师和家长都陆续进场了。

莫瑾紧张地挤进队伍的前端，然后看准了一个座位，二话不说就一屁股坐上去，稳稳当当。由于本校作为主会场，所以他们队伍坐的位置在会场的正中间，而其余两校在会堂的两边。同学们坐下后都在交头接耳，礼堂里乱哄哄的。三个学校的比赛选手都上台了，英语个人演讲比赛实际上就是一个热身赛而已。作为第一项比赛，主要是体现学生的英语口语能力，当然还有语言的表达能力。一轮比赛下来，哪家学校学生的英语和综合能力更为优胜便一目了然。如果不是英语水平非常高的学生，确实会很容易忘词或者怯场的。每个学校初中部和高中部各派两个代表进行演讲，最后各选出第一，二，三名。抽签决定比赛的先后顺序。白杨选到了最后一名，而王景逸选到了第一名。

比赛正式开始，马上全场寂静，大家都屏息凝气地看着舞台。王景逸慢慢地走出来，向着观众席鞠了个躬，然后走上讲台，拿起麦克风开始演讲，他一开口，全场一片哗然。还有更正宗的牛津腔吗？一般学英文的同学都知道，英语的正确读音要学会并不难，难的是去说一口正宗牛津腔的语音和语调。

王景逸的演讲题目是“互联网是否改变了我们？”。他侃侃而谈，温润如玉的语调，抑扬顿挫。条理十分清晰，由浅入深，从互联网的发展历史开始谈，到互联网如何融入我们的日常生活，又给我们的生活带来了怎样的利弊，他好像就在讲述自己的故事一样，引人入胜。最后结论是，互联网确实改变了我们的一些日常生活行为，它让我们仿佛住在了地球村，信息交换更加发达，但是人类的长远发展乃至进化确要依靠我们本身。所以，这项工具应该是让我们变得更加强大，而不是渐渐地被它替代。短短的五分钟内，他行云流水一样，没有冷场，也没丝毫的犹豫，词汇量的运用恰到好处，不算是很深的辞藻，他选择了一种平易近人的方式。因为毕竟是初中生的演讲，所以目的首先是要让大家听得懂，所以基本上所有的同学都会只字不漏地听进去，这也就没有了冷场的机会。然后他使用了很多复杂的句型，充分地表现出他的英语功底和运用能力，看起来这个人的风格不仅沉稳，而且很入人心。再加上他的口音，更是让人赞不绝口，不过想到他有留英的经历也就不奇怪了。所以现场的气氛多次被他带动起来，而评委老师都不住地点头和流露出赏识的表情。王景逸应该是稳拿第一了，毫无悬念。莫瑾不禁叹气，这抽签真的很讲运气，先拔头筹自然就会先入为主，如果评委老师都是拿王景逸的水平来衡量后面的参赛选手的话，大家都应该凶多吉少了，毕竟这个比赛项目，×国际学校是占尽先机啊。

接下来上场的是×大学附设学校的学生代表，由于第一场就被王景逸的精彩表现激起了大家的骇浪扑岸般的热情，所以第二场有了退潮般的冷却，虽然这个男同学的英语运用水平也不在王景逸之下，但是口音就差一点了，要知道这差一点就是差之千里了。他虽然语速轻重缓急也不偏不倚地拿捏到位，而话题也算轻松愉快，字里行间也流露出不少生僻的单词，就是这口音却让他掉了很多分。如果他不是紧挨着王景逸的话，倒也无伤大雅，可就偏偏和王景逸做出了一个鲜明的对比，礼堂里的同学们都觉得听到了浓厚的地方气息。等到他话毕，掌声明显不如王景逸的热烈了，那位男同学也知道自己与第一名失之交臂了，技不如人，心悦诚服。要知道第一场王景逸放下话筒后的掌声可是如电闪雷鸣般久久不能散去，还有同学站起来使劲地拍，直到双手麻痹红肿也毫不在意，还不时有响亮的口哨声和女孩子的呼喊声夹杂其中，风头一时无两。

后面又轮流了三所学校高中部的学生代表，终于到最后一名学生上场演讲了。中间一段时间，同学们都多少有一点坐不住了，交头接耳，还有跑洗手间的，明显都是熬时间。但是一说最后一名选手上场的时候，现场的气氛马上变了，同学们纷纷展露出期待的神情，全场鸦雀无声。珍妮两眼发光地望向舞台，光洁白皙的额头出了一层密密的水汽，双唇紧闭，双手紧紧拽着自己的裙角，预测着那翩翩少年将以何种姿态步入大众的目光。莫瑾却很平静，这一刻，她已经和他练习了多少遍？早已忘记，她只是知道，今天，白杨，绝对不会忘词的，内心深处包含着多种感觉，但是却没有紧张和焦虑。

白杨缓缓走进了舞台，他刚上前向观众席弯腰致敬，眼光不禁扫了一下面前一块很大的计时器，上面的数字显示着五分钟。下一秒，他闭了一下眼睛，长长的睫毛被用力地按在了他眼底的皮肤。本校的学生和观众板块已经响起了春雷般的掌声和呐喊，他们仿佛兵临城下时站在城楼之上的将士一样摇旗呐喊。当白杨睁开眼抬起头来，他一眼就看见在正中央评委席位上一排那个直对着他的莫瑾。她面带笑意地向他点了点头，示意白杨她已经准备妥当了。当评委说了一句开始的时候，莫瑾坐在座位上，高举双手，做出了交叉状，同时倒计器上面的数字开始变化倒数。白杨双眼紧紧追随着莫瑾的手势以及她所在的位置，仿佛此空间内的所有物体皆不复存在，万物皆空，他只为莫瑾，一个人演讲。

当他一开口的时候，全场不禁一片寂静，大家生怕听漏一个字一样的全神贯注，和王景逸不分上下的牛津腔英语顺着他手上的麦克风溢出。他的演讲题目是经济全球化带来的机遇和挑战。这个题目一抛出来，评委老师们不禁感叹，题目有一点大了，很难扣题，初中生用这么大的题目，有点太冒险了。白杨却是胸有成竹地缓缓而谈，他开题便抛出了“什么是全球化”的问题。他先给出了一个定义，全球化是一个进程，涵括了物质和精神产物的流动，冲破了地域与国界的束缚，冲击和影响着地球的每一个角落，而人员的流动则是全球化最高程度的综合。然后白杨自信地离开了讲台的位置，走到舞台前，更靠近评委席和观众席。

他提出了科技进步，是导致社会一切变迁的原动力，顺延至资本的全球化，即是利益至上的全球化本质。而我们是不是经历着历史空前的全球化呢？麦当劳、肯德基进驻世界的每一个城市又是否已经客观地体现全球化呢？他再看了瑾一眼，瑾再一次举起了一只手臂，提示他时间已经过了一分半钟。这时候，白杨做出了一个惊人的举动，他语调一换，变成了地道的美式英语。这种收放自如的语调转换，引起现场一片喧哗声，王景逸在台下也不禁嘴角微微地颤动了一下。哼，哗众取宠，这一步走得很拼嘛。白杨提出了经济全球化的实质，从历史中侃侃而谈在多个产业中产生的影响和整个中国产业结构调整的利弊。然后他话锋一转，重点落在了经济全球化给中国发展带来的机遇上，提出经济全球化加速了我国对外开放的步伐，并且点到中国加入世贸组织的实质和背后的获利，但是任何事物都有两面性。

他再次看到瑾转化的手势，明白时间剩下两分钟了。他稍顿了一下，又点到其对中国经济发展带来的挑战，使发展中国家主权和经济安全受到挑战，经济全球化给发达国家和发展中国家带来的是不均等、不公平的竞争机会。他概括地给出了几点，然后再出乎意料地转换了澳洲口音，再一次惊艳了全场的观众。澳洲最早是英国的殖民地，但是澳洲口音省略辅音H，直接发后面元音。《海底总动员》里面的鲨鱼、牙医，都是典型的澳洲口音。在最后，他给出了结论，在经济全球化的时代，中国的发展离不开世界，同时世界的发展也离不开这条东方巨龙，只要认清和防范经济全球化的不利因素和潜在风险，增强我们的综合实力和国际竞争力，那么它将为中国的发展带来源源不断的动力。

话毕，白杨深深地弯腰致谢，耳边是响彻云霄的掌声、欢呼声、喝彩声。白杨的整个演讲滴水不漏，条理清晰，他偏向了使用较深的词汇，但是句子的构建却单刀直入，尤其是在面对这么大的题目，作为一个初中生却能有如此气度和自信完成，确实不易。最难得的是，他能够模仿多种口音，丝毫不差，比起王景逸，显然技高一筹。

莫瑾看着眼前的白杨，她默默地想到，在这背后，他到底付出了多少的汗水和努力啊？他对自己严谨的态度，好像每一步，他都已经计算精确，也就是这样的人，才会比别人更靠近成功，不是吗？莫瑾被他感染，当你把某一种人性的力量发挥到极致的时候，那种认真、执着、不放弃，凝聚成了一种闪耀的光芒，那便是人性的光辉，足以照亮一生。

所有的学生代表都集合在舞台后，等待最后的评审结果。王景逸看着站在角落里低头思考的白杨，撇了一下嘴角，想了一下，还是走向前："白杨，这次输给你，我心服口服啊，想不到，你还有两下子嘛。"

白杨抬头看了王景逸一眼，面无表情地回答道："你也不弱啊。"

"接下来还有两场，要赌一下吗？"王景逸有一种棋逢敌手的感觉，确实，和白杨比，无论输赢，都是一件赏心悦目的事情。这个对手，我喜欢。

"不必了，早就能预测的事情，没有什么好赌的。"白杨淡然地回答道。

"果然是好大的口气嘛。来个赌注如何？"王景逸笑了笑。

这时候莫瑾跑进了后台，迫不及待地想找到白杨，就想看他一眼，不知道他会不会汗流浃背，还是一切安好？可是当她看到这两个大男孩站在角落不知道嘀咕什么，就放下心来。

莫瑾顿时乐了，走过去，刚想拍白杨的肩膀，白杨好像感觉到她来到了自己的身边。他装作很自然地一转身，把王景逸挡在了他的身后，而瑾却刚好就在他的面前。她还没有来得及开口，白杨就先说："没事，不要担心。"声暖如玉，不紧不慢。

王景逸把这一切都看在眼里，他随即灵活地躲避开白杨的身体，站在莫瑾的另一边，嬉皮笑脸地说："恩人，我的才华也绝不在白杨之下啊，就是他会耍一些花拳绣腿的阴招。哎呀，要是我在最后一个，我还能整出不止这些口音的，对吧白杨？"

白杨翻了一下白眼："俗话说兵不厌诈，我在你的位置，就绝不会轻视每一个对手。你自己说的，不在我之下，却也不在我之上啊。"

"王景逸，你还会其他的呀，太厉害了吧。印度人怎么讲英语啊，赶紧给我学学，其他为你尖叫的女同学没有机会听到的，我第一个来听一下。"莫瑾脸上顿时乐开了花，她好像完全忽略了一直黑脸的白杨。

“你要听啊，没问题，我和你说啊，意大利人说英文才好笑呢，我给你学一下啊。”王景逸认真地看着眼前这个女孩子，面容很清秀，五官长得极好，但是却没有一种艳俗的感觉；纯真而又洁净，不同于他见过的所有家庭背景优秀的女孩子，她不乖张，不做作，却又那么内敛。王景逸没有办法忘记，那天他远远看见的这个女孩子，风和日丽却无法排挤她脸上的阴霾，看见她的孤单和无助，还有紧皱的眉头，就像一个被丢弃的布娃娃，却没有哭泣，是习惯到难过都已经不会有眼泪了吗？但是她一看到自己，又刹那换了一副面孔。你到底是一个怎样的人？

白杨一看他们忽略自己聊了起来，内心一紧：“王景逸，刚才那个，赌什么？”

“有意思。”王景逸看着白杨阴沉黑暗的神情，完全有别于刚才的那种漠然。“白杨你赢了第一局，让你说赌注又如何？我喜欢玩大的。”

“就赌，作为我们×私立学校对手的你，不能和我们学校的辩手再交头接耳，以防你们套取我方的内部资料如何？”白杨看着王景逸，冷淡地说道。

“你这个赌注有点奇怪哎，感觉在让我……不过，成交。”王景逸故意向莫瑾挤眉弄眼，感觉就像在说，白杨输定了，还故意伸一下舌头。“如果我赢了，白杨，你就欠我一件事情，不过我还没有想好，留着吧，想必在本市，鼎丰国际也没有什么事情是做不到的。”

“一言为定。”白杨斜眼扫了莫瑾一眼，没有一点好脸色，转过头，把莫瑾谅在一边。

“这什么情况啊，早知道撞枪口上，我就不来了。”莫瑾狠狠地瞪了白杨的背影一眼。

这时候最后的结果已经出来了，台上传来校长宣布结果的声音：“第二名×国际学校，王景逸。”

王景逸一听，笑了。真正的过瘾并不是打败对手，而是棋逢敌手。只有你会来出其不意吗？我倒要看看，你如何赢我。想罢，王景逸仰头走向舞台，面对那如雷贯耳的掌声。

“第一名，是我们学校的代表，白杨。”校长激动地宣布，他的目光投向了那个自信的翩翩少年，他那种与生俱来、目空一切的气度，就像一道风景一样，引人入胜。全场再一次响起了比前一次更热烈的掌声，有同学站起来，大声地吹着口哨，开始有女生尖叫白杨，马上一石激起千层浪，更多的声音叫嚣着白杨。渐渐地，同学们都站了起来，向着台中的那位少年使劲地拍着双手，风头一时无两。

莫珍妮看着台中的白杨，她莫名地，内心深处的那种焦虑感油然而生，她从来没有那么不自信过，她仰慕的人，就应该是白杨的那个样子，光芒夺目，但是殊不知，这光芒有一天却会灼伤了她的眼。

她分明看到了，在白杨演讲的时候，他的目光独独看着莫瑾。然后她在打手势给白杨，他眼眸里流露的那种信任和依赖，她从来未见过。他们什么时候，有了那种默契？为何自己从来没有发现过？她的心很伤，那种被他忽略，被他排挤在外的感觉，一点都不好。

她看了看坐在席位中间的莫瑾，她也是同样用那种目光看着白杨。珍妮觉得这样的目光，很扎眼，她不禁低下头，使劲想有什么东西是自己错过了？抑或，自己的自信，不由自主地让自己忽略了很多的东西？

16

中午，全部的学生都分批次地被安排在学校的饭堂里吃午餐，大家还意犹未尽地聊着上午的英语个人演讲赛的一些细节。三个学校的学生分别在老师划分好的区域里面就座，大家都没有心思吃饭，有的女生赶紧吃几口饭，然后去化妆和准备下午的才艺比赛。往年的才艺比赛都十分有看头，因为这个项目主要是体现整个学校的综合实力的，每次都是新意层出不穷，吹拉弹唱，话剧、中国民乐、管弦乐、舞蹈，应有尽有。每个学校能够出两个表演，高中部和初中部各一个，打分数看最后的总成绩决定胜负。从这次报上来的表演项目看，又是一场势均力敌的较量，不过这次白杨没有参赛，大家都觉得未免有一点遗憾。

莫瑾和谢晓帆等几个人也是着急地吃饭，谢晓帆都快吃得被呛到了。她作为舞蹈的主力，不吃又没有体力，吃太多又害怕待会儿蹦得太厉害了会吐。莫瑾拍了拍她的背，一直在安慰她慢慢吃，别着急，足够时间可以换衣服和化妆的。

莫珍妮却一直心不在焉地看着白杨，他慢条斯理地吃着饭，感觉好像完全和这个喧闹的世界绝缘一般。珍妮又看了看莫瑾，感觉她好像也是完全没有在意一样，两个人那种默契感顿时烟消云散。

“谢晓帆，你有没有听说王景逸和白杨打赌的事情啊？”吴桐低声问道。

“打赌，打什么赌啊？”谢晓帆摇了摇头表示不知。莫瑾一听差点一口汤都要喷出来，当时也就他们三个在现场，说的话也就那么小一个范围，这才多久啊，就已经翻天啦?

“据说他们定下三局胜负，一见高下呢，目前白杨稳胜一局，大家都在议论王景逸会如何见招拆招。”吴桐说道。

“那和我没有关系了，谢天谢地。幸亏白杨没有艺术细胞，不然又掺入一脚啦，我们艺术学生可是胆子小，难担大任啊。”谢晓帆整个人马上都放松下来，要知道她今天还要领舞，很紧张呢。这个时候她浑身都是湿漉漉的，感觉到每个细胞和毛孔都在万马奔腾。

“那你们就错了，白杨是有艺术细胞的，如果参赛，恐怕王景逸就不如现在这般轻松了。”珍妮缓缓说道，她一直密切地关注着白杨，又怎么可能连这最简单的一点都不了解呢。

莫瑾不由得竖起耳朵听，这白杨到底是水有多深啊，不是哪个古墓爆出来的旷世奇才吧，怎么什么都会，还样样精通。“白杨会弹钢琴，专业十级的水平，造诣很高，据说是很有天赋，他对很多古典的曲子都有很深的了解，表现力非常好。当时他的爸爸还会不时拜托好多有名的钢琴家，重金买下好多没有怎么面世的古典琴谱送给白杨呢。只不过，听过他弹琴的人真是少之又少而已，所以说他不显露，不是代表他藏拙。”珍妮缓缓说来。

“这就意味着，如果白杨出手，这一局谁赢了还不一定呢对吧，但问题是他为什么不参赛呢？”谢晓帆疑惑地问道。既然他有胆量拿下三个比赛，就算再多一个，而且他的造诣还那么高的，应该没有什么问题，为什么偏偏他会缺赛呢？

“这也是因为，我妈妈有朋友和白杨的父母也是好朋友，才恰巧知道。白杨家出了一场很大的变故，白杨大病了一场，他的父母把他送去医院就医，回来后，说一紧张就会手抖得很厉害，后来就没有再碰过钢琴了，不过到底具体是什么事情，那个朋友也没有说，毕竟是别人的私事。但是他一直说白杨不弹琴，实在是太可惜了。”珍妮说完，不禁有点哀伤，但凡白杨的任何事情，她都是感同身受，不再碰自己最爱的钢琴了，白杨当时多少也是会感到很可惜的吧。

“天降大任于斯人也，必先苦其心志，劳其筋骨，饿其体肤，空乏其身，行拂乱其所为，所以动心忍性，曾益其所不能。同学们，此人必成大器呀，我们少操心吧。你们还不如帮帮妹妹我吧，我现在真的有点手抖了，心儿还乱撞呢。”谢晓帆怒瞪着前面三个少女，然后还故意捂着心，假装很痛的样子。

“没问题，我们肯定送你上战场，摇旗呐喊，你可得胜利归来哦。”莫瑾也忍不住笑了，不知道王景逸打算出什么奇招制胜？

“×国际学校据说这次是出舞蹈和小提琴独奏，王景逸看起来肯定不会表演舞蹈这么出其不意吧？看他骨骼惊奇，再怎么想不开也不会去表演芭蕾吧，那岂不是小提琴独奏的表演者？他们学校的西方乐器演奏一向都是非常出色的，而×大学附设学校则是中国乐器，我们嘛就是集两者之大成。王景逸居然可以从他们学校那么多高手里脱颖而出去表演独奏，想必也是技高人胆大啊。”谢晓帆佩服得五体投地分析道。

“谢晓帆，你时间来得及吗？还磨磨叽叽的，快点啊！”准备表演舞蹈的一个女同学走过来拍了一下谢晓帆的脑袋。

“哎，来啦，来啦。你们待会儿看着我怎么惊艳全场吧。台上十分钟，台下可是十年功啊，不说了啊，我得赶紧溜。”谢晓帆说完就马上跑了。

下午的太阳使劲儿烤着大地，也烘焙着同学们已经沸腾的热情，礼堂里闹哄哄的，大家都有一点坐不住了。莫瑾一坐下来就开始四周寻找白杨的身影，突然看见珍妮一直注视着一个背影，目不转睛，她朝向目光的焦点一看，白杨正在仰头喝一瓶矿泉水，还是那么清秀帅气，不沾染一点尘埃。唉，连喝个水都那么吸引人，真是天地不容啊。

这时候，副校长拿着麦克风走出来了，由于打响了第一场，所以他迈开的步子明显也比早上的时候有底气。“同学们安静一下，我们现在准备开始下午的比赛了，应该说是非常激动人心的，希望准备表演的同学们拿出看家的十八般武艺，为自己的学校增光。赛出热情，赛出水平，赛出友谊。我们首先请出×大学附设学校的同学们为我们表演舞蹈《破阵曲》。”

舞台后正在准备的谢晓帆很紧张，虽然她只要正常发挥，舞艺也是相当精湛的。但是她大型舞台演出的经验不多，如果单人匹马，应变和灵活度会比较高，但是集体舞讲究的是配合。她的技巧动作很多，属于锦上添花，所以很多动作都是集体烘托她一个人的。因为大家都是业余的，她不太信任他们，稍有不慎就会出现意外。尤其是一个最高难度的动作，由几个男生们做一个托举，而她则是侧立着提腿一百八十度。这个高难度的动作是老师和她们几个学生代表讨论了很久，基于很多考虑最后才敲定下来的。说实话，谢晓帆心里七上八下的，这要是摔下来，肯定是要伤胳膊少腿的。她的眉头不禁拧在了一起，双手不断地揉着裙角。

“你怎么了？很紧张吗？”

谢晓帆抬头一看，原来是廖明宇，上次一起吃过午饭的那个帅气十足，笑起来很阳光的男孩子。

“嗯，有一点吧，我自己会调节的，原来你也会跳舞吗？看不出来啊，我怎么没有见过你？那么多次的集体训练，好像都没有发现你呢？”

廖明宇大笑起来，露出整齐又洁白的牙齿：“你经常一个人训练，躲在舞蹈室里，只是和我们配合过几次，就说可以了。你经常专注于想动作，我一直都在托举你啊，你没有发现而已。当时考虑安全的问题，所以我是从体育部里抽选出来的，个子大，肉多，能够当肉垫的，你不要担心，我一定会托住你的。”

“啊，我还真的没有留意，对不起，辛苦你了，我今天午饭还多吃了。”谢晓帆不好意思地揉了一下她的小肚子。

“我们其实也就配合了三次，最后一次彩排的时候，我就想叫你来着，但是你一直在排练你个人舞的部分，所以，我也没有打扰你。”

“好，那你要托住了，我的小命就交给你了啊！”

×私立学校表演的是以各种舞蹈为主要表现方式的一部音乐剧。故事说的是学校里的一位老师，在讲台上完了他生命里最后一节课的故事。故事里的主人翁是几年前的一位老教师，当时正是高考前，他身患重病，却还是心心念念自己的学生，没有入院进行治疗，结果把生命献给了他最爱的讲台。整一个音乐剧里，都没有出现老师的这个形象。学生在用各种方式表现着他们在学校里快乐的生活，有用踢踏舞表现他们上课时候的欢快心情，有拿小提琴来表现同学之间的感情，同学们都是在十几秒内完成自己的表演。不停地交错，展演着欣欣向荣的学子之心。然后，谢晓帆深呼吸了一口气，跨开轻快的步子，她迈开了两个凌空的一字马，然后旋转，身轻如燕地做出各种高难度的技巧动作。她时而弯腰提腿，时而附身前倾，手臂的动作如行云流水，舒展着整个身姿，犹如仙子般凌波微步，仿佛整个舞台的聚焦都在她的身上。瑾在台下都看呆了，这一刻的谢晓帆是那样地光彩夺目，她每次分毫不差的落点，就像一只蝴蝶一样，在花海中翩翩起舞，自然而优雅，无一刻不显示出她超高的舞蹈技巧是多么浑然天成。这背后是流下了多少不为人知的汗水和辛酸，才凝聚成了此刻舞台上那灵动的身影？

谢晓帆一气呵成地完成她的独舞部分，由于每个动作都练习了上百次，所以渐渐地，她放下了心里的紧张，无视着台下所有目光，宛如仙境般独自翱翔，无拘无束。猛然，舞台上的轻快音乐变得急促起来，灯光强烈地变幻着，体现出当时课堂上，老师突然倒下和同学们不知所措的焦急和担心。所有的同学都聚集到舞台中央，他们舞动着自己的身体，急促而又夸张的动作表达着他们的内心世界，他们的脸上都是深深的忧虑和悲伤。这个时候，几个男同学不断做出此起彼伏的托举的动作，谢晓帆深深呼了一口气，她看了一眼在身边的廖明宇，从他清澈见底的眼眸里看见了一股暖暖的力量。他点了点头，然后谢晓帆一下用力蹬起，站在了廖明宇和另外的一个男同学的肩膀上。他们两个紧紧地用双手抓紧了她的脚踝处。这种猝不及防的高难度动作让全场响起了一片热烈的掌声，大家都非常紧张地看着站在高处的谢晓帆。她面部表情十分忧伤，双手交叉于胸前，既担心又悲痛。她缓缓地随着音乐举起了双手，那种对师恩的崇高敬意的表达，不禁让同学和老师的心都紧紧地揪痛着。然后她缓缓地做出了凌空的一百八十度提腿，单脚站立在廖明宇的肩膀上，大家都不禁屏息凝气。猛然她站立的腿用力一蹬，然后跃起一个高度，她双手交叉紧紧地抱在自己的胸前，突然下坠。

全场惊叹，以为她要掉下来了，莫瑾吓了一跳，每个汗毛都竖起来，她不禁一抓珍妮的手臂。珍妮自然知道这只是动作设计而已，她伸出手臂，把瑾环在怀里，轻轻地拍了拍她的肩膀。廖明宇以及台上的其他男同学马上集合成一个网状，紧紧地接住了谢晓帆。可是其中一个男同学有一点跑偏了，他的位置站得不准确，手一滑，眼看抓不住她的肩膀了，谢晓帆心里一惊，心里想着完了，这股力也是有冲力的，弄不好要肩部着地的。这时候，廖明宇一个上前，用整个身体和双手的力量稳稳地接住她的背部，然后那个男同学马上调整了自己的位置，也在廖明宇的手臂下做了一个补充动作。可是下冲的力量还是有一点大，廖明宇明显觉得手臂扭伤了。他眉头一皱，然后稳稳地让谢晓帆顺着自己的推力站立好。

谢晓帆暗暗地舒了一口气，她用余光看了廖明宇一眼，看见他微微地皱了一下眉，然后手部的动作幅度明显没有那么大就知道自己刚才下冲的力量可能让他手扭到了，暗暗感到非常不好意思。但她马上集中精神，迈开步子，在同学们用身体铸成的人墙中，奋力而冲了出去，站在了舞台的最前端，再次跨出了一个凌空一字马，然后落地后微微地弯下了身体，表示他们对老师深深的敬爱之情。同学们的队形也随即变换着，他们面露出不舍和悲伤，那个为了心爱的讲台和学生而鞠躬尽瘁的老师，最终是离他们而去了。

谢晓帆随即飞快地旋转着身体，她的裙摆随风飘舞，最后舞台上的灯光都熄灭了，瞬间再亮起，同学们都摆出了一个爱心的队形，缓缓地看向远方，仿佛都在目送老师的离去。现场的老师们和同学们都不禁动容，有的用纸巾擦拭着眼角，有的别过脸任由泪水湿脸。当音乐一停，全场的师生都站立起来，对他们出色的表演表示了热烈的祝贺和认同，同时也是对那位老师表达了自己的尊敬之情。

同学们随即在掌声中缓缓地退场了，谢晓帆站在舞台后，焦急地等廖明宇，看着他一脸轻松的样子，心里顿然也没有那么紧张了。

“你手没有什么事吧，刚才谢谢你。”谢晓帆不好意思地看着他的手，手肘的位置红红的。廖明宇顿时也被她那紧张的表情逗乐了：“哎，那有什么的呀，我们校队训练还有比赛的时候可比这剧烈多了，不碍事。”谢晓帆看着他微微一笑的样子，感觉到心里暖暖的。廖明宇是那种阳光大男孩，靠近他，不禁会有一种夏天的味道扑面而来。谢晓帆顿时脸就唰地红了。廖明宇看见她的样子，不禁就想欺负她一下：“我没事，倒是你要注意一下了。”谢晓帆一听不禁有点愣住了，我要注意什么？廖明宇一笑：“要减肥啊，少吃点。”

“你真讨厌！你才要减肥！”谢晓帆一听，马上怒了，圆圆的眼睛一瞪，小嘴一嘟，使劲往廖明宇手上拍了过去。听见廖明宇“呀”的一声后，她还小声嘀咕了一声“活该”。

这时候，到×国际学校上场了。王景逸和他们学生会的几个干部一起商量着什么，然后示意现场负责场务的同学和老师，只见老师过去听了王景逸的话以后，吃惊地看了看他，然后又马上点点头，安排同学去拉起了舞台上的第二层幕帘，然后他们学校的学生马上把道具什么的都搬进去，一点都不含糊。

王景逸脱掉外面的校服，里面穿了一件正式的礼服，他有条不紊地站在舞台边上，灯光洋洋洒洒地落在他棱角分明的脸上，混合着他那一股浓浓的自信气息，让人感觉到睁不开眼。他手里拿着一把一看就是上了年份的小提琴，油黑发亮的琴身和由于长年累月演奏和练习留在琴弦下的雪白痕迹，指腹轻轻地抚触着琴弦，眼睛微微地透过灯光在人群中寻找着白杨和莫瑾的身影。王景逸笑了一下，确定看到他们两个刚好都坐在一个方位的时候，便慢步走出了舞台，他挺拔的身影马上进入观众的眼帘。大家都不禁凝视着这个天之骄子，他的举手投足之间都表露出他对世间事物了如指掌的自信，不矫揉造作，也不谦卑，就这样傲然地站立在众人的面前。他的优秀是具有侵略性的，张狂而又大胆地显露着，毫无顾忌地掠夺着眼球。

他轻轻地用腮夹住小提琴，手臂自然和谐地准备拉动弓子，空气仿佛凝结在某个固定的瞬间。大家都在猜测王景逸会拉什么曲子，他的琴艺大家都是心里有数的，不然也不会那么大胆地让他上台独奏。只看见他面带微笑，他一拉弓子，大家都惊呆了，居然是《野蜂飞舞》。这首曲子通常被钢琴或者小提琴所独奏，同时也是世界最快的曲子之一。

全场观众都被王景逸拉奏的急促的旋律所吸引住了。小提琴不断弹射出激昂的音符，或远或近，明暗起伏，仿佛那只灵动的野蜂正在每个人的耳畔忘情地飞舞，每个分毫不差的节奏一下一下地贯穿着心房。他的手飞快地移动着，闪动着灵光，而双眼紧闭，准确地控制着曲子半音快速交替的速度，这首曲子已经练习百千遍而深深地印刻在他的脑海里，他的身体不由自主地随着琴弦的悸动而摇摆出轻微的幅度，青黑的发丝也随之颤舞着，就像墨色的锦缎般灿烂地摇曳在空气中，整个画面结合着急促颤动的旋律，让人无法眨眼。

莫瑾没有想到这个少年原来是如此得天独厚的优秀而独立。他站在舞台上，仿佛世间万物不复存在，只有他一人站立于这个空间，时间的分秒流动都随他而去，却也是为他而来。不得不说，王景逸让她惊艳了。一瞬间他不再是那个躺卧在草丛里的木讷少年，而是褪却了层层外壳独秀于林的佼佼者。白杨余光瞥了莫瑾一眼，心里嘀咕着大惊小怪。

但是转而也注视着王景逸，不禁觉得，眼前的他，亦敌亦友，能和这样的少年比试，不会没有面子。白杨第一次看重了王景逸，毕竟敢独奏这首曲子，必然也是技高人胆大。他不禁内心窃喜着，原来以为这次比赛会无聊透顶，现在看来真有点意思啊。

更让全场吃惊的是，王景逸完美地演奏完这首曲子后，用力一拉最后的一个音符，然后张开双手，在空中划出一道优美的弧线，他弯下腰，向观众席致敬。X国际学校全体同学全部站立着为这位骄傲的少年拼命地拍着双手，他们的声势马上淹没了其他两所学校的学生。以一人之力去挑战两所学校的学生，他就是同学们精神的力量，凝聚着同学们的骄傲和自信。

他随即直立起身来，做了一个全场寂静的手势，然后×国际学校的同学马上安静地纷纷坐下，他们知道王景逸还有后招，是意想不到的。评委老师们也一头雾水，表演目录里只有小提琴独奏，没有其他的注明，这是怎么回事？只看见他把外面的黑色礼服一脱，然后解开了白色衬衫的领口。随即有同学上台帮他拿走了小提琴。他帅气十足地一扬手，第二层的幕帘缓缓拉开，是一组摇滚乐队。王景逸一手拿起放在地上那把金色的电吉他上，马上弹起来，手指的灵动性丝毫不比拉小提琴差，贝斯手，主音吉他，还有鼓手随即马上看准时机切入，他们来了一首英国利物浦的披头士的曲子《In My Life》。全场同学马上随着音乐节奏沸腾了，这是王景逸的个人表演会吧。

突然，王景逸看了其他三人一眼，大家很有默契地弹出了，香港摇滚乐队Beyond的歌曲，竟然是《喜欢你》。作为主唱兼节奏吉他手的王景逸对着麦克风就唱了起来，整个场面快要失控了。女生的尖叫声夹杂着男生的口哨，还有一阵阵的交头接耳声杂七杂八地混合在一起，评委老师们面面相觑，一言不发，他们的心从原来的惊叹马上掉到冰底，这是怎么回事啊？怎么会表演这种曲子？尤其是×私立学校的教导主任，脸简直黑透了，这不是明摆着公开提倡早恋吗？最要命的是，王景逸还唱得很好听，深情款款的样子和犹如天籁的声音萦绕在每个人的耳边，有的女同学都愣是听到脸红耳赤。

虽然现在这个年代唱一首表露男女之间炙热情感的歌曲也没有什么，但是在这样一个盛大而公开的场合演绎这样的歌曲，不禁有点让人侧目了，难道国际学校的校风就那么不严谨吗？毕竟评委老师们的思想还是倾向于保守的，态度一向都是不提倡的。

最要命的是，王景逸还一直对着白杨和莫瑾座位的方向。大家都不禁往那个方向看去，莫非王景逸在公开场合对哪个女生高调示爱？这种大无畏的事情也只有他才能做出来了吧。白杨不禁感慨道，这小子真的无所不用其极啊！为了要赢，居然在这么短的时间安排到这个程度，果然是小看他了。这个第一主攻辩手，绝对不是白当的，这一局，王景逸赢得相当漂亮。

但是看着他一直盯着莫瑾的表情，白杨的心有一点乱了，这是怎么回事，为什么那么的不舒服？感觉王景逸的声音就像魔音一样，在凌迟着他脑子里的每一根神经，手开始有一点抖了，怎么会那么紧张？白杨的后背开始冒汗，他猛然站起来，看见莫瑾一脸陶醉的花痴样，觉得特别厌恶。

“莫珍妮，莫瑾，你们还看什么，我们去准备一下自己的吧。这场比赛结果已定，没有任何的看头了。”

“我还没有看完呢。”莫瑾一脸的不满。而莫珍妮则马上起立，拿起手中的文件夹就要跟着白杨的步伐走出礼堂门外。

莫瑾还意犹未尽地看着舞台，她突然觉得一道非常凌厉的目光好像要把自己从里到外地掏空干净，不禁打了一个寒战。马上转头就看见白杨那鄙视的眼神。

“你要是不想去，不是还有后备人选吗？珍妮你去通知一下换人吧。”白杨头都不回地走了。

“我去，我去啊，领导等一下啊。”莫瑾浑身上下都湿透了，这个白杨到底是怎么回事啊，说走就走了，赛果不是还没有出来吗？

舞台上的王景逸一看到三人离去的背影，不禁失笑。白杨，你收得再深，我也一样把你掏个干干净净。他突然间把旋律一转，唱起了《真的爱你》这首歌，歌词很暖，就像一道暖阳，突然间笼罩住全场的观众，“母亲的爱却永远未退让，决心冲开心中的挣扎，亲恩终可报答”。评委老师们再一次莫名其妙了，这到底是怎么回事啊？从爱情又到亲情？王景逸想要表达什么？旋律一停，四个人马上截然收音，王景逸大方得体地走到台前，向观众席再一次弯腰表示敬意，这才又拿起麦克风开始说话：“刚才看到×私立学校的表演，他们用精彩绝伦的舞蹈表达出了对老师真挚纯粹的情感，让我真的非常感动，觉得自己接下来毫无情感交流的表演只是在展示技巧，不禁觉得很惭愧，所以在没有通知评委老师的情况下做出了这个增加表演项目的决定，由于时间非常仓促，我们的同学在没有演练和彩排的情况下，也只能兵行险招。正如我们×国际学校一直对我们的教育一样，人生在成长的路上，就是要发现身边的小爱，无论是对他人还是对自己，然后才能成就社会的大爱。爱有千种万种，有父母亲人之爱、友爱、师生之爱、爱情之爱，只有我们感受到了它的珍贵，真正地感受到它的存在，从自己到他人，从主观到客观，从狭义到广义，从人类到自然，那么我们才能真正融入这个大千世界，真正地成为地球上的一分子，这也是学校灌输给我们的大爱精神。此时，再一次响起了浪潮般起伏的掌声，大家都为了这种学习爱、感受爱、尊重爱的大爱精神教育感到无比的鼓舞。

这个时候，评委老师们才顿然明白过来，原来用意在这里。不愧是国际学校的教育理念，不要刻意地去压抑学生们的情感，因为我们从小就是每天在接触，被灌输爱和被爱的主观感受意念。人类本来就具有感情交流的能力，爱不过是一种本能，它并不能人为去抑制和禁止。就好像缺氧一样，身体会自主产生抗争，需要呼吸的本能，这种人类与生俱来的本能，是不能被外力所改变的。但是却可以被感受、被认知、被引导，由己推及他人，由小爱到大爱。这才能真正地让他们了解自己，感受自己，然后成长起来。少年们的懵懂无知的感情不过是对自己情感释放的一种摸索，他们需要被宽宏而温暖地引导，需要被理解和体谅，需要在成长的过程中承受爱与不爱炙热的伤痛，跌跌撞撞地成长起来，成为一个拥有强大内心去包容万物的人。各位评委老师此时也不住地点头，同时也有一点为刚才的想法感到不好意思，只不过是一首歌曲而已，他们已经思绪万千，神经紧张了。

比赛结果是×国际学校险中求胜，漂亮地赢了一局。

17

“则文，你帮我搜集×国际学校关于王景逸的个人资料，尤其是他在辩论社的表现和辩论词。这一次，我们也要来个出其不意。”白杨低头想了一下，然后抬起头来，看见阶梯教室里坐着的几个同学，都一脸茫然地看着他的样子，不禁面露微笑。他看着珍妮的眼睛，问道：“珍妮，你觉得这场辩论赛，我们有胜算吗？”

珍妮摇摇头说道：“×大学附设学校的话，我们应该是可以稳操胜券的。因为毕竟这两年来，他们更着重于应试教育的发展了，所以他们的重本率还是比我们要更优胜一些的。辩论赛就并非他们的强项了。反而×国际学校却和我们学校的教育观念异曲同工，更放眼于发展个人的整体素质和能力，无论是辩论、亚太英语大赛，全国甚至世界性的各种比赛，他们都有非常杰出的学生代表。每一年出国留学，考进全球前一百名校的学生不计其数。我认为×国际学校的实力与我们相比可能是有过之而无不及的。”

“怎么可以对自己的能力没有信心！”白杨笑了笑说道。他环视了一周，同学们都愁眉苦脸的样子，看来王景逸的风采让大家都失去信心了呀，这不是一个好现象呢。

“我不这样认为，那个王景逸很自负，好像每一件事情都在他的掌握之中一样。这样的人，倒是容易出现错误呢。”白杨若有所思地说道。

“还是领导有先见之明，那我们现在应该怎么出招才对？”莫瑾觉得那个家伙确实有点嚣张，若不是第一场英语个人演讲输了白杨，现在他应该得意扬扬地跑到他们面前耀武扬威了。

“我们啊，很简单，无视他，不要放他在心上就好了。”白杨的嘴角微微上扬，他已经心里有数了。

“领导，你叫我再找他的资料是有目的的吧！”周则文气喘吁吁地跑了回来，心里还嘀咕着为什么他会知道自己的表姐在×国际学校里当学生会副主席呢？表姐肯定对这个学校风云人物有所了解啊。

“说吧，告诉大家，王景逸会不会成为我们的威胁？”白杨胸有成竹的样子。

“之前我们没有找到他的具体资料，以为是这个家伙隐藏得很深，必定是一个强劲的对手，看来是我们大意了呀。据可靠的消息透露，他是在看到各个学校的出赛名单后才参加的辩论社，而辩论社为了保存实力，故意把他的个人信息屏蔽了，只有少数的几个核心人物才知道。”周则文不能说得太清楚是谁，不然表姐可就是自己给供出来的了。

“擒贼先擒王，王景逸虽然是全才，不过他的比赛经验确实不如我们在场的任何一个同学。所以，我们也来个出其不意，大家觉得如何啊？给他们点颜色看看吧。”白杨看着已经信心满满的同学们，他看了一眼珍妮，然后笑了一下，突然间珍妮的心就暖了，就是这样的一个微笑，已经可以让她抵御任何的世间疾苦，不是吗？

“对×大学附设学校的那场，李言，你作为一辩出赛。珍妮，你和李言也是多次的战友了，我们还有两天的时间，你们四人也是配合训练过的，所以只要正常发挥，胜出应该是没有任何悬念的。”

大家都目瞪口呆了，不过也迅速明白了白杨的用意。正是因为王景逸打了一个烟幕弹，所以白杨也必须还礼。他演讲的实力和战术，必定保存到最后，让×国际学校的辩论代表们没有办法根据第一场比赛做出判断。大家马上摩拳擦掌，斗志昂扬起来。

白杨看到大家都再一次活跃起来了，他再缓缓地说道：“四人学科比赛明天也将是一场恶战，让我先来体验一下水有多深，大家要对自己有信心，对我这个队长有信心。”

“×私立学校必胜。”大家一起说道。在场的同学无一不佩服这个天生的领导者，他及时地看出了大家的顾虑，然后给了大家信心和力量源泉。尽管王景逸来势汹汹，不过白杨似乎不是那么在意呢。

白杨看了一眼趴在桌子上，撅起屁股，一脸认真地看着莫珍妮的莫瑾。她梳了一条长长的马尾辫，头发微黄，并不是很浓密，那丝滑柔顺的发质却一目了然。她的眼睛大大的，聚精会神的样子，真的很滑稽。

这个小女孩，明明是脆弱的，甚至是忧郁的，浑身上下都笼罩着乌云，但是她却表现出很坚强的样子，就算是眼泪都不屑流，那隐忍的样子，让他很想去窥探，很想了解，甚至很想保护。

白杨告诉自己，这是可怜，对一个弱者的怜悯而已，仅此而已。想到这里，却又在耳边响起王景逸唱的那首歌，像催魂曲一样，让灵魂都感到焦虑。这不是我自己，突然间，他很想逃离，刻不容缓。

18

四人学科比赛实际如同王景逸和白杨两个人的表演，他们两个人只是在按键的速度上略有不同而已。其他人只是摆出一个颇为尴尬的表情，因为完全不知道要在舞台上做出何种反应。

“下列河流哪一条是世界流程最长的河流？”

白杨迅速按下按键：“尼罗河。”

“史书《资治通鉴》属于哪一类体例的历史？”

王景逸用力一拍按键回答道：“编年体。”

台下的同学们都在议论纷纷，这是历届四人学科，速度最快的一届，实际上完全不需要其他人，台上那轮番回答问题的两人分出胜负就可以了。

主持人拿着题目都觉得有点颤抖，这题目是水平不够还是怎么了，已经过了三轮了，得分都是一样，这样的比赛真是对参赛者的智商太侮辱了，完全没有赛出真正的水平来。

王景逸内心有点欣喜，白杨还是那么出色，也着实不枉费自己那么多年来的奋力直追。小时候，他就特别喜欢和白杨做朋友，拉着他的手问东问西。白杨都会摆出一副你连这都不知道的表情，然后摇摇头，还是很认真地把答案告诉他。实际上有时候王景逸也不是一定想要知道答案，他只是想试试难住白杨而已。可是即便他费尽心思去搜罗，无论问题有多么生僻和刁钻，白杨都知道。很多时候，王景逸会羡慕白杨，因为他懂的东西远远比自己多得多。所以渐渐地，就形成了一种想要去分出高低的心情来，就连乐器都是因为白杨，他才逼自己去学习的。

白杨对王景逸倒是没有那么多的心思和想法，他只是想速战速决，这种问题也未免有点太简单了，简直是在浪费大家的时间。

最后毫无疑问的两所学校打了个平手，这种结局大家一点都不意外，甚至都在怪出题的老师太过保守，怎么能小觑现在学生的课外阅读水平？难道不知道现在的学生都是海纳百川的吗？真的应该往大学生的知识层面靠拢，赛不出个精彩纷呈的现场效果真的应该怪老师！

莫瑾是全程看了个目瞪口呆，自己真的是太过孤陋寡闻了，有的问题她还没有听懂，两个人的答案就已经抛出台面了。白杨每天的学习状态，她又不是没有看见过，莫不是在梦里看的课外书吧？真是让人活不下去啊。

比赛结束后，各位选手准备离场，白杨突然间脸色发青，他用手支撑着桌面，大口喘气。他极力地去掩饰着自己的不适，很害怕其他人察觉。可是王景逸偏偏就看到了，他眉头一皱，慢慢地走到了白杨的面前，刻意用自己的背影挡住了另外同学的视线，然后淡淡地问道："还好吧？"

白杨没有抬起头来看他，而是紧闭双眼，他的头发瞬间就被汗水湿透了，顺着发际线一滴滴地坠落，唇色铁青。此刻身体的各种痛感侵袭而来，呼吸都无法顺畅，这副躯体，就是这样脆弱。

许久，白杨才缓缓抬起头来，淡淡地说："王景逸，你管得有点宽。"然后抬手擦了一下额头的汗，他紧皱着眉头，看来比之前预计的时间要提前了很多，可惜啊，还有那么多的事情放不下，却出现了这些无法预计的变数。

"白杨，以我们的熟悉程度来说，我还是劝你，很多事情，都未必全在你的掌握之中，所以不要把自己绷得太紧了。"王景逸微微一笑，"因为到最后，你还是要输给我的。"

白杨面无表情地转过头去，尽管他一直强行掩饰着自己的不适，但是每一步都显得特别沉重。拥有得再多，没有时间，究竟有什么用？他内心里即使从来没有感到过命运的不公，此刻却漫过一阵又一阵心酸的无可奈何。他或许有很多的事情还未曾做过，都没有感到惋惜，唯有每当看见莫瑾的时候，总会叹息自己的能力还是太小，有的人，你就算耗尽心思，也未必能护她一辈子吧。

"王景逸，我原来想的是，这辈子都不会再见到你了，看来世界还是太小啊。"

"不是这个世界小。"王景逸转过头笑了笑，然后走到白杨的耳边悄悄地说道，"是我一直在找你。"

"有些事情，总归是躲避不了的，我们终究还是会碰面。"王景逸拍了拍自己的衣摆，一副理所当然的样子。

白杨笑了笑，确实是，有些事情，是躲避不了的，该来的还是会以各种方式出现在你的面前。

“白杨，你还好吧？”莫瑾绕过人群，她总是觉得这一刻的他有一种说不出来的脆弱，脸色苍白，透着一丝丝的凉气。白杨总是这样，把自己一层又一层地包裹得紧紧的。他不想别人去碰触到，哪怕是最表面的那层外皮，都显得特别的谨慎。

“嗯，没事。我还好。”白杨看着莫瑾努力地笑了笑。可是又一阵不争气的眩晕，从心脏跳动的韵律一下子蹿到脑部，扯得他紧闭起双眼。真是该死，这副躯体，到底有何用？

“白杨，要不我们去医务室？”莫瑾上前一步问道，手不禁碰到了他的手背，嗞，就像一块冰块一般冷。

白杨下意识地缩了一下手，他特别害怕别人碰自己，可是不知道为什么，在缩了那么一下后，莫名其妙地就向莫瑾站着的方向靠了过去，仿佛那就是一个很安全的地方。

“白杨，你的状态真的很不好。”这时候有的同学在四处观望着，发现了这边的异常。珍妮急急忙忙地走过去，担心地很想看看究竟发生了什么事情。

“没事，散了吧。莫瑾你过来。”白杨咬着嘴唇说道。

“你到底怎么了？白杨，你的脸色很不好。”莫瑾非常担心地看着白杨，这一瞬间她有一种担心，从里到外的害怕，说不清是一种怎样的感觉，但是莫瑾既不敢上前，又不能后退地，想伸出手去扶他，可是手还未曾抬起，却用不上力气。

“下午的辩论赛，如无意外的话，我们第一局可以赢，至于对×国际学校的，我恐怕，有心无力去应战，所以你们必须要做好心理准备。”白杨笑了笑。

“但是，你没有在的话，我们群龙无首啊，白杨，你是我们的核心力量。”莫瑾吞吞吐吐地说。

“嗯，我会在的，你不要害怕。相信自己可以的。”白杨不知为何，很自然地用他那透着凉气的手轻轻地撩起了坠落在莫瑾脸上那缕很不合时宜的发丝。

莫瑾一愣，白杨看见了她尴尬又木讷的表情，不禁一笑，这个傻孩子，又不知道在想什么了。

珍妮看见了这不经意的一瞬间，她突然一股酸气冲到心中，转过脸去，强力忍住，她闭上眼，告诉自己，刚才什么都没发生，她也什么都没有看见，不可能，这绝对不可能。

下午的比赛时间很快就到了，同学们都在窃窃私语，辩论大赛通常都是往年来最有看点的，更何况今年大家都把所有的目光都投在了白杨和王景逸这两个焦点上，究竟鹿死谁手，尚未可知。

王景逸朝白杨坐着的席位看了一下，他还没有到。不禁心中闪过一丝疑惑，白杨的情况，究竟到了什么样的程度，说是重了，倒也未必，可是说轻了，这上午的情况却又让人很是忧虑。

白杨带着整个辩论团队进场。他脸色看起来稍有气色，但是仍旧白得透亮。他低声交代着什么，然后队友们都频频点头，继而就端坐在了自己的位置上，闭目养神，仿佛毫不在意此后发生的任何事情一样。

王景逸低头笑了笑，心里暗暗觉得这个游戏越来越有意思了。他也示意了自己的团队，要关注哪几个要点，然后也安静地在自己的席位上思考起来。实际上，他和白杨一样，并不关注这个辩论赛的输赢，而是都在考量着对方的来意。王景逸很清楚自己的目的究竟是什么，倒是白杨究竟是什么心思，他却是猜测不透的。

比赛一开始，×大学附设外语学校就在白杨的安排下被猛烈地进攻着，珍妮踩着无比准确的论点不停地针对对方的论点提出疑问。整个过程行云流水，队员之间的配合也是非常默契。毫无疑问地，×私立赢得了第一局的胜利。

就在大家都在焦急地等待着白杨和王景逸的强强对决的时候，一件出乎意料的事情发生了。

白杨竟然作为第一辩手退赛。

王景逸听到这个消息的时候，反而不意外了，他笑了笑，然后让团队里的第二辩手也代表他宣布退赛。全场一阵嘘声，此起彼伏，大家都被闹得一头雾水，不知道这两个人葫芦里究竟卖的是什么药。为什么同时选择退赛？王景逸明知道在白杨退赛，自己的学校肯定会稳赢的情况下还做出和白杨一样的选择，真是让人捉摸不透。

白杨自己心里清楚，有些事情是等不到自己再慢慢考虑了，他预计的所有变数都将会因为他这副身体而全部改变。这并无什么可惜的，只是为什么心却一直隐隐作痛呢？白杨下意识地看了看莫瑾，她的眼睛里只是满满的担心，眉头轻轻地皱着，说不出那种快要溢出的情感。白杨转过脸，强行忍住了内心突然不知道从何而来的一阵悲伤。

19

三校联赛后的校园生活明显滑落到谷底，同学们就像燃尽的蜡烛一样，期待一点惊澜后的死灰复燃。白杨的名字深深地烙印在每一个人的心里，虽然怀揣着的心绪各有不同，但是无一不对他的才情表示极高的崇拜，同时他出色的表现也让老师对他的期待奔向了另一个高峰，但白杨自己却还是那副宠辱不惊的样子，除了一成不变地问着莫瑾时间，却也再无波澜。

莫瑾如愿以偿地拿到了加分，当然是欣喜若狂的。她觉得自己战斗力不是提升了一个等级那么简单，而是跨越到了另一个新的境界。无可否认的，她对校园的生活越来越依赖，那种感觉就像一个罪人得到了救赎一般弥足珍贵。从小到大严重地缺乏自我认知感的莫瑾认为自己是一个缺乏存在感的人，每个人都可以对自己嗤之以鼻，每时每刻都站在陡峭的悬崖边，只要随便一推，便万劫不复。

这个不被爱的自己，很可怜，不是吗？无助的感觉就像一条荆棘一样紧紧地勒紧她的喉咙，主宰着她虚无缥缈的命运。这样的人生，毫无挣扎的意义，因为终将不知道自己究竟为何而活，或者终将何去何从。

但是那个什么都不放在眼里的他，好像告诉了自己，活着本来就是受罪来的，人生的完美就在于它的不完美。他的心何尝不是深沉而又复杂的呢？他曾经告诉自己，人呈现出来的样子，其实不是自己真实的样子，真实的人来自他所经过的历史，只有窥视过去所有的经历，才可以了解本体的真实面目。

那么他究竟经历了什么？为什么他不再弹钢琴了？为什么对时间那么恐惧？他在掩饰着自己的什么？或许他所经历的一切，总不在自己之下？他却成了今天的他，好像蓄势待发的他，没有退缩，也没有懦弱。莫瑾看着身边低头闭眼睡觉的他，不知道为什么，很想去靠近他，就好像有一种磁场包围着，她就不会再害怕，无所畏惧。虽然莫瑾很不想，但是那种依赖感一直蔓延她全身，腐蚀着仅存的所有意志力，无法自控，只能越陷越深，深入骨髓。

十月的校园，还没有褪去夏日的炎热，闷热夹杂在流动缓慢的空气中，让人觉得呼吸都显得很稀薄。当大家仍然对三校联赛的盛况兴致勃勃地进行讨论的时候，一个更惊人的消息炸遍全校。级会上，教导主任用高昂而又洪亮的声音宣布了两个重大的消息：思科集团为×私立学校捐赠了三十台钢琴，而王景逸转到本校。用一石激起千层浪来形容这件事情绝对不为过，初三年级就像开水一样全体沸腾了，大家都七嘴八舌地谈论着这个不可思议的消息。莫瑾觉得这个人长大了绝对是一个祸害，这种惊世骇俗的事情也就他能做出来。她不禁偷偷看了一眼白杨，他却面无表情，好像一早就知道一样。

到底是什么原因导致王景逸用这么大的力气去转校？照例来说，×私立学校的校长是求之不得的，她曾经有一句很经典的话："不管学生怎样，只要家长觉得自己有实力就来。"这明显招的是家长，而不是学生，但是全体学校的学生素质却是很好的，想必家庭条件好的家庭都会重视孩子的教育状况。王景逸被分到了初三（3）班，莫瑾不禁有点庆幸，这一山不能有二虎的道理她还是懂的，白杨和王景逸想必也不愿意在一个班里，窝里斗真的没有什么意思。

瞬间年级里的同学就倒成了两派，他们还自己起外号，一个叫"白粉"，一个叫"景丝"。他们都等着看这两人能不能碰出更大更闪耀的火花。王景逸倒是挺懂事的一个孩子，自从空降到×私立学校后，就没有造次出一点声响，他好像和白杨有默契一样，老死不相往来。

快到晚自习的时候，莫瑾正小跑着从寝室的那条风雨长廊奔向课室，这个星期已经第三次迟到了，虽然晚自习老师一般都不会记名，但白杨总是会很轻蔑地看着自己，那个样子就像吃了死耗子一样。所以莫瑾觉得不能再迟到了，最近自己好像有拖延症，每次做事情都很拖沓，总觉身体很累，心也很累。

下午在图书馆里待的时间有点太久了，晚饭都来不及吃，只能饿着肚子晚自习，等夜宵的时候才能吃点稀饭。莫瑾还在自怨自艾的时候，突然一块蛋糕从天而降，掉到她的怀里，转头一看，那个高挑而又修长的身影就走到了她的身边，一阵百合花的味道迎面扑来。莫瑾愣了一下，抬头看了看，只见那张帅气的脸正看着她，眼睛一眨不眨的。她呀的一声就以一百米短跑的速度冲向教学楼。

王景逸被她的举动吓了一跳，他心里真纳闷这个莫瑾怎么一惊一乍的，完全不像一个女生的做派。自己下午打球的时候也没有吃饭呢，好心给她自己的私货，谢谢都没有一声，居然就这样跑了。要不是看见她很晚才从图书馆里走出来，才不会平白无故地给她蛋糕。看那瘦不拉叽的背影，他苦笑着摇了摇头，这个女孩子真的不一样，别人看自己是神，她看了自己就是失魂。

莫瑾一口气跑回了课室，还惊魂未定。一看自己还抱着别人的蛋糕，就已经被吓个魂飞魄散了，至于被吓的原因，莫瑾摸了一下自己的脸，火辣辣的，就像被烧红的火炭按压肌肤一样，又疼又烫。那张脸太帅了，离自己的距离那么近，原来对美男的抵抗力为零。

问题是白杨也很帅啊，为什么没有那么强烈的侵略性呢？莫瑾思索了一下，估计是白杨不食人间烟火，太过高冷，不接地气。他有点像唐僧，在等待圆寂后，让万人祭拜一样，远不可及。

莫瑾看了看那个可怜的蛋糕正躺在书桌上，她想了想，要不然就课间的时候把蛋糕还给王景逸？那这不就成了一个告白蛋糕？唾沫瞬间就可以把自己淹没了吧。扔了又很可惜，莫瑾从来不做的事情就是浪费粮食，再者现在的她饥肠辘辘，实在是做不出扔掉它的举动来。

左思右想下，她决定把它毁尸灭迹，融化在她浓烈的胃液里。她刚打开包装，闻了一下味道，想必那王景逸三十台钢琴都捐赠给学校了，吃的东西肯定也是很好的，不禁流出了哈喇子。她埋头一咬的时候，突然感觉到一道冷冽的目光直穿她的心脏，猛然一抬头，看见白杨一脸严肃地瞪着她，瞪得莫瑾后背都湿了。然后他冷冰冰地扔下一句话：“如果你敢早恋，我就告诉教导主任。”

莫瑾感觉这个蛋糕都要卡喉咙里了，咽不下去，猛然引起一阵强烈的咳嗽。她着急地拍着胸脯，嚷嚷道：“什么跟什么嘛，你哪只眼睛看见我早恋啦！”

这是晚自习时间，莫瑾一下没有控制好音量，结果全班同学都听到了，全部转过头来看着莫瑾。她紧张到马上趴下，用课本把脸都挡起来，一动不动，好像会被别人发现她的踪迹一样。白杨真的很讨厌！莫瑾的心都碎一地了，他就是要看着自己出丑才高兴的吧。

白杨转过头，完全没有兴致再看手中的英语字典了，他刚好看到王景逸把蛋糕给莫瑾，然后还突然脸靠她靠得很近。这种行为分明就是早恋，这都什么时候了，居然还敢早恋？学习成绩不要了是吗？奖学金不要了是吗？扶不起的阿斗，王景逸给的她就吃吗？

他突然很烦躁，一想到王景逸就气不打一处来。那个人是他的宿敌吧，要不然就是前辈子欠他的祖宗人命了，从小的时候开始就阴魂不散。想到就很头疼，甩了几年的狗皮膏药，才消停了两年又出现了。

其实白杨和王景逸是同一个幼儿园的，有的说法，更早的时候他们的父辈就已经是认识的好兄弟。趁着改革开放的小浪潮一起奋斗发家致富的，当时他们一起倒卖各种东西，偷过下水道盖、电线电缆、邮票甚至汽车电器。为了生计奔波，他们肩并肩地睡过大街，吃过方便面，一起挨过打地走过了一段很艰苦的岁月。照理来说，这种关系是建立在共苦的岁月里，那么应该更能度过同甘的好日子了，可是偏偏王景逸的父亲和白杨的父亲未能享受丝毫胜利带来的喜悦，因为一些鲜为人知的事情而闹得不可开交，到了最后两个人只能把公司平分后分道扬镳，不再往来。

当时的他们都是有志气又能吃苦的青年，热血方刚，就算在分开公司后都大伤元气的情况下，还是各自建立出了自己的商业帝国。后来白洪结婚生下白杨，也就更加忌讳在各大场合里和王振杰的碰面了。两个人见面就像仇人一样，每一次都会搞得不欢而散，从此这个城市里的人都知道鼎丰国际集团和思科集团势同水火。

可是偏偏王景逸又遇上了白杨，这种际遇有时候蛮不讲理地出现，让人措手不及。他们两个第一次见面的时候，就无可避免地成了好朋友。王景逸小时候很爱哭，跟一个女孩子一样，动不动就哭个稀里哗啦地，白杨都会很无助地在一边看着他，等到王景逸一个人哭到没劲了，白杨就会拉着他的手去滑滑梯或者荡秋千。王景逸很喜欢黏着白杨玩，他总是有很多的糖果哄他，而且也会在沙池里变出很多形状和动物的沙雕，会教他认识看时间，教他算数。

可是有一天，白杨的爸爸看见自己以后，隔天白杨就没有出现在幼儿园里了。王景逸哭了很久，他以为哭完了，白杨就会出现，可是他却没有再回来过。隔了很长一段时间以后，他开始生气这个童年最好的玩伴的不辞而别，于是变得很不合群。从小学开始，他就反叛地一直各种捣蛋，状况不断，小到欺负同学，大到逃课缺考。王振杰知道白洪完全不想和他们有任何关系，所以才让白杨转学走的，但是儿子还小却不能明说，只能无可奈何地从小学开始一直帮王景逸转学。最后在小学五年级的时候，终于在一所国际小学碰到了白杨。那个时候的他们已经都长大了，白杨已经不记得幼儿园里的这个小男孩了，但是王景逸却没有办法忘记这个抛弃他不辞而别的儿时玩伴，于是他各种找碴儿，和白杨唱反调对着干，乐此不疲。

白杨对他这种强烈的敌意感到莫名其妙，开始的时候处处忍让，但是最后被王景逸闹得厉害也开始反击，除了打架以外，几乎学校里的所有事情他们都要闹一遍。后来到了六年级，白杨家里发生巨变，据说当时的情况非常严重，白洪也被弄了个焦头烂额，根本没有发现白杨的变化。当时的白杨不过是一个孩子，突发的事件让他一下子接受不了，等到严丹和白洪发现他问题的时候，情况已经坏到不能说话的地步了，只能送医院去治疗了一年，痊愈后再转学到了×私立学校读初中。

王景逸不知道那天白杨再一次地消失到底是因为什么，但是后来他四处打听之下知道了白杨不能再弹钢琴，至此之后再无他的任何消息。他一直郁郁寡欢地到了初中，曲高和寡的感觉越来越强烈，于是又开始去四处打听白杨的下落，终于被他发现在×私立学校里有白杨这人。于是乎他从学校跑出去，偷偷来到了×私立学校里，看一下这个白杨是不是就是那个连续逃跑两次的人。

后来王景逸发现过了那么久，自己比起白杨还是棋差一着，于是气不过，转学到×私立学校，他就不信这个白杨还能逃得了第三回。这辈子白杨都是他唯一的竞争对手，无论是什么，王景逸都能不输他。可是若干年后等他再发现白杨家里的巨大变故和他父亲有关的时候，他就不再是那个对不起王景逸的人了，这种愧疚感，让青年时期的王景逸压抑了自己太多的情感和思绪，做了太多错误的决定，蒙蔽了他的双眼。世间的事情可能很多的轮回都是有定数，欠别人的，终究会以别的方式偿还回来，花开花落，潮起潮退，世间万物都以一种平衡和谐的方式处理着因果循环。

时间有条不紊地流淌着，每个学子稚嫩的脸庞都流露出如鱼得水般的神态，犹如鱼儿沉浸在知识的海洋里欢快地畅游着。莫瑾也开始习惯于伸手就拿白杨的草稿本看，他的笔记和解题思路做得不是一般的好，有的同学甚至愿意出高价去购买他的复印本。

莫珍妮很多次看见了，心里都会酸酸的，但是也不好发作，这种有气不能出的感觉让她有点抓狂。但是白杨对莫瑾却是极其冷淡的，甚至对于她在数理化方面的领悟力有点嗤之以鼻。基本上都是来回说那么几句：真蠢，你好笨，不能早恋，几点钟。可是最近的一次年级成绩排行里，莫瑾紧紧跟随白杨的排名，却让他很是满意，还故意瞥了莫瑾一眼以后，说了一句“孺子可教也”。

王景逸这一次可是让人刮目相看，居然位居全级第一，他得意扬扬地走到排行榜前，看见白杨那张目空一切的脸后，情不自禁地发出爽朗的笑声。对于这种嚣张跋扈的态度，白杨却也毫无表情地回应。莫珍妮却非常失落，看着自己和白杨中间隔着的莫瑾，她觉得中间的距离，是一个银河。她长叹了一口气，莫瑾的成绩一直也是不错的，但是数理化偏弱，所以成绩也没有突破，可是最近的一段时间，她的数理化都大有长进，自己也是很为她开心的，只能怪自己还不够努力吧。

今年的这个十一月，让×私立学校的学生们都留下了毕生难忘的回忆。因为在这个月里的某一天，流星雨之王——狮子座流星雨光临了地球，这一次的光临让大多数的现代人真切地目睹了它的绝世风华。在一八八三年十一月十三日，居住在美国波士顿市郊的二十六岁天文爱好者艾格丝·克拉克目睹了狮子座流星雨后，大为震惊，当时平均每分钟五百八十颗流星划破天际，累计每小时三点五万颗，共计二十一万颗。著名的克拉克预言由此产生，她断言这种流星雨将会每隔三十三年光临地球一次。而百年后的那天深夜，全球共有三千多万人等待流星雨的光临，无数的天文爱好者都期待观测它的耀眼极亮流星火。在流星雨来临的几周前，各大小媒体就出现了满天飞的消息，说本次的流星雨将会出现三个观赏的高峰期，达到肉眼观察的极佳可视效果。学校里的同学们都已经非常期待那天晚上能够去观测流星雨了，而且老师们也非常通情达理地做出了一个公告，由于当天的最佳观测时间为晚上的二十二点开始并持续到三点半左右，所以决定在宿舍的顶楼开放出一片区域来，提供给有爱好的同学们作为观测流星雨的场地，但是观看时间只能到深夜两点，不能影响第二天的正常上课。

“白杨，你看过流星雨吗？听说看见流星许愿特别灵是不啊？我许一百个愿，高中的奖学金是我的，能灵验吗？”莫瑾咬着笔头问道。

“无聊。”白杨嘀咕了一句，然后斜眼看了一眼莫瑾那张迷茫的脸，他猛然间下笔写的答案有一点重。

“还有传说称流星之所以能够许愿，那是因为有人死了，要上天堂，所以顺便把你的愿望带给了上帝。哎，你说一晚上死那么多人，总有一个好心的把我的愿望带给上帝的吧。”

“你脑子里到底在想什么啊？你的化学一塌糊涂啊，置换反应复习好了吗，整天说这些有的没的，能当奖学金吗？”

“白杨你好没劲啊，你晚上会去看吗？不过男女生的宿舍分开那么远，你看没看我也不知道。”莫瑾觉得一切和学习无关的事情，白杨应该都不会感兴趣的。只是，她觉得三十三年一遇的流星雨，能在一个天空下看的，这辈子应该也就这一次了吧。

“莫瑾，你真的，很无聊。”白杨用力地写了最后一个答案，然后把作业本一翻，走出了课室。

“莫瑾，有人找你！”课室外的同学叫道。

“谁啊？找我干吗？”莫瑾看出窗外，王景逸的脸在窗外一晃，就不见了。

莫瑾只觉得事出反常必有妖，这个王景逸不会有什么好事情带给自己的。

“莫瑾，晚上看流星雨吗？学校的天文社组织去教学楼顶楼观测流星雨，最重要的是没有限制观测时间呢。”王景逸眨了眨他明亮的大眼睛，做出了一个搞怪的表情。

“天文社？我又不是天文社的。”

“叫你去就是可以去啊，怎么样，有我讲解流星雨的观测情况，绝对不一样的感受呢！”

“你很懂吗？有什么是你不懂的？装吧你。”莫瑾心里其实非常想去，教学楼的楼层比较高，想必比在宿舍里有更好的视野，只是王景逸莫名其妙叫自己去是不是有什么不可告人的秘密啊？

“我还真的没有什么不懂的，怎样？去不去，要知道很多人可是想和我一起去的，千载难逢的机会哦。”王景逸的目的其实很简单，他想看看白杨到底是怎么想的，莫瑾这个人在白杨心里有一个怎样的位置，不然这个游戏就不好玩了呢。他还故意做出一副很诱惑的表情，又看了看莫瑾一副犹豫不决的表情，只能再进一步解释说：“好啦，其实是为了报答你之前帮我的事情，你不要自以为是，好吧？”

“好吧，我倒是想看看你有多懂，对了，拿点吃的东西，那么晚了，我会饿哎。”

“你要求好多，你晚自习后和你们宿舍的管理老师说一下，这是天文社的公告，有地理组组长老师的签名的，我帮你去登记一下，晚上十点四十五分，桃李园集合啊，不要迟到。”王景逸说完就走了，留下了一个很好看的背影，还有一股百合花香。

男人还喷香水，真是矫情。莫瑾看了一下课室外的天空，墨蓝的天际犹如丝滑的美女秀发一般铺满了整个空间，深邃的苍穹恒静无言，万籁消寂地笼垂着整个长夜。她不禁打了一个寒战，那种孤寂从里到外地反噬着自己的内心，不禁想起了爱她的爷爷，此刻的您，是不是透过这黑暗的穹隆，探视着现在的我是否安好？是否拥有了坦然平静的内心？她有点对自己失望，对未来美好生活的冀盼未能如愿地救赎自己寂寞孤单的内心，她畏惧着虚情假意的真心，冷漠无情的温情，难以自拔的等待和彷徨，再多的微笑仿佛已经掩盖不了内心的伤痛。世界上最爱她的人，已经远去，那逝去的关爱好像从来都未曾真正地属于过自己。莫瑾觉得，一辈子一个人，又何妨？一辈子或许没有想象中那么的长，可能还不如一瞬而过的流星呢？今夜的空气，都有一点凄凉，吸进肺里，寒得有点疼。

珍妮很愁蹙，她很想邀请白杨一起去天文社组织的流星雨观测活动，可是那个人连话都不多一句，让人很难接近。她偷偷转过头看了白杨的位置一眼，然后鼓起勇气拿了一张便利贴，上面写着在桃李园集合的时间，然后画了一个流星的图案，署名KIM，快速地走到他的座位边上，把便利贴贴在了他的课本上。然后迅速地坐回自己的座位上，感觉就像做了一件十恶不赦的坏事一样，各种恐惧、紧张、害怕的感觉迅即湮没她的咽喉，让她无法呼吸。

白杨走回课室就看见王景逸和莫瑾在走廊里说话，王景逸很得意地走的时候，还很嚣张地看了自己一眼，而莫瑾则是站立着一动不动地抬头看着天空，那一脸的孤寂，好像有千斤重的伤痛一样，让她的五官都凝聚了一层厚厚的悲伤，只有那么几秒，她脸上的阴霾就逝去，只见她用衣袖狠狠地擦拭了一下自己的眼睛，深呼吸了几口大气，就走回了课室。

不就是天文社组织的观测活动吗？至于愁成那个样子吗？真难看。他坐在座位上就看见了那张便利贴，不禁眉头一皱，随手就把便利贴揉成一团，扔在了课室后面的垃圾桶里。珍妮看见了，猛然地转过头，心里一阵酸楚和难过涌上她的眼睛，她用力地压抑着强烈的失落感。

这种无聊的事情，白杨是不屑于参加的，流星雨吗？许愿就会成真？真是可笑，他从小就缺乏这种诗情画意的情怀，不切实际的事情只会增加自己奋斗的负担。

但是白杨心里一直回响着一个声音，这次流星雨是三十三年才出现一次的，一辈子可能有机会看到的就那么一次。他摇了摇头，真的很幼稚。

晚上的桃李园非常热闹，天文社的同学们都集中在了桃李园，地理课的老师正在向大家说明一些观测的注意事项，大家都显得很雀跃期待，有的同学还装备齐全，除了席子以外，还有被子和枕头。莫瑾穿了睡衣在外套里，可还是不禁打了一个寒战，这深秋的夜夹着淡淡的水汽，还是会冷。王景逸不知道在哪里蹿了出来，然后敲了她的脑壳一下，看着她穿得那么少，还在颤颤地发抖，有点觉得她真不会照顾自己，不是没吃晚饭，就是穿不够衣服，怪不得身材就像麻秆儿，大风一吹就倒。

“晚上会很冷的，你穿那么少，是准备要当冰棍吗？”话说完，王景逸就把自己的外套脱下来递给莫瑾。

莫瑾看了看王景逸，他身上还穿了一件羊毛衫，再想想待会儿还有几个小时才能回宿舍，要是真的冻病了，一把鼻涕一把泪的，白杨肯定会特别嫌弃她吵着他复习功课，一想到那蔑视的表情，她还是决定把衣服穿上。王景逸的衣服有他淡淡的味道，一下把莫瑾熏得脸都红红的，那种百合花的味道很好闻，不同于一般的花香，没有甜味也没有果香，有点像春天般温暖的阳光，沁人心肺。

同学们三三两两地上了教学楼的楼顶，楼顶天台的四周围着很高的围栏，但是老师还是不停地嘱咐大家不要靠太近围栏，尽量集中在天台的中央。王景逸和莫瑾一直保持在半个肩的距离，不远不近，他指了一下一个位置和视觉范围都极好的凉席，示意莫瑾在那里坐下。

“王景逸，你凉席上还有一个袋子，里面装的什么呀？刚才我没有看见你拎东西啊？”

“我从来不自己拿东西。”王景逸耸了耸肩。

“你这种做派，真的让人看不起哎，下次你让我拿。”莫瑾扁了扁嘴，这人就是特别麻烦，整得跟个公子哥儿一样，不接地气。

“你话好多啊，我一片好心的，给你！”他赌气地把一个枕头拍到了莫瑾的头上。不是看着怕她一直抬头看天空，脖子会受不了，他才不用担心拿那么多东西，还有各种零食，好心没有好报。

“还有这个，零食、蛋糕，保温瓶里是蜂蜜柚子茶。”王景逸把袋子翻了个底朝天，东西七零八落地散了一地。

“很可以嘛，还有热茶，这个蛋糕好好吃的，上次我吃过了就一直会梦到它，鸡蛋味道好香的。”莫瑾马上两眼发光地拿起蛋糕，打开包装就咬了一口。

“你慢点吃吧，还有二十分钟才开始呢，对了，你看过活动星图了吗？知道哪个是猎户座？哪个是仙后座吗？”王景逸抬头看着天空，每个星座镶嵌在墨缎般的天空中，每一个所在的位置都准确地出现在他的脑海里，心里默念着每一个的名字，分毫不差。

他指了一下头顶那有一条玉带和两边各有两颗闪烁的星光，缓缓地说道：“最好认的就是它了，猎户座。就在你的头顶上，我们这里刚好可以观察猎户座附近的流星群，还有这个是双子座，那个是金牛座。星座中还有一颗全天最亮的恒星叫作天狼星。”

莫瑾看着天空中如瑰宝般的繁星，听着王景逸的讲解，有一刹那失了神，他知道的东西可真多。

“一九二八年，国际天文同盟总会将整个天空统一规划并分出了八十八个星座，但是我们在一个固定点观测，通常只能看到其中的一部分，不过，从这一部分，我们已经窥视到了宇宙浩瀚宽广的美。”

不知道过了多久，期盼的第一颗流星突然间划破天际，这个流星拖着优美的尾迹，灿然地留下一道白银般的划痕，散发出它的出尘之姿。

“这是一颗火流星，持续大概四秒，我们运气还不错嘛，第一颗看见的就是超长火流星。”王景逸笑着说，他露出了洁白的牙齿，身体用一只手撑着，微微向后倾斜，两腿并拢，另一只手轻轻地撩拨了一下头发。

天台上不断传来一阵阵的欢叫声，大家显然都在为这个流星雨极大值观测日里，看到了一颗这么美的火流星而激动不已。莫瑾伸出小手，试图抓住流星的尾迹，它是那么近在眼前却遥不可及，她笑了一下，美丽的东西通常都是不能盈握于手的，不是吗?

随着时间推移，越来越多的繁星闪烁出一道道的尾迹，时不时就有那么一两颗极其闪耀的火流星闪耀于其中，然后引起大家一阵又一阵的叫喊声和欢呼声。这个时候，有一个高年级的男生走了过来，对莫瑾说，你待会儿离开的时候，向你的三点钟方向看一下吧。

王景逸听到心里有数了，但是他没有表现出来，还是抬头看着天空，不时看看莫瑾被流星雨惊呆了的表情。入了深夜后，气温越来越低，莫瑾不禁觉得有凛冽寒风侵蚀入骨，她本来身体就是寒底的，再加上很瘦弱，不耐寒，一下就打了一个喷嚏。王景逸看了她一眼，然后起身坐在了莫瑾的左前方，挡住了她最大的风向。莫瑾看了看那个强壮的为她挡风的身躯，不知道为什么，心里暖暖的。这个时候，一颗非常明亮的流星冲破了黑暗的桎梏，挤入了高寒的漫漫长夜，星辰摇动，好像撼动了白银阙，消散出它自身的光芒。它划过的痕迹就像一把利刃一样，刺破了莫瑾的瞳孔。

莫瑾的头一直仰起，她想看看是哪一颗流星终究能把心里想了一万遍的话带给最亲的人，她好想爷爷。每个孤寂的长夜，莫瑾总会想起很多很多的过往，当时无论是有多苦，现在每每回想起来却是甜的，那里面有她思念着的人，他们的存在让整个回忆都过滤得只剩下美好。不知为何眼角感觉到一阵阵的滚热正在悄然下滑。

王景逸侧脸看了莫瑾一眼，不禁心里感叹无数遍，这女人是水做的真是不假，看个流星雨便能泪如雨下？她就像一个巨大的包袱，里面装满了很多很多丰富的情感，一层又一层地紧密包裹着，不容别人窥视，但是在某个时刻，就会渐渐地渗透出来，让身边的人很想去了解，想去包容。他摇了摇头，白杨和她简直就是一模一样的，这个世界上再无法寻找出像他们一般如此善于隐匿自己的人了。

这个时候很多人都在窃窃地笑着，显然有比这个流星雨更吸引人目光的事出现了，王景逸拍了拍莫瑾的肩膀，叹了一口长气，指了一下她三点钟的方向，男生宿舍的顶楼上，有好多的男同学用手电筒组合成了几个字：“莫瑾是个大笨蛋”。

莫瑾擦了擦眼睛，一副我没有看错的样子，然后转过头看了看王景逸，他也只能很无奈地点了点头。白杨，这可能是你一辈子干过的最傻的事情了。

王景逸看着男生宿舍那闪耀着的几个字，他心里有了几分把握，可是随即他便又低下了头，不敢去和身边的女孩子对视，在这个故事里，究竟谁充当着怎样的角色，谁又是谁的未知之数呢?

第3章

破镜

1

“许老师，您好，我是梁诗晴，我是您的学生，如果方便的话，能不能见个面？”

“好的，在哪里？”

“就在潇湘茶馆吧，下午四点，我等你。”

许文杰挂了电话后，心里有点不知所措。梁诗晴在他的记忆中，还是那个沉静的女学生。那个有抑郁症的女学生，那毕业的时候紧紧握住他的手的女子，过了这些年，是否安好？电话里头的她，声音气若游丝，但是一如往常的温润细腻，许文杰能感觉出来，梁诗晴过得很不好。

他突然有一种很悲凉的感觉溢出心田，仿佛眼前又出现那那个纤弱无力的身影，那黑色的长发飘飘，缠绕着他一寸寸神经。对于像许文杰这样文质彬彬的中年男人，都会有一个精神上不可逾越的女子，就像是他精神上的伴侣，可以和他花前月下，歌词诗赋，把酒言欢。那种灵魂的契合显然不可能在蒋文娟的身上找到。每当许文杰寻求着灵魂的高度超脱世俗的时候，蒋文娟就可以恰如其分地把他拉入凡间的柴米油盐之中不停地蹂躏折磨。这被许文杰称为家庭精神折磨，除了许静在他日以继夜的熏陶之下，日渐显露出来的可爱聪慧以外，其余的一切，都是那么的不堪入目。蒋文娟是那么不解风情，她常常在许文杰兴高采烈地朗诵着自己发表的文章的时候，打起了响雷般的鼻鼾声，或者是用她沾满油污的手触碰他视若珍宝的文学名著，就像一张粗糙的擦手布一样。

这种日子，许文杰过得忍气吞声却又无可奈何，当年他在书店里看见的那个恬静的女子，已经在岁月的沧桑下，沉淀成一个活脱脱的老妈子，虽然她还是那样美丽动人，可是从身体的构造里，就已经彻底坍塌。他不禁感叹自己当时眼光的肤浅，想想一个农村里出来的二婚女人，就算是一朵牡丹花，她也可以看成一团白面糊，又怎么可能风情万种？

这种现实和理想之间的残酷落差，每日每夜拷打着许文杰的灵魂，他甚至觉得自己的命途多舛，郁郁不得志。他渴望着虚情假意的救赎，拯救自己高贵无比的自尊心，每当他悄悄燃起自尊的火种的时候，就会被蒋文娟数钱的唾沫所淹没，周而复始。

梁诗晴是一个如水一般的女人，若不是命途多舛，她纵使没有大家闺秀的风范，也有小家碧玉的温婉。在大学时期，她虽然很想云淡天高地傲然于世，但是奈何造物弄人，偏偏让她走了和理想中的人生道路背道而驰的另一条。

照理来说，像她这样有学历却又如玉般温存可爱的女人，大多都会有甚是体面的人生际遇，可是她的家庭，还有父母，甚至朋友，就像不约而同地和她过不去一样，拼了命地把梁诗晴往死路上逼。而她偏偏是长期将思想浸润在阳春白雪一般的意境当中，不能自拔，每当窘困的时候，她就仿佛赤裸裸地被凌辱了千万遍，生不如死。这个世界上仿佛所有和文雅、洁净等有关的词语都和钱挂钩。贫穷就好像是潜伏在骨髓内部的毒瘤，滋养着自卑、浅陋、小气、愚昧，由内而外地紧紧地束缚住命脉，从穿衣打扮到行为举止，以至于别人一看见，就会自然而然地说，这个孩子家庭条件肯定不好。

贫穷的人，好像做任何事情都会担忧到钱，做什么事情都会因为没钱而放弃，日积月累，被训练成一种惯性思维。习惯性的自卑，一如既往的彷徨迷茫，不仅浑身上下透出市井俗气，也对金钱和美好生活近于执拗扭曲地向往。这种生存的压力带给梁诗晴的除了抑郁情绪以外，还有性格上面的缺陷，自私、敏感、尖刻，过分的自尊同时却又自卑，极度缺乏安全感，等等。

以至于她的人生在最美好的年华里一无所有，她甚至连没钱都不敢说出口，因为她自己都不愿意相信这是真的。后来的事情很简单，梁诗晴屈服了，因为父亲的去世，母亲继而患病，她一个柔弱的女子好像除了堕落，别无选择。可是每每她回忆起大学里的时光，许文杰那温文尔雅的身影就如梦似幻吞噬着她的所有思绪。她可以在世人面前污秽，却必须在他面前圣洁，那种极其渴望被珍视、被保护的情感一如往昔地占据了梁诗晴的理智，她只是想去见他，别无他想。也许只有这样，她才能够感觉到自己还活着，那种自我厌弃的感觉，俨然成为她继续卑微地活下去的毒药。

潇湘茶馆，在一条非常寂静的小路的深处，绿树成荫，竹林幽径，自成一色。来这里喝茶的人，大多都不是为了那天价却又淡然无味的茶水，而是那种超脱世俗的意境。这种高档次的地方，自然不是许文杰这种消费能力的人可以光顾的，但是当他迈入这个地方的时候，心里不禁泛起了别样的感觉，一壶清茶，轻轻拂过耳旁的琴音，自然而然地让他骨子里那种清高自傲的情感顷刻溢满心田。他坐在席间，看着年轻漂亮的服务员为他倒上满杯的碧螺春，那淡绿碧透的茶水一如清泉，让他的心智都无比舒畅。

“许老师。您好。”一把软若无骨的声音，穿透了许文杰的心扉。他抬头一看，眼前的那个女子已经和他印象中的那个她，截然不同。仍然是那张五官精致的脸，却生生地刻入了一笔笔浓重的风霜，虽然她刻意地装作面无表情，用力地掩隐着内心深处的龌龊肮脏的气息，它们还是散发在她周身的每一寸肌肤。

“坐。”许文杰有点不知所措地说道，他露出了一个非常勉强的笑容，然后抬手指了一下对面的位置，他指出了一个恰如其分的位置，给出了一个熟悉而又陌生的距离。不远不近的那个位置，让梁诗晴心里猛然一阵剧痛，就像一条皮鞭，猛然抽在了她的心脏。梁诗晴强忍了眼睛里的泪水，她用力地抿嘴一笑，很优雅从容地坐在了许文杰手指的那个位置上，就像一缕轻烟，婀娜而缥缈。她长长的头发撩动着许文杰的手指，就像一股电流，让他全身上下的毛孔都舒张开来，很是舒畅。

“你最近好吗？”许文杰有点迫不及待，他不经意地端起了那个沏满茶的杯子，杯子的温度过热，煎烫着手指的皮肤，可是他浑然不觉。

“我过得并不好。”梁诗晴低下头，她已经忽略了对面坐着的这个男人曾经是她的导师，她已经逾越到了一个未知的局面，这个她无数次幻想的局面，这个男人只是一个她萍水相逢的男人，想爱就爱，想见就见。她深呼一口气，露出了一个很勉强的笑容，用力地掩盖着她的窘迫和落魄。是的，她的人生就像一块抹布，又脏又破，只配来擦拭别人璀璨的生命。

“怎么不好，能不能，告诉我？”许文杰不由得关切地询问道，他不明白，为什么这样的一个人儿，他觉得珍如瑰宝的她，就有那么大的本事可以把原来光明一片的前途折腾成这个样子。到底是怎样的际遇才能让清如莲、傲如梅的她，如今就像蒙上了一层厚厚的灰尘，原来明珠一般的眼眸，竟然也是浑浊不堪。他不由得有一种悲悯的情感像火山爆发一样，充斥着心房。

“你能想象的各种不好，我都遇上了。我很累，如果可以离开这个世界，我可能会毫不犹豫地就离开，但是很可惜，我有不能放下的人，我离开不了。那个人，我就算看一眼，就想要拥有，这样很不好，我知道很不好。但是，我没有办法压抑自己的情感，就算是远远地看上他一眼，我就觉得活着是有意义的。”

“那，这个人很有福气，让你有这样的感觉。”许文杰听完梁诗晴的一段话，突然有一种透不过气的感觉。他的呼吸变得有点急促，不由得用几声咳嗽来掩盖自己的不安。

“不，他没有福气，被我这样的人喜欢着，就是一种诅咒。你不知道，我经历过什么，我的生命就是一种偿还，偿还着各种情债，我感觉歇斯底里地耗尽着我的所有，但我还是没有办法去填满那个深坑。各种世间伦理道德鞭笞着我的内心，我每天都要承受精神上的各种鞭笞，你知道吗？我觉得自己恶心，觉得自己肮脏，但是，我却没有办法改变。这种无力感每天拉着我坠入深渊，我就这样成了我自己以前最厌恶的那种人，每一天都要恶心着自己的人生，这样让我自己都恶心的人生，我为什么还要继续活着？”

“每个人最终都会成为自己最不屑的那种人。不是吗？至少，我并不讨厌你，梁诗晴，我并不觉得你脏。那一年的夏至，你穿着一条白色的连衣裙，挽着一个长长的发髻，那恬然安静的表情一如既往地烙印在我的心里，眼前的你，还是当时的模样。从来都没有改变过，甚至，我还闻到了当时，荷花随风而来的清香。这样的你，不可能用肮脏来形容，我不允许你，这样地作践你自己。”许文杰缓慢地说道，他没有一点急躁，这就是他所思所想，她还是那个她，一切都没有改变过，简单而务实的心灵，不会因为厄运而变得污秽不堪。她的灵魂值得被救赎，她需要一条救命的绳索，拉她离开那个越陷越深的沼泽。

“不，我已经不是那个我了，我选择了懦弱，你知道吗？在困难面前，我选择了屈服，我没有做出任何的挣扎，就这样的我，也配救赎？我什么也不配。我只是想看看你而已。”说罢，梁诗晴抬手擦拭了一下眼泪，宽松的衣袖不经意间露出满是刀痕的手腕，她不在意地握着面前的那杯茶水，深深地抿了一口。苦，但是猛然回甘。

“人生如若都是那么完美，岂不是没有意思？梁诗晴，你并不想死，如果你想死，那么你早就不在人世了，不是吗？你其实并没有选最容易的那条路，你活了下来，不是吗？”

“我确实还不想死，我有活下去的理由。”梁诗晴苦笑着，像她的人生，居然还有期盼，这真的是一个笑话。

“那么你需要我帮你什么？如果我能做到的话，我尽量帮你。”许文杰昂了一下自己并不壮阔的胸膛，他多么希望此刻，他能够像一个男人一样，给眼前这个瘦弱的女子一个可以稍微歇息的肩膀。

“我确实有求于你。我知道这个要求很过分，但是我希望你会帮我，我并没有报酬，这件事情纯属你自愿。如果你帮我，那么我这一辈子都是欠你的；如果你不帮我，那么我也没有一点怨言，毕竟这个要求，很过分。”梁诗晴低下头，是啊，她这是在做什么？她在奢望什么，这个男人可以给她一些什么？可能除了那种缥缈的期盼，他什么都不能给，但是她多么希望自己，此刻就这样停滞在这个有他的时空，因为他，所以她觉得自己是有意义的，是存在的，是存在着无数的可能的，她至少是有路可走的。

很多时候，她都认为自己的失败源自她的选择，在人生的道路上，摆在你面前的是无数的多项选择题，而她都一直在做着最错误的选择，每一次挑着最坏的答案。比如说，在医生关切地询问着她，父亲是选择保守治疗还是积极治疗的时候，她毫不犹豫地选择了积极治疗。是继续学业还是投身社会？是走还是留？梁诗晴觉得自己在下一盘人生的棋局，而在最初开局的时候就下错了一子，当她企图一步一步换回自己错失的时候，才猛然发现，自己的败数俨然在错落一子的时候已经定局。

“说吧，我想听听你遇到了什么困难，不到不得已的时候，我想你也不愿意来找我。”许文杰暗自讥笑着自己的无能，他确实没有多大的能耐，在家都在受女人气的他，谈任何与金钱有关的事情都是奢侈。他希望有那么一件事情，他可以帮，却完全凌驾于金钱至上，那么他的人格，他的品德，就可以完全地光明磊落地展现于人前。

“我被包养了，是不是很失败？但是我还怀孕了，却不能打掉这个孩子，因为我要是再一次打胎，恐怕就很难再怀孕了。很糟糕的人生是吧？我却有想要把它过好的期盼，是不是一种很奢望的想法？我找你，并不是想赖上你，你是一个很好的人，是我遇见过的最好的男人。所以我知道，我提出任何的要求，可能会把你完美的人生轨迹，拖入我这条泥泞不堪的道路里来。可是我需要一个男人，帮助我走过那么的一段，我从来没有觉得如此彷徨，如此不知所措。有时候想想，我要是孑然一身，了无牵挂的话，你说的对，死何尝不是一条最简单的路。可是如今，我想试试，走一条，困难的路，我想看看，如果我铆足劲儿，能不能为我的孩子开出一条康庄大道，我能不能改变他的命运。你不需要承诺什么，我只是希望，在我最脆弱的时候，你能不让我放弃，你能让我看到哪怕是零星的一点儿希望，都足以给了我坚持下去的力量。”梁诗晴说的时候，很平静，似乎她的沧桑已将所有经受过的悲凉甩手于稀薄的空气中，不着痕迹。她就是那么淡然而然地说着毫不关己的事情一般，就这样笑谈着生死，让许文杰有一点胆怯，这种漠然于世的态度让人害怕。

“好。”

“谢谢你。”

梁诗晴就知道，这个男人，就会给自己这一个好字，没有多余的一个字，却包含了最广阔的含义，让人心安而平静。她知道，为了这个好字，许文杰可能会失去很多，但是他却毫不犹豫地给了自己所需要的所有的信心。她的双眼不禁含着眼泪，然后别过脸，飞快地用袖口抹掉，然后定睛看了一眼许文杰，深深地把此刻的他印在了自己的脑海里。然后起身，用手拍了一下坐皱了的裙摆，转过身，很从容地说道：“从今天开始，只能我找你，我指的是，有需要的话，我会找你，而你却不能主动找我，当然这也是为了你着想，虽然说你也是为了帮我，但是我却不希望破坏你现在的婚姻，就算现在你的婚姻幸福或者是不幸福，我也不想成为那个变量。最后，我想说，如果当初我听你说的，留下来深造，如今的我们会不会也是不幸福的？或许，人生若只如初见。”

“我只是希望你好，仅此而已。”

梁诗晴笑了笑，“我也有同样的想法，这辈子是做不到了，我拖累了你，但是我不后悔，我就是这么自私的一个人，从来都是。”有时候不要分得那么清楚，人嘛，不是我欠你的就是你欠我的，算得太清，人情也就轻了。

“随时找我，只要你需要，不要害怕，有时候你觉得活不下去了，会闭上双眼，可是当你再一次睁开的时候，你会发现，路就那样敞亮地在你的面前。”许文杰觉得自己嘴很拙，说不出什么好听的话来，但是此刻，他的内心是澎湃的、激动的，那种强烈的被需要感，狂猛地打击着他所有的理智。

2

蒋文娟是一个非常能审时度势的女人，换句话说，她具有很强的公关能力。她其实很想突破钱治这个关口，可是左右打听了，这个人软硬不吃，很是难缠，贸然去见他，又怕留下一个急功近利的印象。蒋文娟使了很大的力气，才终于隐约打听到了有关钱治的一些家事，简单一点来说，他对老家的亲戚也都非常关照，不是给安排到了自己的企业，就是过年过节的都有打点，所以为人相当重情重义。而家里也就是一个中了风的老太太让他牵肠挂肚，钱治花了很大价钱去请别人来照顾老妈妈，但是没有遇见一个真心实意地，要不是身为儿子的他照顾起来不是很方便，他多少次都想亲手照顾了。有一次，一个保姆愣是不小心给老太太喂了过烫的汤水，将老太太嘴里烫出水泡来，让钱治发了很大的火，立马让那个保姆卷铺盖滚蛋。这个照顾老太太的问题就是钱治的一块心病。

蒋文娟就起了这个心思，她托了很多熟人，左搭线、右牵人情地才终于跟着钱治一个很远房的亲戚搭上了关系，求得了一次跟随探望老太太的机会。这能不能成就看眼缘了，说起来这个老太太虽然中风了，身体行动、说话都不太灵便，有时候大小便都会失禁，但是心里跟明镜似的，难伺候得很。

钱治是一个非常孝顺的男人，他觉得自己这一辈子，最对不起的就是自己的老妈妈。小的时候，老太太拉扯他们三个孩子很不容易，父亲死得早，吃喝拉撒全靠老太太一个人死撑着。结果好日子刚来，老太太就急性中风，病卧在床上不起，连个贴身照顾的人都没有。钱治的内心很愧疚，所以对老太太的事情很是上心，样样都考虑得很周到，但是再周到，也没有贴心照顾好来得重要，所以尽管药和食物都是尽善尽美，老太太却还是小病不断。

蒋文娟来到钱治家里的那一天下午，正是入冬后不久，天气有点阴寒。钱治家里很大，有一个很大的房间给老太太休养，房间里开了暖气，但是空气流通不好，老太太大小便又不能自理，混合着各种难闻的气味，让人感到非常不适。蒋文娟说是自己是老太太远房亲戚的侄女儿，凑巧来探望一下老太太。大家一进房间就差点被熏晕过去，同行而来的几个中年妇女都忍不住捂住了鼻子，但是蒋文娟二话不说，一凑上跟前就开始收拾起来，她麻利地把窗帘拉开，把窗户打开一条缝隙，通一下空气，然后她把手搓暖和了，才缓慢地替老太太更换起了垫着的成人尿布。

由于老太太不能自己翻身，只能嗯嗯啊啊地发出一点气息，所以看护和保姆要是不留心还是很难发觉的。换尿布的同时，蒋文娟又用温度适宜的暖水缓慢地替老太太擦拭起了身体，蒋文娟的力度恰如其分，不像她们总是很不耐烦地用力擦拭老太太的身体，虽然她面部并不能做出多大的表示愉悦的表情，但是却能看见一丝淡淡的舒适和满意。蒋文娟有着她自己的考虑，但是对于老太太确实真心实意地好。这种年迈而不能自理的无力感，让她不禁想起很多的人和事，世界上千千万万的人，却只有那么寥寥可数的，在孤苦、疾病、痛苦的时候，会毫无保留地把自己的手伸向自己，这并不是一种情感的施舍，相反的，是一种与生俱来的信任。蒋文娟觉得自己，需要这种信任，这就像是一种救赎，每当夜深人静的时候，撩开自己千疮百孔的内心的那一瞬间，你需要发现自己还有那么一处洁白无瑕的圣地，可以坚守。

老太太的手，很温暖。蒋文娟轻轻的摩挲着上面大大小小的茧子，然后靠在她的耳边细声耳语，老太太用力把手握了一握。蒋文娟才一脸淡然地走出了房间。

钱治看在了眼里，等到蒋文娟出了房间，才示意她坐下。钱治不由得打量起这个女人。他眯起眼睛，仔细地观察着她的五官和神态，似乎岁月对这个女人很是眷顾，在她细致的脸上并没有遗留什么痕迹。简单而粗糙的穿着，两只布满裂纹和老茧的双手不停地揉捏衣角，但是神情安然自若，她不经意地撩拨了一下猛然坠下的发丝，轻轻地别在耳后。就是这样的一个小动作，让钱治觉得有四个字浮动在他的眼前：如沐春风。

“你是我们的远房亲戚？”钱治拿起温热的茶水，喝了一口问道。

“嗯，若是仔细算起来，老太太是我的姑表那边的姨母。”

“在本市住着吗？可有工作？”

“在这里好几年了，我也没有什么文化，开始的时候就打打零工，现在做点小生意，勉强糊口吧，我的先生倒是个文化人，但是收入也不多。”

“你若是有工作，我便不留你了，大家都是亲戚，有空的话，就多来串串门吧，我觉着，老太太可是和你很亲近呢。”

“若是表姨母不嫌弃我生分的话，我可是很希望能多来探望。这次就不打扰那么久了，周末如果可以的话，我想来给表姨母说说话，不知道方不方便？”

钱治看了看蒋文娟，然后对身边的阿姨说：“以后她来之前就给你来个电话，自己人，不用太讲究，老太太若是喜欢，就留下来一起吃饭。”

蒋文娟点点头，心里有数。

就这样，蒋文娟隔三岔五地去钱治家照顾老太太，虽然开始的时候，钱治以及家人都对她这样的行为感到很不解，不就是一个远房得不能再远房的表亲吗？严格点说起来，也算是非亲非故的，怎么不知道从哪个山旮旯里冒出来的亲戚就平白无故地对老太太那么上心？所以每一次蒋文娟来家里，钱治总是左右打量，对于他这种在生意场上闯荡出来的汉子，还真是被弄蒙圈了。后来看着蒋文娟对老太太也确实是照顾得很周到，她一坐在床边就拉着老太太的手，不断地为她活动手指关节，天南地北地聊着天，还用不知道什么土办法来对付老太太后背的褥疮，都渐渐地好起来了。

每天下午地时分，蒋文娟总是坐在床边，把老太太扶坐起来，把她的所有重量压在自己的身上，然后轻轻地扫着她的背，让气血都活络起来，这样持续半小时以后，蒋文娟再把老太太平躺在床上，然后才开始揉她的腿。阳光透过敞亮的窗户，总是把蒋文娟的脸蒙上一层又一层淡淡的暖黄色，细腻柔和的色调把她的脸庞渲染成一幅让人过目不忘的画。但是这种没缘由的好，让钱治非常不安，他需要一种说法，总要有一种令人信服的说法去解释蒋文娟的这种行为。所以钱治找人去打听这个所谓的远房亲戚，虽然血缘远疏，但是总有这个女人的各种来历。

当钱治了解到蒋文娟的部分事迹后，也开始讥笑自己对人心的肤浅认识。不会有无缘无故的爱，虽然他也很感动于蒋文娟对老太太无微不至的照顾，但总是要货款两讫的。

于是他开始有一丝的焦虑，这种焦虑让他不知所措，这种焦虑感是一种很奇怪的情绪，每每看见蒋文娟的时候，他就会不由自主地注视着她的一举一动，她的脸总是带着一丝丝的笑意，就算明知道她的初衷并不纯粹，但是他并不想带着一丝一毫审视的目光去看待这个温暖如春的女子。她的手，那双布满横纵裂纹的手，嵌入了各种艰辛的纹理，轻抚着他的心扉。钱治努力地掐灭着自己各种莫名其妙的想法，他觉得自己开始有点讨厌这种感觉，日复一日，俨然已成为了他极重的心理负担。

3

莫瑾开始觉得白杨是一种非常奇怪的生物，他的情绪有一种近乎失控的状态，各种折磨她的手段层出不穷，态度也犹如万年冰山，在炎炎夏日，只要他瞪一眼，莫瑾就感觉自己神经末梢被千里冰封。白杨变着法子给了她整整一摞的练习册，毫不留情地就拍在了莫瑾的书桌上，留下了两个字：全做。莫瑾翻了翻，心里面就开始发毛，全都是白杨做过的练习册，感觉都可以做几个枕头。她再仔细查阅了一下，里面的解题思路和技巧非常清晰，有的甚至有几种解法。莫瑾不禁有点汗颜，怪不得人家解题技巧如有神助。

“白杨，这么多，我何年何月才能做得完啊？”

“奖学金。”

“做，我肯定做完，就是时间可能会不够呢。”

“奖学金。”

“时间，我尽量抓紧一点，唉，看来下午是不能去图书馆了。对了，这么多练习册，你做了多久才完成啊？”

“一个星期。”

莫瑾感觉自己的心都在滴血，看来智商真的得恶补一下，如果可以去打个点滴什么的补给一下先天的不足，倒也未尝不可啊。

白杨就是那种，你站在他的面前就会自惭形秽的人。总是一副高傲的样子，仿佛世间万象的发展规律尽在他的掌握之中。刚认识他的时候，莫瑾觉得人生就是不公平的，赢和输就已经既成轮廓。但是渐渐地，她觉得人生的不公平其实尽在于行，白杨也是付出了别人窥视不到的十倍努力才活成了现在轻松的样子，莫瑾不禁揉了揉自己的太阳穴，看来奖学金又离自己远了一大步。

王景逸又跑到莫瑾的课室门口，瞄了一眼，然后咧开嘴就笑着说：“莫瑾，下午班级女子篮球赛，你要来参加吗？”莫瑾看了看桌面上小山一样的练习册，摇了摇头。她开始怀疑为什么白杨非得今天把练习册给她了，这才是炼狱的入口。王景逸看了看白杨那副生人莫近的面瘫表情后，扭头就笑着说：“来吧，明天下午我去图书馆里教你吧，不就立体几何嘛，我教你如何融会贯通。”

莫瑾看了一下白杨，心里有点激动的样子，毕竟是一年一度的班级篮球赛，还是很想去的，毕竟她有非常强烈的班级荣誉感。上一次男子篮球赛就被白杨困在教室里做了一个下午的化学题，听着一阵接一阵的欢呼声和加油声，莫瑾觉得自己的魂魄都要飘到大操场了。可是白杨一句，他不参加，输赢根本没有可观性就抹杀了莫瑾那颗蠢蠢欲动的心。但是这次不一样，是女子篮球赛，班里女孩子打篮球的本来就不多，每个都是娇滴滴的大小姐，像莫瑾这种可算是班级里的种子选手。莫瑾很苦恼地看了看手里写着的习题，突然有一种被白杨奴役了的感觉，她不由得用笔头戳了戳白杨的后背，一下，两下，三下。

“去吧。”白杨冷冷地说道。

莫瑾立马欢快地放下笔，然后轮了一下胳膊肘子，伸展了一下坐了一整天的身体，感觉自己就像一只煮熟了的虾米。然后就迈着欢快的步子向门外走去，感觉有点像刚出了一个巨大的牢笼。

“王景逸，听说你们班上次赢了男篮？”

“什么叫听说，本少爷本来就是球神好吗？简直就是我的个人表演赛。”王景逸不禁想起那个叫白杨的家伙，以前听说三分球总是比他厉害，百发百中，时隔几年，也不知道他有没有退步呢？说起白杨，王景逸总有一种既生瑜何生亮的感觉，每次输给他都会有一种近乎失控的状态，那种你追我赶的快感。若不是白杨没有上场，花落谁家倒真的不一定。

“女篮比赛，我只能去看看吧，估计是不能上场的，你不去给你们班里的女同学打气，来找我算怎么回事？”莫瑾其实有点担心，自己虽然身高还行，但是体重明显不足啊。打篮球也算体力活，自己这种麻秆儿的身型，是靠近不了三分线的吧。

“你的体型应该是要挨打的节奏，我想要看看，所以只能来叫你参加啊。”王景逸回答得行云流水，一点不含糊。莫瑾的脸马上就乌云密布了，这到底是什么意思？

到了篮球场，各班的同学已经是里外三层包裹得严严实实了，好不容易挤进去就看见各班的女同学都换好了临时队服了。莫瑾走到自己班级的位置上看了一下，这个明显就是要输的阵形啊。珍妮看见莫瑾走过来了，马上迎了过去：“你怎么现在才来啊，我急死了，你来后备可以吗？”莫瑾看了看对手班级的选手，有点心虚地说道：“你也知道，我三分还能弄几个球，其他的完全不行，可别真的让我上场啊，也就是个挨撞的结果。我想问问，学校的饭堂是不是偏心啊，她们怎么长得那么结实。”珍妮和刚到的谢晓帆、吴桐一听都不禁捂着嘴笑了。

几个女孩子看了一下正在摩拳擦掌的对手的时候，不约而同地叹了一口气，真心不懂这种明明就是汉子们的运动，要技巧有技巧，要速度有速度。换成了十个女孩子上场，光是计算带球的时候有没有犯规都能够用去一大半的时间了。

“珍妮，你上场可以吗？要不然我替你吧？”莫瑾一脸严肃的模样，让这娇滴滴的女生去打篮球，这简直是一种负担。

“嗯，我先上上半场，你来下半场，只要不输得很难看就可以了。”珍妮也发呼了一口气，比起打篮球，她宁愿做一百道练习题。

“只要不太难看就可以了，我们是有多弱的队伍啊。”吴桐拍了拍谢晓帆的肩膀。

珍妮看了看全场，分明找不到他的身影。她有点失望，虽然这是一种非常矫情的做派。

体育老师吹起了响亮的哨子，表示比赛就要开始了。其实体育老师也觉得女子篮球比赛应该可以取消了，毕竟女同学们日常都很少有喜欢去打篮球的，非常缺乏锻炼，整场比赛下来，他就只顾着吹哨子了。带球都成问题的女同学们一直在犯规，还居然出现各种令人目瞪口呆的剧情，比如会抢球扯到头发，带球踩到对方的脚直接绊倒，等等。总之一场球赛下来，体育老师都要刷新一次人生的承受点。

三班出场的选手都很强大，其中有三个都是校队成员，还有三班的副班长张倩儿和黄婷。对比起她们，四班就真的实力悬殊了，一副残兵败将的阵形，还没有打就已经输了半场。

体育老师在场上简单地说了一下比赛的规则，然后时间也不长，上下半场加起来半小时。比赛正式开始了，场外的同学们开始欢呼加油起来。莫瑾也被大家的情绪感染了，不禁紧张地盯着篮球场上那些熟悉的面孔。

“莫瑾，怎么你没上场挨打啊？”王景逸打趣道。

“我可是想啊，也没轮得上呀。王景逸，你们班都是稳赢的姿态了，至于我们班谁上不都是一样的吗？”

王景逸怔怔地看着莫瑾说道："当然不一样，失败和惨败可大不一样。"

这个时候，只看见黄婷像燕子一样把正在带球的莫珍妮围住了，只看见她打了一个眼神，然后其他的两位队员就马上围过来，然后用身体挡着做掩护，遮住了体育老师的视线，紧接着，黄婷就一个侧身把篮球夺了过去，她猛然的进攻让珍妮一个不留神，半身就被黄婷撞了过去。珍妮本来身材柔弱，也就没有多大的力气，生生地被撞倒在了地上。

场上猛然一阵呼喊，体育老师看见有人倒地了马上就吹哨子喊停。莫瑾冲了出去，扶着倒在地上的珍妮，连忙查看她伤到了没有。

"我说，你也太作了吧，这假摔真的有点过。"黄婷马上走过来说。

"你怎么能这样，明明是你撞倒珍妮了，居然说假摔？"莫瑾突然脱口而出。她可不能让珍妮受到一点伤害，宁愿摔倒的是自己。

"就是假摔，这才多大的劲儿啊，就摔得跟被车撞似的，不行赶紧撤了吧，浪费时间。"黄婷嗤笑道。

"莫瑾，没事，我刚才就是没有站稳，你看，我这不好好的吗？"珍妮站起来，拍了拍身上的灰尘。

"好，你别太硬撑啊，我可以替你的。"莫瑾弯下腰查看了一下珍妮的膝盖，确定了她没事后才瞪了黄婷一眼，走回了场边。

王景逸笑着拍了拍莫瑾的肩膀，示意她不要紧张。

"我们班黄婷，推铅球的，力量型选手，你别太紧张了。"

"我说她劲儿也太大了，抢个球就把人给推了，投个篮岂不是不得了了。"

这个时候，张倩儿已经把黄婷传过来的篮球抛出了一个漂亮的弧线，一个完美的三分球。张倩儿看了一眼站在边上的王景逸，发现他完全没有往自己这边看，猛然有点失落，但是她分明看见了王景逸侧着脸一直微笑着和身边的一个女同学在说话，他露出很漂亮又整齐的牙齿，笑容很干净，眼睛澄清明亮，一张俊雅的脸，笑起来唇边有两个很浅的梨涡，让他徒增了几分孩子气。

王景逸是一个很容易让人有好感的少年，阳光，天然而不造作的气质，虽然整天有点嬉皮笑脸的做派，却丝毫不让人讨厌。再说了，一个成绩优秀的富二代，脾性就算差一点，也不会特别招人嫌的。

"谢晓帆、吴桐、袁媛、李琰琰，你们都小心一点，我们不争胜负，安全第一，知道吗？"珍妮揉了揉膝盖嘱咐道。

马上轮到四班发球，吴桐把球传出，珍妮马上接住，然后攻入对方阵形，谢晓帆还有其他的队员马上随上，但是很快就被对方的防守压迫力又逼出了三分线外。张倩儿看准时机，不断地在珍妮面前企图把扣在她手中的球抢走，珍妮感到了一种猛烈的压迫力，她用余光看了一下在边上的吴桐，猛然地把球传给了无人防守的吴桐，吴桐利落地接过球以后，马上往进攻球场冲。两个对方的队友马上冲上前拦截，吴桐几步绕开了，然后看准了时机，嗖的一声，球稳稳地入篮。四班马上欢呼起来，一阵又一阵雷鸣般的掌声。

莫瑾高兴得直接蹦起来，“太帅啦，什么是实力，这才是实力啊，动静皆宜！”

“别太高兴，我们班的重量级别选手可还是都没有发挥出正常水平呢。”王景逸看了看有点活跃过度的莫瑾，发现她笑起来，也是非常好看的。他觉得这个游戏开始有点意思了，不知不觉地入戏。

这个时候，三班已经以迅雷不及掩耳之势入了三个球，愣是让珍妮几个全场跑，故意把球传来传去，就像逗着她们玩似的。完全不是一个级别上的选手嘛，很快珍妮几个就跑得有点乱了阵脚，连防守都隐约有溃败之势。

珍妮这个时候好不容易接住了李琰琰传来的球，马上又和黄婷对上了，她想转身运球，但是黄婷伸出手，奋力一击，照着珍妮的手就拍下去，珍妮感到自己的手马上火辣辣的，手一松，就被黄婷把球扣住了。黄婷环视了一周，快速带球，跑过中场线，传球，然后张倩儿接过球，完美入球。

珍妮不禁看了看自己红肿着的手，然后发现体育老师完全在一个看不见她们整个发生过程的角度上，她摇了摇头，没有吱声。又是几个来回地入球，体育老师吹响了哨子，上半场结束，四班远远落后。

珍妮和其他四个人走向场边，莫瑾马上迎了过去，她看见了珍妮红肿的手，马上跟一根点燃了的炮仗一样：“谁打的？体育老师没有看见吗？这究竟是打球还是打人？”

“莫瑾，下半场得你上了，我刚才跌得那一下有一点狠，脚扭到了。你别生气，别和她们较真，就是一场比赛，没有什么大不了的。”珍妮认真地看着莫瑾，感觉她必须懂的样子。

“好，我不较真，我多入球。”莫瑾有点生气了，不就是一个比赛嘛，用得着这样吗？

“莫瑾，忍，不要抢，懂吗？”珍妮再嘱咐了一句。

下半场开始，莫瑾一上场就感觉到史无前例的压迫感，完全就是一个打五个，传球给别人，对方倒是不紧不慢地抢球或者防守，但是一旦球传在了她的手上，对方五个人就会聚过来，不怀好意的目光一直注视着她。

张倩儿用一种不屑的目光投向莫瑾，她一转身就把原来在莫瑾手中的篮球抢走，然后示意黄婷和其他两位队员防守。莫瑾被包围了没有办法，只好往空隙的地方跑，她一个侧身躲过了三个人的包围，刚寻到一个位置可以防守张倩儿的投篮，这个时候张倩儿突然就带球向莫瑾冲过来，不知怎么的两个人就撞在了一起。莫瑾身段纤细，而且又没有预想到张倩儿会突然朝她撞过来，猛然就被撞倒在地上，手肘磨出了一个血口子。

莫瑾完全没有注意到自己的伤口，而是蹦起来指着张倩儿说："你这是打球还是打人？"

"你认为是打球就是打球，认为打人就是打人。"张倩儿完全无视莫瑾，转头就向体育老师喊道，"老师，我犯规，罚球吧。"完全一副无所谓的样子。

"你！"莫瑾气得眼睛都红了一圈。

这时候，一个熟悉的身影走过来，轻轻地用笔头戳了莫瑾一下。"哎，别打了，看你摔成坨泥，有劲儿吗？"

"别戳我，我觉得可有劲了，怎么了？"一转头，就看见一脸嫌弃的白杨。

王景逸也急忙跑过来，手上拿着止血贴，看了一眼莫瑾的手肘，摇摇头："果然不抗打，哎，赶快贴了这止血贴，看你这快要失血过多的样子。"

张倩儿看见王景逸竟然还亲自把止血贴撕开了，帮莫瑾轻轻贴上的样子，莫名地内心就一阵鄙夷。

莫珍妮看见白杨一脸嫌弃地不知道和莫瑾在说着什么，突然间就揪心地难受，她并没有上前，害怕自己此刻的情绪会流露出来。刚才自己摔倒的时候，白杨在吗？怎么莫瑾被撞了一下，他这么快就出现了，这到底是怎么了？莫瑾什么时候和白杨私交这么好了？她的脑子里立刻被一大堆负面的问题所缠绕。珍妮别过头，强忍住在眼眶里湿润的液体，控制住不让它掉下来。

体育老师这个时候也暂停了比赛，把三班的同学叫到了一起，在对她们低声说着什么。张倩儿却没有听，一直注视着王景逸那个方向，然后拳头攥得紧紧的，显然就是一副怨大仇深的样子。体育老师却明显地没有过多指责三班的同学，明显对张倩儿偏袒。

"太过分了，连老师都偏帮她们，我这不白挨打了？"莫瑾狠狠地瞪了王景逸一眼，要不是这个乌鸦嘴，她也不至于一上场就中了个头彩。白杨和王景逸都不约而同地互看了一眼，然后各自有打算。张倩儿的张扬跋扈不是没有理由的，在学校里谁不知道她的父亲是市里的领导，若不然，莫珍妮也不会让莫瑾忍了。

比赛还有五分钟，莫瑾咬着牙投篮拿了一些分，但是明显地又被撞了几下，当然，三班的女同学好像完全不在意输赢，只要莫瑾一带球，不管什么角度和距离的都去撞。

场外两个班的同学们都看得真切，这分明就是莫瑾和王景逸走得太近了，张倩儿的怒火一下就被燃烧起来，这明显就是莫瑾无辜被王景逸牵累了，但是莫瑾自己却不得而知，她若是知道自己今天无故挨打是为了什么，估计得气得吐血，真是无妄之灾。

终于到比赛结束了，三班领先了十几分，至少四班不是吃了个鸡蛋的结果，也不至于太难看。场外的同学们一看比赛完结了，就三三两两地散了，珍妮和谢晓帆还有吴桐也回去宿舍了。

剩下在场边龇牙咧嘴贴胶布的莫瑾。她还在纳闷比赛的时候发生的事情，自己无故被撞、被推，肯定是倒大霉了。张倩儿就带着几个女生走了过来。把莫瑾围了起来，一脸的不客气。

“你就是莫瑾？那个关系生？你什么背景啊你？”黄婷一开口就充满了鄙夷。

“我没背景，只有背影。怎么了吧，打人还有理了？”莫瑾头都没有抬起来一下，她心里可是啥都不怕，最坏的结果不就是被打一顿而已吗？她可是从小被打到大的，抗痛能力强着呢。

“你自己知道怎么回事，没有下一次。”张倩儿警告道。

“我不知道怎么回事，要不你明说？”莫瑾这下可就真的莫名其妙了，这是怎么回事？什么时候得罪她，而不自知？

“装，你接着装。”张倩儿说完就想动手。

莫瑾昂起头，她不躲也不闪，此刻心里却并不想示弱，也决计不会还手，她不怕打，但是怕惹事，怕记大过。反正横竖也只是被打，唯唯诺诺地被打，和昂首挺胸的被打是两个不同程度的问题。

这个时候，她万分期待的巴掌却没有落下来，一个背影挡住了她的视线。

白杨挡在了她的面前，非常嫌弃地用笔头顶住了张倩儿要落下的巴掌，然后轻轻咳嗽了几声：“听说最近张庆宗在竞争市里的一个位置，若是当地有一点成绩的话，我相信应该事半功倍吧。”

“这是什么意思？”张倩儿高举的手不禁落下。

“就是你听到的字面的意思。”白杨显然不想再说一句话了，他把刚碰过张倩儿的笔扔进了旁边垃圾桶里。

张倩儿气得脸都要发绿了，这个白杨知道得也有点太多了吧。这明显就是在警告她。她的父亲最近在做一项非常重要的招商引资工作，确实是一项能影响到升迁的政绩。

白杨显然不耐烦了，他瞪了那几个女生一眼，周围的空气就像成了霜一样，让人感到很不舒服。他又回头看了看昂首挺胸的莫瑾，那副天不怕地不怕的样子，突然间觉得有点好笑。普通的女孩子，这个时候不应该哭个梨花带雨的吗？哪里有挨打还要一副雄赳赳、气昂昂的样子？

“走吧，晚上把下午没有做完的习题赶快做一下，笨的人还懒，你没有活路了。”白杨转身就走。

莫瑾看着白杨的背影，愣了一下，就用特别斯文而且温柔的声音说道：“麻烦大家让一下。”然后转身就跟着白杨走了，但是她顿时感觉到后背被灼热的目光盯得火辣辣的。莫瑾不敢回头，否则她此刻特别得意的表情，可能要把张倩儿她们几个气得气血倒流几个回合。

“白杨，你好厉害，张倩儿她们怎么这样怕你啊？”莫瑾觉得气氛有点冷，不自觉地找了话题，同时，她觉得白杨的倒影很扎眼，轮廓清晰细致，如画一般，漂亮得让人羡慕，不禁低头一边用脚去悄悄触碰着，以致白杨停下来了，她也没有发现，然后一头撞向他的后背。

“我发现，你真的，很蠢。”白杨冷冷的声音穿透了莫瑾的整个心。

“我就是蠢了，怎么着？招你惹你了吗？”莫瑾突然觉得白杨，有时候真的好讨厌，刚刚在她心里筑起的伟大形象，现在就坍塌得一塌糊涂。

“要是，她们打你了，你怎么办？”白杨转过身，低头看着那个瘦弱的她，那个子小小而又倔强的她。

“没有怎么办，我现在是挨打，但是有机会，我会还回去！”莫瑾突然狠狠地说道。是的，她觉得自己一直都在挨打，不知道从什么时候起，就有一个念头，为什么，我不能还回去？

“还回去吗？有意思。”白杨嘴角上扬，他淡淡地笑了，这个女孩子，为什么总是让他感觉到很不一样。她就算是被欺辱，被奚落的时候，都是那么淡然地仰着头。想想以前的自己，在家庭遭遇巨变的时候，选择的却是逃避，然后被恐惧侵蚀，那暗无天日的感觉，就像噩梦一样萦绕而挥之不去。

莫瑾看着面前的白杨，她突然间有点明白珍妮为什么喜欢他了。他虽然性格乖张，但是只要一笑，就会让人觉得全世界都会明亮起来，清风拂面。他斜斜的校服领子，露出很好看的锁骨，线条刚直，莫瑾有一点看出了神。毫无征兆地，莫瑾觉得某个时刻，她灵魂出窍了，就像自己双脚腾空而起，飞跃云端，然后在某个貌似完美的角度静静地凝视着白杨，心脏的跳动，一下又一下地，重击着她每分每秒，稍有不慎，就会被拽回人间一般。她握了握双手，手心缀满了细密的汗气。

“白杨，谢谢你，若是有一天，你被别人欺负了，我替你挡着。”莫瑾慎重地说道。

“哦，你替我挡着？确定不是在拖累我？”白杨笑着说道。

“我不能打，但是很抗打，你不知道啊。我要回宿舍了，承你的情，小女子，我记着了。”莫瑾做了一个鬼脸，然后小跑回宿舍了。

白杨看着那蹦蹦跳跳的背影，想了一下，然后一直看着她的背影，没入了夕阳的余晖当中。不知道为什么，他有点不愿离去。

晚自习的时候，张倩儿居然来到莫瑾的教室门口，态度特别腻歪地喊道：“莫瑾同学，麻烦你出来一下。”

莫瑾有点郁闷了，这张倩儿，不会是撞邪了吧，这又是闹哪样？她正在犹豫着要不要出去，不禁看了看白杨，他完全就是一块天然人形冰块，正在忘我地拿着牛津字典背着单词，完全无视莫瑾的一举一动。

去就去，谁怕谁啊，莫瑾就鼓了一口气走了出去。只见张倩儿一脸中风了才有的表情，好一阵才缓过气来说道：“莫瑾同学，下午打篮球的事情是我们不对，我向你道歉。”

“你没开玩笑吧？你道歉？”莫瑾觉得自己肯定是出现幻觉了。

“道歉了就好，道歉了就好啊，我看莫瑾也不是那么小气的对吧？”王景逸突然走过来，站在莫瑾身边，拍了拍她的肩膀。

“请你原谅我吧。”张倩儿咬牙切齿地看着莫瑾，那让人不寒而栗的表情，让莫瑾打了几个寒战。

“我大人有大量就原谅你了，但是没有下一次。对了，你还欠珍妮一句对不起。”莫瑾严肃地说道，一想到珍妮肿得老高的脚踝，她就不禁有点气愤。

“你！”张倩儿不情不愿地来道歉，已经觉得很委屈了，现在还要她再向莫珍妮道歉，她有点抹不开面子。

“张倩儿，你做错了就要道歉的这个习惯没有养成，看来你父亲没有好好教导你啊。”王景逸很随意地说了一句。

张倩儿一听，眼圈就红了，她委屈地看了王景逸一眼，眸子里全是泪花，但是绝对不能在莫瑾面前掉下来。她其实还没有闹清楚是怎么回事，晚自习的时候，她父亲就找人通知她要去给四班的同学道歉，不然这个周末就不要回家了。还问她在学校折腾什么，让思科集团的董事长给他打了通电话。

莫名其妙。

张倩儿觉得这个眼前没有背景只有背影的女生，很讨厌。讨厌的程度可以让她从20世纪延续到此刻。但是她却不得不转头就走进四班的教室里向莫珍妮道歉。张倩儿的眼睛里都快蹦出火花了，她从余光里瞄了莫瑾和王景逸一眼，恨不得用橡皮擦把莫瑾使劲儿擦走，以免整体画面不协调。就这样的一个人，怎么配站在王景逸的身边，而且白杨也为她出气，凭什么？

王景逸看着莫瑾，她在饶有兴趣地看着张倩儿去给莫珍妮道歉，然后特别得意的神情。她会特别得意地跺着脚，会使劲儿地拍掌，会弯腰笑得东倒西歪，还会时不时地挠挠脑袋。是一个从来都没有办法矫揉造作的女孩子，如果换一个发型，绝对是个假小子。但是他没有办法，看着她被欺负。就是这么简单。

开始的时候，他只是因为白杨而注意到她，就像一个玩具，白杨想要，他就要去夺。但是，慢慢地，他开始觉得莫瑾不一样，无数次，他都会经过四班的教室，看见她一个人坐在位置上，然后一桌子的练习题。她并不是那种天资优异的学生，常常靠的还是死记硬背，靠死记硬背都不行的时候，她就会咬着笔头，一副苦大仇深的样子。无论什么时候，她都很努力，让人觉得如果不使点劲儿就白活了的感觉。王景逸觉得她，就像一株幼苗，奋力地在夹缝中伸展着肢体，想要冲破牢笼和桎梏，铆足劲儿活下来。只是恰巧，这株幼苗种在了他的心田里。不知道为什么，他就是觉得莫瑾很不一样，她的特立独行，隐藏了深刻的孤独感，在貌似热情的态度下，有种拒人千里的寒意。但是她却不动声色地掩饰得很好，有着恰如其分的表情和情感的流露，但是王景逸却能感觉到。虽然方式不一样，但是和白杨的那种感觉异曲同工。若是说任何人都有与之匹配和相对应的磁场，那么，王景逸觉得，自己有点不可救药地进入了这个怪圈。

他有点感觉到自己的幼稚，但是却甘之如饴。

“莫瑾，怎么回事，张倩儿找我道歉？”莫珍妮也被张倩儿的举动弄得有点儿不知所措。

“她抽风了呗，而且，她做错了，不应该道歉吗？没有十跪九叩，都算是轻饶她了！”莫瑾挠了挠脑袋。

“其实也没有什么，她，还是不要得罪的好。”珍妮苦笑了一下，也没有办法，无知者勇。最近张倩儿的父亲在政途上可谓一帆风顺，风头一时无两，她也听自己的父亲念叨过几句。

“我啊，孑然一身，一无所有，所以我不怕呀。”莫瑾捶着自己的胸口不禁说道。

“傻瓜。”珍妮也不禁被莫瑾逗笑了。

4

“白杨，你到底什么不会啊，我发现你好厉害。”

“白杨，这个几何题怎么解的啊？我的头好晕。”

“白杨，下午的物理测验，加分题会在哪几个范围里出题啊？”

“莫瑾，你知不知道，你真的很吵。而且是又笨又吵。”白杨一点儿都不客气地说道。

“我不笨，怎么能够衬托出你的聪明啊？”莫瑾开始有点不要脸起来。

“话好多。”白杨又背过身去，内心里对莫瑾有一点赞许，说莫瑾是一张狗皮膏药完全不为过。她就是死皮赖脸地每天看着自己的笔记，做着自己都会不时觉得厌烦的习题，天天如是。像她这种被形容为智商发育不完全的生物体，居然也可以以龟速爬进了全级前十名，然后就一直徘徊在前后。

在莫瑾的心里却从来没有如此渴望过日夜浸泡在知识的海洋里，若是可以溺毙的话，更是一件妙不可言的事情。她可以不必要再去烦心家里的任何事情。她的心就像是一个无家可归的可怜小孩，在等待救赎。虽然白杨每天都是冷淡地对待她，但是这种冷淡里居然有一种让她无法忽视的安全感，很多时候莫瑾都会把这种感觉归纳为自己的错觉。

他们之间的这种默契，让很多的同学都开始侧目而关注。大家虽然都不说，但是都隐隐地有一种白杨对莫瑾很不一样的想法。而这种想法，珍妮是其中最强烈的一员。她开始惶惶不安，她喜欢白杨已经很久了，久得有点开始忘记喜欢是一种什么感觉，她开始想要更多。是占据白杨的草稿本？练习题？偷偷地去看他坐在练琴房里，双手抚摸琴键的表情？还是蒙着朝露听他温和如泉的声线缓缓背着英语单词？她觉得自己就是得让白杨知道自己喜欢他，这样做是不是很不体面，很不矜持？不知道为什么，她开始不耐烦看到莫瑾和白杨一起的身影，虽然白杨动不动就说莫瑾很笨，但是为什么，听起来却那么亲昵？珍妮开始被自己的心弄得有点迷乱，有点不知所措。她从来没有这种无措感，这种感觉让她患得患失，如坐针毡。

于是她对莫瑾说，能不能约白杨出来，她想告白。莫瑾听到了，心里一沉，但是突然，她觉得自己这种心境，非常不应该。珍妮看见莫瑾眼睛里的一丝慌乱，禁不住就开口问道："莫瑾，告诉我，你喜欢白杨吗？"

莫瑾就像听到了这辈子最大的一个笑话一样，笑得眼泪都要出来了，她擦拭了一下眼角的眼泪，回答道："你知道的，我不配啊。"

是啊，她不配啊，像白杨这样的人，就算说喜欢对他来说都是一种亵渎。莫瑾的自卑心态，被她紧紧地锁在了心里的牢笼，稍有不慎，它就会如洪水猛兽般把她整个吸入血盆大口，各种负面的、消极的情感扑面而来，这是一种最痛苦的活法，明知不可为而为之。

莫瑾只是从远处，静悄悄地，看了白杨一眼，就觉得自己没有白来这个世界一遭。仅此而已。觊觎他的情感？简直是无稽之谈。她从来都是一个本分的人，不是么？

"莫瑾，我真的很喜欢他，喜欢得忘记了我自己是谁。"珍妮呢喃道。

"或许你不知道，就是有一天，他迎着朝阳向我走来，他的身影都亮极了，就像围绕着一个光圈，晃得我睁不开双眼，此后，他便入了我的眼。"珍妮拉着莫瑾的手，缓缓地说道。

"你从小便喜欢他，我知道。"莫瑾摩挲着那双晶莹透亮的双手，此时的她，内心一片死寂，徒生寂寞。

"我并没有想别的，可能，我和他的际遇就到同学这个份上了，但若是不做点什么，我即便是老了，也会觉得当时自己的错过，是此生最大的遗憾，可能一辈子，也不会那么忘我地去喜欢一个人了。"

莫瑾听了，确实若是此生没有一个喜欢到忘我的人，那该是多无趣啊。可是她也仅仅能到这一步，有时候就算是喜欢，也要有资格。

珍妮看了看莫瑾沉静的脸，然后笑了一下，内心里一目了然。这个女孩子的自卑就是那么根深蒂固，摆在面前的任其索取的一切，即便是她应得的，都会因为她那可笑的自尊心而望其止步。尽管不情愿一遍又一遍地揭开她的伤疤去暴晒，但是珍妮别无他法，这已经是对莫瑾最好的结果不是吗？永远不要去觊觎那些遥不可及的梦想。

于是，珍妮把一封上面写着kin署名的信给了莫瑾，让她偷偷地转递给白杨。这种爱情搬运工的可怜工作，让莫瑾心如刀绞。

白杨如期收到了这封打印的信，他心里很纳闷，这个莫瑾，有话好好说就行了，怎么还要单独约去八角楼？什么意思？

那天下午下了很大的雨，白杨打着一把黑色的伞，他看见了一个背影，那个背影浇了雨水，晶莹剔透，大有隐入雨雾中之势。他有点生气，莫瑾有这么矫情吗？他不禁想起了她上课的时候，犯困的样子，很蠢，甚至会不自知地把圆珠笔画到自己一脸，还会流口水。但是这样的她，真实而又坚韧，他分不清自己到底出于一种什么情感，只是很想，用尽自己的力量去为她撩拨开笼罩着的乌云，让那么一缕温热的阳光照进她了无希望而空洞的双眸。

当看见那转过来的身影是莫珍妮的时候，白杨有点恼火，明明看见的是莫瑾把信夹在了他的草稿本，为什么来的却是莫珍妮？他冷冷地看了她一眼，然后别过脸。

珍妮对他这样的态度仿佛是早有预料，她就着雨滴稀疏有致地敲落在世间万物的声音，说出了一句，我喜欢你。声音恰如其分地润入白杨和她自己的耳畔，不轻不重。

白杨看了看珍妮那湿漉漉的脸颊，黑色如墨缎的发丝滴滴答答地顺了她一脸的雨水。他冷淡地只是回了一句，现在他只是想读书，不想别的。就算是想，也不会是她，永远不会。然后就把手中的雨伞递给了珍妮。珍妮没有接，她仿佛并没有听见一样，任凭雨水滴入眼里，就像江河汇入大海一般，隐没无影。

白杨把雨伞放在地上，然后转身离去，别无他想。这种矫情的情节，让他很不耐烦，他的步子很重，扬起的水花溅了珍妮的鞋。

而此时的莫瑾，心里上演着一遍又一遍才子佳人的情节。不知道为什么，今天呼吸的时候，肺很痛。

此后的一个星期，整个年级都传遍了有关白杨和珍妮的各种版本，无论是哪一个，都充满了各种浪漫的情节。但是故事里的主人公都没有出来解释始末。白杨认为这是无稽之谈，没有必要向所谓的大众解释，而珍妮却沉溺于各种谣言制造出来的幻想中，仿佛大家说的都是真的。那天大雨滴滴答答的声音打乱了她的心弦，白杨说的是喜欢还是不喜欢，她听不清楚，但是却真实地接住了那把放在地上的雨伞。这种自欺欺人的良好错觉，让珍妮不愿醒来。

于是这种谣传便有了更加坚实的证据，毕竟当事人都默认了。以至于后来白杨对这莫名其妙的往事觉得不可思议，如不是全世界都疯了，就是他当时抽风了才会有所谓的初恋事件。当然对于一所校风严谨的学校来说，大家都讳莫如深不会去交谈太多，以免教导主任棒打鸳鸯，不过也激起了好一阵的风波。

那天淋雨之后，白杨开始有点儿感冒，在下午的时候，体温开始升高。他的脸渐渐染了一层淡淡的红晕，上课的时候额头上一直有一层细密的汗气，但是他一言不发，也没有去医务室的意思。珍妮一直很关注白杨，并顺理成章地把白杨的不适归结于自己的身上，虽然有深深的内疚感，竟也觉得甜蜜。她不动声色地把一盒进口的感冒药放进了白杨的抽屉里，然后悄悄地观察着白杨的情况。

莫瑾上课的时候竟然也没有发现白杨的异常，但是在拿白杨的草稿的时候，不自觉地碰到了他冰块一样的手，再仔细观察一下，才发现白杨已经发起了高烧。莫瑾拍了拍他的后背，通常在第三下的时候，白杨会说一句“干吗”。然后她不寒而栗。可是今天拍到了第五下，白杨还是没有反应。

“你还好吧？白杨，你怎么了？”莫瑾偷偷地询问道。

“白杨，我陪你去医务室？”

莫瑾已经等不了问第三句了，她趁着课间休息的时间，以九秒九的速度冲去医务室，开了几颗退烧的感冒药，又冲刺的速度回到课室。这个时候白杨听到莫瑾大声地在喘气，转过了脸，看见满脸通红气喘吁吁的莫瑾，说了一句：“你好吵。”然后他看见了那盒写着Kim的感冒药可怜兮兮地躺在了自己的抽屉。

莫瑾递出了她在医务室里拿的几颗感冒药和退烧药，她在手里不停地看来看去，才发觉刚才自己太着急了，竟然忘记了哪颗是感冒药，哪颗是退烧药，在她不停地翻滚之下，夹杂着手汗的药丸的糖衣，竟然慢慢地融化了。一团乱七八糟，五颜六色的药丸躺在莫瑾的手心，要多恶心，就有多恶心。

“啊，都成这样了，要不我再去拿一次吧，白杨你要是待会儿好一点了，你要回去医务室里登记一下，你知道药是不能随便拿的，我好说歹说才给你弄来的几颗仙丹。”

“你说，你手上这堆恶心的东西是仙丹？”白杨皱了皱眉头。

“不然是麦丽素？你要不将就着含服一下？”莫瑾猛然想起这货，有严重的洁癖。这夹杂着手汗的加料仙丹，他吃下去是一种多么美妙的情景，不由得露出一个皮笑肉不笑的表情。

白杨看着莫瑾手心里的药，眉头扭紧，大义凛然地一把抓了，一仰脖就吞了，行云流水，姿态优美。然后一手就拿起莫瑾桌面上那个水杯，一通乱灌。最后才露出一个忍无可忍的表情，说道："莫瑾，你知道不知道，药都变咸了。"

莫瑾只剩下目瞪口呆。上课铃一打响后，她马上恢复了正常的状态，反正对白杨仁至义尽，仅此而已。

可是看着那个白杨喝过的水杯，莫瑾突然心里一暖。

到了晚自习的时候，莫瑾却看见那个可怜的水杯，已经变成一地的碎片，杯子碎得特别地细，一看就是用力砸向地面的。那细小的碎片恰如其分地嵌入了莫瑾的眼球，生生地刺痛得很。不觉，莫瑾看向了珍妮的位置，珍妮刚好也看着她。珍妮的眼睛非常好看，又卷又翘的睫毛好像一只欲展翅高飞的蝴蝶般，扑朔迷离。但是此刻，她的眼睛红红的，像极了一只受了委屈的小白兔，犹如红宝石一般灼热了莫瑾的心。此刻，她好像明白了什么，却又好像不明白。

莫瑾就像一个小偷一样，盗窃了别人的至宝，然后在光天化日之下接受世人的审判，觉得自己无地自容。她自己很矛盾，很痛苦，明明知道珍妮的情感，却在白杨面前不屑一顾。对白杨的感觉，就像一种生理机能一样自然而然，没有办法用理智去控制，就像手碰触高温就会自动缩手反射一样，割舍不了。那个人已经融入了她所有的一切。她唯一觉得自豪的，对珍妮无比纯粹的感情，竟然在自己的自私情感之下如此不堪一击。她特别讨厌自己，但是却无可奈何。

白杨回到座位上，看见莫瑾的神色不对，他不禁有点苦恼。不知道什么时候开始，他觉得她有某种时刻，让他觉得无可奈何。从来都是万无一失的白杨，竟然也有手足无措的时候。他看了看抽屉里的感冒药，然后就扔进了课室里的垃圾桶，同时也看见了垃圾桶里那个碎了的玻璃杯。

确切地说，是一堆玻璃杯的碎片。他不禁有点恼怒，推了莫瑾一下，然后指了一下垃圾桶。莫瑾顺着他的手指看了一眼，苦笑了一下："怕你传染，就把它摔了。"

白杨顿时无语，从来都是他嫌弃别人，就没有别人嫌弃过他好吗？荒天下之大谬。

也不知道她脑子里一直在想什么，白杨发现自己很重视莫瑾的某些想法。比如，她为什么要和王景逸那个臭小子走得那么近，那个居心叵测的人，除了早恋，还能折腾出什么幺蛾子？

不自然的这一想，白杨有点控制不住自己的紧张，然后开始冒汗。这是一种什么莫名其妙的感觉？让人感觉糟糕透了。他偷看了莫瑾一眼，眼前这个女孩子特别清秀，她的眼睛长得很好看，虽然有些时候很空洞，但是很多的时候蕴含了一种难以用语言描述的坚韧在深处。小而翘的鼻子，还有略带一丝苍白的嘴唇，组合成一幅非常好看的画面，像花儿，又像暖阳。她有更多吸引他的地方，却有一层又一层的硬壳包裹着，难以窥视。

白杨收起自己繁乱的思绪，他想得很多，深如大海，远远超越了他这个年龄所能认知的范畴。很多的时候，白杨都是那么一副彼世界无关的表情，但是下一秒，他就会执拗得像一个孩子。白杨不禁也捂着嘴巴轻轻地咳嗽起来，感冒确实会传染。

课室里特别安静，只听见大家不停下笔唰唰的声音。莫瑾觉得今天的题特别的难，下笔犹如千斤重。她不禁又看了看前方的珍妮，珍妮如往常一样，用一支特别精致的笔，在写着作业，印象中她的字特别娟秀，却又隐隐透着一股力。此刻，莫瑾猛然理清自己的思绪，她决定和白杨保持距离，就算是隔着一整个太平洋，也可以义无反顾地喜欢。把他深深地隐入自己的心里，这才是她应该做的。莫瑾需要更努力地学习，用尽她所有的力量，才能和白杨成为同桌。因为她坐着的这个位置，价值万金。

有名人说过一句话，有着共同的爱好，并不足以让两个人走在一起。但是有共同的仇恨可以。珍妮和张倩儿不知不觉地走得很近，珍妮的家族企业的新厂房就划分在了张倩儿父亲分管的这个区域。在一次家庭聚会上，她们一见如故。仿佛之前篮球赛的际遇就真的是一个误会，珍妮对于张倩儿热情的表现，感觉很受用。毕竟像她们这种家庭的孩子，从小就懂得如何强强联手，这是一件顺其自然的事情。更何况，她们有一个共同的敌人。

珍妮觉得自己在某一秒就变了，她喜欢莫瑾，但是同时也恨她。这种爱与恨的纠缠让她非常痛苦。从一开始的时候，她是多么真心实意地对待莫瑾，不掺杂任何一丝自私自利的成分，甚至把莫瑾看成了自己的妹妹。是珍妮把这个浸没着可怕泥泞的女孩，带入一个全新的世界，同时也是她推自己入嫉妒的深渊。像珍妮这样出身优越的女孩子，本应该天真无邪，毫无杂念地拥有一个宁静的心境，但是莫瑾扰乱了她的心池，狠心地让仇恨腐蚀着她的内心，让珍妮变成了一个嫉妒成疾的可怜人。

而张倩儿纯粹想让这个不知进退的跳梁小丑，远离王景逸，随便把她扒拉出来，煎烤一下她那可笑的自尊心。她们一拍即合，悄悄地在酝酿着某种阴谋。

很快便到了学期末要开家长会的时候，高二的家长会尤其重要，因为关系着分科、报考大学等重要资讯的问题。往常的家长会，若是学生学习优异的话，家长不到家长会，老师也不会提出什么异议。但是今年的家长会不容缺席，所以莫瑾也是提前询问了她自己也很久没见的家长，才让蒋文娟抽出时间去参加。

蒋文娟参加这次的家长会，也提前做足了准备，毕竟她并不想丢自己女儿的面子。她花了足足一个星期的时间让自己看起来特别得体而大方，她特意去全市最高级的商场买了一件新衣服，蒋文娟已经好几年没有买过任何衣服了；还去剪了头发，去修了指甲，那双嵌满了黑泥指甲的手顿时变得非常得体。

蒋文娟第一次步入这所本市名校的时候，那种自豪的感情不禁油然而生。这是一所犹如神邸的学校，在她很小的时候，就梦想能在这样的地方读书，那会是一种什么样的日子？蒋文娟的耳边仿佛响起那琅琅的读书声，手抚摸着墙壁那纵横分明的瓷片，看着明亮的课室，这里是她一辈子都去不了的地方，而如今，她的女儿却可以在这里自由欢畅地学习，蒋文娟觉得再苦再累，就算燃尽自己的生命，都值得。她仔细地辨认着女儿在成绩公告栏里的名字，她不敢从最高处看起，心里想了一想，从中间段往上开始看，她仔细地用手压着一个名字又一个名字地去辨认。最后在第13名处看见了莫瑾的名字的时候，蒋文娟觉得这是她一辈子最好的时刻。

原来自己的女儿这么优秀，蒋文娟热泪盈眶。在许文杰锲而不舍地每天在她耳边灌输着，莫翔的恶劣基因将如何让莫瑾变得平庸不堪的时候，蒋文娟都坚信着莫瑾应该拥有属于她自己不一样的人生。如今就是这样醒目地昭示着莫瑾的优秀，正是因为她的女儿如此优异，所以她近两年来，已经不用再惶惶恐恐地担心着哪一天学费交不上，而莫瑾被扫地出门。她有一种苦尽甘来的畅快情感，一直在麻痹着各种神经末梢，这是何等愉悦的时刻！

蒋文娟找到了莫瑾的课室，然后找到了她的座位。那是一张非常整洁的课桌，上面的书本非常整齐，而且字迹清秀淡雅，字里行间的一撇一捺都是那么行云流水。她仔细地看着女儿的课本，不知不觉地有点恍惚了。她有点忽略了周围的环境，整个课室都坐满了各种各样的大人物，他们的衣着、气度，竟然生生地把蒋文娟区分开来、就像她的出现有多么不合时宜。

班主任开始点名，每当她点到某些个家长的时候，都会点头示好，毕竟都是某些个领导或者是企业家。尤其是点到白杨的时候，班主任不住地打量着来的这位身穿黑衣的年轻女子，再怎么看都不像是白杨的家长。这位女子穿着得体，一丝不苟，黑色西裙的长度刚好过膝，承托出完美曲线的小腿，脚上蹬着一双五厘米的高跟鞋。她向班主任点点头，然后用非常悦耳动听的声音说道："我们白董事长今天没有空出席家长会，我是他的秘书凌霖，由我来转达您的所有家长会内容。"

现场一阵骚动，鼎丰国际的架子果然很大。没办法，最近听说他们又中标市中心一个黄金地段的房地产开发板块。据说和他们打对头的思科集团仅仅以很靠近的价格输掉了这个投标项目。里面的猫腻就不得而知了，怎么听说思科集团董事长的儿子王景逸也在这所学校啊？好像还是转学过来的呢。真是够精彩的，家长们纷纷议论着。他们不禁庆幸自己的选择有多么正确，这所学校，确实卧虎藏龙。

仿佛只有蒋文娟在听天书一样地听着其他家长的议论。她有点不知所措，手和脚都不知道该怎么放才能让自己感觉舒适。确认所有家长都到齐了之后，班主任便开始讲解班里的各位同学的学习情况，还有下个学期的学习概要。班主任挨个同学去点评，当然也是充分地表扬各位同学，只是在个别品行特别另类的同学的点评上会特别提醒家长注意。

到最后，班主任才点到了莫瑾的名字，她特意停顿了一下，然后语重心长地说道：“下面最后一位同学，也是我们班里唯一一位来自离异家庭的孩子，莫瑾同学。她的父母离异后，母亲又再婚，我见过很多家庭破碎的孩子，都会有各种各样的心理问题，但是我们班的莫瑾却是成绩非常优异的，她不仅名列前茅，还一举获得了连续两次的奖学金，为她的贫苦家庭减轻了压力。我们现在鼓掌欢迎她再婚了两次的母亲上台来为我们讲解一下她在家里是如何培养莫瑾的。”

蒋文娟如遭受了一个晴天霹雳，班主任这段看似表扬的话里面，就像包含了万根锋芒毕露的芒针，把此刻的她刺得体无完肤，她的脸红红的，很茫然，耳朵里不断响起再婚的字眼。这是昭告着她的行为有多么不检点，而她那优秀的女儿将因她而蒙羞。她挪不开自己的步子，看着其他家长鄙夷的目光，她感觉自己此刻无地自容。

班主任似乎没有因此而打算放过她，面带笑意地再说了一遍：“看来莫瑾的妈妈有点紧张了，没有关系，来，来讲台上给其他的家长说一下，来自单亲家庭的莫瑾，你是如何培养的？她面对这么复杂的家庭环境，是如何克服的？我还听说，您的前夫，也就是莫瑾的亲生父亲，在前一段时间还因为盗窃而被判入狱六个月，莫瑾却丝毫没有因为这样的事情而放弃学习，反而在期末的考试中有超常的发挥，我们相信，您是有一套自己的教育方式来培养女儿的。在场有很多的家长都希望借鉴您的方法，不妨上台来给我们大家讲一下，大家再一次以热烈的掌声来欢迎莫瑾的母亲。”

顿时一片哗然，家长们响起了稀稀落落的掌声，把此刻的尴尬更加淋漓尽致地凸显出来，更有的家长向蒋文娟投来非常鄙夷的目光，并且很质疑为什么一个如此不堪的家庭出来的女孩能进入这所名校，简直匪夷所思。乔丽的母亲——李晓枫此刻更是不能平静，早就听女儿说过了学校里的失窃事件，想不到是有缘由的，不能就这样不了了之，怎么能让有品行如此恶劣的父母的孩子搅和整个班级，就算成绩再好，也是一颗老鼠屎，不是吗？

她看见蒋文娟满脸通红的样子，不禁笑说道："班主任老师，我看，就别让莫瑾的妈妈上来说什么教育经验了，成绩再好，有这样的父亲，长大了也不过有样学样，能见得有什么好啊？我倒是想向学校提出一个意见，现在学校的生源选拔制度真的要与时俱进，不是要光看学生的个人成绩的，我认为，家长的考核也非常重要，毕竟我们家长都是付出很多才让孩子们上这所名校，我们所希望的当然是这所学校给到我们孩子的是全方位的教育，而家庭教育同时也是不可或缺的一个重要部分，是不是？我看啊，学校在这个方面，需要提高啊。"

其他家长听闻，都不断地点头，表示认同。

蒋文娟一听，就算是文化程度再不高，也知道，乔丽母亲的意思就是在说，莫瑾的家庭根本不入流，不配进入这么好的学校，她顿时着急得眼眶都红了，刚才来学校的激动心情一扫而光，随之而来的深深的内疚和恐惧，他们鄙夷的眼神，一遍一遍地刷洗着蒋文娟的自尊。此刻的她完全脑袋空白，一句话都说不出来。

班主任老师此刻目光流转，她也有点觉得话说得是不是有些重了，但是也没有办法，这是受到某个领导的指示，说要从各个侧面去表扬莫瑾和她优秀的父母，然后收到了一份有关莫瑾家庭的详细资料。当她看到这份资料的时候，她的惊诧大于同情，莫瑾虽然性情内敛不张扬，但是看了她的演讲，还有她学习的那股拼劲，确实是一个很有韧劲的孩子。

这种目的明显的打击行为，究竟是想起到一种怎样的作用，班主任老师并不想细究。在她看来，眼前这个面容姣好的女人，不过就是一个依靠男人生存的可怜虫，她的窘迫恰如其分地表露着不堪的事实真相。

蒋文娟笔挺地站了起来，两手下垂，头却不由自主的低垂下去，就像是等待聆讯的神态，要多可笑就有多可笑。她的内心正在不断地翻滚着，叫嚣着要逃跑。但是此刻若是她就这样逃跑了，给莫瑾带来的伤害就犹如烙印般的存在了。

蒋文娟是一个怎样的人，很多时候，她自己也很矛盾，软弱无能还是坚韧不拔？或者两者皆不是，她仅仅是一个在生命之途上，匍匐前进的人。逆流而上还是顺势而为都由不得她，在芸芸众生中，就如最低贱的小草一样任人践踏，尽管是这样卑微地生存着，她也有自己想要护着的人，再柔弱的身躯也有顶起万物的韧劲。她稳稳地用手撩拨了一下被汗水润湿的发髻，这个动作迅速地稳住了慌乱的心境，然后迈出了一步又一步稳健的步伐，没有一丝的慌乱，她面带淡泊的笑容，目光流转中渗透着温润，走到讲台前，面对着各种审视的目光。

“我是一个普通的母亲，确切地说，并不是一个合格的母亲。我并没有在莫瑾成长的道路上起到什么至关重要的教育作用，说到这里，我真的不如在座的各位优秀的父母。但是在任何时候莫瑾都是我心目中最优秀的孩子，她就像一剂良药，给了我生活的希望，还有无尽的勇气去面对困境。我从孩子的身上所获得的远远大于我的给予，她给了我一个平静的心境去面对生活中的所有挫折。都常说父母是孩子最好的老师，但是我觉得，孩子又何尝不是父母最好的老师呢？所以，我并没有什么好的教育方法和各位家长分享的。我满怀着一份感恩的心，感谢学校和老师给予莫瑾的一切，让她能够有面对困难和逆境的能力，我相信，孩子永远比父母更优秀。”蒋文娟用稳稳的语调说出了这样的一段话，不会再自怨自艾地面对这一切，便是莫瑾给予她的，孩子让她成为一个更好的母亲，一个更好的人。

班主任老师对面前这个女人有点改观，看来，这种打脸的做法，并没有对她起到任何负面的作用，蒋文娟并不是那种要脸的人，这和她对一般人的理解和认知有所不同。在蒋文娟看来，脸面并不能当饭吃，但是她无论如何都要护着莫瑾的。即便是燃尽她的余生，这也是一场划算的交易。

班里的其他家长对她的讲话并没有认同到要鼓掌的地步，但是也没有觉得有继续讥笑这个母亲的必要。同样是为人父母，他们在这一点还是非常有默契的。

李晓枫却明显对这个情形非常不满意，凭什么要对这个没有文化而且出身低下的女人点头认同？她那种与生俱来的莫名其妙的优越感蠢蠢欲动得让她内心备受煎熬，必须要打破这种困局，给蒋文娟一点颜色看看。人性的缺点在李晓枫的身上一览无余，她咬牙切齿地看着讲台上那个并未因为岁月的残酷而留下太多的痕迹的女人，蒋文娟姣好而淡然的面容，挺直的苗条身段，还有如墨缎般的黑发，无不在昭显着她得天独厚的资质。反观自己，李晓枫那臃肿不堪的身型，沟沟壑壑的皱纹，还有那白斑的头发，这种反差让她内心的怒火渐渐升华成不屑。我们就来看看，蒋文娟你是如何让你那和你一样不堪的女儿站在顶端，站得越高，就摔得越痛，不是吗？

5

家长会所发生的一切，虽然不及有心人预期的效果，但是也起到了应有的作用，本来就是好事不出门，坏事传千里，而现在的莫瑾真正地因为她的家庭让她以一种非常不堪的形象出现在同学们的眼前。

这并没让她感到难过，莫瑾认为自己就是那种任人践踏的小草，她并不是自怨自艾，而是她即便奋力挣扎都不可能会改变的既定状况，也会有显得无能为力的时候。某个时刻，她会觉得自己离眼前的这个世界很远很远，有一种无论她如何奋力挣扎都不可能挣脱束缚的悲哀之情在一遍又一遍地凌迟着所有的情感，就算流泪都是一种非常矫情的行为。

同学们都在她的背后指指点点，甚至各种言语上的嘲讽。就算再尖刻的字句都不能伤她，但是珍妮的做法，却将莫瑾的心伤了成千上万遍。尽管珍妮对待莫瑾不会和往常有任何不同，但是她会在大家都看不到的某一刻，用一种非常疏离的眼神去凝视莫瑾。别人不懂，但是莫瑾懂，那种冰封千里的目光，让莫瑾的心就像一个被人一遍又一遍使劲甩在地上的破麻布袋。可是，在莫瑾的认知里，她并不认为这是珍妮突然改变态度的主要诱因，可是不管是什么，她总归是被丢弃的那一个，就像被贴了标签，熟悉的一切总是不断地重演。莫瑾每一次经历，却都有着不同的感受，被不同的人所放弃，虽然行为上是一样的，但是却有着不同深浅的痛，千奇百怪的感受总是无孔不入地炙烤着每一根神经末梢，一动就扯得身心受损。

白杨对于莫瑾这段时间里的沉默寡言有点不适应，他默默地关注着某刻就陷入深思的莫瑾，她会猛然红了眼圈，但是很用力地把泪忍回去，所以在很长的一段时间里，白杨对莫瑾的认知都是她并不是那种爱哭的女孩子，她很不一样。但是他很不满意莫瑾的疏离，她好像在某一刻就变了，话变得很少，很不爱笑，很安静。

透着阳光的莫瑾，就像一个晶莹剔透的玻璃娃娃一样，一碰即碎，这样的她，让白杨无数次轻轻皱起了眉头，该拿她怎么办才好？突然间白杨想要把她笼络在自己的羽翼之下，但是当他看见莫瑾那张毫无表情的脸后，强忍着压抑住自己的情感。

也许她并不需要任何人，白杨自嘲道。可是他却不由自主地感受着莫瑾所感受的一切，这个傻姑娘，就不能稍微示弱一下么？总是坚强到让人感到心疼。

白杨和莫瑾都是那种不善于表达自己的人，他对她的好，总是润物细无声。他极速地压制了所有议论莫瑾的苗头，但是这让莫瑾的处境更难上十分。

当珍妮知道又是白杨出手压下了所有的舆论的时候，她几乎要发狂，凭什么白杨要一次又一次地维护莫瑾？难道莫瑾的一切还不够昭示着他们完全不同的生命轨迹？只有像她一样得天独厚的女子，才可以和他走在相交的两条线上。这种孩童都能明白的问题，白杨又如何能看不懂？情窦初开的珍妮就像维护自己珍爱的至宝一样，想要把这份情感据为己有，但是她又不能丢弃自己的骄傲去撕破脸皮，于是，她把这种郁郁不得的感情统统像倒垃圾一样倾泻在莫瑾的身上，莫瑾即便极尽所能，也必定要包容着她所骄傲的一切，珍妮开始与最开始的自己越走越远，她并不喜欢这样的自己，但是相比之下，她深深地明白到她更喜欢白杨。

所以她决定和莫瑾谈谈，明争暗斗，也不能让她对白杨的喜欢减少半分。算计之下，她决定去赌一下，在莫瑾心里，谁比较重要。

珍妮约莫瑾在学校的林荫小道里的一个小花园里，两人见面，竟然第一次什么话也说不出。珍妮看着莫瑾那张消瘦了的小脸，忍不住去拖住了她的手，很冰凉。她突然一句话都说不出来，却是又不忍心说出任何的一句重话，珍妮心里苦笑着，求不得原来也是一种伤己伤人的苦。

“莫瑾。”珍妮淡淡地喊道，她的声线不禁有一些颤抖。

“不要离开我，珍妮，不要那样对我好吗？”莫瑾强忍着酸楚地说道。

“我知道你什么都懂的，远离他，靠近我。”珍妮开出了这样的一个条件。一个珍妮认为公平的条件，友情也是有代价的。

“好。”莫瑾竟然毫无考虑地说道。她并不想喜欢任何人，她只是害怕被抛弃，害怕被自己所要爱护的人毫无顾忌地伤害。每一次交付的感情总是要用千百倍的代价去交换的，这个世界总是万物守恒。珍妮听到这个字的时候，她不禁泪如雨下地抱着莫瑾，她仍然是愿意为了她放弃一切的，不是吗？就像当年一样，莫瑾就是那样义无反顾地保护着她，只要是珍妮喜欢的一切，莫瑾都会让着她。无可置疑她们之间的友情，这就是无价的。

莫瑾的心里却是千刀万剐，原来，珍妮是因为白杨所以疏离她。这一声好，让她和白杨之间就这样隔了千山万水，此刻莫瑾却是斩钉截铁般地坚持。

她就算粉身碎骨也不能去伤害她想要保护的人半分。就是这样的一个决定，让他们之间的缘分兜兜转转了好几个圈，很多年后的莫瑾，也会偶尔想起这个时候的种种，每一次她都泪流满面。因为无论她如何努力，那些记忆中的人，总是那样无情地离她远去。

莫瑾看着离去的珍妮，等待她的远离的背影渐渐消失在自己的眼眸中，莫瑾突然间眼睛湿湿的，一种无法言喻的孤寂油然而生。有所求，就算这是她和珍妮唯一可以维系的关键，她也愿意紧紧把握住。

王景逸看见那个孤单的背影，有些许单薄，好像毫无重量的莫瑾，就这样狠狠地扎入他的眼帘。他帅气而桀骜不驯的脸不禁笑了一下，这个傻瓜，总是要被狠狠地欺负，才知道自己想要的东西不能仅靠施舍吗？他突然间觉得这个女孩子，有点他说不出来的感觉。她就那样久久地站着，没有任何的表情，那落寞的气息有点让人感到不寒而栗。但是很快地，她便紧紧地收拢起一切情感，转过脸，看了一眼不远处的王景逸，苦笑了一下。

王景逸也点了一下头，说了一句傻瓜。

莫瑾摇了摇头，又继而点了一下，确实，她是一个傻瓜。她看着慢慢走近的王景逸，有点不知所措，咽喉间一股苦涩蜂拥而至，一个字都说不出来。

就这样注视着对方，莫瑾竟然有一丝的错觉，宁静平和。王景逸看着眼前这个瘦弱的小姑娘，脸上没有一丝血色，一如第一次相见的时候，满身的肥皂泡沫的味道，清新而干净；一双红红的眼睛正使劲地忍住快要往外滴的眼泪，长长的睫毛就像羽翼一般轻盈，像是要随风而起。

“你要学会知道，眼泪并不能留住任何你想要的东西。”王景逸笑着说，他露出了一个非常亲切的笑容，不含任何杂质。

“这个道理，我懂，但是我控制不住，眼泪一直流下来，不过咸咸的，还挺好吃。”莫瑾用袖子擦拭了一下红红的眼睛。她并不想懦弱给任何人看，因为没有人会因为这样而可怜你。

“但是，你也要知道，有的东西，你会一辈子拥有，赶也赶不走，你看阳光总是会照耀着我们，不管你怎么躲，它都在。”王景逸敲了一下莫瑾的脑袋，真不知道这里面装了多少的东西？

“谢谢你，王景逸。”莫瑾笑了。

突然间，王景逸觉得晴空万里，也许对于这个女孩子，自己并不是一种简单的可怜她的心态，这里包含了很多其他的情感，但是他并不想就此撩拨开这层迷雾，因为仅此，就刚刚好。

王景逸就这样一直陪着莫瑾站着，看着她的情绪跌宕起伏，然后慢慢地恢复平静，他想了一下，抬手想摸一下她那看起来没有什么营养但是却顺滑的头发，犹豫了一下，还是抬不起那如千斤般重的手，仿佛一碰即逝的莫瑾，是那么不容靠近。于是他用脚故意地去踩了一下她雪白的布鞋，然后说道：“要不一起去图书馆？我私人珍藏了一套特别的几何解题方法，就大人有大量地共享给你，要不要？”

莫瑾看了一眼自己白布鞋上那明显的鞋底印，揉了一下自己发红的鼻子说道：“除了几何，你还有什么法宝都拿出来，拯救一下我这个还需要拿奖学金的特困生？”

王景逸马上讨好似的把自己各种途径获得来的材料和题库都贡献出来，还一副生怕莫瑾不够的样子，真的很富有娱乐性。

莫瑾看着这样的王景逸，不禁眼眶又湿润了。她想笑，却也想哭，只能将唇咬得死死的，心头骤暖。

白杨的心绪一直很混乱。他生气地在自己的草稿本上胡乱地画起来，不知不觉地就画出来一个女孩子的背影，瘦弱而坚挺的背脊，一条似月儿般线条优美的马尾辫。

他看了看身边一脸漠然的莫瑾正在不停提笔沙沙地做着一套试题，不经意间，手肘压着的封面有王景逸那肆意潦草的签名。不知怎么的，白杨心里一紧。这种感觉真讨厌，他厌烦地用手不停地转动着笔，思绪飘远。

当那天秘书和父亲的秘书汇报家长会的情况的时候，他就听到当时莫瑾的母亲所面对那窘迫的情景了。一个因盗窃判刑的父亲、一个离异又再婚的母亲和一个不爱她的继父，组合成一个畸形无爱的家庭。所以这是莫瑾的幸还是不幸？

可怜？白杨并不想用这个词语来形容莫瑾，世界上纵有千千万万比她更可怜的人，却也只有她，让自己有一种可见不可得的情感悬于心中。这无关世界上任何的一种欲念，白杨对莫瑾是无求的，即便这个女孩子的背后有多少重浓墨，却无法渲染她的白。这种奇怪的感觉，让白杨竟然有一丝的手足无措。

尽管日后莫瑾那破碎的人格渐渐形成了千沟万壑，一次又一次地凌迟了白杨的心，但是他现在的心情，只想包容她，永远不放弃。

所以，白杨压制了那不堪入耳的流言蜚语，他见不得别人用那杀人不见血的方式，一遍又一遍地去炙烤莫瑾的内心。尽管莫瑾大多的时候都充耳不闻，一脸漠然。

但他就是无法置身事外，因为以前的他并不如莫瑾般坚强的时候，就是这样被击垮的。无法回想那是一段怎样的日子，母亲哭得血红的双眼，还有亲戚朋友们蜂拥而至的谩骂，说他的父亲是骗子、强盗，然后一次又一次的把家里的大门砸倒，一次又一次地戳着他和他母亲的脑门，用着这世界上所有恶毒的语言去肆意地剜出他们血淋淋的心，以至于他幼小的心灵留下了烙印般的伤疤。后来他的父亲东山再起，那些原来面容扭曲的人又换了一副和蔼可亲的面孔，无孔不入地奉承于前。丑陋的人性。

白杨孤僻桀骜的性格便是那个时候养成的，更深层次的便是他不容易相信任何人，尤其是知道了他父亲的祸事起源于他的一个好友，便对人心抱有更大的质疑。莫名地，白杨却对莫瑾有一种与生俱来的信任，虽然她不喜欢表达自己的感受，但是也不擅于隐藏。她就是这样淡淡地把喜怒哀乐表达在脸上，一目了然。

莫瑾抬起头看了看黑板，然后又密密地写下很多的字，每一笔都很用力，以至于她的手都不禁传来一阵阵的酸痛，这种透支自己的方法让身体自动把很多负面的情感过滤，莫瑾很满意自己现在的状态。一个密封的玻璃瓶装着自己，与外界完全隔离，这样挺好。她偶尔会不由自主地去偷看身边的白杨，他的头发透着一缕缕的光，散发着好看的光，细致的轮廓和微翘的嘴唇，连接成一道完美的剪影。她抑制住自己想去留恋的任何情感，却控制不住自己的余光，细细密密地把他所有的线条汇聚成一幅完美的画面，然后一遍又一遍地复印在脑海里，永不磨灭。她一遍又一遍地告诫着自己，甚至有时候会掐着自己的大腿，用各种各样的方法去抵制着这种无法控制的情感，可是却会在某一刻就溃不成军。

高二了，相聚还有几时？莫瑾多么希望她的身边永远都端坐着这样一个如玉般的男孩儿，她耳边都会不时地出现他好听的声音："莫瑾，现在几点？"

然而就算是这样平淡的日子对莫瑾来说都非常奢侈，因为她大多数都会遇到各种无端生故的情况。比如说宿舍里无故空瓶的沐浴露或者洗发水，刚洗干净的挂在阳台上的校服总会掉在地上然后布满脚印，还有永远湿漉漉的练习本。

她总是咽下去，用力地咽下去，若咽不下去，便会万劫不复。

这天体育课，她跑完一百米后，气喘吁吁地拿起了放在看台边上的水壶，猛地一灌，又咸又苦的水马上溢出喉咙。莫瑾不禁被呛到眼泪都要咳出来，她跑进离大操场最近的洗手间，刚走进去，洗手间的门便被一锁，然后一桶水从天而降，把她浇了个里外全透。

莫瑾就那样湿漉漉地站在那里，她苦笑了一下，喊了几声，有人吗？恶作剧的剧情安排得挺好的，让她措手不及。除了狼狈，还有什么别的形容词吗？

这时候门开了，白杨站在门外。他看见了那个发丝凌乱、一脸镇定的莫瑾，浑身还往下滴着水。

莫瑾完全不是白杨想象的那个样子，不柔弱，也没有痛哭。她叉着腰，一副天掉下来也唬不住我的模样。

“白杨，给我一个合理的解释，你在女生的洗手间里干什么？”莫瑾有点忍不住笑，白杨那个样子要多惊讶有多惊讶。

“我，我经过。”白杨脑子里竟然找不到一个合理的理由，为什么会出现在女生的洗手间，除了变态这个词语以外，他找不到合适的词语来形容自己。

“你，碰巧经过女生洗手间？”莫瑾有点忍不住笑了说道，“你没有怪癖吧？”

“你才怪癖，到底要不要出来？”白杨脸都红了，一时间都不知道手脚往哪里放。

“要不是你平常的人品，我都该怀疑这是你的恶作剧了，还有没有一点剧情了啊，一出接一出的，好歹让我歇会儿，也不好好想想，那么快把我玩坏了，你们还有什么乐趣啊？”莫瑾不禁自己吐槽道。

“一直有人作弄你吗？”白杨不禁心里一震，“那你还笑得出来？”

“我要是一直哭，人早缺水了好吗？”莫瑾扭了一下还在滴水的上衣，然后不好意思地看了一下自己透湿了的上衣和紧贴大腿的运动裤。

白杨看见她这模样就把自己的校服脱下来，披在她身上，说道：“洗干净要还给我。”他攥紧了自己的拳头，转身就走了。

莫瑾叹了一口气，这应该是最窘迫的一次了吧，她看了看身上的校服，有一种干燥的阳光的香味，不禁深呼吸。

6

“文杰，我在市人民医院，快来救我。”某日凌晨，许文杰收到这样的一条短信，名字写的不是许文杰，而是文杰。

许文杰心里猛然一紧，是梁诗晴，她出了什么事情吗？他背脊凉飕飕的，有一种不寒而栗的感觉遍布全身，他看了看身边还在熟睡的蒋文娟，然后轻手轻脚地披了一件单衣就出了门。

一路上，许文杰的脑子里出现了千万种可能，他的心完全被这个女子所笼罩着，他觉得自己的双脚都在颤抖，顶着夜露的湿气，以最快的速度赶去了医院。

距离上次见面，已经整整半年了，许文杰在这其间，失去了梁诗晴的所有消息，她就像完全消失了一样，虽然偶尔，也会出现在许文杰的梦里。梦里很唯美，两个人只是静静地凝视着对方，在一片美景的包围之中，看着秋水共长天一色。偶尔，梁诗晴抬手喝下一杯温度刚好的温润茶汤，嘴角如月般弯弯翘起，继而露出洁白荧亮的贝齿，鬓发悄然滑落，她浑然不知，用如玉般的手，轻轻翻开了一本书，柔声念出，一字一句皆是诗情画意。或是夕阳落日，或是白雪絮舞，娉娉婷婷，尽是人间仙境。

然而当许文杰到了医院里的病房，那一片狼藉的画面彻底地撕裂了他所有和美有关的幻想，不堪入目。梁诗晴被一个母夜叉一样的中年妇女狠狠地一手揪着她的一头凌乱不堪的头发，另一只手高举着准备再扇她的耳光子，医生和护士都在拉着中年妇女，七嘴八舌地劝着架。旁边站着一个面无表情的男人，大腹便便的肚子，交叉在胸前的肥胖双手，脖子上挂着一条如手指般的金项链，无不昭示着他的有钱和冷漠。

许文杰不忍去看梁诗晴，她满脸的泪痕，鼻青脸肿，一手护着肚子，一手撑在床边，用力地挣扎着不被母夜叉般的中年妇女拖下床，然后发出呜呜的哭声，夹杂着“我不敢了”“放过我”等字眼，如刀般扎入他的心里。

医生和护士都在大声地训斥着这个女人，他们希望停止这场闹剧，毕竟人命关天。医生不断劝说着，病人的情况不容乐观，不要再对她的身体造成任何格外的伤害，但是这个中年妇女变本加厉地拉扯着梁诗晴的头发，嘴里蹦出一个又一个不堪入耳的细语：婊子，不要脸，勾搭男人。

许文杰急了，他奋力地拨开人群，大声喊着住手，他一手按住了中年妇女的手，不让她继续拉扯着梁诗晴低垂着的脑袋，一手扶着她就快滑落的身体。

中年妇女一看，莫名其妙地又来一个瘦弱的男人，顿时火气更大了，大声叫嚣着：你们看啊，这婊子多不要脸，怀着这孽种又去搞了个姘头，这真真不要脸啊，世风日下，居然有如此的斯文败类啊。许文杰第一次面对这种泼妇式的谩骂，完全不得章法，他竟然不知道如何还口，急得满头大汗。

这时候，那个站在边上一脸漠然的男人也急了，他抡起了个拳头，二话不说地就往许文杰的脑袋上砸，嘴里还骂骂咧咧的："让你多管闲事，老子的女人，也轮到你出头？也不看看自己几斤几两？"

瞬间，许文杰就被揍青了眼圈，脑袋一直嗡嗡地响，一片空白，继而那个女的又指着男人叫嚣道："让你包二奶，你自己好好看看，谁的种都不一定，到哪儿你都是不成事的二货，我今天不把这女人弄死，我就不做人了。"然后一巴掌就往梁诗晴的脸上扇过去。

梁诗晴的嘴角溢出了一口血，她嘴里一直碎碎念着对不起，不知道是对谁说的。继而是救救我，救救我。千言万语，她一句话也说不出来，甚至没有一丝的生机，只是本能地护着那个可怜的孩子。最后只剩下哭喊着不要打我的孩子。

彻头彻尾的一场闹剧。现场充斥复杂的声音，混杂着消毒水的气味，从各种感官彻底淹没了许文杰，他歇斯底里喊着，住手，都给我住手，孩子是我的，是我的。

所有人都呆住了，继而那个母夜叉放声大笑起来，她讥笑着那个给了她无数难堪的所谓丈夫的男人，当她知道这个依靠娘家发家致富的男人，因为自己没有给他生下一个儿子，就不停地围绕着各种女人的时候，她的所有矜持和理智就如断崖般顷刻坍塌。当她顺藤摸瓜地找到这个怀孕的女人的时候，她已经彻底疯狂地想要去报复，所有的不满和委屈如海浪般一波接着一浪地覆盖了她所有的情感。而现在，圆滚滚的肚子孕育着的就是一个巨大的讽刺，赤裸裸的一顶绿帽子，这被他作为谈判的筹码转瞬间就变成了一个笑话，一个天大的笑话。她笑到眼泪都要溢出眼眶了，仿佛比刚才所有叠加在一起的耳光更能让她出一口恶气。

那个中年男人口瞪目呆，在一声接一声恐怖的笑声中，他无法压抑住自己内心的怒火，一直养着的是别的男人的种？这婊子居然一脸清纯地在编织一张巨网，不知不觉地麻醉了自己所有的理智，他想起自己在得知梁诗晴怀孕的时候那开心激动的心情，和现在的心情形成巨大反差，狠狠地摧毁了自己那一点点积累的所有自尊。他俨然无法控制自己的拳头，仿佛要把所有的力气都凝聚成坚硬无比的矛头，一下又一下地落在他们的身上、脸上，也不能够发泄出心头那熊熊烈火。

“别打了，这里是医院，出了人命，你们谁都担不了责任。”主治医生咆哮道。

“病人入院前已经出现胎位不稳的情况，你们这样折腾下去，搞不好，大人孩子都保不住，你们要打要闹，麻烦先办理出院手续，死大街上，我们绝对不会多说一句，但要是在这病床上弄死人，我们可是要报警了，医院绝对不担任何责任啊！”医生们和其他医护人员干脆也不拉不拦了，直接撂下一句重话。

许文杰此时也是被打得鼻青脸肿的，却还是死死护着梁诗晴，容不得她再受一点的伤害，他的心被火燎得一道又一道地痛彻心扉。

“我告诉你，这事情没完，你给我等着，肯定叫你好看！”中年男人一脸轻蔑地瞪了许文杰一眼，然后骂骂咧咧地走了。

母夜叉一看自己的男人都走了，这戏也没法唱了，不禁无趣地看了一眼许文杰和梁诗晴，冷哼了一下，趾高气扬地拎着个小包，扭动着自己肥胖的身躯，优雅地也走了。

病房的气氛猛然下降成冰，主治医生一脸厌恶地看着这对男女，一时间也说不出话。最后，就让医护人员交代了一下梁诗晴目前的状况，后续需要的治疗，并嘱咐了要马上去缴付一下相关的费用。

病房里最后只剩下了沉默不语的两个人，梁诗晴的眼泪缓缓流下，形成了一条鲜明的泪迹，她看着许文杰，心里纵使有千言万语，却卡在喉咙，只能发出呜呜的声音，别无他法。

许文杰也不说话，他静静地看着梁诗晴那张泪痕遍布的脸，那张清秀淡雅的脸上还有清晰的五个手指印，微微地红肿在那如羊脂般的肌肤上，刺眼得厉害。他心痛得无可复加，同时也愧疚着自己的无力感。

长夜漫漫，许文杰的脑袋一直是一片空白，他仿佛害怕黑夜的结束和明天的降临，一种前所未有的恐惧感笼罩着自己的全身，他用力挣脱着，却徒劳无功。

梁诗晴已经渐渐进入熟睡，她手上插着点滴的针眼，正由于落下的药液而突起，雪白的手没有一点重量，筋骨分明，细弱无力，却紧紧地抓住许文杰的手，就像溺水的人紧抓的救命稻草，命途何从，如浮萍般飘零。此刻的许文杰，只能祈求通过自己手的温暖，给予她一丝生机，当时是他劝说梁诗晴走下去的，此刻，他才懂得，说的话的重量在行动面前是何等的微不足道，梁诗晴确实是在走一条艰难万分的人生之路。

他有点分不清现实和虚幻，一方面，脑海里梁诗晴的如莲般清澈的面孔或远或近地挥之不去；一方面，手里握着犹如骷髅般的小手挣扎着抓住他的每一根神经。对于未来所付出的所有代价，许文杰心里完全没有一丝预算，前路犹未可知。他可以肯定的是，无论如何也无法丢弃梁诗晴，哪怕自己也一样处于泥泞沼泽，身不由己。

时间就这样在沉默中缓缓流逝，周围的空气凝结成冰，让人感到一阵又一阵的战栗。

翌日，蒋文娟就发现了许文杰脸上肿起的包，一阵强烈的不安喷涌而出，但是无论她如何质问，都没有得出个所以然来。蒋文娟无法忍受这种沉默寡言，她断定这并不是事出偶然，继而又是他断断续续的彻夜未归，更让她无所适从。

她的怒火排山倒海地覆盖着整个家庭，此时这个所谓的家，有一种摇摇欲坠的错觉，让莫瑾更不想涉足其中。但是莫瑾常常在母亲的咆哮和继父的冷漠下，吃完一碗不冷不热的饭，尽管饭菜还算可口，却还是难以下咽。

只有那个曾经让她回避千里的小妹妹，会睁着惊恐的大眼睛，躲在莫瑾的身后，或是抱着她的大腿，紧紧不愿放手。莫瑾日复一日地处于这种让她难以言喻的家庭环境中，不禁暗自对所谓的爱情充满了恐惧感，她仿佛只看见了有关爱的所有弊端，却丝毫不能感受其中任何的好，除了害怕，再没有更多的情感了。继父莫名其妙的改变，就像一个巨大的谎言，一直在刺激着这个狭小环境里的每一个人，但是他一如既往地关切爱护着自己的女儿，除此之外，再无温度。

蒋文娟也进入到一个全新的境界，她就像一根紧绷的琴弦，一碰即断，任何一件细小的事情都会让她濒临失控的边缘。她千思万想都不知道这种疏离感从何而来，就像某一天，你一直掌控着的物品脱离了它原来应有的轨迹一般，完全无法复原。在蒋文娟的心里，她和许文杰在岁月的磨砺之下，即便没有一般夫妻间的亲密无间，但是也算相知相惜的。虽然她也常常愤恨许文杰的自私自利，他只爱自己的孩子，不爱莫瑾，又或者是他无法为自己和这个家庭带来源源不断的幸福感，尽管如此，她还是期盼着在这个家庭里，他能成为那一剂良药。可是在这十指可数的时日里，他却摇身一变，成了一层炼狱。许文杰那简单又自私的内心，从原来的一窥可见，成了现在的深不见底。

蒋文娟也惊叹自己居然未曾为此事流下任何一滴眼泪，她的泪腺就像自动免疫一样，再也流不出任何泪水。多少次，她尝试着软硬兼施地去询问许文杰发生了什么事，但他就是一言不语，常常一个人在深思，留下的是一个世纪那么长的冷漠。

许文杰的沉默确也是来自他自己的强烈无力感。面对着梁诗晴，听着她言语哽咽地说对不起，他的心都要碎成一片一片的。他也不知道自己对梁诗晴究竟是一种怎样的感情，照理来说，这种情感应该是非常超脱，凌驾于任何一种情感之上。每每想起来，都应该是一种毫无罪恶感的感情，是一种救赎。但是，现在却蜕变成了一种可怕的让他不寒而栗的占有感，莫名其妙地，就会出现很多有关他和梁诗晴之间的美好画面，挥之不去。他努力压制着自己的无数想法，甚至用道德伦理来约束着，却无功而返。也只有在看见许静那彷徨无助的大眼睛的时候，他才会以一个父亲的身份去关爱如珠如宝的女儿。日积月累，许文杰在蒋文娟的精神攻击之下，也不禁感到身心疲惫。他考虑了千万遍可能出现的情况，却万万都没有想到，最后是以最坏的结果去了结这件事。

7

当蒋文娟想方设法找到许文杰和梁诗晴的时候，她整个人都犹如堕入十八层地狱，万劫不复。相伴而来的噩耗是许文杰的光辉事迹也被那个说过没完的中年男人一封实名信告到了学校，信中言辞犀利，毫不遮掩地裸露着当中无法回转的事实，当事人是如何的为人师表，和当年自己的学生婚外恋，如何的苟且于人世，这种斯文败类何以在讲台上以身作则地教导学生？一石激起千层浪，蒋文娟觉得自己所有仅存的信仰，都不复存在了，她的所有精气神已经被狠狠地掏空，现在的她也不过是行尸走肉而已。

让她最不能接受的是，事情竟然在她不知不觉的情况下，演变成现在这个完全无法挽救的局面。当一个身怀六甲的柔弱女子，躺在自己丈夫的臂弯中，亲昵地低声细语，喝着他亲手用勺子呬的黏稠白粥，脸上出现的是女子面对亲密爱人时才会出现的娇羞之态。而自己的丈夫也是一脸宠溺地看着怀中的女子，那种暧昧的眼神就像空气一样，一直漫延到蒋文娟的眼里，直达到心脏的深处，隐隐作痛。以前所有关于这个男人的美好，就像在烈日之下的细小水花，顿时化作蒸汽，挥发不见。她的表情相当漠然，就像在看一场无关自己的好戏，评头论足地关注着每一个细节，尽管内心已经被凌迟了千万遍，但是此刻的她却连一个眼神都不屑于给。

许文杰倒是很坦然地看了门外的蒋文娟一眼，他并不认为此刻的蒋文娟会对他有诸多的眷恋，她此刻脸上无所谓的表情，让他深深地明白，彼此之间的距离可能已经遥不可及了。妻子这个词语的所有同义词，俨然已经失去了应有的意义。

他开始觉得自己是一个极端的矛盾体。在蒋文娟每天的冷嘲热讽中，那逝去的很多的感情，就像死水微澜般，让他倦怠不已。好像生活竟然不能在有所期盼中，得过且过，犹如寂静的山岭中，空无一人，永无回音。这种极端的孤寂感，让他非常渴望被认同，被需要。许文杰的那种男人情怀在另外一个女人眼前发酵，他仿佛瞬间膨胀了数万倍，不断地在被自我所满足，他几乎疯狂地在被吞噬着每一寸理智，每一个细胞都在狂欢。尽管他也在用同样的方法麻醉自己，这只是他同情心泛滥的结果，在极力地推卸着与此同时出现的所有副作用，此消彼长之下，许文杰也渐渐被自己的行为所迷惑，竟然分不出真假。

蒋文娟就这样静静地看着这对男女脸上所出现的所有在她看来是极度夸张的表情。她就这样一动不动地看着，她以为自己会在接下来的某一秒流泪，会发狂，会咆哮。但是等了许久，她才发现自己的身体竟然没有任何本能的反应，她的反射弧无法对面前的情景做出反应。

她在反思自己，在什么时候，就对面前这个男人毫无感情，也许在生活的所有棱角中，把爱情都给磨没了。或者，在更久之前，她就已经忘却究竟爱是一种什么感觉。蒋文娟在笑自己，若是不哭、不闹，这样的行为是不是特别不适合此刻的情节，她努力地去回想着这些年，他们在一起的所有情节，企图寻找着每一个哭点，良久，她才发现，原来自己早就不爱了。

她是在等许文杰给一个解释，但是许文杰看见蒋文娟那张面无表情的脸，他感到非常失落，这种可怕的失落感，在不断地讥讽着他的无能，你看看，蒋文娟根本就不相信你会出轨，你就是这么窝囊，连出个轨都不能让人信服。他需要在这个女人身上获得有关男人的尊严，蒋文娟一辈子都给不了了。

蒋文娟整理了一下自己的衬衣，顺带看了一下因为搬货捡菜而粗糙不堪的双手，冷冰冰的就像在说一件无关自己的事情一样："许文杰，你有工夫在这里显摆这个女人，还不如回去看看，你的好事已经让学校公开处分了，你到底是抽了哪门子的风？我可告诉你，你这些个破事，我可一点都不会为你担着。"

许文杰脸色一变："你竟然把这事告到了学校？你脑子没问题吧！"

"我觉得你才脑子都坏掉了，我有那个闲工夫去管你这些破事儿？我连家里今天吃什么都顾不上了，你可潇洒走一回了，这种事情也是你这种穷书生能做的？也不看看自己有多少斤两，风流账得埋单的你知道吗？你家里的都买不起单，居然还有这本事在外面折腾，我这些年可真的是小瞧你了。"蒋文娟冷笑道，她完全忽略掉自己作为一个女人面对这个场面应该持有的态度，只是瞬间想到晚上的饭，还能不能赶回去做。在走过的所有的岁月里，蒋文娟已经把自己丢了，活着的她就像死了一样，一副备受摧残的身体装着她残缺不堪的灵魂。

梁诗晴看着门外这个面容娇艳的女人，她一头色泽乌黑亮丽的头发，没有被精心打理过，但是却那么撩人心弦，在一身简单的外衣下，是一副轮廓分明的娇躯。说实话，上天对蒋文娟也很厚待，竟然无论在何种逆境困难下，都没有在她的外貌留下任何的岁月纹路。她一如年轻时候的她，一湾清泉般，沁人心肺。只是这种外貌，并没有给她的机遇带来任何优势，这些年，她还是如蝼蚁般，在社会的底层匍匐求存。以至于，她的言语中，没有一丝美感，听起来，和菜市场里吆喝买卖的大妈一样粗俗不堪。

他们这般暧昧的情景，也不能激起蒋文娟内心的波澜，她就像在品头论足一般喋喋不休。梁诗晴却害怕了，从一开始，她就没有考虑过以后的日子该怎么过，她已经养成了走一步想一步的习惯。肚子里的孩子已经会拳打脚踢地宣告他的存在，这种强而有力的存在感，让她惶惶不得终日。

最初，她想过的无数个可能里面都没有许文杰的存在，他就像一缕傲阳，只可被其笼罩而不能永远拥有。她在被包养的第一天起就知道自己的使命只是一个生命的搬运工，可是当她发现自己的身体竟然已经被摧残到仅有那么一次机会去孕育生命的时候，一种深不见底的对孤单的恐惧感就扼紧了她的咽喉，若不是死，这将会是最痛苦的活法，所以她必须要留下这个孩子，再丑陋的灵魂，都需要救赎。

她不假思索地就把许文杰这个男人拉入了她生命这个肮脏的漩涡，仅那么一次的机会，都想要活下去。但是此刻的梁诗晴觉得，自己变得贪婪了，她内心就像盘缠着一条毒蛇，张开血盆大口，吞噬着一切。

事与愿违，梁诗晴并没有看见蒋文娟哭闹的情景，正是因为如此，许文杰也好像毫无顾忌地对她好，他们之间苦苦营造的暧昧气氛瞬间烟消云散，被活生生地扯下云端，回到赤裸裸的生活中去，一切的情情爱爱都不复存在。许文杰显然在思考，在估量着这件事对他所造成的所有损失，他变得有所畏惧了。

这种现实让梁诗晴的心一紧，她毒辣的眼神看了蒋文娟一眼，然后又紧紧拽着许文杰的手。男人的手掌温润而有力，上面的掌纹细致而清晰，沟沟壑壑的，触手可及。一种安全感从手心处缓缓地传递在梁诗晴的心里，她很迷醉，可是下一秒，许文杰便从她的手里把自己的手生生地扯了出来，拉得生疼。他的眼里有一丝温存之色，但是竟然转瞬即逝，换来的是一句淡淡的“明天来看你。”

事情没有按照她所期望的轨迹发展，梁诗晴非常失望，眼泪顺势而下，一副戚戚然的表情。她低声呢喃道：“文杰，别走，我害怕。”

许文杰犹豫了一下，还是站了起来，他轻轻地拍了拍梁诗晴瘦弱的肩膀，在她耳边缓缓地说了一声：“乖。”可是这一声平淡而清冷，没有了丝丝的眷恋，好像下一秒，所有的感情便会不复存在。

“你明天真的会来吗？”梁诗晴顷刻就不管自己笨重的身体，往许文杰的身上靠，她浑然不知此刻的举止已经远远超过了他能够接受的程度。“文杰，你不要不理我，你说过的话，我都记着，若是你不来，我便再也没有活下去的意义了。”

“你要是想死，也没人拦着啊，要死赶快死，装给谁看啊？”蒋文娟毫无感情地看着梁诗晴那忽暗忽明的脸，她瞬间觉得，自己是不是某一个时刻也是同样的求生不得而且求死不能的让人厌恶。

“我不会，明天我就回来。”许文杰勉强地用包含关切的眼神给梁诗晴一个深深的安慰。

两个人这样一前一后到了家以后，就开始一个沉默，一个咆哮。没有温度的环境，让气氛满满凝结成一层又一层的绝望。

“我告诉你，许文杰，你给我整这档子事出来，怎么解决？孩子不是你的，你认什么认啊？你以为你是谁啊？你能认，你得养啊？”蒋文娟口不择言地谩骂着，她不理解许文杰这种莫名其妙的同情心从何而来，这所有的问题都是他多此一举而来的。

“你懂什么，她不是你想的那样，我有我想帮她的理由。”许文杰无力地争辩道。

“你有什么理由？你说说看，你该不是看上她了吧，随便拿个便宜爹当当？拜托，你自己家的孩子都养不活，谁把你这些破事捅到学校里去的？你是不是要为了这个女人，把我们整个家都给搭进去？”蒋文娟越说越气，她除了大声地训斥这个唯唯诺诺的男人以外，竟然就像内心里有一把枯草，被烈火一燃，一发不可收拾。

许静从来没有见过父母这般无休止地争吵，她就像一只惊吓过度的小动物一样，战战兢兢地躲在莫瑾的怀里，双手紧紧地环抱着姐姐单薄的背，寻求着安慰。莫瑾看着这一幕幕相似的情景，看见隐怒沉沉的母亲和不言不语的继父，她觉得，爱情是世界上最奢侈的一种行为，是自己永远都消费不起的。

拍着许静的背，在妹妹的耳边缓缓地哼唱着她所知道的所有儿歌，企图在这一波又一波的叫骂声中，能够给妹妹带来平静的心境，然而这一切都徒劳无功。

继父的默然和母亲的讥讽在两个极端处针锋相对，各种各样负面的情绪一直像一个巨大的海啸般，一个又一个浪扑头盖面的向莫瑾袭来，她无处藏身。抱着在怀里的妹妹，她的脸上还挂着晶莹的泪珠，紧锁的小小眉头，嘴里还一声声地细细说着：

“姐姐，我害怕。”

莫瑾冷冷地看着那个叫作母亲的女人，除了恨，竟然在自己狭小的胸腔内没有其他多余的情感。她觉得自己在母亲的所有行为的摧残之下，就像一个失足的小孩坠入海里，无法自救，努力地挥动着手脚，企图游出海面呼吸，却只能没入更深的海里。她无数次设想出母亲的行为动机，但是只得出了“自私”这个结论，母亲并没有那么多的无可奈何，她遭遇的所有事情都是咎由自取，不值得任何人可怜。最可恨的是她却把自己行为的副作用统统让自己和妹妹承受了。还有比她更糟糕的母亲吗？

她看着这个摇摇欲坠的家庭，欲哭无泪。如果，莫瑾不认识白杨，眼睛里能看见的世界就只剩下黑和白。他就这样悄悄地挤入了这个孤冷的世界，流下了让人流连忘返的各种美好。不是莫瑾自不量力地去幻想和她不匹配的事物，只是身处于寒冷的地方久了，有点温暖就自然地想要靠过去，本能而已。即便是远远地看着白杨，也能够感受到人世间最美好的风景。

夜里也会出现各种梦魇，莫瑾伸出手，却什么都抓不住，通体发疼，辗转反侧也不能舒缓半分。她做了好多的梦，珍妮、白杨、妹妹、母亲、爷爷，还有好多好多的人，这些于她而言是珍重万分的人，统统都转身离她远去，他们任由莫瑾如何歇斯底里地哭喊着，都是冰霜一般的神情，决然转身而去，没有一丝犹豫。

惊醒，莫瑾觉得自己的心痛到快要停止跳动，原来这么些年过去了，她仍旧是那个当初躲进衣橱里的孤单人儿，和一堆旧败的衣服一样，随手可弃。

生命就像一根鸿毛般，毫无重量，原来自己在任何人的生命里，都是无足轻重的。她于自己，也是轻而缥缈，就像一片落叶，随波逐流而去。

8

莫瑾逃离似的离开了那个战场一般的家，回到了学校。她每一步都尽量走得慢一点，让一草一木都嵌入自己的脑海，用力呼吸着散发出淡淡花香的空气，这似乎是人生里最值得怀念的时光。清风悄悄地带来一个轻轻的吻，印在莫瑾的脸上，很温柔，很甜腻。

操场上三三两两的同学在忙碌地追逐着篮球，传来的嬉笑声，渐渐让莫瑾的心境有一丝平静，自己的人生就像一场球赛，开局就尽显败势，但还是要尝试着入球，不是吗？最始，设想过很多的结局，只是从来没有想过要出局。就算没有胜数，也不想退出啊。

“莫瑾，你在发什么愣啊？走，我们去看一下待会儿的高考讲座。”

白杨三步并作两步走在了她的身旁，看见那张忽明忽暗的小脸，突然冒出想要去掐一下的奇怪想法。

“白杨，你有没有发现，我们从来不同路？”莫瑾停下脚步来，她看了一眼学校门口，一辆高档的私家车停靠在路边上，车牌引人注目。

“从来没有发现。”白杨停下来，他站的位置刚好在看见了莫瑾回头的方向，他瞬间明白莫瑾指的是什么。

“我来到学校，穿过了整个城市，换了三次地铁，转了两趟车，而你却是坐在私家车里面，一站到底。白杨，我不管你有没有发现，我们所走的路不一样，看见的人和风景也不会相同，可能你从来都不会在意我所看到的，所以，你觉得我们有必要再同走一路吗？”莫瑾冷冷地说道，她此刻就想一辈子不再看见他，再多的孤单寂寞也好，连眷恋都是一种妄想。

“我觉得你想太多了，莫瑾，你又怎么知道我不在意？在我的眼里，就看见你在这条路上，我看见的，比你所想象的要多。”白杨淡淡地笑了一下，这个小脑袋到底装了些什么？

“道不同不相为谋，你还需要高考吗？我觉得你完全不需要。”莫瑾转身就走，她莫名其妙地就不想和白杨多说一句。

白杨看着莫瑾离去的背影，他数着，一步，两步，三步。直至她走远，也没有离开的想法，白杨看了看手里那几份国外大学的面试通知，想也没有想就扔进了垃圾桶。

莫瑾除了白杨动不动问她时间这个坏习惯没有办法克服以外，基本上成了一个白杨绝缘体，他在，她便缺席。每次刻意做得多了，她内心里的刺痛感却丝毫不会减轻，也没有麻木，依旧是那么清晰。

偶尔看他一副毫不在乎的样子，莫瑾觉得自己所有的痛感都是十分多余。他工整漂亮的习题卷，总是让莫瑾爱不释手，但是看多了，总有那么一两次会情不自禁地让手指靠近他的名字。

经过了那次以后，珍妮对待莫瑾的态度也恢复如初，她也会和莫瑾去图书馆，或者硬拉着她的手去风雨球场看白杨打球，时不时地就会说着白杨的各种事情，有意无意地，都会挑莫瑾不爱听的说，而莫瑾只是安静地听她说着，并不多言，很多时候，她都会笑笑，把头靠在珍妮的肩膀，好像听着世界上最好的童谣一般，嘴里会说道：珍妮，你幸福就好呀。

几日后，莫瑾在一堆小山般的课本和习题里摸爬滚打的时候，突然觉得有点晕厥，但是转瞬即逝，她抬起头，看了看时间，原来已经快过午饭的时间了，她摸了摸扁扁的肚子，拿起桌面上的水壶喝了一口，然后伸展了一下腰杆，一阵阵酸痛感传来，窗外就传来爽朗的叫喊声：“莫瑾，莫瑾，你怎么还在教室啊，午饭时间都要过了，要不要一起去饭堂？”

莫瑾抬起头，看见王景逸站在门外，手里拿着一大沓资料，不禁也感觉饥肠辘辘，就起身，结伴去了饭堂。

“王景逸，你手上拿的是什么啊？怎么这么多？复习资料吗？”莫瑾问道。

“嗯，国外大学的升学资料，你要知道，我可不比白杨差啊，他可以让好几所美国常春藤的大学抛出橄榄枝，我这不好歹也有几所发邀请函给我吗？王大公子可是文武双全的啊。”他脸上全是笑意，白杨能做到的，王景逸可是要做得更好。

“哦，你们都很厉害，我这种人，能考上大学，算不错了。”莫瑾心里一紧，原来，他就要迫不及待地出国留学了吗？这不应该是自己心里有数的事情吗？

“傻瓜，这并不难，要不我帮你申请这几所大学试试看？你智力是差了一点，但是勤能补拙啊。”

“王景逸，你错了，这对我来说很难，我是还要靠奖学金来上学的人，这真的是白日做梦了，说说你想去哪儿吧，让我做梦也好有点题材。”

王景逸看了看莫瑾，接下来的话，他有点说不出口，话锋一转，就说到了美国，说到了纽约，说到了他以前去游学的时候遇到的事情，夏天去冲浪，冬天去滑雪，还有很多的人文历史，自然风光。莫瑾一点都记不住，但是她也会看着王景逸夸张的表情、手舞足蹈的样子，笑得眼泪都不禁流下来。

“王景逸，你说的地方都好美，我觉得我一辈子都去不了那个地方。”莫瑾有点失落，是那种兴奋过后继而出现的巨大失落感。

“谁知道呢，或许，我们某一天就会在纽约的第五大街上遇见？”

“能在这里遇见你，就花光我一辈子的福气了好吗？”莫瑾淡然地说道，她已经不会对生活有更加多的希望，因为活在当下，才是现在最重要的事情。

“莫瑾，你要一直好好的。”王景逸看着那个小小的她，心里一阵酸楚，这个女孩子尽管经历了很多并不符合她这个年纪的事情，很多的时候，浑身都会散发出一种让人不寒而栗的冷，但是她所表现出来的却是不放弃。或许，就是这种韧性，不温不淡地面对着所有的际遇，渐渐成了一种吸引力。

“王景逸，谢谢你。”莫瑾看着眼前的阳光少年，耀眼得让她睁不开双眼。

天下无不散之筵席，她深深明白，两个世界的人，终究都会曲终人散。

白杨刚好迎面走来，他斜眼看了一眼莫瑾和王景逸，然后转过脸，完全忽视他们的存在。心里莫名其妙地一阵刺痛，怎么就觉得他们走在一起，这么刺眼？真讨厌。

白杨陌生的表情，让莫瑾也不禁咬紧了唇，她生生把白杨的轮廓从眼底抹去，不再看他一眼。白杨是一个不能用文字来描述的美好，不能沾惹上有关她的一切，这样的污点，连自己都不能原谅。她的脑子里转了千万遍，有关白杨的所有画面，就像过了几世轮回。那个爱趴在书桌上一遍遍问她时间的男孩，那个无数次喊她不要早恋的男孩，那个帮她度过难堪的男孩，是时候，让她来保护一次了。

王景逸侧身经过，看见白杨那不自然的神情，有点暗自得意，原来这家伙还是有软肋的。他故意大声说着：“莫瑾，下午下课后，去图书馆，我有今年高考的资料给你，都是很有价值的题库，还是我对你最好吧？”

莫瑾也挤出了特别甜的笑容，回答道：“好啊，还有几个章节的选修题需要你指导一下。”

然后彼此擦肩而过，谁都没有回头。这种心痛的感觉让莫瑾狠狠地忍了下来。再痛也不过如此。

回到课室后，莫瑾发现自己桌面上多出了一堆山一般的练习题。她看了白杨一眼，他侧过身，完全不想搭理她的样子。

莫瑾用笔戳了他一下，问道：“这些放在我桌面上的东西是你的吗？是你的就赶紧拿走。”

“你不是要高考练习题吗？这是近十年的，做死你。”白杨背过身说道。

“我不要，你赶紧拿走。”莫瑾一把拿起就想扔在地上，但是想了一下，还是没有动手。

“你可以不要，也可以扔掉，但是不能早恋，不能去图书馆，你不懂的只能问我！”白杨冷冷地说道，霸气却也没有一点温度。

“请问，这和你有一分钱的关系吗？”莫瑾有点生气了，白杨，你是不是管得太多了？

“你可以试一下。”

“试就试。我反正破罐子破摔。”

两个人又是一阵无语。莫瑾想了一下，还是把习题卷都放进了抽屉，近十年的高考习题，不要白不要，自己还没钱买呢，大不了做完了再还他。

下课后，莫瑾经过练琴室，向图书馆的方向走过去，她听见琴房里传来一阵熟悉的旋律，不自觉地便走近那个房间，原来是《亚麻色头发的少女》。

莫瑾发现这首曲子对她来说有一种特别的魔力，手指敲击而落的快慢起伏，婉转顺畅，竟然勾动缥缈虚无的所有神志，慢慢坠落下来，一片宁静平和。

深深浅浅的呼吸，轻重缓急的思绪，在此刻纠缠成茧，莫瑾靠着墙，耳朵里全充斥满了每一个音符，内心深处的丝丝缕缕凌乱无序的情感，由碎成型，集结成片，她想到了很多人，又好像谁都看不见。

琴声骤然而止。琴房的门打开。

“不是只有王景逸会弹《亚麻色头发的少女》，我只会做得更好。”白杨说道。

“你不是很久没有弹琴了么？”莫瑾抬头挺胸看着白杨。

“但是这不代表我就生疏了，不要试图从别人的嘴里去了解我。”

“我从来都没有对你感到有兴趣，你有点自作多情了。”莫瑾转头就想走。

“走吧，图书馆不是吗？王景逸不会来了，他学生会里有很多事。”

白杨嘴角又是那样翘起，非常好看的弧度。

“他不来，我也可以自己去啊，好像和你没有什么关系？白杨，我们最好不要走得太近，厄运是会传染的，要不要来体验一下我的糟糕人生？”莫瑾觉得这个人简直是怪胎。

“王景逸都不怕，你觉得我会怕，咱们谁更糟糕还真不好说。”

莫瑾翻了一个白眼，径直转身就走。

白杨看着那个瘦小的背影，跟了上去。他开始有了想追逐这个身影的想法，不知道为什么，她越躲，他越想靠近她，没有任何的缘由。

白杨紧跟着莫瑾的背影，两个人一前一后，有点不协调地走着。莫瑾不由得看了一眼，她说不出这是一种怎样的感觉，多少次，走近走远，他都是这样的在身边。

图书馆内，一张阅览桌坐满了同学，只留下一个空位。莫瑾想也不想就一屁股坐下去，然后从书包里拿出练习卷，低头就开始做起来。完全忽略白杨的存在。

白杨笑了笑，也不吱声，他四周看了一下，拿了一本几何，径直走到一个最靠近莫瑾的角落就坐在了地上，不经意地慢慢翻起了书，书在他的手里，刚好遮住了脸。

莫瑾偷偷地瞄了一眼，没有看见白杨的表情。她有点侧目而视，完全不知道他这是什么章法，但是又无法完全投入练习题中去，心里乱糟糟的。

莫瑾突然感觉后背有千万利剑般地被直视，顿时如坐针毡，下意识地看了白杨一眼，他还是用书本遮住了脸，久久翻了一页，不明所以的行为，让她无可奈何地叹了一口气。这个家伙到底在想什么？

白杨看着一脸痴呆状的莫瑾，知道她又分神了，成绩不好，还总发呆。他想也不想地就起身，然后走近了她的背后，看了一眼她顺滑的头发，然后再看了一眼桌面上的练习卷，一塌糊涂。他用力地弹了一下她的后脑勺。

“呀，你干什么？”莫瑾痛得眼泪就要流出来了。

“不干什么，给你敲响一下警钟，请问，你这个解题思路是怎么出来的？乱七八糟的到底在想什么，就快模拟考了，难道你有把握？”

“要你管？还是你很闲？”

“莫瑾，注意言辞，我不闲，但是管你还是绰绰有余的，看着我干吗？我比习题好看？”

莫瑾马上不敢看他一眼，白杨确实比习题好看，但是他那直勾勾看着她的眼神，还有一丝冷漠，真是让人浑身冒冷汗，炎热夏天混合六月飞霜的感觉。

“这里，还有这里，你重新写一下。对了，还有英语的阅读，你把China Daily看过了吗？语感不是一般差，书怎么念的啊？”白杨一顿指责，说得莫瑾的头越来越低。

“整天想一些有的没的，把心思都放学习上好吗？”白杨看着她一脸羞愧难当的表情，顿时觉得非常满意。看来平时还是对她太少鞭笞了，还是作业布置得太少的缘故。

“白杨，你怎么好像不用功就天然懂的啊？不是正常人的构造吧？”

“莫瑾，看到别人的成功，或许同时，也没有看到别人所下的功夫呢？你看看，没有任何一种成功是唾手可得的，总是有失有得。”白杨递给莫瑾一本《牛津大字典》，他的手指修长，比女孩子的手还要好看。

莫瑾随手一翻，里面每一页都是密密麻麻的标注，他在一页一页地背单词。他要告诉她的，已经用行动说明了，再多的便是靠她自己，在合适的年龄，在努力地做着一件合适的事情。白杨并没有表述太多，实际上他却是世界上最懂她的一个人，这个女孩子，浑身上下都是刺，她需要的并不是帮助和同情，而是自立自强的信心。而自己需要做的，就是为了她的成长，而守护在旁。

莫瑾点了点头，她的笔尖在接触纸的时候，字迹锋芒毕露，强而有力，她确实没有多余的时间去考虑太多问题，唯有自己变得更强，才不会被厄运所打倒。顾忌太多，就会失去太多，心里一目了然。别人都有的退路，而她并没有。

不知道为什么，她在白杨面前，这个极其优秀的男孩子身旁，并没有任何的自卑感。和在其他人身边完全不一样，他就像冬日暖阳一般，悄悄地告诉她，你要变强，要遇强则强。从来没有因为她任何的际遇而有别样的同情因素。就是这样静静地在身旁，等着她吃力地迈着步子，一步一步地靠近着。告诉她，永远都不要放弃。

可是猛然，她又有一阵眩晕的感觉，但是很快就消失了，莫瑾觉得自己要好好放松紧绷的心弦了，太多的事情压得她有点无法呼吸。

图书馆里除了翻书的沙沙声音以外，还有一缕斜阳照射在整洁的地板上，书香夹杂着暖阳，让人很迷醉。

莫瑾偷看了一眼，眼前的白杨。他睁眼闭眼间，就像一道最美的风景。有的人，就这样悄然布局，在生命里走过，不知不觉间，留下一个不可磨灭的身影。他会深深浅浅地影响着很多年以后的莫瑾，所说的话，所看过的眼神，一点一滴，多年以后都不曾忘。

珍妮远远地看着他们，她完全找不到一个合适的形容词来描述此刻的心情。咬牙切齿的心痛，夹杂着很多复杂的情感然，后汇集成一个词语叫作背叛，莫瑾，你怎么能一次又一次地背叛我，难道说，你见到白杨，就完全忘记了我们之间的所有约定吗？你就是这样光明正大地去证明你和我之间的感情就这样不堪一击？珍妮给了自己无数的理由，她怎么都想不明白，为什么白杨和莫瑾之间会有交集。

珍妮看着白杨用笔头敲了敲莫瑾的习题卷，在自己的稿纸上写下点什么，然后递给她，莫瑾继而恍然大悟般，马上修改着答案。如此这般，你来我往，珍妮觉得自己的嘴里一阵腥甜，她闭上眼睛，脑子里一个又一个恶毒的想法油然而生，不能自已。

坐在白杨身边的，就算不是我，也绝不可能是她。

9

“姐姐，我怕。”许静拿着个枕头悄悄地走到莫瑾的床边。

“不怕，来姐姐的床上，我抱着你，给你唱一个姐姐在学校里刚学的新歌，好不好？”莫瑾一伸手，就把小小的人儿捞上了床。

许静的身上有很好闻的奶香，她张开双手，紧紧地抱着姐姐，然后把头埋入姐姐的怀里，小小的身体蜷缩在莫瑾的身旁，寻求着保护。

莫瑾抱着怀里的妹妹，鼻子一阵酸痛，她强忍住了，然后深呼吸，慢慢地抚摸着许静的背，然后缓缓地靠近她的耳边，轻轻地哼着一首童谣。

门外又传来一阵争吵，继而又是乒乒乓乓的摔东西的声音。

许静猛然一阵发抖，直往莫瑾的怀里钻。

“不怕，姐姐在。”莫瑾说道，她的心里一紧，有时候大人的世界，真的不明白，这无休止的争吵，是如何让他们度日的？

“姐姐，爸爸妈妈为什么整天吵架呀？”许静昂起头问道，脸上还挂着几颗泪珠子。

“姐姐也不知道，爸爸妈妈总是爱你的，所以，你不要怕。”莫瑾安慰地摸了摸许静的小脑袋。

“姐姐，你每个周末都回家吧，我一个人在家，没有人陪我玩。”

“姐姐要上学呀，我明天陪你去喂金鱼，好不好？”

“嗯，姐姐，你不在家的时候，我都会数数，过一天就数一下，我好想数到五，你就回来了。”

“好，姐姐以后都会回来陪你玩，乖，早点儿睡觉。”莫瑾抱紧了怀里的妹妹。

不知道什么时候，许静就像莫瑾的跟屁虫一样，紧紧黏着姐姐。她会悄悄地把别人给的糖果都藏起来，等莫瑾回家的时候给她吃。

莫瑾在最开始的时候，完全不想和这个妹妹靠近。因为，她就像一个定时炸弹一样，随时随地就会让继父的怒火一发不可收拾。那时候的许静就像洪水猛兽一样，不能靠近。

许静是一个很可爱的小姑娘，她很聪慧，知道莫瑾很抗拒接近，却会稳稳地抱住姐姐，然后吧唧来一个大大的吻，把口水糊莫瑾一脸。她不知道为什么爸爸一点都不爱这个大姐姐，总是训斥她，就连吃饭，都会让她坐得远远的。当爸爸骂姐姐的时候，她就会掉眼泪，眼泪珠子止都止不住，哭得许文杰的心都要碎了。久而久之，许文杰为了宝贝女儿矜贵的眼泪，也不会给莫瑾那么多的难堪了。小姑娘是在用她的方法来护着姐姐，她就像一团小火苗一样，炙热着莫瑾每一寸肌肤。

莫瑾没有任何抵抗力，每当她抱着这个像洋娃娃般的小姑娘，她的手里抓着珍藏的糖果，放进莫瑾的嘴里，把小脑袋埋进莫瑾的颈窝，偷偷问着："姐姐，甜不甜？"

每次莫瑾都会混着唾液和眼泪一起咽下去，然后告诉妹妹，这是她吃过最好吃的糖果，最甜。许静就会笑得咯咯咯，她的眼睛弯成一道月亮，那是世界上最美的笑脸。

这是我的妹妹，我巴不得把世界上最好的都给她，莫瑾暗暗地告诉自己，这一辈子都要好好护着她。

耳边又传来蒋文娟和许文杰的争吵声。

莫瑾不懂，她所理解的婚姻，应该不是这个样子，至少，蒋文娟一次两次地用亲身经历告诉了她，婚姻犹如人间炼狱，她和许静就是其最大的副作用产物。更可悲的是，莫瑾从来没有试图去了解过这个叫母亲的女人，她一厢情愿地认为，她命运中所遇到的不堪都是蒋文娟一手赋予的，母亲这个名称并没有和各种美好的词语联系在一起，多少年过去了，蒋文娟留给她的，仅有一副坚硬的铠甲，让她去面对这个残酷无情的社会，除此以外，一无所有。

蒋文娟最不能忍的是，既然孩子不是许文杰的，他的较真儿从何而来？以一个女人的直觉看来，他们之间绝对不会是一清二白。她觉得自己的人生，真的很失败，简直一塌糊涂。从何年何月开始，她就像误入歧途一般，深陷沼泽而不能自救。

她看着泼妇一样的自己，三言两语便会和许文杰动手，一个文弱彬彬的男人，在她的刀言剑语中，不能还口，偶尔说上一两句，她就像发狂一样狠狠地抓住他的头发，一把一把地使劲儿揪着，咆哮如雷。然后他就会大声叫着，日子不能过了，你这个泼妇，你给我滚。继而，她会做出更不能自控的举动。

家里一片狼藉，蒋文娟看着满目疮痍的情景，她使劲儿地哭，想把心里的苦水通过泪腺发泄出来，可是无补于事。时间久了，她想起了很多的人，比如莫翔，比如老爷子，还有爸爸妈妈。某一刻，便会声嘶力竭地想要救赎，可是下一秒就会溃不成军。

也许许文杰说的是对的，一切都是因果循环，都是自己造孽，妄想自救救人，身边没有一个人能够远离厄运，彼此缠绕，永不超生。

可是当某一天醒来，她推开莫瑾的房门，看见紧紧相拥而眠的女儿们，那深深的无助感，让蒋文娟不能自已。为什么，无论自己如何用力地去反抗和挣扎，却永远不能把幸福带给她们，别人该怎么评价她们？有一个如此不堪的母亲？正如莫瑾的班主任所描述的一样，像我们这样的家庭，又怎么会培养出优秀的孩子？莫瑾就像一个生活在阴暗处的小兽一般，内心自卑而缺乏安全感。而许静呢，她又会成为怎样的一个人？

这统统都是因为我，这个失败的母亲，蒋文娟自责地狠狠捶着自己的胸口，就像一股气般压抑在胸腔，每一口气，都要使劲地呼吸，仿佛不这样，下一秒便会窒息。

她看了一眼许文杰放在桌面上的手机，突然间屏幕亮了一下，一条短信。

"文杰，你能过来吗？宝宝可能不怎么好。"

猛然，蒋文娟觉得自己是一个特别可悲的人，她茫然地看了一下自己的双手，上面全部都是密密麻麻的裂口。一个前路茫茫的未来，未来的路，是不是得她一个人走？

怨怼充斥着她每一个细胞。死都是一种解脱，而她终究还是连死都不能够的。小的时候，蒋文娟记得婆婆对她说过，生活很苦，有时候，笑一笑，哭一哭，日子就会很快过去。然而，蒋文娟一路哭着走过来，泪水流干了，却还是没能走到尽头。

她突然间觉得，自己这么苦，不如让别人也一起来品尝品尝这苦味的人生，莫不然，会何等孤单？她拿起手机，拿起一件颜色鲜艳的大衣，转头就开门，很决绝。以后想来，蒋文娟觉得自己必定是魔怔了，当时她到底在想什么，最终也说不出来，只是有时候，哭得太久了，就会感到很寂寞。

蒋文娟不知道自己究竟是如何到的医院。她看见了那个躺在被窝里面的女人，梁诗晴是一个长得很柔情的女人。她和蒋文娟有着完全不一样的美感。梁诗晴是一首诗，而蒋文娟只是一行字。

梁诗晴蜷缩在被窝里，两眼深陷。一把长发毫无生气地横在床边，脸上灰蒙蒙地笼罩着一股死气。大大的肚子鼓鼓的，更显得四肢的无力和细小，手臂上输着液，一副伊人即将远去的景象。这个相貌姣好的女人，此刻在洁白的床单下，展露出来的模样，冰清玉洁。

蒋文娟突然间不知所措，嚼着自己的良心，却迈不开步子，看着梁诗晴此刻的模样，何苦去为难她？扪心自问，梁诗晴给她带来的，更多的是挫败感。

那么多年了，许文杰一直是一个唯唯诺诺的小男人形象，并不高大，也不伟岸，甚至某一刻，蒋文娟俨然忘记了当初和莫翔离婚，和他走在一起究竟是一种怎样的心境，仅仅是因为许文杰的个性温文尔雅，与莫翔的残酷无情截然相反？终究在混乱的思绪中，也整理不出来一个爱字。或者，她只是想要活着。

许文杰支撑不起这个家，却为了面前这个女人掏出他的所有，他不顾一切地为了梁诗晴披荆斩棘，就算粉身碎骨，也是一副视死如归的表情。就算不是爱情，这也是一种她未曾有过的深情。这种感人至深的情感，她从来都不曾奢望拥有。

蒋文娟想要逃离面前这一切，她很害怕医院里的消毒药水的气温一直钻进了鼻孔里，让她很想吐。

一转身，梁诗晴便开口说道："你来了，过来坐一下？"

"不了，脏。"蒋文娟冷冷地说道。一个企图破坏她家庭的女人，还能如此这般落落大方地让她过去坐一下，真的闻所未闻。

"脏吗？来，我给你擦一下。"梁诗晴缓慢地用力挣扎着坐起来，然后用瘦骨嶙峋的手掌，一下又一下地擦拭着床边的一张凳子。惨不忍睹的可怜表情。

"你有什么话就说吧，你也是快要做母亲的人了，难道说，你就不知道我们家里也有两个孩子吗？你就这样自私地为了自己而去破坏别人的家庭？"

"文杰，他和我说过很多关于你的事情，二婚的女人，大抵过得都不容易吧。"梁诗晴露出一个灿然的微笑，她的脑子里千回百转，表情却平淡如初。

"文杰也是你叫的？他可是你的导师，你这一句文杰，可是把他毁了个彻底。学校已经让他停职了，照你们这样的关系，我想再不会有高校愿意请他，这样的结果，是不是已经如你所愿？"

梁诗晴目光淡淡的，仿佛有光，她慢慢地抚摸着肚子，缓缓地说道："他向你抱怨过我吗？"

“你这是什么意思？难道你自己就没有一点愧疚感？”蒋文娟反问道。

“若是他并没有抱怨，那么文杰就是心甘情愿的，他这样对我，我有的只是感激不尽，而不是愧疚。”梁诗晴目光如炬地看着蒋文娟。

“真是不知羞耻，你怀着别的男人的孩子，还一边说出这种话，怎么这么不要脸啊？”蒋文娟双手紧握。

“我不要脸，可是我现在不还是好好的吗？要脸有活路吗？”

“我就好好看看，你们能走多远。”

“蒋文娟，你爱许文杰吗？你知道他需要什么吗？放过他，好不好？”

“凭什么？我告诉你，就你这样的行为也绝对不会是爱！”蒋文娟无力和这个女人争执，完全不知能如何接话。她看了一下梁诗晴高耸着的肚子，便一刻都不想要停留，这里的空气让她愤怒得一塌糊涂。

“你别走，你放过我们好不好？我求求你。”梁诗晴画风突变，她猛然一手拔掉输液的针管，挣扎着从床上滑下地来，拖着笨重的身体就往蒋文娟的方向扑过去。

“你干什么？你别过来。”蒋文娟一看，就愣住了，不明白究竟是怎么回事，只见梁诗晴往自己的方向一扑，顿时手足无措，只能本能地一躲。

“我求求你，放过我和我肚子里的孩子，你要怪就怪我，可是孩子是无辜的，你也是做母亲的人，怎么能这么狠心啊？”梁诗晴直直地抱着蒋文娟的腿，就躺卧在地上，大声地叫唤着，一声比一声高昂。

“你胡乱叫唤干什么？你赶紧给我起来，你给我站起来。”蒋文娟一惊，马上伸手去扶起她，只见梁诗晴一头凌乱，满脸泪痕，呼天抢地地叫唤着。

这种把戏，梁诗晴玩过千百回，她想要的东西，从来不会心慈手软。

她一边叫嚣着，一边哭喊着，此时，万事俱备，只欠东风。

“你干什么？蒋文娟，你究竟有完没完？”许文杰闻声而至，他手里还拿着刚炖好的汤水和水果。

“梁诗晴，你就会耍这些手段吗？”蒋文娟冷笑着，她双手用力地拽起身材瘦弱的梁诗晴。

“那就得看看这个男人受不受用了。”梁诗晴顺势借着她的臂力站了起来，不经意地经过蒋文娟的耳边悄然说道。

“你，真的很让我恶心。”蒋文娟顿时想给她一个耳光，但是手刚抬起，便被许文杰一下子甩了过去。

“她还是一个孕妇，蒋文娟，你是不是太恶毒了，该解释的我也解释过了，你有什么气冲着我来，你来医院闹什么？你就不能大人有大量地放过她？”许文杰从蒋文娟的怀里抢过梁诗晴，他紧紧地扶着怀里的女人，柔情万千。同时也甩给蒋文娟一个恶狠狠的眼神。

“许文杰，她害你工作也丢了，身败名裂，马上就要妻离子散了，你现在当着所有的人，还护着她是不是？”

“就算是身败名裂，我也心甘情愿，这与你何干？”许文杰冷冷地说道。

“好，太好了，我合着就来看了一场苦肉戏，我告诉你们两个，我不好过，你们也别想好过！”蒋文娟哭着，笑着，此刻的她，和当初的莫翔，究竟是殊途同归了。

“蒋姐姐，你不要误会，我和他真的没有什么，他就是可怜我而已。不是他，我早已经活不下去了，他真的是一个好人。”话毕，梁诗晴泪如雨下，她软弱无力地躺在许文杰的臂弯里，哭成个泪人似的。

许文杰搀扶着她，紧紧地拖住了梁诗晴笨重的身体，他冷冷地看了蒋文娟一眼，犹如万里冰川。

蒋文娟瞬间凝结成冰，漠然地看着眼前的一切，本能地，她用尽了体内的所有力气，抬手，向许文杰的脸上呼过去。

“啪。”梁诗晴突然间起身，愣是用自己的脸挡下了这一巴掌。

她立马软软地往下坠，嘴角一丝血迹，瘫倒在地上，双腿间汩汩地流出一股水，继而她惊呼着，拼命地拉着许文杰的手，嘴里喊着，救救我的孩子，救救我的孩子啊。

恩断义绝的一巴掌，拍断的是蒋文娟和许文杰之间的如丝感情。

蒋文娟，转过身，她直直地冲向门外，逃离似的离开这场好戏。不明不白地，把许文杰给丢了，她的另外一个孩子是不是也没有了父亲？终究还是她的错。

10

浑浑噩噩的蒋文娟何去何从，她落寞地走在大街上，不知道怎的就走到了钱治的家里。

她擦了擦红肿的双眼，叩响了那扇门。

“怎么是你？”钱治打开门，看见鬼魅一样的蒋文娟，不禁皱起了眉头。

“打扰了，我，有点想家，有点儿想着表姨母，我能看看她吗？”蒋文娟苦笑了一下，仿佛说的人并不是她自己。

“进来吧，你很久没来了，我妈，挺想你的，哦对了，之前你给她护理的褥疮都全好了，老太太现在精神头不错，感谢你的一份苦心。”钱治淡淡地说道，他看了看眼前的蒋文娟，瘦了，脸色很不好。

“嗯，那就好，我就是想看看她。最近家里有点事情，来不了，但是心里一直很是挂念。”

“她刚吃过早餐，现在在阳台边上晒晒太阳。”钱治顿了一下，他还想问点什么，但是卡在喉咙里，愣是没有说出来。

“好的，我去看看。”

老太太坐在一个轮椅上，丝丝的银发，挽成了一个很好看的发髻，她身上穿着一件淡花样式的衣服，看起来，确实精气神儿很好。

蒋文娟眼睛一红，缓缓地走过去，老太太转过头，看见是她来了，咧开嘴就笑了，她抬起手，慢慢地把蒋文娟迎到身边来。

房间内的空气里，蔓延着一股温热的水汽，渐渐模糊了她的眼睛，蒋文娟别过脸，用力地呼吸着，强行把泪水忍下去。咽下去，再苦也得咽下去。

老太太把一切都看在了心里，她把蒋文娟迎入自己的怀里，用干枯的手，缓缓地捋了捋蒋文娟脸上低垂着的凌乱发丝，看见了那张憔悴的脸，尽管蒋文娟使劲儿地隐藏了她最大限度的悲伤，但是也有一丝的胆怯。

“姑母，您精神好多了。”蒋文娟虚晃了一下，继而俯下身体，蹲靠在老太太的身边，透过窗外的阳光，折影出来的细小尘埃，在随势而舞，错落有致，这个空间里，它们自由自在地自娱自乐。

她看着那张慈爱的脸，此刻无声胜有声。这个豁达的老人，看透了世事，浑浊的双目，却没有丝毫的呆滞，犹如夜明珠般闪烁着关切的亮光。

老太太身上的温度微暖，让她很是留恋，总是有一些人，在绝望与痛苦中，悄然而至，在不经意的时候，给她一丝希望。生命就像一个老朽的古木，不断被腐蚀着躯干，然后就会被所有时间的碎屑填满。总是在失去的同时不断地得到，在不知不觉中被安慰着破碎的灵魂。

蒋文娟并不是一个贪婪的人，混沌中，她弯下了腰，祈求着片刻的宁静，不要被污秽吞噬自己的内心。希望在黑暗中，寻找到出路的光，如果爱只是一场错，她已经忘记了当初相遇究竟是为何。

她拿起一把剪子，轻轻地把老太太的脚捧在怀里，仔细地修剪起来，偶尔，抬起头，看见的是那熟悉的笑容，满满地覆盖了蒋文娟的眼眸。

当蒋文娟走出老太太的房间的时候，发现钱治并没有走。他靠坐在沙发上，跷着腿，翻看着一本财经杂志，明显的心不在焉。

“钱总，表姨母已经午休，我就不打扰了。”

“坐，喝杯茶再走吧。”钱治指了一下桌面上的茶杯，杯子面上飘着一股热气，显然是掐着时间冲泡好的。

蒋文娟有点窘迫，顺着钱治抬起的手，看了一眼，顿时有一种迈不开腿的感觉，迟疑了一下，还是移步坐在了桌子的对面，她努力地扯动着面部僵硬的肌肉，试图露出一个微笑。

“这个是绿茶，清心顺气，来试试。”

“谢谢。”蒋文娟握着杯子，并没有触到预期烫手的温度，她举杯，细细地喝了一口，果然入口清润，转瞬甘甜。

“最近可好？”钱治缓缓说道，语气轻描淡写，轻轻柔柔，不见波澜。他抬头凝视着她，面容憔悴不堪，眼神迷离涣散，还有灰黑的黑眼圈，怎么看都不好。

“挺好的，钱总费心了，对了，我发现表姨母的身上褥疮都好了，可是结痂的过程，可能有点不舒适，阿姨给她清洁的时候，可是需要万分地注意一下，千万不要再感染了。”

“哦，我会格外注意的。”钱治淡淡地回答。

“我以前照顾过老人家，老人一辈子不容易，所以尽量还是体贴一些。对不起，我话有点多了。”蒋文娟勉强地笑了一下，然后仰头把杯子里温度刚好的茶水喝完，欲起身离开。

钱治徐徐地拿起茶壶，把蒋文娟的茶杯满上，明显还有话说。

“你费心了，不管你是出于什么原因关系照顾家母，我也是看在眼里，万分感激。”

蒋文娟心中一惊，又按下快到嘴边的话，喉咙深处火辣辣的一片疼。她看了钱治一眼，他并无多余的表情。

“对了，我听说你经营着一家公司，生意如何？”

蒋文娟猛然回神，一丝不知所措的感觉笼罩着她的思绪，手脚不安，她思考了一下：“就是一家小店，倒买倒卖，上不得台面，养家糊口勉强凑合。”

“我倒是听说你口碑很好，有没有兴趣给我的超市供货？”钱治看着蒋文娟不安的脸，这句话脱口而出。

“感谢钱总的关照，能给我这个机会。”蒋文娟本能地认为此刻她的表情应该是浑身上下舒爽的，可是并没有，不知道为何，眼睛里面就像有蛆在蠕动，刺般疼痛。

“希望，我们合作愉快。”钱治笑了笑，她得到了想要的东西，却没有预期中的欢愉畅快，他看了看茶杯里面颜色浅淡的茶水，一时间有点不明所以，这种讨喜般的行为并没有达到他想要的效果。

半晌，蒋文娟将杯中的茶，一滴不剩地倒入口中，滑入喉咙，顺进胃里，却紧紧发疼。起身告别，她有点难受。莫名其妙地，她很想向面前的这个男人说点什么，但最后还是略略地欠了欠身，看了看他平淡无奇的脸，道了声别，转身离开。

一路上，蒋文娟思绪万千，设想了很多的可能。街道上吹过了萧瑟的风，不禁让她瑟缩了一下，等着自己的身体渐渐平缓，不由得揉了揉红肿的双眼。

街道两旁是拥挤不堪的商店，熙熙攘攘的人群穿梭于其中，每个人的形色各异，但都是匆匆而过，她记不住任何的容颜，过目即忘。可能在她的生命里，于其他的人，同样也是一个过客。

一遍又一遍地，各种熟悉的情景在洗刷着她的胸腔，浑浑噩噩的，回头细看自己走过的路，泥泞不堪，没有留下一串串醒目亮眼的脚印，还弄得浑身泥，低下头，她使劲儿地拍了拍衣衫，混沌的迷雾终将逝去，露出来的是莫瑾和许静安然入睡的面容。

蒋文娟豁然开朗，她可以放下任何人，包括自己，但她放不下的是两个女儿淡然自信的笑脸，蓬勃的生命力，让她用力地去拉扯着每一寸生存的可能，就是这么简单明了的求生欲。

蒋文娟把许静从爷爷奶奶的家里接回来。两个老人家一脸漠然地看着她冷冷淡淡地问道："这个月的生活费呢？"

她看了看衣兜里薄薄的钞票，嗤笑着："被你儿子拿去扶贫了。"

"什么？拿去扶贫了？我说你们小两口怎么回事？日子还要不要过了啊？你告诉我，你那个前夫该不是又来问你拿钱了吧？我可告诉你，你已经带了一个拖油瓶嫁到我们家，就好好想着自己家里，别老想着用我儿子的钱去贴别家，你可别不守妇道！"老太太一顿数落。

"别在门外嚷嚷，让邻居笑话，记得明天打钱，啰唆什么？"老爷子顺手就把门砰的一声关上。

回到那个孤清的家里，她让许静玩玩具，自己平静地做饭，洗米入锅，熟手地翻炒着蔬菜。真是可笑，连饭都吃不上的人，居然还能矫情地说感情？说出来还真不怕别人笑话？

许文杰凌晨才回到家，他洗也没有洗就倒头大睡，身上一股难闻的气味。原本寂静安宁的气氛，猛然间让他彻底破坏，整个空间都充满了让她恶心的味道，蒋文娟一股酸水涌上心头，说不出来又咽不下去的难受。

他还有臭脚丫子、打呼噜、磨牙等各种让蒋文娟忍无可忍的恶习，这些都是难于言表的生活习惯，让她毫无道理地压抑着自己的内心。她有时候会幻想，自己还住在小山村里面那间种满了各色小花的土房子，傍晚会有袅袅炊烟，山间如画的景色，让她可以遗忘自己于人世间。

她看着许文杰浑然入睡的脸，听着耳边如雷贯耳般的呼噜声，世界末日般的失落感油然而生。

蒋文娟一夜无眠。

窗外的暗黄色街灯，透过窗帘，裸露出微弱的光，映照着整个房间，却更加凸显出如冰窖般的寒冷。可是蒋文娟还是厌恶地起身，拂开与许文杰同盖的被子，她觉得，和他一起呼吸都那么让人厌烦。

11

“莫瑾，你知不知道，白杨居然放弃了美国三所大学的录取通知书，而且是有奖学金的？”吴桐一脸羡慕地说道。

“这明显和他之前的决定是不同的，至于原因，谁也不清楚。”谢晓帆也点点头回应道，语气里隐隐透出惋惜。

莫瑾看着面前的饭，好像石头一般，就连刚放进嘴里的那些，都像沙砾般，咬在嘴里，牙齿被磨得生疼。咽不下去，也无法吐出来。

珍妮看了一眼莫瑾的表情，心里万马奔腾，却神色自若地说道：“听说，他父亲为此非常生气，但白杨现在就是不松口，把录取通知书都给扔了。”

“这是为了什么啊？果然有钱人的想法，真心千奇百怪。”吴桐看了莫瑾和珍妮两个人不自然的脸，说不清这两个人怎么了，但是从另一个侧面来说，她对莫瑾还是很认可的，虽然莫瑾并不善于表达自己，但都是用心在交往的，她嘴里不说，可是私底下却愿为了朋友掏肝掏肺的。事实就是这样，你若是不愿意相信一个人，那么连解释都是多余。

“谢晓帆，我听说，你啊，和廖明宇有点交往过密啊！你不要命了啊，这都是什么时候了，还想这些有的没的？我告诉你啊，不好好老实交代一下，我可告诉你妈去了啊！”吴桐话锋一转，把矛头指向心不在焉的谢晓帆。

谢晓帆愣神地盯住廖明宇坐着的方向，一副少女怀春的模样，对她们的对话免疫般，彻底忽略。

“谢晓帆，我和你说话呢，你听见了没有？”吴桐顺着谢晓帆发愣的方向看过去，只见廖明宇也碰巧转过脸来，相视一笑。

顿时，谢晓帆如沐春风，面颊红粉菲菲，雪白无瑕的面容犹如桃花般色泽红润，她闪烁着的眼睛，饱含笑意，又害羞地转过头，故意不再看他的方向，一副小女生的娇羞神态，让人忍俊不禁。

“你啊，女大不中留了。”吴桐大声笑了起来，还不忘在谢晓帆的脑门儿上敲了一下，不禁再用肩膀碰了她一下，做了一个鬼脸。

“别乱说，没有的事情，我们可是两小无猜，清清白白。”谢晓帆瞬间胡言乱语起来。手忙脚乱下，把面前的一碗汤打翻了，泼了她一身。

廖明宇在远处瞧见了，迈着步子，走近她们坐的桌子。

“给你，烫着了吗？”廖明宇递给谢晓帆一包纸巾。

“没，没事，你赶紧走，那么多同学呢！”

“我去给你拿点药膏，待会放你座位上。”

吴桐马上有模有样地学起廖明宇的语气：“怎么，烫到了吗？我给你拿点药膏，要不要，再帮你擦一下，我的小心肝？”

“吴桐，你作死的节奏吗？”谢晓帆的脸瞬间红成一个大柿子。她不断地用手里的勺子左右翻着面前的饭菜，掩饰着自己目前的心理状态。

“莫瑾，白杨的事情，你怎么看？”珍妮完全忽略掉中间发生的人和事，直接话入主题。

“我没有看法，都是不相干的人和事，不是今天大家提起，我是完全不知的。”莫瑾抬头看了珍妮一眼，缓缓说道。说实话，当她听到这件事的时候，内心无比震撼，但是对于白杨的初衷，却是不甚明了。但是不禁会想到，白杨拿着字典背的时候，那认真的神情，心里也是忐忑不安，一阵阵的酸楚。

“你会没有看法？难道说，你就不知道为什么？”珍妮的语调沉重起来，她觉得此刻的自己充满了沮丧，好像一直在一个怪圈里面，走不出来一般。明明是看得见，触得到的答案，冥冥中却因为莫瑾这个变量，让她坐立不安，被一丝丝的抽离感觉，终于汇总成三个字：不甘心。

“珍妮，白杨的事情，和我没有一丁点的关系。”莫瑾平静地说道，心里却把白杨骂了个千万遍，这孩子该不是脑子抽风才有这个决定的吧？还是说，这根本不是一个决定，他压根儿就是闹着玩？

“最好，没有一点儿关系。”珍妮握着拳，她已经无数次在心里假想，出国留学的各种美好景象，甚至她在暗地里挑灯夜战地看着托福考试的题，尝试打听哪几所大学已经给了白杨录取通知书，然后联系参加考试和面试。

可是，每当自己走了九百九十九步，只要莫瑾走一步，她就徒劳无功。从小到大，珍妮习惯了不劳而获，她是多么优秀，多么让人羡慕！可是为什么，在莫瑾的面前，无论她努力不懈地做了多少，只要莫瑾一个表情、一个眼神、一句话，就瞬间把她从云端打入地里。千万种恐怖的想法让珍妮觉得自己的内心早已千疮百孔，这她想要，却也不想要。有一个声音在她的脑海里叫嚣着，思绪打成了一个不能解开的结，结上再有结，缠绕在一起，越发沉重。

“有些事情，你没有做，不代表就能脱掉干系。莫瑾，有时候我真的挺羡慕你，整天一副无害纯情的表情，实际上，谁也不了解你内心到底是怎么想的。”珍妮讥笑道。

莫瑾看了珍妮一眼，神情淡淡的，并不言语。有一种不置可否的表情。

可是在珍妮看来，莫瑾的眼睛里，尽是不屑。她外表柔软细腻，眼神迷离不定，几分令人沉醉，又几分招人怜悯。然而，莫瑾也常常不自觉地流露出阴冷的神情，也会在某些瞬间绽放出纯真灿烂的笑容。这一切都是莫瑾精心布局的做作姿态，什么样的家庭，必会养出怎样的女儿。莫若说自己当初看错了人，就算是现在，俨然也是看不清她的黑暗内心的。

“珍妮，那你呢，就快模拟考了，你想出国留学吗？”吴桐问道。

珍妮并不作答，因为此刻，她除了一触即发的怒火，已经没有失去其他无关于白杨的问题的思考能力了。

四人走回教室，一路无语。

莫瑾心里总觉得失落，可是很无奈，再说白杨的决定和她有什么关系，捕风捉影般的猜测，令她有种不得伸张的郁闷感。

她故意大力地坐在凳子上，发出一阵不合时宜的声响来。看了看身边的白杨，他连个表情都没给，完全当她是空气一般。

这就是了嘛，到底和她有什么关系？白杨和她，压根儿就不在一个空间，莫名其妙。

白杨心里有点纳闷，她究竟是怎么了？一惊一乍的，这个状态，模拟考想要有好的成绩，那真是比大海捞针还难。他翻了一下桌面上密密麻麻的字迹，发现自己的脑袋里，莫瑾的脸好像一直挥之不去。不自觉地，就顺手从莫瑾的桌面上摸了一下，想拿支红笔。

莫瑾也没有看他，那个瞬间也伸手去拿那支孤零零的红笔。

两人的手就不自觉地握到了一起，触电般，随即就缩开。莫瑾觉得自己的脸都快要烫到被灼伤。她完全不敢去看白杨，只是迅速地假装在写着什么，尽量让自己的姿态优美自然。

白杨的耳朵瞬间泛起了红云，一直蔓延开来顺着脖子而下，他悄悄地用手撑住腮帮子，遮住莫瑾能够看见的每一个角度。动作既生硬又勉强，形成了一个很奇怪的角度。

莫瑾不由自主地瞄了白杨的脸一下，看不见他的神情，仿佛刚才的一切都没有发生似的。

原来是自己多心。

白杨感觉到了莫瑾的注视，随即站起来，便朝课室外走去。他指尖还有着莫瑾手的温度，清冷，瘦弱，柔软。他皱起了眉头，清风拂面，心头一阵阵的悸动，呼吸都有点急促。这到底是怎么了？

莫瑾看着白杨走出去的背影，她有点落寞。顺眼看着他的书桌，想起了珍妮说的话，还有平日里的一点一滴，不知道为什么，那蠢蠢欲动的念头戛然而止。抬头间，看见的竟然是无尽的黑暗的路。

她想和白杨谈谈。不知道为何，就想窥探一下，他的想法，远离她这种厄运缠身的人，岂不是更好的选择？人生的高低不同，在于自己的选择，她只想，确定在白杨的选择里，不存在她这个负面因素。他亲口说一句，此事与你何干，那么所有的雾霾就随即烟消云散，他们就应该如此这般，清清楚楚。

忐忑不安上完了所有的课，好像度过了几个轮回。莫瑾看了白杨一眼，然后淡淡地说了一句："听说，你放弃了国外大学的录取通知书？"

白杨旋即转过头，看了看莫瑾的脸，觉得有些不解。她究竟怎么知道的？

"说说看，你是怎么做出这个愚蠢的决定的？"莫瑾严肃地问道。

"倒不如，先说说你是怎么知道的？你从什么时候开始关心起我来的？"白杨不知道为什么，心里突然有一丝甜。

"这你别管，我觉得，你该不是脑子烧坏了吧？为什么放弃？"

"证明一下我自己，不可以吗？"白杨停顿了一下，说道。

"证明你自己是个十足的傻瓜？我觉得，哦，我懂了，你就想看看，你自己到底强到怎样的一个程度对吧，别人做不到的事情，就你白杨能做到，说考美国的大学就考，现在说不去就不去，就你选择多，你可以肆意地选择你喜欢走的路，有钱就是任性对吧？你这样作秀，到底想给谁看？对，像我这样的人，就配一辈子仰望着你，高高在上，你就是目中无人！”莫瑾一口气说完，完全不经思考，对，实际上她的内心就是这样想的，像白杨这样的人，就应该一直被仰视着、被羡慕，他站在她永远也不可能达到的高度，这就是让她无地自容的差距，一辈子的差距。任她再多活几辈子，也不可能达到的高度。

“这就是你真实的想法？你认为，我是在作秀？”白杨皱起眉头，就知道，她会这么想，想躲，想逃，永远都是消极地去看问题。早就知道了不是么？

“我觉得，我就算再怎么作，这又与你何干？”白杨冷冷地说道。

他扬起了头，撩拨了一下头发。毫不在意地看了莫瑾一眼，她的话，有点伤到了自己的心，胸腔里的某个地方，隐隐作痛。白杨认为，痛这件事情，莫瑾你也要好好尝尝。

“你说得很对，和我无关。”莫瑾猛然抽起白杨放在桌面的一张张背完又背的英文草稿纸，一张又一张的英文报纸，散落一地。

“莫瑾，你觉得你这样做有意义吗？”白杨看着一地的纸片，就像他的心一样，碎落得一片一片的。

“我告诉你白杨，别人不懂你，我懂，别人看不到的你，我看到了，你想要的究竟是什么，你自己心里有数，就算和我无关，但是，我求求你，不要放弃好不好？这难道不是你所寄望的吗？为什么突然就放弃了？你知不知道，你就是我和梦想之间那唯一的联系，就是你到达了，我也就到达了的意思。我不可能做到的事情，我是多么希望你做到，你对得起你自己吗？”莫瑾一阵咆哮，她觉得自己语无伦次起来，但是她没有办法抑制住的话，一句一句蹦出来。她想要白杨好，原来，这就是她的内心。只要你好好的，有生之年，只要你得到了你想要的，而我，就了无遗憾。

实际上，白杨的内心是震撼的，他听着她说的每一句话，一边如春般温暖，一边如冬般寒冷。她是多么想要自己好，而他也是同样的，多么想要你，莫瑾，过得好。不知不觉中，白杨想说的话凝结成了一个句号，他什么都说不出来。易地而处，他怎么能不明白莫瑾说的话究竟是什么含义。

想要你一直都好好的。白杨看见莫瑾一脸的倔强倨傲，这就是她。实际上，他是多么放心不下这个小姑娘。从第一眼看见她的时候，就知道，这张脸，一辈子都忘不了了，而内在的个性，让他多么手足无措，他懂她，她需要的是自立自强。若不是她必须要拥有自己的强大内心，护她有何难？当他看见莫瑾眼里缥缈而过的那丝自卑和绝望，让他害怕，让他彷徨。他不敢看她的眼睛，甚至不敢说话。

就怕莫瑾误读了自己，然后冷冷地告诉自己，我不需要同情。久而久之，白杨无法看清自己，也看不清莫瑾。他能做到的，就是默默地陪伴她成长，唯一懂她的，莫过于白杨。这种情感就像岩洞里的清水，一滴滴的，塑造成型。

白杨看着莫瑾一触即发的泪水，他有点木然，竟然不知道该说些什么。

“我们去走走，外面的天气很好，不是吗？”

“不去，要去你去。”莫瑾气得，觉得自己的声音都快要打结了。

“你不是想知道，我为什么不去？”

“爱说不说，和我有什么关系？”

“走吧，说说也无妨。”白杨随即便迈开了步子。

他就像有魔力，莫瑾莫名其妙地跟在了他的身后。这个人就是矫情，说点事情，还要故作姿态。

不知不觉中，他们就走到了游泳池边。体育馆的游泳池在二楼的露台上，这个点数和天气，就算是体育特长生，也不想下水，虽然太阳慵懒地把泳池里的水都晒得有点暖暖的。

莫瑾看了看身边的白杨。他有着近乎完美的侧脸，有着一些很细小的表情动作，他自己也未必会发觉，开心的时候，总是会一边嘴角上扬，形成一个很漂亮的弧度。不开心的时候，他总是会不自觉地皱着眉头。白杨，你应该把喜怒哀乐，都收在心里，不要叫人全部都看见了。

“有很多的事情，不是你看到的样子。”白杨面对着眼前的泳池，水澄清而见底，折射出一道道规律的纹路。

“有钱人的世界，确实不容易懂。”莫瑾叨念道。

“傻瓜，世界上，万事万物都是讲究平衡的，有得有失，只能看到别人得到了，可是却忽略了失去的，这并不是事情客观存在的样子。”

“所以？你想表达什么？”

“我的父亲，也坐过牢。”白杨冷冷地说道。

莫瑾吃惊地看着白杨，他一脸的平静，毫无波澜。

“所以，我们两个半斤八两。我的父亲和王景逸的父亲，以前是生死之交的好兄弟，他们是最初一起崛起的一代民营企业家。我和王景逸，也是发小。但是他的父亲，因为自己的私利，让我的父亲获罪入狱。姑且不谈他们上一代之间孰对孰错，他们确实对我们的家庭造成了很大的伤害。”

“白杨，所以，你的病，也是那时候导致么？”

“多种原因吧。要知道，一个几岁的孩子，每天面对各种债主的上门讨债，要打要杀，心里承受不了，也是正常。我的母亲也因此多次自杀未遂。怎样？相比起你的童年？”白杨转过头来，看着莫瑾，他感同身受。

“真不好说，谁比较惨，你这次能不能不要赢我？”莫瑾哭笑不得。

“所以，我们家族企业，并不是你们看到的那么风光，企业的内部千疮百孔，说摇摇欲坠，也不过分。但是我却无能为力，某一天，我看见了父母憔悴的面容和满头白发，若是我不做点什么，这里就会隐隐作痛。”白杨指了指自己心脏的地方。

“我，大概懂。”

“我想保护那些，在意的人。”

“变得更加强大，才能保护那些在意的人。”莫瑾默念道，她心里，在意的是谁？

“莫瑾，你不是整天问我，我不会什么吗？”白杨凝视着她问道。

“你，不是无所不能么？还真想不到你不会什么。”

猛然间，白杨拉过莫瑾的手，轻声细语地在她的耳边说道：“我偷偷告诉你，我不会游泳。”

话毕，白杨转身就跳进游泳池里，激起了一个极大的白色水花，犹如水中白莲花般，继而他的身影就被水深深地淹没，只剩下波澜未定的一阵阵起伏的波浪。

莫瑾整个人都失去了意识般，呆若木鸡。她整个人都簌簌地颤抖着，一股巨大的恐惧感，在白杨没入水中的那一刻，也把她同时吞没，仿佛，她的口鼻都溢满了液体，不断下沉的身体和无法呼吸的窒息感，一下把她拉入一个死亡的空间，瞬间透支了她所有的意志，只剩下一片空白。

莫瑾并没有看见白杨的任何挣扎和呼喊，他就这样随着水缓缓下沉，直到看不见为止。

“白杨，白杨。”莫瑾的眼泪不由自主地喷涌而至。

她失去理智般走向前，捏紧鼻子，紧闭双眼，深呼吸。落入水中，没有丝毫的犹豫。不能放开他的手，一秒都不可以。

“你究竟在哪？”莫瑾心里一遍遍地呼喊着，她的手脚不由自主地胡乱拍打着水面，手舞足蹈般拼命在寻找着那个身影，溅起了无数个水花，又转瞬即逝。她的身体不断地坠入水里，就像有一只无形的手，紧紧地拉住身体，一寸寸地往下拉，鼻子里眼睛里不断涌入水，无法呼吸，不断地大口被灌水。

窒息。

她感觉自己全身都使不上力，疲惫不堪地无意识地划动着身体，在水里摸索着，企图用自己，来换取那个，她想保护的人。

突然间，她投入了一个极其温暖的怀抱，有力而迸发出强劲生命力的心脏，一下下地跳动着。急促的呼吸声，还有紧紧的环抱，让她马上本能地抱紧他的身躯，安心地把头靠在那个胸膛里。

浑身湿漉漉的两个人，白杨坐在岸边，嘴角一直上扬，不知道他在想些什么。还有落汤鸡般狼狈不堪的莫瑾在大口地喘着气。

“白杨，下次你要寻死觅活的，能不能不要捎上我？我还想好好活着！”莫瑾觉得自己的肚子里面全是水，稍微一动，就能感觉到身体里液体不停地在晃动。

“傻瓜，我说不会游泳，你也信。”

“狼来了，我可再也不信。”

“你不会游泳，跳什么跳？害得我还要去救你，我可告诉你啊，你欠我一命了啊。”白杨起身，甩出了一串串水晶般的水珠子，而且，大部分都幸运地落在了莫瑾的脸上。

“你可真会胡搅蛮缠，明明是我舍己救人好吗？”莫瑾抗议地说道。

“赶紧回去宿舍换衣服，晚自习的时候，免费给你问三个问题，各科任选，已经足够回报你的救命之恩了。”

“讨厌死你，白杨！”

余晖如金子般，刷满了他们眼里的彼此，晶莹清澈。好像千言万语，都不用说出口，早已深深浅浅地进入对方的心里。

我拥有的并不多，但是我会用我自己的方式去把我所拥有的都给你。喜欢并不是千篇一律的，或许他并没有用你所希望的方式而已。

虽然很多年以后，莫瑾并不认为，那个时候的他们，有所谓的喜欢，她更多的是认为，白杨对她的好，就是一种施舍，一种让她感觉到有尊严的施舍。

而白杨的心里，只觉得那就是一种纯粹的喜欢，一尘不染，他在用自己当时所拥有的一切默默地铸造着一份珍贵的感情，同时也在编织着一张巨大的网，其中囊括了所有一切的美好，里面紧紧地簇拥着莫瑾。

白杨在时间的冲刷中，忘却了很多情感和思绪中的负累，并且在年岁中渐渐形成更坚硬的个性，可是唯一没有忘却的，就是他对莫瑾的初衷，一如往初，从未曾改变过，或许，当时的投入和热忱，早已超出他自己可以了解到的程度，毕竟有些感情，是合适用来怀念的，它深深地镌刻在回忆能去到的所有地方，并且遗留下深可见骨的印记。

翌日，下课后，同学们都大呼高考难，难于上青天。莫瑾翻看了一下老师给出来的大纲，感觉世界上最广阔的也不过就是老师给的出题范围了。她仔细地琢磨了一下，难度虽深，但也不是一点把握都没有。重复地看了一遍，又圈出好几个不太熟练的知识点，这才抬头看了一下时间，原来午饭的时间早已经过了，摸了摸早已经扁扁的肚子，莫瑾简单地收拾了一下书桌，起身准备离开教室，突然间鼻子就喷涌出一股热浪，瞬间把作业本渲染出一朵朵骇人的血花，顿时一阵眩晕。

莫瑾硬撑着，仰头，企图把那股热流倒汇到鼻腔内，一下用力过猛，血喷涌而至，从掩住鼻子的指缝中溢出来，手忙脚乱的状况真是让人感到不知所措。

“莫瑾，你怎么了啊？”王景逸冲进教室，连忙扶着她快要下坠的身体。他不禁心里一紧，她柔弱的身体，原来比看起来更加瘦弱，仿佛会在不经意间，便烟消云散。

“别大惊小怪好吗？流鼻血而已啊，可能是饿坏了。”莫瑾看着急得满头大汗的王景逸，突然觉得这个大男孩温暖得有点可爱。

“你饿到流鼻血？莫瑾，你这也太拼了吧，走吧，去饭堂，想吃什么？我全包了。”

“饭堂，本来就是随便吃的，你能有点诚意吗？”莫瑾接过王景逸递来的纸巾，擦了一下鼻子，整张纸巾都染红了。

“诚意这种东西，从来都是在于观点与角度的啊。”王景逸看着她把一张张纸巾不断从雪白晕染成血红的颜色，胆战心惊。莫瑾却是一脸无所谓的样子，她毫不在意地擦拭着鼻子。

“你这个人真的让我无话可说，走吧，要不去医务室看看，给你塞两个大棉花球子。”王景逸瞬间看见她的胸前，顿时脸红。

莫瑾顺势看着王景逸盯着的地方，看见自己胸前不明显的突起的部位，有几点恰如其分又不合时宜的红点，猛然也窘迫得说不出话来，该死的红点，什么地方不落，偏偏落在如此尴尬的地方？

王景逸不好意思地转过了头，说道：“你把衣服脱掉吧，这个看着好尴尬。”

莫瑾犹如一只被惊吓到的小白兔一样，迅速把外套脱掉，用湿透了的纸巾猛然擦拭着，只见血花由小变大。

王景逸指了指她内里的校服，笑着说："渗透力挺好的，里面的衣服也有。"

莫瑾低头一看，脸马上红得跟个大柿子一样，瞬间又由红变白。

"穿我的，你自己的拿回去洗。"王景逸随手一脱，然后衣服就落在了莫瑾的肩膀上，衣服上还有一阵阵暖暖的体温。

莫瑾眉头一皱，觉得不好，但是具体哪里不好又说不上来，抬头看了一下，王景逸的脸，透彻清亮得让人觉得有一些刺眼。

"走吧，你这种明显就是营养不良，我说，你到底是吃什么长大的呀，瘦成这个样子，都快能让风给刮跑了。"王景逸喋喋不休地在念叨着，其实他心里知道，莫瑾没有多余的校服可以换。

"对了，王景逸，你说说看，今年的高考，会有哪些是重点？"莫瑾赶紧扯开话题，她可不愿意一路听着王景逸唠叨。

"我是一心报考美国的大学的，国内考的什么，我可不关心，我只管看着你们受苦啊。"王景逸一脸不羁地说道，内心里可是把白杨骂了个一万遍，你说你不去国外的大学也就算了，凭什么国内大学也要把面试免高考的名额给你啊？人比人，真是气死人嘛。这家伙到底是什么构造？

"知道啦，你将来会是常春藤大学的高才生，一鸣惊人，前途无可限量。"莫瑾嘴里叨念着。

"这还差不多，不过看在你还要在国内受苦的份上，晚自习的时候，我把我之前转学那所学校的提纲给你看看，你参考一下吧，毕竟也是有一点的参考价值的。"王景逸一脸严肃地说道，想想她那张写满着勤奋的笑脸，还是忍不住要想拉她一把，顺手而为。

"这还差不多，对了，你什么时候会离开学校啊？"莫瑾问道，虽然她不想说，但是竟然也有一种不舍，毕竟从一开始，王景逸就一直在她身边帮她，虽然每一次不问她愿不愿意，他都是恰好地把手伸在她的面前，拉她一把。这种感情，莫瑾并不愿意言谢，因为谢谢两个字对她来说，太轻了。她面对每一个无条件对她好的人，都是那么无力道谢，因为无以为报。有的只是紧紧地记住他们那种无条件的好。

"快的话，就这个学期吧，再慢也不会过下学期。"王景逸一边回答，一边踢着脚边的小石子，白杨的决定，有点让他失了预算的感觉，毕竟他已经习惯了和他一直在你争我夺的过程中获得无限欢乐。

“你一定要考上你心仪的大学，王景逸，你一定要。”莫瑾看着身边的大男孩。

“那不是废话嘛？我何时失手于我想要争取的东西？”王景逸出手敲了一下莫瑾的脑壳。然后说道：“志在必得。”

“王景逸，我刚才还在流鼻血，你这是谋财害命。”莫瑾摸了一下自己的脑壳，感觉那一下就被他敲走了好几个考点。她决定以后都不要轻易去动自己脖子以上的任何一个部位，以免好不容易记住的考点又无故丢失。

下午，白杨一回到教室，就看见座位上的莫瑾，她低头不断地在默默念着几个解题公式，投入的样子，有点傻气。

继而，他注意到了她身上那件不合适的校服，还有那股讨厌的味道，顿时眉头一皱。他压制住内心里强烈的不满，多少次想上前把那件可恶的校服给扒下来，但是还是不动声色地一直看着莫瑾，看着她丝毫不在意的表情，不知道为什么，拳头握紧了一遍又一遍。

终于他按捺不住了，用手肘碰了莫瑾一下，她太过入神了，并无任何反应。

白杨不安地又用力碰了一下，莫瑾终于抬头，一脸不解地看着白杨问道：“怎么了？”

“你的校服，哪里来的？味道真难闻！”白杨的眉头就快扭成一个疙瘩。

“会吗？我觉得挺香的。”莫瑾又低下头，继续写着，她完全忽略掉白杨瞬间变色好几回的脸。

“脱掉。”

“脱掉，我穿什么？”莫瑾莫名其妙。

“穿我的。”话毕，白杨就把自己的校服直接盖住莫瑾的整个脑袋。

“白杨，你管的是不是太多了？我穿什么需要问你的意见？”

“那最好不过。”白杨认真地点点头。

“我觉得那不是你的管辖范围吧？白同学。”

“脱掉，不要让我说第三次。”白杨强势地说道。

“好，好，莫名其妙。”莫瑾也火了，对于白杨这种乖张的做法，她真心无力吐槽，但是此刻她也不想争辩，这毫无意义的事情，真心没有时间去做。

“白杨，我的妥协，不过是我并没有心情和时间和你争执对错，但是不代表我不保留我的意见。”

“莫瑾，有时间想这个，不如看看这个，这是我给你罗列出来，以你的水平有可能考上的大学，我觉得，情况很不乐观。”

“你可别吓我，少打击我的积极性。”莫瑾嘴里说着，心里未免一惊，马上一把夺走白杨伸手递过来的一沓资料。

“现实和理想差别很大，不是吗？所以，你还是作业布置得太少，下面是我整理出来，你可以短时间突围的考点范围，还有，你的弱点是数理化，一味地靠记忆力，在这里你可半点讨不到好，要学会灵活变通，给你一天的时间，你消化一下。”白杨连头都不再抬起。

“你这是生生扼杀了我的一切希望，白杨，出招太狠了。”

可是当莫瑾翻开一页又一页的资料的时候，她有种惊呆了的表情，一直挂在脸上，久久不曾散去，实在是太过惊恐，白杨，该不是她肚子里的蛔虫吧？连她惯性出错的地方，他都一清二楚。这一本，是莫瑾的教科书。

最让莫瑾震惊的是，白杨给她的目标，是全中国最有名的一流大学。这就是他希望她到达的高度吗？苛刻吗？

是感动，是认同。

因为，白杨认为她能做到，他未曾对她失去过信心。他在某个地方，默默地等着她，匍匐前进。

莫瑾，默不作声，她紧紧地握着这一沓资料，看了一眼白杨的背影，他的轮廓，一点点地在脑海里清晰起来。她的心，不止一次，因为他而夸张地鼓动，无论怎么压制，这种跳动的力量，让她感受着生命的力量。也许别人都不懂她，但是白杨懂。这个男孩，深深地明白自己也不曾愿意面对的内心。莫瑾是一个不愿意面对失败的人，她的个性外冷内热，她执着、孤傲，同时又自卑。很多时候，她都无法面对这个矛盾的自己。

然而，白杨，却那么细致地，无孔不入地了解她。

莫瑾微笑着合上了资料，她想到的是，也许，自己还可以更加努力，才不会辜负所有的期待。

“白杨，你真的不出国了吗？”

“你这才叫管得太多，什么时候我的私事，也需要你过问了啊？”

“别太过分了啊，少复述我的话。”不知道为什么，莫瑾心中竟然出现了一丝甜，若是白杨告诉她，他即将离开而去追逐梦想，扪心自问，莫瑾再不愿也是衷心祝福他的，但是相比起王景逸，她更多的不是祝福，而是不舍。她自己很清楚两者之间的不同。

“莫瑾，不要有负担，明天是怎样的，谁也不知道，但是至少，抱有希望。”白杨淡淡地说道。

“我从来不曾绝望过，你知道的。”莫瑾笑了笑。世界上，本来就没有那么多的悲悯之心，若是你自己也不去为了自己而奋斗，那么凭什么别人就要同情你?

下午的课并没有显得很冗长，时间就如指缝中的沙，悄然散落一地。

珍妮看着莫瑾身上穿着的校服，她觉得自己崩溃了，溃不成军。一而再、再而三，莫瑾，我就这么比不起白杨在你心中的位置吗？你就堂而皇之地当众宣示着你们之间的情深义重？就算我怎么地求你，你仍然和他交往过密，原来，感情早已分出疏密轻重，竟然只有我一个人在原地等着。莫瑾，你怎么能这么对我？不是说好了的，你一辈子都让着我吗？珍妮的心就像失控的瀑布一样，所有的理智与情感，统统被冲得烟消云散。莫瑾，你怎么能一次又一次地用这种上不得台面的方法去获取他的好感？答应我的事情却不了了之，出尔反尔就是你一贯的作风吗?

此刻，所有的嫉妒汇集成无数个恶毒的念头，这种无端由来的恐怖想法，总会让珍妮恍惚不安。她不想让自己成为那种自己最为不齿的人，所谓的手段，都是损人三百，自损一千的做法。但是，她再也无法压抑住内心中所有嫉妒的念头，就像在地狱深处攀爬出无数只鬼手，一遍又一遍地把她心中的不甘，一丝一缕地抽出，曝光在她的面前，强迫她直视自己丑陋的内心。渐渐地，扭结成一股绳，竟然形成了一个让她不寒而栗的念头。

12

蒋文娟正在把一筐筐的新鲜蔬菜使劲儿地拉进一台破旧的小拖车里，一不留神，沉重的箩筐边上的篾子就在她的手上拉出来一个一寸长的口子，深可见肉，血马上翻涌而出，滴在了黑乎乎沾满了泥泞的雨鞋上，混进泥沫子里，消失不见。

她完全没有知觉，就像一个机器人一样，重复着同一个动作，完全不带有任何的情感。稍微情绪上的波动，都让她的心痛得无以复加，一闭眼，就感觉全身麻木的想把自己遗忘于天地之间。

“师傅，这些是今天的运货单子，麻烦你按时送到以上地址，我先去接孩子了。”蒋文娟细细地交代道。她仔细地翻阅了这个月的出货单子，上面密密麻麻地登记了各种数字。计算机正在她的手里噼啪响着，错落有致，汇总成一个漂亮的总数。

蒋文娟看了一下，脸上终于挂上了一个漂亮的笑容，她翻开斜挎在身上的袋子，里面整齐地躺着一堆零钞票，数了一下，抽出里面红色的大面额钞票，放进一个干净的信封里，然后才发觉自己手上的大口子。她倒吸一口气，随手拿起包里的矿泉水瓶，倒出水来冲洗了一下上面凝结的血块，然后在裤腿上随意擦了一下，就急急忙忙地赶去公公婆婆家里接许静。

这样的生活，周而复始，毫无生趣。

远处，钱治不经意地看着眼前的这个女子，她的一举一动，在不经意间，一下一下地若有若无似的撩拨着他的心弦。说不上她哪点特别，但就是那股子蛮劲儿，在脑海里一遍又一遍的慢镜重播。

“老板，蒋文娟供给的蔬果都是比较受欢迎的，她基本上都是当季的蔬果，从郊区各大农场挑选后又会捡拾一遍再按时送过来，卖不完的，她都会负责回收，第二天再送新鲜的过来，比起之前的几个供应商，质量都会更好。当然了，我们其实都知道她利润不高，所以三个超市的销售量都有显著的增长。”

“货期你们合同是怎么写的？”

“基本上是两个星期结算一次。”

钱治闭眼想了一下，说道：“合同改了，给她日结。”

“老板，好像市面上也没有这样的规矩，我们肯定是要压供货商的资金的。”

“我说了算还是你说了算？改了，在财务那里盖章，然后给她签，合同期三年续签。”话毕，钱治就把电话挂了。

他不禁笑了一下，何时起，自己做事情居然这么莽撞，不计后果？不知，这个女人究竟用了什么咒，竟然死死地拽住了那根该死的生命线，一扯便心疼。

钱治非常清楚蒋文娟现在的状况，二婚，带着两个不同父亲的孩子。别人嘴里的她，水性杨花。但是他眼里的这个女子，却是截然相反的，她的柔韧，有别于一切他所认知的女人，羸弱的肩上挑起了一个家，一座山。

他就这样在远处，静静地凝视着她。别无他想。只想在倾盆大雨的时候，递给她一把遮风挡雨的伞。这种小男生的情怀，让自己也讥笑自己，但是钱治却乐此不疲地幻想了一遍又一遍。

于是乎，他便特别期待蒋文娟来家里探望母亲的日子，只要她一来，家里就像蓬荜生辉，灿烂得让他睁不开眼。

蒋文娟总是细心地照顾着母亲的一切，这并不是违心而做的，她满怀深情的眼眸里，总是一遍又一遍地寻求着一种母爱的温暖，她那一丝一缕温情的表情，让钱治移不开自己的眼。

索求和给予，他们就这样维持着彼此之间的平衡。

她急需一种极致的安全感，不愿意在无穷无尽的忧虑中惶惶不得终日。她的家里就像堕入了冰窟般，让人辗转难安。

许文杰与她俨然已经不会好好说话。他们之间剩下的唯有柴米油盐所带来的无可避免的交涉。他的脸，常常是阴郁的，五官扭曲着不得舒展。两个人各自存在，各自安好。

“妈妈，我饿，我想爸爸和姐姐。”许静睁着大眼睛默默地念道。

“妈妈给你做好吃的，桌子上有饼干，静静要不要先吃着啊？”蒋文娟走向厨房，她拿起回收回来的剩菜，掰掉那些不新鲜的菜叶子，把菜心的部分全部都挑拣出来，准备给许静下一碗面条。心里默默想着莫瑾周末回来，给她做点什么好吃的。她从来没有打算把日子往坏里过，她自己如何违心地活着，也决计不能在女儿们的身上重蹈覆辙。

“妈妈，姐姐可喜欢吃这个饼干了，我要留给姐姐吃。”许静流着口水说道。

“静静，妈妈给姐姐留着呢，你赶快吃。”

许静想了一下，最后还是决定把饼干藏在姐姐的枕头底下。

她小小的心灵里面，最爱的就是姐姐。可是爸爸对姐姐不好，所以她要更疼爱她的小姐姐。许静常常留下很多零食，在莫瑾周末回家的时候，偷偷放在她的书包里面。所以莫瑾会在不知情的情况下，把很多许静给她的饼干压成粉碎。

更多的时候，她会用自己的小胖手，护着莫瑾，不让姐姐受到一丝的委屈，虽然她不知道爸爸为什么会不喜欢姐姐，可是她却知道爸爸爱自己，可以充分地利用这一点来护着姐姐。许静从小就是一个“小灵精”。所以，渐渐地，许文杰不再与莫瑾针锋相对。

许静在用她自己的方法，爱着莫瑾。孩子的心灵都是那么的干净而纯粹，她能在感受别人关爱的同时，用百分之一百的爱来回馈，毫无保留。

蒋文娟最深感安慰的莫过于此。此生，有这两个女儿足矣，再多的，她已然毫不在意。这个破碎的家，谁爱谁拿去。

谁也不能触碰的底线。

“许文杰，你能不能不要这么过分？你已经为那个女人丢了工作，你还想祸害我们家到什么程度？”蒋文娟失去理智般地咆哮着，她完全不能忍受，每天辛苦积攒的莫瑾的学费，竟然就这样悄无声息地被许文杰挪用了。

“你嚷嚷什么就嚷嚷？”许文杰嘴拙地说道。梁诗晴的孩子没能保住，她也失血过多地躺在医院不能动弹。他认为这就是蒋文娟闹腾的结果，本来想着拉梁诗晴一把，还了自己的一段情，可就是由于蒋文娟这种泼妇行为，让梁诗晴永远失去了孩子和当母亲的机会，这点钱根本就算不了什么。

“我嚷嚷？我为什么嚷嚷？你有种不要用女人的钱去包养小三！就你这种窝囊的男人，真是脑子被门挤了吧，孩子又不是你的，你去凑什么热闹？好好搞搞清楚，你有那个能力去搞小三？撒泡尿照照你自己那个屃样！”

“你这个恶毒的女人，我当初真的是瞎了眼了，不是你，诗晴也不会闹成这个样子，她孩子都没了，你知道吗？”许文杰急得眼眶都红了。

“谁瞎了眼了？瞎了眼的你去找她过啊，别人拿你做挡箭牌呢，你还不知道啊？

孩子掉了，和我有一毛钱关系吗？她自己作秀作践弄没的，就你这个傻子当回事！小三专业户的手段就是能耐。”

“我，我不许你这么说她！”

“你有什么资格护着这个女人？我说她就是小三专业户了，我骂错了吗？还需要给你们长脸了是吗？”蒋文娟试图用一切恶毒的语言去抚平内心所受到的各种伤害。

“她是无辜的，你为什么就不能帮帮她？”

“凭什么？许文杰，我告诉你，你不要试图用这个家去满足你那可笑的同情心，我告诉你，这个家有你没你都一样过，你要过就过，不过就拉倒！”

“不可理喻！简直不可理喻，你这个女人，没有一点同情心，你浑身上下就剩下一股铜臭！”

“你真可笑，铜臭，你有本事的臭一个我看看？我没有任何义务为你的风流债买单，我还就告诉你了，你要是再敢动我女儿的学费试试，我就去把那个女人的嘴给撕了！”

哗啦，许文杰把杯子用力地扔在地上。

“妈妈，爸爸，你们不要吵啦，我会乖乖的，我乖乖地待在爷爷奶奶家。”许静吓得哇哇大哭起来。

许文杰心里一阵剧痛，他赶紧抱起女儿，擦拭着她脸上挂着的一颗颗如珍珠一般的眼泪。

“静静，不怕，爸爸在，是爸爸对不起你。你不要哭。”

“爸爸，你坏，你不要和妈妈吵架好不好？静静会听话的。”许静软糯的脸蛋直往许文杰的怀里钻。

“是爸爸对不起你啊，静静，爸爸没有本事。”许文杰顿时也红了眼眶。

许文杰也只有在看着这个粉雕玉琢的女儿的时候，才会有浓浓的自责感，他实在是没有办法，看着这个自己捧在手心里的宝贝掉眼泪，他许文杰的女儿可是公主一般可爱的小人儿。

许静的哭声总是能及时地换来家里的片刻平静。但是治标不治本，早已经不爱的两个人，胶着着，拉扯着，相互都扯得生痛，却无可奈何。

他们都认为自己并没有做错什么，但是这段婚姻从一开始便错得无可救药。他们最开始是怎么走到一起的，已经没有人再记得，蒋文娟一直在为自己的所作所为买单。

什么时候开始不再相爱的？或许，他们之间从来就没有相爱过。任何的风吹草动，都足以形成毁灭式的灾难。而蒋文娟唯一清楚的是，她从最开始的时候，就妄想在某一个男人身上寻求所谓幸福的真正含义，但是这种说法，俨然就是她自己一厢情愿而已。

而可笑的是，他们都无法逃离这个恐怖的怪圈，都必须周而复始地循环下去。

“静静，今天爷爷奶奶没有空带你，你自己待在家里可以吗？”蒋文娟着急地换着衣服，她赶着去农贸市场里上货。

“妈妈，我可以跟隔壁的小哥哥们去荡秋千吗？”许静坐在自己的小床上，迷糊地揉着眼睛。

“你可得跟好了啊，中午前就回家知道了吗？妈妈中午就回来了，你别跑远了。静静乖，妈妈给你做红烧肉好吗？”

“姐姐是不是今天回家啊？我要把红烧肉留给姐姐吃，姐姐和我一样最喜欢妈妈做的红烧肉了。”许静高兴得直拍起了小手。

“好，妈妈多做一些，静静和姐姐都可以放开了吃。妈妈出门了啊。”

蒋文娟披着一件单薄的外套就赶了出去，她完全忽略了许文杰这个男人在这个家庭里的所有存在，他在或者不在，无关痛痒。

许文杰已经好几个晚上没有回家。

梁诗晴的情况很不乐观，可能面临切除子宫。她夜以继日地流着眼泪，眼睛变成了一个红肿的胡桃，嘴上的皮干裂着，滴水未进。她没有预料到自己的假摔会带来那么严重的后果。事情总是往最坏的方向发展。

就像一具被抽干了的尸体一般，她就这样直挺挺地躺在那里。若是不细看，便发觉不了她那犹如抽丝般的呼吸。

许文杰胡子拉碴地看着梁诗晴，他除了陪伴着这个女子，竟然无力再为她做些什么。他嗟叹着命运对她的不公，可是却毫无作为。她的面部轮廓深陷，毫无生气。

“诗晴，你振作起来，这样下去你命都会没的。”许文杰犹豫了一下，缓缓地牵住了她放在床边的手，像冰块一样，没有任何温度。他反复搓揉着弱小的掌心，企图用自己的温暖，传递给她一点生命的气息，可是她的手依旧冰冷。

“文杰，我是不是不能做母亲了？我是不是自作孽不可活？”许久，梁诗晴才淡淡地问道。

“傻瓜，你这么年轻，什么都会有的，都会好起来的。”他违心地回答道。

“你骗我，我什么都没有了。”

许文杰思量许久，回答道："你还有我，还有我。"

"那你不许走。"梁诗晴贪婪地看了许文杰一眼。她不舍，还是不舍这个男人。

"好，我不走。你在这，我就在这。"许文杰宠溺地说道。

"嗯。"

"文杰，你爱我吗？"梁诗晴又问道。

许文杰别过脸，他无法回答，因为他也不知道爱究竟是什么。好像他在不爱蒋文娟的同时，也失去了爱人的能力。他轻轻叹了一口气，违心点了点头。

"文杰，你敷衍我了。"

"你多心了，只是看见你现在这个样子，除了抱歉，我好像也找不到别的什么话能让你宽心。"

"不要为了这个样子的我而感到内疚，终究是我咎由自取，我奢求了原本不属于我的东西，这是要付出应有的代价的。"梁诗晴潸然泪下，她用力地拽住了许文杰的衣袖，甚至都不敢去碰触他的手，害怕他反感。

"我们之间，若是可以重来，那么千万次，我也绝对不会让你走这条路，可是梁诗晴，世界上并不能事事如愿。所以，我们不能蒙骗自己去重走过去的路，我对你的感情很复杂，并不纯粹，不是一个我爱你，就可以涵括的，里面包含了很多其他的因素。所以，我现在能做的便是陪伴着你，你若是不能挺过来，说再多也是无用，连生命都没有了，你还能在乎什么？"

"过了这么些年，你依然坦白得让我胆战心惊。"

"我也很希望自己会说漂亮的话，说点让你开心的。可是我左思右想，却是不能。现在的我已经不是一个人，我和蒋文娟再没有感情，但是我有一个女儿。她是我的一切，我不能因为自己的欢愉而忘却作为父亲的责任，此刻的我，就是如此为难。"

"别说了，我懂，为人父母，我每天都活在无限的自责和内疚之中。"她看了看眼前自己干扁的肚子，多么可笑。一念之差，她失去了自己的至宝，却也换不来眼前这个男人一丝的爱。

"文杰，不要为难，我努力活下去，如果这样，能让你心里好过一些，我即便是不愿，也决计不能看着你这样的表情而无作为。对不起，文杰，是我的贪心，拖累了你。"梁诗晴话毕，就挣扎着起来，想要抬手去拿那碗许文杰捎过来的白粥。

"让我来，吃一点也是好的。"许文杰看着眼前的梁诗晴，她恬静的性子，决然不会是蒋文娟嘴里那种不堪的女人。她有太多的无可奈何，即便是言语上的稍微不慎，都会敏感地马上做出犹如洪水般的回应。她是适合用世界上一切美好的语言去描述的曼妙女子，如今却如柳絮般羸弱飘零。他心里却是不忍的，爱与不爱，终究是无法分清的。

“诗晴，你好好养着身体，我会一直在你身边的，不要胡思乱想，知道吗？”他细心地吹了一下眼前的一勺白粥，慢慢地递近她的嘴边，然后看着她细细地咽下去，然后又小心翼翼接着喂下一勺。

梁诗晴看着眼前的男人，胡子拉碴，眼圈深陷。她混合着自己的泪水，把他递到嘴边的白粥，用力咽下去，除了苦，竟然也没有其他的味道。她多么想一遍一遍地感受他的温存，太久了，在这个孤独的世界，已经活得太久了。只有在他的周遭，才可以感受到自己曾经也是这般鲜活地存在过。

她想过今后一千种余生，里面都有许文杰。她不想放手，哪怕是只要想一想，都会痛彻心扉。就算是自私也好，只要有他，再苦上百倍，也心甘情愿，甘之如饴。

两个人就这样静静地感受着彼此的每分每刻。对于他们来说，余生无憾。

下午的天气总是闷热得让人感到不能呼吸，压抑得肺部生疼。

莫瑾背着书包刚到家里，看了一眼这个既熟悉，又陌生的环境，默不作声地拿出了一沓厚厚的练习题开始做起来，猛然胸口某处刺痛得不行，一下子把书本都失控得跌落了一地。她捂着胸口，一阵猛烈的痛感，几乎让她窒息，就好像有一股力量在心里失衡般狠狠地抽离。她不禁用力咬紧牙齿，把痛感隐忍下去。没一会，刺痛便转瞬即逝。

怎么了？感觉就像有某种很重要的东西离去一样，胸腔里都是痛意，而且不断泛起酸水。莫瑾莫名其妙地捋了一下头发，发间都润出了一层水汽，湿腻腻的，很难受。

这时候，蒋文娟也回来了，她在门前拍了一下衣衫，一身的泥土，一只手上还拿着一个编织袋，里面装满了排骨和蔬菜。她抬头看了一眼蹲在地上捡着练习本的莫瑾，然后喊了一声：“莫瑾，来，帮我拿一下菜。”

“嗯。”莫瑾冷淡地回应道。她想了一下，是不是应该还要再说点什么，可能是冷淡得太久了，已经忘却了温暖的话语应该要怎么表达。

很多时候，莫瑾能感受到，蒋文娟那种木讷般表达出来的情感，实在是有太多难堪的回忆，仿佛烙印一般，刻在她的脑海中，每每她回忆的时候，第一浮现出来的便是蒋文娟决然离去的背影，无论莫瑾如何呼喊着“妈妈，不要离开我”，她还是头也不回的那个冷漠的背影。

轻轻触动，便是撕心裂肺的痛。

即便她现在已经能够审阅当初蒋文娟离去的一万个理由，可以理解，但是却无法原谅。那么长的一段路，是她一个人流着眼泪走的。说莫瑾心里不怨，那是不可能的。只不过，时过境迁，有些事物，就这样静悄悄地摆放在那里，任由它古老变旧，只要不去触动，那便是一个物件而已，作不得数。这种说法，反而是一种别样的解脱。不要试图去寻找救赎，因为内部早已朽败的物件，是无法恢复如初的。

“莫瑾，妹妹呢？妹妹没有回家？”蒋文娟麻利地把食材都摆放出来，她心里一直在算计着，这些个材料能折腾出几个好菜？许静牙劲儿小，肉经常嚼不烂，所以她还在斟酌着把肉剁烂，然后加入胡萝卜和香菇调味。而莫瑾喜欢吃带骨头的，口味儿重，好酸甜，于是剩下的肉做红烧口味的，其余的切下几个肉片，就着几个白菜叶子和鸡蛋花，就是清淡的滚汤。

“妹妹没在家啊，我回来的时候，就没有看见妹妹。”莫瑾说道。

“哦，她说和邻居的小哥哥去公园玩了，你去带妹妹回来，我这就做饭，很快可以吃了，多带件衣服，给妹妹换上，小心她着凉。”

莫瑾马上收拾出一个袋子，里面装着衣服，还有毛巾，她想了一下，转身进房间里，果然从枕头底下摸出来一包饼干，然后放入袋子中，莫瑾便带上了门，几步并作一步地去找许静回家吃饭。

傍晚的天空被润染上一层绚丽的色彩，或是浓淡相宜，或是深浅不一。莫瑾并没有心思去欣赏任何一处景色，她的后背随着急促的步伐，渐渐地渗透出一层厚重的水汽。总感觉心里有股痛感，一阵阵地拉扯着。

莫瑾跑遍了整个小区，问过她所认识的所有名叫“小哥哥”的男孩后，她开始彻底慌了，因为大家都不约而同地回答道没有看见过许静。

她冲回家里，想查看一下许静是不是回来了，当她到了家里，除了蒋文娟一直在厨房里忙活不停的身影和阵阵饭香，没有一丝一毫许静的气息。

“妹妹回来了吗？别躲猫猫，别吓姐姐。”莫瑾的声音已经开始有点颤抖。

“莫瑾，妹妹呢？”蒋文娟一边擦着手，一遍摆着桌面的碗筷说道。

“我去找了，都说没有见着妹妹。”

“开什么玩笑？明明说是跟小哥哥去的公园，这会儿肯定饿了要回家的，怎么可能没有看见许静！”蒋文娟的声线明显升了一个八度都不止。

“跟了哪个小哥哥？我马上去找！”

“隔壁梁姥姥家里的那个小孙子，他们经常出去玩的。”蒋文娟急忙说道，她放下手里活计，连忙披上一件外衣，拉着莫瑾一起出去找，旋即她又说道：“给你许叔叔打个电话，让他赶紧回家，说许静找不着了，快，我先去梁姥姥家，妹妹可能跟着小哥哥回家了，天黑了，她可怕黑了。”

“嗯。”莫瑾点点头，马上去拨电话。

“什么？许静找不着了？”电话另一头是许文杰的咆哮声，震耳欲聋。

“目前什么情况我还说不清楚，赶紧回家吧，我不说了，我得上梁姥姥家去看看什么情况。”莫瑾连忙把电话盖上，就赶出门去。

蒋文娟只记住了许静怕黑，其实莫瑾也怕。

莫瑾冒着漆黑的夜路，一路三步并作两步地跑着，她突然觉得刚才那一会儿的刺痛是事出有因的，一种巨大的恐怖感把她整个人都笼罩了，无任何理由地让她毛骨悚然。这种无止境的恐惧感，让莫瑾渐渐消融于夜幕之中。

在得到无数个同样的答复之后的蒋文娟和莫瑾，一塌糊涂的思绪让她们都乱了阵脚。蒋文娟目光呆滞、漫无目的地去敲每一扇出现在她脑海里的门，询问着同一个问题：“你见过我们家许静了吗？你知道我们家许静去哪里了吗？”

终于在敲响了最后一个她所认识的一扇门的时候，里面的父母冷漠地回答道没有看见，一个小男孩走出来，推开他的父母，说道：“阿姨，我看见许静了，下午的时候，她和我们一起在公园里玩，后来她在荡秋千。”

话还没说完，他的妈妈就一巴掌甩到他的脸上，骂骂咧咧地嚷道：“胡说八道什么，没有看见就是没有看见，我家儿子发烧说胡话呢，你们赶紧走，赶紧走。”甩手就把门关上了。

“肯定是许静出大问题了，不然他们为什么都说没有看见？”蒋文娟哭喊着。

“说看见在公园里荡秋千，我们去找找，说不定能找着。”莫瑾扶着已经接近崩溃的蒋文娟说道。

“对，我们去公园找找。”蒋文娟狼狈不堪地把身体的所有重量都压在了莫瑾的身上，此刻，她无法抬动自己的脚，只感觉整个身体都不是自己的了。

当她们去到公园的时候，黄色的路灯已经洋洋洒洒地包裹着整片区域，明明是暖暖的色调，此刻在莫瑾的眼里却像一张怪兽张开的血盆大口，狰狞而恐怖。

“喂，你们在这里干什么？”一个年迈的保安看着她们喊道。

“老大爷，你有没有看见一个小姑娘，四五岁的样子，穿着一件白色小碎花的衣服，扎着两条羊角辫？”

“你们是她的家属？”

“是啊，你见过她？她现在在哪里？”蒋文娟激动地拉住了老大爷的手，仿佛拉住了一根救命稻草。

“赶紧去市人民医院吧，赶快去吧，再不去就晚啦。”老大爷摇摇头说道。

“你这话是什么意思？我们家许静怎么了？”

“不说了，不说了，赶紧去找你们家闺女吧，快去吧。”

“老大爷，你是不是看见了什么？你就行行好，告诉我们吧，求求你了。”莫瑾猛然就拉住了老大爷的衣衫，眼泪止不住地一直流，她的妹妹，这个世界上唯一的妹妹，到底怎么了？为什么就没有一个人愿意说出实话？

“姑娘，不是我不愿意说啊，而是我不能说哟，你们别这样哭爷爷叫奶奶的了，赶紧去看看那个小姑娘，可怜啊，捞出来的时候，小脸儿都青了。”

“我不相信，那肯定不是我家许静。”蒋文娟一把拉开莫瑾，鞋子都被她蹭掉一边，就这样发疯似的往市人民医院的方向跑去。

莫瑾此刻，已经觉得整个人被抽空，脑袋里一片空白，耳畔却一直回响着许静一声又一声的“姐姐，我害怕”。

静静，你到底在哪里？

夜的寂静，往往会呈现出不同人的心境。苍茫的暮色里，来往匆匆的人影，孤寂又单薄。他们的脸上不约而同地显露出一种淡然的神情，就像每一个毫无关联的点。原来沁人心扉的夜气，现在却让人从内而外感到绝望又寒冷。

莫瑾只在静谧的其中窥探出冷漠这两个字。她感到呼吸都很困难，体内一股压抑不住的血气一直贯穿着身心。背部一直渗出冰冷的汗，润湿了每一寸肌肤，每一个毛孔都突兀地凸起，一身的鸡皮疙瘩。

害怕，这种感觉，让她的眼泪就像失控一般崩塌而下，一滴滴地连成一串串，顺势形成了一条水路般的痕迹。双脚在不由自主地颤抖着，下一刻便溃不成军。

她惊恐地看着马路上来往的车辆，刺眼的车灯把眼睛闪得生疼，夹杂着泪水，头发一塌糊涂地糊了一脸。身边的妈妈也是一直瑟瑟发抖，她努力地伸手，拉着妈妈的手臂，把她的身躯拉入自己的身躯中，相互给予对方安慰的温度。

莫瑾一扬手，打了一台计程车。

两个人上车以后，计程车司机从倒后镜里看了她们一眼，然后问道：“去哪？”

“市人民医院。”

“前面交通事故，堵车，兜另外一条路，远一点，行吗？”

“走，哪里快，走哪里！”莫瑾喊道。

计程车行驶在马路上，飞快地驶过一个又一个的路口，莫瑾的眼睛仿佛出现了幻觉一般，呈现出了不同的景象，穿插于各种街景之中，来回晃动的人脸，不知不觉，泪痕被风吹干了，又重新被润湿。

许静的笑声，她在一声又一声地叫着姐姐，就像接连不断的梦境在慢镜重播。莫瑾伸手抱她，她笑嘻嘻地走过来，挥动着小手臂，步伐不稳，差一点摔倒，但是又坚定地向莫瑾的方向走来，就在快要碰触到的时候，许静却瞬间消失不见了，只剩下孤寂的一脸讶然的莫瑾。

莫瑾在黑暗中，面对着庞大幽暗的无边黑色，任由皮肤被其焦灼，顿感空洞无助，却无可奈何。

她知道，此刻的自己，就像战场上丢盔弃甲的逃兵，四处逃窜却必须要面对着强大的恐惧感，一寸寸地被腐蚀掉身上的血肉般的疼痛。

万家灯火，星星点点，最终连成一片海。

莫瑾抱紧了自己，放声大哭。她承认自己的懦弱，所有的伪装强悍，顿时灰飞烟灭。只有眼泪，能化解心中无边的痛苦。

13

许文杰没有想到，自己从一个医院到另一个医院，花了不到十分钟的时间，中间的路，却像隔了一个世纪。

因为许静被送进来的时候，已经重度昏迷，而且没有亲人在旁。她被孤零零地扔在一个重症房间里的最里面的一个角落里。

医护人员已经采取了积极的救治措施，可是，由于许静溺水时间过长，造成了机械性窒息，导致全脑功能的不可逆性丧失，必须用人工呼吸器维持微弱的呼吸。

隔着那道玻璃，莫瑾只能看见躺在床上的许静。她就那样安静地躺在床上，一动不动。

这不是真的，定是老天开的一个玩笑。没有人可以对妹妹不好，玩笑也不可以。许静曾经用她娇柔的身躯，那么坚定不移地保护着莫瑾所有的软弱。她是一道光，在无边的黑暗和阴晦中，照亮了她的整个世界。

然而，现在的她，虚弱地透过那台呼吸机，缓慢地维持着微弱的气息。莫瑾视若珍宝的妹妹就像一个破布娃娃一般被随手丢弃，毫无价值。

莫瑾的脸紧贴着那面玻璃墙，肌肤深刻地感受着那种刺骨的冰凉，生死之隔，就这样横穿在她的面前，触手可及。脊柱穿透而来的疼痛，一下又一下地撞击着心脏，继而生生往下坠，这种感觉，生不如死。

许文杰看着一脸漠然的莫瑾，还有泣不成声的蒋文娟。他揉了揉眼睛，定睛看了，此情此景，竟然并没有消失殆尽。

他的理智瞬间被摧毁得支离破碎。这决计不可能是真的。他的许静，是上天许诺给他的天使，是世界上最珍贵的宝贝，怎么会就这样凋零？他的心就像被生生地剜出，鲜血淋漓地被甩在地上，成为一摊烂肉。

他用力揪起蒋文娟，就像一只猛兽，张开充满血气的双眼，咆哮质问着："你说，这到底是怎么一回事？静静到底发生什么了？"

"我不知道，我什么都不知道。"蒋文娟语无伦次地回答着，她全身疲软，顺势就滑倒在地上，凌乱的发丝遮住了她的脸，浑身散发出悲凉。

"你不知道？静静为什么成了现在这个样子？"许文杰用力地推了蒋文娟一把，他用尽了全身的力气，似乎推了这一把，两人便恩断义绝，不留余地。

"啊。"蒋文娟被狠狠地摔倒在地上，头碰在了过道里的铁凳子的边角，生生豁开了一道口子，血喷涌出来，夹杂着她的眼泪，她的头发，糊成一团。

"妈妈。"莫瑾不禁失声叫道。她不知道此刻，自己应该如何自处。她扶起蒋文娟，用手拨开她的头发，露出那张绝望的脸。她第一次，觉得这个女人，其实很可怜。她似乎就是被世间遗弃的可怜人，无论如何挣扎，都无法摆脱命运的桎梏，都终究如柳絮般，生亦飘零，死亦飘零。

"静静若是有任何不测，我告诉你，我肯定和你没完！"许文杰咬牙切齿地说。

这个男人脸上尽是凉薄。莫瑾看了一眼，她直想吐。

"这里是医院，谁让你们嚷嚷的？病人还要不要休息了？"一个护士鄙夷地看了他们一眼。

"医生，医生呢？我闺女到底怎么了？"许文杰一把抓住了那个护士的手臂。

"你是这个小姑娘的家属？"护士指了一下许静的方向。

"是的，我是她的父亲，我闺女是什么情况？"

"你们到底是怎么做父母的？怎么能让孩子一个人跑到公园里去玩？救护车送来医院后，我们尽力救治了，能不能醒过来，就得看她自己的求生欲了。"护士摇了摇头说道，继而，她伸手把一张住院的单据递了过来。

"拖欠的住院费和治疗费，我们已经垫付了，别家医院可是早就给你们撵出去了，知道吗？赶紧去缴费，得用药。"

"她能不能醒过来？什么意思？什么叫不能醒过来？"许文杰一直叨念道，他抬手看着那张费用单，只是那么瞄了一眼，便如遭雷击般双手垂下。

蒋文娟一听，再看一眼许文杰无力低垂的双手，还有那滑落的费用单，二话不说，就拾起那张薄薄的白纸，她只听见了护士说的，许静得用药，必须得马上用药。

原来那张纸，犹如千金般重。

许静，必须得救。

蒋文娟只是经过瞬间的思考，便用袖口擦了一下眼角，那混合着猩红的液体漫开了一朵花。然后抱着莫瑾，缓缓地拍了一下她的背，缓缓说道："莫瑾，不要怕，有妈妈，妈妈肯定得救妹妹。"

莫瑾的眼泪不断地流下来，眼睛酸得睁不开。听到这句话，她情不自禁地抱着蒋文娟，卸下了数年来精心制作的铠甲，露出了自己最柔软的那部分。

"你在这里等着医生，妈妈先去缴费。"蒋文娟咬了咬牙，她的理智在许文杰无助地看着那张缴费单的时候，又集结起来。

蒋文娟用冷漠的神情看了那个一动不动的男人一眼。曾几何时，在蒋文娟最落魄无助的时候，这个男人是她幻想了一万次的坚强港湾，周而复始的欣喜和向往。曾几何时，他向她伸出了一只强而有力的手，手心湿润温暖，如一块暖玉一般让她流连忘返。当初的一幕幕，现在就像一个又一个的巴掌，一下又一下地甩在了她的脸上，把所有的皮肉都带血地扯下来，但是丝毫感觉不到疼痛。

许文杰打了一个寒战，他看着蒋文娟眼里那如死灰般的神情，不知为何，第一次有死去般的苍凉孤寂。他浑然想不出个所以然来，只想此刻，蒋文娟拿钱，能救治静静。

医院的过道，是一条无尽的路，从生连接到死，又从死转化为生，生死循环不尽。莫瑾冷冷地看着或喜或悲的人们，就像一本故事书一般，缓缓地述说着人世间所有的悲欢离合。

她只要稍稍不留神，胃里就会涌出着一股酸水，直涌上喉间，舌间便会有一种既酸又苦的口感。

莫瑾并没有刻意去压抑这种让她作呕的感觉，鼻孔里一直有一股强烈的消毒水的味道，撺掇着胃液往上涌，即便身体上有再多的不适，也无法掩盖此刻内心中各种不安和焦急。

她把许文杰的百态看在了眼里，深深地刻在了心里，原来爱也有它无可奈何的时候。

"医生，这是缴费单。"蒋文娟拉着一个医生的袖子，颤抖着把单子毕恭毕敬地递到他的面前。

"嗯，孩子的情况，你们都清楚了吗？"医生接过缴费单，缓缓地回答道。

"不清楚，我们家孩子会没事的，对吧？"蒋文娟小心翼翼地问道。

"还不好说，据急救的护士描述现场的情况是她玩秋千的时候，被脱落的铁链子环绕脖子和四肢，不能动弹，又滚入池塘中，造成机械性窒息，又施救不及，致使脑细胞死亡。”

“什么意思？”许文杰马上瑟瑟地问道。

“脑细胞是不可再生的，也就是说，即便是抢救回来，也有很大的可能成为植物人。至于什么时候能醒过来，就要看她的求生意志了，当然，这种情况，我们都会劝家庭环境一般的家属，进行保守性的治疗，如果是家庭环境优越的，若是想积极性治疗，那么复原的机会也不是没有。没有强迫性啊。”医生缓缓地说道，然后不自觉地上下打量了一下面前的这对夫妻，继而摇摇头。

“静静能不能醒过来？”蒋文娟急急地追问道。

“医生不是说了吗？得积极性治疗，积极性治疗，静静肯定能醒过来的。”许文杰连忙回答道。

“这位父亲，可不要曲解我的意思，这种事情是很难说的，我只是表达出有两种治疗的方案，希望你们能理解啊。这样吧，你们考虑一下，明天，你们过来，我们商量一下接下来的治疗方案，当然如果你们能找到肇事者的话，或许可以通过法律的途径去寻求帮助。”

“不用商量，我们就需要积极性的治疗，静静肯定能醒过来，她还要上小学，她不能就这样一直躺着。”许文杰喊道，话毕，他的脸上满是泪水。

“你们如果决定了，明天还是过来一趟，我给你们一个大概的治疗费用的预算，钱就好好准备吧，这是一场持续的战斗，事情已经发生了，你们做家长的也要好好保重身体，尽量为孩子保存实力啊。”

医生看了一眼在急救病房里的许静，又看了一眼这一家子。看惯生死的他，也只能拍拍许文杰的肩膀，以表示安慰。

夜已渐深，伴随着阴森森的白炽灯，一层白霜慢慢攀爬上了许文杰的头发。

他一夜之间就老了，脸上尽是一道道的沟沟壑壑，眼睛里也有一层薄薄的白雾。那个文质彬彬的男人，不复存在了，剩下的只是一个充满了执念的父亲。

莫瑾从来没有想过原来希望也可以让人那么绝望。她很快想通了来龙去脉，大概这也就是为什么没有人愿意告诉她们许静下落的原因，他们都害怕担这人命的责任。而那位保安所说的不能说的原因，就是公园里设施的安全问题。而这就是团团迷雾中所包裹着的真相，许静的生死，是他们谁都不愿意背负的责任。

家人却是不可能让这漫长的诉讼耽误了许静的治疗。所以这是一个无解的命题。

莫瑾岂能不知道，此刻，唯有金钱才能让妹妹有希望睁开双眼？她又怎么能眼睁睁地看着妹妹的生命就此逐渐消融殆尽？

可是此刻的自己却是一无所有啊。

她看了一眼面前相互埋怨却又都默不作声的蒋文娟和许文杰。很多的人和事，就在不知不觉中改变了原有的轨迹。原来，他们都曾自欺欺人地认为，这个扭曲的并不幸福的家庭，就会这样日复一日，年复一年，永远存在于彼此之间。

可是，此刻，这种不合时宜，被彼此厌倦唾弃的所谓家的感觉，要随风而逝的时候，却才发现，它的来之不易。所有的别样的情感，在生命面前都是不必要的做作矫情。

莫瑾宁愿自己一辈子都在那个永无天日的家里腐烂，也不愿意一遍又一遍地重温这眼前不堪入目的场景。然而，她却别无选择。

蒋文娟拉着莫瑾冰凉的手，缓缓地坐在了她的身边。

母女两人就在这张椅子上，空洞地看着走廊的尽头，仿佛双双堕入了暗无天日的海底，挣扎也只是白费力气。只有彼此感受着对方的温度，才会发现自己还活着。

14

蒋文娟从此堕入了一个周而复始的深渊，她开始孜孜不倦地寻找能碰触到金钱的途径，若是自己能卖钱，她都会毫不犹豫地拆筋扒骨地把自己卖掉。

许静的积极性治疗的费用就像一个无底洞，把这个家庭拖入黄泉地狱，永不超生。

却没有一个人，说出“放弃”两个字。

许文杰的体重也唰唰地直掉，裤子上的皮带也往里扎进了几个洞眼。他浑然不觉地胡子拉碴地来往于病房与病房之间。更多的时候，他会蹲在后楼梯间，一遍又一遍地拿着许静最喜欢的洋娃娃，默念着：“快起床啦，静静，爸爸要送你去上学啦。”

而莫瑾则是把所有的情感吞进自己的五脏六腑之内，在没有人的时候，拿出来独自品尝。

她也以一种惊人的速度在消瘦，吃什么都如同嚼蜡。白天不动声色地活着，晚上则是枕着眼泪入睡。

莫瑾以一种极其冷酷的方式营造出一种孤僻感，就好像行尸走肉般没有温度地活着，她甚至觉得呼吸都是白费力气。

唯一不一样的，是她对蒋文娟的情感，十几年来，这个女人终究在她的面前流露出自己真正的面目。

从开始的恨，到如今，她已经记不起这种恨从何而来。或许老天爷在布下一盘棋局，无论输赢，只是在每一次移动棋子间，都形成无数变数。

突然之间，莫瑾很害怕再裸露出自己任何的情感，仿佛这就是一种瘟疫，无论她在意谁，谁就会万劫不复。她很想就此放弃自己无用的生命，但是又好像有几股无形的力量在驱使着她前进。

正是因为蒋文娟看着莫瑾的时候，莫瑾洞悉到她急切地寻求片刻安慰的神情，不得已，莫瑾只能强忍着内心各种翻滚着的痛感，像一个演员一般竭尽所能地表演着坚强。

蒋文娟看着一切如常的莫瑾，深感安慰，她觉得自己必须得振作起来，纵使粉身碎骨，也决计不会放过哪怕是让百分之一的机会。许静必然会醒来，只是时间的问题。

莫瑾就这样如常地上着学，看着焦头烂额的蒋文娟和软弱无能的许文杰。

她就像尝遍世间百味般，只觉得嘴里寡淡至极。

时间用它优雅的步伐前进着，无论你是从容还是急促，它自始至终都一成不变地走出了一条美丽的道路，任由你留下各种风景。

莫瑾觉得自己大悲中留下的最大后遗症便是很容易流鼻血，而且会不定时地眩晕。每次她都会暗暗地掐自己的身体各个部分，留下了大大小小的瘀青。

深深浅浅，一块块的斑驳就像花瓣一般，凄厉又美艳。

白杨还是一如既往地递给她各种复习资料，就像极大限度地在考验着她的承受能力。仿佛这样不要命地埋头在各种考题中，她才能苟延残喘般不再去想许静。

没有任何人发现她的巨大悲伤就像万川汇流成海洋，隐隐有形成海啸之势。

这样的莫瑾，让某一些人，很是不安。表面上的她，那种冷漠的神情，被解读成矫情而且故意作态，不入流的手段。就像她那母亲一般，只有上不得台面的龌龊想法。

珍妮每天如坐针毡，她看着白杨有某些时候，在某个时刻眼睛会在莫瑾的身上停留，意味深长。而莫瑾会在不知不觉中给他回应，或是做作地翻来书本，姿态撩人，或是低头书写的同时把手伸近白杨的书桌，旁若无人地拿起他的练习本查看。

种种迹象表明莫瑾在用一千种方式左右着白杨。不知羞耻。

珍妮觉得自己已经无法再继续直视莫瑾这种不要脸的做法。她明知道白杨放弃了原来的康庄大道，却甘愿把他拉入深渊吗？这就是所谓的大爱吗？这就是所谓的成全？

她讥笑着自己的软弱和无能，明明那天，这个男孩，在雨中满含深情凝视着自己，他还把手中的伞给了自己，这难道不是一种表态？定是自己的高傲让他解读成另外的一种意思，一定是这样。

于是她决定必须采取行动，如果现在拉白杨一把，还来得及，这个失足的优秀少年，需要自己的救赎，他们才是一个世界的人，这本来就是众所周知的，只有莫瑾这个不识趣的人，才会无所不用其极地把白杨毁得一干二净。

她想用一种残忍的方式惩罚莫瑾的无知和不识趣。这个背弃了她珍贵友情的人，终究是要品尝到后果的。

在这一天下课的时候，珍妮拦住了正要去图书馆的白杨。

“白杨，听说你被美国的几所大学录取了？”

“听谁说的？和你有关系？”白杨看了珍妮一眼，又故意站得离她远一点。

“嗯，算是听说吧，你爸爸是不是因为这件事情很生气？”

“所以？你想表达什么？”白杨一脸的不解，他的事情什么时候轮到他人去干涉了？

“所以，我想和你成为校友啊，我觉得这个机会，不应该因为别的原因而放弃，而且，我知道你为什么要去美国。”珍妮看着那张完美自信的脸，不禁有一点愣神。

“珍妮，有没有人告诉过你，你管得太宽了？”白杨转身就想走，他觉得完全没有必要和一个无关的人解释些什么。总是有人自作多情地去管他，不知所谓。

“我爸爸是民营企业商会的会长，他已经接到你父亲求融资的信息，换句话说，你们已经失去了正常的融资渠道，极度需要民间资金的进入。白杨，你懂我说的意思。”珍妮缓慢地说出，就像在说着一个白杨必须要接受的条件。

“你已经浪费了我十分钟的时间，莫珍妮同学，我好像真的不懂你说的意思，我的去留，和你有什么关系？再者说，以你的能力，何以见得就能成为我的校友？”白杨的怒火一触即发，明里暗里，她所指的，他又岂能不明白？可是，她有什么资格，来摆布他的人生？

“明白人不说两家话，你就按照你原来的想法，尽快出国留学，而我能不能成为你的校友，就不劳你费心了，全凭我个人能力，你答应了，我的父亲自会不留余力地为鼎丰国际在最短的时间内求得融资渠道。这两全其美的事情，我想你应该明白怎么做。”珍妮胸有成竹地说道。

“我就还真不明白要怎么做，莫珍妮，有时候做事情，总要有个前因后果，这个看似诱人的条件，确实很让人心动呢。”白杨看了她一脸娇羞的做派，有点不适。

“鼎丰国际的资金自有风控来把握，若是真如你所说，急需资金进入，也断然不会舍近求远地去求你父亲，而在我看来，你父亲最近诸多小动作，莫不是也想在这个时刻好用最少的资金缺口来蚕食这个项目吧？不好意思，那也要看鼎丰愿不愿意分这个蛋糕，不然，扔了，也不会平白无故地便宜了他人，你说呢？”白杨不急不慢地说道。

继而他低声说道："有些时候，不要尝试引火自焚。莫珍妮，回去告诉你父亲，不要自以为交好几个银行的行长，就能耍花招。想要这个项目也要看我们乐意不乐意。再者，我的事情，你最好少掺和。"

"我本人，没有什么耐心。想必，你也是了解清楚的。"白杨转身就走，他留下的余味，生生把珍妮撕裂成碎片。

珍妮后悔听了父亲的话，什么叫一箭双雕，他倒是想得好，于公于私都结交上鼎丰国际自然前途无可限量，但是这种堂而皇之的搅局行为，也不怕他们反感。鼎丰国际哪怕出现了危机，那也是一家拥有强大实力的民营企业，说实话，现在是不是撼动的时候，也不得而知。

白杨这个人就是冷暖不知，去留全凭己意。珍妮怎么都想不明白，自己各个方面都是那么优秀，却不入他的眼，现在也只能走一步险棋了。

她的眼睛里满满地只剩下一个白杨，所有的自己都在某一天，丢了。珍妮看着白杨远去的背影，内心翻滚着一股又一股的热浪，天下无不是利来利往，只不过没有开出一个让人满意的价码而已。

学校图书馆里，有一个非常特别的位置，三面都被书架所包围，却又能环顾四周，重要的是，这个位置放置的书籍，很合白杨的胃口。很多的时候，他都是一个人待在这里，他随意地坐在地上，顺手拿起一本书，反复看。往往他的心意却又不是在书页之间，这种动作，简单又无意义，可就是能让他在不知不觉中看到相隔了几个书架的那个安静的女孩子，正在题海中苦苦挣扎。

白杨对于自己的各种特别反常的举动特别苦恼。但是一想到莫瑾，即便是原来看起来毫无意义的事情，都会让他内心被充斥得满满的，没有一丝空余的空间。

这种介于偷窥和监视之间的做法，显然不是白杨一贯的风格。

但是他却乐此不疲，他就想看着莫瑾，一步一步地走向对她而言，是最美好的方向。这个世界，向来是汰弱留强，适者生存。她唯有靠自己，在塔尖中谋求一席之地，才能获得自信。

白杨在莫瑾的眼里，看见了自己，那个不服输的自己。无论她如何掩饰，那股隐忍的狠劲儿，他亦能捕捉。

他不禁回想起今天珍妮的话，继而就联想到了老白同志。那烂摊子般的企业，惨不忍睹。

鼎丰国际，不过是一家披了华丽外衣的庞大民营企业，实际上内部腐朽不堪，但凡一个正常人能够想到的问题，都能在这里找到。可是，这就是老白同志奋斗了一生的事业。

白洪是一个非常好的人。所有的人都这样评价。这其中包括王景逸的父亲，也就是鼎丰国际的共同创办人，就是这个人一手操纵把他送进监狱。

王振杰用从鼎丰国际里倒出来的资金，创立了思科集团。在白洪坐牢的时间里，蚕食了他们几乎一半以上的产业。不但如此，还带走了几个高管人员，公开打起了对台。

白洪出狱后，看见一片狼藉的企业，痛心疾首。他企图力挽狂澜，在昔日的商业界的好朋友的帮助下，虽然目前是稳住了，但是也难掩摇摇欲坠之势。

此时就是白杨再次看见王景逸的时候。说实话，不恨是假，不愿意搭理是真。这件事就算和王景逸没有干系，他也不屑于去隐藏自己的厌恶之心。白杨只是细想自己如何能够帮助父亲渡过难关。他深深知道，父亲纵然能在改革开放的小浪潮里发家致富，但是由于知识缺乏，频频碰壁。

王振杰能够以速雷不及掩耳之势从税务中找出鼎丰的漏洞，继而引起轩然大波，又顺利合法转移自己的资金，并留下一大堆的隐患，便足以窥见一斑。

他想的是更远更深的一步棋。如今看来，是迫在眉睫啊。白洪同志并没有吸取教训，还是想走老路啊。不然资金短缺的问题怎么会在短短几日之内便传得众所周知？白杨反复思虑珍妮今天所说的问题，手中的笔不停地转动，思绪纠缠成结，他也渐渐皱起了眉头。

市北一路这个项目，是当时并没有被思科集团吞并的最大一个项目。这个项目看起来光鲜亮丽，前期布局也是动用了不少人力物力的，可是这么大的一个香饽饽，王振杰为何自己不吃？那么慷慨地留下来让给鼎丰国际，其中的弯弯绕绕可就耐人寻味了。若是这个项目能顺利进行，足以让鼎丰韬光养晦了。究竟为什么旁敲侧击地要加大这个项目的成交力度？

白杨的思绪越加凌乱，他想得越多，越感觉到自己的能力是如此贫乏，虽然能看出表面的问题，却不得章法去解决。一股不得伸张的感觉从心底涌出，顿时让他走神。

更让他心烦的是，莫瑾越来越孤僻。她从前也是这种不冷不淡的性格，但是现如今的她好像连多说一个字都费劲。莫瑾就像一个巨大的谜团，她的眼神里，总是覆盖了一层又一层的迷雾，好像她处心积虑地在刻意掩藏着什么。

白杨翻开他借阅给莫瑾的字典，发现她书写的字迹，又用力了，笔迹愣是穿透了两三页纸。这是一种隐忍，或者是一种心境。她究竟在为什么事情而烦心?

不知道何时开始，白杨对莫瑾，早就越过了他所认为的情感。他并非没有察觉到自己的异样，他喜欢看见她的一切，就算是陷入泥泞也俨然高昂着头的那种张扬和肆意的情感。

他疯狂得甚至有点不可理喻地加载在她身上的一切希望，她都在默默地享受着近乎玩命的学习，仿佛在换一种方法尽快燃烧自己的生命。

莫瑾是一个遇强越强的人，她不肯轻易地放弃任何一种可以让自己变得更强的可能。

但是，只有白杨隐隐地感觉到，她好像在掩藏着什么。她的眼神里，有一种近乎苍凉之感，仿佛一天之间，苍老了一个年代，也看穿了世界的尽头。

更多的时候，她会显现出疲惫之意，就像一个耗尽生命的舞者，走下舞台后的那种倦态，会在不知不觉中油然而生。或近或远，或浓或淡中透露着丝丝精疲力竭的状态。

白杨无从考究她的变化从何而来，但是内心也萌生一种不安。每每看着她眉头轻皱的样子，忽然觉得内心中刀割般疼痛不堪。看着她日渐消瘦的身形，越发觉得她背影孤凉。

而莫瑾的心也在以一种一日千里的速度迅速衰竭。她近乎疯狂地寝食难安。

晚上睡觉的时候，脑子里的一幕幕场景栩栩如生。出现的人和事都让她痛苦不堪。很久以来，莫瑾都固执地认为好死不如赖活。可现如今，她仿佛一日便明白了什么叫生不如死。

许静就像一只随时远去的风筝，只是被一条丝线拉扯着，这根线同时也拉紧了她的生命线。若是许静不在了，莫瑾也会同时堕入无尽地狱。她开始质问上天的不公，像妹妹那么纯洁无垢的人，为什么会受到命运如此残酷的对待?若是妹妹能醒过来，即便换成自己就此沉睡，也未尝不可。毕竟相对而言，她的命，换许静的，也不亏。

在她混沌不堪的时候，白杨也在用一种疑惑的神情打量她。那种想把她里里外外都看透的眼神，如春雨般细细腻腻地滋润着干枯的心田。无论莫瑾如何悲愤欲狂，如何被痛苦压制得身心俱毁，哪怕是全身的骨节都在咯咯作响，都能在他关切的目光之下获得平静。

15

还有不到半个月，这个学期就要进入尾声。更多的时候，同学们都在三三两两地讨论着填写志愿的问题。还有就是没有把握高考的，会在下个学期开学不久，便另辟蹊径出国留学。对于有条件的同学来说，条条道路通罗马。这个世界就是如此不公，就算你拼了命去呐喊，绝大部分的机会还是留给了那些有背景的人。

“莫瑾，下课后，我们一起离校，我有话要和你讲。”珍妮冷漠地看了莫瑾一眼。

周五是莫瑾现在最期待的一天，因为放学后，她就可以坐校车回家，再穿过最繁华拥挤的路段去医院看望许静。

已经过去一个月了，许静小小的脸蛋还是没有一丝血色，小手仍旧冰冷。她像极了一个睡着了的洋娃娃，长长的睫毛，小巧的鼻子，圆圆的脸型。就连主治医生都说许静是他见过的最漂亮的女孩子。但是每一次医生来查房，却是无惊无喜，戴着的口罩看不出来表情。

蒋文娟则用各种办法赚钱，不断地缴纳像雪花一般的账单。她一向有一头丝缎般的黑发，可如今也是乱七八糟地盘在一起，里面更是染上了一层霜般的白发。

尽管如此，莫瑾还是非常期盼着去看自己的妹妹，却也害怕见她。她知道许静最怕痛，这呼吸机一定让许静非常不好受。所以静静，你快一点醒过来，姐姐答应你，一定每天都带你去玩，走你最喜欢的小路，买你最喜欢的冰激凌。每天晚上睡觉的时候，你挑哪一本故事书，姐姐都一定会给你念完。能不能再给我一次机会，哪怕只是安静地看着你笑，就心满意足。

莫瑾觉得自己从未拥有什么，所以一直以来都是那么淡然。有得有失，世界就是这样公平地维持着万物之间的平衡与和谐。但是她发现自己，原来只是害怕失去，那种拥有后又失去的失落感，是一种痛彻心扉的感觉。

从来如此。

她不敢直视自己，却被迫在许静面前，一片又一片地被剥落那坚硬的外壳，裸露出鲜血淋漓地冒着热气的心脏。她是多么害怕那只小手，此生无法再紧紧被自己的手包裹在内。回忆一遍又一遍地在夜里如电影般重现在脑海里，每一次都加剧莫瑾所能承受的痛感，就像万蚁啃咬般，火辣辣的生疼。

莫瑾以为自己并不爱这个妹妹，她自私地贪图了许静那纯净无瑕的亲情，如山泉般潺潺润入心田。到头来，莫瑾要用眼泪来偿还这债。

窗外的阳光分外刺眼，那种扎进眼球的痛感，让眼泪不由自主地流下，莫瑾迅速地用袖子用力一抹，生生忍住了快要掉下来的眼泪。

白杨侧脸看了一下两眼红红的莫瑾，他想问，但是嘴型变换了很多次，终究没有说出来。

千言万语，总是在说还是不说，或者问还是不问中，缠绕成一个又一个的结。

莫瑾不会说，所以白杨也不会问。

她不愿意，他看见如此落魄不堪的自己。白杨懂，所以他也不愿问。他很多时候考虑的是，自己左边的肩膀坚硬一点还是右边？这个傻丫头，为什么就不能靠一下？

若是她靠一下，是不是，很多事情就不会演变成这个样子？若干年以后，白杨也会这样问自己。他也很嫌弃自己这个莫瑾死也不愿意靠的肩膀。

然而，没有那么多的如果。个性使然，再来一遍，还是如此。

莫瑾抬头便看见白杨那张脸，毫无表情。他的眼睛里，看不出关切，甚至看不出任何的情感。只是淡淡地，扫了她一眼。

不知道为什么，莫瑾却感到很心安。如此便好。我们到这里就刚刚好了。永远都不要交集，你和我，终究不是一路人。

她转头看了看时间，说道："下课了，五时半。"

"嗯。"白杨回答道。

"你看看这个。"他递过来一张纸。

是他填的高考志愿表。

"给我这个干什么？"莫瑾看了一眼，并没有接。

"没什么，跟着我填。"白杨并没有抬头看她，而是冷冷地说道。他想了一下，再说道："你的实力，可以上。"

莫瑾没有答话。

“我并没有询问你的意见，按照我这样填你的志愿，这是很慎重的考虑。”

“我肯定会完美地避开所有你考虑的学校，包括专业。”

“这样说话有意思吗？莫瑾。”白杨冷冷地看着她。

“总比你这样有意思，白杨，你觉得我就必须要按照你的意见走吗？”

“可这对你来说是最好的选择。不是吗？”

“就算是，我也不愿意接受。”莫瑾就像一只刺猬一样，无时无刻不在防备。

“好，随你。”白杨转头就走，手里的志愿表被丢弃在地上，无声飘落。他双手紧紧地攥成拳头，拽得生疼。也就只有她，能这样漠视自己。心里的感觉，竟然不是生气，而是无可奈何。

莫瑾看着白杨决绝的身影，就像有一个锤子一下又一下地重击着心房。

白杨，我受不起。

莫瑾的眼睛里迅速弥漫出一股湿气，她讨厌极了这种不受控的感觉，随时随地，眼泪就会不由自主地蔓延开来。可是，这恐怕也是唯一的宣泄方式了，她还必须要选择时间和地点，而哭的方式也只能是哽咽，却不是号啕大哭。莫瑾得忍着憋着，某些时刻都会把自己呛着。

可是，哭并不能解决任何问题。大多的时候，眼睛刚蒙上一层水雾，莫瑾就会别过头，使劲地咬着自己的嘴唇，深深地把所有的痛感吞下去。

叹气，莫瑾捡起那张自愿表，上面的字迹刚劲有力，她摩挲着上面的字迹，缓缓地把它叠起，夹在课本里，放进书包里。

教室里空荡荡的，黑板上老师的粉笔字，斑驳地交错着，让莫瑾眼花缭乱。

猛然，一阵眩晕，莫瑾用手撑住桌面，鼻血顺势而下，温热而黏稠。一滴两滴地在桌面上、课本上绽开一朵朵花，鲜艳的颜色让人胆战心惊。她仰头，用手紧紧捏住鼻子，想让血液回流，然后用纸巾塞住了鼻孔，用力地深呼吸。

“莫瑾，你好了吗？我们走吧。”珍妮突然出现在教室门外。

“好的，珍妮，稍微等等，我流鼻血了。”莫瑾指了一下自己的鼻子。

“你，怎么最近，经常流鼻血？”

“没有啊，天气干燥嘛，没事，像我这样的，跑个八百米都不带气喘的。”

“我的司机到了，我们走吧。”珍妮看了看莫瑾的模样，有点不知道如何面对她，毕竟今天的对话，可不是那么友好。

“好的，我还是第一次坐私家车，还是托珍妮的福，让我好好享受一回呢。”

“你若需要，我们也可以一直同路。”

“可别，即使只能走那么一段，我也心满意足了呀。”莫瑾努力地笑了笑，那个笑容有多难看，恐怕莫瑾自己不得而知。

珍妮的私家车就停靠在学校的正门边上，一个非常显眼的地方。大操场上停满了各式各样的豪华轿车，换作平时，莫瑾是不可能去细细打量的，因为每一次，她必须匆匆地去赶校车，若是晚了，可是没有位置回市区的。

司机开车门，珍妮点头迈进车里。莫瑾看了看洁净的车里，又回头看了看自己，觉得哪儿哪儿都不对。她使劲地跺了跺脚，记得今天早上的时候，还跑过了泥泞的校间小道，鞋上全是泥巴。然后又拍了拍自己的外套，才小心翼翼地进了车里。

车厢里有一股淡淡的花香，一直钻进莫瑾的鼻孔。司机开车的速度把握得非常好，在高速路上行走犹如行云流水般顺畅。而学校的大巴，却常常颠得莫瑾五脏六腑都要移位。但是舒适的座位却让她如坐针毡。窗外飞快而过的景色掠过眼帘，和往常走的路一样，但是此刻并不是一样平静的心境。

珍妮是一个非常体贴的人，至少，莫瑾是这样觉得的。珍妮从来不会在她的面前显露出任何优势，她在点点滴滴处，都顾虑着自己的感受。那么多年过去了，珍妮第一次，用这种方式重新让莫瑾认识自己。原来彼此之间从来都没有同过一路。

珍妮并没有说话，她的头轻轻地靠在一个看起来洁净而柔软的靠枕上，眼帘低垂着，嘴唇紧闭着，仿佛在酝酿着一种情绪。莫瑾侧头看着她，好像两个人之间正在不知不觉中贯穿了千山万水，彼此的模样，已经渐渐模糊。

心里又一阵隐隐的痛，排山倒海地袭来，莫瑾愣了神，不禁也闭上了眼，在嘴里慢慢地咀嚼着痛苦，竟然也有回甘的浓烈感觉。有些事情，若是不说透，自己总会不自然地有一种侥幸感，每次很隐晦地藏匿着自己的想法，会不自然地眷恋这种不得而知的感情。若是曝光了，就会让自己和对方那么不堪入目。她就像一个忘恩负义的人，在窃取着所有不该自己觊觎的珍宝一般的让人觉得恶心。

这个本该是风光无限的道路，莫瑾一路走来，却觉得无地自容。她仿佛在一瞬间，便无法再次凝视珍妮的侧脸。是的，一次又一次，她辜负了珍妮。明知不可为，却肆意为之。她本来就是一个任性的人。

珍妮的眼睛虽然闭着，她此时却是思绪万千的。虽然珍妮一直极力否认，但归根结底，更多的是一种挫败感。无数次，她都在白杨的眼神里看见了那不一样的情感。

于别人和莫瑾是大不一样的。白杨大多数的时候都是冷漠寂静，仿佛置身于无人之地，静静地独处。他从不显山露水，个性内敛孤傲。

但是当他看着莫瑾的时候，更多的是一种共鸣，他会在自己也察觉不到的时候，微微地嘴角上扬，极其容易地被别人捕捉到他的喜怒哀乐。白杨就这样轻松地卸下了所有防备，把自己呈现于莫瑾眼前。这种自然而然的信任感，让珍妮无所适从。

她必须让白杨离开，这是唯一的希望。就算是再恶毒的话，她也会毫不犹豫地破口而出。伤的不仅是莫瑾，同时也是自己，而她却心甘情愿地为此而放弃自己所维护的除白杨以外的所有情感。

珍妮一抬手，司机便从后视镜里迅速地看到指示，随即把车载音乐降低，询问道："小姐，我们去玫瑰咖啡厅吗？"

"嗯，今天的天气，去玫瑰咖啡厅，确实是一个最好的提议，户外的玫瑰花园，配上特有的保加利亚玫瑰纯露，适合今天的心境。"

莫瑾默不作声，只是低头在想着什么。她倒觉得今天的心情，适合猛灌加多宝，感觉这样比较下火。

玫瑰咖啡厅所处的位置，并不在市区的中心地带，相反的，是在一个相对而言比较静僻的地方。优雅隐蔽，倒也适合这样一个清新雅致的名字。

店区实际上是用一处旧工厂改装而成的，保留了红砖的外部结构，却在园区外部的空地上种植了各式不一的玫瑰花，而且园林布置精巧独特，喷泉花圃错落有致，置身其中，就像沉溺在一片浪漫的气息之中，连呼吸都带有甜腻腻的味道。

珍妮一进花园，便马上有服务生上前微笑，并细声询问着珍妮今天的喜好，态度恭顺有礼，微笑也恰如其分。

莫瑾并不细心打量周遭的环境，她眼中即便密密麻麻地布满了娇艳欲滴的玫瑰花，此刻也全无欣赏的心情。只是觉得自己的整个形象与这个大环境特别不协调，无法融入其中。

服务生带着她们穿过了一个小长廊，便径直来到一处特别安静的地方，两旁的粉红玫瑰开满了枝头，成熟而又开放过剩的花瓣坠落在地上，就像覆盖上了一条娇艳欲滴的粉色丝带，玫瑰花香四溢，让人心旷神怡。铺着白色扭花的桌子和椅子，耳畔缭绕着轻声缓慢的音乐，整个场景，让人流连忘返。

两人坐于桌前，安静地等待着服务生送来精致茶点。莫瑾低头，小心翼翼地生怕自己在不经意间，踩到了地上的玫瑰花瓣，脚上是很干净的布鞋，在粉红色的衬托之下，却稍显泛黄。

服务生端上来了一杯玫瑰咖啡，一瓶粉红色的保加利亚玫瑰纯露，还有一盘摆放了各式蛋糕的木制架子。她恭敬地把玫瑰咖啡置于珍妮的面前，然后在她眼神的示意之下，服务员把纯露放在了莫瑾的面前，又细心地把一个缭绕着玫瑰花图案的杯子满上，然后离开。此间，并没发出任何声响。

珍妮抬手拿起咖啡，慢慢地喝了一口，看着对面，同样是面无表情的莫瑾，不禁用了一丝笑意来缓解气氛。

莫瑾一直觉得珍妮的笑容特别美，她有两个浅浅的梨涡，让她的笑意增添了几分惹人怜爱。可是今天的笑容，显得特别勉强，连梨涡也只是转瞬即逝。

“莫瑾，你说，我们认识多久了？”珍妮淡淡地说道。

“很久了，我都记不起来是哪一天开始认识你。”

“所以，我们其实是很了解对方的，你从来不曾骗我，你一直对我都是真心实意地，对吗？”

“从来都不曾改变过。”莫瑾抬头回答道，她感觉到自己的手心，攥出了一层水。

“不是，你变了，自从白杨出现，你对我就一直在撒谎，对不对？你喜欢他，甚至多于我。”珍妮缓缓放下咖啡杯，她看着对面的莫瑾，那张时时刻刻都是一副淡然的脸。

“珍妮，你觉得，我们再讨论这个问题，有意义吗？”

“怎么没有意义？我能大声地说出来，我喜欢他，你能吗？你能说一句实话吗？”

“我的答案，那么重要吗？”莫瑾也抬起头，她眼里的珍妮，发丝有一些凌乱，甚至，她的脸色都有一些泛红，淡淡的粉色一直蔓延在衣领子内。

“那么我就和你说说，你来决定一下，到底重不重要？”珍妮凝视着杯子里漂浮着的一抹玫瑰花瓣，咖啡虽苦，但是口齿留香。

“白杨放弃的，远远不止你所看到的那么多。美国的大学，他当然可以不去，因为以他的实力，在全世界任何一所大学依旧可以出类拔萃，但问题是，他为什么一定要去美国？不是英国，不是澳大利亚？不是世界上其他的地方？”

莫瑾心里一紧，那个看起来硬冷的他，那个说话总是挑着难听的来说的他，那个一直在各种打击的他，究竟背后又做了些什么？

“鼎丰集团经过一次重大的重组后，白杨的母亲就因病去了美国疗养，但是我通过我父亲的朋友得知，他母亲的病并没有缓和，并一直催促他到美国。当然，这只是表面所了解到的，但是，据我父亲所知，鼎丰集团在最近的几次竞标中没有往常一贯的操作习惯，他们大力地减持了目前他们所拥有的部分项目的股权。我们猜测，白杨去美国，并不单纯是这样表面的原因，在重组的过程之中，他们应该损失惨重，并把部分资产转移去了美国。我想，说得那么复杂，以你的水平，也未必能够明白个中的深意。”珍妮一口喝完杯中苦涩的咖啡，放下手中的杯子。

“莫瑾，他放弃的不仅是一所大学，他的赌注，是他所拥有的全部，你知道吗？我就是不明白，你觉得你有这样的分量吗？”

莫瑾的头仿佛深深地埋在了泥土里一般地低垂着，双眼火辣辣的，却是流不下任何的眼泪，在这一刻，她从来没有感觉到自己是如此廉价，有什么资格去权衡这值得或是不值得？如蝼蚁一般蜗缩在阴暗潮湿之处，不得天日的她，有什么所谓的分量去摆拨别人万丈光芒的人生？白杨不是一个傻子，他是一个彻底的疯子。

“珍妮，我并不明白，白杨的决定，和我有什么关系？我们并不是你想的那样，这种联想，未必有点牵强，我和他，说多了，不过是同学，说浅了，什么都不是。”莫瑾咬咬牙，话脱口而出以后，她的背全部都被腻腻的汗晕湿了。

“你知道吗？现在的我，很讨厌现在的你。”珍妮冷冷地抛下这一句，如刀锋般锐利的话，狠狠地割开了她们多年的情分。

莫瑾愣了一下，指尖的温度降落到了冰点。“是吗？现在的我，也确实觉得自己很讨厌呢。”

“你一直端着一副事不关己的模样。这样的你，去践踏别人本来幸福的人生，却还恬不知耻地觉得与自己毫无关系，如果不是你，白杨至于做出这样的决定吗？”

“珍妮，白杨他有向你承认过，这一切都是为了我？他承认过，他喜欢我？是不是，你得不到的，别人也不能得到？这种感觉很失落吧？尤其是像这样的我，你很有挫败感？”

“你变了，变得非常不要脸。”珍妮冷眼看着莫瑾。

“我变了吗？在你的心里，我有什么资格变？珍妮，你知不知道，你唾手可得的，却是我连想都不敢想的。你问我，我有什么资格践踏别人的人生，人生是什么？我想的不过是活下去，我期盼的不过是努力读书去换取那奖学金，此刻的我，有什么资格和你坐在这里，听你讲所谓的人生？我永远达不到你们的高度，一辈子，我不过是在用毕生的时间去仰视你们而已。你对我的感情，我以为是珍贵的，是值得我用一辈子去珍藏在心里的，而你却一次又一次地拿起刀把它挖出来，摆于我的面前，问我这是不是真的。你知不知道，我究竟有多痛？”

莫瑾使劲地捂住心脏的位置，一下又一下激烈地跳动着，她的回避，她的漠视，不过是为彼此的感情留下了最后的一丝情分。

“珍妮，我以为，你懂我。可是原来，这不过是我以为而已。”

珍妮转身从书包里拿出几份大学录取通知书，放在桌面上，一张又一张地摆出来。

“这所大学，是白杨最希望去的，尤其是里面的金融系和经济系，他们拥有世界上最一流的教授，而这一家是离白杨美国的家最近的大学，还有这一家，每年毕业的优秀学生全部会就职于全世界最好的金融体系。莫瑾，你知道吗？在努力这件事情上，我并不输你。我预测到了靠近白杨步伐的所有可能性，而唯独没有算到你，你告诉我，我怎么做，你才愿意决绝地离开白杨的世界？你告诉我？”珍妮的眼圈红到了极致，就像这一地的玫瑰花一般，让人不忍直视。

“你的意思是，我们之间的感情，是需要还的，对吗？”

“如果，这样说，你会更明白一点，那么，还给我，求你了。”珍妮猛然握住了莫瑾的手，那双冰冷的手和自己的手一般，没有一点血气，此刻的空气也凝结到了极点，天经地义的，你来我往，各不相欠。人生若是能算个清清楚楚，情债也就可以还了。

莫瑾闭上了双眼，她想到的是她和珍妮的所有过往。从刚开始的懵懂不知道情滋味的小儿童，一直携手走到了今天情窦初开的青春少女。

某一年的冬天，珍妮看见莫瑾单薄的外套，毫不犹豫地脱下了自己的往她身上套。

某一个晚上，莫瑾发烧了，珍妮搀扶着她到了医务室，给她的妈妈打了一个晚上的电话都没有接通。然后熬了一夜，和校医一起守了一整夜。

某一次的考试，莫瑾拿到了奖学金，珍妮抱着她，开心了整整一天，不止一次说道：“我们家莫瑾出息了。”

太多的某一次，珍妮的声音和怀抱，就像一团火焰一般将莫瑾紧紧地簇拥，把她燃烧，而如今却是带着迷离的泪意和辗转的叹息，犹如冰雹般再次把她砸灭，只剩下冒着白烟的骨骼在发出滋滋的声响。

“把我给你的所有，都还给我。”她以为是无价的东西，现在要以物换物。莫瑾的心，碎得无以复加。

一滴，两滴，温热的液体倾泻而出，或是地面，或是桌面，以一种抽离魂魄的方式，离开了这个毫无温度的主体。

“咳，咳。”莫瑾紧紧地捂着嘴，企图把所有的液体都咽回去。她不想让任何人看见如此不堪入目的自己。所谓的苦，只能自己咽下，也唯有自己咽下。再动一下，都是做作。

可是她一口又一口，咽下去的那猩红的液体，又从她的鼻孔里喷涌而至，又顺至喉咙。一手连忙撑住桌面，企图支撑自己摇摇欲坠的身体，另一手的指缝却无法覆盖住血液，顺着那有限的空间，坠落在那一张张的大学录取通知书上面，溅起了一朵朵的小血花。

“对，对不起，我把你的录取通知书，弄脏了，我，给你擦，擦干净，珍妮，我不是故意，不是……”

莫瑾两眼一黑，猛然坠落在地上，毫无知觉。就像一个破旧的娃娃一般，毫无生气。

珍妮整个人都慌了，冲上前去拉她，但是莫瑾除了一身的鼻血，毫无反应。

她把莫瑾紧紧地抱在怀里，眼泪混合着血液扭成一团，让人分不清谁是谁。

你中有我，我中有你。

珍妮的眼泪滴在了莫瑾的脸上，如若此刻，所有的感情终究会随风而去，她只想紧紧地拽住那双冰冷的小手。

服务生还有司机纷纷跑到她们的面前，只看见一脸死色的莫瑾和哭成一个泪人而且不知所措的珍妮。人们赶快把莫瑾送去医院，并轻声安抚着一脸惊慌的小姑娘。

司机很快就拨通了珍妮母亲的电话，并告之了一切。欧艳得悉后，马上安排好事情，并赶在了去医院的路上。有些事情，由她做还是更为稳妥。

莫瑾，若是回到当初，那个用自己的弱小身体保护我的你，我们今天，会不会就不一样？你是不是要用这么一种极端的方式去成全我？珍妮看着被送去医院的她，瘦弱的身体在白色的被子覆盖之下，宛若无物般轻盈。或许是不是自己太过执着？

珍妮自我安慰般摇摇头，或许，这才是她们应该要走的路，未必是最好的，但是一定是最合适的路。莫瑾，成全她，是一件天经地义的事情。欠的，本该要还。

莫瑾静静地躺上床上，她双眼紧闭着，是在做梦，眉头紧皱，肯定梦里不美。

梦里出现一副面孔，或远或近，竟看不清楚。那个人一直在呢喃，听不清话语。一阵阵哀怨地哽咽着，寒冷之极，仿若躺卧于雪山之中，不能动弹。

时而传来一声声的嬉笑，却又伴随着各种奇怪的说话声音，混杂在一起，让人无所适从。这是一种从来都没有过的感觉，置身其中，却又置身其外。莫瑾企图用手撩拨开迷雾，看清周遭的人影，不到一刻钟，迷雾散尽，却只有她孤身一人，在一片白茫茫的境地，不知自己置身何处。

用力一抓，手臂上一阵刺痛，猛然惊醒。

莫瑾睁开双眼，看见自己正在一个房间内，眼前是一个点滴瓶，身上盖着白色而又洁净的被子。脑子里一片空白，这是怎么了？

“你醒过来了？”

只见一个非常优雅的女士走了过来，她的发丝柔顺而细致，穿着素净的一套连衣裙，轻伏下身体，仔细地打量着莫瑾的脸色，并把她露出被子外正在打着点滴的手臂，轻轻抚摸着，试图安抚莫瑾不知所措的情绪。

“你是珍妮的妈妈，我见过你，阿姨。”莫瑾的意识逐渐明朗，她挣扎着要坐起来，警惕地看着欧艳。

“嗯，你还记得我，真是一个聪明伶俐的孩子。”欧艳不着急，她缓缓地坐在了床边的一张凳子上，然后递给莫瑾一杯温度刚好的温水，并示意她可以喝下去。

莫瑾用另外一只手接过水杯，缓缓地喝入一口，不禁皱了皱眉头，这医院连水也是一股消毒水的味道，真是难以下咽。

欧艳面露笑容，她的眼睛和珍妮的一模一样，温润而透亮，就像水晶一般好看。她用一只手撑住下巴，不知道正在想些什么，或者是等待着莫瑾提出困惑，就这样默不作声地等待着。

病房里的空气非常硬冷，干净无垢，却不接地气。一股寒气席卷而来，生生地穿入了莫瑾的肌体内，不禁让她打了一个寒战。

莫瑾整理了一下自己的思绪，在她和珍妮说话期间，就莫名其妙地断了片，中间发生的事情，完全失去了印象，努力地想了一下，只记得自己当时特别无力。

“阿姨，我，到底怎么了？”良久，莫瑾才挤出一句话。就算是再想回避，想来也是没有办法了。这段时间以来，虽说并没有很明显的不适，但是这种频繁的流鼻血，甚至今天还晕倒了，必定不是什么好兆头。

“白血病。”欧艳淡淡地回答道。继而她站起来，走向窗边，那里的边柜上面，放了一束百合花，抬手把中间看来并不鲜艳欲滴的那朵折下来，放近鼻子边上，轻轻一嗅，面露可惜的神情，随手扔在了垃圾桶里，然后缓慢地摆弄着剩下的那几个花骨朵。

莫瑾的脑袋一炸，完全给不了任何反应。眼睛缓缓闭上，在接下来的时间，她感觉自己，在等死。

愕然睁开双眼，细细地咀嚼了一下口中的味道，只觉得并不感到任何的苦。讥笑，她居然有片刻被解脱的感觉。

“甘心了吗？活够了吗？”她捂着自己还在怦然跳动的心脏。就算是蝼蚁，也希望活着，不是吗？苦笑，原来好死不如赖活着。

莫瑾好像看见了很多人，又仿佛谁也看不见，她并不想哭，此刻，连哭也不敢奢想。只是静静地，在用最快的速度，咽下这个毫无希望的消息。如果能就此凭空消失，也未尝不是一件干脆的事，至少她能在自己下定决心的某一刻，马上消失殆尽，而不是在下一刻，又对生命充满了期许。这是一种异常痛苦的轮回，生或死，就在一念之间，左右来回着，凌迟她，无数次。

良久，莫瑾看着那个略显单薄的背影，淡淡地问道：“阿姨，所以，你是有话要和我说吗？”

欧艳慢慢转过身来，她在细细数着，希望看到的是一个崩溃的、求她帮忙的莫瑾，而不是眼前的那个毫无表情的她。欧艳的心有点发寒，这个女孩子，充满了死气，准确一点来说，她的样子早已经看淡所有的生死，毫无灵动之气。仔细看着莫瑾，面容清秀又细腻，超脱于同龄人的稚嫩。大大的眼睛里就像被消耗得只剩下零星的一点光，却也足以撩动了人心。在她的脸上，永远无法用怜悯来形容。

“你确实是一个聪明女孩子。”欧艳深呼吸一口气，然后看着莫瑾，勉强挤出了一个笑容。

“阿姨确实有话想对你说，接下来的话，也许会对你有点残忍，但是希望你能够明白一位母亲的心。”

“您请说吧。”莫瑾尽量挺直了腰板，虽然此时的胃，隐隐不适，但是她使劲地挪动了一下身体，让自己的腰身保持一条直线。

“我听珍妮提到过你的家庭状况，遇到这种情况，想必也会成为巨大的家庭负担，所以，我希望能够帮助你和你的家庭。”欧艳企图伸出手去拉着她，以表示安慰。

莫瑾连忙把手缩了一下，她停顿了一下，看了看欧艳有些尴尬的表情，冷冷地问道：“阿姨，这是有条件的，对吧？你的铺垫有点儿多，说吧，到底，我还能给你们点什么？”

“阿姨希望你能够想办法，让白杨和珍妮一起到国外留学，不知道这个要求过不过分？”

莫瑾默不作声，她就想听听，欧艳用什么理由，来说服她。

“珍妮从小就是一个特别善良的孩子，我和她的父亲是好不容易才等到的唯一的一个孩子，所以，我们都一直尽己所能地去满足她的所有要求，但是那么多年了，这个孩子一直都是那么优秀，从来都没有让我和她的父亲操过心。她对自己特别严苛，不会强人所难。那么多年以来，也就求我们这一件事。”

莫瑾冷笑了一下，所以，别人就成了你们宝贝女儿梦想的垫脚石，而且以这么一副悲悯的面孔，说着这一堆漂亮的唱词，这一出戏做得真是精彩纷呈。

“莫瑾，你想办法，成全他们，好不好？阿姨，求求你。”欧艳此刻的表情，恰如其分的悲痛欲绝，却又无可奈何，火候掌握得刚刚好。

“就我这副破败的身体，我想知道，阿姨你能开出什么样的条件？”

“事成以后，我会负责你所有的医药费。人，在这个世界上，还是存在着很多的可能，不是吗？最重要的是活下来，所以我觉得这是目前你最需要的，你觉得呢？”欧艳站了起来，她的语序平缓，就像是一场无可商议的谈判一样，这已经是对你来说，最高利益的体现，完全没有讨价还价的余地，胸有成竹。

“确实是很有吸引力的条件，的确，我还想好好活着呢。”莫瑾苦笑了一下。

莫瑾将插着点滴的针，慢慢地拔出来，她享受着这种肉体上的痛苦。这种简单而狂妄的痛，比起内心的痛来说，实在是太过轻描淡写了。

她缓缓地脱下病人服，就在欧艳的面前，一丝不苟地折叠得整整齐齐，换上了自己那件沾满了血滴的校服，并且背上了自己的书包。继而看了看欧艳满意的表情，说道：“阿姨，我其实想不到，我的命，还那么值钱，谢谢你。”

“你好好考虑，但是你也知道你的病，不能耽误。一旦你选择了我的建议，那么你就可以直接在这里治疗，要知道，这是全市最好的私立医院。”欧艳看着莫瑾，有点意外她并没有马上答应下来，要知道，这个条件已经是非常优厚的了，有什么比自己的命还重要？

莫瑾推开病房的门，看着那一望无际般的医院长廊，头也不回地走了出去。长满了荆棘的路，总归还是需要自己独自走下去的。满怀着对生命的无尽希望，却是被各种绝望所覆盖。

伸出手，漆黑看不见五指。

漫漫长夜，莫瑾抬头看了一下街道，顿然发现，街灯所能覆盖的区域是那么有限。

步伐越来越沉重，直到无力抬起自己的腿，就那么一瞬间，莫瑾崩溃了。眼泪无法抑制地覆盖了她全部的视线，原来生活所赐予的无边痛苦，并不是努力便可以让它结束，而是必须这样一直走到生命的尽头。自己便是上天所遗弃的孤儿，如浮萍一般，漂流于世间。生的时候并没有得到任何的眷顾，死的时候也犹如微尘。

人生于世界上，有一件事情是非常公平的，那就是向死而生。她所怀揣的，是对整个世界美好的向往。所有的困难在活下去面前，是多么微不足道啊。

但是白杨，你知道吗？比起生命而言，你有过之而无不及。若是用你来换取自己，就好像掏心剔骨般的疼痛。可是，我多么想，你过得好，只要你好，哪怕此刻就长眠不起，我也心甘情愿。

病房里，珍妮不解地看着欧艳，问道：“妈妈，医生不是说她的症状很像白血病，但是必须要做骨穿才能确诊吗？你为什么告诉她就是白血病呢？”

“傻孩子，有些事情啊，不逼她到绝望的边缘，又怎么能达到我们想要的结果？”

“可是……”

“我们给予的，比她失去的，多得多。不求她感恩戴德，只求我们事半功倍。”欧艳看着自己的女儿，摸着她如丝秀发，看着那个小时候像洋娃娃一般的珍妮，现在已经出落成一个光芒万丈的少女。而莫瑾，又怎么成为阻碍她的一颗绊脚石？这只是一个善意的谎言，不是吗？每个人都会在此中得利。

“妈妈，那么，她会答应吗？”

“在生和死之间，她没有别的路可以选，不可能不答应。”欧艳望着窗外，仿佛看见了那个如磐石般坚硬的女孩子。

16

不知道从什么时候起，家里随时随地都蔓延着一股死气，是那种让人绝望的气息。可如今，莫瑾的心态，截然不同。她从街道上就会看见那个亮着灯光的地方，虽然不明亮，就像一艘在大海中迷失航途的船，在漆黑的周遭，猛然发现一个灯塔那般，迷途知返。

蒋文娟看着红着眼的许文杰，面对他的质问，看着他那副薄情的脸，她顿时就失控般地把桌上的杯子向他的方向砸去。

“为什么，今天的医药费，你不去缴？你还有理了？”许文杰指着她的脑门质问道。

“我就想知道，你为什么不去缴？整个家，里里外外，你作为一个男人，还做过什么？”

“房子卖了，我就要救我女儿。其他的我不管。”许文杰咆哮道。

“你的女儿？你不是还挺能耐的吗？你还管着别人家的女人，管着别人家的孩子，你还有脸说什么都不管？”蒋文娟讥笑着这个只会在自己面前耍横的无用男人。

“你，你简直不可理喻。”许文杰一跺脚，就要上前去掏蒋文娟的衣服口袋。

“你，凭什么？”蒋文娟使劲用指甲抓许文杰的脸，“让你不要脸，这块道貌岸然的脸，你也别想着要了。”

“许静今天这个样子，就是你和那个女人给害得，若不是你全副心思都在她身上，这么不要脸，你至于工作都丢了吗？”蒋文娟使出全身的力气使劲地往许文杰身体上裸露着的地方抓出了一道道触目惊心的血痕。

“你打，你今天就给我往死里打，我命就给你撂这里了，你就狠狠地打，女儿要是出了什么事，我也不活了。”许文杰呜呜地哭喊着，他不挡也不躲。

莫瑾站在门外看着那个曾经温润的母亲，此刻花白的头发散乱，脸上满是泪痕，她就这样和继父争吵着，厮打着。夜以继日地，全家人一起被许静随时而来的消息所带来的恐惧包裹着。相互折磨着，以麻痹自己的心智，以免在某个时刻就会被击垮。

手机的声音突然响起，蒋文娟和许文杰停止争吵，并马上扑着去接听，许文杰拿起电话，脸色马上变得铁青，犹如失血般狰狞。电话一挂，他只能陆陆续续地冒出了几个字："静静，静静不好了，去，去医院。"

然后三个人又相互搀扶着赶去医院的路上。莫瑾原来就没有说出自己的情况的心思，在这段路上，又坚定了好几回，这个半路家庭，已经无法再承受任何一星半点的风吹草动，那么，剩下的痛苦就让自己来扛着。她缓缓地闭上眼，从来没有试过，如此绝望。

病房外的医生，一脸严肃地看着这对夫妻，说道："许静的情况，非常不乐观，你们如果确定是需要积极性的治疗，那么费用就要求必须保证，先去把钱缴了，我们需要马上用药。还有，病危通知书，马上签一下。"

许文杰的双手，就那样一直颤抖着，他看着上面醒目的字，就像一个孩子一样地拉着医生的手，哭着说："救救静静，我求求你救救她。"

蒋文娟则拿着缴费单，上面的数字触目惊心，她无力地低垂着双手，看着那个同样以惊人的速度衰老的许文杰，那满头花白的头发，突然间，她紧咬着的嘴唇，缓慢地放松，眼泪也顺着面颊流了下来。

莫瑾莫名地就上前去抱着她，蒋文娟的身上满是泥泞的味道，她起早摸黑挖空心思赚来的钱，远远比不上治疗费用的速度。

除去那件满是污垢的厚厚外衣，蒋文娟消瘦的干扁身体，让莫瑾抱起来，就像抱了一副毫无温度的冰块。

"把房子卖了，蒋文娟，我们卖了，救救静静，我不能没有她。"许文杰转身就试图要下跪。

莫瑾眼看要往下坠的继父，她的所有情感，好像也同时要随着他的身影一般，落入尘埃之中。

蒋文娟并没有看一眼许文杰，她转过身，拍了拍莫瑾，示意她不要害怕，并用力地点了点头。再没有办法，也要挤出办法，先把静静的命给保住了，蒋文娟握紧了拳头，她得马上去找钱，刻不容缓。

许文杰的眼泪，一点儿都换不来钱。

莫瑾看着蒋文娟转身离去的身影和痛哭流涕的许文杰，她想到了很多以前在一起的时光。那个时候的自己，是俨然不愿意回到这个所谓的家的。她觉得自己是一个局外人，挤不进这个窄小的蜗居。但是现在的自己，哪怕是看着如此痛苦的家人，却是那么不舍，正视自己的内心，实际上，她是多么嫉妒着并期盼着这样的一个家，让自己的灵魂有家可归，有梦可依。

当她弃之敝屣的东西，真实地逐渐消亡的时候，才知道自己是多么愿意，用生命去维护它。即便是自己得不到，却也看不得它不复存在。她很庆幸，在这个时候，终于看清了自己到底需要的、想要的是什么。若是双眼一闭的时候，才想明白，那么此生到底是会有多么无趣啊。

莫瑾闭上双眼，睁开之间，她想到的，全都是自己在这个家里所获得的快乐，有一个永远不善言辞，但是每一次在她回家的时候，桌面上都摆满了所有她爱吃的菜的妈妈。有一个，永远拉着她的手，笑眯眯地叫着她姐姐的妹妹。还有一个，冷漠的继父，却也不至于让她无家可归。希望明白得不算太晚，希望自己的生命，还能为这个家庭起到那么一丝黏合的作用。

再多的过往，或是笑着，还是哭着，就让它随风而去吧。没有那么多的爱，也不会有那么多的恨。在所谓幸福的彼岸，此岸却只能与苦为伴，并遥遥相望。

夜的寂静，在一个中年男子的低声哽咽之下，显得特别凄凉孤寂。许文杰没有了往常那种文质彬彬的外壳，裸露着自己千疮百孔的肤体，在他的脑子里，出现的全是许静的可爱笑容，她的稚嫩嘴唇落在自己面颊的时候那种如春的质感，即便是全世界最美好的词语也不能形容。

自己引以为豪的所有，都不能为她的生命做出少许的延续。他一把一把地使劲儿揪着自己的头发，企图以此来减少内心的痛苦。现在只有蒋文娟能给他些许的希望，若是下跪可以求得她尽力去救静静，那么放下尊严，长跪不起又如何?

许文杰就这样，毫无顾忌地把所有的希望，压在了蒋文娟的身上，他宁愿委曲求全，也不愿意直视自己的无能为力。他就这样以一种但求自虐，不求自强的状态，蜷缩在一个精心营造的悲惨世界之中。

在医院门外的马路上，车辆川流不息，繁华的景象让人有一种醉生梦死的错觉。和病房里截然不同的景象，仿佛所有的哀痛都被封锁在了那道沉重的大门之内。

蒋文娟漫无目的地行走在大街上，她的身体已经到了承受劳累的极限，但是精神一直保持在亢奋状态，就像无止境地在重复着某一日突如其来的悲伤。

双手上龟裂的伤疤，犹如沟壑一样或深或浅地隐隐作痛，蒋文娟毫无感觉地走在那一片又一片被五彩斑斓的霓虹灯渲染得犹如人间仙境的大街上，终点到底通向哪里？

拿起那台就快没有电的手机，她不知道可以打给谁，在这个让她看透了人情冷暖的社会里，除了她自己以外，竟然再无人可以帮她，哪怕是一句宽慰的话。

“喂？”电话那头传来了一把特别有穿透力的声音。

蒋文娟拿着手机，不知道为什么，喉咙中有一股巨大的悲伤袭来，她说不出话，愣是被逼出了两行热泪。

“文娟，是你吗？”

电话的这头，钱治紧紧地握住了手机，手心攥出了水。多少次，他就在那个黑暗无光的角落里，偷偷地看着那个为了生活操劳的女人。她从来都是那么如水般柔顺，却又如石般坚硬。

这段时间以来，她不仅辞退了刚雇的一个搬运小工，每天凌晨四点就随车去农产品批发市场，所有的力气活都自己干了，为的只是省下一千多块钱。每一顿饭都是就着馒头和咸菜自己往下死命地咽。全市的三家好运来超市，分布在不同的区域，她却都风里来雨里去地跑遍了。销路有增无减，而她的体重却有减无增。

一个女人，活得就像一个男人一样。

钱治知道，她肯定是遇到了困难，却不愿启齿。他用了很多办法，在顾及她颜面的情况下，让不同的人去打听，但她总是闭口不言，摇摇头，摆摆手，又继续咬着牙拼着命去干。

此刻的蒋文娟，默不作声，但是手机另一端的钱治，却不知道为何感受到了她的所有悲伤和绝望。

许久，蒋文娟终于淡淡地说道：“钱总，不好意思，这么晚打扰您，我是蒋文娟，我，我想能不能预支一下货款，我知道这样不合规矩。但是，求你不要拒绝我，我实在是需要钱。”

“你在哪里？”钱治的心，有些隐隐作痛，都这个时候了，这个女人都不肯让他帮忙吗？

“我可以去您方便的地方。”蒋文娟闭上双眼，心里祈祷了千万遍，请不要拒绝我，救救我的女儿。

“你现在究竟在哪里？”钱治的语气有一些不耐烦。

“市南中路，那个行人花园里。”

“你别动，等我。”钱治匆匆挂掉电话，他火急火燎地从保险箱里拿出一沓钱，想了一下，又拿出一沓。然后随手拿了一件外套，赶出门去。

钱治以最快的速度到达市南中路的花园里，一眼就看见那个消瘦的身影，她低垂着脑袋，双手不停地左右揉着，显然是非常着急的情况下，自体本能的一种安慰。

钱治快步走到蒋文娟跟前，看着眼前这个女人落魄的样子，不由得气得有点说不出话来。

“钱总，您终于来了，对不起，真的太耽误您的事情了。”

“你也没有说需要多少钱，这里的够吗？”钱治把手里的信封递给了蒋文娟。

蒋文娟一接，就感觉到了犹如千金般的重量，一时抬不起手。

“你到底怎么了，能让我帮你吗？”钱治看着她感激涕零的表情，内心又翻滚了一万遍，语气也放缓了很多，近乎哀求她的程度。

“您今天愿意帮助我，我已经无以为报了，不能再让你为我的事情费心。钱总，我实在是太感谢你，钱，我想办法尽快还。”话毕，蒋文娟把信封抱在怀里，一时都撒不开手。

蒋文娟看着钱治，流露出来的，没有他所期盼的那种神情。除了感激，还是感激。

她突然想起应该表示一下自己的感激，慌乱之下，就想去握一下他的手，猛然间看见自己那双沾满了泥土的黑乎乎的手，不禁随手就在自己的大衣上擦了擦，然后紧紧握住了他的手。

钱治一愣，手心中的那只小手，粗糙得就像是老树的树皮一样，没有一处不刮手。但是也像汩汩的泉水一般，浸润了他干枯的心田。他一时没有把握住，不禁也用力地抓住了她的手，并夸张地上下摇动，以掩饰自己那一抹激动和开心的心思。

蒋文娟点了一点头，转身就走了。步伐快得犹如一股风，卷走了钱治所有的思绪。

“为什么，就不能让我，帮助一下你？”钱治落寞地想到，他还在回味着她的手在自己手心中的温度。从很久很久之前的某一刻起，他就已经忘却了，蒋文娟身上所有的属性，在他的眼里，她只是一个女人。

她和所有他遇见过的女人都不一样，甚至找不出任何的相似之处。蒋文娟就这样特立独行的不柔弱、不认命。当你以为她无所畏惧生活中所有的挫折的时候，她偏偏又会让你窥视到内心中的柔软细腻。

蒋文娟聪慧坚毅，从不轻易地去奢求任何的东西，想要的，都是用自己的双手，一点点地累积出来，像极了那个时候创业的钱治。你的努力，必须要配得上你的野心。

这样的女人，可望却不可求。

钱治深深地叹了一口气。或许彼此间的缘分仅仅到此为止，进退不得。只要想到这点，心中就一凉。如果此生只能在你的身旁，遥遥看着，那么就请让我护你安好。

钱治的身影被路灯无限地延长着，他的步伐稳重而坚定，却也稍显落寞。

天竟然下起了淅淅沥沥的小雨，此刻这个城市里每一个地方，都披上了晶莹剔透的外衣，洗刷着污垢。

蒋文娟冒着夜幕的浓重湿气，回到了医院的收费处。

她把包在怀里的信封小心翼翼地打开，里面整整齐齐的两沓人民币，鲜红欲滴地展现在她的面前。不禁心里一惊，钱治怎么会借给她这么多钱？

以他们的交情，十万元俨然是太重了，实在是重得让她一瞬间喘不上气来。

许文杰一看，两眼放光，他的脸上还有未干的泪迹，嘴里一直喃喃地说道：“好，好，静静有救了，快，快让医生上最好的药，进口的，上进口的药。”

所有紧绷的神经又随即放松了。

莫瑾看着喘着粗气的蒋文娟，不禁伸出手想要去抱她。此刻的她，早已无法用千言万语去描述自己的所感所想。

蒋文娟看着收费处，正在用点钞机数着钞票，这如山般重的情谊，该怎么还？可是只要能延续许静的生命，只要有一线希望，她也决计不能放弃。

看着药物被拿进急救室，点滴又缓缓地注入了许静的体内，蒋文娟好像看见了许静的眉头一皱，她知道，这个小女儿最怕痛了，以前打预防针的时候，她总是哭得个稀里哗啦。现在的她，是不是变得坚强了？是不是懂事了？许静有这样的表情反应，是不是药物起作用了？脑子里莫名地出现了各种想法，从一开始的痛苦伤心，到现在的木然接受，她做好了长期抗争的准备。

于是乎，蒋文娟紧绷着的脸，不禁露出了一个很轻的微笑。莫瑾瞧见了，松了口气，继而心里猛然一热，口腔里顿时翻出了血腥气。

她非常害怕蒋文娟发现，匆忙地捂着口鼻，然后转身冲去了洗手间。唯恐手指间隙中的温热液体涌出，再有任何的闪失，恐怕就永无天日。

洗手间的洗手盆里，被触目惊心的暗红染出了斑驳的花。莫瑾使劲儿地用水洗着，这种即兴般的不适，伴随而来的，并不是对自己身体的深深担忧，在最开始的时候，她以为自己会特别愤恨，觉得自己会怨天尤人，会恨出现在生命里的各种厄运。

但是，她所看见的，远不是预想的那样，没有办法去恨任何人和事，也没有力气去恨。而是换了一种意想不到的方式去接受这一切，因为切身之痛让她无时无刻感受着，那些爱着你的人，也在承受着别样的，等同于你的痛苦，丝毫不少。

血还是不停地从鼻孔里缓缓流出，莫瑾原来就雪白的肌肤更被抽去了最后的一丝血色，惨白得近乎透明，那副臭皮囊仿佛无力让灵魂附着一般失去了所有的神采。

用力地看了看镜子里的自己，莫瑾觉得很可惜，那么辛苦地来到世上一遭，用尽了所有的力气，却也没有办法去守护自己所爱的人。原来最可怕的是，这种无力感，随着外力堕入了一层又一层地狱。

这是命运？

眼泪瞬时又湿润了眼眶，但是用力忍住，不让它流下来。

若是有百万之一的可能，她也舍不得闭上双眼，放不下的是对这个世界充满了热爱的执念。

谈何容易？

她缓慢地整理着衣衫，尽量让自己看起来不那么凌乱。这个家庭，容不下她这个噩耗。

莫瑾不禁想到了欧艳那个条件，一线生机。但是为什么自己的内心竟然是如此抗拒？不想违背白杨所有的意愿，不想用这样不堪的方法活下去。

只要不是他自愿选择，那么就算是多么合乎逻辑，却，终究不能。

莫瑾眉头一皱，在生与死面前，也抵不过，白杨那双深邃的眼眸。这样的自己，真是矫情得有点过头。

她终究想明白了，有的人，千金不换。对于白杨，就算是不想承认，瞒得过所有的人，也瞒不了自己，见到他，内心万般欢喜。

带着迷离的心情和辗转的叹息，莫瑾走出了洗手间，她看见了走廊末端的蒋文娟，那个非常熟悉的背影。

许文杰和蒋文娟正在激烈地争吵着，两个人都用着最锋利的文字，把对方伤个体无完肤。

还是因为，许静的治疗费将会是一个无底洞，需要他们用生命去填。哪怕是抱在一起，燃烧成灰烬。

“她的命，怎么能和许静的比？”许文杰歇斯底里。

蒋文娟默不作声。

“把房子卖掉，让莫瑾退学，她的所有费用一分钱都不能再浪费。”

莫瑾的心里一紧，小时候的所有情感瞬间把她的所有思绪淹没。那个决然离开的母亲，那个对她不管不顾的母亲，所有的漠视和冷淡之情让她浑身一颤。

“我告诉你，不管用什么方法，必须保证静静的治疗费用，莫瑾不读书，也不见得有什么问题，反正她也不会死。”许文杰咒骂道。

莫瑾终究还是失望透顶。

蒋文娟并没有为她反驳什么，好像许文杰说的，正是她心里所想一样。

她的母亲，或许是有那么一点点爱她的。但是相比起世间的一切来说，也不过占据着万分之一而已。

她的存在是为了要牺牲的。

莫瑾转头离去，再听下去，也不过是换得自己更伤心而已。被至亲离弃的感觉，浅尝足矣。

许久，蒋文娟才发现莫瑾的离去。她也叹息着，不知道这个孩子究竟听到了多少，虽然许文杰的自私让她感到绝望，但是有一句话他还是说对了。

和许静的生命比起来，或许，所有的事情都必须排在后面，莫瑾的学费虽然是靠奖学金，但是住宿费和伙食费对于这个家庭来说，已经无力再支付了。

莫瑾，妈妈实在是对不起你。

雨还在下着，似乎并没有停止的势头，用温柔的方式，把万物都包裹在自己的怀抱之中，深情地一遍又一遍地亲吻着这片大地。

尽管是这种柔顺的雨，覆盖在莫瑾的脸上，竟然微微有些痛，这取决于她的心境。

一个人，孤独地游走于世间，像孤魂。莫瑾抬手摸了一下自己的头发，湿漉漉的。

孤单，这种感觉随即被无限放大。

一直以来，希望用淡然的处世态度，掩饰自己心中千丝万缕的所思所想，似乎对一切都毫不在意，对着外人伪装得一丝不漏，唯独面对着最亲近的家人，再难戴着冷漠的假面具。

只有在乎的人，才有机会伤她至深至痛。

“如果离去，所有的痛苦便会戛然停止，那究竟为什么，我会那么不舍？”莫瑾苍凉的身影逐渐没入了繁华的街道之中。

17

莫瑾抚摸着书本，想起那天许文杰说的话，不舍地拿起书本，仔细地看了一遍又一遍。

窗外的小鸟站在枝头，叽叽喳喳地叫着，无拘无束。

她拿出那张，夹在书本里，白杨填好了的志愿，陷入了沉思。他确实了解自己，而且，选的，和她心中所想，竟然一模一样。

白杨刚好步入教室，看见了不知道在想什么的她。最近她瘦得不像样子。他揉了揉太阳穴，也不知道该怎么劝她多吃一些才好。

他刚一靠近，莫瑾就紧张地折叠好志愿表，然后慌忙地把书本盖上，转头就看见一脸莫名其妙的白杨。

“白杨，我们聊聊？”莫瑾不知道为什么就脱口而出。

“聊什么？有什么好聊的？”白杨的尴尬病又犯了，面对着莫瑾，他就一肚子气，无法好好说话。

“聊聊怎么填志愿表啊。”莫瑾苦笑着，眼睛在白杨的脸上不住地停留。

看到白杨一阵脸红，神情愕然。

白杨不知道咕哝了一句什么，忽然就低身一坐，转过头认真地看着莫瑾的脸，似乎比巴掌大不了多少，睫毛又长又翘，脸色白似雪，但是又过于惨白，没有一丝像女孩子般的鲜亮血色。

“白杨，能不能说一句实话，你为什么要留在中国读大学啊？”莫瑾压住了内心不明由来的悸动。

“说过了，我拒绝回答。”白杨眉头一挑，心里顿时明白她想说的是什么。

“那好吧，换一种说法，美国的大学，你觉得好吗？”莫瑾怯怯地问道。

“怎么说呢，各有千秋吧，不过对于我来说，想读的专业，相对而言，美国的大学会更强一些。”白杨淡淡地说道。

“王景逸可是说了，我也可以申请奖学金的呢。他也申请到了几间全世界排名很前的大学。”莫瑾试探地说道。

白杨顿时一怔。

“我也想去看看，这个世界究竟有多大。”莫瑾用手托着下巴，一副充满了盼望的样子。

“他说好，所以你就想去？”那怅惘的眼神一闪而逝，随即白杨的脸色就变了。他瞬间曲解了莫瑾的意思。

“所以就是他能左右你的决定？你就没有自己的想法？”转眼间，白杨的语气就变了不止一个调。

“你爱怎么想就怎么想吧。”莫瑾转过脸。

白杨一直以来都是如水般淡淡的，此刻却是沉凝深重，脾气一触即发。

“莫瑾，你能慎重地对待自己的未来么？能静下心好好地思考一下么？不为了谁，就为了你自己。”

“白杨，你能慎重地对待你自己的未来么？不为了谁，就为了你自己？”莫瑾重复了一遍白杨所说的话。

白杨一句话都说不出来。他原本想要在将来的日子里护她于羽翼之下，莫瑾不领情。

“你不用说了，我有我自己的想法。谁也说服不了我。”白杨遇硬越硬，遇强越强。

“我知道，你想去，那便够了。你想做的事情，阻止你，有用吗？”莫瑾讥笑着，话语里又多了一层清冷的成分。

白杨顿时无话可说。想护着她，也有错？在微微翻滚着的情绪中间竟然找不出合适的话语，良久才说道：“莫瑾，难道，我错了吗？”

“你当然没有错，白杨你永远都不会错。”莫瑾震了震，心里一片沉黯不定，而眼神闪烁，荡漾起一片又一片细碎却又怅然的光。

“我懂了。”白杨转身就走。

莫瑾用手捂住心脏的位置，一阵又一阵地抽痛，就像被千万条鞭子抽打着。

白杨转过身，看了看莫瑾欲言又止的神情，眼睛里灼痛般烈，脱口而出：“我只是希望你，在走过的时间里，不要倔强地选择独自一人。”

莫瑾漠然不语，长睫毛下闪出迷蒙湿润。他便是一眼就看出自己的内心，无比的孤单寂寞。他应该选择毅然决然地追逐着自己的梦想，应该走向世界宽广的舞台，而不是义无反顾地蹚入浑水之中。

然而，他却连一丝犹豫都不曾有。

她的眼神越过了那个被阳光笼罩着的男孩，望向了更远的地方，耳边缓缓地想起了珍妮所说的话，白杨为了你，放弃的可不是所谓的他自己的未来那么简单，他搭上的是整个鼎丰集团卷土重来的机遇。

终于，撩拨开了那层迷雾，莫瑾看清了他的心意，那么，就让我一个人来成全所有人。

所有的痛苦，都让我一个人来承受，心甘情愿。

莫瑾低垂着眼，指尖不住地敲打着桌面，她不断地评估着各种可能性，如何才能把所希望的事情，用一种无可逆转的办法推向她心目中理想的境地，让每一个她珍视的人，都能因此而获利？

终于，她如释重负地深深地呼了一口气，心中早已胸有成竹。对不起了王景逸，欠你的，下辈子再还你。

回到宿舍后，莫瑾躺在自己的床上，睡了很久，做了一个很长的梦，梦里尽是欢声笑语，而她默默地看着所在意的人，不舍离去。

隔了两日，莫瑾就接到了蒋文娟的电话，电话的那头，蒋文娟淡淡地说了那日许文杰的提议，语气里隐隐地有一种不容置疑和反驳的硬气。

莫瑾安静地听完了蒋文娟所说的话，然后非常平静地说道：“我知道了。”然后就把电话给扣了。

她只觉得特别疲惫，极其需要勇气去承受这一刹那所有的悲凉和心酸，很多事情都在弹指之间悄然转变。此刻她不禁想了一下，这辈子能不能了断所有的羁绊，因为无法笃定这个世界的结束是不是会引向另外一个世界的到来，抑或是不是有来生，还是轮回。

余下不多的时间里，莫瑾都泡在了图书馆里，找了很多有关美国的书籍阅读，字里行间，都述说了各种别样的风情。仿佛自己就穿梭在华尔街的大街小巷，抬头看见了蔚蓝的天空。瞬间又到了黄石公园，领略着大自然的伟大杰作。

白杨，你应该在这里，尽情地吸取养分，拓宽见识，成为一个更好的人。

莫瑾合上书本，细细去幻想和回味着，每一个细节。就像自己成为一颗温顺而细小的尘埃，随风而行，随心所欲，悄然落在他的肩上，便随他行遍千山万水。看见他与幸福越行越近，心中满是快乐和欢喜。

在生死面前，人的力量总是显得过于卑微。

不要企图去更改上天为你设定的命运，逆天而行，掌握它，燃烧它，化成灰烬又如何？这有什么可惜的？

一周后，莫瑾找了王景逸，在学校的篮球场边上，两个人坐在看台的一个角落里。清风伴随着阵阵草香徐徐而来，温柔得让人睁不开眼。

王景逸刚上完体育课，就看见了站在一旁的莫瑾。她的脸上，隐隐有为难之色，却被她生生地用一丝浅浅的微笑掩盖，显得有点生分。他不禁眉头一皱，内心闪过了痛意。

“王景逸，你有没有发现，呼吸是一件很奢侈的事情啊？”莫瑾淡淡地说道。王景逸身上还是那种熟悉而又亲切的味道，随风而至，缠绕着她的思绪。

他笑了笑，准确地说来，有一点苦涩的味道：“活着不也同样是一件奢侈的事情吗？”

莫瑾低下头，深呼吸，吐出来，嘴里的话反复了几个来回，愣是没有说出来。

王景逸却特别享受这你不言我不语的时刻，他偷偷地用余光细细地去打量莫瑾，第一个感觉就是，她又瘦了。瘦得有点瘆人，校服就像挂在了一个衣架子上，空荡荡的。除了瘦，她的脸色也特别不好，眼窝深陷，嘴唇呈现出来灰灰的一层暗色，薄薄的皮透出来，暗淡无光。她的手，淡蓝色的血管清晰可见，此刻，双手紧扣，十指缠绕。

“莫瑾，我看你的气色，并不是很好。”王景逸担心地说道，随即不由自主地拍了一下她的肩膀。那个触感，让他惊心，手就像触到了一副骨骼一般，硌硬得很。

“最近，睡眠不好，都快到学期末了，学习紧张啊，消化也不好。”莫瑾支支吾吾地回答着。

“哦，学习很重要，但是你也要注意身体健康，不是吗？都说身体才是革命的本钱。”王景逸转过头说道，实在是不忍再看第二遍。

“对了，你什么时候出国啊？大学的事情都安排好了吗。”

“安排好了。下学期就走。”

“太好了，一定要为祖国争气啊，不要丢脸，知道吗？”莫瑾一边说道，露出了一个角度很大的笑。

“怎么？就巴不得我走？就没有挽留一下的意思么？”

“傻瓜，那是一件对你好的事情，我为什么不祝福？”

王景逸心里掠过一阵惊乍，这一句傻瓜，听起来，既酸又甜。他的脸突然之间如火烧般灼热。

“王景逸，我……有一件事情，想求你帮帮我。”

“赴汤蹈火。”

“没有那么严重，就是希望，我希望，无论我在什么时候，什么地点，问你是不是，你就别问我原因地回答是，行不行？”

“我能说，这个忙真的帮得那么莫名其妙，就一句话？”王景逸不解地看着她。

“能不能帮？”

“能。”

莫瑾的笑意浮现在嘴角，但是却那么不容易发觉。

王景逸也不禁地跟着她的节奏笑着，心里不禁默念一万遍：你这算什么要求？为什么不是那种哭着求着本少爷留下来的情节？这事情的发展趋向也太不合理了吧。

你知道吗，莫瑾，哪怕你问我能不能留下来，我也是同一个回答。然而我知道，这种话，最不可能从你的嘴里说出来。你从来都不会，为了自己的想法而去为难别人，你总是宁愿自己偷偷品尝眼泪也不愿意去打扰别人。可是你却知不知道，有的人，是多么期盼，被你留下来？被你一次又一次地打扰？

“王景逸，谢谢你。可能除了谢谢以外，我不能为你做得更多，来，拿起这瓶水，我祝福你，前程万里。”莫瑾说完，拿起手中的水仰头一灌。

“我的荣幸。”王景逸接过水，全部喝下去，说不出的惬意和舒畅。

然后，两个人都肆无忌惮地笑着，看着对方的脸，都笑出了泪水。

远处，白杨看见他们坐在一起的身影，一股莫名其妙的火，瞬间把他燃尽，突然愤然地转过身，就像刚才什么都没有发生过一样，但是两个手却攥成了拳头，紧紧地握着。

而乔丽和珍妮她们一行人，刚好从图书馆出来，也恰巧看见了他们的仿佛紧靠着的身影。

乔丽马上按捺不住内心的讥讽：“莫瑾真是我们班最出类拔萃的人才啊，勾勾搭搭的功夫果然是青出于蓝而胜于蓝。”

珍妮的心里顿时一阵憋屈，转过头，就像眼前这不堪的情景会弄浊了她的眼，不堪入目。

谢晓帆和吴桐则是低头不语，虽然觉得乔丽的话很过分，但是也深感无力反驳。这种事情，通常只会越描越黑而已。

乔丽见大家都不搭话，心里就像憋了一肚子的气，默默地把莫瑾在心里骂了一万遍。

珍妮觉得莫瑾简直不是这个星球的人，照理来说，她的母亲开出了如此宽厚的条件，莫瑾不应该是感恩戴德地马上答应才对的吗？有什么比自己的生命还重要？可是她完全跟个没事人一样，该干吗干吗。重点是，她还有时间在这里勾搭王景逸，真是有置生死于度外的胸襟。不知道白杨看见了，又会做何感想？

"走吧，我们还要晚自习呢。"珍妮急急地离开，就像躲避瘟疫一样，连一个眼光都不屑给莫瑾。

谢晓帆和吴桐都不禁相视着摇摇头，然后跟上珍妮的步伐。

"太气人了，学校不是明令禁止早恋吗？见过不要脸的，没有见过这么不要脸的。好草都让猪给拱了。"乔丽骂骂咧咧地走了。

这话说得，连珍妮她们都不忍搭话。

莫瑾在接下来的时间里，把学校的每个地方都逛了个遍。她发现，原来这个地方，有太多的美，从前没有留意过的。

就比如说实验楼，那里有条小过道，能直接连接着教学楼。过道的两边不知道什么时候长满了一束束的小野花。在郁郁葱葱的绿叶衬托之下，小黄花有着一种说不出的神韵。若是用手搌捏过根茎，会有一种特别浓郁的青草的味道。虽不能和花香比拟，但是却是能凝神定气。

还有教学楼对面的一个很大的平台。那里能够看到学校延伸的所有区域，莫瑾站在平台上，就不自主地有一种一览众山小的错觉。学校的篮球场、足球场、游泳池，图书馆，尽收眼底。这是一种不愿离去的眷恋，她不舍这里所有的人和事。一丝一缕，一点一滴，都最终凝聚成醉生梦死，让人沉沦，感觉不到任何的痛苦。

只要不揭穿这个梦，莫瑾愿意一直沉溺其中，永不苏醒。

可是，所有的梦终将会醒来，她必须面对生老病死，必须体会尖锐的痛苦。在柔和的阳光之下，莫瑾感觉自己的生命竟然曾经如此美好，就像一朵盛开的花朵。可是能够温柔采摘的季节却是那么短暂，到最后，也只能凋零入土，回归到最原始的状态。

莫瑾独自一个人站在来往不断的同学之中，她就这样静静地感受一些隐约的记忆带来的美好，然后再任由它随风而逝。生命有无限的形态，它变幻莫测，让人们感到了自己的卑微和渺小。却同时也给予了无限的张力，让人在窥见它的伟大的同时，亦能被其包裹于其中。

当所有的冀盼犹如一只濒临死亡的蝴蝶一般，无声离去，可能生命也如此，当离去的时候，了无痕迹。

同学们都如常地上课，课间的时候会三三两两地聚在一起，讨论期末的时候，将会去哪里玩，或者有没有出国的打算。这是一个再平常不过的日子，一丝不苟地周而复始。

莫瑾也同样如常地，不动声色，默默地写着已经滚瓜烂熟的数学作业。

然后她漫不经心地收拾着自己的抽屉，里面推挤着课本和练习册，没有多余的空间，不经意间一个小小的白色盒子突然坠地，莫瑾仿佛看不见一般，拖动着凳子，然后站起来转身去洗手间。

乔丽触觉敏锐地发现了坠落的那个小白色盒子，不禁在莫瑾快走到课室外的时候，快步走过去，捡起来。

“这是什么？大家快来看看？”乔丽看着手中的盒子，准确地来说，是一个药盒。

莫瑾止步于课室门外，同学们闻声而至，被乔丽近乎大声呼喊的声音吸引了过来。

大家仔细一瞧，不禁大惊失色。

这是一盒毓婷。上面的名字触目惊心：紧急避孕用。

顿时，大家都炸开了，太骇人听闻了。在学校的校史上从来不曾有过这种荒唐的事情。

乔丽近乎兴奋地一手拿着药盒，一手抓着莫瑾的手，大声地叫喊着：“你们快点去叫班主任，教导主任，校长，这实在是太不要脸了，我们学校怎么能有你这种败类？”

白杨闻讯而至，看着莫瑾被抓得通红的手，突然一阵无名火起。

“放手，还没有问清楚情况，怎么能下这样的定论，难道你不知道，这样对一个女同学是怎样的后果？”话毕，就马上上去，一把拍下了乔丽的手。

乔丽错愕地看着白杨，一脸不相信的表情。这么明显的事情，还有什么情况是不清楚的?

珍妮凑上去一看，内心不禁一阵窃喜，莫瑾这一招虽然说狠绝，但是对得起她付出的钞票。然后心里定了定，以完美的姿态帮助她完成这场戏。

她看了看白杨，然后缓缓地按下了乔丽的手：“乔丽，白杨说得对，或许这药，并不是莫瑾的，当中肯定有什么误会。”

白杨转过身，看着莫瑾，等待着她据理力争的话语。

许久，莫瑾都一脸无所谓的样子，不解释。

同学们都小声议论起来，谢晓帆拉起莫瑾被抓得通红的手，轻轻地放在自己的掌心里揉着，吴桐则跑到自己的座位上去拿纸巾。

白杨有点不耐烦了，心里一阵烦躁，脑子快速地旋转着，只想着如何把这件事情迅速压下来。他的脸色就像万年冰块一样冷，额头上细细密密地沁出了一层汗，这种事情放在莫瑾的身上，不知道这个倔强的傻瓜又得受到什么委屈？对她的未来会不会造成什么不良的影响？她为什么不反驳？是不是有什么委屈？他迫使自己不停地围绕着这件事计算着有可能产生的所有后果。

莫瑾则站得笔直，她并不想在姿态上放得太低。这一步，或许有点太偏激，太极端，或许这一生就此加上了色彩浓厚的一笔，或许从今往后，她都不再是那个她了。

唯独看着那个把她护在身后的白杨，看着他那焦急的神情，不停用关切的眼神看着他，眉宇间透露着的情感，若莫瑾不是木头人，就能深切感受到。

但是莫瑾生生地转过头，却不能再看一眼，眼睛和喉咙都在酸痛的极点，某一刻就要崩溃。她非常清楚，此刻，必须呈现出来的那种玩世不恭的神情，让所有的人都唾弃、厌恶。而不是哭得梨花得雨，祈求怜悯。

珍妮看着白杨的脸色变了又变，双手的拳头攥得紧紧的，顿时心里五味杂陈，这种不问因由的信任和维护，让她内心就像百虫撕咬般疼痛，为什么，莫瑾你总是能轻而易举地窃取我求而不得的东西。那么就让这出戏，来得更激烈一些吧。

她的眼睛就像一条毒蛇一般，不经意地向旁边的一个女同学瞥过去，然后一点头，那个女同学马上会意，不动声色地退出同学们的包围，跑去教务室。

乔丽看着珍妮的样子，正犹豫下一步应该怎么做，才能让事情恶化十倍，话要怎么说，才能把莫瑾羞辱到最悲惨的状态？

珍妮这时候缓缓说道：“莫瑾，我们学校是出了名的校风严谨，出了这种事情，可不是你一个人的事情，这会影响到我们整个班级，所以，我个人认为，你必须要说出这个……到底是什么情况，和你发生关系的人，究竟是谁？校内的，还是校外的？”话毕，她面露尴尬之色，仿佛犯了什么大忌一样。

珍妮的话就像把莫瑾从深沉的海底扒拉出来，狠狠地扔在了海滩上曝晒一样，体无完肤。

莫瑾抬起头来，看着珍妮看着自己无不显示着厌恶的脸。原来对她柔声细语的珍妮，终于也会有一天，用最犀利的话语，像刀子一般把她挖筋剔骨。在最爱和最伤之间游走着，注定会万劫不复。

这个时候，班主任急急忙忙地走进了教室，眼前的情景让她目瞪口呆。乔丽手里拿着一盒避孕药，然后同学们都围在一起，七嘴八舌地议论着，而主人公莫瑾，则被白杨护在身后，仿佛在昭告着他们不为人知却又众所周知的密事一样。

班主任也不知所措，在任教期间，从来没有出现过这么恶劣的事情。同学们虽说也会出现早恋的情况，不过碍于异常严格的校风，大家都是暗地里点到即止，毕竟这是会被开除的特别恶劣的事情。

白杨看着在思考的班主任皱着眉头不说话，就知道这件事情肯定会被闹大，他皱着眉头低声在莫瑾的耳边说道："你女孩子家家的，不要站出来，有什么事情，我揽着，知道吗？不许任性。"

莫瑾顿时胸腔一热，竟然也说不出话来，痛彻心扉。但是她很快地咬紧了嘴唇，顿了顿。

看着班主任那如若刀子般的眼神正在上下打量自己，隐隐地还包含着一丝轻蔑和厌恶的神色，莫瑾微微地睁开着眼，此时，才真正地领略到个中难以言语的滋味。

"老师，药是我的，我愿意接受学校的处分。"莫瑾缓缓地说出。

同学们顿时鸦雀无声。莫瑾就像没有一丝羞耻之心，以她的年纪，说出这样的话，就像诉说着自己的日常一样，毫无波澜。

白杨转头，一脸漠然地看着她，显然是不相信她说的。莫瑾看了看他，嘴角扯出一个很怪异的角度笑了笑，然后点点头。

白杨刚想说话，莫瑾抬手，在一个大家都看不到的角度，轻轻地拍了拍他的手背，然后摇了摇头，生生把他快到嘴边的话又压了下去。

班主任就像看一个怪物一样看着莫瑾，此刻的她，腰杆挺得笔直，头发整整齐齐地扎成了一个马尾辫，脸上虽说没有什么气色，但是干净透彻，仿佛仅仅从她的眼睛里便可以窥探到内心一般，非常纯净。就是这样外表洁身自好的女孩子，偏偏自认接受处分，真是让人难以置信。

"莫瑾，既然你也承认和这件事情有关，为了不造成更坏的影响，你和我去教导处，接受教导主任和校长的问话吧。”

“好的，我跟你去。”

班主任考虑了一下，她点点头，接过乔丽手里的战利品一般的白色小盒，然后默认着让莫瑾跟着去教导处。毕竟也要维护她仅存的颜面，不能当着那么多同学的面去训斥她。

白杨看着莫瑾，宠辱不惊的脸，他的心不知道为何，就像被搅烂了一样，心痛得无以复加。他坚决不能接受这样的结果，那个绝对不是莫瑾，那么多的日夜看来，她为了未来，付出了巨大的努力，为什么顷刻之间，就自己全盘否认？那么隐私的事情，怎么能那么轻易地暴露于人前，而她竟然也没有一句辩解？这太反常了。即便所有人信了，他也坚决不信。

就看看，他们到底能翻出多大的浪儿来？

在教导处，一张暗黑色的大会议桌的这边，坐了这所学校的最高层领导，校长、副校长、教导主任、思想教育主任、班主任、级组长。而这边，坐了莫瑾孤单的一个人。

她神色轻松，完全没有丝毫后悔之意。就那样干干净净地坐在那里。甚至，领导们仿佛看见她嘴角浅带笑意。

“莫瑾，你知道我们学校一直以来，校训的内容吗？”

“熟读每一个字。”

“那么你知不知道，今天的事情，对学校造成了多么严重的影响？”

莫瑾站起来，给各位老师弯下腰，鞠了一个九十度的躬。这件事情对学校造成的影响，确实是她的过错。对于教育培养她的学校来说，确实是愧疚的。

“你的老师，班主任是怎么教育你的？作为一个女孩子，在求学的时候，为什么不能洁身自好？你有没有考虑过未来？”教导主任异常生气地拍着桌子说道。这个女孩子，他认得，多少次从他的手里接过奖学金，还有各种奖状，她现在这种不计后果的行为，简直就是对学校教育的一种侮辱。

莫瑾低头不语。

“这个，你说，究竟是什么原因，你要这样做？知不知道你将会面临着学校怎样的处分？对方是谁？”副校长声音高昂地问道，她巴不得马上对莫瑾做出最严厉的处分，对于这样不自爱的学生，莫瑾必须要承担后果，以儆效尤。

莫瑾仍旧不言不语，她不想解释，就想快一些处理这件事情，然后收拾好她的东西，彻底滚蛋。

“好，好，既然你不说。把她的父母叫过来，把这个孩子领回去，没法教了，这是我们教育的失败啊。”年迈的老校长站起来，面对着班主任老师说道。

“电话已经打了，莫瑾的母亲正在来的路上。”班主任怯怯地说道。

莫瑾一听，手不自觉地颤抖起来，掌心顺着掌纹冒出冷汗。她好像这才发现，忽略了母亲这个选项。原来她设想的就是，反正蒋文娟想的就是让她退学而已，也没有指明不能用这样的方法。而白杨看见这么的不堪自己，也会自然而然地远离，重新回归到原来的康庄大道，皆大欢喜的结局。

“老师，这是我一个人的事情，能不能直接处理我？我完全接受学校的所有处分决定。”莫瑾说道。

“这绝对不是你一个人的事情，包括班主任，级组长，教导主任，全部都要接受行政处罚，是我们学校，我们的老师没有教育好你。”校长的声音洪亮，说得在座的其他人都无法直视他的目光。

“女孩子必须要自爱，你才多大？应该把目光放在更远的地方，用一个更加宽广的视野去审视这个社会，这个世界，去建立一个成熟的人生观，选择真正适合你的人生伴侣，而不是像现在这个样子。”

莫瑾低下头，不知道为什么，校长的话就好像一个又一个巴掌扇在了她的脸上，火辣辣的。确实，她有负师恩，却无以为报。

校长的眼神里，除了惋惜，更多的是心痛。

教导处的温度骤然降到零点，莫瑾浑身冒着冷汗。体内的血液在不停倒流一般，让她感到窒息。她强行用指甲深深地掐到肉里，扛扛，再扛扛。

她默念道。

蒋文娟接到班主任老师的电话的时候，半天，都接不上一句话。什么叫暗藏避孕药？什么叫生活不检点？

她嘱咐的，只是让莫瑾办理退学手续而已。这天壤之别的落差，她一下就被打蒙了。一个以这种名义被扫地出门的女孩子，还能够有一个怎样的未来？为什么自己的女儿如此不自爱？

当快要走到教导处的时候，蒋文娟几乎迈不开腿，她的身体软弱无力，用手撑在墙边，深深地呼吸了无数次，都压不下心口中几乎要喷发的怒火。

她推开门，看见莫瑾的时候，她仿佛看见的是一个叛逆的孩子，在以极端的方式报复着自己，在忤逆着她无可奈何的决定。莫瑾在以一种极其残忍的方式，在宣告自己的处事不公。她是多么优秀的一个孩子，却在她的偏心之下，失去了大好的前途。所以在用这样不堪的方式宣告着内心的愤怒。

冲上前，一个巴掌扇在了莫瑾的脸上，直接把她从凳子上拍在地上，嘴角都溢出了一丝血迹。

再一巴掌，用尽全身的力气扇下去，把所有的希望都拍个灰飞烟灭。

莫瑾看着蒋文娟通红的眼眶，凌乱的发髻，她粗糙的手扇在自己的脸上，瞬间耳朵就嗡嗡地响，面颊被打得高高隆起，心死了一万遍。

“为什么？莫瑾，你为什么要这么犯贱？你是不是觉得，妈妈做错了，所以你要报复我？你可以不要脸，可是我们要，你的妹妹要！”

蒋文娟一边说，一边用手指一下又一下地用力戳着她的脑袋，一句又一句地不要脸，不害臊，烂人。

校长实在是听不下去了，示意老师们去拉开这一对拉扯不清，纠结成团的母女。

“学校不是菜市场，不是让你们随意打骂的地方，果然是有其母必有其女。”班主任一边拉着，一边喊道。

蒋文娟听到，顿时失声痛哭，嘴里碎碎念叨：“是我的错，造孽啊，为什么我的女儿，要这样作贱自己？”

“你们回去吧，我们学校会讨论一个处分，最坏的打算就是开除学籍。你们做好心理准备吧。”教导主任说道。

“但是学校不会公告，你是因为什么事情被开除的，留给你一个机会，莫瑾，你要好自为之。”校长看见这个瘦弱的小女生，内心恨铁不成钢，却还是本着教育的初衷，想留给她一个体面的未来。

莫瑾抬起头来，看见校长清透而深邃的眼睛里，那种恨铁不成钢的深意，他伸出手来，缓缓地拉着她的手，仿佛希望通过这个简单的动作能把她拉出这个深渊。

“校长，对不起。”莫瑾别过脸。

“你是一个很优秀的孩子，本来我应该送你去全中国最好的大学，看着你成才，但是你在这个关口放弃了你自己，老师却也不能为你做得更多。走吧，若这是你所选择的路，那么就勇敢地走下去。人生有时候，你以为走错了一步，可以用十步来补救。可是有的错，你用一生也补救不了。”

蒋文娟愤恨地看了莫瑾一眼，她完全不能够理解莫瑾此刻的所有行为，就像一个失去了心爱玩具的孩子，在无理取闹地撒娇一般的行为。

莫瑾看着蒋文娟厌恶的表情，竟然也没有任何的反应，她就这样冷冷地看着蒋文娟，听着她嘴里歇斯底里地骂着。彻底失去了所有机能上的反应。

莫瑾就像突然明白了过来，她的一生都在还债。

欠下的所有，她此生此时，竭尽全力去还。所以人们常说钱债易还，而人情债难偿。只是不知道，这副臭皮囊是否还值几个钱?

往常通往课室的路，都是风光明媚，而今天踏在脚下，却是阴冷荒凉。她可以直接随着蒋文娟滚蛋，但是，不知道为什么，非要纠结着去拿那一堆犹如废纸一般的课本和练习册，或许，她内心只是很想再让自己有一个体面的借口去看一眼那个人。

当她迈入课室的时候，黑板上写着“莫瑾是婊子”几个大字，像一把刀一般地划破了她的脸。

座位的地面上，一地的碎纸。

她的课本、练习册被撕得粉碎，桌面上用油性笔写着：不要脸，滚蛋，老鼠屎。

别说其他的人，此刻，莫瑾也无比地厌恶自己，原来自己干净无尘的外表之下，竟然是如此的藏污纳垢。

她慢慢地蹲下，在一堆废纸中缓慢地扫拨着，竟然想从这堆残破不堪的废纸之中，搜索出一星半点，和白杨有关的念想，那么就可以带着这点念想，离开这个让她无比眷念的地方。

但是，手指触及所有的冰冷纸屑，没有半点温度。窗外透出的温暖阳光，以一种极其温柔的方式笼罩着她的身体，亦不能为她增加半点儿温度。她的眼睛微微的竟然有点痛。

一股温暖的液体，滴在了那满地的纸片上，渲染出了让人触目惊心的颜色，像红玫瑰，又像白玫瑰。

莫瑾用衣袖擦了一下，没有止住。她苦笑了一下，抬起头，让鼻血和眼泪通通倒回去。

这算不了什么，莫瑾。

面对生与死，这作不得数。

可是，就是那么不争气地不想离去，仿佛鼻子还能嗅到那浓郁的书本油印香，指尖与书页碰触的特殊触感。还有，那个熟悉的身影。

“莫瑾，你是不是要给我一个解释？”

猛然转身，白杨就站在课室正门，他依旧是那样，俊秀得恰到好处，妙不可言。

此刻的白杨，看着莫瑾，他竟然无法控制此刻的内心翻涌，怒火一触即发，她就这样，把他所有的情感，踩在脚下，毫无顾忌地碾压。

莫瑾别过脸，她的脸缓缓转向另外一边，害怕让他发现丝毫的端倪。

却不想，这个动作，已深深地刺痛了他，莫瑾，就得如此决绝？究竟是谁，让你做出如此不计后果的决定？

“我倒是想知道，究竟是谁，这么大的魅力让你，不计后果地这样做？”

白杨走上前，看见面无表情的她。顿时血腥气入口，一股铁锈般的气息撞入肺腑。在那一霎间，身体僵硬，浑身一颤。

那一颤，痛入心扉。

“和你有关系？”莫瑾咬紧牙回答道。

“为什么？莫瑾，我只想知道为什么？”白杨一拳砸在墙面上，留下了一道淡淡的血痕。

“白杨，你现在的行为，真的很幼稚。我这样的人，做事情，还会讲究原因吗？你觉得？”莫瑾此刻的语气轻佻，仿佛她本来就是这样表里不一的人。

“我不相信，就算全世界都认为你是这样的人，但我知道你不是！你一定有原因，才那么做的，对不对？”

“你错了，白杨，全世界都看透了我，就你一个人，看不透。你走你该走的路，你管我干什么？你是闲着没事干吗？”莫瑾咆哮着，白杨此刻的理解，对于她来说，就是一种无形的巨大负担。

白杨完全不理会她的愤怒，自顾自道：“我不会看错你，一辈子都不会，莫瑾，别一个人扛，不要什么事情都一个人扛。”

白杨完全不明白，他的行为对莫瑾来说，究竟是怎样的一种震撼。多少次，她都在别人的选择里，成了那个被放弃的选项。一次次地被无可奈何地放弃。失望积攒多了，就累积成绝望。

而你，却不曾想过弃而不顾，是吗？

此生有他懂她，就足够了。

“莫瑾，为什么要放弃自己？我多想看着你，靠着你自己，而不是任何人，获得那份尊重。可是为什么？我都不放弃，为什么你要放弃自己？”

莫瑾不语。她没有办法回应。

“不要问了白杨，是因为我。”王景逸走了过来。

当他收到消息的时候，马上能够把蛛丝马迹全部联系起来。你要，我便送你一程。莫瑾，你要的，我都会无条件帮你。

白杨瞬间凝结成冰。

王景逸走在莫瑾的身边，帮她拿起那个破旧的书包，不经意地看见了她刻意隐藏在背后的有着一抹血迹的袖口，不禁眉头一皱，疑惑像水波一样一层层荡漾开来。

王景逸脱下外套，披在了她的身上，衣服刚好盖住了她遮掩着的位置，然后，看了一眼莫瑾，点了点头。

莫瑾马上明白了他的意思，感激而又愧疚地嘴角动了动。

这一系列动作下来，白杨顿时什么都明白了，但是又好像什么都不懂。

许久，他都说不出一句话来，这就是自己一直执着的真相？所以，莫瑾根本没有所谓的苦衷？

“所以，莫瑾，这就是你想要的？”白杨的眼眶，顿时，有一些微红。

莫瑾背后的手，拽得生疼。

这就是我想要的。我想要的，就是你安好。

“莫瑾，我再问你一次，这是不是你想要的？”白杨走近一步。

她往后一退。

莫瑾突然害怕白杨此刻的神情，她不想看见任何对她抱有期望的人。这种感觉让她精疲力竭。

“是。”

终究无法躲藏。

白杨恍若未闻。

一个字，就把他们搁置在了此岸和彼岸。距离，近在咫尺却远在天涯。

白杨终究明白，对一个人失望是一回事，而恨一个人又是另外一回事。此刻的他，只想殷殷切切地看清楚她的脸。

下一刻，他的身体松了一下。就算是不想，最终也是得放手。

“如你所愿。”白杨转过身去，只留下一个长长的背影。

莫瑾仅存的灵魂，亦随之被抽离而去。如你所愿，她的所有青春凝结成这四个字。是最深刻的，也是最无奈的祝福。

王景逸看着莫瑾，在白杨走出教室门外的那一刻，溃不成军。

“莫瑾，实际上，你不需要这样。”

“我也觉得不需要，但是世界上没有那么多你以为的退路。”莫瑾蹲下，仔细地翻着，终于找到了那张夹杂在纸屑之中的志愿表，然后她粲然一笑。

她明白，爱并不是拥有，在苦难之中淘洗淬炼，数次过滤之下的感情，终将会比山高，比海深，并且胜过所有。

庆幸，此生，孑然一身，仍找到了愿意倾其所有而竭力维护的人，这就是上天最怜悯的馈赠，至少，还这样喜欢过一个人。

她，发自内心的笑容，竟然让王景逸不忍去看。

“莫瑾，你还有我。”王景逸淡淡说道。

“王景逸，你再陪我走一段，我害怕。”莫瑾也淡淡地回答道。

王景逸一愣，何时，这个倔强的女孩，也会害怕？从认识她的那一天起，他一度认为，她内心是无所畏惧的。

“好。”王景逸笑了。有求必应。

莫瑾最后看了一眼她坐着的位置。她原来以为，离开的时候，自己并无不舍。

原来，那个位置，承载了如海般深沉的感情。失去并不可怕，可怕的是，拥有过才失去。那是一段自由而又平静的时光。

学校门外，一辆豪华的轿车已经在等着她。

莫瑾熟练地打开车门，上车。

欧艳随即挂掉电话，微笑着看着她。

“阿姨您好，我已经做到，你要求我做的。”莫瑾并不看她。

“很好，想不到，你年纪轻轻的，做事狠绝，这个办法，也就是你这种出身的孩子才能想出来。”

“所以，阿姨请你也遵守你的承诺。”

“你随时可以接受治疗。”欧艳不经意间看到她袖口边上血迹斑斑，厌恶地又挪了挪身体。

“我改变主意了，我要钱。这是卡号，你把钱打到这个卡上，然后去这个地址，把钱交给我的妈妈。”莫瑾递过去一张纸。

欧艳并没有接，她示意司机，让司机接着那张纸。

“唯一的条件就是，你合理地解释一下这些钱的来源，但是不能告诉我妈妈我的身体状况。好了，我下车了。感谢阿姨您，让我的生命，还有这样的价值。”话毕，莫瑾转身下车。

“你待会把车里彻底消毒一下。”欧艳极其厌恶地对司机说道。

“肮脏。”她又碎碎念道。

欧艳透过车窗，看见那个小女孩纤弱的身体，背影笔直。她不禁陷入了沉思，所有在脑海里预演的情景竟然没有出现。或许，莫瑾就是那种天性凉薄的人，若无其事，平静淡然。让欧艳不得不严肃地正视她的言行举止是否别有深意。

不过是一个小姑娘。

欧艳缓缓低头拨响了一个电话：“我觉得事情应该能成一半了，希望不会横生枝节。那个小孩能懂什么？原来我们的打算也只是先让她住到医院里面去，至于如何治疗，那也是我们说了算。她现在提出要现金，这就更好了。随便给个体面的数字，就算了结一件事情。钱必须给，免得她又闹出什么别的事情来，坏了大事。”

天下起了淅淅沥沥的小雨，雨点亲吻着莫瑾的脸，却让她有着无法呼吸的窒息感。细细想来，自己也是一个有着执念的人，也做过很多的梦，也曾经想过美梦总会成真。那种希望凝结而成的光，如今却如风中的蜡烛一般，颤颤摇摆，渐渐熄灭。

她很想哭，满目疮痍，但是雨水把所有的悲伤都掩盖了起来，这样让莫瑾看起来，并不至于太过落魄。

王景逸打着一把雨伞，就在不远处看着她。看着她一步一步地朝他走来，头发上挂上了一串串的小水珠，睫毛上、眉毛上都是晶莹透亮，浓淡深浅，渲染出恰到好处的颜色。

不知为何，王景逸的心随着她的步伐一下又一下地跳动着，似乎感同身受。他心中刀割般疼痛，不由自主地就迎了上去。

莫瑾还没走到王景逸的跟前，就被他笼罩在了伞下，抬起头，看见了王景逸的脸，他并无表情，但是大大的眼睛里，所流露出来的光，一刹那竟然让她晃了眼。

王景逸低着头，看着面前的莫瑾，长长的睫毛微微颤抖，浓烈的少女香气夹杂着一种深沉的悲伤，向他迎面而来。她的眼底有一层瘀黑，嘴唇略显灰暗，紧攥着的手，如玉般清透，却无半点颜色，筋骨突兀地裸露着。

莫瑾除了面容还能看出如花的年龄，所有的轮廓都显示着她的生命仿佛在极速凋谢。

在微风中，莫瑾瑟瑟发抖的瘦弱身体，让王景逸想去拉她的手，可以借此稍微传递一些温暖。刚伸出手去，她就警觉地往后一缩。

王景逸微垂下眼，缓缓把自己的窘迫隐去。

莫瑾不语，但是王景逸的轻微动作，让她眼色迷蒙湿润，不知道是雨还是泪。

“你的所有家当，在我这里，说吧，想去哪？”王景逸笑着说道。

“我也不知道想去哪里。”莫瑾苦笑着，偌大的天地之间，她已经无处可去。如此想来，自己竟然如此孤单。

“那你跟我来，我带你本市一日游！吃喝玩乐，没有我不在行的。”王景逸犹豫了一下，还是拉起了她的手。

莫瑾想缩手，但是却被他紧紧地拉着，无法挣脱，也就只能由着让王景逸拽着走。

白杨站在远处，他的双眼，默默地凝视着他们离去的方向，那眼中是浓到化不开的苦涩，脸上的表情是隐忍到扭曲的悲伤。

“莫瑾，我原来以为，我想到的，对你来说就是最好的。然而相反，你却朝离我越来越远的地方走去。只要你感到幸福，哪怕你的幸福和我毫无关系，我也心甘情愿。”

相隔两天，学校收到了白杨的退学申请，理由是已经接受了来自美国的大学的录取通知书，并以全额奖学金的优厚条件远赴美国升读大学。

据说不再弹钢琴的白杨，在离开学校的前一天，待在琴房里弹奏了整整一天的《亚麻色头发的少女》。

据说，在离开学校前的两天，白杨站在了游泳池边，站了整整一下午。

第三天，白杨离校。同学和老师都非常想念这个优秀的学生。班级里还为他举行了一个欢送会，但是他以身体不适为由没有出席。

而莫瑾，则好像从来未曾在这个学校出现过一般，也犹如瘟疫般无人再提起。

吴桐和谢晓帆，她们还时不时会谈论起莫瑾，言语之中都是挂念。

除此以外，班级里，同学们很快又恢复了平静。高考在即，八仙过海各显神通，为了各自的前程，他们无暇再去顾及别人或是失败或是成功的人生。

18

“王景逸，这里好漂亮，我怎么从来没有来过这里？”莫瑾开着车窗，让风肆意地吹拂在脸上，各种植物的香气钻进鼻孔，让她身上的每一个毛孔都扩张。

“你连清秀山都没有来过？”王景逸诧异地问道。他示意司机开慢一点，好让莫瑾好好享受这满目的青葱翠绿。

“还真的没有来过，我这一辈子去过的地方，五个手指都能数得清。”莫瑾吐了一下舌头，确实是非常无趣的一生。

“那你活得多没劲儿啊，我们应该到处走走，好好看看这个世界。”

“这辈子，没劲儿，下辈子再活过！不亏，我才不亏呢。”

“你这辈子还长着好不好？这里山林茂密，几乎全年都是郁郁葱葱，四季都有山花烂漫，层次丰富，不过比起郊外的公园来说，还是差点儿。我们开到山顶，然后下来走走？”

车缓缓开到山顶，层峦叠嶂，山脉起伏，勾勒出来的线条高低起伏。远远看去，山峰皆被白云缠绕，半壁碧绿，半壁素白，颜色分明。

莫瑾的思绪随之落入山中，仿佛自己裸脚踩在地上厚厚的树叶之中，耳边响起树叶枝干断裂的声音，让贫乏的内心得到一丝平静。就算下一刻不复存在般支离破碎，亦然无所畏惧。

“王景逸，这里是我去过的最漂亮的地方。”莫瑾看着王景逸兴奋地说。

莫瑾打开车门，下车，路边的小野花连成了一片淡淡的金黄，穿插在绿叶之中，绚丽却又内敛。

她肆意地躺在这片延绵不绝的深绿之中，那是一种很特别的触感，瞬间让她流连忘返。

“很漂亮是不是，王景逸？”莫瑾问道。

“确实很漂亮，纯净得让人很难拒绝。”他看着不断在草地里辗转反侧的莫瑾，不由得去仔细凝视着她的脸。

这个女孩子就这样出现在他的生命里，不远不近的距离。从一开始，他即便怀揣着别的用意，却无法用在她的身上。她就像一首歌，每天都会在耳边环绕哼唱，久而久之，就会不断重复在耳畔，悠远而熟悉。

此刻的他们，毫无语言，也无法触及，但是他感觉得到，她就像一只轻轻伏在鲜花上的蝴蝶，触觉敏感，下一秒就会被惊动了翅膀，瞬间远去。

风轻轻地吹起了她的柔软发梢，莫瑾笑着哭着，分不清到底是一种什么样的情绪。她朝王景逸站着的方向呼喊着，说她是一只小鸟，要向她向往的地方飞去。

王景逸问道，你想去哪里？

不知道，我也不知道我想去哪里。

没有方向，没有目的。周而复始。

莫瑾没有告诉王景逸，她实在是孤单得太久了，就像一只遨游在万年冰川之中的鱼，硕大而瑰丽的鱼，摇摆着华丽夸张的尾，却无人观看。只能蜷缩着身躯，隐身于狭小黑暗的洞穴之中，缓慢地游移，丧失掉所有的语言，孤独地在每五秒就丧失掉自己的记忆。

莫瑾也没有告诉王景逸，她很想高傲地捡起自己的自尊，却不得不低贱地出卖自己的灵魂。她摇摆着，一瞬间生，一瞬间死。此刻的她生不如死。

这样的话，无法说出口，她已经习惯了隐匿。

“莫瑾，今天的你，很不一样，能不能告诉我，怎么了？你想要我帮的忙，我已经帮了，可是，我也想知道为什么。”

“没有那么多为什么。人生左右也不过如此，不是你成全我，就是我成全你。”

“这都是你自导自演的一出戏。”

“不然呢？”

“我不懂。”

“王景逸，今天过后，你我便是陌路人，我这里，永远想着你对我的好，而我只是一个没有未来的人。”莫瑾指了指自己心脏的位置。

王景逸想说，莫瑾伸出食指，放在自己的唇上，示意他不要再问下去，然后快乐地向远处跑去。

后来，他们去了市中心的广场，还有有喷泉的雕塑。莫瑾很快乐，她一直忙于搜索所有的五颜六色，原来有那么多不曾驻足观赏的景色。她对王景逸说，最希望的是，坐在繁华的街道中的某一个角落，手里端着一杯温度刚好的咖啡，安静地看着来往的人群，什么都不想。

王景逸看着莫瑾，然后示意她在这里等待，不一会，小跑着端来了两杯咖啡。他递给莫瑾，然后两人肩并肩地走到了一处花坛。

莫瑾抬手喝下了一口咖啡，苦涩顿时漫溢口腔，转瞬回甘。原来咖啡是这种味道，并不好喝。

但是她特别享受这一刻的宁静，什么都不想，就沉浸于川流不息的人群，感受着时光悄然流逝于指缝之中。

王景逸问道："莫瑾，以后你将会去哪里？"

莫瑾低下头，只笑不语。

他们在市中心的广场一直漫无目的地闲逛，一直到城市的天空慢慢被街道的灯光渲染出一层又一层光亮。

不知道为什么，莫瑾脸上一直挂着笑，她觉得自己是自然而然的，直到这一刻，她仍旧是对这个世界充满了无尽的眷恋，却又不得不咽下因此而炼就的最苦的毒。

她一直在哼唱着那首好听的钢琴曲《亚麻色头发的少女》，声音透彻清亮，缓缓地传到了王景逸的耳中，很多年以后，他都认为那是世界上最好的轻声吟唱。

一直到熙攘的街道逐渐回归到平静，莫瑾看着王景逸的脸，俊秀好看。她说，我不想和你再见，可是我们总得告别，不是吗？

王景逸别过脸，他生生咽下了快到嘴边的话。

莫瑾接过她那破旧的书包，欢快地跑到远处，猛然回头，看了王景逸一眼，大声喊道："你一定要很幸福，王景逸！"

等到王景逸反应过来，她已经消失在了空荡荡的城市街道上，就仿佛从来没有来过。

莫瑾知道，她终将会带着所有的眼泪落入尘土的最深处。然后渐渐地，和一片枯叶一般，腐烂于土壤之中，从何而来，就归于何处。在漫长的时光之中，被渐渐淡忘，直到被人们完全遗忘。

她又辗转回到了清秀山。

亲爱的妹妹，姐姐只能为你做到这些。姐姐并不是一个好姐姐，你舍不得吃的糖果饼干，其实都被无情地扔进了垃圾桶。在很长的一段时间里，你都是姐姐心里最讨厌的小魔怪。

可是，姐姐知道错了，很想弥补，想带你去游山玩水，想给你读故事书，想陪你做游戏。可是你老是躺着睡觉，这样也不是办法。

所以姐姐想让你起床，你还那么小，还没有仔细看过这个美丽的世界，还没有吃过世界上各种巧克力。你乖乖地起床，然后让爸爸妈妈紧紧地拖着你的手，好好地活下去，知道吗？

姐姐累了，想先睡会儿，你就把姐姐当成睡美人。最后啊，会有一个王子，会让姐姐醒过来的。所以，你不要挂念姐姐。

莫瑾在脑海里一直勾勒出所有的各种圆满唯美的画面，那里蕴含着各种幸福，每个人的脸上都是挂满了笑意。

她漫无目的走着，终于在一块地方停了下来，左想右想。

原来想着面对着家的方向和世界告别，但是后来想想，还是面朝着学校的那个方向。

珍妮说的没有错，从一开始，或者就是看见他的第一眼，就对这一个人心心念念。

她多么害怕直视着自己的内心。那个自卑的内心像一张巨大的网，笼罩着身体，动弹不得。

莫瑾闭上眼睛。

以一种极其舒服的姿势躺着，怀里抱着书包，里面仿若空无一物。但是又像装得满满的，就像她对世界的无尽眷恋一样。

这是一种，她最为不屑的落幕方式，因为懦夫不配上天堂。但是她想要把生的希望留给妹妹。

可能在某一刻，她所有遗留在这个世间的残骸，将会成为一捧七零八落的灰，毫无重量，随风而去，了无痕迹。

莫瑾就像失眠已久的孩子，正在渐渐陷入熟睡之中。她的身体渐凉，热气腾腾的血液从被她狠心用力划破的伤口处缓缓流淌出手腕，半个身体已经到达了另外一个世界。

她并没有为自己的人生做好一个完美的道别。

因为每一个道别都是永别。

她想，即便是痛苦的，却也是幸福的。因为有太多的记忆，并不想遗忘。

莫瑾想到了爷爷，不知道，爷爷是不是在等着她的到来。原来逝去的亲人，此时便是另外一个世界的牵挂。

惧怕，却不再孤单。

空洞的感觉渐渐充溢于她早已溃败不堪的躯体，越来越真实的幻觉就像电影一般，在莫瑾的四周不停地旋转着，她多么想伸出手去，抓住哪怕那么一缕如蜜般的幻影，然后紧紧抱着对幸福的所有眷恋，诀别于世间。

莫瑾在最后的这一秒，就像被救赎般，终于悟得一个道理：最幸福的，并不是得到，而是给予。倘若让她舍弃所有珍视的人，换得她自己茕茕孑立，那也只是心丧如死。

天地之间，如此大而空旷。

就在平静的最高点，莫瑾感觉到自己的身体被一股外力缓缓抱起，耳边竟然出现了低声的呼喊，仿佛就在接触到天际的一刹间，一股暖流呼啸而来，撞入她的心间。世间就在下一秒支离破碎，炸开了人世间所有的痛苦与悲哀，所有负面的情绪竟然席卷而来，黑暗，绝望，悲哀，上下颠覆着此刻的平衡。

莫瑾的灵魂就像一只振翅欲飞的鸟儿，猛然间又被拽入牢笼般，混沌迷茫。

这是不是结束了？

是不是经过了黄泉之道，来到了另一个婆娑的世界？痛苦是否已经到达了尽头？

可悲的是，并不是结束，而是另一个痛苦的开始。

19

莫瑾缓缓睁开眼，面前是一个洁白明亮的房间，在不远处，摆放着一束开放得绚烂夺目的香水百合花。身边有人呼吸，细弱几乎不可辨认。

突然身子一颤，手臂上一阵猛烈的疼痛感迎面袭来，撕心裂肺。她拼命忍住，咽下快喷涌而出的血气，却引得眩晕。

一股熟悉得不能再熟悉的味道慢慢靠近，莫瑾使劲儿地抬起眼，便迎上了一对澄清凝定的眼睛，竟然让她迷糊的神志愈加清醒。

“你醒过来了，莫瑾。”声音温暖如春。

“你怎么在这里？我又在哪里？”莫瑾诧异道。

“医院，不要以为，这辈子，你就可以这样摆脱我，傻瓜。”

“王景逸，你怎么找到我的？”莫瑾苦笑着，原来是死也不能啊。

王景逸并不作答。

他并不打算告诉她，当天她诡异的话语和异常的行为都像是在和他告别，都是在向整个世界告别。他已经察觉并一直留意着她的行动。

在街头分别后，他又安排了所有的人手去寻找她。找遍整个市区不果后，又迅速报警，通知所有能调动的人力去能想到的地方找。

直觉告诉他，莫瑾在他们去过的某个她很留恋的地方。只能是他们一起去过的某个地方，因为她说过，这一辈子，去过的地方并不多。

感谢上天，并不想她这样离去，所以王景逸找到了那个倒在血泊里的莫瑾。她虚弱得就像一个破旧娃娃，孤单得就像睡着了一般。他轻轻地抱着莫瑾，那具身体竟然毫无重量，她的脸上泪迹斑斑，却挂着一抹淡淡的笑意。

莫瑾的生命亦然如此。

世间大道，诸法因缘生，因缘尽故灭。

王景逸想起了那个递给他校服的女孩子，纯洁如白雪。当时的世间万物，竟然灰飞烟灭，但是却映衬出她鲜亮清澈的轮廓。

他的眼圈有一点刺痛。有些事情，莫不过是一种因果轮回，王景逸踏入这个大千世界的时候，便是步步算计，步步为营。苦心设下了一个棋局，却想不然被莫瑾这样一个变数，坏了所有的棋路，满盘皆输。他此刻受的莫不是当初想白杨所感受的。或是输，或是赢，王景逸突然觉得心服口服。

莫瑾眼里那个俊秀的男子，一脸苍白和疲惫，但是目光沉而深，千丝万缕，纠结成茧，好像有千言万语，凝结成了一股暖阳缓缓地包裹着她的思绪。

他在痛苦着什么？

王景逸紧紧地握住了莫瑾的手，指尖紧扣，不容她退缩。两个人并不说话，耳边只有对方浅浅的呼吸声，怕惊扰了莫瑾此刻的脆弱，但是嘴里尽是咀嚼过后，无尽苦涩的味道。

许久，莫瑾的眼角，莫名其妙地流下了眼泪，欲断难断。她的躯体就像是腾空了一般的轻盈，一阵眩晕，缓缓睡去。

当莫瑾再次醒过来的时候，一个陌生的男人正站在床前，一脸慈爱地看着她。

他看见莫瑾缓缓睁开双眼，脸上紧绷的神情马上放松，他赶快地揉了揉惺忪的双眼，然后打开身边的一个保温瓶，倒出一碗热汤，放在桌上，示意待会儿温度合适就可以喝了。

莫瑾想问很多问题，比如说你是谁，或者我在哪儿？但是却不知道从何说起。

她刚想张嘴，那个男人笑了笑，摇摇头，然后拍了一下莫瑾的手，生生把她刚到嘴边的话给压了下去。

男人起身，走到窗前，用力一拉打开了窗帘，猛然的白光炫目地刺入莫瑾的眼，继而一片绿跃于面前，还有一股浓郁的花香顿时随风而至。

良久，他抬手拿起了碗，碗内的汤水，澄黄油亮。莫瑾想拒绝，但是看见那个男人深邃而关爱的眼睛，竟然忘了拒绝，缓缓地把他放在嘴边的汤灌入口中。

汤入肺腑，顿时暖如冬阳般，温润着她的全身。

“你是谁？”莫瑾缓缓喘了一口气。

“我叫钱治，是你母亲的一个好朋友。”那个男人回答道。

莫瑾细细看着他，一个胡子拉碴的中年男人，个子并不高，长相平平无奇，就像是一杯白开水一般。他的眼下是一抹浓厚的瘀青，黑压压的，一脸的疲惫，但是看得出来他的眼睛里面是浓到化不开的苦涩和悲伤。他究竟在伤心些什么？

“我妈呢？”莫瑾不经意地问道。

男人悄然别过脸，找不到在这刻可以回答的词语。

莫瑾察觉到他的回避，莫名地，一股剧痛涌上心头，她竟然不知道自己究竟睡了多久，其间发生了什么事，蒋文娟为何不来？

“莫瑾，你现在的状况，恐怕不适合说这些。”钱治苦笑了一下，他想不到如何和莫瑾交代现在的状况。

“钱叔叔，你可知道我在这里之前干了什么事？”莫瑾冷笑。

不等钱治回答，莫瑾就说道：“我可是去自杀，我都有勇气去死了，您觉得，我现在不适合聊些什么话题？”

“莫瑾，不瞒你说，叔叔，竟然不知道该如何告诉你。”钱治别过脸，一个大男人，竟然在一个小女孩面前红了眼睛，真是丢脸。

“那么先告诉我，我妈和我妹妹呢？”莫瑾问道。

“她们现在在一起，挺好的。”钱治想也不想地回答道。继而他便想到了蒋文娟，心就像是被血淋淋地挖出来一般疼痛。

“你骗人。”莫瑾拉着钱治的手，冷静地看着他躲躲闪闪的眼。

“钱叔叔，告诉我，我妈和我妹呢？”莫瑾不容钱治回避她的问题，她必须马上知道，她用生命维护的人，现在究竟怎么样了。

钱治转过身，紧紧抱住了莫瑾，声音哽咽着说道：“她们去了你想去的地方，你回来了，她们却回不来了。”

莫瑾默不作声。

她无声无息，没有一点反应。

“莫瑾，你妈妈说，让你活下去，她求求你，让你活下去。

“莫瑾，你妈妈说，她爱你，胜过世界上的一切。

“莫瑾，你妈妈说，她从来不曾想过放弃你，一秒都不曾想过。”

窗外，一阵又一阵的风缓缓亲吻着莫瑾流下的泪。她的发低垂下来，流水一般地遮掩了容颜。

良久，莫瑾空洞的双眼里蜿蜒而下的泪润湿了钱治的背，他听见一声几乎微不可闻的哽咽，淡淡的却犹如死寂一般的声音问道：“钱叔叔，到底发生了什么？告诉我。”

莫瑾紧紧地咬住了嘴唇，在钱治的拥抱中，她的悲伤再也找不到合适的形容词。她沉默着，低头细细地吞咽着唾沫，眼睛里的神情，苍凉孤寂，就像暗室内的光，明暗不定，怅然而细碎的光。

钱治似乎在奋力压下内心的悲痛和起伏不定的情绪，半刻后，才缓缓开口道：“那天，有一个女人，拿着一张银行卡，找到了你的母亲……”

蒋文娟回到家后，不禁泪如雨下，莫瑾的做法，无异于自毁前程。她是多么怨恨自己这个母亲。

回想起这半辈子走来，蒋文娟在无数次选择面前，试图选择一条捷径，但是却没有想过，步履艰辛。

作为一个母亲，她好像用尽力气去燃烧自己，却走不出这个怪圈。到最后，女儿要用这种方法昭示自己的不公平待遇，她们从来就没有好好地交谈过，蒋文娟以为自己多么了解这个女儿，然而，她回头看来，彼此竟然像路人。

“请问，有人吗？”门外有一个女人的声音。

蒋文娟迅速用袖口抹干眼泪，然后大声应答道：“你是谁啊？找谁？”

然后打开大门，看见了一个衣着光鲜亮丽的女人。

她用极其厌恶的眼神打量了一下屋内的环境，然后用涂了暗红色指甲油的手，顺势推了蒋文娟一下，缓步走进屋子里来。

“你就是蒋文娟？”她一边问道，一边从一个价值不菲的手提包内拿出一包纸巾，然后优雅地抽出一张，缓慢地擦拭着那只碰过蒋文娟的手。

“我是蒋文娟，你是谁？”

“我？你就不配问，我究竟是谁，这个你拿着，里面有三十万元，密码是你女儿的生日。”欧艳的声音始终在一个平稳的区域当中，甚是好听。

“三十万元？我不明白。”蒋文娟看着她递过来的那张银行卡，抬头再看看欧艳的神情，尽是一脸不屑。

“拿着便是，就像你们这种人，见钱眼开就行了，还考究那么多，白费工夫，知道吗？”欧艳就差把卡拍在蒋文娟的脸上。

欧艳细细看来，蒋文娟确实算得上一个美人。虽说皮肤粗糙不堪，但是她的眉眼之间尽是风情万种，却又暗含着一股子韧劲儿，和莫瑾的眼神一模一样。

“你不说清楚，就带着你的钱滚蛋。”蒋文娟转身去拿扫把的架势。

“粗蛮人就是粗蛮人，有钱还不要是吧？总而言之，这钱，我是给到你手上了，至于要不要，我就顾不得那么多了。”欧艳把卡放在桌面上，转身就想走。

“你什么意思啊？”蒋文娟伸手就拉着欧艳，使足了蛮劲儿，愣是把欧艳抓出了眼泪。

欧艳没办法甩开蒋文娟的手，无可奈何地嘀咕道：“痛死我了，女儿难缠，她妈更难缠，什么嘛。”

“你的意思是，这钱和莫瑾有关？”蒋文娟猜测道，不禁下手的力度又重了，欧艳感觉自己的骨头都要被她捏碎了一般。

“你放手，我就说让莫瑾这个死丫头直接住院得了，瞎折腾什么？哎哟，我的手要断了啦，你赶紧给我放手，我要喊人了啊？”欧艳挣扎着就要喊司机。

“你喊，我让你喊，你今天要是不说清楚，这钱和我女儿究竟什么关系，我可是不会放过你。”话毕，蒋文娟干脆用力一扽，差点就把欧艳拉了个跟斗。

“泼妇，一家子都是泼妇，我这是好心救你们家那死丫头一命，你知道吧，居然殴打救命恩人，你们家还要脸不要脸啊？”

“我家莫瑾究竟怎么了？”

“我告诉你，就你作孽，像你这样的人，就是生一个死一个你知道吗？莫瑾，有白血病，你做母亲的居然不知道女儿怎么了，还来问我，真是不要脸。”

“莫瑾，白血病？”蒋文娟一下蒙了，瞬间她的世界坍塌成一片残垣断壁。

“我说让她治病，她非说不，让我把钱给你。”欧艳一把甩开蒋文娟紧紧拽着她手臂的双手。

“我不信，你骗我。”

“你爱信不信，我告诉你，像你这样的女人，根本就不配做母亲，钱比你女儿的命重要吧，所以她才想把钱给你。”

“不，不是你说的这样。”蒋文娟发狂一样又抓住了欧艳的手，硬是给她抓出了几条血道道。

“疯婆子，我看，最该去死的是你吧。”欧艳赶紧用力一甩，挣脱开了蒋文娟的双手，逃一般赶紧冲出门。

蒋文娟一个人站在没有开灯的房间，任由眼泪糊湿了脸，她不断地用力捶着自己的胸口，抓着自己的头发，企图把头发揪下来，以减轻内心中不得伸张的痛苦。

这时候，一个急促的电话声响了，划破了房间里面起伏不定的哭声。

“许静的母亲是吗？赶快来医院，许静的情况不好了。”

她拿着电话，久久不能动弹。此刻的躯体，已经不受控制地簌簌发抖，就像是一棵早已颓败衰老的枯树，再也无法抵御随即而来的风雨。无尽的煎熬，让生命早已经耗尽，形销骨立，心胆俱伤。

眼泪瞬时涌上心头，漫过了蒋文娟的眼眉。

她以为自己的一生，即便是焚心蚀骨、绝望疼痛，也应该有一个尽头。不曾想到，一念天堂，一念地狱，而她在其之间，无处安身。

命运兜兜转转，却未曾为她停留。

血腥之气冲入口腔，她紧紧地用手把那股强烈的铁锈般的气息压至肺腑，然后大口喘气，救女儿，刻不容缓，蒋文娟没有时间耗在这里痛彻心扉。

她拿着那张冰冷的银行卡，细细思索了一下，拨了一通电话，然后出门赶去了医院。

医院的门，在蒋文娟看来，就像一个龇牙咧嘴的怪兽，张开血盆大口，把每一个进去的人生吞活剥。她站在门口，抬头看了看天，竟不见天日，只能迈开了步子，早已经没有了退路。

“许静的情况，在逐步恶化，她的心肺功能都在衰退，她的父亲刚比你早到一些，说现在回去把房子卖了，医药费必须续上。但是我希望你能理智一些，这个孩子怕是不行了，若是强行积极地治疗，钱也不能维持她多长的生命，即便是有可能，那也是微乎其微的。”医生每一个字都斟酌过后，才对蒋文娟说道。

蒋文娟低头，咬紧了牙，脑部急促地疼痛，但是此刻，她的神情暗暗透出了几分苍凉。

“医生，我若是签下消极性治疗的通知书，那管事吗？”

“最好是让许静的法定监护人都能一起过来签字，这只是表示你们已经获悉并且同意医院的治疗方案。”

“我能去看看她吗？”

“重症病房，是不建议进入的，防止细菌感染。”

“医生，我求求你。”蒋文娟的神情，就像一具尸体，虽生犹死。

“好吧，但是不能待太久，你先跟护士去消毒。”

许静是一个很漂亮的女孩子，她继承了蒋文娟所有的优点，尤其是那双水灵灵的大眼睛，仿佛里面装着一个浩瀚的宇宙。

蒋文娟不由自主地瘫坐在床前，无穷无尽的悲伤仿佛脱缰了的野马奔腾齐齐撞向了心口，那种疼痛由上而下，直直坠入腹中，一阵绞痛随即旋来，她不禁紧紧地拽住了床边。

她看着许静，此刻，她无话可说，直视着即将面对的死亡，并不陌生。蒋文娟和许静两个人的身影，就如此逆着光，勾勒出了一幅和谐而又宁静的剪影。

许静就像一抹洁净晶莹的雪花，从未沾染世事沧浊。蒋文娟细细回忆起来，她是一个非常乖巧懂事的孩子，每次自己工作回来，用沾满泥泞的双手去拥抱她温暖的身体，这个孩子总会用自己的裙子慢慢地为她擦拭着泥土和尘埃。

许静说了，长大了有力气，就去菜市场帮妈妈搬菜。蒋文娟总是笑着说，年纪小就不能帮妈妈吗？许静便会挺起胸脯，说她可以帮忙摘菜叶棒子。

蒋文娟全神贯注地看着许静的脸，她细细地咀嚼着所有的痛苦，直到眼睛酸涩难忍。她握住了许静微暖的小手，在最近的距离里轻轻地呢喃着她的名字。

她脑海中自我说服了千万遍，直到坚信许静是幸福的。

夜越深，浓重的雾气激烈地弥漫了整个城市，也冷酷地覆盖了蒋文娟的身体，就像一个迷途的孩子一样，跌跌撞撞地找着回家的路。

20

莫瑾的身体，每况愈下，她仿佛失去了所有活下去的力气。很多的时候，她都静静地看着窗外，不言不语。时间长了，心神俱伤，耗损过大，早已是强弩之末。

她不想活下去。

钱治的话说得很隐晦，他就像一个巨大的包袱，把所有的痛苦都包裹得严严实实。但是，莫瑾看到那个陌生的男子，在每个深夜，独自一个人坐在病房外的长凳上，直到黎明。他的情感并不轻易外露，却在无数个孤寂的夜晚，在夜色的掩盖之下，翻出了如大海般惊涛骇浪般的悲伤。

蒋文娟走的时候，竟然没留下一句话，血液汩汩地蔓延过了她的咽喉，只能发出呜呜的声音。

医护人员看了她的手机，并拨通最后通话的号码。钱治不要命地赶去了现场。他看见蒋文娟的肢体被卷入车底后的变形和扭曲，双眼却死死地盯着某个地方，仿佛永远得不到救赎。

钱治握住了她的手，蒋文娟用尽了最后的力量，紧紧地拽着他，示意衣袋里的银行卡。他点了点头，然后蒋文娟便使劲儿露出一个微笑，就像那些逝去的时光一样，安静而温婉。

她的眼睛漆黑明亮，到最后的时候，也无法合上双眼，带着对人世间巨大的眷恋，背负了一生的罪，步履艰难地落下帷幕。

许静也在同一天的某个时候，悄然而去，或许，她认为妈妈实在是太孤单了，同一路，彼此之间成全了生养之情。或许，她听从了妈妈的话，亦想把生的希望，留给姐姐。

许文杰得到消息的时候，便神志不清，他就像一个孩子一样，扒拉着许静的尸体，不允许送到太平间。他对蒋文娟的恨，也无法因为她的死而平息，一遍、一百遍地用自残的方法惩罚着那个再也无法相见的罪人。

几天后，钱治在医院里见到了一个叫梁诗晴的年轻女子。她的气息就像一朵刚刚盛开的鲜花一样充满生气，却又难以掩盖脸上颓败的神色。

“我是莫瑾继父的朋友，他的精神状态很差，可能无法照顾莫瑾了。我感到很抱歉。房子卖了的钱，还有我自己的积蓄，拜托钱先生代为保管，务必用作莫瑾的治疗费用。这个孩子，不容易。”

钱治叹气，他看着桌面上的另外一张银行卡。千言万语，此刻却无法说出一个字。

“钱先生，我和她的继父会去别的地方生活，拜托你照顾莫瑾，我知道，这个请求，实在是无法拜托于你的，但是，目前的我们确实没有其他的办法。莫瑾，一定要好好地活下去。”梁诗晴缓缓说道，她的黑发中间隐约露出了白霜，想必也过得不好。

“放心，她的妈妈，生死之托，我不会辜负。”钱治点点头，不知为何，蒋文娟的样子在她离去后，并没有日渐模糊，而是更加深刻。

莫瑾在用一种缓慢的方式惩罚着自己，每天除了发呆，便是怀念，很多过往的时光，重现于眼前，就像迷雾中的真相，撩拨开了面纱，显于眼前。

半夜时分，莫瑾无声无息地褪去了盖在身上的被子，剩下一件薄薄的单衣，走在医院的某一个角落，没有穿鞋子的脚，感受着冰凉的地板，那股阴冷从脚心一直蔓延到心田，彻骨般的冷。

从今天起，她就是孤身一人，永远把灵魂遗留在此刻，一无所有地行走于人世间的边缘。

蒋文娟，你的心哪，真是狠。我不知该去哪里，能回到哪里去，在漫长的生命长河之中一个人无尽地品尝着孤独与绝望。

莫瑾想哭，最终发现，她无法再流泪。

某天早上，钱治发现，莫瑾一如常人一般，吃着早餐，常常若无其事地朝他笑笑。

通过多日的观察，钱治惊觉不爱喝牛奶的莫瑾，每日早晨，总会淡淡地把医院配餐送来的牛奶喝掉，不久过后，就会在洗手间一顿呕吐，周而复始地做着她原来并不喜欢的事情。

“莫瑾，其实你并不需要这样，有钱叔叔陪着你，你不会再孤单。”钱治抚摸着她的背说道。

莫瑾转过头来，淡淡地说道：“钱叔叔，这个世界并不会因为你的不适应或者不喜欢而为你改变，我早该改变我自己了，那个固执的我，真的很讨厌。”

钱治不说话。

这个倔强的丫头，在用一种残酷的方法折磨着自己，或许，有痛感，才好活下去。

莫瑾在转瞬完成了蜕变，她的内心是冗长的空寂和永恒的荒凉。离去的人远比留下的幸福，因为无梦可依地活着，也是一种折磨和痛苦。

钱治对莫瑾的病情并不了解，但是有一个疑团却在渐渐凝结。当日的医生在问诊病情的时候，就生气地说道：“为什么不早一些过来确诊？病情有恶化的迹象了知道吗？”

什么叫没有确诊？那个女人不是言之凿凿地说莫瑾得的是白血病吗？若不是如此严重的病情，那到底是什么？

此后，他便对莫瑾细心观察，虽然她没有表现出来，但是眼神里莫不包含一种等待着死亡的洒脱。

“莫瑾，告诉叔叔，你这病情是谁告诉你的？”钱治小心翼翼地询问着。

“那个来找我母亲的女人。”

“她怎么说的？”

“那天我晕倒后，醒来，她就说医生告诉她，我得了白血病。”莫瑾稳稳心神，回答道。这样直视着自己的病情，感觉并不是很好。她已经死过一回了，却也会惧怕再死一遍。

“可是，当天帮你看诊的医生却告诉我，你的病情，没有做进一步的确诊，也就是说，并没有确认你是白血病。”

“什么叫没有确诊？”莫瑾目瞪口呆。

“或许事情和我们预想的并不一样。”钱治冷冷地回答道。

钱治猜想到的事情，就整个事件是巨大的阴谋，目的就是让莫瑾心生绝望。此般恶毒的行径，究竟为的是什么？

莫瑾的心再次堕入深渊，再怎么愚笨，也不会听不出钱治对整个事情的大胆猜想，一步步缜密地对她性格的揣摩，然后毫无破绽地把她的生和死玩弄于股掌之间。

这个人用心险恶，在不经意间，设下了重重死局。

她的灵魂仿佛在顷刻之间，从地狱里重生，必须把整个事件冷静过滤一遍，若是有人有心让她陷入死局，也要付出十倍的代价。

几日后，莫瑾的骨髓穿刺结果出来了，她得的是和白血病病症很相似的慢性血小板减少性紫癜。失之毫厘，谬以千里。

莫瑾拿着诊断结果，说不出一句话来，整个人不断地簌簌发抖。若不是这个天大的谎言，或许并不是无路可走的。至少，蒋文娟不会因为自己不计后果的做法而心神俱伤，她也不会莽撞地奔于马路之间。一环扣一环，环环紧扣。

钱治看着莫瑾，看着她紧紧地咬着嘴唇，那狠劲儿仿佛完全没有痛感一般。

良久，钱治轻轻地伸手，拿走了莫瑾手中的诊断报告，替她把被子严严实实地盖上。

“莫瑾，忧能伤身，现在还是积极地接受治疗吧。等出院了，一切都会明明白白。”

“钱叔叔，我这里，痛得厉害。”莫瑾指了指自己心脏的位置。

“是我，都是我。这一切都是我造成的，钱叔叔，我好痛，我千方百计保护的亲人，在这个世界上我最珍惜的家人，却因为我自以为是的决定，最后却不得善终。

“为什么，她们要骗我？这究竟是为了什么？”

一股浓稠的血液随即涌上了她的喉咙。

莫瑾离开了这家医院，她并不想任何人找到自己。

这天之后的二百七十八天，每一个日日夜夜，每一日都是身心同时被里外折磨得形销骨立。从无尽的自责后悔，过渡到无尽渴望活下去的循环之中，莫瑾仿佛度过了整整一生。

她抱着巨大的侥幸心理，无数次为自己的过错找到丝毫能够依靠的依据。可是理想和现实总是无情地存在差距。

本市的新闻报道，鼎丰集团在市南一个项目中出现了严重的投资失利，白董事长因心肌梗死去世，鼎丰集团宣告破产。

第4章 裂缝

1

再次回到这个城市，莫瑾看到的，是自己以前不曾留意过的所有人和事。她剪了一头干练的头发，褪去了所有稚嫩的情感，蜕变成了一个清冷孤傲的人。身体上的病好了，她的心病却无药可医。

在医院的这段时间，她除了治疗就是疯狂地看书，就像一个海绵球一样，吸取所有的养分去滋养她干枯的生命。钱治为了让莫瑾能得到稍许的快乐，每天都去给她送不同的书籍，很多时候他都是静静地看着莫瑾。她一边打着点滴，一遍翻着书本，最长的时候，三个星期都不曾说过一句话。

出院的那天，莫瑾才第一次走出病房。她想知道的事情，终究还是得自己去寻求真相。

莫瑾就像做了个很长的噩梦，梦醒了，她却把自己丢弃在梦里，在无尽的轮回中，依靠恨而活着。唯有这样，才不显得步履艰难。

钱治把莫瑾带回了家，把她当作女儿一般看待，他也说不清自己究竟是一种怎样的情感，他并不是一个同情心泛滥的人，但是他无法不凭着良心去履行他的承诺。这个孩子，太苦了。

他给予了莫瑾一个施展的平台，虽然企业不大，但是不知道为什么，在这个孩子的倔劲儿里，他就像看见了蒋文娟，那双一模一样的眼眸。

莫瑾已经过了十八岁，她觉得自己应该从此忘却自己的年龄，忘却自己的所有，她想靠自己的双手，试试能不能创下一个未来。

她开始去干和蒋文娟一样的工作，去各种农副产品批发市场寻求最好的产品，然后批发回来在超市贩卖。中午都是混着馒头和榨菜打发一顿。晚上的时候就端坐在书桌前，汲取各种知识。

日复一日，莫瑾看着自己的双手渐渐蜕变得和蒋文娟的手一样，开始明白了活着并不是她想的那么容易。蒋文娟的纤弱双手为她编织出了一个美丽的生活，护她于自己的羽翼之下。每次想到妈妈，莫瑾总会强力压下快要溢出的苦水，生生地咽下去。生活并不会因此而怜悯你，机会总是眷顾努力的人。

很快，莫瑾就摸清了整个产业链，她在钱治的支持下，扩大了超市的整体经营范围，不但把企业的形象推陈出新，还大胆地拿下了另外三个高档小区的内部超市招标。

一年后，钱治就在莫瑾的协助下，买下了市郊的几块荒地，种植有机蔬果，还开办了养鸡场，并打通了几个高档酒楼的采购，以优质的产品闻名于这个城市。

这个时候，触觉敏锐的莫瑾迅速发现了互联网的优势，她马上整理思路，把线下的发展重点，转移到了线上。不仅扩大了批发渠道，还获取了来自全国的很多客户，事业如日中天。

同时，莫瑾也考取了各种证书，并自学了三种外语。这些年过去了，她学会了把自己的巨大悲伤包裹得密不透风。在努力铸造的坚硬铠甲之下，是一个千疮百孔的心。

经过一轮资本的累积，钱治的企业正式更名为瑞锦集团。发展过后的瑞锦，一片欣欣向荣的景象，并以一个全新的面貌走到人们的眼前。

“莫总，你今天要参加一个民营企业协会的晚宴，请问会按时参加吗？”

秘书罗敏轻声问道。

“当然，为什么不参加？”莫瑾笑了笑。

“司机在楼下等着你，现在过去，时间刚刚好，这是你的外套，天气降温，注意保暖。”

“谢谢你，总是那么贴心。”莫瑾看了一眼罗敏，然后亲切拍了一下她的手背，并用眼神示意她离开。

罗敏退出门去，她看着莫瑾干瘦的背影，总是觉得她年纪轻轻，不但行事干练，却也清冷孤寂，拒人于千里之外。

莫瑾看了看凳子上的黑色西装外套，并不想穿上，她已经习惯了自己的体温，微凉才是正好。

坐在房车里，莫瑾总是举止优雅，穿着黑色的十厘米高跟鞋，头发一丝不苟，拢于耳后，耳边缭绕着的还是那首《亚麻色头发的少女》。淡淡的百合花香让她心神安宁。

“莫总，到会场了。”坐在车副驾驶位置的罗敏提醒道。

“嗯，我们进去吧，对了，今天我们看的一个服装加工厂，落实得怎么样？”

“条件都谈妥了，下周约见他们的董事长就可以落实所有事宜。另外，你安排的办公室也将在下个星期装修完毕。”

莫瑾一边和罗敏谈着公事，一边步入会场，会场的大门打开，里面汇集了这个城市最优秀的商人。他们三五成群地聚集在一起，共享着彼此的资源，也在不断地变换着尔虞我诈的戏剧般的面孔。以前都是钱治作为企业代表出席。这么多年来，莫瑾觉得，自己也到了应该要隆重地登场的时候。

“莫瑾，是你吗？”王景逸远远在人群中就看见了那个清丽的身影。那个穿着精致西装的女人，就这样透过千山万水出现在了自己眼前。

莫瑾感觉到了那道炙热的目光。她回过头来，看见了凝视她许久的王景逸。那个当日被阳光笼罩着的大男孩，如今长成了一个出色的商人，西装革履，文质彬彬，被众人的目光所关注着，本市最炙手可热的商界新星，思科集团的未来接班人。

王景逸迫不及待就想走到她的面前，询问她这些年究竟去了哪里？为什么不辞而别？他在无际的人海之中寻寻觅觅，终究不能寻得她一丝一毫的音信。这些年，王景逸并没有出国留学，反而留了下来，为的就是要找到她。

莫瑾朝着王景逸的方向笑了笑，然后自然地别过脸，就像和一个久别的朋友打了个招呼，又像面对着一个陌生人，毫无波澜。她老练地周旋于各界的商人之间，如鱼得水，不断地交换着名片，笼络着自己需要的资源。

王景逸看见了她清冷的笑脸，不禁心里一沉，但是迅即又被强大的喜悦所覆盖，莫瑾，你终究以这样出色的方式出现在了我的面前，不管你的机遇如何，此后，我必须护你安稳。

晚宴随即开始，主持人开始了冗长的开场白，然后便进入了正题，民营企业协会会长的换届。这次的会长和副会长都会更替，江山辈有人才出。

这次的会长将会是历届中最年轻的，据说是美国斯坦福大学的高才生，出色的金融手段在他求学的时候就为一间投行疯狂获利，丰厚的佣金让他在短时间内就成立了自己的风投公司，继而投入的几个互联网新生行业都有出色的盈利表现，使他的公司迅速膨胀。

他回国后，在短短几个月的时间里，分别成立了风投和私募，形成了一个强大的关系网络，不仅迅速地为当地两三家私企整合并购于上市公司的项目里，而且他的投融资手段也是层出不穷。现在已经成为本市金融业一颗冉冉升起的启明星。

莫瑾听着有关这届新会长的各种议论，心里不禁佩服之至。这个时代将会是知识比拼的时代，谁掌握了知识，谁就掌握了先机。

这个时候，主持人介绍新会长入场："我们现在有请鼎丰国际的董事长白杨入场，请大家鼓掌。"

全场震惊，白杨不就是当年叱咤风云的鼎丰集团白洪的独生子？不就是那个破产了的鼎丰集团？大家不断地交头接耳。

"白杨，我早该想到是你。"王景逸笑了笑，原来一直行事不按套路出牌的公司董事长是你啊，这么多年过去了，你果然又回来了。

莫瑾的四肢都不能动弹，那么多年心心念念的人，此刻近在眼前，她突然很惧怕看见他，当年那个决绝离开的背影。

白杨穿着很随意，他缓缓上台，接过话筒，寥寥数语，便表现出了一个大企业家的风范和气派。举手投足之间都是满满的自信，多年的历练，他早已经在商海的淬炼中，成为一个出色的商人。在他的身上，竟然丝毫看不出一点锐气，取而代之是一种平和大气。父亲的骤然去世和家族企业的破产，并没有给他留下任何的烙印，在众人面前，他就是如此云淡风轻。

他缓步走下台，坐在了主席台中，身旁的几个商人靠过来巴结着向他敬酒，卑躬屈膝，但是白杨丝毫不在意，他面带笑容地看着那个此刻转过脸，逃避着他目光的清丽女子。

白杨轻轻地用手摸着酒杯。他克制住自己不停地向莫瑾的方向探视，那个瘦小的身体这么多年都没有长胖，西装穿在她的身上怎么看怎么别扭。

莫瑾的脸上密密地出现了汗气，罗敏观察到了她的不适，向她递过了纸巾，并询问道："莫总，你是不是不舒服？要不要先离场？"

莫瑾摆了摆手，然后用力地揉按了自己的太阳穴。

菜肴上桌，莫瑾只是随意地摆拨了一下，她无法下咽任何的食物，整个胃都被塞得满满当当。

白杨和几个副会长，其中包括王景逸等几个人，一桌一桌地去敬酒。

轮到莫瑾这一桌，她不知道为何，很想逃离现场，此刻她毫无准备，想必自己肯定面容惨淡无光。

她刚想拿起外套离开，王景逸就一个箭步走到莫瑾的跟前，一手按住了她藏于外套下的手，从别的角度看起来，就像是他们的手在外套的掩盖之下紧紧相握。

莫瑾想挣扎，王景逸却暗地里拉住了她的手，并低头在她的耳边轻声说道："别弄太大动静，不然在场的所有人就会传言，我们之间的关系匪浅。"

莫瑾即刻不敢动弹，生怕别人看出任何端倪。

白杨缓缓经过，目光深邃如常，表情自然而然，仿佛完全忽略了此时紧挨着王景逸的莫瑾。他修长的手指轻轻地勾住了红酒杯脚，动作雍容淡定地按着每个人座位的顺序碰杯。

他面带微笑地走到了莫瑾和王景逸的面前，眼前的这对人儿，男的俊秀，女的俏丽，画面如此和谐完美，就像多年相处才能表现出来的默契，同时举杯碰向白杨的酒杯。人们不禁有点迷恋地注视着这对天作之合一般的人儿。

白杨轻巧地把酒杯一侧，巧妙地躲开了王景逸刚要碰上来的杯子，反而以一个低于莫瑾手中杯子很多的角度悄然一碰。

莫瑾情不自禁地抬眼看他，那仿若昨日的面容，就像是一个久别不见的朋友，两人的目光碰撞褪去了所有的尴尬，但也没有更多的内容。她一时竟然愣了神，在白杨润暖如春的笑容之中，竟然一时看不出他的心意。她张了张口，觉得嗓子有一种莫名的干涩，那种苦涩的味道在口腔里荡漾开来，比灌进嘴里的酒更要苦上几分。

白杨的眼眸在下一秒就飘离了莫瑾的脸，他侧身而过，留下了一股属于他的淡淡气息，如海浪翻滚般沉沉向着莫瑾袭来，把她卷入海底。

莫瑾顿时坐在凳子上，时冷时热，手指都在不断地颤抖，她的脑子里一片空白，一个恐怖的念头马上萦绕着她的整个思绪。她仿佛在那个四季如春的眼神里读出了一个冷如寒冬的深意，那就是冷漠。白杨在刻意地回避她，忽略她。这一刻，她的心坠入深渊，刹那间就窒息了。她下意识地转开头，猛然从王景逸的手中挣脱开来，手指抠紧了自己的外套，转眼间便又平复了气息，昂头注视着低头一直看着她的王景逸。

"莫瑾，你的手很冷，怎么了？"王景逸关切地问道，话毕便从她的手中接过外套，然后披在了她的身上，此时此刻，宛若这个场地只剩下他们两人一般。

果然场上便引来了无数人打量的目光，一场绯闻上演于眼前，没有人会错过如此的一场好戏。

"王总，你的关切，有些过度了，你我之间还是保持距离为好。"莫瑾冷冷地说道。她并不是对王景逸没有感恩之情，但是有些情感有还是没有，泾渭分明。

"你对我，和我对你，终究是不一样的，随你，这是我的名片，有任何事情，给我打电话好吗？”王景逸热切地看着她，眼睛竟然隐含着一种哀求的意味。

对于王景逸，莫瑾还是没有办法做得狠心。他对她的好，恰如其分，当年的一命，终究是欠了他的。

莫瑾接过那张名片，马上示意罗敏把名片保存下来。

“莫瑾，我不知道你的疏远从何而来，但今天晚上是我这几年来最开心的一天，再见。”王景逸虽然很失望莫瑾此刻的表现，但是他也明白，这几年，她走到此处，并不容易。

“保重。”莫瑾点点头。

白杨的冷漠，仿佛把莫瑾扔于万年的冰窟一般。很多次的夜里，她设想过他们的重逢，虽不及电影或者小说那般诗情画意，但也决计不是这般狼狈。

他的轻描淡写在莫瑾的心里画下了浓重的一笔，当年执意要他离开的是你自己，今日彼此形同陌路，也是咎由自取。

莫瑾的目光，不由自主地一直追随着白杨的身影而去，如今的他褪去了稚气，镀上了一层明亮的光，举手投足之间都散发着自信的气息，他不再是当年那个趴在书桌上睡觉的男孩，那个无时无刻问她时间的男孩，那个逼迫她好好学习、不准早恋的男孩。他们的青春以及随之的所有过往，都在那天烟消云散。

2

敬酒环节结束后，白杨便离开了会场。他一边疾走，一边低头交代秘书凌霖安排一些事宜。很多人都评价说白杨的眼睛总是那么锐利，仿佛在他的视野里，便不能有自己的隐私一般。至于白杨为什么带领着巨大的资本并没有落户于北上广深，而是二线城市，想必他除了要收复失地，也要把当初市北这个项目的失利调查清楚。

当年白杨匆匆远赴美国，曾经就市北这个项目和白洪彻夜详谈。他当时就对这个项目提出了严重的质疑和顾虑。这个项目是王振杰当时留下来的最大的投资项目之一，当时这个项目最大的争议就是它属于不良资产包，风险很大。白洪却认为这个项目的盈利空间很大，公司的副总等人经过仔细调研认为操作的难度不大，以鼎丰集团的实力，完全可以全权发展。

白杨没有办法劝服父亲，也只能嘱咐凌霖，公司有任何的重大变动都必须要告诉他，然后心灰意冷之下远赴美国。

而凌霖在白杨到达美国后的一周内就被停职，并除去董事长秘书一职，调离董事会。

公司副总暗地里加快了对市北项目的投资力度，把集团其他正在基建并且回报利润可观的项目叫停，这种急功近利的做法让集团的现金流骤然紧缩。

不久，当鼎丰集团的大量资金进入后，市北项目便出现了重大的变故，多名隐形的债权人突然出现，并通过法律等相关手段，冻结了市北项目的资产，并开始了长达两年的诉讼。其中最大的债权人，便是思域集团的董事长王振兴。

当集团进入严冬六个月后，副总以双倍高薪跳槽到思科集团出任执行董事。他遗留给鼎丰的是一个不可逆转的巨大困境，随之而来的是多个项目经理的集体跳槽。

白洪固执地相信当年的好兄弟，不过是因为一时的公司股权分配不公离他而去，甚至当年公司巨大的变故也是王振杰无可奈何的做法而已。他步履蹒跚地去了思科集团总部大楼，希望和这个老兄弟碰一面，或许鼎丰集团还能够有转机。

王振杰的办公室远比白洪的气派，清一色的黄花梨中式摆设和家私。正对着办公桌的雪白墙面上挂着一副名家的墨宝，上面写着：行到水穷处，坐看云起时。

白洪看着站在窗户外的王振杰，他想起了兄弟两人艰苦创业的时候，总是有上顿，没下顿地熬着苦日子。

两人第一次见面是在海运码头扛货的时候，那天的太阳比往常的都要凶猛，吐着灼热的舌头，就像要把世间万物都烤焦。码头里的年轻人都裸露着上身，暴露着精瘦的身子骨，好让货主挑选。王振杰的身材高大，揽活特别容易，货主一般从一堆年轻小伙里一眼就挑中他。白洪身子不好，个头不高，人长得稍显老相，揽的活儿是最少的，常常一整天，连一个馒头都吃不上。

王振杰看见那个从衣兜里掏出一个馒头，想了一下又掰下半个，留到晚餐的白洪，就自然而然地走过去，拍了拍他的肩膀，咧嘴大笑，掏出一包榨菜，分了白洪半包。

从此以后，有王振杰的活计就肯定会有白洪的，两个人形影不离，用他们当时的话说是，同生共死。

白洪清晰地记得，王振杰说过，他希望以后这个码头的活都让他给包揽了，那就是兄弟俩最好的日子。

他们熬过了最穷最苦的日子，却走不过这做梦也没有想到过的好日子。不知道从哪一天开始，他们就日生间隙，白洪却浑然不知。直到自己入狱判刑，王振杰带走巨大资金，创办了思科集团，打起了对台，白洪也不肯相信是这个昔日情如家人的兄弟设局陷害自己。

“振杰，这些年，你过得可好啊，老哥看着你今日的成绩，总算是心里安慰啊。”

王振杰缓缓转身，并不搭话，缓步走到办公桌前坐下，顺手拿起一个酒杯，随意晃动杯体，里面的葡萄酒挂杯形成了一个优美的弧度。他举杯抿了一口，醒酒的时间恰好，入口芬芳醇厚。

白洪尴尬地看着王振杰悠闲自得地品着红酒，顿时有点窘迫。他看见王振杰抬手示意他坐在办公桌对面那张客椅上的时候，那种自然而然的疏远感，让他的心一阵揪痛。

“我嘛，托白总的福，过得还算不错，却不知白总今天到来，为的是什么事情呢？据我所知，也就是市北的那个项目才能让你拨冗来到这里啊。”

“确实是有愧啊，今天厚着脸皮来到这里，确实有事相求。”白洪顿了顿，看着王振杰心不在焉的表情，不知道下面的话该不该接。

“我们多久没见了？”王振杰突然问道。

“很久了，我出事后到现在，便没有再见过，不是我不想见你啊，很多话一言难尽。”

“六年零七个月，我用了多少方法，你才肯来到这里见我？”王振杰转头看着白洪。他抬手，一杯红酒滑进嘴里，就像喝水一样。

“你不是一言难尽，而是没有脸来见我，白洪，你自己做了什么，你心里清楚。”王振杰声音孤冷，他并不看白洪，仿佛哀莫大于心死一般。

“当年，你明知道严丹喜欢的是我，却横刀夺爱，不仅如此，你还把原来属于我的股份以多种名义稀释，我读的书不如你多，枉我那么相信你，可是你却当着所有公司元老的面，将我扫出董事局。”王振杰缓缓说道，就像说一件别人的事情一样，毫不在意。

“我花费所有的时间和精力，就是要搞倒你，拿回属于我的一切，如今这个结果，我相当满意。可惜啊，老天爷对你还是不薄，让你有了个好儿子，年纪轻轻就发现了这个关键项目的背景。他必须要离开，所以我要砍断他的羽翼。不过最后，还是你成全了我。就像当年你自己说的，用人不疑，疑人不用。我留下的伏笔，就送你一路吧。”

“忘了告诉你，这个项目终将成为鼎丰的催命符，你们所有的融资渠道全部被我切断，而作为最大的债权人，思科将全权接手鼎丰旗下的资产。我只是拿回利息而已。不是当年你说的，像我这样的粗人，不善商场上的经营，还是去负责项目的质检吗？如今就让你好好看看，谁才是最后的赢家？

“严丹也该好好看看，当年她的选择，究竟是有多么荒谬。

“回去吧，我看鼎丰也该易主了，白洪，这是你应得的，当初你给我的，今天十倍奉还。”

白洪回去后，久久坐在了自己的办公室里。他打开了当年没有机会颁布的董事会决议，一封任命王振兴的信函。为了消除王振兴的急躁脾气，下放他去基层锻炼半年后，就让他担任集团的副董事长。

不久后，鼎丰宣告破产，白洪急病去世。严丹远在美国，收到白洪去世的消息后，便一病不起。她完全接受不了那个曾经为她撑起一片天的男人突然离世的消息，这一病犹如大山坍塌般，身体竟也没有再缓过来。

这一系列的打击，这背后的人刻意而为之，整个计划目的清晰明确而且每个关键点都落得精准无比。明刀易挡，暗箭难防，这一仗，输得彻底。

白杨一直在寻找莫瑾的下落。

当凌霖告诉他有一个名字出现在民营企业晚宴名单上的时候，白杨立刻登上飞回中国的航班，按时出现在了会场，然后看见那个挂念了不知多少个日夜的身影。看见王景逸同样惊喜的神情后，他随即便明白，她终究不是一个出色的演员。这个女人，也是时候尝试一下这些年自己所受的痛苦了。

他才强忍着内心的欢喜，故意冷落她。看着她的脸瞬间变色，白杨差点就掩饰不住嘴角的笑意，快步离开会场，他害怕自己下一秒就穿帮，忍不住跑到她的面前，紧紧地抱住她。

可是，他却完全没有预想过，那一日终究是世事如棋，他们在相互维护的同时，却也让对方走上了一条至痛至苦的人生之路。至此后两个人的人生就南辕北辙，终究无法逾越那条如山高如海深的沟渠。兜兜转转，却只能在遥远的地方，始终用最深情的眼光遥望对方。

求而不得，是一个执念，如磐石般不可转移。他们没有不早不晚遇见对方的运气。

莫瑾此刻就像一个迷途的小孩，她躺在自己公寓里那张大床上，失眠。

一直以来，她的睡眠质量都非常差，总是噩梦连连。很长的一段时间里，钱治都必须坐在床旁看着莫瑾服下安眠药才能让她入睡。然而睡眠的时间并不长，她总是清醒着，无休止般地工作、学习，就像一台永不用休息的机器一般运转着。

用她自己的话来说，她想增加生命的深度。每时每刻，都在代替着妈妈和妹妹而活。莫瑾想疯狂地耗尽自己的生命，肆无忌惮。可是如今，她却迷茫了，不知道自己将何去何从。

如今的白杨，早已经不是以前的他。

莫瑾茫然地拿起床头滚烫的水杯，往嘴里一送，灼热的痛感让她差点把热水泼了自己一身，脑子里竟然全部都是他的影子，脸上淡淡的笑意，眼底却是浓浓的忧伤，那一脸恍惚的神情，让她度过了一个不眠之夜，第一次，高剂量的安眠药也不管用。

第二天，莫瑾破天荒地浓妆艳抹地遮掩了她瘀青的眼底，上了车。副驾驶的罗敏看见了，马上递给她一杯温度刚好的黑咖啡。

“莫总，服装加工厂的老板已经同意签下合同，我们约的是十点，现在过去时间应该刚好。”

莫瑾点点头，一手拿着咖啡，另一手不断揉着太阳穴。这副臭皮囊越来越经不起折腾。当时出院的时候，医生也多次嘱咐她注意休息，若是得知她现在这样糟蹋身体，就要悔恨不该救她。

到了对方的办公地点，莫瑾和罗敏同步步入会议室。她看还有少许时间，便打开合同，虽然这份合同已经多次经过律师的斟酌，但莫瑾还是仔细审阅着每一个条款，恐防有一丝的差错。

这个制衣厂可谓她必须要拿下的重要一步。说起来也奇怪，她打个瞌睡就有人给她扔来了一个枕头。当时通过罗敏的筛选，符合她要求的选择几乎没有，但是在最后一刻，却有人推荐了这家制衣厂，说是老板要转行，想要出售。

罗敏到制衣厂一看，不仅设备先进，而且附带的工人都是经验老到，管理严谨，可以马上投产。不仅如此，开出的价码刚好是他们能够承受的价格下浮约三个点，不多不少。

“莫总，我看合同里可争议的地方不多，拿下应该是没有任何问题的。”

“对方没有说刚购进大批的设备却要卖盘的原因是什么？”莫瑾还是有点顾虑。

“没有，我多方打听，也没有打听出什么消息来，可是这个老板在行内的口碑很不错，应该是可以放心的。”

莫瑾陷入了一阵沉默中，冥冥之中，有一股引力在缓缓地拉她入局，或许是她太孤寂了，需要有激情的碰撞，才能深刻地感到自己还活着，不知为何，心内一阵躁动。

“莫总，你很准时。”一个中年男人缓步走进会议室，他仔细打量着莫瑾，就像是在细看一个物件一样，巨细无遗。

莫瑾被看得浑身说不出的难受，不禁假装咳嗽了一下，然后说道：“刘总你好，相信你对我们提出的价格都没有任何异议了，那么让我们顺利地完成交易吧。”

刘总翻开罗敏放在他面前的合同，随意地看了一下，然后缓缓抬起头来，微笑着说道：“我只有一个要求，相信也不是什么强人所难的事情，莫总你应该是能答应的吧？”

莫瑾眉头一皱，转过头来用眼神询问罗敏，这究竟是什么状况？罗敏摇摇头，表示她完全不知情。

“刘总，你请说，如果不是什么过分的要求，我想没有什么是不可以做的。”

“我只是想大概知道你的五年内的发展计划，要知道这个工厂是我的一片心血，里面的员工都跟了我好些年头，若不是我私人的问题，恐怕也不想转手。”刘老板合上手中的合同，眼睛直直地盯着莫瑾，好像要把她看出个洞来。

“看在刘总的一片心意，我想谈谈也未尝不可。毕竟刘总是这一行的老前辈，给晚辈一点意见，想必刘总不会吝啬的。”莫瑾落落大方地笑了笑。

“个人认为，加工生产的利润仅仅是整个价值链上最少的那个部分，传统的订货加工制会逐渐走向衰亡，而利润分配最大的研发设计和品牌渠道，网络销售将会走上时代的舞台，所以未来五年里，我都会把重点放在线上销售，互联网思维下的经济将会开创出一个全新的局面。”

“莫总，你很年轻，很有活力，希望我的工厂能在你的朝气蓬勃的带领下，走向一个美好的未来。我的员工们就交给你了。”刘总微笑着签下了合同。

罗敏心中的那块大石瞬间放下，她收起签好的合同，向莫瑾点点头。

“刘总，感谢你的支持，如果不是你给我这个机会，可能我还没有机遇走进这个行业。”

“客气了，希望你一切顺利。”

莫瑾和罗敏离开了会议室。上车后，莫瑾揉了揉眼睛，看了一下时间，示意司机去装修的办公室所在的商业区。

刘总拿着签好的合同，走向了会议室的另一个隔门，不易发觉。

“白杨，叔叔帮你这个忙，可不能不明不白啊。这个工厂和白送没有什么区别，你为的是那个小姑娘吗？”

“叔叔见笑了，我在商言商而已。”白杨拿着合同，仔细看着那个字迹娟秀的签名。和那么多年前的一样，看来莫瑾没少练字。

“白杨，我可不好骗啊。”

“刘叔叔，你儿子的推荐信，我已经整理好了，等你去到美国后，我会帮你具体安排，还有阿姨的医院，我也嘱咐好一个翻译陪同，所以你就不要太过担心了。”

“你这孩子，罢了，喜酒我必须得喝，我得详细给老白汇报啊。”刘叔叔摇摇头，这白杨从小的心思就比较缜密。可惜这杯喜酒，白洪是等不到了。

白杨笑了笑。

他想到的是，刚才在门后听见她的声音。那胸有成竹的计划在她的声线的描述之下，竟成天籁。那个女孩子，终究长大了，她不再蜷缩在阴暗的角落里，而是走出来无惧阳光夺目的曝晒。

莫瑾，你知道吗，多少次我看见过你眼睛里的自卑和绝望，那种刻入骨血的情感，让我胆战心惊，让我彷徨。我不想听到有一天，你会幼稚地因为配不上我这样的理由而离去。与其这样，还不如我来把你这样的念头抽筋拔骨地挖出来。哪怕你鲜血淋漓，我也要把这种可能扼杀掉。这样，我们才会两不相弃。我用这样的方法去爱你，你可会接受？

既然你想要到更高的地方，那么我便一路随你而行，直到你累了，回头看看，我依旧在你的身边，不远不近，就在那里一直等着你。

白杨把合同放进保险柜里，拨了通电话。

“白总，你新的办公室，我已经安排好了，随时可以搬过去。”凌霖回答道。

“不着急，我们现在先去见一个老朋友。”

凯旋汇是本市最繁华的一个商业地带，附近矗立着甲级写字楼，高档商场等。绿化地带郁郁葱葱，现代和自然的高度融合，让该地段的价值不断飙升。

白杨坐在凯旋汇的中餐厅里。他手里端着一杯普洱茶，温度刚好，入口甘醇。

这个餐厅大有名堂，装修高贵典雅，菜品价格不菲，厨师来自香港的米其林星级餐厅。

“白杨，好久不见。”王景逸步入房间。

“王景逸，好久不见。”

王景逸缓缓坐下，他看着眼前的白杨，这个男子从内到外焕发着一种纯粹的自信，犹如一块润然白玉，让人忍不住想靠近。

“说吧，这次找我来，不是为了叙旧吧。”白杨淡淡地问道。

“当然不是为了叙旧，白杨，你这次来势汹汹啊。我们无法共赢吗？”王景逸拿起茶壶，想给自己倒一杯茶。

白杨抬手，压下王景逸刚想拿茶壶的手。

“这款生普，入口略显苦涩，喝后口干舌燥，并不适合你。”

服务员轻声推门进入房间，在王景逸面前放下了一杯菊普，茶香夹杂着菊花的清香，顿时溢出一阵醇厚的气息。

“喝这个，适合你。”

“所以你的意思是？”王景逸看着色泽浓厚的茶水，皱了皱眉头。

“不同道，不必同行。王景逸，你这是在担心什么？”白杨抬起头，眼神锐利地看着王景逸。

“思科将会在今年于香港上市。”王景逸微笑道。

“是吗？预祝思科前程万里。”白杨抬起手中的杯，一饮而尽。

“莫珍妮明天的飞机回来。”王景逸话锋一转。

“那么转告她，一路顺风，我还有事，就不作陪了。”白杨起身，离开房间。

王景逸看着他离去后的身影，摇了摇头。思科集团和一家国际投资机构进行了私募股权融资。对方在前期注入了大量的资金，但是同时也签署了一份基于业绩增长的对赌协议。协议里要求复合年增长率不能低于百分之五十，若达不到，那么将会把公司的大量股权或者等值现金代替输给对方的投资人。

据说，这家国际投资机构的幕后管理者就是白杨。

王景逸看出窗外，不禁陷入沉思。王振杰使出各种不得已的手段在鼎丰集团上获得了极大的利益，已经处于一种极度高调的状态。他不断于各种公开场合中夸夸其谈，并把扩张的速度加快到了目前的现金流无法承受的地步。所以思科集团下了一步险棋，把目标放在了上市，而且为了达到这个目的，只能通过这种暗藏巨大杀伤力的融资方法。

夜色降临，街道上的灯光亮起，连成了如星海一般美丽的幻象。仅仅是几年的发展，城市的建设披上了五光十色的霞衣。王景逸觉得自己形单影只，世事不可能尽如人意，目光穿越色彩艳丽的霓虹灯，随着那闪烁着华丽的光晕漫开来。

莫瑾一个人走在街道上，手里拿着个面包和一杯热拿铁。不知道为什么，每天玩命似的去拼搏，却不如这十五分钟来得悠然自在。她散下扎起的头发，任由发丝随着晚风飘动，偶尔撩拨着面颊，也是一种难得的消遣。

手机里传来罗敏的短信：“莫总，七点整，全体设计部的员工开会。”

这么些年来，莫瑾已经习惯了，一个人吃饭，一个人工作，一个人生活。似乎她的生命，已经被各种工作挤得满满的，有方向也有目的。可是每当静下来的某一刻，那张脸便会出现在她的眼前，这个时候，她心脏的某个部位就会隐隐地痛，那种痛不得伸张。

她站起来，拍了拍皱了的裙子，整理了一下被吹得乱七八糟的头发，然后随手扎起一个让她看起来成熟老练的马尾，快步走向公司。

白杨坐在一个咖啡厅，他摇了摇头，然后拿起面前的一杯热拿铁，喝了一口，皱了皱眉头。再看了一下他面前的那个看起来又干又硬的面包，思考了一下，还是抬手拿了起来，放进嘴里咬了一口，细细地咀嚼着。

他慢慢地吃完那个面包，看了看时间，叹了一口气，然后离开了咖啡馆。

在遇见莫瑾之前，白杨觉得自己这一生都将无趣地活下去，一个人站在高楼处独望。他拿起椅子靠背上的西装，示意凌霖让司机开车。

莫瑾回到公司，进入会议室，各个部门的主管都在讨论着面前的企划案。大家对莫瑾的大刀阔斧进军服装市场大有不解，甚至有个别人在高声地议论着公司前景堪忧。

钱治则是一直安静地听着，并没有发表任何意见。他看见莫瑾匆匆地赶回了公司，便示意她桌面上有一杯热水："别急，先喝口水，晚饭又去哪里凑合？"

"谢谢钱叔叔，随便对付了一点，我习惯了，现在开始开会吧。"

"莫总，我们公司现在的营销情况，投入那么多资金到一个全新的行业，是否太过冒险？"

"莫总，虽然我们现阶段的发展势头相当乐观，但是如果要抽调一部分营销团队去负责新的项目，人力资源恐怕满足不了。"

莫瑾一直很冷静地听完各个部门所提出的意见，然后微笑着看着他们，缓缓回答道："我们先看一下设计部的同事做出来的计划案如何？"

设计部的主管刘芸侃侃而谈，她是莫瑾通过高薪挖到公司的。她希望的是和莫瑾一起打造一个时尚的服装品牌，这种共同发展并持有公司干股的模式让她雄心勃勃。

她的目标非常清晰，尤其是线上营销的能力很强，触觉灵敏。她和莫瑾的想法非常接近，在互联网思维下的影响下，这是一个非常重要的发展契机，在不久的将来，这一块将是兵家必争之地。她们放弃传统的服装发展模式，在服装设计款式新颖的同时，把营销的主力放在了互联网这个切入点。

这个设想非常大胆，完全放弃开实体店，只在线上销售。大家七嘴八舌地议论着，都无法想象这究竟是一种怎样的营销模式。

"互联网革命正在深刻地影响着传统的服装行业，目前我们是抱着一个怀疑的态度去尝试这种全新的消费盲点，不久的以前，大家都还不知道网购到底是什么，可是现在很多的人已经渐渐习惯了这种新的模式，到底能不能行，我不知道，可是如果不试试，就永远不知道结果。所以，各位，放下你们所有的担心，让我们齐心协力地去试一下吧。"

钱治看着莫瑾，拍了拍她的肩膀，示意会一直信任着她，支持她。然后大家很快地敲定了接下来的所有事宜。

散会后，莫瑾使劲儿地揉着自己的太阳穴，拿起桌子上的那杯热水，已经透出透心凉的寒气。昂头，一饮而尽。

“莫瑾，你知道，以我现在拥有的，已经能护你一辈子安稳，有没有想过，钱叔叔并不需要你这样拼命地工作？”钱治心痛地看着她。

“钱叔叔，我在尽力地好好活着，你对我的所有好，我记着。等你老了，走不动了，我来护着你，谁也不许欺负你。”

“傻丫头，谁敢在你的面前欺负我呀？”钱治安慰地笑着。

“钱叔叔，你有没有考虑过，找一个爱你的人，结婚呢？你太孤单了。”

“不说这些了，你这个周末，忙完了，回家吃饭，钱叔叔给你下厨如何？”

“你打算给我做什么好吃的呢？”莫瑾揉了揉酸痛的脖子。

“我好好想想莫瑾喜欢吃什么呢？红烧肉？糖醋排骨？葱粒炒土鸡蛋？”

“我准时回家！”莫瑾急忙忙地喊着。

看着钱治离开的背影，莫瑾生生地忍住了快要流出来的泪。以前，她不懂，为什么清明节的时候，他总是会一个人去到蒋文娟的墓前，久久地站着。雨水总是把他的脸给打湿，看不到脸上究竟是什么表情。他说有的感情，终究会穿越世间的界限，比山高、比海深。

现在莫瑾或许还是不能懂，钱治对蒋文娟是一种什么情感，他总是淡淡地笑着提起蒋文娟，说她太苦了，说着她最喜欢的花，说着她的好，脸上总是洋溢着满足的笑。或许，他是幸福的。

莫瑾拖着疲惫的身躯，回到位于市区中心单身公寓的家。她一面看着这个季度的服装设计，还有具体的财务预算，脑子不停地飞速转动着，突然撞到了一堵温暖的墙上，顿时头昏眼花。

“哎？你怎么站在别人家门口？”莫瑾莫名其妙，这个单身公寓私密度很高，一般来说，住户不能到别的楼层，而她所位于的这一层，只有她这独户。

“所以，你还不快点开门？”白杨冷冷地说。

莫瑾抬头一看，手中的文件顿时散落一地。

“你，怎么在这里？”莫瑾的脸不知道为什么烧得厉害。

“莫瑾，你是要我站在门外听你问这些没有营养的问题吗？”白杨冷冷地说道。

“那也不表示我欢迎你来我家啊，孤男寡女的，我怕我不安全。”莫瑾开始语无伦次。

“我饿了。”白杨把头低下来，靠在她的肩上，暖暖的声音传在她的耳朵里，一道暖阳一般把莫瑾整个人都照亮了。

莫瑾的单身公寓很干净，几乎没有任何杂物。除了罗敏会按时上门叫钟点工打扫卫生以外，这个地方没有一丝生气。整个环境一尘不染，仿佛就没有人来住过一般。

白杨就这样安静地坐在客厅里，一动不动。

“我这里没有吃的，要不叫个外卖？”莫瑾小心翼翼地问道。

“不要，我要吃你做的。”白杨闭上眼，不再多说一句话。

莫瑾一脸黑，对于一个每一顿都是随意对付的人来说，她最能拿得出手的也只有下面条了。

记得蒋文娟以前很多时候为了生计，都会随便给她下一碗清汤面。清汤面里没有多少油水，有时候连青菜都不曾有，只有几颗小葱花。莫瑾那个时候总是吃一半留一半，她总觉得清汤面吃了刮胃。可是现在她细细想起来，在面条的覆盖之下，总有一个荷包蛋，这也许就是所谓的母爱吧。

莫瑾揉了揉自己发红的眼睛，她翻箱倒柜才找出了一包面条，还是不带调味包的即食面。也就是说，这是一碗清水煮面，连味道都不会有。

面条放在了白杨面前，他看了一下，那快煮成糊糊的面条，入口竟然没有一点味道，不禁皱起了眉头。他细细地吃着，很慢地嚼着，仿佛在享用法式大餐般优雅。他细长的手指在握着筷子的时候，轻巧地挑动着面条，入口也没有一丝声响。

莫瑾看着面前的这个男子，眉眼间总是淡如水，他并不会有很多的表情，也不让别人从他的表情了解到内心所思所想。

“是不是很难吃？”莫瑾忍不住问道。

筷子滑出手心，从来都是定如磐石的白杨，突然手抖了抖。

他转头看着莫瑾，苦笑了一下：“确实，不怎么好吃。”

莫瑾挠了挠头，他三更半夜就是来找虐的，她煮的东西，连自己也是不吃的。

“但是，是我吃过最好的面条。”白杨捧起碗，把清汤都喝完了。

“白杨，你怎么知道我住这里的？”

“大致上，你没有什么，我是不知道的。”白杨缓缓说道。他想了一下，然后苦笑道：“不知道的，或许只有当年你离去的原因吧。哦，还有这些年，你过得怎么样，我也是不知的。”

“过去的就不说了，反正我现在好死不如赖活着，也挺好的。倒是你，在美国好好的，怎么说回来就回来了？”

“我知道你出现了，就回来了，没有什么特别的原因。”

莫瑾愣在那里，白杨也不说话，两人之间沉默下来，生出一种淡淡的窒息感。

“莫瑾，别吃那么硬的面包，而且是五分钟就着一杯咖啡吃下去的，这样对胃不好，睡不着也别吃安眠药。”白杨并不看她，他别过脸，不想让自己好不容易按捺下去的火气又冒出来，这个女人，并不是在生活，而是在狠狠地虐自己。

“白杨，你怎么还是和以前一样？管得好宽？”莫瑾昂起头，一副这不关你事的表情。

“我要睡觉。”白杨话锋一转。

“不行，哪有人跑到别人家里骗吃骗喝还要骗睡的？”

莫瑾还在面红耳赤地说着，各种手舞足蹈地想把这个莽然闯入她地盘的家伙给赶出去。她坐立不安，忽冷忽热，手指都在颤抖，满脑子的胡思乱想。

白杨就这样头轻轻靠着沙发的靠背，闭上眼睛，呼吸声慢慢平缓。他实在是太累了，三天没有合过眼。在尽可能快的时间里，来到了莫瑾的身边，不管她愿不愿意。

莫瑾叹气，只能随他在这里借宿一晚。给他抱来一床被子，慢慢盖在了他的身上。细细看着他的脸，似乎包含了很多她看不到的深情。他的眉眼之间宁谧柔和，肌肤透出一股微微的霜白，睫毛微卷，得天独厚的俊朗面容，还是让人看一眼，便赏心悦目。

其实她最想问的问题，终究还是没有问出口，比方说，你和珍妮还好吗？或者，你和你的女朋友如何了。

他们之间仿佛在一夜之间就回到了高中的时候。白杨主宰着莫瑾的所有，他像疯了一样，禁止她早恋，威逼利诱她做无止境的习题，背英语字典。如今的他，猛然撕裂了莫瑾伪装起来的平淡生活，强迫她直视着自己的存在。

莫瑾叹了口气，看着他额前的头发轻轻地覆盖着脸，闭上的双眼和往上微翘的嘴角，眉宇间有种深眠的放松。

看来是一夜好梦。

莫瑾回到自己的房间，不知为何，今夜却不觉得寒冷。往日的失眠，大致上是她自己思虑过重造成的。那么多年以来，深夜的她总是在睁眼闭眼之间，做着无止境的噩梦，就像堕入了一个轮回又一个轮回中，独处的寂寞感很多时候都会无情地把莫瑾吞噬。

然而不知道为何，今夜，莫瑾听了白杨的话，生硬地把长久依赖的安眠药扔进了垃圾桶。她躺在床上，耳边仿佛响起了白杨柔畅的呼吸声，双眼竟能自然闭上，放空思绪，缓缓进入睡眠。一夜无梦。

两个人，相隔着一堵墙，却紧紧地想向对方靠拢。孤单了太久，就连自己本能想要靠近的人，也会心生抗拒。

天刚蒙蒙亮，莫瑾就醒过来了，她躺在床上想了很久，最终还是拗不过自己，穿着睡衣，顶着个鸟窝头偷偷地打开了房门，想偷窥一下厅中的美男子是不是还在睡梦之中。

早就人去被子空。

莫瑾伸手一摸，被窝里还有淡淡的温度，看来他刚走。她开始埋怨这个借宿的家伙，走了也不打声招呼，没有一点儿礼貌。

猛然发现了他留在桌面上的一个条子，打开一看，字迹苍劲有力："今晚七点，凯旋汇西餐厅，不见不散。"

3

晚上的凯旋汇聚集着全市最出色的人们，每个人的脸上无不是一副运筹帷幄的样子。他们感受着成功带来的愉悦感，同时也被无止境的欲望所包裹着，在觥筹交错之间，充斥着人情世故和利益交换。

莫瑾身上穿着一件袖口带着蕾丝的衬衫，外面套了一件西装，笔直的西裤和高跟鞋让她看起来严肃孤冷。

服务员把她领进了一个包房。房间里是一个十二人大圆桌，看起来就是为了商务应酬所准备的。圆桌的桌面上摆放了一壶茶，茶杯是金色包边，显得高贵典雅。莫瑾走过去，拿起杯子，慢慢喝了一口，温度刚好，没有放糖，红枣桂圆茶。

莫瑾不禁脸色一红。下次不能再让那个家伙到家里来，白杨心细如尘，这种私人信息，他真是随手拈来。

她坐下，用手托着腮帮，思绪随即飘远。她和白杨似乎很久没见了，但是大家离别仿佛在昨日，每一次那个决绝的身影都会让她的心痛上万分，可是转头，白杨就会出现在身旁，而所有的痛竟然不药而愈。这种感觉，让她十分焦虑。

包间的门缓缓打开，白杨缓步走了进来。他的脸色不好，有点发青。但他硬是看着莫瑾挤出了一个绵长又温暖的微笑。

“等很久了吗？”

“我一向准时。白总，你迟到了一刻钟。”莫瑾站起来，伸出手，动作很生硬，就像他们两人并不是在约会，而是商务会面。

白杨愣了一下，瞬即伸出手来，十指紧扣地握住了她的手。他的手温暖，手心的温度缓缓传递到莫瑾的手中。她想缩，但是他不放。

“白总，你这个手，握得我全身不自在。”

“莫总，可惜了，我却身心愉悦。”白杨违心地说着。

服务员马上上菜，菜品精致夺目，食材新鲜，看得出是花了大心思的烹煮。比方说那个豆腐切成花一般熬制的汤，入口还带有浓厚菌类的清甜。

莫瑾却实在吃不下，她的手被紧紧握着，握出了手汗，手脚不知该摆放在何处。她的额头甚至还出现了细细密密的汗珠。而白杨则是一副斯文淡定的模样，细细品尝着菜肴。许久，才放下勺子用纸巾擦了一下嘴。

“还是你做的面条比较好吃。”

这绝对是讽刺。莫瑾在身侧冷哼一声。

“白总这话说得真是让我汗颜，我的手艺怎么敢和名厨相比啊。”

“我们回家吧？”

莫瑾嘴里含着的筷子瞬间掉落在桌面上？什么？这就回家？还是我们回家？这什么进度？

“白杨，你别得寸进尺！我们回什么家？你这算哪门子事？我们什么关系，你就要回我家？”莫瑾近乎咆哮地喊道。

“首先第一个问题，我的家就在你的家对门，这样说来，一起回家并没有什么问题吧？第二个问题是我们什么关系？”他细细地考虑着这个问题。

“对，什么关系？我想，我们之间最多也就是旧同学的关系吧？我对你仁至义尽了，你知道吗？”

“可是，我觉得，我们远不止此。”白杨抬头说道，眼睛里就像有一道光，把莫瑾看得心里一阵又一阵地战栗。

莫瑾目光呆滞地说道：“怎么远不止此？你何时说过喜欢我？”

“可是从一开始到现在，我也没有说过不喜欢啊。”白杨淡淡地说道。

莫瑾竟然不知道如何应答。她看着眼前的男子，他紧紧地握着自己的手，一刻都不曾松开。他手中的力度，让她的心脏都像被紧紧地握住了一般。

从他们认识到现在，白杨确实没有说过，他不喜欢她。问题是，那也不代表喜欢啊！

“莫瑾，我不知道你究竟为了什么原因，要狠狠地推开我，若是因为那些为了我好一类的话，我可以告诉你，我一点也不好。”

他用暖暖的指腹一下又一下地划过她的手心。

“这些年来，我无数次告诉我自己，我喜欢你，和你一点关系都没有，你有权利去选择你爱的人，我也有权利去选择我爱的。”

他的眼眸这一刻比夜深，黑压压的，就像蕴含着一片大海，就这样直直地看着她，仿佛要把她看穿，无处可藏。

“如果，你永远不想见我，你也可以明说，永不相见，那么我亦会再次如你所愿。莫瑾，你要我走吗？如果你说，我便走。”

莫瑾看着他，张了张嘴，竟然说不出一句话来。

白杨看着她，语气缓了又缓。

“莫瑾，很多话，我不会说，可如今若是你想听，我也可以告诉你，每一个字，每一个句子，都是我的真心话，莫瑾你看着我，是不是我的真心，你就弃如敝屣？”

莫瑾摸着自己就快跳出胸腔的心脏，她竟然不知道是开心，还是伤心，从眼眉到四肢都是僵硬的。很久以后，莫瑾的情感猛然一波又一波地侵袭而来，冲垮了紧绷着理智的堤岸。她的意识和肉体扭结成团，用力地拉扯着五脏六腑。

白杨抬手，让莫瑾的手掌紧贴着自己的胸口，那颗强而有力的心脏，就这样跳跃于手心中。他的手指温柔地摩挲着她的指尖，温存而细致，像是用自己的温度去抚平她那所有日积月累的悲痛。

“莫瑾，无论你多少次，用什么方法，我再也不会离开你。”白杨拂过了她的泪，她的发。

“莫瑾，不要推开我，求你让我护你一生安稳。”

莫瑾竟然也有微醺的感觉，她看着白杨的脸，所有纷扰着她内心长久不得安宁的心情，迅即解脱。

她的泪就这样安静地润湿了白杨的衬衫。多年以来，她已经习惯了把久酿于心中的苦酒独自品尝，从不外露，仿佛很多的人和事情都不曾来过。每到夜深人静的时候，她的悲伤就会争夺而出，跃于心间。她今日，只想肆意地把头靠在白杨的肩，放任自己一回。

窗外的喷泉和音乐于八点响起。在他们的面前，如一朵巨大的盛开的水中之花，展示着那如舞般美妙的姿态。

白杨轻轻地拥着怀中的女子，就像拥抱着一件世间珍宝一样。

莫珍妮下了飞机，她焦急地拿着行李走向等待许久的司机。

“王景逸，今晚有空吗？出来聊聊？”珍妮透过车窗，焦虑地不停地敲打着玻璃窗。

“你刚下飞机，要不然，等到明天？”

“刻不容缓，你马上出来。”

咖啡厅里，莫珍妮的脸色并不好。她的眼下是一片深紫色瘀青。三天前，她便收到消息，白杨不知道因为什么原因突然回国。他在纽约设立的投资机构迅速地在他离开的二十四小时内，高管人员全部转调香港。

已经五年了。莫珍妮追逐白杨五年了。

她打开镜子，用粉底狠狠地补着妆，苍白的脸再也无法掩盖着的倦容。镜子里的女人，面容姣好，眼睛早已经褪去了所有的稚气，转而晕染上了一层妖媚之色，指尖涂的是暗红的指甲油，微卷的大波浪黑发，身上萦绕着浓郁的佛罗伦萨久经历史的香气。

王景逸步入咖啡厅，看见了这样一个袅娜的背影，不禁眉头一皱。

“莫珍妮，很久不见。”

珍妮抬起头，继而委婉地一笑。王景逸身上穿着一件黑色的夹克外套，随意休闲的打扮让他俊秀的面容更添几分英气。他双手环抱在胸前，一副很警觉的样子。

“很久不见。”珍妮撩拨了一下头发，一股浓烈的香气迎面袭来，王景逸略感不适。

“你不在美国发展，突然回来莫不是有什么好消息吧？”王景逸抬手拿起一个杯子往里倒入了热茶，不经意地问道。

“明知故问，我问你，白杨是不是回来了？他是不是找到莫瑾了？是不是把一个制衣厂转让给了她？”

“你好多问题，但是我拒绝回答。”王景逸一听见莫瑾的名字，心里就像被紧紧地揪住一般地痛。

“不过看在老同学的情分上，我回答你一个问题，白杨确实回来了。”

“该死的，我早该预料到他的这个举动。”莫珍妮愤恨地说道。

五年了，白杨还是对她视若无睹。哪怕是她费尽所有力气去追逐他的身影，进入了同一所大学，但白杨就是能完美地错过和她一起的所有科目。每一次的遇见，白杨都拒人千里。

多少个日夜，她就在白杨不远不近的地方陪伴着他，看着他熬过每一个通宵，见证着他每一个成功。哪怕是他不愿，但白杨就是莫珍妮一辈子的执念。她固执而疯狂地爱着这个人，从小到大。然而这种热烈的爱，却没得到任何的回应。

白杨哪怕一个眼神，都不屑于给她。他孤独地成长着，也不需要她的陪伴。他的冷淡就像一把锋利的刀，一下又一下地把她奉于面前的心脏凌迟了一万遍。

莫珍妮抚摸了一下自己的脸，自己的所有时间和青春，都在这无止境的暗恋中散去，她试图抓住些什么，打开掌心，竟然毫无所获。

而那个制衣厂是她回国后打算拿下的第一个项目。不知为何，白杨却捷足先登。最先获得消息的是她，但是却不知道具体出现了什么契机，在极短的时间内，这家制衣厂的老板就已经迅速卖盘，而且价格竟然比她的开价还要低。

瑞锦到底是谁的？白杨为什么要从中使出手段让制衣厂以超低的价格卖盘？难道五年的陪伴，都不足以让他看清自己的爱恋？

莫珍妮使劲儿地揉着自己的高档裙摆，一股难以言语的愤怒油然而生。她不自觉地用手指揉了一下自己湿润的眼角，强忍着内心的痛感，不让眼泪掉下来。她讨厌这种求而不得的感觉，白杨一直在辜负自己的爱，他总是让自己承受无可复加的伤害，让自己这份绵长的爱意犹如他鞋下一块粘住不放的口香糖一样遭人嫌弃。

“我们多年前的交易，看来没完。”她恶毒地笑了笑。

“我想，我们已经各取所需。”王景逸顿住了，仰头把茶倒入自己的咽喉。

“王景逸，你获得的远比我的多，你认为这是一个公平的交易吗？”珍妮把声音压低了说。她的眼看穿了王景逸的心脏。

“莫珍妮，当年的事情，你不要再提。”王景逸厉声说道，露出了无比嫌弃的神情。

“不要再提？王景逸，你不觉得自己很可笑吗？你在后悔什么？还是说忏悔着什么？我想告诉你的是，当年的所有做法还是你提议的，什么叫各取所需？你来告诉我。”

“世界上没有后悔药，但是我再也不允许任何人伤害她，当然也包括我自己。我们获得的，相比起莫瑾失去的，实在是微不足道。我们都欠她太多了。珍妮，有些事情，是不能勉强的。”

“真是可笑，这样的话从你的嘴里说出来，怎么听都像是一个笑话。王景逸，你不是我，你怎么知道我心里的苦？五年了，我的所有爱恋都在白杨一个人身上，我就想好好问问他，他凭什么不爱我？”莫珍妮侧过脸，把快要滑落的眼泪隐去。

“珍妮，很多事情，并不是你想要，就会得到的。”

“那么，我得不到，也不会让任何人得到。王景逸，我们早在五年前，就已经坐在一条船上，何不再合作一回，或许让你的思科集团再上一层楼？”

“有些错误，一辈子犯一次足矣。你保重。”王景逸起身，转身离开了咖啡厅。

他的背影，不知道为什么，总有一股落寞之意。

莫珍妮不说话，她看着王景逸的背影，猛然折断了摆放在桌面上的玫瑰花，花梗上的刺扎进了她的手指里，鲜艳的血液慢慢地滴在了雪白的桌布上。

她看着自己手上的伤口，竟然不觉痛。与内心的焦灼比起来，莫珍妮瞬间觉得再多的真心付出就此坠入万年寂然浩瀚的海底，永无天日。

孰胜孰败，还未到最后那一步。莫珍妮轻轻皱眉，缓缓抬手拿起渐凉的茶水，轻抿入唇边，她在仔细地斟酌着如何继续博弈，不觉间，夜色朦胧至深。

看来，这么多年了，莫瑾仍旧没有学会，有些东西，终究是拿捏不得的。莫珍妮笑了笑，转头看向窗外的夜色，在无尽无际的深邃黑暗之中，她仿佛看见了一丝光亮。

4

莫瑾在办公室里，忙得焦头烂额的时候，并没有觉察出白杨一直目不转睛地看着她。这已经是这周第四天，他毫无征兆地空降到办公室里了。

他不紧不慢地看了罗敏一眼，然后接过温度正好的普洱茶，喝上一口，一句话都不说，安静地坐在沙发上。

白杨总是动作儒雅地拿着一本财经杂志，轻靠在真皮沙发上，脸上没有多一分的表情，不多时便会有轻微翻页的声音。

莫瑾刚接完一个电话，便有空闲喝上一口那杯已经放置到冰凉的咖啡。她细细看着那个端坐于面前的男子，办公室里就因为她这看似不在意的一瞥，便到处流窜着各种别样的气息。白杨的气息多半属于严冬里那一抹孤高清冷的初雪，让人不想靠近。他的眼睛总是带有几分邪魅的韵律，仿佛不知不觉便穿透人心。

很多的时候，莫瑾并不觉得自己有多了解白杨。他事事都运筹帷幄一般地得心应手，可是每当彼此的目光碰撞的那一刻，那一丝惧怕和躲闪，总是恰如其分地被莫瑾觉察到。

咖啡急促地灌入喉中，竟没有预料中那般冰冷，温度刚好，让她每一个毛孔都舒服地情不自禁扩张。

“冰凉的咖啡，并不能让你冷静下来，还是喝点热的好。”

白杨盖上杂志，站起来，随手顺了一下微微褶皱的西装衣角，又扯了一下袖口。

“白同志，难道你就没有别的什么事情？天天在我这里闲逛，我也不会付给你顾问费。”莫瑾瞪了他一眼。

“我来这里看着你正常作息，便是重要的事情，看起来，你并不会照顾自己，这几天以来，你不仅没有按时吃三餐，甚至工作时间过长，莫总，这是玩命呢？还是玩命呢？”

“我爱怎么着就怎么着。”莫瑾放下咖啡杯。

白杨走到她的面前，双目凝视，他的眼眸中浮现出一丝隐隐的苦恼，脸不断地在靠近莫瑾，她的肌肤很好，虽则并没有浅桃花般娇艳欲滴的血色，却是如凝脂一样晶莹剔透，褪去了少女的稚气，换上了一种灵动却有着自信的气息。就是这脾气，就像刺猬一样，一碰就会露出锋利的刺针，扎得人心底疼痛难忍。

“莫瑾……”

白杨一副是我多事了的样子，他的身子微微倾低，完全自动忽略掉周围环境一般，把头靠在了她的颈窝处，明明高出莫瑾一个头，却弄出一副我见犹怜的样子。

莫瑾心里一紧，连忙在他的头碰到自己的下一秒，让出来一个身位，却被他的发撩拨了一下脸颊，不禁火辣辣地疼。白杨总是这样软硬兼施，目的明确又不明确。

她看着眼前的男子，手足无措。他总是以一种她无法抗拒的方式，进入她的生活，就像一个种子慢慢发芽成长，最后盘根错节地占据了她内心里整整一片土地。

白杨是在她最焦灼不堪的岁月里抓不住的一个梦。如今看来，他仍旧是如此不真实。她想要逃离，那种梦破人醒之后没有尽头的期盼。多少次，她都想要回避他那赤裸裸的炙热的想要靠近的目光。

“你又瘦了。”白杨淡淡地说。

“你并不需要这样拼命，我可以一辈子都护着你。我想给你，而你却不想要。所以我只能远远地看着你，只是希望你不要忘了我还在原地等着你。”白杨伸出手拉着莫瑾的手，她的手并没有温度，冷得就像一块冰。

“不要突然说这些情深义重的话，这么多年了，你不知道我就是天生凉薄的人吗？我还有一个会议要开，你要没有别的事情，我就不陪了。”

莫瑾的手重重地甩下了那只紧握着她的手，逃一般地走去了会议室。她的额头密密地沁出了一层水汽。经过了生死离别，莫瑾比自己想象中更加不堪一击。

越是爱，却越不能爱。

太过珍贵的，往往不能拥有。莫瑾回头看了一眼独自站在办公室里的白杨，他的表情冷至冰点，瞬即别过脸。

莫瑾生生压下了自己想要回头的冲动。那些隐匿在内心深处的东西，不停地翻滚着，撞得她五脏六腑撕裂般地疼痛，一层接着一层把她淹没。失去至亲的恐惧感，蔓延开来，她张开手，什么都没有落在手心。多少个日夜，她用一种极致的疯狂去淹没的自己的恐惧感，又在这一刻蠢蠢欲动。

她捂住心脏，那个位置，痛得无以复加。莫瑾企图用最冷漠的方式桎梏自己余下的所有情感。若是没有白杨的再次出现，或许她一如行尸走肉般活着，然后毫无意外的孤独终老。

每当白杨炙热地把他的情感置于她的面前，毫无保留地裸露着他的真心实意的时候，她只能冷冷地接下，然后冷冷地置于一旁。她害怕自己无法再承受失去任何的情感依托。她要履行自己对母亲的承诺，好好地活下去。

白杨转头看见那个走走停停的身影，握过莫瑾的手还在细腻地感受着她皮肤的触感，手指不停地在摩挲着，她的手心瞬间出现的细密水汽。他苦苦地笑了一下，她的所思所想，他怎会不知。

还是多年前的那个她，丝毫没变。她的人生似乎都在逃，他们的命运在逃来逃去之间，无法得到救赎。莫瑾，可能这一辈子，再无法如你所愿，因为我已经无可救药地在你所在的地方，画地为牢。

罗敏把一堆如山高的文件递给莫瑾，她是一个非常称职的秘书，不仅把时间急缓标注了一遍，而且细细地过滤了一些没有质量的文件。

“罗敏，我们的品牌进度如何了？”莫瑾问道。

“莫总，总体来说，我们将会在下个月投产，模特是国内现在x杂志当红的新星，非常适合我们的整体形象，她的合约价格已经超出了预算的百分之二十，但是仍在可控范围内。”

“签下她。”莫瑾揉了揉太阳穴。

“好的，我马上把合同传真去她的经纪人处。”

“我们新的厂房运作顺利吗？下午去看看吧。”

“准备工作相当顺利，样衣已经出来第一版了，设计师等你看完后的意见，再进行第二版的修改。”罗敏翻开设计师的工作进度报告放在了莫瑾的面前。

“莫总，这是民营企业家协会和国外华人企业家的一个联谊活动，你会出席活动吗？”

“去，为什么不去？”

“那么我安排出席的行程。”罗敏看着心神不宁的莫瑾，自觉地把语速尽量放慢。

两小时以后，冗长的会议结束后，莫瑾站起来，揉了一下有些麻痹的大腿，然后又匆匆赶去了工厂。她只是希望用所有的工作把自己充实起来，以至于可以把脑子里某个固定的身影剔除出去。

这种想法坚持了四十八小时后，莫瑾彻底崩溃。她无时无刻，都在揣测着某个人的去向，以至于她频频走神，这种情况，犹如世界末日。

罗敏看着一直喊着滚烫的咖啡不够热，或者是加了冰块却还是不够冷的莫瑾，还有手中一沓让她重复复印数遍的文件，不禁笑了。明明桌面上就贴着一张字迹刚劲有力的便利贴，上面写着白杨要出一趟远门，但是近在咫尺的莫瑾就这样自动忽略。

莫瑾给很多人的印象都是孤僻而又凉薄的，但罗敏却知道她不是。她们第一次见面的时候，罗敏穿着一件旧衬衫和一条洗得发白的牛仔裤，脸上写着的是窘迫和无奈。她的父母用尽家里所有的钱供她上学，就连她的姐姐也年纪轻轻地就去打工赚钱给她交学费。可是当她满怀希望地以为可以靠自己的学识能力去撑起一片天空的时候，社会却给了她迎头一棒。而当她怀里只剩下两个发硬的馒头和一瓶矿泉水的时候，莫瑾来到学校招工。当时的莫瑾也只比罗敏大一岁而已，但是当莫瑾伸出手握了罗敏一下的时候，罗敏就知道这个女孩子和别人不一样。莫瑾的手有很多的裂口，粗糙得就像一张磨砂纸，她问的话不多，只是笑笑地说，愿不愿意一起打拼一份事业？罗敏就点点头同意了。

接下来的日子里，莫瑾对她的好，罗敏都一一记着。那种好，无关功利，只是人与人之间纯粹的情感。莫瑾一路走来，多的是苦和坚毅，剩下的便是无边的孤寂。她仿佛与世界上所有美好的情感绝缘了一般，不愿意打开那尘封已久的七情六欲。

罗敏原来以为自己是一个不被幸运之神眷顾之人，可是当她看见莫瑾在每一个清明节，总是一身素衣地去祭奠亲人的时候才知道，有的人歇斯底里地去奋力抵抗命运的残酷磨难之时，同时也永无退路地在生命之河中孑然一身地独自航行；内心中所有的坚硬棱角被生硬地磨去，遗留下一个无法触碰的柔软心房，却遗失在无法拾捡的某个角落。

莫瑾总是带着两束洁净的百合花，然后坐在墓碑前，一坐便是一整天。她浑身沾满了清明时节雨纷纷的湿气，也洗脱不了那种深入骨髓的凄凉。

罗敏知道，对于莫瑾来说，她的灵魂已经随着逝去的亲人，永久埋葬于冰冷的匣棺之中，剩下的只是一个空荡荡的臭皮囊。

而如今的莫瑾，却是如此鲜活地活在她的面前，罗敏其实更多感受到的是庆幸。因为就算是她设身处地代入莫瑾的生命里，也不知道该如何活下去，或者说活下去究竟有什么意义？

能够有幸遇见一个所爱之人，莫瑾还是有那么几分运气的，不是吗？罗敏把莫瑾放置冰冷的咖啡倒了，给她续上一杯温度刚好的，想到那个男子冷冷地嘱咐她这两天要细致地关注莫瑾的生活习惯的时候，总是暗暗地想笑。

莫瑾坐在车里焦躁不安，频频地看时间，不知从何时开始，她觉得度秒如年。虽然说不清这种情感从何而来，但是让她的内心泛起了层层叠叠的涟漪。

夜幕笼罩着的城市在莫瑾的眼睛里呈现的颜色竟是黑白，所有的五光十色都被一层浓厚的雾霾所覆盖。她的裙摆在身体不停地碾压之下，出现了明显的皱褶，高跟鞋在左右摩挲着鞋跟。莫瑾毫不掩饰她此刻的心情，她讨厌这种患得患失的感觉。

车子停靠在宴会厅的大门，刚好另一台车里的主人也缓慢地下车，他没有离开，而是驻足等待莫瑾。

王景逸看见莫瑾的车子的时候，内心又一阵窃喜。若是能等到和她一同前行，这便是最好的日子。他多么想追逐这个身影，却无法碰触她的一处衣角。

“莫瑾，很久不见，你还好吗？”王景逸上前暖暖地看着眼前的女子，她一身黑色的长裙，头发轻轻挽起，犹如一朵黑夜玫瑰般摄人心魂。

“王总，你好。”莫瑾淡淡地说道。

“今晚我并没有想到你会来，也好，今晚的来宾和客人总归是对瑞锦有助力的。”

“劳王总您费心了，希望你我都有收获。”

两个人淡淡地交流着，言语之间并不涉及生意以外的话题，但是王景逸却又看见了另一个她。这个莫瑾和以前的一样也不一样。同样的面孔，不同样的灵魂。

当二人步入宴会厅的时候，便引来了很多人的目光，才子佳人，总是让人赏心悦目。莫瑾拿起一杯服务员送上的鸡尾酒，轻轻抿了一口，随即王景逸便顺手拿走，递给她一杯温水。

莫瑾皱了一下眉头，王景逸便轻轻拉着她的手，走向三五个围起来的小圈子。整套动作行云流水，没有给她留下任何一个拒绝的机会。

和每一次的宴会一样，交往的不仅仅是人情世故，而且高度浓缩着钱权交易之下的各种伪装和权衡。莫瑾就像是一尾鱼，灵动地游弋在其中，她落落大方地在人群之中寻找着各种有利可图的踪迹。她的浓如墨缎的黑发不偏不倚地坠落在王景逸的心间，轻轻地撩拨着。

王景逸看着眼前的女子，他终究是明白自己的心意的。可惜造化弄人，他不愿伤她，却是那个伤她最重的人，多年前的那一丝欲念化身成了一把最锋利的刀刃，划断了他与她之间在这个世界唯一的缘念。在莫瑾悄然而别的那些日子里，每一个夜晚，他都会在噩梦里被凌迟一万遍。每一次的梦里，他抱着的莫瑾，浑身被温热的血液包裹着，她的脸就像一朵洁白无色的百合花，眼睛逐渐逝去了神采，惨白的嘴唇呢喃着。王景逸心中一惊，心就像被剥落着一块又一块肉般撕裂地绞痛着，他连忙低头，俯到她的唇边，希望听见她说出的每一个字。然而他听到的便是，莫瑾咬破唇说的我恨你。

愿时间倒流，让事情全部重演，他愿意代替她落入十八层地狱，代替她咀嚼人生极致之苦。可惜，他却只能站在她的身旁，看着她一步一个血印地走到现在，而自己无能为力去替她做些什么。

莫瑾，时至今日，我亦不愿让你在无尽的孤苦之中无法自拔，若是你能施舍一个机会给我，我愿意用一辈子去偿还你。王景逸的心被她的身影紧紧牵引着，他企图悄然靠近，但是她都会很警觉地回避他每一个无懈可击的动作。

直到她看见一个身穿红色礼服的女子紧靠着一个男子在悄悄地说着什么的时候，莫瑾整个人刹那间呆若木鸡，手中原本轻巧捏住的酒杯随即被她用力地握着。

王景逸随着她的视线看去，只见远处白杨皱起眉头不知在考虑什么，而身旁的女子站姿暧昧地企图向他靠去，白杨不禁后退了一步，但并没有转身离去。

莫瑾低下了头，她用力压制着内心如骇浪般翻滚着的苦涩，苦心铸造的防御围墙瞬间坍塌。

王景逸看着莫瑾惨白的脸色，苦笑着，此刻的自己恐怕也不遑多让。他抬手想要握住她，莫瑾微微一让，王景逸的手便落在半空中，他并没有就此收回手，微微蜷起手指，仿佛还想抓住那一丝落寞的空气。王景逸的内心此刻也同样是惊涛骇浪，痛苦无边。

那个女子瞬间感受到了身后有人默默地注视她，她优雅地侧过脸，完美而又俏丽的面容就像是一朵带刺的玫瑰，娇艳欲滴。

王景逸一看那女子的脸，不禁愣住了，他随即低头看了一眼莫瑾，她只是轻轻地喘了一口气，马上恢复了平静，转身就想离去。

“莫瑾，好久不见了。”

珍妮缓步而至，还不忘回头挑衅般地看了一眼白杨。

莫瑾听见了莫珍妮的声音，轻叹了一口气，随即转身，脸上换了一副淡然的笑容。

“珍妮，好久不见。”她缓缓地说道，然后看了一眼身边的王景逸。

王景逸随即上前一步，轻轻扶住了莫瑾的纤腰，并不言语只是向珍妮点点头。

此刻的两人，怎么看怎么暧昧。

王景逸只感觉莫瑾的身体一颤，却并没有进一步的躲闪，而是落落大方地随他轻扶着。两人之间悄然紧靠的身体，让莫瑾的脸上晕染上一层如晚霞般浓烈的潮红，在别人的眼里看来，就是女性柔美娇羞的表现。

白杨的心里顿时就像被灌下了黄连水一般，又苦又涩。他随即走到三人的面前，看了莫瑾一眼。她的肌肤胜雪，衬托着一袭黑色的长裙，黑发稀松地拢于耳后，就像一颗耀目的珍珠置于黑夜般散发出幽幽的光亮。

他就这样直直地走至莫瑾和王景逸中间，冲散了他们之间并不协调的暧昧。

王景逸苦笑了一下，他尴尬地放下手，却还在感受着手掌内的温热。哪怕知道，莫瑾不抗拒只是片刻的利用，但是他却甘之如饴。

反倒是珍妮最为尴尬，她并没有预想到白杨会这样堂而皇之地站在他们两人之间。她美艳的面容在盛怒之下，不禁有点扭曲，她举杯，然后微笑着说道：“听说瑞锦正在大张旗鼓地进入服装行业，我先预祝一下前程万里。”

莫瑾微笑着捏着酒杯，生生压下了一个杯的位置，已表示客气和感谢。她的举止自然而然散发出一种优雅和自信，相比起来珍妮却显得生硬和刻意。

“白总，这个×制衣厂原来是你投资公司旗下的其中一个项目，所处的位置将是未来发展新区的中心区域，现在看起来并没有什么价值，但是在不久的将来，这个地价会是一个最可观的投资，不知赛诺菲有没有这样的运气能和您合作一回呢？”

莫瑾刚用唇轻抿的酒此刻却直直滑入咽喉，酒的苦涩和浓烈马上冲头，她的眉头紧紧地皱在一起。

原来如此，白杨果真出手大方，这份厚礼就她而言，现在接不是，不接也不是。他从来都是这样，对你的好，容不得忤逆和不接受。

白杨冷冷地接过话语：“我却是没有这样的荣幸与赛诺菲集团合作了，毕竟赚钱容易，合拍却难。”

珍妮紧紧咬住了嘴唇，冷笑了一声。白杨，这只是开端，刚才我开出的条件，若是你答应的话，就是双赢，不然我也不会让你们心里过得舒坦，我得不到的，别人也休想得到。

酒席马上开始了，各人意兴阑珊地回到各自的位置上，王景逸紧跟在莫瑾的身后，他示意她身旁右手边的企业家调换个位置。而原来坐在主席位置上的白杨看见了，不甘示弱地让他左手边的企业家也换个位置。这样就成了这个酒席上最耀眼的组合，两个风度翩翩的青年才俊都默契地坐在了一位俏丽佳人的两侧。他们的意图不言自明，大家都饶有兴致地想看看最终花落谁手。

珍妮在远处看着白杨眼里如海般深的情意，她的心随之被剥得七零八落。莫瑾，你究竟有怎样的运气才能凌驾于我之上？为什么一直都纠缠于我和他之间？这枚眼中钉，肉中刺，怎么就无法剔除？珍妮的手一直在搓揉着自己的裙摆，那愤懑的感觉一直萦绕不去，你想要这个风头吗？那么我就给你，让大家好好看看，你究竟是几等的货色。

她低头吩咐自己的秘书，此刻的表情就像一条吐着血红芯子的毒蛇，躲在阴暗处，猝不及防就会一口咬住敌人。

而此刻的莫瑾表面上落落大方且不偏不倚地坐于两人之间，她极力地收拢着自己的肢体，害怕某一刻的松懈便会偏向于哪一方。白杨偏偏不让她如愿，他跷起的二郎腿，有意无意地碰触着她的脚背，却目不斜视地注视着主席台的动向。

莫瑾心里不禁骂道，脸皮可真厚。

这时候传来了邀请中方的企业家和华裔的企业家进行友好对话的环节，主持人激昂地宣读来自全世界各地华裔企业家的名单，并一一邀请他们上台就座。

与此同时，主持人也宣读中方的企业代表。本来是赛诺菲的席位却变成了瑞锦的。莫瑾被邀请上台与华裔企业家进行研讨和对话。

珍妮看见莫瑾听到自己名字时候的那一丝惊讶表情后，内心不禁讥笑着，你不是爱出风头吗？何不就让在座的各位看看这位上不得台面的莫董事长是如何面对各国华裔企业代表的？想必一定精彩纷呈。

莫瑾仅仅有一秒的惊讶，看见珍妮那扭曲的笑容后，瞬即恢复了平静，她站起来，裙摆飘飘，风姿绰约地缓步上台。

白杨和王景逸的目光都尾随她的身后，一刻都没有离开过，这个蜕变成自信女性的莫瑾，如此光彩万丈地刺痛着他们的双眼。

莫瑾缓缓入座于台上，她的坐姿和举止优雅高贵，落落大方，双眼闪烁着自信的光芒，她面对各位实力雄厚的华裔企业家，毫不怯场，赢得了台下赞赏的目光。

全场安静，华裔企业家拿起话筒，首先是来自美国的华裔设计师乔治发问，他微笑着看着对面端坐的美丽女子，用英文提问未来中国服装行业的前景是否乐观。

莫瑾接过话筒，使用细腻好听的声线缓缓地向乔治用英文介绍着中国未来服装行业的趋势，品牌的力量，互联网对实体经济的巨大冲击，以及对未来行业的整体展望。

台下的珍妮被这一幕惊住了，莫瑾何时变得如此自信博学？她英语不但通俗易懂，而且用词精准。明明是上不得台面的莫瑾，明明是让她丢脸的闹剧，此刻却瞬间被扭转局势。一个企业的无限发展力和生命力取决于其领导者，莫瑾对市场分析的精准度，甚至对于服装行业的深入了解，根本不像一个贸贸然携款而至的行外人。

更让人吃惊的是，乔治放下话筒后，另外一个来自意大利的华裔企业家继而发言，莫瑾微笑着听完后，便用意大利语礼貌地回答对方的提问。

白杨和王景逸看见的不再是那个蜷缩在学校某个角落里见不得光的小女孩，现在的她就像一朵傲立于峭壁之巅的绝色之花，迎风而上，挺立着傲然的身姿，俯瞰着世间的繁华。

莫瑾的性子暗藏着一股子倔强，纵然是在困境之中，她都会微笑着迎难而上。白杨上扬的嘴角透露着他如陈年好酒般深沉浓烈的情意。她每一步都走得不容易，若是日后能将她藏于身后，那将会是人生中最美好的事情。他的眼神不曾离开过她的身影，就这样深深地看着面前的这个女子。

同样的，王景逸也是如此看着她，于莫瑾的生命里，自己便成了她的劫难，如今的他正在咽下当年自己亲手酿制的毒药，越是爱着，便全身溃烂不堪。他明知日后，若是莫瑾得知真相，想必自己就成为她这一生中最恶的梦魇。明明知道结果会是这样，却无法压制地想去靠近，哪怕只是一步之距。

莫瑾所代表的瑞锦在这个机遇之下，获得了一个发展契机，她悄然一笑，便随意卸下了众人的疑虑，他们纷纷把投资的目光投向了这个年轻的女人。

这与莫珍妮设想的方向完全背道而驰，让她脸上满满沁出了汗气，精致的妆容随之消失殆尽，只剩下一个满脸怨怼的女人的脸，再精致的容貌都无法掩盖她愤懑的心情。她想要的是莫瑾出丑，而不是现在这样崭露锋芒。

莫瑾，看来是我太低估了你。不过你放心，我绝对会让你的生命从此精彩纷呈。珍妮撩拨了一下她的长发，长长的指甲不断地轻轻敲着桌子，这一辈子，你不曾放过我，我也不会放过你，既然如此，我们就同赴地狱吧。

乔治看着面前的这位黑衣女子，她的举止和言语深深地吸引着他。她并没有西方女性那种绚丽夺目的美，取而代之的是东方女性的内敛与恬静。她妆容淡薄，甚至可以说不施粉黛，可是她的美貌和眼睛竟可以与黑夜的星辰所媲美。

宴会结束后，他便绅士地缓步向前，想要进一步结识这位美丽的女子，可是刚走到她的面前，便有两个同样容貌出色的男士紧随其后，其中一位转头看着他，虽然面露笑容，可是也没有办法掩盖他的敌意。乔治摇摇头，美好的事物总是会轻易地被世人所发掘，留下的只有深深的遗憾。

白杨快步跟上莫瑾的步伐，拉着她的手，猛然往怀里一拉。莫瑾猝不及防地就摔入一个温暖的怀抱里。

“白总，众目睽睽之下，你这样做不好吧？”莫瑾随即推了他一把。

“莫瑾，你是不是认为我对着你就没有脾气？”白杨倒吸了一口气。

“所谓无功不受禄，请问白总因为什么原因这么大手笔并且隐晦地把制衣厂出售给瑞锦？”

莫瑾只是静而凉地站着，不过再凉也比不过她此刻如冰般寒冷的眼神。

“若不是施舍，那便是有一个万金般重的理由，白杨，无论理由是哪一个，你都让我忐忑不安，我不需要你帮我，我不需要任何人。”说完，莫瑾的眼眶便红了。很久她都没有这样向一个人宣泄自己的心情与脾气，实际上更多的是刚才他和珍妮站在一起的时候，两人那暧昧的背影让她隐匿了多年的情感犹如洪水般暴发起来。她生生压下去的怒意转眼间就凝结成了点点泪光。

白杨愣住了，他自从回来后便习惯于莫瑾冷落的对待方式，他近乎找虐般不断地靠近莫瑾，哪怕是她的冷言冷语，也能让他心无旁骛。可是今天，她却哭了，刚才在台上自信的莫瑾，瞬间成了一个任性的小姑娘，长长的睫毛上挂着晶莹的泪珠，这真的是因为我吗？白杨的担心瞬间一扫而空，随即便被一阵窃喜所占据。

他想要抬手拂去她睫毛上的泪珠，缓缓地想要搂她入怀，然后轻声在她的耳边呢喃道，莫瑾，你这是吃醋了吗？

可是下一秒，王景逸便不合时宜地把身上的西装披在了莫瑾的身上，他面露怒意地说道：“白杨，无论出于何种原因，你的出现就是为了破坏莫瑾好不容易建筑起来的生活吗？你若是左顾右盼的话，何不就此离开？”

白杨看着王景逸，不禁冷笑了一下，心里想我和我的女人说话，干你什么事。

“白杨，请你离开，我们从此一笔勾销。”莫瑾搂紧了一下王景逸的外套，然后一副带我离开的表情。

王景逸点点头，轻轻搂住她的肩膀，转身便送她上了自己的车。车门一关，剩下一脸错愕的白杨。

白杨紧攥着拳头，看着车转瞬消失在无边的黑夜里。夜风刮着他的脸，他只是无声地看着心爱的人与别人离去。

莫瑾，这个世界上，只有你才懂得怎么气我。白杨紧按着自己剧痛的胸口。

至今我才深刻地明白，我自以为强韧无比，终究却躲不过你不顾而去的背影。

有的事情，是不能解释的。而我的余生却只想要保护你。尽管如此，却还是有那么多的艰难困阻。

车子停在了小区门口。王景逸开了车门让莫瑾缓步下车。王景逸张了张口，却是一句话都说不出来。

莫瑾察觉到了背后那两道炙热的目光，不禁停了下来，转身看了一眼身后这个深情看着她的男子。

王景逸的所作所为，若是此刻莫瑾还看不懂，便太过不通人事了，她低下头，想了想，却发现自己一句话也说不出来。他们之间的关系便是说多一句就生分。

“莫瑾，实际上，你有没有想过……”

“王景逸，谢谢你。可是我也只能谢谢你了。”莫瑾昂头笑了一下，她的发悄然在耳边滑落，遮住了她满是倦意的脸。

王景逸不禁上前，想要替她拢发。他犹豫了一秒，便伸手向前，轻轻地把她滑如丝缎般的黑发拢于耳后，露出漂亮可爱的耳朵。

莫瑾心一惊，想要躲闪，可是王景逸露齿一笑。

“晚安，莫瑾。我们之间不需要说谢谢，是你欠我的，还是我欠你，目前还未曾分清。我倒是希望你欠我，那么利息可以要一辈子。”

王景逸转身上车。随即他便双眼紧闭，纵使知道了她的心意，可是到了真正被拒绝的时候，却是如此的痛苦难堪。

王景逸看向窗外，玻璃上倒映出自己的脸，是永无止境的孤单落魄的表情。

莫瑾到了门外，喘了一口气。开门进屋，换了一身清爽的衣物，她湿漉漉的发上挂满了水珠。

她随手拿起一个茶杯，脑子里乱哄哄的，心情难以平复。看来今天晚上又得吃安眠药了。

“莫瑾，我知道你在家，开门。”白杨在门外敲门。

她此刻并没有心情去搭理这个家伙，这里又不是酒店，他想来就来想走就走啊？

莫瑾拿起一块毛巾胡乱地搓揉着自己的头发，然后发现门外竟然没有声响了。

她顿时一股子火直往上冒，拿起药瓶倒出两颗药，又想了一下，再倒出一颗，放入口中，硬是使劲吞下，然后上床倒头就睡。

第二天的早晨，莫瑾按时起床，摸了一下脸颊，竟然满脸湿漉漉的。她看了一眼镜子中的自己，简直就像换了一个人。蓬头垢面，泪眼红肿，再想到白杨，她猛然又是一阵头晕目眩。

收拾完毕，莫瑾手拿一杯咖啡，就想出门，突然被一个黑色的东西绊了一下。然后一杯滚烫的咖啡就洒了一地，当然还洒在了那个黑色的物体上。

莫瑾刚想看清是什么，那个黑色的东西就说话了。

“莫瑾，你起床了啊，这是第二天早上了吧？”白杨揉了揉惺忪的睡眼，眼睛底下黑压压的，明显一晚没睡。白色衬衫还有西装上全都洒满了黑色的液体。

白杨可能这辈子都没有这么狼狈过。

“白杨？你在这里干什么？”莫瑾这一瞬间已经说不出话来，鼎鼎大名的白总，居然扒了她的门一宿，任谁说出去都是不信的。

“等你啊。”白杨想了想。突然他站立起来，随手就开了旁边那间住宅的门。

“喂？你不要告诉我你住隔壁？”莫瑾看到这一幕已经词穷。

“你先不要过来，等我一下，胡子拉碴的太丑了。”白杨喊道。

莫瑾顿时笑出声来，平日里文质彬彬的白总，原来竟然是这般模样，还以为他是神仙呢，不食人间烟火。

“莫瑾，要不进来坐一下？”白杨问道。

莫瑾还来不及拒绝，就被一只强而有力的手臂拉进门内。房间的格局和她的一模一样，但是色调暗沉。看起来，白杨的床头紧靠着她的床头。

白杨完全不顾及莫瑾窘迫的脸色，就在客厅里脱掉衬衣，露出浅麦子色的肌肤。

莫瑾脸部就像火烧般灼热，却忍不住偷偷瞄了白杨几眼。

他的身材很好，肌肉匀称，虽然稍显瘦削，但也是极其完美的。白杨随意地套上一件白色的短袖内衣，侧脸留意到莫瑾在一旁细细地打量他，心里一声叹息，若早知道这样有益于两人感情的发展，这个衣服他都可以脱一万遍了。

莫瑾假装咳嗽了一下，白杨就递给她一杯咖啡，和她喝的品牌一模一样。

她有点吃惊，再细细打量白杨的住处，沙发牌子一样，床一样，厨具也一样。

白杨看见莫瑾的表情，也抬手喝了一杯咖啡。

“我在感受你的生活，莫瑾。”白杨缓缓说道。

“即便知道这远远不够，但是我在用我能想到的办法接近你。”

莫瑾愕然。她抬手拿起的杯子此刻却再也无法入口。

“白杨，你知道吗，今日的我，已经不是以前的我了，说爱，对我来说，实在是太过沉重了。”

“我知道，可是我无法阻止我自己去爱你。”白杨放下杯子。

“就算知道你无法爱我，我也想去试一试。放弃你的事情，我实在做不出第二次。”白杨看着眼前的女子，她的眼睛里更多的并不是释然，而是放不下。

莫瑾终究还是爱他的。

“白杨，你这是何必呢？”莫瑾起身，放下杯子的一瞬间，白杨便拥她入怀。

这一次，莫瑾并没有抗拒，她的泪打湿了白杨的衣服，温热的液体渐渐渗入并且湿润了他的胸怀。实在是太久了，他们彼此都等待了对方太久的时日，却并没有就此打住想要向对方靠近的步子。

那么多年后，莫瑾终于找到了一个感情的缺口，她把所有堆积已久的情感垃圾一下释放出来，就这样歇斯底里地哭。白杨的心就这样一直揪着火燎般地疼痛。

“白杨，你是不是听不懂拒绝，我已经拒绝你了，你就不能从此消失在我悲惨的世界里吗？”

白杨紧紧地抱着她，一刻都不想松开。他的怀抱就像是严冬里那一丝暖阳，包裹着那个朝思暮想的娇小人儿。

唯有死别，再无生离。

白杨看着莫瑾，她的泪仿佛永无止境。很多的苦，实际上她是不爱说的，没有人愿意一次又一次地去揭露自己的旧伤疤。

“莫瑾，你是爱我的。对吗？”白杨就像一个孩子般低下头，埋入莫瑾的颈窝里，轻轻地摩挲着，他的内心虽然很强大，但是在爱面前，却是如此卑微，他想的只是被自己所爱的人接受自己置于她面前那颗炙热的真心。

她闭口不语，却不由自主地缓缓抬起双手，从背后环抱着白杨的腰。直到今日，我还是无法用理智去压抑那颗爱你的心。白杨，我爱你，在很早之前。原来以为这份心意，总会或是烟消云散，或是深埋心底。无论以哪一种方式消亡，你都不会知道。可是，我却想在这一刻告诉你，我爱你。

莫瑾抬起蒙眬的泪眼，看见的却是他深如大海般的眼睛，他就那样直直地看着她，问道："你会爱我多久？"

直到永远。

白杨脸上带着多年不曾出现的纯粹笑意，低头便吻上她的温热嘴唇。他开心的便是，这一刻，怀里的爱人，终于不会再狠心地推开他。跨越了万里，跨越了时间，终究相爱的人，还是站在原地，不偏不倚，就在这里。

莫瑾的双手就这样环抱着白杨，她不想松开，如果能够爱这一次，那么就算再入地狱又如何？你我之间，耗尽了所有的福分，才能在彼此的宿命中，缠绕至今，不曾分离。

他们在对方无尽的深情中无法自拔，那些掩盖在光鲜亮丽之下却痛不欲生的阴霾在彼此的安慰中逐渐消散。

莫瑾，这一辈子，我只想和你在一起。

这辈子，我白杨，终究想为自己活一回。或许这是我唯一的最自私的想法了。只有你，才能我在无尽的挫败与痛苦中，坚持去走未来的路。若是生命只剩下最后一天，我也希望与你同行。

白杨轻轻地挽起了她坠落在自己臂上的黑发，他用手指缠绕着那束青丝，仿佛想将这睽违很久的面容，一一珍藏于心底。

莫瑾，当你独自饮下苦酒的时候，你可曾想到过，我是多么想不顾一切地来到你的跟前，为你挡去所有的痛苦，我为了做到这些，亦放弃过一切？

此刻的所有思绪，堕入温热的爱人的辗转反侧之间，为爱而生，为爱而死，生死无尽亦无终。

白杨看着怀里的莫瑾，淡淡地笑着，那般情意绵长，那般牵肠挂肚。从始到终，他都是输的那个。

他们一吻漫长，一吻短促。终于，白杨放开了莫瑾，又将自己最温柔的吻一路游移到她的脸颊，轻轻地碰触着她光洁如玉的肌肤，两人呼吸相闻，仿佛天地之间，唯有彼此。

"莫瑾，求你嫁给我。"

莫瑾脸颊泛起一层红晕，眼波流动。她抬起头看着眼前的男子，缓缓地，点了一下头。生生世世，将自己与他丝丝缕缕紧紧缠绕，不分你我。

白杨激动地从一旁的枕头底下摸出了一个盒子，打开，随即半膝跪地，他深深地看着她，明知道，这可能太过仓促，但是他一秒也不愿意等待了。

莫瑾看着那颗犹如他眼睛般的钻石戒指，久久说不出一句话来，她的泪就这样湿了一脸，最终，点了点头。

原来，他一直都准备好了，未曾改变过心意。一波波奔涌的情绪把她淹没了，冲洗着她情感的阴暗角落，所有的意识和情感，就在这一刻升上苍穹。

5

“莫总，请你马上去摄影棚一下，紧急事件。”

“你先简单说明一下。”莫瑾随手拿起咖啡，她忘却了杯中的温度，不禁呛到了，随即便是一个温暖手掌的抚慰。

白杨皱了一下眉头，然后拿走了她紧握在手中的杯子，他真担心这个工作狂下一秒就会累垮自己。

“莫总，我们今天预定的拍摄档期，模特突然毁约了。无论我们怎么交涉她都不愿意再谈，好像完全不在意合同中的毁约金一样。据我们了解，赛菲诺高价聘请她做代言人，并愿意承担由此产生的所有违约责任。”

“我们候补的人选呢？能不能马上替补？”

“我们看中的有合适档期和价位的全部被赛菲诺签下了。目前再没有更合适的人选了。”罗敏着急地说道。

“赛菲诺最近的动作很多，全是一些杀敌一百自损三千的做法。瑞锦看好的实体店位置都会被高价抢租，设计师还有样板师经常被挖脚，这次竟然是代言的模特都毁约。实际上，珍妮只是想让我难受而已，下这么重本。”莫瑾看着白杨说道。

“所以，莫总的想法是？”白杨笑着看着她，露出整齐雪白的牙齿，他的笑总是轻易地捕获人心。

“我喜欢有难度的挑战。”莫瑾用手指轻轻挠了挠他的掌心，她心里早就有了处理的办法。

“莫总总是能运筹帷幄，不知道何时能掌管一下鼎丰的业务呢？”白杨紧紧地握住莫瑾的手，一刻都不曾放开。他毫不在意赛菲诺的所谓动作，只是珍妮让他的女人心情不愉快，从而影响到他们今天的约会了，这才是重点。

“白杨，我和罗敏去处理一下这个事情，你不要担心，晚餐的时候见，好吗？”莫瑾抱歉地看了他一眼。

“傻瓜，永远不要对我说抱歉，去吧，我等你。”

白杨静静地坐在车里，看着莫瑾的背影，心里却无法平静，有些事情，总归还是得他去做。

“凌霖，把赛菲诺的资料拿出来给我看一下。”

“好的，白总，十分钟后放在您的桌面。”

摄影棚里的工作人员都无精打采地三三两两在聊天，罗敏看见莫瑾来到后，马上把目前的情况细细地又讲述了一遍。问题的重点在于若是不能按期拍摄硬照，就会耽误品牌的发布日，这样一来所有的安排就会全部延期，损失巨大。

摄影师看见莫瑾后，突然感觉眼前一亮，他不经意地拿起照相机随手拍了几张，镜头中的莫瑾，有着细腻的东方女性之柔美，自信而不张扬。

“莫总，希望你不介意，我想说两句。”摄影师看了看拍的照片说道。

莫瑾转过头来，上前两步，握了一下摄影师的手，说道：“抱歉了赵先生，是我们安排不周，浪费了您宝贵的时间。”

“莫总，我不是这个意思，我想说的是，你有没有想过，或许你才是最适合代言瑞锦的人选？”

“赵先生，你见笑了，我不是专业的模特儿，这可能未必是一个最好的选择。”

“不试试，怎么知道呢？我倒是觉得你本人更能演绎出瑞锦这个品牌所需要表达的思想。你觉得呢？”

“那就试试，求人不如求自己。”莫瑾微笑着说。

所有人马上热火朝天地开始工作起来，各司其职，有条不紊地进行着拍摄。

时间飞快地流逝，不知不觉已经入夜。莫瑾拍完最后一套衣服，现场的每一个人都大声欢呼着，这个任务他们总算是超额完成了。

莫瑾这才抬头看了一下时间，已经十点了，不禁内心一惊，完全耽误了她和白杨的第一次约会。

她一脸都是厚厚的化妆品，还来不及卸妆，只是简单地交代了罗敏善后工作，便匆忙地让司机开车去约会地点。

车刚停好，莫瑾便看见站在门外手里捧着一束玫瑰花的白杨。他穿着一件竖条衬衫，一条深色的西裤，他的脸上除了期待还是期待，一点淡淡的灯光，把这个俊朗刚硬的男子的脸微微勾勒出宁谧柔和的线条，眉宇之间有一种让人觉得安心的美，他故意低垂着眼睫，有一种平和而欣喜的情感不经意间流露。

夜晚的风轻轻撩起了她的裙摆，微微翻动的裙摆随着莫瑾急促的步伐，就像一朵午夜玫瑰般，泛出一种让人沉醉的瑰丽之色。

“白杨，对不起，我迟到了。”莫瑾站在白杨面前，微微红着脸，气息有些不稳。

“傻瓜，跑什么，我总是在等你的。”白杨笑了笑，看着她凌乱的发丝坠落在脸上，情不自禁地便伸手去帮她拢发于耳后。两个人之间的距离恰好地呼吸相闻，莫瑾低低地呼吸着他的味道，脸色泛起了一层迷人的酡红，她微微地把头抵住白杨的肩，掩盖了此刻的眼波流转，娇媚如春。

“你才是傻瓜，都这个时候了，怎么不饿？”

白杨低下头，看着莫瑾轻轻地把头靠于自己的肩膀上，离心脏的位置近在咫尺。他伸手轻轻拂住了她的腰，低低道：“莫瑾，等到你了，我才能心安。”

莫瑾沉默着，良久才忍住在眼眶里摇摇欲坠的泪滴，她的心一阵酸楚。有人等到了自己才能心安，这句话撞得她的五脏六腑都在痛。

“白杨，谢谢你，还会如此对待我。从小到大，我一直以为自己才是需要等待的那个。我原来以为自己的一生将会在了无生趣中结束，不知道为什么我开始憧憬未来，对前方的路充满了期盼。”

白杨怔在夜里。

莫瑾双手轻轻环住了他的腰，向前走了一步。她把未来交付于面前的这个男子，原来隐匿于暗处的自我，终于踏入了攘攘人世。

这个世界，原来是没有你，也就没有我。

一切皆是尘埃。

此刻的深情，沉凝深重，把彼此的所有情感都压缩凝结，一丝丝，一点点，累积成时间之剑不能砍断的硬度。

白杨一伸手，把莫瑾揽于怀中，“莫瑾，以后，换我守护你，好吗？我以前只是单纯地觉得见到你，会莫名其妙地喜欢。我从来就没有想过，这种喜欢从何而来，现在我懂了。”

从何而来？

冥冥之中，彼此都是为了对方而来。

两人安静地坐于饭桌前，餐厅静谧而华丽，菜式简单而美味。一切都是莫瑾喜欢的模样。

“莫瑾，我知道你并不希望我的帮助，我只是想听听你对瑞锦是怎么考虑的。赛菲诺的步伐紧凑，下一步应该会有更大的动作。”白杨拿起红酒杯，缓缓地喝下一口。

“实际上，我从未想过和赛菲诺正面交锋，所以，他们完全对瑞锦造成不了什么实际性的伤害，反倒是赛菲诺有些心急了。”莫瑾笑了笑。

“从一开始，我就没有想过要进驻实体店，所有大张旗鼓地去看实体店铺的动作，都是要试探一下，赛菲诺是否会上钩。”

“所以你很早之前就已经了解他们内部的经营状况了？”白杨给莫瑾递过了一碟水果。

“这场仗，我还是有信心的，毕竟从一开始，赛菲诺也没有想过要放过我。”莫瑾嘟起了小嘴，心里嘀咕着，还不都是因为你。

“那我就坐等这场大戏了。”白杨手指轻敲着桌面。他的心里已经明了莫瑾想怎么做，恐怕赛菲诺也不会那么容易占到任何便宜。

“所以，你就只是想等着看戏？”莫瑾翻了一下白眼。

“所以，你想要为夫做些什么？再买一桶爆米花？”白杨随即轻笑，这一声笑，更多的是占了莫瑾便宜的得意。

“谁要嫁给你？”莫瑾马上红了脸。

“你，答应嫁给我了，白夫人。”白杨轻轻拉起了她的手，白如凝脂般的手指上戴着一枚闪烁如星辰般的戒指。

“这是一枚名字叫作爱恋的钻戒。”白杨挑了一下眉头，他从美国带回来的除了这颗钻戒，还有的就是一生的爱恋。

“我能反悔吗，白杨？”

“这辈子恐怕不行，下辈子，下下辈子，应该也不行。”白杨孩子气地说道。

“白杨，你有没有想过，幸福来得有点突然？”莫瑾反手握住了他。

“我等待很久了。”白杨透过微黄的灯光，看着眼前的女子，他从未想过，他们这一生就这样擦肩而过，若你便是此生最痛苦的那个劫，我宁愿万劫不复，也不愿意错过你。哪怕只有一天，也要紧紧地抓住。

白杨随即在莫瑾的额头上落下了一个比夜风还要逶迤的吻，一吻绵长。彼此的灵魂如此紧密地契合在一起。

在这个明媚之夜，莫瑾觉得自己仿佛度过了整整一生。

瑞锦的风向要变了。

所有人几乎一夜之间都认识了白杨，这其中包括钱治。

白杨在第二天就去拜访了他。钱治什么话都没有说，他紧紧地握住了这个年轻人的手，仿佛所有的话都在两个男人之间悄然明了。钱治看着眼前的白杨，忍下了万分的激动，作为莫瑾的娘家人，他必须要让莫瑾有底气。

嘱咐的话，千篇一律。此刻，钱治并不想说什么，因为在白杨清澈透亮的眼睛里，能够看出一颗炙热真诚的心。

钱治看了看站在一旁的莫瑾，然后问道："婚期，有什么想法吗，白总？"

白杨咧开嘴就笑了，完全颠覆了他之前严肃谨慎的个人形象地回答道："一切都听从干爹的吩咐。要是着急，明天也行。"

"白杨，你胡闹什么？谁着急了，我可不着急啊！"莫瑾一脸娇羞地说道。

"我着急，都是我着急。"白杨一脸宠溺地说道，还一边偷偷拉着莫瑾的手，往自己的身边拉了拉。

钱治一看，心里乐开了花。他默默地想道："文娟，你看到了吗？莫瑾找到她爱的人了，她不会一直孤单地走下去的。你放心了吗？"

"随你们，只要莫瑾开开心心的，我怎么都行，这个孩子，走到今天不容易啊。"

"所以，干爹，您放心，莫瑾有我，一切都会有我。"

钱治张了张嘴，却说不出一句话，似乎所有的话在此刻都有些太过无足轻重。他别过脸去，偷偷地用袖口抹去眼角即将要滑落的泪水，那小心翼翼害怕被发现的样子，就像一个孩子一样。

多少年了，他心里那个无法释怀的结瞬间解开，人生中总有很多的情感比自己的心愿要重要很多，那些情感的双面性总是相辅相成，比如说获得和舍弃，比如说深爱和成全，比如说放弃和争取。他放弃的何曾不是获得的？那个坚强而又倔强的女子的面容，从未因为时间的流逝而日渐消散，相反地随着时日慢慢地越发清晰。

她或许是不知道他的这份情感的，若是知道了会不会就此放缓自己的脚步，奈何桥上还能有再见一面的情缘？

她若是不知道，会不会离去的时候能了无牵挂，更洒脱一些？

钱治抬起头，看着眼前如神仙眷侣般的莫瑾和白杨，他的心，纵使是苦却亦甜。

莫瑾的手就这样轻轻地被白杨反握在手中，她不经意地看了白杨一眼，眼前的男子默默地凝视着她手指间的“爱恋”，不知不觉间面露一丝不易察觉的微笑。

白杨心里正想着，他的莫瑾会喜欢一个怎样的婚礼，想必她孤僻清冷的个性，太过闹腾的是不喜欢的。

他想着如何才能表达此刻内心久久不可平复的悸动与欢喜。他终于握紧了一生挚爱的手，他开始庆幸自己某个决定是如此正确。

那年，他转过身，忍住了胸口的疼痛，迈开了离去的每一步，都让心口痛得无法呼吸。即使有很多言不由衷的理由，都无法开口。然而很多年后他回来了，为了她而离开，却又因为她而回来。

他千万次扪心自问，穷其一生，他为何而活？人海茫茫之中，他伸出双手，深不见五指，抓不住任何的一丝灵魂。唯有她，张开双眼之际，唯有莫瑾，抬起头，看着她细细念着，等着你。

他终究是一个自私的人，无法放下执念，你会恨我吗？

白杨侧过头，也回望了一下莫瑾，仅此一秒，莫瑾的脸颊便红了。

若是余生如此，该多么美好？

瑞锦的新一期产品，全部在线上销售。在上线的首日，举行了盛大的发布会，作为为数不多的新品牌，放弃了传统的销售模式，转而大量投入网络销售，反而获得了比预期更好的营销效果，瑞锦随即蹿红了整个网络。

莫珍妮拿着营销报告，美艳的脸此刻却被她愤怒的内心极度扭曲，原来莫瑾一开始就没有想过要布设大量的门店，而是有心让她租赁了这些位置不好的门面。而大费周章地竞价拿下的门面却成为沉重的负担。

她笑了笑，既然是这样，那么这周的瑞锦新一期发布会，看来得增加点看头。珍妮看着窗外漆黑的夜，觉得自己的心也随之沉入黑暗之中，得不到救赎。回头看看，自己的身后除了深深的爱恋和孤寂以外，竟然什么也没有剩下。

白杨就像是一个深夜被惊醒的美梦，永远无法触碰。她所有的不甘和嫉妒，终将无法释怀。珍妮设想过千万种可能，无论哪一种，都是美好的。所有人都认为，她的一生，已经趋于完美，上天对珍妮是极其厚爱的。可是没有人问过她，快乐吗？

珍妮看着自己置身这个偌大的房间，空荡荡的，正如她的内心世界一般空旷无物。从小她便是柔韧的，即便父母忙于生意，送她去了寄宿学校，珍妮也只是强忍着泪水，目送着父母的背影而不会轻易地开口说一句想家。

她就是这样一个执拗的人。明知道自己内心世界已经是溃败到一塌糊涂，也要筑起一堵厚厚的城墙，伪装成足够坚强的模样，无论是怎样狼狈不堪的局面，她都能毫发无伤地撑过去。

也唯有她自己才能够深深地触碰到那早已腐朽糜烂的伤口，就算是想要痊愈，也是不能了。

那么多年了，她纵使拥有再多，也不过是一具没有灵魂的躯壳。唯有白杨才是所爱所想。

大千世界精彩万分，可是她只想要白杨一人。

这么些年，细细想来，白杨竟然连一个关切的目光都不曾给她，他的眼神总是不带有任何情感。可是这样一个为人冷淡如冰的白杨，却把自己所有的感情都给了莫瑾。她求而不得的东西又如何能让别人随手可得?

珍妮苦笑了一下，其实她大可不必如此，可是只要稍微想着放弃，心就会痛得无以复加。

就算搭进去自己的一生又如何？唯有不可得最是痛苦。

上天就是那么喜欢开玩笑，在她情窦初开的时候，却也让所爱之人相距了一个天长地久也抵达不了的距离。

或许白杨永远不会知道，她曾经用一种怎样卑微的姿态仰望着他。在纽约的时候，她试过尾随白杨走出图书馆，她就这样一直看着他的背影走着，仿佛天地间唯有他一人，然后就眼睁睁地看着他走进了宿舍。那天下起了皑皑白雪，她就这样一直愣愣地站着，直到雪花彻底迷乱了双眼，直到眼泪被冻得已经无法滑出眼眶。

这种爱恋就像是与生俱来一般，让她深刻地明白，有些人是会一辈子都放不下的，就像是自己生命中的一部分，割舍不了。她坚信与莫瑾相比较，她的爱丝毫不会比莫瑾的少，而只会更多。

天南地北，她都是那个追逐的人，可是莫珍妮知道，她若不这样做，白杨就真的永远不是她的。这种近乎着魔的眷恋汇聚成了最大的执念，让她万劫不复。

她穷其一生就是想要看看，究竟谁，才能和白杨走到最后?

6

新一期的瑞锦发布会，明天在丽柏酒店举行，所有一切事宜都安排妥当，可是莫瑾还是有一丝不安。她的手常年都缺乏温度，触碰之下，寒意逼人。

白杨握着莫瑾的手，他的眉头紧皱。

“罗敏，所有的事情都务必要安排妥当，这次的发布会非常重要，不能有一丝纰漏，这样吧，你把嘉宾还有参加的媒体的名单再给我过目一次。”

“好的，莫总。”罗敏面带微笑地回答着。她不经意间偷偷打量坐在一边默不作声的白杨，他紧紧地握着莫瑾的手，画面感有一种说不出的喜剧效果。

“对了，还有，晚宴的具体流程再让我过一遍，看看还有没有什么细节需要注意的。”莫瑾想了想说道。

她的手突然被握紧了，不禁回头一看，白杨低着头，不知道在想着什么，可是握着她的手的力度不轻。

莫瑾示意罗敏出去，然后另外一只手轻轻地搭在了白杨的手背上，不知为何，她开始非常迷恋这种日子。这种有白杨的日子，总是让她很安心。

他的温度，虽说并不是炙热的，却刚好能够温暖她的身心。白杨并不是一个浪漫的人，可是他对她的好，却恰如其分，永远是刚刚好。莫瑾的性子她自己都会忌惮三分，说到底都是一个冷情的人，可能是太习惯于寂寞了。她却无法忽视身边的这个男子，他某些时候会任性得像一个孩子一般，把头埋入她的颈窝之中，久久不愿意离开。

莫瑾开始出现一种忧虑，只要是白杨不在她的身边，她就会担心，会不安。

她突然觉得累了，便把自己的身体轻轻靠着白杨，然后一个温热的吻随即落在她的额头。

依稀之中，仿佛听见他说：“莫瑾，你知道，不必如此。”

莫瑾笑了笑，是啊，她大可不必如此，可是她却是这样走过来的。一路泥泞，荆棘满布，莫瑾从来没有想过，有一天，有一个人会对她说，不必如此。

她过了二十年沉默的岁月，冷眼看过了太多世界。她把自己放逐于这个地方，此生再无回家之路。

白杨却告诉她，会有的，失去的东西终究会以另外的一种方式弥补。比方说，他一直用生命去爱着她，从来都不曾改变过。即便是此生度劫，那么还会有来生。

莫瑾反握着他微凉的手，就像是抓住了一缕光，在手掌之中灼灼发热。她的心中开始勾勒出未来的模样，虽然对家没有非常清晰的概念，毕竟她的家并没有在生命里留下多少余温，可是莫瑾就是这样不由自主地设想着一切和白杨有关的可能。

“莫瑾，这次发布会忙完了以后，我们就结婚吧。”白杨轻轻地在她的耳边说道。

“若是我说不好呢？”莫瑾打趣道。

耳边的人低低地说道：“你不好，这样一次又一次地答应我，却又做不到吧。”

“万一你离开了我呢？那我岂不是赔大了？”莫瑾笑着说道。

白杨一愣，他的脸色一沉：“那你会忘了我吗？”

“那是当然的，我要找一个比你更好的男子，然后生很多的孩子，过着比神仙还要开心的日子。”

“比我还好的男子吗？也好，那样我就放心了。”白杨呢喃道。可是他的手却用力一拉，把身边的女子抱在怀中，说道：“若是这样，我也情愿，自己会忘了你，总比看着你和别人在一起快活，而我却孤苦伶仃的好。”

莫瑾顿了顿，心里却是说，这世界除了你，再也找不到这样的一个男子了，傻瓜。她贪婪地窝在白杨的怀里，额头靠在他心脏的地方，有力的心跳让她感到无比心安，双手环抱着他的腰，久久不愿意撒手。

白杨抚摸着她的黑发，柔顺的触感，让他一时愣神，这种感觉就像是一种无法摆脱的宿命，她的和他的，交错着，纠缠着，纷纷扰扰，最终分不清彼此。

从懵懂的少年，走到现在。白杨眼中那个唯唯诺诺的小女孩，终究成长成了他心目中所想的模样。他也曾犹豫过，自己的爱是不是一种怜悯？不过是心里的恻隐之心作祟而已。可是只要他再多看她一眼，便知道只是爱，除此以外再没有别的。

“莫瑾，”白杨紧紧地抱着她瘦小的身板，一阵心痛，“我倒是希望你恨我，总比我们彼此错过要好上千倍。”

莫瑾闭上双眼，说道："我走过了人生最苦的那段路，却还是常常失眠，一闭上眼，心里总是会痛苦万分，觉得身体上所遭受的痛苦是无法与心里的痛苦相比较的。一转眼那么多年过去了，我终于尝试放下了，或许这才是唯一的出路，是你让我看见了一条可以走下去的路。虽然我并不知道，这条路是对的还是错的，我也不会后悔，我爱你这件事。"

白杨愣住了，他渐渐停住了放在她发间的手，终于缓缓落下去，他刹那间苍白的脸和紧锁着的眉头就像是在考虑着什么问题一般。可是情不自禁地低头注视着怀里人儿的脸，仿佛想把这容颜深深地刻入心底。莫瑾，你总是这样，为了爱，肆意地掏光自己所有的力量，可有想过燃尽了生命后，你还能剩下点什么？

白杨微微地笑了起来。

他的心是痛的，却也是爱着的。就是这样的一个女子，让他生不能忘却，死亦不能。

"白杨，我们永远在一起。"莫瑾默默地说道。

有幸遇见你，并且不曾擦肩而过便已耗尽了一生所有的福气。

丽柏酒店的会议厅里人头攒动，除了特意邀请的嘉宾和媒体以外，还有很多慕名而来的同行业者，大家都非常期待瑞锦再现的辉煌。毕竟一个年轻有为的女董事长，能够在短时间内让瑞锦跻身于销售排行的前三位是何等厉害的事情，所以很多人除了看发布，更多的是为了看热闹。

珍妮作为应邀嘉宾也坐在前面的席位中，看着布置时尚的舞台，还有不断进场的各种新闻媒体，她的内心不断地涌现一阵阵窃喜。今天她安排的是一场好戏，不知道莫瑾会不会喜欢这样的一份厚礼？

她不断地在场内搜寻着白杨的身影，许久都没有遇见过他，不知道近来他是否安好？猛然，她看见了那个穿着黑色西装的白杨，他默默地坐在了莫瑾的身边。他们两个的身体微靠，不断地在相互交谈着什么，莫瑾身穿一身暗蓝色的晚礼服，如羽翼般轻盈覆盖着曼妙的身体，在灯光的衬托之下闪烁着迷人的光。

白杨的眼眸里唯有那一道身影，他的手轻轻地扶着莫瑾的后背，犹如手中紧握的珍宝一般。他们之间的距离，那微妙的距离，仿佛在宣告世人，彼此无间的爱恋。莫瑾显得有一点急躁，她的额头密密地沁出了一层水汽。白杨看见了，用温暖的手掌轻抚着她的手背，悄悄地在她的耳边说了几句旁人听不见的话，莫瑾的脸便瞬即染上了一抹酡红的颜色，让她原本素净的脸上，透出了几分迷人的姿色。

眼前的一幕，让珍妮的心犹如坠入了万年的冰窖一般，心脏已经痛到麻木。她就这样一直站在原地，没有任何表情和动作，就像一具雕塑一般，矗立在悬崖峭壁中，冷冷地看着他们一点一点地碾压着自己的所有情感，就仿佛一块又破又脏的破布。

可是珍妮无法放弃，她抱着最后一丝希望，一丝可能却又不可能的希望。最后白杨会向她迎面走来，轻轻地挽起她的手，情深意重地告诉她，自己错把珍珠当成了鱼目。珍妮一直都是依靠着希望而活，就像是一具掏空了所有的尸体，歇斯底里地挣扎着。她不敢想，若白杨携手的并不是她，那么未来的路，将要如何走下去。

此刻，宴会厅里的灯光亮如白昼。

所有人都在期待，瑞锦在这次发布会上，将会有怎样出色的表现。作为一个新生的品牌，瑞锦的成绩不仅让人感到非常惊喜，更重要的是在第一季度的营业额让很多销量停滞不前的品牌产生了浓厚的兴趣。

此刻的莫瑾端坐在台下，虽然她的心情起伏不定，可是只要白杨在，就像有定心磐石一般。白杨想要给她一切，而她何尝不是？若是白杨你累了，或许我的肩膀，也能让你安心地依靠。眼前盛大的一切，宛若梦境一般，飞快地在她的脑海里闪过，往事一幕幕重现眼前，所有的痛苦和不堪回首的往事，竟然在一丝丝地消逝。她重重地呼了一口气，压下了心中所有的忐忑与不安，慢慢地睁开双眼，所有从前不敢想象的所有，在此刻竟然是如此真实地存在着。

“白杨，发布会完了以后，我们便结婚吧。”莫瑾心里默默地念道。兜兜转转，她还是走上了自己最不愿意走的那一条路，有一个爱人、一个孩子，成一个家。这种最奢侈的活法，最终成为自己最为盼望的归属。

她突然紧紧地反握住轻轻覆盖在手背上的那只温暖的手，一种悸动的暖流缓缓漫入心里，莫瑾的眼眶湿了又湿。白杨仿佛感受到莫瑾的情绪波动，他轻轻地叹了一口气，身体悄然地向莫瑾的方向靠过去，让她的侧身微靠于自己的怀里。傻孩子，不就是一个发布会吗？白杨心疼地低头看了她一眼，宠溺的表情丝毫没有掩饰。

这时候，播放的预告片讶然而止，继而司仪上台，这并不是瑞锦安排的那个司仪。瑞锦的所有工作人员感到一丝不明的担心，这闹的是哪一出？

“尊敬的各位来宾，瑞锦今天之所以获得成功和社会各界关注的目光，全都是因为我们的董事长莫总。说起莫总，我们总是用年轻有为来形容，她的凭空出世，她所缔造的销售神话，让很多人产生了浓厚的兴趣和疑问，到底是怎样的父母才能培养出如此优秀的年轻企业家？很多行内人都知道，瑞锦的母企业的拥有者并不姓莫而是姓钱，那么这位年轻的企业家的背后到底会有怎样的传奇故事呢？”

所有的镜头和投射灯都集中在了莫瑾的身上。大家都看着她，相比起来，优秀的新片发布会，有了这一层故事作为压轴，真是非常有看点。

莫瑾的后背在司仪这一席话之后，不禁感到一阵冰冷刺骨。她转头看了一眼坐在一旁的珍妮。珍妮的脸上并无任何表情，她甚至并没有回避莫瑾警惕的眼神，相反地，她转过脸，朝着莫瑾自信地点了点头。是的，这便是我送与你的大礼。莫瑾你便稳稳地接着。让大家好好看看，这位所谓的优秀年轻女企业家，有着如何不堪入目的经历。

白杨低下头，心里冷冷地把事情想了一遍。这种低级的手段，多年前用过一遍，如今再用，也不觉得无趣。总是拿莫瑾的家庭背景做文章，也不好好用脑子想一想，多年前无用，如今会有用?

而莫瑾看着珍妮那张异常妖娆的脸，心中却是无惧的。都说美人有毒，此话想想却是不假。拿她的家世做文章，真是浪费了珍妮的一番苦心。对于像她这样的人来说，还有什么是不能置于光天化日之下的呢？还有什么比失去家人这样的伤痛更不能让人接受的呢?

主持人微笑着，话锋一转便缓缓说道：“那么现在我们有请莫总的父亲，莫翔先生上台说一下，他是如何培养出如此优秀的女儿来。据说莫翔先生在莫瑾小时候，便因为虐打儿童，最终丧失了对莫瑾的抚养权。他与莫瑾的母亲离婚后，又多次因为盗窃等罪入狱，在这种情况下却没有扭曲莫瑾的价值观和人生观，反而正是这种逆境让莫瑾更加自强自立，多年后建立了庞大的服装帝国。”

台下一片惊讶之声，不停地交头接耳。这种新闻听起来，毫无疑问地犹如一块巨石投入平静的湖面般激起千层浪。

莫瑾此刻却愣住了，千万种可能她都考虑过了，唯独没有想过，那么多年以后，她的父亲，还会在这种场合，这种境地，让她再一次重温幼时的噩梦。

她爱的人离她而去，而恨的人却在眼前。还有什么比这种事情更能激动人心的?

莫瑾的身体在瞬间失去了仅存的温度，凝结成一块寒冷的冰。身体上早已忘却了的麻木的痛，却再一次痛至肺腑。她的父亲，这个仅存于世界上与她血脉相连的人，还是没有放过每一次，伤害她的机会。或许小时候，她不能接受的，除了为什么蒋文娟离她而去以外，更多的便是父亲如生死敌人般地恨她。这种恨，仿佛落地生根般地贯穿于女儿和父亲之间，永生永世无法磨灭。

多年不曾相见，莫瑾高估了自己的承受能力，她抚摸了自己受伤的心灵，以为自己早已痊愈，原来再一次揭开那个旧伤疤，仍旧会痛到体无完肤。

这个世界上最伤人的莫过于此。

莫瑾从始至终，都没法逾越，本该是爱她的人，都视她如敝屣。

在场的所有人都屏息凝气，似乎都在等待，这貌似阖家团圆的喜剧背后是如何的藏污纳垢。

白杨看着莫瑾，他心痛地看着眼睛红了一次又一次却最终无法落下眼泪的女子。她害怕的并不是受到伤害的过去，而是无法面对唯一的亲人多年后竟然后仍旧恨她，不放过伤害她的任何一个机会。

被唯一的亲人不遗余力地伤害着，这才是深入骨髓的痛。

莫瑾就这样昂首挺胸地站着，她的身影静而凉，身披着灯光，就这样安静地站着，无所畏惧，仅仅剩下背后无尽的苍凉。

此时把所有看在眼里的还有王景逸。他的身影被人群隐匿其中。本来只是想来感受心中深爱的女子获得成功的喜悦，却不曾想到，看到的还是她一个人孤独地站在台中央，他分明感受到了莫瑾不停簌簌发抖的身体，还有那摇摇欲坠的泪水，可是却无法站在她的身旁。

他在痛。

他能感受到主导这一切的珍妮也在痛，分不清究竟是哪一种痛更彻底一些。那样的无奈和偏执混淆在一起，那般涩的苦水翻涌而上，就像一把利刃般一下又一下地刺着他的心房。

实际上，他们又有何分别？王景逸和珍妮，不过同是遇溺在爱情之中，绝望而又痛苦的追逐者。不同的是，珍妮要莫瑾感同身受，她要掠夺，要占有。而他只能如懦夫一般，隐匿着自己卑微的身影，只能一点一滴地体味所有悲凉。

良久，莫翔都没有出现。

后台的工作人员匆忙地示意这场闹剧，最终没有了主角。

珍妮的脸黑一阵白一阵。她费了九牛二虎之力，才找到的莫翔，并且开出了一个让他拒绝不了的价钱。不过是上一下场而已，举手之劳。对于他这种犹如蝼蚁一般苟延残喘的人来说，根本就是天上掉馅饼。

花了那么大的力气，却没有达到她预想的效果，这绝对不可能。

顿时，台上、台下，剩下的只有对于人性的猜测，一念之间，南辕北辙。

莫翔拖着一条早已经萎缩的残腿，独自一人往夜的深处挪着残躯，他的脸上早已布满了泪水。

当珍妮找到他并说出理由的时候，他听到的便是，莫瑾如今是何等的出色。那是他的女儿，永远都是和他血浓于水的女儿。

“莫先生，请你留步。”白杨跟上前去。

莫翔回头，他看见了一个仅外形就已经非常优秀的年轻人。这个年轻人的眼神异常沉稳而且坚定，从他的身上，散发出一种自信的风采。

“请问你是？”

“莫瑾的未婚夫，白杨。”白杨回答道。

莫翔顿时不禁上下不停地打量白杨，良久，只不停地点头说道：“好，好。”

白杨看着眼前这个头发花白、身体消瘦、眼眶凹陷的老人，无法想象他和莫瑾，竟然是父女关系。

“莫先生，您今天的出现，实在是太突然，或许，如果你想要见莫瑾，我会在日后做一些工作。今天这样的时候和场合，并不是一个非常合适的时机。”

“我，我，其实只是想在有生之年，能再看莫瑾一眼，只是一眼，我便死而无憾。”莫翔的情绪有一些激动，他撩起身上那件看起来松松垮垮的外衣，擦拭了一下脸上的泪水。

“我错过了太多，真的太多了。”莫翔的心里说不出是一种什么感觉，当他从后台幕帘的缝隙中，看见那个亭亭玉立的莫瑾的时候，才真正地第一次感觉到，什么叫作悔恨。回想起父女之间相处的所有点滴，竟然都是一片苍白，那个永远残存于他记忆中，蜷缩在衣橱里的小女孩，却想不起她的模样。他浑浑噩噩地过了那么多个日日夜夜，蓦然醒来，发现自己从未真正活过。一盏灯，一扇门，一个家，从过去到如今，原来想要的早已经拥有。

莫翔想到了很多的人，所有人的脸上都没有关切的眼神，他们都是如此的冰冷如霜，仿佛从来不曾认识他一般，迎面走来，擦肩而过。人生就是诸如此般，四季更替，缘来缘去，周而复始。可是在他的心中，那些人却日益清晰，每个画面，每个情节，历历在目。蒋文娟就在那个熟悉的地方，朝着他笑。

他曾经觉得自己不过是凡人，会有喜怒哀乐，七情六欲，所以他的自私和懦弱，不过是众生之相而已，应该得到原谅。可是在看到莫瑾听到有关自己的消息的时候那悲愤黯然的神情，才深深地明白，自己对于亲人来说，竟是一个创巨痛深的腐败伤疤，只要轻轻碰触，就会痛不欲生。

这就是莫翔给自己在这个世界上的至亲留下的所有回忆。他不禁懊悔不及，潸然泪下。

“白先生，不要和莫瑾提起我，更不要说见过我，或许，对她来说，我不再活在这个世界上，才是真正的解脱，我和莫瑾之间，都是我欠她的，都是我。我的女儿就拜托你了，这辈子，我无憾了。”莫翔转过头，毫无留恋地继续一步深一步浅地走向远处，只留下了一道深而孤单的长长背影。

“莫先生，我还能为你做些什么？”白杨急急走上前去，他刚想伸出手去搀扶，便被莫翔伸手按下。

“谢谢你。”莫翔摇了摇头。

白杨只能止步，他就这样看着莫翔一步一步地离去。

“白总，需不需要我们做些什么？”凌霖上前一步问道。

“不用了，他早已时日无多，你去暗中照顾打点一下吧。”

凌霖点点头。她看到白杨的脸色并不是很好，想说些什么，话到嘴边，却很难说出来。

她想了一下，呼出一口气，闭上眼睛，还是把压在心头的话说了出来。

“白总，美国那边多次来电话以及电邮催促，需不需要我为你确定一下启程的时间？”

“凌霖，你管的事情，有点多了。我不希望有下次。”

“可是白总，你自己也明白，时间不多了。”凌霖的言语之中有一丝的怨气。她知道，白杨放不下的东西实在是太多太多了，可是这里面唯独没有他自己。

“我的事情，不由别人来决定。”白杨有些不悦。可是他又怎么能不明白，凌霖只是在担心他。他们之间的情感，若只是永远止步在雇佣关系，那么以后她也能坦然面对和处理剩下的所有事情。

多一点的感情永远都是顾虑，那么只是如亲人一般便好。

“白总，是我逾越了。”凌霖别过脸，生生地擦去快要滑落的泪水。

“凌霖，很多事情，我不说，我以为你懂。”白杨淡淡地说道。

“我现在明白了。”

“那便好。”白杨说完便转身离去，刚转过身，便深深地皱着眉头，一股苦涩的酸水随即涌上咽喉。时间为何不能再长一些，太多的放不下，太多的不甘心。

莫瑾在后台，看着化妆镜中的自己，除了一脸的泪痕，再有的便是年少时那些一辈子都不愿再想起的所有回忆。

该走的人没有走，该留下的人却也没有留下。

室内本该没有风，可是莫瑾此刻的心里却如严寒中冷冽的风肆意地刮过一般，布满沟壑，带着多年来从未消散的噩梦，带着所有的厌恨和不解，呼啸而来，把她的理智瞬间摧毁。

莫瑾就这样痴痴地坐着，只要稍微回忆一下，她的心口就撕裂般的痛。曾经以为自己已经笑看所有人世间悲欢离合，原来不过如此。

她的身体开始簌簌发抖，越来越无法控制自己，最终顺着凳子崩溃地滑落到冰冷的地面之上。

那么多的眼泪，突然而至。她越是死死地想压制，那股酸苦便越是难以下咽，最后她双手捂着脸，任由泪水模糊了整个脸。

门外，王景逸就这样一直站着，他想上前，双腿却如千斤般重。千万遍问自己，何不让我来承担所有的伤痛？如今，我只能这样看着你，却什么都做不了。

他转身走出去，刚转过一扇门，便看见珍妮和白杨站在门外。

白杨就这样与珍妮保持着一段越发生疏的距离。他看着珍妮的脸，从来没有觉得如此让人厌恶。

“珍妮，这种损人不利己的事情，一而再、再而三，于所有人都是无益的。”

“我乐意。我就是不愿意看着你和她好。”珍妮原本好看又精致的脸，显得有些狰狞。

“珍妮，这不代表，我愿意让你继续这样下去。”白杨后退一步，他明显有些不耐烦。

“白杨，这么多年了，为什么你就不能看到我对你的感情，一点都不比莫瑾少。我比她在更早的时候就喜欢你了，我有什么比不上她的？我为了你做了那么多，你就不能回头看看我？”珍妮咆哮道。

她有点失控，看着那张一如往昔的脸，此刻只剩下对她的漠视之情，就像在看一个陌生人一般，她的身体就不禁一直颤抖。爱他就像是一种毒药，明知道会洗髓伐骨般疼痛，可还是忍不住仰头服下。

珍妮鼓起所有勇气走上前，她伸出手，想要拉住白杨的衣角，仿佛那就是无边苦海中的一条救命绳索。身处于黑暗中太久了，她何尝不厌恶自己浑身散发出来的那种腐败不堪的味道，可是却无法自救，就像置身于沼泽之中，越是动弹越是深陷。

白杨只是微微一让，珍妮抬在半空的手就这样落空，她就这样静止着，手中只剩下空气。

“白杨，我在你的面前，就什么都不是吗？”珍妮带着哭腔问道。

白杨只是这样站着，他不想回答任何一个字，整个身影如月光般清冷。

“我就不相信，莫瑾如果知道了，当初我的妈妈为什么会给她家那一笔钱，她还会和你在一起。”

白杨顿时一愣，他的眉头紧皱，却一句话都说不出来。低垂着的手，不由自主地紧紧握起了拳头。

“珍妮，这么多年了，我都没能让你放下所有的感情，或许是我做得太少。但这都是我的问题，如果你要发泄，都冲着我来吧。莫瑾失去的已经太多了，她再没有什么能失去的了。”

“可是她有你啊，她有我一辈子想得到却不能得到的东西。”珍妮的眼泪把她脸上刻意修饰的妆容糊了一脸，要多难看就有多难看。

白杨此刻看着珍妮，他忍住不去回想的很多往事，瞬间涌至眼前。他于莫瑾，到底是幸还是不幸？他们之间就像是一个逃不过却又解不开的结。说到底，自己对她是有愧的。当初如若彼此并不相识，又或许只是萍水相逢，聚散无定，结果是不是会与现在完全不同？

他的眼眸只是冷冷地看着远方，心中早已一片荒芜。他的爱并不只是负累，而是一把利刃，生生地砍断了挚爱的家人与家人的所有关联。他的双手上，布满了莫瑾流过的所有鲜血和眼泪。白杨只要一想到莫瑾那张苍白而又无助的脸，心里便痛得无以复加。他不知道自己为何而来，为的是赎罪？还是心中对挚爱的不舍？不想承认却也没有办法去否认，从一开始，他就是一个自私的人。

“珍妮。”白杨的眼底闪过一丝沉痛，却用力地掩盖了起来。

“往事都已经过去了，没有再提起的必要，如果赛诺菲有融资的需要，我将会提供最大限度的援助。但这也只是我能做的了。”

“所以，你现在用钱打发我？”珍妮大声笑道。她用刀挖开自己滚烫的胸腔，掏出了那颗蹦动的心脏，双手置于白杨面前，他却用这样一种方式去羞辱她。

“还有你，王景逸，何必躲起来？”珍妮转身看着门外站着的王景逸。

王景逸推门而入，最终还是要面对，他低垂着眉眼，脸上蒙上了一层暗沉。

“珍妮，如果你认为白杨开出的条件不能够满足赛诺菲，那么思科集团也能为你打开更大的市场提供很多优厚的条件，前提是，过去的事情，不可再提。”

“所以，你们都不惜任何代价地开出如此吸引的条件，目的都只是为了一个莫瑾？如果我是她，都差一点要被你们的做法感动到了呢。”珍妮笑得眼泪都要出来了，这样的自己，真的就是一个笑话。

“可惜啊，不管是以前的我，还是现在的我，都没有想过会有一天，自己竟然也成了一个被收买的对象，是吗？王景逸，当初你和我是怎样约定的，现在却是如此一往情深的模样？这样的你，难道不比我更恶心一万倍？”珍妮看了看自己红如血般的指甲，又道。

珍妮嘴角一直勾着一抹笑意，她继续说道：“为什么要白杨走？思科集团是如何获得今日的成就的？王景逸，你就敢拍着心口说自己问心无愧？”

王景逸交叉双手于胸前，他的脸像晕染了一层又一层阴霾的颜色。他自然不能说自己是问心无愧的，谁也不能比他更清楚，从一开始，这便是一个局，他从小便听从父亲的意思，努力地不择手段地布下的一个局。可惜他算错了，莫瑾这个意料之外的人。她就这样默默地承受着所有自私和算计带来的后果。后来的他，日日夜夜都希望麻痹自己。但是那又能如何？她终究是为他所伤。王景逸甚至想过陪着她死，可是他却不能在有生之年弥补她所失去的。世上任何事情都能够重来，唯独人死却不能复生。他只能这样一直站在原地，遥远地看着她，却触碰不得，那个旧伤疤，至今仍旧淌着滚烫的鲜血。

“白杨，所有的事情，你是知情，还是不知，心里应该比谁都清楚。你到底为何去的美国，真的是因为莫瑾退学？还是为的别的？”珍妮看着眼前的这两个男人，她突然间觉得最深情的，最薄情的，终将交融在一起，成为一道墙，横穿于她和他们之间，无法逾越。

“当年所有的事情，实际上，我们三个人都应该心里有数，不要一副无辜的表情，然后去指责我。说到底，我也不过是一枚棋子吧？”珍妮的眸光染上了一层冷意。

“王景逸，白杨，你们都看错了我，我可是宁为玉碎，不为瓦全的人。”

“王景逸，你的确是一个非常聪明的人，扮演了那么久的一个角色，现在我将要撕开你伪装的脸皮，有没有很不舍？当年的那场戏，你才是导演，而我不过是你全盘计划中，一个利用的对象而已。”

王景逸惊愕地抬起头来，多少年了，一切就像是午夜的一个噩梦一直缠绕至今。

如今别人说起，他竟然不想去否认什么，甚至连为自己找一个体面的借口都没有力气。他的手中那个倒在血泊中的莫瑾，她苍白无色的脸颊和被泪水浸润的眉眼，仿佛整个世界都在怀抱中破碎，碾压着人世间所有痛苦和悲伤的情绪，他就这样一点点地被痛苦、黑暗、绝望，侵蚀着所有的情感，无可奈何的命运和无法拒绝的抉择。

珍妮顿了顿，缓慢地抬起眼，就这样看着王景逸，当年的王景逸是果断决绝，为了达到目的不择手段的人。他之所以会转学，目的就是白杨。

为了达到思科集团的利益最大化，他们下了至关重要的一步棋，市北城的项目便是其中的关键。他们利用的便是白洪对公司高管团队的信任，即使发现公司的资金流向有任何不寻常的动态，也不会影响到全盘计划。可是白杨是这个计划最重要的那个点，他对公司的关注程度，很容易便会发现其中不合情理之处。所以白杨的去留，便是最大的变数。

而白杨的变数便是莫瑾。一环紧扣一环，她成了许多人利用的牺牲品。

莫瑾的人生，便因为一个白杨而发生了质的改变。那一眼，就是过了千山万水，隔断了生死。

在大多数人的心里，有很多的人和事，都是可以被利用的，他们贪婪地榨取着别人的生命价值。世间的苍凉不过就是在整个循环中，无法找到出口。

白杨此刻双手低垂着，他总是把所有的事情都掌握在其中，未曾出现过重大的纰漏。在人生博弈中，看透输赢的他，却输得如此彻底。当时的自己确实察觉到了整件事情中的不合理性。

当时的白杨，考虑了很多很多，可是唯独没有想到的是莫瑾的命运在不知不觉中被欲望推至悬崖之巅，她曾经如此绝望地无声呐喊着，希望自己能够在绝望之中伸出双手。然而，他确实伸出了双手，并且亲自用这双手从背后狠狠地推了她一把，让她坠入黑暗深渊之中，鲜血淋漓地生生剥离着肉体与灵魂所牵扯着的所有情感。

现在说什么都是那样苍白无力，曾经的自己就那样残酷而冷漠地选择了把莫瑾禁锢在暗无天日的痛苦深渊之中，独自承受着世间至苦；而现在的自己却是如此大义凛然地说着护她一辈子安稳的话，这种戏谑般的做法，就是放在别人身上，自己也是不齿的。然而现在他除了在属于莫瑾的坚韧光辉之下，照耀出了自己当时怯懦自私的污浊以外，俨然已经一无所有。

对于莫瑾，白杨有愧。这种愧疚日积月累，如山高，比海深。到最后，他已经不能从久远的记忆中拾获与那个女子之间如初相识般纯质美好的任何企盼。剩下的只有那天自己决然离去的时候，那无可奈何，却又不能不离开的无法伸展的痛苦与无奈。

莫瑾就这样，冷冷地站在门外，听着与她毫无关系的一个故事一般。多年前的所有痛苦回忆，排山倒海般袭来，淹没了所有思绪和理智。

自己的悲惨人生，仿佛小丑一般置于众人面前，成为你争我夺的谈资。他们自然而然地在博弈着，权衡着利益和得失。生与死在他们面前算得了什么？不过是万千条件中的一个而已。所以自己视为至宝的亲人就这样被冷酷地明码标价。

她就这样孑然一身，被面前的三个人剥脱得一干二净。曾经的挚友，曾经的挚爱，都是如此无情把她放置于天平的一端，就像一件货物一样，被计算着价值。她的呼吸渐渐开始急促起来，脸色越发苍白，那些不堪回首的腐朽气息和多少个痛不欲生日日夜夜翻腾着，汹涌澎湃地一下又一下猛烈地撞击着她的五脏六腑，疼痛难忍地让她不由自主地紧紧握着拳头。

王景逸低下头，他似乎感觉到了莫瑾那种宛若峭壁之巅的冷冽气息。他慢慢地回过头来，只看见面无表情的莫瑾就这样僵硬地站在一旁，冰雕一般地看着他们，仿佛从来就不曾认识过一般。

莫瑾只是这样站着，披着一身凉气，从里到外，全身的血液荡然无存般，只剩下了一个干枯的躯壳。

她此刻不想再靠近任何人。不想再看那个紧抱着倒在血泊里的她痛苦狂奔的王景逸。曾经以为，她欠他的债，这辈子是还不清了，可是这样看起来究竟是谁欠谁的呢？不想再看那个她爱至骨髓里的白杨，当年的她究竟是怀着怎样的心情，从生到死，已经说不清楚了。可是他转身离去的背影，却如此清晰地出现在每个梦里。她以为自己的所作所为是一种牺牲，一种成全，哪怕是挫骨扬灰都不后悔。可是哪怕是她付出了所有痛苦，也抵不过此刻听到，原来白杨当时的离去不过是一种权衡之计。他明知这便一步以她为子的棋，却将计就计不动声色地与对方博弈。

白杨当时的完美演出，蒙蔽了公司的高管层，并且成功地以并购的方式，把部分项目资金转至其海外公司的项目之中。他的这一步棋，不仅为日后的重新崛起保存了部分实力，而且鼎丰国际能有今日的雄厚实力，也归结于当时白杨所做的决定。他不能眼看着父亲一辈子的心血就如此付之东流，所以舍弃了当时他认为能舍弃的她。

莫瑾的身体越来越冷，就这样站立在冰冷的地上，没有穿鞋，冰冷的地气也不及她内心中的寒冷。她就这样冰凉彻骨地想着，一路走来，她还能相信什么？还能坚持什么？爱是心中唯一的信仰，她就这样固执地坚持着，用生命去浇灌心中所爱之人，并且认为对方也一如自己所想，彼此都永不辜负。结果，她蓦然转过身，回头看来，所有她爱的人，从来都未曾同行。他们就这样冷酷地站在与她对立的彼岸，遥远地和她对视，眼神里没有一丝不舍。他们之间相隔着的不仅是千山万水，而是此生都不可能渡过的此岸和彼岸。

她内心讥笑自己，仿佛自己就是一个笑话，她究竟放弃了什么，又得到了什么，还是说什么都不曾得到？蹉跎着的岁月中，是不是一路上，直到最后，她都只是一个人，永远孤单地走着一条永无归途之路？

白杨此时转过头，他看着身后的莫瑾，他曾经发誓要护她一生安稳，却亲手把她的所有幸福一一断送。一天之前是亲密无间的爱人，当真相揭露于两人面前之时，便有了那条今生今世都无法逾越的鸿沟。

他伸出手，想要把她拉入怀里，可是刚一抬手，她便微微一让。白杨的手就这样置于半空之中，他知道，她永远不会再回头了。手心中不再有她身体的余温，而是一把冷寂的空气，心脏仿佛暂停一般痛悔无边。白杨闭上眼，狠狠地压住了那一阵仿佛要把他撕成两半的剧痛，他咬紧牙关，把快要涌至咽喉的腥甜吞回胃里。

莫瑾再一次仔细地看了看眼前的三个人，她冷冷一笑，所有的对与错，得与失，她都不会再将其交与他人去权衡。风从遥远的地方吹袭而来，她从未如此清晰地去恨一个人，去怨恨某件事，可是此刻的她从头到脚都是噩梦一般的血腥气息。那种悲凉的感觉就这样蔓延于莫瑾的全身，把她覆盖了。

“莫瑾，事情，并不是你听到的这样。”白杨痛苦地说道。

她却淡然地一笑，仿佛从来都不曾认识他一样。转过身，从此，便是路人。

莫瑾一步又一步走在空无一人的酒店走廊，拖尾的裙摆让她的步子并不利索，但是她却尽量维持自己一贯的优雅，她不知道自己将会在哪一刻就崩溃。可是心里却一阵又一阵火辣辣的灼痛，不知道自己是否丢失了什么东西，只是那种惆怅和酸涩的感觉交织而来，敲击着她的心房，一下又一下将原来空洞洞的空白慢慢填满。

依稀中，她就像在一片朦胧中，看到了很多人，他们都那样熟悉地站在那里，在无边无际的某个地方，用悲悯的眼神这样看着她，无法靠近，莫瑾想要伸出手，搂着某个身影，想要一个温暖而又熟悉的怀抱，却空无一物。

王景逸看着那个摇摇晃晃却又故作坚强的背影渐行渐远，他想上前去扶着她，却半天都未曾迈开腿。回过头来，看着同样原地站立的白杨，他面无表情，可是却脸色发白，额头上全是细细密密的汗气。

“白杨，为什么不追？”王景逸冷冷地问道。虽然他知道自己并无任何资格质问这样的问题，还是忍不住心中那一丝不忿。

良久，白杨都没有回答，而是身体轻靠着墙壁。他紧闭着双眼，大口地喘着气。此刻的白杨是如此虚弱，仿佛随即便会消逝而去一般。他坚持了太久太久了，终于在莫瑾转身离去的这一刻坍塌崩溃。这个时候白杨才感受到那种撕裂般的疼是有多么的痛彻心扉，当所爱之人转身而去，但是却无力挽回的时候，那种感觉无法用言语来形容。

“白杨，你怎么样了？”珍妮马上上前搀扶着白杨摇摇欲坠的身体，她的眼泪马上喷涌而出，实际上，她比白杨更明白，这意味着什么。

白杨想抬手挡住珍妮搀扶他的手，可是身体完全不受控制，他内心讥笑着自己的脆弱，原来能做的，远比他想象的要少得多。

“对不起，白杨，我没有想过要伤害你，我真的没有想过，我只是太爱你了，太爱你了。”珍妮哽咽着说，她不知道应该怎么做才能让白杨渐渐往下沉的身体站立起来，她试图让白杨的身体压在自己的身上，却被白杨脸上那深深的厌恶感所击退。他在这个时候，都不想自己靠近，这就是自己付出千辛万苦后所得的?

莫瑾缓慢地走到走廊的末端，她的脑中一片空白，只剩下身体上不断痉挛般的痛感，一遍又一遍海潮般地袭来。她试图咬自己的唇，却颤颤地发抖，无法使出任何的力气。身体一丝丝一缕缕地渐渐被抽空，灵魂抽离肉体一般地撕裂着最后的理智。分不清梦境与现实之间的差别，就像有某一样毕生最为珍重的东西正在离她而去，不再复返。

她本能地回头，却看见珍妮向前靠近的身体，还有那没有拒绝的白杨。

原来，从头到尾，她都是一个人，从未有过同行之人。

王景逸分明看见莫瑾那回头的绝望眼神，他却无法上前去解释这一切，只得站在她的身后，孤单而绝望地期盼着什么。

最终，白杨咬紧了牙关，睁开双眼，看了一眼珍妮，缓缓从惨白的唇中吐出两个字：“走开。”

珍妮一愣，心脏停顿般地冷却了她所有混乱的思绪。这个男人，她用尽毕生力气爱着的人，竟然如此厌恶她。

她用模糊的双眼深深地看着眼前的这个男人，一时不知道如何反应，张了张口，觉得嗓子有点苦涩，那味道翻入口腔内，生生地让她的咽喉发不出一丝声响。

白杨只是用眼尾的余光看了王景逸一眼，里面蕴含着多种含义，王景逸一愣，不禁快步向前，搀扶着他的身体。

“白杨，你这是？”王景逸不禁一阵惊叹，外表看起来很是健壮的白杨，竟然没有多少重量，他就像一棵参天大树空了树心一般，可随意折断。

白杨的身体就像一块冰一样，王景逸一碰触到便有一股透心般的寒意传递到他的心底，他的手被白杨的冷汗润湿了。王景逸承托着白杨的所有重量，余光和心却随着莫瑾走了，她此刻，究竟会有多痛？是不是痛感多了，便会慢慢地麻木？莫瑾，你怎么就不能让我站在你的身旁？这样，即便你不爱我，你也不会受到如此的煎熬。

夜已深，风卷起了莫瑾的裙摆，冷冷地，毫无怜惜地席卷着她余下不多的温度，从内到外，生出一种淡淡的窒息感。一步一步，她就这样裸露着双足，毫无知觉般踩踏于路上，似乎这样，便能把路走出来。本来便消瘦单薄的身体，显得毫无重量。

或许，这便是他们之间最好的结局，不是吗？

白杨，遇见你，虽有幸，却福薄。

我们之间最好的时光便是在学校里了，现在的我们是永远也回不去了。莫瑾把自己的头发散落，心中的郁结，也随之缓缓坠落于肩上，仿佛很多不能忘却的过往，都顺着发梢，悄然落地。

她闭上眼，脑海里全是剧烈的疼痛，一点点地绞碎着神志，白杨的离去，是有意为之，即便他什么都知道，还是这样毅然决然地离去。

珍妮的话一遍又一遍地响起，拂开了所有浑浊，裸露着一个让她痛心的真相。如若不是白杨，或许她便和挖心之痛擦肩而过了，或者妈妈和妹妹，都会因为这契机而活下来。

翻滚而奔涌的情绪海潮般侵袭而来，一遍又一遍席卷着她的情感堤岸，所有的悔恨都铺天盖地，一波又一波地割裂着每一寸皮肤。在无边无尽的黑暗之中她再也找不到自己。

我遇见你，白杨。

失去的实在是太多了，我究竟该爱你，还是恨你？为什么哪怕有一分一毫想要放弃你的念头涌现，我的心都这样痛。可是这样的你我，还能拿什么信念走下去？

如若，我们只是路人，是不是从最初就可以解脱？

可是命运之神，就是如此残酷地对待你我，灼伤着彼此的肌肤皮肉。

莫瑾用力地拉扯着自己的头发，爱而不得，才是人生至苦。她只是一个凡人，拥有着最普通的七情六欲，喜怒哀乐。她再也无法欺骗自己，假装毫发无伤地撑过去。活着，实在是太痛苦了，所有人都固执地认为，莫瑾无论遇到什么事情，都能撑过去，她天生便是凉薄之人。可终究还是忽略了，她把所有的狼狈不堪和懦弱全都遗落在了蒋文娟和妹妹的墓前。她在替代亲人，把生命延续。

7

莫瑾以一种自虐的方式继续活着，平静得让所有人都害怕。每天都是一样快速地运作着，就像是一部永不休息的机器，在极速地损耗着各种机能。罗敏心痛地看着她，莫瑾那双布满红血丝的双眼蕴含着让人不忍目睹的坚忍。

钱治收到消息的时候，便匆匆忙忙地赶到了莫瑾的公寓里。他希望看到的是狼狈不堪的她，因为这样才能让内心所有的情感都有发泄的出口。一个人不能把所有的苦都埋没在心里，若是承载了太多的伤痛便真的会濒临崩溃了。

可是莫瑾却如常地工作，毫发无损一般，出现在大家面前，几乎让所有人都对她的坚强深信不疑。钱治却知道，这个孩子那颗原本让白杨暖起来的心，此生已经再无复原的可能。

她越是这样，便越说明了一个事实，莫瑾掩盖了一个早已置身死地的自己。

钱治推门进入办公室，看见莫瑾正在处理一堆如山般的文件，她专注的神情，让人不可置信。

“孩子，白杨的事情，我都知道了，你若是想哭便哭出来好吗？你越是这样，我真的很害怕。”

莫瑾听到白杨这个名字的时候，犹如电击一般，她用千万种方法去回避，想忘记，并且麻醉着自己假装从未认识过这个人。可是只要有人轻轻地触碰一下，那个伤口便顷刻鲜血淋漓。她就这样愣住了，眼泪毫无征兆地流下来，整个天空都因为这个名字暗淡下来。从此莫瑾的世界里不再有光。

钱治轻轻地拍着莫瑾的背，他多么希望这个孩子能够幸福，若是能够把所有的运气都给她，哪怕失去所有又何妨？可是当罗敏把所有的始末都告诉他的时候，他怎么都没有想到，真相是如此让人难以接受。莫瑾一直是一个坚强的孩子，可是过刚易折，她的感情一直是敏感而又脆弱的。她从来都极力掩盖着自己所思所想，不轻易地与人交心。可是一旦交心了，却又是如此歇斯底里地为爱而付出，就像飞蛾扑火。

“孩子，哭吧，哭出来，人便好了。”钱治知道，莫瑾害怕去爱一个人，害怕失去，因为她放在心上的人，都不在了，所以她从来都不愿意再爱任何一个人，哪怕是她自己。可是好不容易有一个人让她打开了封闭已久的心扉，结果却是这样无奈。如果她能恨，恐怕也比现在的情况更好，可是她不能爱，也恨不了，如此辗转反复于其中，不得轮回也没有救赎，对一个人来说，是何其痛苦？

莫瑾就这样哭了很久很久，就像一个无助的孩子，让人心碎欲绝。她的身体时冷时热，身体一步一步地下沉，所有久伏于心的郁结顷刻间四散八落，满脸泪水地窝在钱治的怀里。她的所有意志在焚心般的折磨里，早已陷入永生的黑暗之中。

“莫瑾，叔叔知道你在想什么，所以我不劝你。人的一生何其短暂，在弱的时候想的是怨恨，可是强的时候想的是原谅。如果能放下，我是希望你能够得到幸福的。”

“叔叔，你知道我做不到。我做不到忘记，也做不到原谅，甚至连活下去都做不到。叔叔，你告诉我，我该怎么办？我该怎么办？”莫瑾话都没有说完，身体便重重地往下坠。她的双眼紧闭，脸上还挂着未曾流下的眼泪。

钱治心里一惊，用力地抱住已经没有丝毫反应的她，那轻如蝉翼般的身体，里外空乏。

恨到极点，爱却未曾转薄。

多少个日夜，莫瑾都未曾合过眼，只要她试图闭上眼，那个温柔而又熟悉的面庞便会出现在眼前。他就在不远处，静静地看着她，眼睛里饱含了这个世界上所有最真挚的情感，唇仿佛在轻轻地合了又闭，呢喃地说着“对不起”这三个字。

她只是觉得累，需要一个安定平稳的休息，需要一个能承载她这一刹那所有的心酸悲凉的避风港。

莫瑾在迷迷糊糊中做了一个唯美拖沓的梦，里面的自己，拥有所有期盼的人和事。可是她往前走一步，却又一无所有。唯独剩下白杨那张苍白的深刻容颜，目光深沉，如深渊般绵延无限，一丝一缕地弹得她的心弦欲颤。

那样的他，她从未见过，他是消瘦而又脆弱的，可是却缓缓伸出手来，触感冰凉，殷殷切切，在彼此靠近的距离里，一次又一次轻轻唤着她的名字。

雨不断地打在窗外，噼噼啪啪地乱响，杂乱无章，想要狠心地惊醒那个在睡梦中还在不断落泪的人儿。

病房外，两个男人都目不转睛地看着她，怀揣着各自的心事，却又不约而同地担心着眼前的人儿。

白杨就这样直直地站着，吃力地挺直了腰背，静听着雨声，在一怀落寞和悲伤之中淡淡地想着往事，长长的睫毛不断地颤抖着，半遮住此刻他不愿意流露的伤感。

良久，王景逸才发出一声几乎微不可闻的叹息，淡淡的语气悄然从咽喉中游移而出。

“白杨，我原来以为自己是可以和你相提并论的。我几乎固执地以为自己的爱并不比你的少多少，可是现在我才知道，我们差的并不是那一点点。”

王景逸侧脸看着身旁那个消瘦的男子，他和自己记忆中的白杨，相差得实在是太远，那时候的白杨，就如巍巍高山般默然矗立，沉厚而稳重地站于众山之巅。可是现在的他，背影便是如此苍凉而又单薄，周身都笼罩着一层又一层无法挥去的阴霾。

王景逸似乎在努力地平息着自己内心起伏不定的情绪，他觉得自己的每一个字都将会是利器，割断着白杨每一条紧绷着的神经，所以不断地在斟酌着合适的措辞，可是许久，才发现语言是如此无力。

“白杨，你真的不再考虑一下？”

“不。”

王景逸震了震，良久道：“我恐怕做不到你所希望的样子。”

王景逸抱着最后的一丝希望，他还想说些什么，可是说什么都是那么无力。他就这样披着一身清冷的情感，站在白杨身旁，此生有他这样的对手，输了也是无憾的。他看着玻璃窗隔着的两个人，才深刻地感受到，灼人肺腑的情感，得之痛，失去也痛。

“白杨，我答应你的所有要求，唯独这件事情，我实在是没有办法答应你。”

“王景逸，如果不是父辈的缘由，我们其实应该是能够成为好朋友的。你争我斗，最后你注定要输给我。我给出的条件并不在你，而在于思科集团。你清楚，思科是无法达到对赌协议里面的利润增长条款的，所以答不答应，不由你。”白杨缓缓地说道。

“你，早有预谋吧。”王景逸深深地吸了一口气后说道。

“嗯，不算早，就在我去美国的时候。”

“所以你花了那么多的心思，就是为了让我们入套？”王景逸苦笑道。

“你的父亲，如果足够贪婪，这便是意料中的事。”白杨不舍地转过头来，看着眼前的男子，他的脸上无不是和自己一样关切的神情，一样深情的目光，眼睛里布满了红血丝。突然他的心很痛，原来哪怕只是看着别人和自己一样地爱着莫瑾，那种感受也如此强烈地撕心裂肺地痛。

“你只能答应我，王景逸，别无选择。在思科成功地上市后，我便会把名下的所有股权转给你，希望你不会让我失望，你只能是思科的上市公司主席，没有别人。”

白杨淡淡地笑着。王景逸却再说不出一句话。

白杨缓缓地再一次转过头来，他细细地看着莫瑾，她的眼眉之间凝滞着厚重的悲伤，长长的睫毛上，挂着一层雾气，苍白的嘴唇紧紧地闭着，他看得是如此专心而细致，仿佛要把眼前的凄美容颜，镌刻在自己的心里。

莫瑾，我并不求你的原谅，可是你可曾想过，有一个人，为了追逐你，也付出了所拥有的一切，可是命运弄人，我们走到今天，是很可惜的。我们之间，其实，我才是永远输的那一个。

在那般爱意里，我不曾后悔，之所以会如此执着地回来，执着地和你再次相遇，便是想要告诉你，原来在这些年里，我是如此真切地爱着你，而且从未因为距离和时间而减少。我用尽全力去爱你，不留余力地去爱你。可是不知道为何，现在我却不希望你再爱我。我从未如此茫然和无助，看着你就在身旁，却不知道该不该用力地去拥抱。

王景逸默默地紧拽着自己的拳头，看着莫瑾眼角处快要滑落的泪水，他心如刀割。他生生别过了脸，风一吹，指缝间早已生出了密密细细的汗。

莫瑾，对不起。这一次，我真的尽力而为了。我自知无颜让你接受，我犯下的错，我自己都无法接受。这一路走来，我总是在不断地做出错误的选择，可是，这一次我无法辨析什么是对的，什么是错的。

天慢慢昏暗下来，雨越下越急促，用力地洗刷着满目的疮痍，再多的人和事，都将在这红尘之中，彼此交融，再分不出原来的色泽。不知道过了多久，世间万物在雨水的浸润下，慢慢伸展出无限的生机。

莫瑾缓缓地睁开了双眼，她不知道自己睡了多久。一觉醒来，觉得喉咙紧紧地刺痛。一时间张开嘴，干涩得说不出一句话来。她抬起一只手轻揉着自己发酸的双眼，才惊觉自己竟然满脸都是湿漉漉的泪迹。顿时心中一阵揪痛，好像灵魂被抽空了一般，扯得她五脏六腑都痛。

她看了看窗外，天微亮，一片宁静之象。一转眼，便是另外一番景象。莫瑾坐了起来，咬着牙硬是拖着无力的身躯慢慢地走到窗前，然后用力地推开了沉实的窗户，一阵夹杂浓重晨雾的水汽扑面而来。自此后思念绵长，就缓缓地埋葬在今后一寸又一寸的光阴里，任由寂寥掩盖住所有的爱意。

那般惆怅的眼神在她苍白的脸上一闪而过，随即她便苦笑着："莫瑾，走吧。"所有的爱和恨都终将随风而去。

罗敏推门而入，那个消瘦得轻如蝉翼的身影，就这样孤单寂寥地映入她的眼里。罗敏硬是忍住了快要掉落的眼泪，唰地闭上眼，稳稳地压住了自己的声线说道："莫总，你醒了啊，那就好了，来，稍吃点东西，你瘦了，得养回去啊。"

莫瑾缓缓转过身，抖落了一身的凉气，露出一个很勉强的笑容，这是她用尽力气才挤出来的表情，却还是带着淡淡的哀怨和忧伤。

"嗯，是醒过来了，我也活过来了，这命运啊，可真是由不得我，是醒着还是睡着，全凭天意。"

罗敏张了张嘴，说不出一句宽慰莫瑾的话来，似乎所有的语言都过于轻了。她拿起桌面上的暖瓶，缓缓倒出一碗汤，试了试温度，端到莫瑾的面前来，轻声说道："可以喝了。"

莫瑾看了看眼前金黄色的汤，想也不想就接过，然后昂头喝下去。她想着就这样苟延残喘下去，也并无不好。

罗敏看着这般勉强着自己的莫瑾，不禁咬紧了嘴唇，她竟然不知道下面的话是讲还是不讲的好。很多时候，她都觉得作为一个女人，莫瑾太过要强，服软也未尝不是一种好的活法。可是她知道，莫瑾有着她自己的坚持和无奈。作为一个旁观者，罗敏的心里是说不出的郁结难舒。

莫瑾看着一脸为难的罗敏，便知晓她有话想说。她拿着还是温热的碗说道："怎么了，是不是有什么为难的事情，尽管说吧，到了这个时候还有什么是我承受不了的？"

罗敏愣了一下，只得在脑海中搜索了一万遍合适的语言去描述这件事情，可是仿佛所有的文字都找不到一个恰当的表达。她看着莫瑾，咬了咬牙，然后说道："莫总，这是你的身体报告，白总已经看过了，他的意思是，孩子还是不要的好。"

莫瑾仿佛听不懂人话似的惊住了，只觉得自己双腿一软，顿时手中的碗坠落一地，蹦散开一地的碎片，随即她的身体无力地跌入碎片之中，重重的仿佛落入了十八层地狱。

罗敏急忙上前去扶住身体不由自主地瑟瑟发抖的莫瑾，却看见她的膝盖处已经狠狠地扎入了碎片，鲜血随即迸发而出，染红了一大片，不由就惊叫道：“医生，医生快来啊。”

莫瑾硬是把自己的下唇使劲地咬出了一道瘀痕，乌黑无光的眼睛里积蓄着绝望。白杨啊白杨，你对我的“情深义重”，让我真的穷尽一生都无法偿还。她伸出手，五指在空中绝望地使劲抓着，仿佛要抓住白杨那一片衣角，喃喃道：“白杨……我恨你。”

可是她只得一手寂寥的空气。那个爱过又恨过的人，最终并不在眼前。一切只得空虚梦幻，一切只得一场梦。

莫瑾闭上眼，她细细地咀嚼着口中蔓延开来的腥甜，半天，眼角的温热，才缓缓地漫延下来。

这世间最难解开的便是此般滔天的恨意绵长。

白杨是这个世上最了解她的人，他明明知道她的心意，可是他如此狠绝地一次又一次地把利刃刺入她的软肋，招招攻心。伤她最重的并不是敌人，而是曾经的爱人。

任她筑建出多么坚固的铜墙铁壁，白杨都能轻而易举地将所有的一切摧毁。那个他们之间血脉相连的孩子，不过是他口中可以随意舍弃的某个物件而已。

莫瑾闭目喘息，呼与吸之间，胸腔里都是排山倒海般地隐隐作痛。她轻手抚着腹部，讥笑自己，能给这个孩子些什么？与自己同样般残缺的家庭？来来回回，终究都无法挣脱命运的残酷禁锢，所有的情深义重，痴嗔恨怨，最后凝固成了一方天堂，一方地狱，而她徘徊在中间。

她仿佛回到了某个阳光温暖的下午，就这样安静地坐在学校图书馆的某个角落里，漫无目的地翻看着某本练习册，猛然一抬头，那个俊秀深刻的面容就在眼前，他的眼眸里露出某种淡淡的情愫，似笑非笑地看了她一眼。只那一眼，带着莫瑾飞越了千山万水，穿过了生死阴阳。他们之间只剩下这一眼，一生的恩怨，所有的心心念念，最终都随风消散在此。

8

王景逸站在刚竣工的商业大楼的顶端，看着眼前一大片欣欣向荣的繁华景象时，内心却毫无半点波澜壮阔。他原来以为自己，一生都将在世俗物欲中得到所谓的存在感，回头看来，自己身后却空无一人。

思科集团，在得到十分雄厚的资金后极速扩张，没有了后顾之忧，可以说此后上马的项目，再无败笔。王景逸也因为从某个集团手中得到增持的股份，当之无愧地成了思科集团的董事长。

他褪去了年少轻狂，褪去了冲动莽撞，终究成了商业界一颗冉冉升起的新星，各大商业报纸杂志都争相采访，可惜没有一家能够见到这位眼光独到，手段犀利的年轻人。

王景逸独自一人走过了这几年，他总想着那个女子，每每压制自己想要去找她的冲动，却又在下一秒，把她的消息一遍又一遍地查阅。这个庞大的商业帝国，终将是要给她的，不知如今的自己，是不是已经可以得到她的原谅，抑或，她总该是要回来看看的？王景逸知道，天南地北，她总是要回来的。

某个下午，王景逸拿着一杯咖啡，他闭着双眼，嘴里细细地回味着苦涩的味道，一边思虑着公司的事情，就像这几年来，每天重复做着的事情一样。这个时候，秘书接进来一通电话："王总，瑞锦的莫总想要和您约见，不知道您现在方便吗？"

王景逸手中的咖啡杯就这样悬在半空之中，他的心都在发抖，莫瑾，我还是等到你了。这么多年，你终究还是回来了。

"请莫总进来。"

两人再次相见的时候，就在这个清冷而空旷的办公室里，毫无准备的一男一女，就这样安静地站着，久久地，千言万语都凝结在空气中，平静得仿佛能听见彼此的呼吸。

莫瑾挽起了一头微卷的长发，她变了。从前的她，总是让人感到莫名其妙的寒冷，从内到外没有一丝温度的清冷。唯一不变的还是那容颜，双眸如水，唇色娇艳，却增添了一丝温润的气息。即便她用力地去掩饰着自己此刻起伏不定的情绪，却仍旧在波光流转之间，不经意地缓缓流出各种复杂的情感。

转眼间，他们就这样看着眼睛里的彼此，除了那分不清的恩怨，剩下的更多是对彼此的牵绊和挂念，还有仅仅靠着那眼神，便已经得悉对方是否安好的默契。

王景逸硬是压下了内心中不停翻滚的巨浪，无数次激动和喜悦情绪的侵袭后，终是缓缓化成了一句："你还好吗？"

莫瑾顿时莫名地泛起了一股又酸又苦的情绪，压在她的心口，张了张嘴却一句话都说不出来。她就这样安静地站在原地，心中的各种熟悉的人逐一出现在眼前，多少年来，压制所有对情感的欲望和诉求都在此刻喷涌而至，她有点不知所措。

"好。"她看着王景逸，淡淡地回答道。

王景逸点了点头，她好就好。多少个孤单而又寂静的夜晚，他看着辽阔而又静谧的夜，想着莫瑾是否如他所想般，自由而又肆意地活着。

"来，我们坐一下。"王景逸伸手去拉她的手，仿佛这个动作在他们之间已经重复了无数次。

莫瑾没有缩手，而是自然而然地被王景逸那只微凉的手紧紧握着，她终究学会的是坦然接受而不是一味地逃避。那只手，紧紧地握着，仿佛从此不会再放开一般。

两人默契地走在大厅中，穿过一个又一个华丽的大堂。岁月的磨砺终于把所有的爱和恨打磨得一干二净，裸露出他们之间最真挚的情感。走过的每一个日子，都在心里留下了一个又一个看似冷漠的瞬间。重重叠叠，反反复复，都在彼此的一个眼神之中释怀。

莫瑾就这样随着王景逸一直走着，每一个步伐都无比沉重。当年那个桀骜不驯的他，最终成了眼前这个成熟稳重的男子，他的手始终没有任何迟疑，就这样稳稳地握住了她的手，让她有不止一个瞬间觉得累了，似乎可以就此停歇。

她轻叹一声，不知那个人，是否如她一般放下了，释怀了，会不会在下一秒出现在她的面前。一如春风拂面一般地问她，莫瑾，你想我了吗？原谅我了吗？

这么多年过去了，她始终在可能有他的地方徘徊着，寻着他的所有痕迹，仿佛下一秒就能遇见，仿佛下一秒他便会在眼前。

他曾经告诉过她，在美国的时候，他常去的咖啡馆或者是餐厅，还有某个公园静谧的角落，喜欢的食物，喜欢的音乐，他的所有喜好，都会排山倒海一般涌到她的眼前。

白杨说过的所有细节，就像水滴一般，汇集成一条思念的巨大河流。每到夜里，便会冲垮莫瑾所有的思绪，她如此不可压抑地疯狂地思念着他。

王景逸看着身边的女子，时光并未使她的气息变得稀薄和陌生。她即使如此安静地站在他的面前，一句话也不说，他亦会觉得身心安稳。仅仅站在她的身旁，便是巨大的幸福和满足。

王景逸推开一扇紧紧关闭的门，里面的布置简单而整洁，仿佛打开了一个封闭已久的记忆，那个位置上以前便坐着莫瑾日夜思念的人，可是现在空无一人，只有满满的不能描述的悲伤。

“这便是白杨的办公室，那天你离开后，他在这里留了很长一段时间，然后即便是我，也不知道他的行踪，或许他一直就在你的身边。莫瑾，那么多年过去了，你仍旧恨他吗？”

“不恨了，王景逸，我现在开始明白，当你弱的时候，你会一直想着要去报仇，可是当你强大了，你会原谅。这么多年过去了，我终究一无所有，除了对他的思念以外，我没有从中获得任何愉悦之感，我们在默默地荒废着彼此的情感。王景逸，能不能告诉我，他究竟去哪了？”

“他一直在你的身边，未曾离去。”王景逸苦笑了一下，然后默默地转身走了，或许莫瑾需要独处的时间，去找那个她一直深爱着的人，遗留下来的蛛丝马迹。

莫瑾看了看这个房间，就像很多年前的白杨所喜好的一样，里面所有的布置都是她所喜欢的，颜色清冷而干净，一如她的为人，十分凉薄。从里到外没有一丝温度，找不到任何温暖的色调，不是黑白灰，就是黑白灰。她笑了，还是那么的单调。桌面上放着一个本子，上面工整的字迹，一看就是出自白杨的手，他的字就像他的人一样，刚劲有力，又透着丝丝的文质彬彬之气。一排一排地，全是她的名字，写了满满一整页纸。可是越往后，字迹越无力，甚至到了最后，都不能明了地看出写的是什么。

另外还有一个文件夹，里面全是她的行程，还有出行的航班和时间，停留的酒店等一切个人信息，哪怕是她早早预订的餐厅，都事无巨细地出现在那个文件夹里。

莫瑾一直都是眉头紧皱，她的心仿佛高悬于半空之中。瞬间仿佛置身于某个夏日，阳光就这样温柔地轻拂着每一寸肌肤，那个如暖阳般的少年，就这样从远方跑来，面带笑容，露出漂亮的牙齿，他的眉目之间都是如蜜般的笑意，在她的耳边轻轻地说道："莫瑾，你怎么还不来？"

她缓缓地闭上眼睛，一行眼泪就这样滑落，顺着她的面颊，最终顺入她的嘴里，都是又苦又涩的味道。这么多年了，原谅的话已经在心里说了一万遍，可是纵使她走遍所有力所能及的地方，却最终未能找到那个她想要原谅的人。

纵使是最为亲近他的莫瑾，也很少能懂得白杨的心思，他若是有心隐瞒自己的行踪，穷其一生也难以觅得他的行迹。可是他怎么就这样忍心一直不出现？

莫瑾一个人呆呆地站在这个房间里，仿佛这个房间的主人，就在这里，隔着整个时空与她遥远地相视一笑。她的双腿就如灌入铅一般，无法挪动一步，就这样一直从天亮站到天黑。

"莫瑾，所有的相遇和缘分终究都是要顺其自然的，或许，你不必四处寻找，便会寻得到他的消息呢？"王景逸看着她孤单而又落寞的身影，不禁心里一阵又一阵地痛。多少年了，这个女子还是能轻易地撩拨动他的心弦。

莫瑾听到后，深深吸了一口气，她悄悄地用袖口擦拭了眼角："王景逸，谢谢你告诉我这些，这么多年过去了，我终究是释怀了。"

"我们之间，不必说谢谢，这些都是我应下的，便应该做到。莫瑾，我不会劝你放下，因为即便是我自己也做不到放下，所以我们更应该要保重好自己。"

窗外一阵夜风悄然而至，吹到两人早已平静的面庞上，莫瑾的脸上干涩而又紧绷。她不禁抬手想要撩拨一下随风飘起的发丝，可是王景逸早已用他微微温热的手指，把那发丝拨入她的耳后，他的眼睛很深邃地看不出究竟在想些什么，莫瑾只能苦笑着掩饰自己此刻的尴尬："王景逸，恭喜你终于得到你想要的一切。"

"我想要得到的，早已不可能得到了，而我做的所有，只是一个承诺而已。"

王景逸看着莫瑾，缓缓地说道："我原来以为自己的爱，和白杨的是可以相比较的，可是现在看来，他的爱终究比我所能理解的要更深刻。莫瑾，当年的我们，看不清自己到底想要些什么，都在不知不觉中做出让自己后悔不已的决定，伤害着彼此却又不得而知。白杨当初如果知道这些的话，他绝对不会伤害你半分。所以，你要好好保重自己，或许他知道你已经释怀了，便会出现在你的身边。莫瑾你要相信，若不是万不得已，白杨对你是至死不离的。"

莫瑾看着王景逸，她只得点点头。她只是觉得莫名其妙的冷，从里到外，不禁裹紧了一下自己的身体。王景逸笑了笑，便把自己身上那件外套披在了莫瑾的身上，这个女人，不管多大还是不会照顾自己。

“来吧，莫瑾，白杨有一个物件，是他离开前，交代说是希望我亲手转交给你的，我现在就把它转交给你，你随我来吧。”王景逸伸出一只手，他多么希望就此紧紧握住莫瑾的手。

莫瑾犹豫了一下，还是抬起头来，微笑着，拍了拍王景逸的背，随即站在了他的身旁。

王景逸也不知道是不是已经习惯了她的拒绝，他丝毫没有尴尬般地点点头，便领着她走向自己的办公室，这么多年了，有一些秘密，他独自守得很辛苦。同时他知道，莫瑾终究也会知道的，她不过是在本能地回避着而已，毕竟希望比绝望来得要好。

来到王景逸的办公室，莫瑾才猛然发现，这里的摆设竟然也是自己日常习惯的那样，简单，色调稳沉。原来用心去观察她的，世界上还有另外一个他。这辈子终究还是要负了他，缘分便是这样，并不是所有的感情都能够得到回应，她的心里，早已干枯得只剩下白杨了。

王景逸让她稍等，便去拿那个文件袋。莫瑾独自一个人在办公室里四处看看，王景逸也是一个有条不紊的人，他桌面上的文件整齐地摆放着，只是莫瑾的眼睛一扫而过的时候，看见了一个文件夹的颜色很特别，她只是好奇地拿出来，随手打开，里面全是厚厚的一沓行程安排，每一个地方，每一个酒店都是如此熟悉。

“你真应该要看看。”一把陌生的女声悄然而至。

莫瑾抬起头来，一张美艳的脸就在眼前。她眉头一皱，并不想做出任何的回应。

“你知道吗？你是一个很让人讨厌的女人，可是却又多么让人羡慕。”

空气里，蔓延着一种让人很生厌的气氛。

莫瑾皱了皱眉头：“我好像不认识你。”

“你确实不需要认识我，可是你的所有事情却是由我经办的，我只是想来看一下，让一个男人付出所有去等待的女人，究竟有何过人之处。”

眼前的这个女人，五官精致，妆容得体，看得出来是经过了精心的打扮，却又不显得刻意，只是此刻的她，恼羞成怒，导致面容扭曲，让人实在是无法产生任何的好感。

“这么多年，你若是能回头看看，还怎么能忽略这个男人对你的深情？你知道吗？你所踏足的所有地方，他都一一去遍了，你之所以能够感受到所谓某个人的存在，那是因为有另外一个人在默默地守护着你，不求回报地一直在你的身后，等你回头看一眼，他便心满意足。难道同样的深情，你就可以如此肆无忌惮地忽略吗？就不会感到心痛？”

莫瑾心里就像被猛击一样，剧烈地疼痛。她刻意回避的所有细节，此刻却被人恶意翻起，逼迫她去面对那些不寒而栗的事实。这么多年了，她又何尝没有察觉其中千丝万缕的差别。那终究不是同一个人，不是吗？

“我知道你的情感很执着，很纯粹。你身后的这个男人又何尝不是如此？你知道吗？他向往的生活与现在相比，本就是背道而驰，却又不得不为了你而打拼下如此的庞大的商业帝国，在每天的尔虞我诈中默默地去承受早已经厌倦了的生活。他违心地接受了情敌的馈赠，然后亲手把父亲拉下那个董事长的位置，导致他众叛亲离，被身边所有人看成是一个为了金钱和利益无所不做的伪君子。而这仅仅是为了保护你，莫瑾，倘若你的心是石头做成的，恐怕也能被焐热了吧。可是你没有，你沉浸在自己的世界里，自私地享受着为爱执着所带来的欢愉，你盲目地寻找那个或许根本就不存在的男人，费尽心血，却未曾体谅到，你的身后，同样有一个人，用生命苦苦地守护着你，为了你哪怕放弃自己的生命也在所不惜。这样的人难道就不配得到你的怜悯吗？”

莫瑾面色惨白，仿佛全身的肉都在一层一层地被剥掉，裸露出鲜血淋漓的骨肉，她就这样被别人剖析着，那些她苦苦建筑起来的围墙，此刻尽数坍塌。她挺直自己的背，就这样直挺挺地站着，所有的希望就如抽丝般从她的身体里脱离。她不知道自己还能剩下些什么，只知道自己此刻生不如死。

“莫瑾，你就不能，可怜一下这个男人，这样折磨他也同样是在折磨你，不是吗？放过他，断了他的念想，让他余生安稳，这样的结果，你不想要吗？”

“谁让你进来的？”王景逸面露怒意地呵斥道。

“如果你觉得手头上的工作还不够多，不足以让你老实地待在你自己的工作岗位上，那么明天你就可以滚蛋。”他冷冷地说道。

随即，那个姑娘便低下头，暗暗地擦着眼泪，快步跑出办公室。

王景逸皱着眉头，看着莫瑾，她就像一尊雕像一般，面无表情，仿佛一阵清风袭来，她便可以随之而去。他犹豫了一下，还是伸出了手，只是想拉着她，不想让她走，内心深处是一阵又一阵的颤动。此生这是第一次，莫瑾看着他的脸，两行热泪顺着脸颊而下，却没有力量再脱开他紧紧握住自己的那只手，一股热流缓缓流入心底。她闭起双眼，把那些她不愿意想起的事实，再次狠狠地推出去。

许久，王景逸给她递来了一个信封。上面的字迹是如此陌生而又熟悉，白杨的所有音信仿佛就在此中。她寻觅了那么久的那个人，究竟在许多年前给她留下了怎样的字句？莫瑾颤抖着双手，轻轻地撕开信封的边缘，里面是一份律师信。

上面冰冷的句子只是简单地说明了，她的合法继承权。她将是鼎丰所有财产的唯一指定继承人。

王景逸看了一眼莫瑾那张写满失望和痛苦的脸，他的手抓得更紧了一些。他慢慢地拉着莫瑾走到办公室那扇落地窗前，他指了指楼下，示意莫瑾往下看看。

莫瑾看了一眼王景逸手指的那个地方，原来是她以前买的那个制衣厂的位置，如今竟然被繁华的商业街道和正在兴建的大厦和住宅拥抱着，远远看去，就像是这个中心位置的心脏一般。

原来在很久很久之前，白杨已然用尽他所有的办法告诉她，他爱她。他早已把自己所拥有的尽数给了她，可是，唯独他本人，却迟迟不愿意出现。他的心就像是隔了万重山一般遥远，近在咫尺却又远在天涯。

“莫瑾，别走了，留下来吧，我知道，你求的是安稳，你失去的东西，会以别样的方式回来的。好吗？”王景逸轻轻地在她的耳边说道。

“王景逸，你是不是知道什么？能不能告诉我？”莫瑾反手紧紧握住王景逸的手，她整个人都在不停地簌簌发抖。

“我求求你，无论是生是死，我都需要给自己一个答案，我究竟还是要面对的不是吗？这么久了，我就算是傻，也总该要明白，他不会这样无缘无故地就消失不见的，所有我能够触碰到他的痕迹，实际上都是你对不对？都是你，没有他，是不是这样的？”

“莫瑾，有些事情，终究需要你自己去寻找答案，他在哪里，你不是早就知道了吗？何必强迫自己呢？余生，让我护你安稳好吗？”

“不好，王景逸。这辈子，我所有的感情和期盼都属于白杨的了，他早就把我的灵魂带走了，唯独剩下了这副躯壳，让我生不如死。多少个日日夜夜，他就在我的眼前来来去去。这样的我，余生都会如此，我走不出去了，我走不出去了啊。”莫瑾近乎失控般地号啕大哭，她所有的隐忍都如烟散去。

“莫瑾，珍妮，自杀了。就在几年前。”王景逸说完，闭上了双眼。他想过千万种方式，但绝对不是以这种最残忍的方式。这种近乎是折磨般的真相，倘若还是不能让她醒来，或许余生也就无法善终。

此声刚落，莫瑾顿时眼泪都无法再流下来，随即身体便缓缓坠落。耳边一遍又一遍地重复着响起王景逸的那句话，珍妮自杀了。她从来都没有想过赛诺菲为什么在短短的几年间便如空气蒸发一般消失不见，他们所有的资产以极其低的价格卖盘，从此销声匿迹。作为独女的珍妮，那样心高气傲的女子，一生为爱执着的她放弃了自己的生命，那么她的父母又将是何等的心灰意冷？

为爱而生的她，也只能为爱而死，不是吗？那个苦苦为爱煎熬不得救赎的她，为何要结束自己的生命？恐怕那唯一的理由，是莫瑾不敢设想的唯一的理由。

天就这样渐黑，从外到内地笼罩着莫瑾的整个世界，没有一丝光亮。整个城市，在某个瞬间就失去了五光十色的霞光，变得又暗又黑，伸出双手，什么都抓不住，除了绝望。周而复始地，在逃避着的事实，翻江倒海般地侵袭而来，扑向她的脸，如海浪般狠狠地拍打着。

王景逸看着莫瑾，面前的这个女子，浑身散发出一股绝望凄然的气息，就像置身于地狱一般，苦苦不得救赎。他多想伸出手来，把她紧紧地拥入怀里。这么多年了，始终是逾越不了那万丈鸿沟，他的双手，永远都无法拥抱挚爱。

莫瑾的眼前不断地重复着所有过往她刻意忽略的所有细节，深深埋在了她心底那扇紧锁着的门，被撕开了一道口子，露出那只能窥视的空隙，便让她所有隐忍着的悲痛席卷而来，突然发现，她竟然只能空洞地看着这个世界，岁月终没有留下丝毫的生机。

9

“你们在说什么？我听不懂，我不想听，肯定是弄错了！”

“莫小姐，请你冷静一些，这是白先生的意愿，我想，应该是要尊重他本人的想法的。”

“你们肯定是弄错了，一定是，我要和他去别的医院，庸医，误人性命，你们这样是缺德，知道吗？”珍妮语无伦次地说着。她不相信，怎么都不相信眼前的事实。她费尽所有心思去寻找的那个男人，竟然是眼前的这般模样。

白杨就这样安静地躺在一张白色的床上，脸上毫无血色，脸颊深陷，嘴唇紧闭。只有身旁那个检测器中不停跳动的生命线，让她还能感受到那微弱的生命力。

珍妮跪倒在地上，她崩溃得一塌糊涂，这一辈子，穷尽所有的能力，是不是都无法碰触到他的一角衣衫。他怎么就狠心地选择这样的方式，如此折磨着她。

“珍妮，或许，我们都该尊重他。”王景逸也不忍心地想要去宽慰她，可是他说不出任何有力量的话。

“我不要，白杨明明可以活得更久，他为什么一定要做这个手术，为什么？难道他不知道自己会死？”

“珍妮，做确实有可能会死，但是也有可能痊愈，不是吗？但是如果不做，他便是必死无疑了。或许他想要给自己一点希望呢？我们都希望他能好好地活下去，而不是等死，对吗？”

“风险太大了，九死一生，为什么？我不懂，他就那么不愿意见到我吗？”

王景逸看着珍妮，叹了一口气，爱情从来就不是所爱就有所得。两情相悦以外的所有爱恋，都必定是苦涩难忍的。

“珍妮，我们尊重白杨，这是他的选择。”

“我不要……白杨，我只是希望你能亲口告诉我，到底有没有喜欢过我？就是那么一句话，哪怕是不喜欢，也不要对我漠视。这辈子，我只求你，为什么就那么难？为什么和你说一句话都那么难？”

在珍妮一阵又一阵的哭声中，王景逸的思绪如风般飘扬，他从未像今日一般思考某个男人，这让他有点难受，但是这种感觉确实存在。几天前还站在面前的那个男子，如今却换了一副面孔在面前，无声无息。命运究竟是眷顾他呢？还是厌弃他？给了他如此多，却也夺去如此多。

白杨对他说的话，犹如钟鸣般响起在耳边，他清冷如故，淡然而处，看不出任何的执念。很多时候，他的话都是不多的，脸上的表情只写满了防备。

就像人生中无数的相遇一般，两个人总是表面深沉冷静，内里却是波澜壮阔。

“王景逸，恐怕我们也再没有如此针锋相对的时候了，有时候我在想，如果上一辈的人没有恩怨情仇，或许我们便是彼此一生的挚友。”白杨顿了顿，他缓缓地抬起头，穿越时间，争斗半生，却在此刻，回归到最初，那童年时的欢声笑语。

“白杨，人生最害怕的就是如果二字，你我都知道。”王景逸笑了笑，面前的这个男子，在他的心里从来都是挚友，而不是敌人。可惜啊，世事难料，他们之间唯有针锋相对，相互算计而已。

那时候的白杨，还是如记忆中那般出类拔萃的男子，他的自信和睿智让很多人感到折服，正如春日里的暖阳。

“我从未像今天这般无可奈何，求你这一件事。我仔细想想，也着实是没有任何人比你更合适了。”白杨顿了顿，抬头看了一眼王景逸，便转过头去，满眼都是凄凉。

“你是知道的，无论什么时候，莫瑾的事情，我总是义不容辞的，白杨，人生中最重要的便是无后悔之事，我能告诉你的是，事情并不能都如你所愿。别的女人，我不能保证，但是莫瑾的个性，你我都知道要劝她并无可能。终归还是要让她为自己的人生负责，你无法如此完美地去为她设想所有的可能，你可明白？”

“她不听是吗？我的人生最后悔的便是辜负了她，但是最幸运的也是遇见了她，若是可以重来，我也是会如此选择的。所以王景逸，希望你不要让我失望。”白杨笑了笑。

“你能给她的，我也能给。所以不劳费心了，你就想好你自己吧。”王景逸苦笑了一下，便用眼神示意白杨，门外还有一个女人，这个女人也是用尽全力地去爱着，是不是在这个时候也应该有一个交代？

“王景逸，我累了，如此便拜托你了，我的秘书将会把所有的法律文件交付给你。”白杨转过身。

对于珍妮，他心中是有愧的，但是他无法给她一个交代，因为爱情这回事情，是无法计较得失的，不能因为爱，就必须有所回应。这辈子欠了她的，终究是无法偿还的。希望他们下辈子不会再遇见，这便是他希望珍妮能够有的最好结局：忘了他。

这个日子来得有点悲凉，白杨进手术室的时候，便没有期盼过自己能活着出来，因为这种想要活下去的希望，从来带给他的就只有绝望而已。他看着窗外生机勃勃的绿叶，想着这便是人生中最美好的一天，倘若自己还能醒过来，那么他便会毫无忌惮地拉着他心爱的女人的手，走遍大江南北，看尽世间繁华。他的余生里，只要有她，便是活着最好的馈赠。

一个月后，莫瑾放下所有生意上的事宜，带着对某个人的所有思念，离开了这个城市，她莫名地感觉到，这个人已经不在这里了，她只想着某一日，在某个陌生的城市里，碰见他，两个人相视一笑，如此，所有的过往便烟消云散。他会轻轻地走过来，靠近她的身旁，然后低下头，像以往一般，落下一个宠溺的吻，淡淡地说一句，你还好吗？

10

莫瑾身穿一袭白衣，最终，她还是回到了这里。无数次，只要想起便会不寒而栗的地方。

她的脚步沉重而缓慢，一步落下后，迟迟不愿再落下一步。时间在岁月的缝隙中流淌而去，只剩下记忆的尘埃，在干燥的空气中孤独地旋转飞舞，伴随着一种无法伸张的死寂，肆意地四处流窜。

然而，在莫瑾心中，那种如海般深沉的思念，止不住地扑向她的思绪，掩盖了所有的理智，失控般地填满了她体内的每一地方。她深刻地知道，无论自己身在何处，所在何时，即便命运再如何激烈地把她撂倒，都无法把手里死死拽住的那份感情放弃。

眼睛不断地刺痛着，一行热泪猛然汹涌滑下，一行接一行，湿润了她整张苍白又消瘦的面庞。

莫瑾伸出手，纤细的手指来回地摩挲着墓碑上那个名字。这个地方陌生而又亲切，她这一生所爱的人，都归宿在这里。

陵园一片郁郁葱葱，竟然也被洗去了笼罩着的暗沉，裸露出碧玉之色。原本寂静的环境融入了阵阵童声的嬉笑，却随着莫瑾滑落的眼泪而瞬间安静了。

“妈妈，你别哭。宝宝不惹你生气，你别哭。”一双胖胖的小手随即就往她的脸上一顿抹。

“哥哥，你手这么脏，就往妈妈脸上抹，你看，妈妈的脸都脏了！”一个小女孩立马上前去，用自己的衣袖又替莫瑾擦了擦，两个小家伙瞪着大眼睛，仔细看了又看她的脸，直到确认莫瑾的脸上没有泪痕了，这才一人拉着一边莫瑾的手，小心翼翼地站在她身旁。

“妈妈，这个人是谁？”小男孩问道。

“他是我们一直在找的那个人，对不对？”小女孩说道。

“他是这个世界上最爱我们的人。”莫瑾不禁鼻子一酸。

“那他一定不想看见妈妈你这样红鼻子，他肯定希望你笑。”小男孩说道。

“是的，妈妈不哭，不哭了。”莫瑾用力把所有的悲伤倒流进心里去。

莫瑾转过头，在旁边那个墓碑的前面也放下了一束洁净的百合花，默念道：“珍妮，你用生命终究赢了我一回，现在陪着白杨的是你，所以你快乐了吗？如果有来生，我们都放下彼此的执着，好好地看看这世间的繁华好吗？一个人，总要自私一点，希望可以为自己好好活一次。”

风细细碎碎地亲吻着莫瑾的头发，她抬起头来看着蓝天白云，大口地呼吸着空气，这一辈子，是何其有幸，由始至终都拥有如此洁净纯粹并一直深爱着她的灵魂。